CONAN

O BÁRBARO

CONAN
O BÁRBARO

ROBERT E. HOWARD

PREFÁCIO À EDIÇÃO BRASILEIRA DE ROY THOMAS

TRADUÇÃO: ALEXANDRE CALLARI

generale

CALIFORNIA FILMES

Diretor-presidente
Henrique José Branco Brazão Farinha
Publisher
Eduardo Viegas Meirelles Villela
Editora
Cláudia Elissa Rondelli Ramos
Projeto Gráfico e Editoração
S4 Editorial
Capa
Alex Alprim
Tradução
Alexandre Callari
Crédito das imagens de miolo
California Filmes, Nu Image Films e Millennium Films
Preparação de Texto
Heraldo Vaz, Thiago Fraga
Revisão
Bel Ribeiro
Impressão
Loyola

Rua Sergipe, 401 – Cj. 1.310 – Consolação
São Paulo – SP – CEP 01243-906
Telefone: (11) 3562-7814/3562-7815
Site: http://www.editoraevora.com.br
E-mail: contato@editoraevora.com.br

DADOS INTERNACIONAIS DE CATALOGAÇÃO NA PUBLICAÇÃO (CIP)

H844c

Howard, Robert Ervin, 1906-1936.
[Conan. Português]
Conan, o bárbaro / Robert Ervin Howard ; [tradução: Alexandre Callari]. – São Paulo : Évora, 2012.
364 p.

Tradução de: Conan, the conqueror

ISBN 978-85-63993-24-3

1. Ficção americana. I. Callari, Alexandre. II. Título.

CDD 813

A bandeira do Leão balança e cai nas trevas assombradas pelo horror. Um dragão escarlate, nascido dos ventos da ruína, sussurra. Os brilhantes cavaleiros estão amontoados onde as lanças pontiagudas irrompem, e nas montanhas arrepiantes os deuses perdidos da escuridão despertam. Mãos mortas apalpam nas sombras e estrelas empalidecem de pavor; pois esta é a Hora do Dragão – o triunfo do medo e da noite.

Sumário

Apresentação à edição brasileira

EM 1982, MINHA VIDA MUDOU. LITERALMENTE. EU TINHA APENAS seis anos de idade quando minha mãe chegou em casa, à tarde, e disse que tinha alugado o filme *Conan, o bárbaro*. Agora, há algumas coisas que você precisa saber sobre esta informação. Primeiro que, na época, as pessoas assistiam a filmes em videocassetes, e é possível que, dependendo da sua idade, você jamais tenha visto um. Recordo-me de que meu pai tinha comprado o nosso recentemente no Paraguai e trazido envolto num amontoado de casacos no fundo da mala. Segundo, que o mercado de VHS era completamente pirata, legalizado somente no início dos anos 1990 (veja que o mundo não mudou tanto assim, afinal). Terceiro, que as locadoras, na época, eram obscuras, e muito pouca gente sabia o que estava fazendo e/ou comercializando. Os atendentes, muitas vezes, tinham como informação sobre o filme seu nome, e nada mais.

Peço também que vocês não se apressem em julgar minha mãe, então marinheira de primeira viagem, por assistir a uma fita ultraviolenta como *Conan* ao lado de seu filho de seis anos. Ei, era uma época em que aviões tinham cinzeiros, presidentes citavam Rambo em seus discursos, e comédias completamente inapropriadas como *Porky's* eram sucesso absoluto de bilheteria. Os politicamente incorretos anos 1980. Que saudade deles...

Mas creio que estou divagando.

A parte interessante da história é que minha mãe fez uma panela de pipoca, apanhou duas canecas de refrigerante e juntos fomos assistir ao tal filme. Logo nos primeiros minutos estava claro para ela (e para mim) que aquilo era algo como jamais tínhamos visto. Na época eu tinha dificuldade de ler legendas rápido, mas não importava muito, pois aquele filme magnífico quase não tinha falas. E fui arrebatado pelo espetáculo visual de ver a aldeia de Conan ser dizimada, e ele, então um garotinho pouco mais velho que eu, ser um dos únicos sobreviventes. Marcou-me especialmente ver sua mãe, aquela deusa de olhos que pareciam vidro polido, ter a cabeça cortada pelo senhor das cobras.

As surpresas não acabaram. Logo o garotinho cresceu, e surgiu na tela aquele gigante de pele morena e cabelos compridos, cujo ator tinha um nome impronunciável. Lembro-me claramente da sensação que tive. Meu pensamento foi algo mais ou menos assim: "Não sabia que havia homens tão grandes...". Sim, é verdade. Não imaginava que gigantes como aquele caminhassem na Terra. Daquele instante em diante, eu queria ser ele. Queria ser Conan. De quebra, tive um vislumbre dos primeiros seios de que me lembro ter visto, do treinamento sério e compenetrado do cimério (aquela disciplina me marcou profundamente) e da presença estonteante da guerreira loira Valéria. De cara apaixonei-me por ela (na verdade, acho que sou, de certo modo, até hoje apaixonado).

Aí veio a parte mais curiosa da história. Antes da metade do filme, na exata cena em que o bárbaro mata uma cobra gigante a espadadas, a fita travou no aparelho, literalmente enroscada no cabeçote. Isso era algo relativamente comum na época. Portanto, saiba que, na próxima vez que seu PC travar, problemas com tecnologia é algo que sempre existiu.

Bem, minha mãe ficou uma fera, e só quinze dias depois, quando o videocassete voltou da assistência técnica, soubemos o motivo: uma bolinha de gude dentro do aparelho impedira seu funcionamento. Lógico que eu tinha colocado a bola lá, apesar de não ter memória do incidente em si (Mas quem mais o faria? Eu ainda era filho único...).

Pois bem, o fato é que esse contratempo interrompeu razoavelmente meu contato com Conan durante dois anos, até que, em 1984, chegou às bancas um gibi enorme, em preto e branco, cuja capa era vermelha e feroz. Tratava-se de *A espada selvagem de Conan #1*, e atormentei meu pai até que ele me comprou uma edição. Perdi as contas de quantas vezes reli aquela impressionante história chamada "Os Espectros do Castelo Rubro", na qual o bárbaro enfrenta um exército de esqueletos; depois, passei a comprar regularmente a revista.

Poucos meses depois meu tio apareceu em casa, num sábado à noite, com um filme que sequer tinha chegado aos cinemas ainda. Tratava-se de *Conan, o destruidor*, continuação do longa anterior. Eu já era quase um homenzinho, e me sentia 100% preparado para encarar aquele desafio. Desta vez, apesar da falta de seios nus, e um clima bastante diferente – eu diria até que bem-humorado –, curti tremendamente aquela sessão (que felizmente foi até o fim). Quando o filme acabou, passei a ter certeza de uma coisa ao ser assaltado pelo mesmo sentimento de dois anos atrás: eu queria ser Conan!

Ele era o mais forte, mais durão, mais respeitado, mais habilidoso... Conquistava as mulheres mais lindas, comandava exércitos e enfrentava monstros, magos e demônios de igual para igual. Guardo com carinho as emoções juvenis que foram despertadas naquela época com o primeiro meio filme que assisti, e as primeiras edições da *Espada selvagem* – se você nunca leu essa série, recomendo severamente que procure os 100 primeiros números, que estão entre o que já foi produzido de melhor na história das HQs em todo o mundo.

Para fechar a história, queria contar que foi só anos depois, quando *Conan, o bárbaro* foi exibido pela Rede Globo em Supercine, que tive a chance de assisti-lo inteiro e saber como terminava. Quando comprei um aparelho de DVD, este foi o primeiro filme que adquiri e de lá para cá o assisti seguramente mais de trinta vezes. Sim, sou um fã nerd e aficionado que não tem a menor vergonha de dizer isso. Apesar de hoje enxergar os defeitos do filme, continuo maravilhado com a sensualidade e o corpo perfeito de Valéria, a trilha sonora maravilhosa, e querendo ser Conan.

De lá para cá me tornei colecionador de HQs, comecei a trabalhar na área, e hoje escrevo sobre cinema e quadrinhos. Li milhares de gibis e assisti a milhares de filmes, e cada vez menos encontro aquela sensação de empolgação que senti quando tive meus primeiros contatos com Conan. Porém, devo dizer que ela retornou com força total quando estava trabalhando na tradução deste livro.

Veja, eu não sou nenhum novato em relação à obra original de Howard. Tenho todas as outras publicações nacionais que trouxeram seus textos para o Brasil, portanto, já estava familiarizado com sua prosa terrivelmente bem escrita. Também li a quadrinização de *A hora do dragão* produzida por Roy Thomas, Gil Kane e John Buscema, publicada primeiramente pela Editora Abril em versão retalhada, e depois a integral pela Mythos, por isso já conhecia a história. Mas nada poderia ter me preparado para o que encontrei no texto original.

Não foram poucas as ocasiões em que, já na avançada madrugada, com os olhos lacrimejando de cansaço, simplesmente não conseguia parar de traduzir, tamanha minha empolgação e curiosidade pelo que estava por acontecer.

Há momentos que são puro ardor, como a revolução que o cimério promove a bordo do Venturer. Quando ele grita para os corsários negros seu nome, e eles o reconhecem como Amra, o Leão, eu quase caí da cadeira. Emociona também a hombridade inquestionável do bárbaro quando ele embarca em uma missão suicida para salvar a condessa Albiona que será executada por permanecer fiel ao seu nome, e também a subsequente (e alucinante) fuga da torre. São momentos que abalam os alicerces do leitor e nos deixam querendo mais e mais.

Howard era um gênio. De forma sutil, vemos em seu texto críticas ao funcionamento dos sistemas políticos, com suas teias e artimanhas que, na década de 1930, incrivelmente não eram tão diferentes do que são hoje, e das soluções que Conan, o líder Conan, o rei Conan – um homem do povo, e justo – encontra para governar em prol de seu país. Um momento chave é quando ele explica por que jamais poderia ser um conquistador e se recusa a tomar outros reinos. Sua linha de pensamento não poderia ser mais simples, nem mais correta, o que nos leva a questionar: por que as pessoas não são assim? E a barbárie de Howard derrota a flagelada e corrupta civilização.

Há também as pontadas desferidas contra o preconceito religioso, personificadas nas figuras dos sacerdotes de Asura, e, com essas imagens, Howard prega tão somente uma ideia: liberdade religiosa. Novamente, Conan não usa nada além do bom-senso (em falta no mundo contemporâneo). Suas ações são recompensadas. A nós resta a pergunta: o que Howard diria se estivesse vivo para ver os atuais movimentos de grupos extremistas e sua intolerância escamosa? E se num único e brilhante parágrafo, quando Conan entende o que há por trás da lenda da vampira Akivasha, o autor simplesmente acaba com a futilidade de um costume tão antigo quanto terrível da humanidade: a idealização! As pessoas preferem idealizar sonhos a viver o que é real! Será possível que esse bárbaro selvagem que decapita inimigos, decepa membros e aniquila quem se coloca em seu caminho seja mais sensível que todos nós?

Cabe aqui um aviso. E se você só conhece Conan dos filmes ou dos quadrinhos, provavelmente se surpreenderá. Apesar de toda sua selvageria, Conan não é um bronco, rude, de meias palavras e inteligência suína. É um homem articulado, que pensa com a mesma velocidade com que luta e fala várias línguas, entende de estratégia, história, geografia, e dono de um senso inabalável de honra – atributos que Howard procura deixar claro o tempo todo em seu texto. Vemos Conan aqui em seu auge, ele já viu e viveu de tudo, e agora é o rei de uma das maiores nações do mundo.

E se por um lado captamos aqui e acolá manifestações claras de racismo que o escritor parecia ter (o que é um ponto controverso em toda sua obra, com defensores e detratores em igual número), ao menos ele é pontual em uma declaração: escravidão é errada sob quaisquer circunstâncias, e todos os homens têm os mesmos direitos. No final da história, o rei está combatendo lado a lado, junto com homens comuns, sujo de sangue, suor e pó, ao invés de ficar dando ordens do topo de uma montanha. Nada pode ser mais emblemático do que essa imagem igualitária.

A tradução de um texto original de Howard é muito difícil. A língua inglesa é mais flexível que a portuguesa, e o escritor sabia como explorar isso muito bem. Por outro lado, lidar com alguns vícios que o autor tinha, como o excesso de adjetivos e a repetição de termos, nem sempre é fácil, o que obriga o tradutor a procurar recursos os mais diversos para não fugir ao estilo do autor, mas também não tornar partes do texto enfadonhas na nossa língua, em especial nas longas descrições.

Sinto um profundo orgulho de ter participado deste projeto singular para trazer aos leitores de todo o país, pela primeira vez, uma obra-prima da literatura fantástica mundial. Howard simplesmente criou o gênero espada e feitiçaria, e é vergonhoso que a maior parte de seu trabalho ainda permaneça inédito no Brasil. Felizmente a editora Évora corrigiu parte desta injustiça com este lançamento primoroso.

Para você que já conhecia a feroz prosa de Howard pelo escasso material publicado em nossas terras, prepare-se, pois está prestes a tomar contato com uma nova dimensão do trabalho dele; e para você que está lendo um de seus textos pela primeira vez, daqui a algumas páginas entenderá por que este texano se tornou referência obrigatória nas histórias de fantasia.

Além de *A hora do dragão*, outros contos do cimério que até então permaneciam inéditos também acompanham esta edição. Um deles, em especial, "Além do Rio Negro", é uma história importantíssima, na qual Howard dá dados sobre a infância do cimério – que foram explorados posteriormente por outros escritores – e também critica mais acirradamente a civilização e o limite que existe para o conhecimento do homem. Na concepção de Howard, acúmulo de conhecimento tem função limitada, os eruditos são inúteis em diversas situações, e sempre haverá coisas que a ciência e a tecnologia não poderão explicar. Ele deixa bem claro seu ponto de vista: se você estivesse perdido no meio da selva, quem gostaria de ter ao seu lado? Um homem estudado como um advogado, professor, engenheiro; ou um mateiro que sabe como sobreviver numa situação dessas?

Eu, particularmente, gostaria de ter Conan ao meu lado.

Espero que você se apaixone por estes textos, que são a gênese de um dos maiores personagens literários de todos os tempos, hoje no mesmo patamar que gigantes como Drácula, Sherlock Holmes e Tarzan. E que no futuro possamos ver finalmente publicadas as histórias de outros heróis fantásticos de Howard, como Kull, Salomão Kane e Bran Mak Morn. Por hora, prepare-se para ler um primor da literatura. E que Crom o carregue se você não arregalar seus olhos de espanto.

Alexandre Callari
Abril de 2011

Prefácio à edição brasileira

Conan, o bárbaro

MUITAS COISAS DERAM ERRADO COM A ADAPTAÇÃO NA MARVEL, em meados da década de 1970, do romance de Robert Ervin Howard (REH) *A hora do dragão*, conhecido também como *Conan, o conquistador*, mas esta continua sendo uma das coisas das quais mais me orgulho em minha ligação com o bárbaro cimério.

Stan Lee decidiu que alguns dos títulos mais populares da Marvel deveriam ter uma edição trimestral em formato gigante, as famosas *giant-size*, em adição às séries mensais. Na Savage Tales já publicávamos a série *Conan*, sem continuidade, e depois fizemos a transição para *A espada selvagem de Conan*, e eu não queria que um terceiro título de Conan se misturasse às aventuras em andamento na revista *Conan, o bárbaro*.

Então, percebi que esta era a oportunidade perfeita para adaptar o único romance de REH, que contava a história de como, deposto do reino da Aquilônia, Conan lutou por muito tempo e bravamente, passando por diversos reinos da Era Hiboriana, para, tempos depois, recuperar seu trono.

Uma vez que John Buscema estava cuidando do título regular naquela época, falei com meu amigo Gil Kane, que já era admirador de Conan anos antes que eu mesmo soubesse quem era esse personagem (na verdade, depois comprei todos os volumes de capa dura da Gnome que ele tinha dos anos 1950 e 1960). Gil ficou entusiasmado com o projeto e começamos a trabalhar. Tínhamos 26 páginas de história por edição trimestral para trabalhar nossas maravilhas; as outras 64 páginas, incluindo capas, deveriam conter uma reimpressão de histórias de *Conan, o bárbaro*.

Gil era um artista esplêndido, cocriador do Lanterna Verde e Elektron para a DC no final da década de 1950, começo de 1960, e já conquistara popularidade na Marvel como artista do Homem-Aranha. Mas ele tendia a não colocar muito sombreado em seu trabalho, deixando isso para o arte-finalista; então, precisávamos de alguém que soubesse como adicionar detalhes e uma boa ambientação, e que não se importasse em fazer isso pelo valor pago a um arte-finalista. Felizmente, Tom Sutton estava disponível, e provou ser um dos melhores arte-finalistas que trabalharam com Gil, particularmente para Conan. A sensação sombria da cripta nas primeiras páginas de nossa adaptação, por si só, ilustra o que quero dizer.

Na maioria das vezes, apenas discuti com Gil o que precisávamos e ele trabalhou a partir de uma cópia da minha versão em brochura. Ele desenhou, eu acho, um Xaltotun leonino bastante intrigante, enquanto o trio acherontiano de conspiradores foi bem individualizado. Foi algo bom, também, porque esses quatro ocupavam toda a ação por um bom número de páginas antes que Conan aparecesse em uma imagem esfumada e etérea.

Não fizemos mudanças no primeiro segmento de 26 páginas (que na verdade contamos como dois capítulos), a não ser adicionar uma página que mostrava cenas da vida passada do cimério, para nos certificarmos de que um novo leitor percebesse que os eventos de *Conan, o bárbaro*, se passavam anos antes de o *Rei Conan da Aquilônia*. Não me lembro se Gil se esqueceu de desenhar, ou se falhei em pedir-lhe que o fizesse, mas sei que solicitei ao diretor de arte John Romita que adicionasse a figura da companheira hiboriana Red Sonja naquela página. É a única parte em que ela aparece na adaptação. Também imprimimos um mapa dos reinos da Era Hiboriana naquela edição, e um artigo sobre a antiga Acheron, que já havia saído em uma revista de espada e feitiçaria, com notas de rodapé e referências, bastante escolástico!

Em *Giant-Size Conan #2* encontramos Conan após ele ter sido capturado por Xaltotun e seus conspiradores e jogado em uma cela. Inserimos um *flahsback* dos eventos mostrados no primeiro número, porque, afinal, três meses (e três edições de *Conan, o bárbaro*) haviam se passado entre os dois primeiros volumes desse grande magazine, isso sem mencionar todas as outras revistas que um leitor poderia ter devorado desde ter lido *Giant-Size Conan #1*.

A segunda edição inteira foi destinada a mostrar Conan escapando dos perigos daquele calabouço com a ajuda da bela escrava Zenobia. Era o momento perfeito para terminar.

Na terceira parte, após outro *flashback* obrigatório, Conan começa sua empreitada para recuperar o trono, encontrando-se com a bruxa Zelata e resgatando sua aliada, a condessa Albiona, da Torre de Ferro, em Tarantia, capital da Aquilônia. Contudo, sentimos que precisávamos de um pouco de feitiçaria na terceira edição, e a obra original de REH era carente de feitiços. Então, quando Conan e Albiona se abrigam em um templo vendhyano (indiano), fizemos que uma estátua vendhyana de quatro braços ganhasse vida e lutasse contra o cimério para que ele provasse seu valor. Fora isso, segui Howard de perto por todo o caminho.

Na quarta edição, Tom Sutton precisou abandonar a arte-final, e tivemos um problema. Ele foi habilmente substituído por Frank Springer, mas seu trabalho não era tão completo quanto o de Tom. Contudo, esse foi o menor dos males, porque, àquela altura, ficara decidido que as diversas revistas *giant-size* estreladas por Conan, Homem-Aranha, Drácula, o Quarteto Fantástico, entre outras, não estavam dando certo, isto é, não estavam vendendo o bastante para justificar as vendas que poderiam estar tirando dos títulos mensais regulares. Então, todas foram descontinuadas após *Giant-Size Conan #5*, que foi uma edição inteiramente com reimpressões.

Felizmente, neste ponto, *A espada selvagem de Conan* era uma preocupação constante. Tratava-se de uma revista P&B de um dólar (a *giant-size* era colorida), que percorria aqui e ali a vida tumultuada de Conan, conforme convinha à minha fantasia. Junto com explorações originais, eu adaptava várias histórias mais longas de REH em *A espada selvagem*, contos que se passavam em um estágio muito tardio da vida do cimério para se enquadrar em *Conan, o bárbaro*, quando ele estava na casa dos vinte anos.

Então, decidi levar o resto da adaptação para *A espada selvagem*. Porém, por motivos que não me recordo, Gil Kane estava sem tempo para continuar a adaptação, que mal tinha passado da metade.

Bem, nada a preocupar, ainda que eu tivesse adorado completar a adaptação com Gil. Como disse antes, o artista semirregular de *A espada selvagem* era John Buscema, cujo trabalho tinha me ajudado a transformar *Conan, o bárbaro* de um título que vendia bem, feito por um artista menor, Barry Smith (hoje Windsor-Smith), para uma das maiores revistas da Marvel. John adorava desenhar Conan mais do que qualquer outra coisa com a qual tenha trabalhado nas HQs, conforme dizia a todo mundo, e não se importou em dar continuidade à história que Gil tinha começado.

O espaço que tive em *A espada selvagem de Conan #8* (uma edição ainda P&B, de 1975) foi de doze páginas, destinadas à história que chamei de "Corsários contra a Stygia". A história acompanhava Conan no começo de sua tarefa como remador em um navio mercante argoseano, até o ponto em que ele e seus companheiros tomavam a nau. Por coincidência, diversos daqueles remadores eram corsários negros com quem Conan velejara anos antes na Costa Negra, como amante da pirata Belit (não que REH mencione Belit em *A hora do dragão* ou tenha usado personagens que podem ser vistos em seu conto "A rainha da Costa Negra"). Logo, eles estavam indo para a Stygia e Conan adentra sozinho a sombria cidade de Khemi, procurando algo... Bem, você terá que ler a história para saber.

Demorou dois números e quatro meses para que a adaptação de *A hora do dragão* continuasse, mas, naquela época, Buscema e eu realmente assumimos o controle da situação! Percebi que, se devotássemos todas as 76 páginas, incluindo capas, que tínhamos àquele título, poderíamos concluir a adaptação numa só tacada. E, de fato, o fizemos em 58 páginas, além de um artigo em prosa sobre Conan, literalmente emprestado de seus contos anteriores, para contextualizar aquele único romance escrito sobre o cimério.

Foi um final glorioso, com capa de Boris Vallejo, que estava rapidamente provando ser o herdeiro do trono dos artistas deixado vago por Frank Frazetta.

Contudo, eu incluí uma mudança significativa na ação climática do romance. (Aviso De Spolier!) Na história de REH, quando Xaltotun finalmente é deposto por um colega feiticeiro de Conan, o bárbaro não está no topo da colina, mas nas planícies, liderando seu exército contra os nemédios. Eu sentia que Conan deveria estar nas colinas... Então, John e eu colocamos o cimério em cena, de forma que o rei bárbaro pudesse destronar pessoalmente seu inimigo imortal. Não sei se REH teria aprovado essa mudança, mas ele, o criador de Conan, era uma pessoa bastante prática. Afinal, criara Conan, em primeiro lugar, porque queria vender uma série de histórias de barbarismo para a Weird Tales, revista pulp dos anos 1930, especializada em horror e monstros, não em espada. Ele inovou ao combinar os temas espada e feitiçaria, dando à luz um novo subgênero, mesmo que sua cristalização tenha sido deixada a cargo de outras almas, posteriormente.

Então, a adaptação estava concluída, algo em torno de 175 ou 180 páginas. Grande o bastante para compor uma única e extensa *graphic novel*, se coisas assim existissem na Marvel (ou em qualquer outro lugar) em meados da década de 1970.

Infelizmente, as seis vigorosas partes do épico, desenhadas por dois artistas soberbos e arte-finalizadas por vários outros, jamais foram impressas em uma única edição nos Estados Unidos. A Dark Horse, que hoje tem os direitos sobre os quadrinhos de Conan, lançou as duas últimas partes (a conclusão) em suas reimpressões de *A espada selvagem de Conan*, mas os quatro capítulos iniciais, que saíram em *Giant-Size Conan #1-4*, algo em torno de 100 páginas, jamais foi reimpresso.

A essa altura, só posso esperar que você aproveite a leitura de *A hora do dragão*. É uma história fascinante!Eu adorei adaptá-la para quadrinhos ao lado de Gil e John. Se curti-la, sem dúvida será um leitor muito satisfeito!

Roy Thomas
Lendário ex-editor-chefe da Marvel,
escritor e quadrinista norte-americano
que adaptou as histórias de
Conan para os quadrinhos.
Junho de 2011

A hora do dragão

CAPÍTULO 1

Oh adormecido, desperte!

AS LONGAS VELAS BRUXULEARAM, ENVIANDO sombras negras que ondulavam ao longo das paredes, e os tapetes de veludo se agitaram. No entanto, não havia vento na câmara. Quatro homens circundavam a mesa escura na qual se encontrava o sarcófago verde, que brilhava como jade esculpido. Na mão direita erguida de cada homem uma vela negra queimava com uma estranha luz esverdeada. Lá fora era noite, e um vento incessante soprava por entre as árvores negras.

Dentro da câmara havia um silêncio tenso e o ondular das sombras, enquanto quatro pares de olhos, queimando com intensidade, fixavam o longo ataúde verde sobre o qual hieróglifos crípticos se retorciam, como se tomassem emprestados a vida e o movimento da luz inconstante. O homem aos pés do sarcófago inclinou-se e moveu sua vela, como se escrevesse com uma caneta, desenhando um símbolo místico no ar. Então, acomodou a chama em um castiçal dourado aos pés do invólucro, murmurou alguma fórmula ininteligível para seus companheiros e enfiou a mão larga e branca em seu manto de pele aparada. Quando a retirou, era como se os dedos, em forma de concha, segurassem uma bola de fogo vivo.

Os outros três respiravam vigorosamente, e o homem poderoso e sombrio, que estava em pé na frente do sarcófago, suspirou.

– Oh Coração de Ahriman!

Os outros ergueram as mãos, em silêncio. Em algum lugar um cão começou a uivar tristemente, e um passo furtivo fez-se ouvir do lado de fora da porta trancada e aferrolhada. Mas ninguém tirou os olhos do esquife, onde a múmia estava e sobre o qual o homem com o manto de pele movia agora a bela joia flamejante, enquanto murmurava um encantamento que já era velho quando os atlantes afundaram.

A gema incandescente ofuscou os olhos de todos, de forma que não conseguiam ter certeza do que viam. Mas, com um estrondo, a tampa cravejada do sarcófago estilhaçou-se numa forte explosão, como se uma pressão irresistível tivesse sido aplicada de dentro para fora. Os quatro homens, inclinando-se ansiosamente para a frente, avistaram o ocupante: uma forma encolhida, murcha e encarquilhada, com membros marrons secos como madeira morta aparecendo por baixo das bandagens emboloradas.

– Trazer essa coisa de volta? – murmurou um pequeno homem moreno que estava à direita, com uma breve gargalhada infernal. – Ela está prestes a ruir ao menor toque. Nós somos tolos.

– Shhh! – foi o urgente silvo de comando do homem alto que portava a bola de fogo. O suor escorria sobre sua testa e seus olhos estavam dilatados. Ele se debruçou sobre o ataúde e, sem tocar a múmia, depositou em seu peito a joia flamejante. Em seguida, afastou-se um pouco e a observou com intensidade feroz, enquanto seus lábios proferiam uma invocação silenciosa.

Foi como se um globo de fogo cegante irrompesse e queimasse sobre o peito morto e murcho. O quarteto cerrou os dentes num silvo, perdendo o fôlego, pois bem diante de seus olhos uma horrível transmutação aconteceu. A forma seca no sarcófago se expandiu, cresceu e alongou-se, enquanto as bandagens queimaram e caíram, desfeitas em um pó marrom, os membros enrugados incharam e se endireitaram. E sua tonalidade escura começou a desaparecer.

– Por Mitra! – suspirou o homem alto de cabelos amarelos, à esquerda. Ele não era um stygio. Essa parte ao menos era verdadeira.

Mais uma vez, um dedo trêmulo exigiu silêncio. O cão, que não estava mais uivando do lado de fora, apenas choramingou, como em um sonho ruim, mas aquele som também morreu no silêncio. Foi quando o homem de cabelos amarelos ouviu a pesada porta ser forçada, como se alguma força poderosa a empurrasse. Ele deu meia-volta, já segurando sua espada, mas o homem com o manto de pele sibilou um aviso urgente: – Fique! Não quebre a corrente! Pela sua vida, não vá até a porta!

O homem de cabelos amarelos encolheu os ombros, retornou, e ficou estático com o olhar fixo. No sarcófago de jade agora havia um corpo vivo: um homem alto e vigoroso, nu, com a pele branca, cabelos escuros e barba. Ele permaneceu imóvel, seus olhos bem abertos, vazios e ignorantes, como os de um bebê recém-nascido. Em seu peito, a grande joia ofuscante ardia.

O homem coberto de peles suspirou, como se colocasse para fora uma tensão extrema.

– Ishtar! – ele arfou. – É Xaltotun! E ele vive! Valerius! Tarascus! Amalric! Olhem! Estão vendo? Vocês duvidaram de mim, mas eu não falhei! Nesta noite nos aproximamos dos portões escancarados do inferno, e as forças da escuridão caminharão ao nosso lado – os três o seguiram até a porta –, mas nós trouxemos o grande mago de volta à vida.

– E condenamos nossas almas ao eterno purgatório – resmungou Tarascus, o homem mais baixo.

Valerius, o homem de cabelos amarelos, sorriu e emendou com tom severo:

– E que purgatório pode ser pior que a vida que temos? Estamos todos amaldiçoados juntos desde o nascimento. Além disso, quem não venderia sua miserável alma por um trono?

– Não há sinal de inteligência na fisionomia dele, Orastes – disse o homem alto.

– Ele ficou morto por muito tempo – respondeu Orastes. – Acabou de ser despertado. Sua mente está vazia depois de hibernar tanto tempo... Aliás, ele estava morto, não dormindo. Nós trouxemos seu espírito de volta do vazio, dos golfos da noite e do esquecimento. Eu falarei com ele.

Orastes inclinou-se sobre o pé do sarcófago e, mirando dentro dos olhos escuros e penetrantes, disse solenemente:

– Desperte, Xaltotun! – os lábios do homem se moveram mecanicamente. – Xaltotun! – ele repetiu num sussurro satânico.

– Você é Xaltotun! – exclamou Orastes, como um hipnotizador, dirigindo suas sugestões. – Você é Xaltotun de Python, em Acheron.

Uma chama turva cintilou em seus olhos.

– Eu era Xaltotun – ele murmurou. – Estou morto.

– Você é Xaltotun – bradou Orastes. – Você não está morto! Está vivo!

– Eu sou Xaltotun – ecoou o lúgubre sussurro. – Mas estou morto. Na minha casa em Khemi, na Stygia... Eu morri lá.

– Os sacerdotes, após envenená-lo, mumificaram seu corpo, usando as artes negras para manter todos os seus órgãos intactos – exclamou Orastes. – Mas agora você vive mais uma vez! O Coração de Ahriman devolveu-lhe a vida, arrastou seu espírito para além do espaço e da eternidade.

– O Coração de Ahriman! – exclamou, enquanto a chama da lembrança crescia. – Os bárbaros o roubaram de mim!

– Ele se lembra – afirmou Orastes. – Tirem-no do sarcófago.

Os outros obedeceram, ainda hesitantes, como se relutassem em tocar o homem que haviam recriado, e suas mentes não aceitaram melhor a ideia quando sentiram a musculatura firme, vibrante, com sangue e vida, sob seus dedos. Ergueram-no por sobre a mesa, e Orastes vestiu-o com um manto de veludo escuro, salpicado de estrelas douradas e luas crescentes, e amarrou uma fita dourada sobre suas têmporas, prendendo os cachos escuros de cabelo que caíam sobre os ombros. Xaltotun permitiu que fizessem tudo como queriam sem dizer nada, nem mesmo quando o colocaram em uma cadeira esculpida no formato de trono com um alto recosto de ébano, longos braços prateados e pés de metal retorcido como garras douradas. Ele sentou-se lá, impávido, e lentamente recuperou a inteligência, que reluziu em seus olhos escuros, tornando-os profundos, reflexivos e penetrantes. Era como se luzes bruxuleantes há muito afundadas flutuassem de volta à superfície de piscinas negras como a meia-noite.

Orastes lançou um olhar esquivo para seus companheiros, que encaravam seu estranho convidado com uma fascinação mórbida. Seus nervos de aço tinham resistido a um calvário que teria levado homens mais fracos à loucura. Sabia que não havia conspirado com covardes, mas com homens cuja coragem era tão profunda quanto suas ambições desenfreadas e a capacidade para fazer o mal. Ele voltou a atenção para a figura na cadeira escura, que então começou a falar.

– Eu me lembro – disse com voz retumbante, falando em nemédio com um sotaque arcaico. – Eu sou Xaltotun, o mais alto sacerdote de Set, em Python, que ficava em Acheron. Sonhei que havia encontrado o Coração de Ahriman novamente. Onde está?

Orastes colocou a joia em sua palma e soltou um suspiro duradouro antes de encarar as profundezas da terrível gema queimando em suas mãos.

– Eles a roubaram de mim há muito tempo – ele disse. – Essa joia é o coração vermelho da noite, com poder suficiente para salvar ou condenar. Veio de muito longe, de um passado distante. Enquanto a tive, ninguém se atrevia a me desafiar. Mas, depois que me foi roubada e Acheron caiu, fugi buscando exílio na soturna Stygia. Lembro-me de muitas coisas, mas de outras tantas me esqueci. Estive em uma terra distante, entre vácuos nebulosos, golfos e oceanos embaciados. Em que ano estamos?

– Este é o minguante Ano do Leão, três mil anos depois da queda de Acheron – Orastes respondeu.

– Três mil anos! – reagiu o estranho. – Tanto assim? Quem é você?

– Eu sou Orastes, outrora um príncipe de Mitra. Este homem é Amalric, barão de Tor, na Nemédia, e o outro é Tarascus, irmão mais jovem do rei da Nemédia. Este homem alto é Valerius, verdadeiro herdeiro do trono de Aquilônia.

– Por que me devolveram a vida? – exigiu Xaltotun. – O que querem de mim?

Agora o homem estava plenamente desperto, com seus olhos afiados refletindo o trabalho de um cérebro lúcido. Não havia hesitação ou incerteza em seu comportamento. Ele foi direto ao ponto, como quem sabe que nenhum homem dá alguma coisa a outro sem querer algo em troca. Orastes respondeu com a mesma firmeza.

– Nós abrimos as portas do inferno nesta noite para libertar sua alma e trazê-la de volta ao seu corpo porque precisamos de seu auxílio. Queremos colocar Tarascus no trono da Nemédia e conquistar a coroa da Aquilônia para Valerius. Com sua necromancia você pode nos ajudar.

A mente de Xaltotun era tortuosa e cheia de inclinações inesperadas.

– Você próprio deve ter um grande domínio das artes mágicas, Orastes, para ser capaz de devolver-me a vida. Como um sacerdote de Mitra sabe tanto sobre o Coração de Ahriman e os encantamentos de Skelos?

– Não sou mais um sacerdote de Mitra – respondeu Orastes. – Fui expulso de minha ordem por causa do meu envolvimento com magia negra. Se não fosse por Amalric, eu poderia ter sido queimado como um feiticeiro. Mas isso me deixou livre para prosseguir meus estudos. Viajei para Zamora, Vendhya, Stygia e para as selvas assombradas de Khitai. Li os livros secretos de Skelos, falei com criaturas invisíveis em poços profundos e com rostos disformes em selvas nefastas e fedorentas. Tive um lampejo do seu sarcófago nas criptas assombradas por demônios sob o gigantesco templo negro de Set, no interior da Stygia, e aprendi as artes que trariam vida ao seu cadáver carcomido. A partir de manuscritos podres conheci o Coração de Ahriman e, durante um ano, busquei este local oculto até finalmente encontrá-lo.

– Então, por que o trabalho de me ressuscitar? – questionou Xaltotun, com seus olhos fixos no sacerdote. – Por que não empregar o Coração para ampliar seu próprio poder?

– Porque não existe homem vivo que conheça as profundezas do Coração de Ahriman – respondeu Orastes. – Nem mesmo em lendas sobreviveram as artes pelas quais podemos libertar seus plenos poderes. Eu sabia que ele podia lhe restaurar a vida, mas diante de seus inexpugnáveis segredos, sou um ignorante. Simplesmente fiz uso dele para ressuscitá-lo. É o uso do conhecimento que buscamos. Quanto ao Coração, somente você conhece seus horríveis segredos.

Xaltotun balançou a cabeça, mirando pensativo a imagem flamejante.

– Meu conhecimento necromântico é maior que a soma do conhecimento dos outros homens – ele disse. – Ainda assim, não conheço o poder completo da joia. Não o invoquei na antiguidade, mas guardava a peça para que não fosse utilizada contra mim. Mas ela foi roubada e, nas mãos leves de um xamã bárbaro, derrotou toda minha poderosa feitiçaria. Enfim, o Coração de Ahriman desapareceu e eu fui envenenado pelos sacerdotes ciumentos da Stygia antes que pudesse descobrir onde estava.

– A joia estava escondida em uma caverna sob o templo de Mitra, em Tarantia – disse Orastes. – Descobri isso de maneira tortuosa, depois de ter encontrado seu corpo no templo subterrâneo de Set, na Stygia. Ladrões zamoranos, protegidos por feitiços que aprendi com fontes que é melhor não mencionar, roubaram seu sarcófago na calada da noite, debaixo das barbas daqueles que o guardavam, e ele finalmente foi trazido até a cidade por uma caravana de camelos e bois. Os mesmos ladrões, ou melhor, aqueles que ainda estavam vivos após essa busca fúnebre, roubaram o Coração de Ahriman da caverna assombrada sob o templo de Mitra, e mesmo toda a habilidade deles e os encantos dos feiticeiros quase falharam. Um desses homens viveu tempo suficiente para chegar até mim e entregar a joia antes que morresse babando e balbuciando o que tinha visto dentro da cripta maldita. Os ladrões de Zamora são os homens mais fiéis para se confiar. Mesmo com meus feitiços, somente eles poderiam ter roubado o Coração do local onde repousava, guardado pelos demônios das trevas desde a queda de Acheron, três mil anos atrás.

Xaltotun ergueu sua cabeça leonina e olhou fixamente para o espaço, como se procurasse os séculos perdidos.

– Três mil anos! – ele resmungou. – Set! Diga-me o que mudou no mundo.

– Os bárbaros que derrubaram Acheron estabeleceram novos reinos – relatou Orastes. – Onde outrora havia o império, agora erguem-se os reinos chamados Aquilônia, Nemédia e Argos, fundados por tribos separatistas. Os antigos reinos de Ophir, Corinthia e Koth ocidental, que haviam sido subjulgados por Acheron, novamente ganharam sua independência com a queda do império.

– E quanto ao povo de Acheron – continuou Orastes –, quando fui para a Stygia, Python estava em ruínas, e todas as belas cidades com torres púrpuras de Acheron foram manchadas de sangue e pisoteadas pelas sandálias dos bárbaros.

– Nas colinas, alguns pequenos grupos ainda descendem de Acheron – disse ele. – Quanto ao resto, foi engolido pela maré brutal de meus ancestrais bárbaros, varrendo tudo do mapa. Eles haviam sofrido demais por causa do reino de Acheron.

Um sorriso terrível, com dentes à mostra, contornou os lábios do pythoniano.

– Sim! Muitos bárbaros, homens e mulheres, morreram berrando no altar sob esta mão. Eu vi suas cabeças serem empilhadas para formarem uma pirâmide na grande Praça de Python, quando os reis voltaram do oeste trazendo seus espólios de guerra e escravos capturados.

– Sim. Mas quando o dia do acerto de contas chegou, a espada não descansou até que Acheron deixasse de existir. E Python das torres púrpuras tornou-se uma reminiscência de dias esquecidos. Os reinos jovens se levantaram sobre as ruínas imperiais e se engrandeceram. Agora o trouxemos de volta para nos ajudar a dominar esses reinos, os quais, embora menos pujantes que o antigo Acheron, são ricos e poderosos, dignos de se governar. Veja! – Orastes desenrolou diante do estranho um mapa desenhado cuidadosamente em um pergaminho.

Xaltotun examinou o papel, movimentando a cabeça, perplexo.

– Os próprios contornos da terra mudaram. É como algo familiar visto em um sonho que distorce as memórias.

– Todavia, aqui está Belverus, a capital da Nemédia, onde estamos agora – retrucou Orastes, traçando linhas com o dedo esticado. Aqui estão as fronteiras da Nemédia. Ao sul e sudeste estão Ophir e Corinthia, ao leste a Britúnia, ao oeste Aquilônia.

– É o mapa de um mundo que desconheço – afirmou Xaltotun, calibrando a frase com um tom ameno, mas Orastes não deixou de perceber a lúgubre faísca de ódio que cintilou naqueles olhos escuros.

– É o mapa que você deve nos ajudar a mudar – completou Orastes. – Nosso primeiro desejo é colocar Tarascus no trono da Nemédia. Queremos fazer isso sem luta e de uma forma que as suspeitas não recaiam sobre ele. Não queremos que a terra seja dilacerada por guerras civis, mas guardar todo seu poder para a conquista de Aquilônia. Caso o rei Nimed e seu filho morram de forma natural, em uma praga por exemplo, Tarascus será levado ao trono como herdeiro imediato, de forma pacífica e sem oposição.

Xaltotun aquiesceu, sem responder, e Orastes prosseguiu.

– O passo seguinte será mais difícil. Não podemos colocar Valerius no trono de Aquilônia sem guerra. Aquele reino é um adversário medonho, e seu povo é uma raça guerreira, embrutecida por batalhas intermináveis contra os pictos, zíngaros e cimérios. Por quinhentos anos Aquilônia e Nemédia travaram uma guerra intermitente, e a derradeira vantagem sempre esteve ao lado dos aquilonianos.

"Atualmente, seu rei é o guerreiro mais renomado entre as nações ocidentais. Ele é um forasteiro, um aventureiro que conquistou a coroa à força durante a eclosão de uma guerra civil, estrangulando o rei Namedides com suas próprias mãos, bem diante do trono. Seu nome é Conan, e nenhum ser humano o supera em batalha.

"Valerius é o legítimo herdeiro da coroa. Ele havia sido mandado para o exílio por seu parente real, Namedides, e permaneceu longe do reino de Aquilônia por vários anos, mas tem o sangue da antiga dinastia e, por causa disso, muitos barões e representantes da nobreza organizariam secretamente a derrubada de Conan, que é um ninguém, sem estirpe nem sangue real. Mas a plebe é leal ao rei, assim como os fidalgos das províncias periféricas. No entanto, se suas forças forem derrotadas em batalha e o próprio Conan for assassinado, acho que não seria difícil entregar o poder a Valerius. Na verdade, com Conan morto, o governo central seria destruído. Ele não faz parte de dinastia alguma; pelo contrário, é um aventureiro solitário."

– Eu gostaria de ver esse rei – ponderou Xaltotun, olhando na direção de um espelho prateado, que adornava um dos painéis da parede e não tinha reflexo, mas a expressão em seu rosto indicava que ele entendia o propósito da peça. Orastes meneou a cabeça, manifestando o orgulho que qualquer bom artesão demonstra ao ver seus feitos serem reconhecidos por um mestre na arte.

– Tentarei mostrá-lo a você – disse. Sentado diante do espelho, ele fitou hipnoticamente suas profundezas, onde uma sombra turva começou a se formar.

Era algo misterioso, mas as testemunhas daquela situação sabiam que se tratava do reflexo da imagem do pensamento de Orastes, estampado no espelho como as ideias de um mágico se corporificam em um cristal místico. A mancha nebulosa flutuou antes de se dissipar e mostrar com surpreendente clareza um homem alto, com ombros poderosos, peito imponente e pescoço grosso. Ele estava vestido de seda e veludo, com os leões reais de Aquilônia trabalhados em ouro sobre seu colete, e a coroa do reino resplandecia sobre sua juba negra, mas a grande espada, embainhada na cintura, era o que parecia mais natural naquela figura em comparação com os ornamentos régios. Sob a testa larga, os olhos da cor do anil, num tom azul-vulcânico, ardiam como se tivessem um fogo interior. A face coberta de cicatrizes, quase sinistra, era a de um combatente brutal e perigoso, cujas ricas vestes de veludo não conseguiam ocultar os membros altamente musculosos.

– Esse homem não é hiboriano! – exclamou Xaltotun.

– Não. Ele é um cimério, descendente de uma das tribos selvagens que vivem nas colinas do norte.

– Eu lutei contra seus ancestrais – murmurou Xaltotun. – Nem mesmo os reis de Acheron puderam conquistá-los.

– Eles continuam sendo um terror para as nações do sul – reclamou Orastes. – Ele é um verdadeiro filho daquela raça selvagem, e tornou-se invencível até agora.

Xaltotun, sem responder, ficou sentado, encarando a peça de fogo que brilhava em sua mão. Lá fora, o cão uivou mais uma vez, um gemido longo e pungente.

CAPÍTULO 2

O vento negro sopra

O ANO DO DRAGÃO NASCERA EM MEIO A GUERRAS, epidemias e revoluções. A peste negra se espalhou pelas ruas de Belverus, atingindo o mercador em sua tenda, o servo em sua moradia miserável, o cavaleiro na mesa de banquetes. Diante dela, as artes dos médicos eram inúteis. Os homens disseram que a praga havia sido enviada do inferno como punição pelos pecados do orgulho e da luxúria. Foi rápida e mortal, como o bote de uma víbora. O corpo passava do tom púrpura para o negro e, em pouco minutos, sucumbia. O fedor da própria putrefação entupia as narinas da vítima antes mesmo que a morte arrancasse sua alma do peito apodrecido. Um vento quente, que mais parecia um rugido, soprou inclemente do sul, enquanto as colheitas murchavam nos campos e o gado fenecia em suas pastagens.

Os homens imploravam a Mitra e resmungavam contra o rei. De repente, espalhou-se por todo o reino o boato de que o rei estava secretamente viciado em práticas abomináveis e perversas, cometidas na reclusão de seu palácio soturno. Até naquele castelo a morte espreitava, puxando os pés de quem era circundado pelos vapores implacáveis da praga. Numa mesma noite o rei morreu com seus três filhos, e os tambores que retumbaram sua lamentação abafaram os sinos lúgubres e ameaçadores, sonantes em carroças que vagavam pelas ruas recolhendo os mortos em decomposição.

Naquela noite, o bafo quente que perdurara por semanas parou de roçar maldosamente as cortinas de seda das janelas. Do norte elevou-se uma grande tempestade, que rugiu por entre as torres, e houve trovões cataclísmicos, ofuscantes relâmpagos e chuva pesada. Mas o amanhecer brilhou limpo, claro e verdejante: a terra arrasada velou a si própria, as colheitas sedentas floresceram revigoradas e a peste desapareceu, após seu miasma ser varrido por uma poderosa ventania.

Os homens disseram que os deuses ficaram satisfeitos porque o perverso rei e suas crias foram assassinados. Quando seu jovem irmão Tarascus foi coroado no grande salão real, a população aplaudiu até que as torres tremessem, aclamando o monarca para quem as divindades haviam sorrido.

Uma onda de entusiasmo e alegria assim, engolfando a terra, é normalmente o sinal para uma guerra de conquista. Por isso, ninguém se surpreendeu quando foi anunciado que o rei Tarascus declarara o fim da trégua assinada pelo rei morto com seus vizinhos do oeste e começara a convocar seus compatriotas para invadir Aquilônia. Suas razões eram absolutas, embora sua motivação, duramente aclamada, dourava as ações com um pouco do glamour de uma cruzada. Ele expôs a todos o caso de Valerius, legítimo herdeiro do trono. Tarascus veio e proclamou, não como inimigo de Aquilônia, mas como defensor do povo, que era hora de libertar todos da tirania de um usurpador estrangeiro.

Se houve sorrisos cínicos em determinadas aldeias e sussurros preocupados com o bom amigo do rei, Amalric, cuja vasta riqueza pessoal parecia estar fluindo para o depauperado tesouro real, eles passaram despercebidos pelo fervor e zelo amplificados pela popularidade de Tarascus. Se qualquer indivíduo astuto suspeitou de que Amalric era o verdadeiro governante da Nemédia, nos bastidores, tal pessoa fora cuidadosa o suficiente para não dar voz a tamanha heresia. E a guerra seguiu adiante.

O rei e seus aliados marcharam em direção ao oeste, comandando cinquenta mil cavaleiros em armaduras brilhantes, com penachos tremulando sobre os capacetes, lanceiros com elmos e couraças de aço e arqueiros com coletes de couro reforçado. Eles cruzaram a fronteira, tomaram um castelo na divisa e queimaram três vilas de montanheses. No vale de Valkia, dez milhas a oeste da linha fronteiriça, avistaram as tropas de Conan, rei de Aquilônia, formadas por quarenta e cinco mil cavaleiros, arqueiros e guerreiros, a nata do exército aquiloniano. Somente os soldados de Poitan, sob o comando de Prospero, ainda não tinham chegado ao local do combate, pois vinham cavalgando da extremidade sul do reino. Tarascus atacou sem aviso. Sua invasão veio no rastro da proclamação real, sem que houvesse uma declaração formal de guerra.

Os dois exércitos se encontraram ao longo de um vale pouco profundo e escarpado, com um córrego raso e sinuoso entre as massas de caniços e salgueiros que haviam ao centro. Os seguidores campais que davam apoio a ambos os exércitos iam até o riacho em busca de água, gritavam insultos e atiravam pedras uns nos outros. Os últimos raios do sol brilharam sobre a bandeira da Nemédia estampada com o dragão escarlate, desfraldada ao vento acima do pavilhão do rei Tarascus em uma protuberância próxima aos rochedos orientais. Mas a sombra das pedras caiu como uma grande mortalha púrpura sobre as tendas do exército da Aquilônia e sobre a bandeira negra com seu leão dourado, que balançava acima do pavilhão do rei Conan.

Durante toda a noite, as chamas iluminaram a extensão do vale e o vento trouxe o chamado de trombetas, o clamor das armas e os perigosos desafios das sentinelas que montavam seus cavalos ao longo da fila de salgueiros que crescia na beirada do riacho. Foi nas trevas antes do amanhecer que o rei Conan se mexeu em seu sofá, que não era nada além de uma pilha de seda e peles jogadas sobre um estrado, e despertou. Ele deu um grito alto e agudo e agarrou sua espada. Pallantides, seu comandante, adentrou a tenda por causa do grito e viu o rei sentado, ereto, sua mão sobre a empunhadura da arma, e suor pingando de sua face estranhamente pálida.

– Majestade! – exclamou Pallantides. – Há algo errado?

– Como está o acampamento? – perguntou Conan. – Os guardas estão lá fora?

– Quinhentos homens patrulham a beira do riacho, senhor – respondeu o general. – Os nemédios não pretendem se mover contra nós durante a noite. Eles esperarão pelo amanhecer, assim como nós.

– Por Crom – murmurou Conan. – Acordei com uma sensação de que a morte estava me rondando esta noite.

Ele olhou fixamente para o belo candelabro dourado que derramava seu suave brilho sobre as cortinas e tapetes de veludo da tenda. Eles estavam a sós; nem mesmo um escravo ou um pajem dormiam no chão acarpetado. Mas os olhos de Conan queimavam como se ele estivesse nas garras de um grande perigo, e a espada estremeceu em suas mãos. Pallantides observou-o com desconforto. Conan parecia estar escutando algo.

– Ouça! – sussurrou o rei. – Você escutou isso? Um passo furtivo!

– Sete cavaleiros guardam a sua tenda, majestade – disse Pallantides. – Ninguém poderia se aproximar sem ser visto.

– Não é do lado de fora – rugiu Conan. – Pareceu soar dentro da tenda.

Pallantides lançou um olhar assustado ao redor. As cortinas de veludo se fundiam às sombras nos cantos, mas se houvesse alguém no pavilhão, além deles mesmos, o general o teria visto. Novamente, ele meneou com a cabeça.

– Não há ninguém aqui, com toda certeza. Você dormiu no centro de seu exército.

– Eu já vi a morte derrubar um rei em meio a milhares – resmungou Conan. – Algo que caminha com pés invisíveis e não pode ser visto.

– Talvez o senhor estivesse sonhando, majestade – disse Pallantides, ligeiramente perturbado.

– Então eu estava – grunhiu Conan. – Era um sonho maldito. Caminhei novamente por todas as longas e exaustivas estradas que tive que percorrer em minha jornada até me tornar um monarca.

Ele guardou silêncio, e Pallantides ficou a observá-lo, sem falar. O rei era um enigma para o general, assim como para a maioria dos seus súditos civilizados. Pallantides sabia que Conan atravessara várias veredas estranhas em sua vida selvagem e agitada, e tinha feito muitas coisas antes que uma guinada do destino o colocasse no trono da Aquilônia.

– Vi novamente o campo de batalhas onde nasci – disse Conan, descansando seu queixo no punho maciço. – Vi eu mesmo vestido numa tanga feita com pele de pantera, arremessando uma lança nas bestas das montanhas. Eu era um espadachim mercenário novamente, um comandante militar dos kozakis, que habitam ao longo do rio Zaporoska, um corsário pilhando a costa de Kush, um pirata das Ilhas Barachas, um chefe dos homens himelianos das colinas. Todas essas coisas eu fui, e com todas elas sonhei. Todas as formas da minha existência passaram como uma procissão sem fim, e o bater de seus pés entoaram um canto fúnebre na poeira ressonante.

"Mas durante todo meu sonho moviam-se estranhas figuras veladas e sombras fantasmagóricas, e uma voz distante e assustadora zombava de mim. E por fim, eu parecia enxergar a mim mesmo flutuando neste estrado em minha tenda, e uma forma aproximou-se de mim, trajando um manto e capuz. Fiquei deitado, incapaz de me mover, quando, de súbito, o capuz caiu e um crânio apodrecido sorriu. Então acordei."

– Este é um pesadelo horrível, majestade – disse Pallantides, suprimindo um arrepio. – Mas já terminou.

Conan balançou a cabeça, mais em dúvida que em negação. Ele viera de uma raça bárbara, e as superstições e instintos de sua herança espreitavam próximos à superfície de sua consciência.

– Eu já tive muitos pesadelos – ele disse. – E a maior parte deles foi desprovido de significado. Mas, por Crom, este não foi como a maioria dos sonhos! Eu gostaria que esta batalha fosse travada e vencida, porque tenho tido esta premonição sinistra desde que o Rei Nimed morreu da peste negra. Por que ela acabou quando ele morreu?

– Os homens dizem que ele pecou.

– Como sempre, os homens são tolos – retrucou Conan. – Se a peste atacasse todos que pecaram, então, por Crom, não sobraria o suficiente para contar os sobreviventes! Por que os deuses, que os sacerdotes me dizem serem justos, matam apenas quinhentos camponeses, comerciantes e nobres antes de dar cabo do rei, se toda a pestilência mirava sobre ele? Os deuses estavam ferindo às cegas, como espadachins na neblina? Por Mitra, se eu mirasse meus ataques dessa forma Aquilônia já teria tido um novo rei muito tempo atrás.

"Não! A peste negra não foi uma praga comum. Ela se esconde nas tumbas da Stygia e é trazida para fora de lá somente por feiticeiros. Eu era um espadachim no exército do rei Almuric, que invadiu a Stygia, e dos seus trinta mil homens, quinze mil morreram pelas flechas stygias, e o resto por causa da peste negra, que caiu sobre nós como um vento vindo do sul. Eu fui o único homem que sobreviveu."

– Mas somente quinhentos morreram na Nemédia – retrucou Pallantides.

– Quem quer que a tenha conjurado sabia como pará-la à sua vontade – respondeu Conan. – Assim como eu sabia que havia algo planejado e diabólico a respeito de tudo isso. Alguém a trouxe para fora, alguém a baniu de volta quando o trabalho estava completo, quando Tarascus estava seguro no trono e sendo aclamado como o salvador do povo da ira dos deuses. Por Crom, sinto um cérebro negro e sutil por trás disso tudo. E quanto a este estranho que os homens dizem que dá conselhos a Tarascus?

– Ele usa um véu – respondeu Pallantides. – Dizem que ele é um estrangeiro vindo da Stygia.

– Um estrangeiro da Stygia! – repetiu Conan com cara feia. – Um estrangeiro do inferno, me parece! Ah! O que é isto?

– As trombetas dos nemédios! – exclamou Pallantides. – E ouça também o nosso próprio clangor. O amanhecer chegou, e os capitães estão marchando com os exércitos para a batalha! Que Mitra esteja conosco, porque muitos não verão o sol se pôr detrás do penhasco.

– Mande meus escudeiros! – exclamou Conan, levantando-se com entusiasmo e tirando suas vestes noturnas de veludo; parecia ter se esquecido dos seus pressentimentos na iminência da ação. – Vá até os capitães e veja se tudo está pronto. Estarei com vocês assim que vestir minha armadura.

Muito do jeito de ser de Conan era inexplicável para as pessoas civilizadas que ele governava, e isso incluía sua insistência em dormir sozinho em seu quarto ou tenda. Pallantides apressou-se para fora do pavilhão, tilintando na armadura que vestira à meia-noite após algumas horas de sono. Ele deu uma olhadela para o campo, que começava a fervilhar em sonora atividade, e para os homens que se deslocavam entre as longas linhas de tendas. Estrelas ainda brilhavam palidamente no céu a oeste, mas faixas longas rosadas apontavam no horizonte ao leste, e a bandeira do dragão da Nemédia esvoaçava com suas dobras de seda.

Pallantides foi em direção a uma tenda menor, onde dormiam os escudeiros reais. Eles já estavam acordados, despertos pelas trombetas. Pallantides pediu que se apressassem, mas seu discurso ficou parado no ar quando saíram da tenda do rei um grito feroz e o impacto de um duro golpe, seguido pelo barulho de um corpo caindo. Lá também ressoou uma gargalhada que fez o sangue do general gelar.

Sob os ecos do som, Pallantides correu de volta para o pavilhão. Ele berrou novamente ao ver o poderoso corpo de Conan deitado sobre o carpete. A grande espada de dois gumes do rei estava próxima de sua mão, e uma parte despedaçada da tenda demonstrava onde a lâmina havia acertado. Pallantides, com a espada em punho, olhou ao redor, mas não viu nada. Exceto pelo rei e por ele mesmo, a tenda estava vazia, da mesma forma que a deixara ao sair.

– Majestade! – Pallantides se atirou de joelhos ao lado do gigante caído.

Os olhos de Conan estavam abertos, e brilhavam com inteligência e reconhecimento. Seus lábios se retorceram, mas nenhum som saiu. Ele parecia incapaz de se mover.

Vozes soaram do lado de fora. Pallantides se levantou e foi até a porta. Os escudeiros reais e um dos cavaleiros que guardavam a tenda estavam lá.

– Nós escutamos um som do lado de dentro – disse o cavaleiro, preocupado. – Está tudo bem com o rei?

Pallantides se dirigiu a ele com sinais de exaustão.

– Ninguém entrou ou saiu deste pavilhão esta noite?

– Ninguém, exceto o senhor, meu lorde – respondeu o cavaleiro, e Pallantides não duvidou de sua honestidade.

– O rei tropeçou e derrubou sua espada – disse Pallantides com brevidade. – Retorne ao seu posto.

Enquanto o cavaleiro se afastava, o general chamou os cinco escudeiros reais, que o seguiram para dentro da tenda, e fechou a entrada. Eles empalideceram ante a visão do rei esticado no carpete, mas um gesto de Pallantides inibiu suas exclamações.

O general inclinou-se sobre Conan, que mais uma vez tentou falar. As veias em suas têmporas e os tendões do pescoço incharam com o esforço, e ele levantou a cabeça do chão. Finalmente a voz veio, murmurosa e pouco inteligível.

– A coisa! A coisa no canto!

Pallantides levantou a cabeça, com temor. Ele viu o rosto pálido dos escudeiros sob a luz do lampião, as sombras aveludadas que espreitavam ao longo das paredes do pavilhão. E isso era tudo.

– Não há nada aqui, majestade – ele disse.

– Estava lá, no canto – murmurou o rei, sacudindo sua cabeça com a cabeleira de leão, de um lado para outro, em seus esforços para se erguer. – Um homem, pelo menos ele se parecia com um, envolvido em panos, como ataduras de uma múmia, com uma capa podre e um capuz. Tudo que pude ver foram seus olhos, enquanto ele se agachava lá nas sombras. Achei que ele próprio fosse uma sombra, até ver aqueles olhos. Pareciam com joias negras.

"Fui até ele e brandi minha espada, mas não o acertei. De que forma somente Crom sabe. Acabei rasgando aquela parte da tenda. Ele agarrou meu punho quando perdi o equilíbrio, e seus dedos queimavam como ferro quente. Toda minha força deixou meu corpo. O chão se ergueu e me atingiu como uma clava. Então ele se foi, e eu estava caído. Amaldiçoado seja! Não posso me mover! Estou paralisado!

Pallantides ergueu a mão do gigante, e ficou arrepiado. O pulso do rei mostrava marcas arroxeadas de dedos longos e magros. Que mão poderia agarrar com tanta força a ponto de deixar suas marcas naquele pulso grosso? Pallantides lembrou-se daquela gargalhada grave que escutou enquanto corria em direção à tenda, e começou a suar frio. Não fora Conan que dera aquela gargalhada.

– Isso é algo diabólico – cochichou um escudeiro apavorado. – Os homens dizem que as crianças das trevas batalham em nome de Tarascus!

– Silêncio! – ordenou Pallantides firmemente.

Lá fora, o amanhecer diminuía a luz das estrelas. Uma leve brisa soprava dos penhascos, e trazia consigo a fanfarra de mil trombetas. Junto com o som, o rei sofreu mais convulsões. As veias em suas têmporas saltaram enquanto ele lutava para quebrar os grilhões invisíveis que o haviam derrubado.

– Vistam minha armadura e me amarrem na cela – ele suspirou. – Eu ainda liderarei o ataque!

Pallantides balançou a cabeça, e um escudeiro disse corajosamente:

– Meu senhor, estaremos perdidos se o exército souber que o rei foi ferido! Ninguém mais poderia nos levar à vitória no dia de hoje.

– Ajudem-me a colocá-lo sobre o estrado – ordenou o general.

Eles obedeceram. Deitaram o indefeso gigante sobre as peles, e o cobriram com uma capa de seda. Pallantides voltou-se e examinou o rosto dos cinco escudeiros antes de falar.

– Nossos lábios precisam estar selados para sempre sobre o que acontece nesta tenda – ele falou, enfim. – Disso depende o reino de Aquilônia. Um de vocês vá buscar Valannus, o capitão dos lanceiros pellianos.

O escudeiro indicado curvou-se e correu para fora da tenda, e Pallantides continuou a fitar o rei ferido, enquanto do lado de fora trombetas retumbavam, tambores eram como trovões e o rugido das multidões cresceu na luz do amanhecer. Logo o escudeiro retornou com o oficial que Pallantides havia solicitado; um homem alto, forte e largo, com uma estrutura física similar à do rei. Também como ele, tinha cabelos grossos e escuros. Mas seus olhos eram cinzentos, e suas feições não lembravam as de Conan.

– O rei foi acometido por um estranho mal – disse Pallantides rapidamente. – Será sua a grande honra de usar a armadura real e cavalgar à frente do exército hoje. Ninguém deve saber que não é o rei quem comanda o ataque.

– Esta é uma honra pela qual um homem daria de bom grado sua vida – balbuciou o capitão, estupefato pela incumbência. – Que Mitra garanta que eu não falhe diante desta poderosa tarefa!

Enquanto o rei caído olhava fixamente, refletindo a amarga ira e humilhação que devoravam seu coração, o escudeiro despiu Valannus de sua camisa, elmo e peças que cobriam as pernas, vestindo-o com a armadura de Conan feita de uma malha prateada escura, um capacete com visor e plumas negras na sua crista. Por cima, a túnica de seda com o leão real, trabalhado em ouro na altura do peito, e o cinturão com fivela dourada, que guardava uma larga espada, com uma joia incrustada na bainha de pano dourada. Trombetas soavam do lado de fora e, por todo o riacho, erguia-se um profundo rugido, conforme esquadrão após esquadrão assumia sua posição.

Paramentado e armado, Vallanus caiu de joelhos e curvou suas plumas diante da figura deitada no estrado.

– Senhor, meu rei. Que Mitra garanta que eu não desonre a armadura que uso hoje!

– Traga-me a cabeça de Tarascus, e eu farei de você um barão! – em sua hora de angústia, o verniz de civilização de Conan caiu. Com olhos de fogo, ele apertou os dentes com fúria e sede de sangue, tão bárbaro quanto qualquer homem de sua tribo nas colinas da Ciméria.

CAPÍTULO 3

A queda do penhasco

AS FORÇAS AQUILONIANAS ESTAVAM EM POSIÇÃO, formando longas linhas de lanceiros e cavaleiros em aço brilhante, no momento em que uma figura gigante trajando uma armadura negra emergiu do pavilhão real. Quando ele subiu na sela do garanhão negro, apoiado por seus escudeiros, um clamor que estremeceu as montanhas partiu do exército. Eles agitavam suas lâminas e esbravejavam em aclamação diante de seu rei guerreiro; cavaleiros em armaduras douradas, lanceiros em malhas de ferro e capacetes de aço, arqueiros em coletes de couro, portando arcos longos na mão esquerda.

As forças do lado oposto do vale também estavam em movimento, trotando pela encosta longa e suave em direção ao rio; o aço brilhava através da névoa da manhã que rodeava os cascos dos cavalos.

De prontidão, o exército aquiloniano estava armado para avançar em direção ao inimigo. O trote ritmado dos cavalos, revestidos por blindagens, levantava poeira. As bandeiras flutuavam com suas longas pregas de seda sopradas pelo vento matutino; lanças balançavam como uma floresta eriçada, subindo e descendo, e vibrando junto com seus penachos.

Dez guerreiros, veteranos taciturnos e cruéis, guardavam o pavilhão real. Um escudeiro permaneceu na tenda, espiando através de uma abertura na porta de entrada. Exceto pelos poucos que conheciam o segredo, ninguém mais sabia que não era Conan quem cavalgava o grande garanhão negro, encabeçando o exército.

As tropas aquilonianas assumiram a formação padrão. A parte mais poderosa ao centro, composta por cavaleiros fortemente armados. Nas alas, como se fossem asas, havia destacamentos menores de homens a cavalo, pelotões de guerreiros montados, apoiados por lanceiros e arqueiros. Os últimos eram os bossonianos das marchas ocidentais, homens de estatura média e constituição forte, trajando jaquetas de couro e elmos de ferro.

O exército nemédio veio em uma formação similar, e as duas forças se moveram em direção ao rio, as asas batendo um pouco à frente das tropas centrais. No meio do exército de Aquilônia a bandeira do leão esvoaçava, com suas pregas pretas acima da figura revestida de aço montada no corcel negro.

Mas em seu estrado no pavilhão real, Conan emitiu novos grunhidos, tentando debelar a angústia que tomava conta de seu espírito, e praguejou juramentos pagãos.

– Os exércitos marcham ao mesmo tempo – narrou o escudeiro, observando tudo da porta. – Ouça o soar das trombetas! O amanhecer resplandece como fogo sobre os capacetes e as armas pontiagudas. E fará que o rio se torne verdadeiramente carmesim antes que o dia termine!

"O inimigo chegou ao rio. Agora flechas voam entre as armadas como nuvens de tormenta que escondem o sol. Bom disparo, arqueiro! Os bossonianos são os melhores. Escute o brado deles!"

Aos ouvidos do rei, acima do barulho das trombetas e do retinir do aço, chegava o grito feroz dos bossonianos, enquanto puxavam e soltavam seus arcos em perfeita sincronia.

– Os arqueiros inimigos procuram manter os nossos ocupados enquanto seus cavaleiros atravessam o rio – disse o escudeiro. – Os bancos não têm grande declive, o que facilita o galope pela beirada da água. Os cavaleiros avançaram e combatem em meio aos salgueiros. Por Mitra, nossas setas encontram todas as brechas na armada deles! Cavalos e homens caem, debatendo-se e se contorcendo na água. Ela não é profunda, nem a correnteza é rápida, mas os homens estão se afogando, arrastados para o fundo por suas armaduras e pisoteados pelos frenéticos cavalos. Agora os cavaleiros da Aquilônia vão à frente. Eles cavalgam pelo riacho e confrontam os guerreiros da Nemédia. A água forma redemoinhos, bem na altura do peito dos cavalos, e o som de espada contra espada é ensurdecedor.

– Por Crom! – Conan explodiu em agonia. A vida lentamente voltava às suas veias e aos seus lábios, mas ele ainda não conseguia erguer seu corpo do estrado.

– As asas estão se fechando – disse o escudeiro. – Os lanceiros e espadachins lutam na correnteza, e, atrás deles, os arqueiros continuam seus disparos. Por Mitra, os arbustos estão completamente destruídos, e os bossonianos curvam seus arcos para derrubar as fileiras da retaguarda. O pelotão central deles não consegue avançar nem um pé, e suas asas estão sendo empurradas para fora do riacho.

– Crom, Ymir e Mitra – rosnou Conan. – Deuses e demônios, ah! se eu pudesse chegar até a luta nem que fosse para morrer no primeiro golpe!

Lá fora, ao longo do dia quente e interminável, a batalha foi retumbante. O vale estremecia a cada sequência de ataque e contra-ataque, ante o assobio das flechas, com o choque dos escudos se rasgando e lanças fragmentadas. Mas a armada de Aquilônia manteve o controle. Os guerreiros chegaram a ser forçados a voltar para a margem, mas uma reação, liderada pela bandeira negra flutuando acima do corcel negro, recuperou o terreno perdido. Como uma muralha de ferro, o esquadrão tomou a margem direita do riacho e, afinal, o escudeiro deu a Conan a notícia de que os nemédios recuaram, fugindo pelo rio.

– As asas deles estão confusas – ele berrou. – Os cavaleiros se afastam para longe do confronto direto. Mas, o que é isso? Nossa bandeira está em movimento; o centro do exército está atravessando o rio! Por Mitra, Valannus está liderando as tropas através do riacho!

– Tolo! – rugiu Conan. – Pode ser um truque. Ele deveria manter a posição, porque ao amanhecer Prospero estará aqui com o destacamento de poitanianos.

– Os cavaleiros cavalgam para cima deles, enfrentando milhares de flechas! – gritou o escudeiro. – Mas eles não vacilam. Continuam a varredura e já cruzaram o rio. Agora avançam pela encosta! Pallantides lançou as asas ao longo das margens para lhes dar cobertura! É só o que ele pode fazer. A bandeira do leão, em movimento ondulante, se destaca no meio do tumulto.

"Os cavaleiros da Nemédia armaram uma resistência. Eles estão desbaratados! E continuam a recuar! A ala esquerda deles está em fuga desordenada, e nossos lanceiros os dilaceram enquanto correm! Estou vendo Valannus, cavalgando e golpeando como um louco. Ele foi arrebatado pelo delírio da batalha. Os homens não olham mais para Pallantides, e seguem Valannus, julgando que ele é Conan, que cavalga com extrema coragem mantendo o visor de seu capacete fechado.

"Mas, veja, há um método em sua loucura! Ele contorna a frente Nemédia, com cinco mil cavaleiros, a nata do exército. A armada principal dos nemédios está confusa! O flanco está protegido pelos rochedos, mas atrás há um desfiladeiro que ficou desguarnecido! É como uma grande fissura na parede que se abre inteiramente bem atrás das linhas nemédias. Por Mitra, Valannus a viu e irá aproveitar a oportunidade! Ele já deu o sinal para o avanço das tropas laterais e está liderando os cavaleiros em direção à estreita passagem entre as montanhas. Eles se desviam da batalha principal, cortaram caminho através de uma linha de lanceiros e arremetem para o desfiladeiro."

– É uma emboscada – berrou Conan, ainda lutando para ficar em pé.

– Não! – gritou o escudeiro, exultante. – O exército nemédio inteiro está à plena vista! Eles se esqueceram do desfiladeiro! Jamais pensaram que seriam forçados a recuar tão longe. Oh, tolo Tarascus, muito tolo para cometer tamanho descuido! Ah, eu vejo lanças e bandeiras vindo da boca do desfiladeiro, além das linhas nemédias. Elas irão recuar suas fileiras e deixá-las encurraladas. Mitra, o que é isso?

Ele cambaleou como um bêbado no momento em que as paredes da tenda balançaram. Ao longe, acima do trovão da luta, surgiu um barulho ensurdecedor, uma desgraça.

– Os rochedos desmoronaram! – berrou o escudeiro. – Ah, deuses, o que é isso? O rio corre para fora de seu leito e os picos estão ruindo! A terra treme, derrubando os cavalos e guerreiros em suas armaduras. O penhasco... – bradou, sem fôlego. – O penhasco está caindo!

Junto com o eco de suas palavras, vieram um estrondo inacreditável e abalos retumbantes, enquanto o chão tremia. No fragor da batalha soaram gritos lancinantes de terror.

– Os rochedos despencaram – gritou o escudeiro, lívido. – Eles caíram desfiladeiro abaixo e esmagaram cada criatura viva que estava em seu caminho! Eu vi a bandeira do leão por um instante, antes de ser soterrada em meio ao pó e às pedras caídas, e então ela desapareceu! Os nemédios bradam em triunfo, pois a avalanche varreu do mapa cinco mil de nossos mais bravos guerreiros!

Chegou aos ouvidos de Conan uma torrente imensa de som, crescendo em frenesi:

– O rei está morto! O rei está morto! Fujam! Fujam! O rei está morto!

– Mentirosos! – ofegou Conan. – Cães! Patifes! Covardes! Oh, Crom, se eu ao menos pudesse me levantar e arrastar-me até o rio com minha espada em riste! De que forma eles fogem, garoto?

– Eles escorregam para o rio – soluçou o ecudeiro. – Estão alquebrados, abatidos, zonzos diante de uma terrível tempestade. Eu vi Pallantides lutando para impedir a debandada, mas agora está caído, tentando escapar de ser pisoteado pelos cavalos! Eles fogem pelo meio da água; cavaleiros, arqueiros, lanceiros, todos misturados em uma torrente louca de destruição. Os nemédios estão grudados em seus calcanhares, cortando-os como frágeis ramos ciprestes.

– Mas eles irão resistir do lado de cá da margem! – exclamou o rei. Com um esforço que gotejou suor em suas têmporas, ele conseguiu se apoiar nos cotovelos.

– Não! – respondeu o escudeiro. – Eles não poderão! Estão quebrados! Derrotados! Oh, deuses, tive que viver para ver esse dia!

Então, lembrou-se de seus deveres e gritou para os guerreiros que observavam impassíveis a fuga de seus companheiros:

– Peguem um cavalo, rápido, e ajudem-me a colocar o rei sobre a sela. Não podemos mais ficar aqui.

Mas, antes que os homens pudessem fazer o que ele havia pedido, a turba inimiga caiu como uma tempestade sobre o acampamento. Cavaleiros, lanceiros e arqueiros correram por entre as tendas, tropeçando nas cordas e bagagem. Atrás deles, os guerreiros nemédios dilaceravam todos os corpos que encontravam pela frente. As cordas das barracas foram arrebentadas, o fogo se espalhou por centenas de lugares e, em seguida, começaram os saques. Os guarda-costas do pavilhão de Conan venderam caro suas vidas, lutando bravamente contra um enorme grupo de inimigos, mas morreram bem ali onde estavam. Apunhalados e até esquartejados, os cadáveres ficaram desfigurados sob os cascos dos conquistadores.

Mas o escudeiro deixara a porta fechada e, na louca confusão da matança, ninguém se deu conta de que havia duas pessoas dentro do pavilhão do rei. Fugitivos e perseguidores seguiam em direção ao vale, quando o escudeiro observou um grupo aproximar-se da tenda real, com propósito evidente.

– Aí vem o rei da Nemédia com quatro companheiros e seu escudeiro – descreveu. – Ele irá aceitar sua rendição, meu senhor.

– Para o diabo com rendição! – berrou o rei.

Ele se esforçava para manter uma postura ereta. Moveu dolorosamente suas pernas para fora do estrado e ficou em pé, ainda oscilante. O escudeiro correu para ajudá-lo, mas Conan o empurrou.

– Dê-me aquele arco! – ele gritou, indicando a arma e um coldre cheio de setas, pendurado em uma das paredes da tenda.

– Mas, majestade! – implorou o escudeiro, com ar perturbado. – A batalha está perdida! Faz parte da honra render-se com a dignidade daqueles que têm sangue real.

– Eu não tenho sangue real – grunhiu Conan. – Sou um bárbaro, filho de um ferreiro.

Puxando o arco e uma flecha com violência, ele cambaleou até a abertura do pavilhão. Sua aparência era tão formidável, vestido com uma tanga de couro e uma camisa aberta sem mangas, revelando o forte peito peludo, os membros enormes e os flamejantes olhos azuis sob a juba negra emaranhada, que o escudeiro se afastou, com mais medo de seu rei do que do exército nemédio inteiro.

Vacilando sobre as próprias pernas, Conan rasgou a porta basculante e seguiu para fora sob o dossel. O rei da Nemédia e seus companheiros haviam desmontado e, parados ao lado do pavilhão, encaravam com surpresa a aparição que os confrontava.

– Aqui estou, chacais! – desafiou o cimério. – Eu sou o rei! Morte a todos, filhos de um cão!

Ele puxou o arco até sua cabeça e soltou a corda, mas a flecha se cravou no peito do cavaleiro que estava ao lado de Tarascus. Conan arremessou o arco no rei da Nemédia.

– Maldita seja minha mão trêmula! Venha e me pegue, se ousar!

Ele cambaleou para trás, caiu sobre a parede da tenda e, após usar uma corda como apoio e retomar o equilíbrio, levantou sua espada, segurando-a com ambas as mãos.

– Por Mitra, é o rei! – praguejou Tarascus. Ele lançou um olhar sobre Conan e gargalhou. – Aquele outro era um chacal vestindo sua armadura! Vamos cães, arranquem sua cabeça!

Os três soldados, ostentando o emblema da guarda real, investiram contra Conan. Um deles derrubou o escudeiro com o golpe de clava. Os outros dois não se saíram tão bem. O primeiro se aproximou, erguendo sua espada, mas Conan foi ao seu encontro com um golpe arrebatador que cortou os elos da malha como se fossem papel, separando o braço e um pedaço do ombro do resto do corpo do nemédio. O moribundo tombou aos pés do próprio companheiro, que tropeçou. Antes que pudesse se recuperar, a grande espada já o transpassava.

Conan arrancou o aço, com um suspiro, e foi para trás junto à tenda. Seus braços tremiam, o peito arfava e suor escorria pelo rosto e pescoço. Mas os olhos queimavam com exultante selvageria e ele ofegou:

– Por que permanece distante, cão de Belverus? Eu não consigo alcançá-lo; aproxime-se e morra!

Tarascus hesitava, olhando para o guerreiro remanescente e seu escudeiro, um homem raquítico, com aspecto melancólico vestindo uma malha preta, e deu um passo à frente. Ele era bem inferior, em tamanho e força, ao gigante Conan, porém, estava vestido com uma armadura completa e tinha fama de ser excelente espadachim em todas as nações ocidentais. Mas seu escudeiro segurou seu braço.

– Não, majestade. Não desperdice sua vida. Eu vou buscar arqueiros para abater esse bárbaro como abatemos leões.

Nenhum deles tinha reparado que uma carruagem havia se aproximado durante o curso da luta, e agora estacionava diante deles. Quando Conan a viu, sentiu um calafrio e uma estranha sensação subindo por sua espinha. Havia alguma coisa sobrenatural na aparência dos cavalos negros que puxavam o veículo, mas foi o ocupante da boleia que mais chamou a atenção do rei.

Era um homem alto, soberbamente bem constituído, vestido com um longo roupão de seda sem adornos. Usava um cocar shemita e suas vestes escondiam suas feições, exceto pelos magnéticos olhos escuros. As mãos que seguravam as rédeas, puxando os cavalos para trás, eram brancas e fortes. Conan olhou fixamente para o estranho, e todos os seus instintos primitivos entraram em alerta. Ele sentiu uma aura de ameaça e poder que emanava da figura velada, um prenúncio tão negativo quanto a ondulação da grama alta em um dia sem vento, que marca o caminho de uma serpente.

– Salve, Xaltotun! – exclamou Tarascus. – Eis aqui o rei de Aquilônia! Ele não morreu no deslizamento conforme pensávamos.

– Eu sei – respondeu o outro, sem se importar em dizer como já sabia. – Qual é sua intenção agora?

– Chamarei os arqueiros para matá-lo – respondeu o nemédio. – Enquanto ele estiver vivo será um perigo para nós.

– Contudo, mesmo um cão tem sua utilidade – respondeu Xaltotun. – Peguem-no vivo.

Conan riu de maneira áspera:

– Venham tentar! – vociferou. – Se não fosse pela traição de minhas pernas, eu iria trucidá-lo em cima dessa carruagem, como um lenhador corta uma árvore. Vocês jamais me pegarão vivo, malditos sejam!

– Temo que ele diz a verdade – disse Tarascus. – O homem é um bárbaro, com a mesma ferocidade de um tigre ferido. Permita que eu chame os arqueiros.

– Observe-me e aprenda a ser sábio – aconselhou Xaltotun.

Sua mão mergulhou dentro do manto e saiu segurando uma esfera brilhante, arremessada repentinamente contra Conan. O cimério golpeou-a com desprezo para o lado, mas no instante do contato houve uma aguda explosão, uma labareda branca e cegante, que jogou Conan ao chão, desacordado.

– Ele está morto? – o tom de Tarascus era mais assertivo que questionador.

– Não, apenas desacordado. Ele recuperará os sentidos em algumas horas. Mande seus homens amarrar seus braços e pernas e trazê-lo até a minha carruagem.

Após um gesto de Tarascus, eles carregaram o rei desmaiado, resmungando por causa da tarefa. Xaltotun cobriu seu corpo com um manto de veludo, escondendo-o e impedindo que qualquer um pudesse vê-lo. Ele tinha o controle em suas mãos.

– Estou indo para Belverus – afirmou. – Avise Amalric que estarei com ele se precisar de mim. Com Conan fora do caminho e seu exército debandado, nossas lanças e espadas devem ser suficientes para o resto da conquista. Prospero deve estar vindo com não mais do que dez mil homens e, indubitavelmente, recuará até Tarantia quando ouvir as notícias sobre a batalha. Não diga nada a Amalric ou Valerius ou a qualquer outro sobre nosso prisioneiro. Deixe-os pensar que Conan morreu na queda dos rochedos.

O feiticeiro olhou para um soldado da Nemédia por um longo momento, até que ele se moveu, irrequieto e nervoso.

– O que é isso em sua cintura? – perguntou Xaltotun.

– Por que meu cinturão pode agradá-lo, meu senhor? – respondeu o guarda, gaguejando.

– Você mente! – a gargalhada de Xaltotun foi impiedosa como o gume de uma espada. – É uma serpente venenosa. Que tolo é você de usar um réptil em sua cintura!

Com olhar tenso e dilatado, o homem voltou-se para baixo e, para seu mais profundo horror, viu a fivela do cinto erguer-se rapidamente. Era a cabeça de uma cobra! Ele viu os olhos peçonhentos e as presas gotejantes, escutou o sibilar e sentiu o contato repugnante contra seu corpo. Soltou um grito hediondo, golpeando-a com uma das mãos, nua, e sentiu as presas cravarem-se contra a própria palma. Enrijecido, caiu desacordado. Tarascus olhou para ele sem manifestar expressão alguma. Só o que viu foi o cinturão de couro e a fivela, com uma lingueta pontiaguda espetada na mão do guarda. Xaltotun virou seu olhar hipnótico para o escudeiro de Tarascus. O homem empalideceu e começou a tremer, mas o rei interveio:

– Não, nós podemos confiar nele.

O feiticeiro apanhou as rédeas e as balançou:

– Cuide para que esse fato permaneça secreto. Se for necessário, permita que Altaro, servo de Orastes, me chame conforme o ensinei. Estarei em seu palácio em Belverus.

Tarascus ergueu a mão em sinal de saudação, mas franziu a testa enquanto observava a partida do hipnotizador.

– Por que ele quer poupar o cimério? – sussurrou o escudeiro, bastante assustado.

– É o que estou me perguntando – resmungou Tarascus, ouvindo o som da carruagem se afastar e sumir num campo de sombras vastas e azuis que flutuavam vindas do leste. Ao longe, o entorpecedor ruído da perseguição já esmorecia, coroado pelo sol poente.

CAPÍTULO 4

De qual inferno você rastejou?

DAQUELA LONGA CAVALGADA NA CARRUAGEM DE Xaltotun, Conan não se lembra de nada. Ele permaneceu estirado como um homem morto enquanto as rodas douradas se chocavam contra pedras da estrada montanhosa e açoitavam a grama alta dos vales férteis. Finalmente, eles saíram do percurso acidentado e os cavalos aumentaram o ritmo ao longo da ampla estrada que cortava pastagens até os muros de Belverus.

Pouco antes do amanhecer um fraco lampejo de vida o tocou. Ele ouviu, entre cochichos e murmúrios, o gemido de dobradiças pesadas. Por um furo do manto que o cobria, o cimério viu o grande arco negro de um portão, iluminado pelo brilho lúrido de tochas, e as faces barbadas de guerreiros, com o fogo refletido nas pontas de suas lanças e capacetes.

– Como foi a batalha, meu senhor? – perguntou uma voz na língua nemédia.

– De fato boa – foi a curta resposta. – O rei de Aquilônia está morto e suas tropas debandadas.

Um coro de vozes excitadas cresceu. Conan ainda chegou a ouvir um dos homens murmurar:

– De além da fronteira até Belverus num espaço do pôr do sol até o amanhecer! E os cavalos mal estão cansados! Por Mitra, eles...

Mas as palavras foram engolidas pelo som das rodas e dos cascos que batiam nos ladrilhos enquanto Xaltotun chicoteava seus corcéis, afastando-se do arco principal.

O que Conan escutara ficou registrado em seu cérebro, mas não lhe dizia nada. Ele parecia um autômato que escuta e vê, mas não entende. Visões e sons fluidos nada lhe significavam. Ele caiu novamente em uma profunda letargia, e esteve apenas vagamente consciente quando a carruagem parou em um pátio amplo cercado por paredes altas. Seu corpo foi erguido por muitas mãos e conduzido para baixo através de uma sinuosa escadaria de pedra e por um longo corredor pouco iluminado. Sussurros, passos furtivos e sons farfalhavam sobre ele, irrelevantes e distantes.

Depois disso, o derradeiro despertar foi abrupto. Lembrou-se perfeitamente da batalha nas montanhas e de sua consequência, mas não tinha ideia de onde estava. Jazia deitado em um sofá de veludo, coberto com um pano como no dia anterior, mas com seus membros presos por grilhões que nem mesmo ele poderia romper. A sala onde se encontrava era mobiliada com ostentação: as paredes cobertas com tapetes de veludo escuro, o chão com pesados carpetes púrpuras. Não havia sinal de porta ou janela. No teto escarpado um lustre dourado, com grandes peças esculpidas, derramava uma luminosidade tenebrosa.

Sob aquela luz, a figura sentada diante dele em uma cadeira prateada, no formato de um trono, parecia irreal e fantástica. A ilusão de seus contornos era intensificada por um manto nebuloso de seda e por suas feições obscurecidas. Quase como se um estranho nimbo brincasse sobre a cabeça daquele homem, espargindo o rosto barbudo em relevo, de forma que ele fosse a única realidade emblemática naquela câmara mística e fantasmagórica.

Era um rosto magnífico, com traços cinzelados de uma beleza clássica. Havia sem dúvida algo inquietante acima do aspecto calmo e tranquilo, uma sugestão de algo além do conhecimento humano. Uma sensação de familiaridade contorceu-se no fundo da consciência de Conan. Ele bem sabia que nunca tinha visto aquele rosto antes, contudo, as feições o lembravam de alguma coisa ou alguém. Era como encontrar em carne e osso uma imagem onírica que já assombrara seus pesadelos.

– Quem é você? – inquiriu o rei, em tom beligerante, lutando para se sentar a despeito das correntes.

– Os homens me chamam de Xaltotun – ele respondeu com uma voz forte.

– Que lugar é este? – o cimério questionou.

– Uma câmara no palácio do rei Tarascus, em Belverus.

Conan não se surpreendeu. Belverus, a capital, era tanto a maior cidade da Nemédia quanto a mais próxima da fronteira.

– E onde está Tarascus?

– Com o exército.

– Bem – rosnou Conan. – Se você quer me matar, por que não acaba logo com isso?

– Eu não o salvei dos arqueiros do rei para matá-lo em Belverus – retrucou Xaltotun.

– Que diabos fez comigo? – impetrou Conan.

– Eu amaldiçoei sua consciência. Você não entenderia, mas pode chamar de magia negra, se preferir.

Conan já havia chegado àquela conclusão, e agora remoía outros pensamentos.

– Eu acho que sei por que poupou minha vida. Amalric quer me manter como uma garantia contra Valerius, no caso de acontecer o impossível e ele se tornar o rei de Aquilônia. É notório que o barão de Tor está por trás desta ação para sentar Valerius em meu trono. E se eu conheço Amalric, ele não pretende que Valerius seja nada além de um títere, como Tarascus é agora.

– Amalric nada sabe sobre sua captura – respondeu Xaltotun. – Nem Valerius. Ambos pensam que você morreu em Valkia.

Os olhos de Conan se espremeram ao encarar o homem em silêncio:

– Sinto que existe um cérebro por trás de tudo isso – murmurou. – Achava que era Amalric, mas ele, Tarascus e Valerius são apenas marionetes dançando em suas cordas? Quem é você?

– Isso importa? Se lhe contasse, você não acreditaria. E se eu lhe disser que poderia colocá-lo de volta no trono de Aquilônia?

Os olhos de Conan o fulminaram como um lobo.

– Qual é o preço?

– Obediência a mim.

– Para o inferno com sua oferta! – Conan respondeu, rangendo os dentes. – Não sou marionete. Conquistei a coroa com minha espada. Fora isso, está além do seu poder comprar e vender o trono de Aquilônia ao seu bel-prazer. O reino não está conquistado; uma batalha não decide uma guerra.

– Você luta contra uma força maior do que espadas – argumentou Xaltotun. – Foi a espada de um mortal que o derrubou em sua tenda antes da luta? Não. Foi um filho das trevas, um pária do espaço sideral, cujos dedos queimavam com a frieza congelante dos golfos negros. Foi ele quem resfriou o sangue em suas veias e o tutano dos seus ossos. Frio tão gelado que queimou sua carne como se fosse ferro em brasa. Foi o acaso que levou o homem que usava sua armadura a liderar os cavaleiros através daquele desfiladeiro? Que forçou os rochedos a desabar sobre eles?

Conan fitou-o sem falar, sentindo um arrepio na espinha. Magos e feiticeiros povoavam sua mitologia bárbara, e qualquer homem poderia dizer que aquele não era um ser comum. O cimério sentiu algo inexplicável nele, algo que o distinguia dos demais, uma aura estranha ao tempo e espaço, um sentido tremendo e sinistro de antiguidade. Mas seu espírito teimoso se recusava a vacilar.

– A queda dos rochedos foi acaso – murmurou de forma arrogante. – O ataque no desfiladeiro é o que qualquer homem teria feito.

– Nem tanto. Você não teria liderado uma ação por ali. Teria suspeitado de uma armadilha. Jamais teria cruzado o rio até que tivesse certeza de que a fuga dos nemédios era real. Sugestões hipnóticas não teriam invadido sua mente, mesmo na loucura da batalha, e o instigado a ir de encontro à emboscada preparada contra você, como fizeram com o homem inferior que estava mascarado com sua identidade.

– Então, se tudo isso foi planejado, se foi tudo uma trama para atraiçoar meu exército, por que o filho das trevas não me matou em minha tenda?

– Porque eu queria mantê-lo vivo. Não foi necessário magia para prever que Pallantides enviaria outro homem utilizando sua armadura. Eu queria você vivo e ileso. Você pode se enquadrar no meu esquema e nos meus planos. Há um poder vital em sua pessoa maior do que o labor e a astúcia de meus aliados. Você é um inimigo terrível, mas pode se tornar um ótimo vassalo.

Conan cuspiu, emitindo guinchos selvagens. Xaltotun, ignorando sua fúria, apanhou um globo de cristal de uma mesa próxima e posicionou-o diante do corpo do cimério. Ele não o colocou apoiado em coisa alguma, mas manteve a esfera pendurada no meio do ar, tão sólida quanto se estivesse em um pedestal de ferro. Conan bufou ante essa demonstração de necromancia; contudo, estava impressionado.

– Você quer saber o que se passa em Aquilônia? – ele perguntou.

Conan não respondeu, mas a súbita rigidez de seus músculos traiu sua falta de interesse no assunto.

Xaltotun olhou fixamente dentro das profundezas nebulosas do globo e falou:

– É a noite do dia posterior à batalha de Vallda. Na noite passada a tropa principal do exército acampou em Valkia, enquanto esquadrões de cavaleiros destruíam os aquilonianos que tinham fugido. Ao amanhecer, as tropas levantaram acampamento e seguiram na direção oeste através das montanhas. Prospero, com dez mil homens poitanianos, estava há milhas do campo de batalha quando se encontrou com os fugitivos que sobreviveram. Haviam cavalgado a noite inteira na esperança de chegar ao campo de batalha antes que ela irrompesse. Incapaz de reorganizar o exército destroçado, ele retornou a Tarantia. Cavalgando sem parar, substituindo seus corcéis cansados por outros amarrados no campo, chegou ao seu destino.

"Eu vejo seus cavaleiros desgastados, as armaduras cinzentas cobertas de pó, seus penachos inclinando-se enquanto eles conduzem seus cavalos exaustos ao longo da planície. Também vejo as ruas de Tarantia. Cresceu o tumulto na cidade depois que a notícia da derrota do rei Conan chegou ao povo. A plebe está enlouquecida de medo, berrando que o rei está morto e que não há ninguém para liderá-los contra os nemédios. Sombras gigantes rumam para a Aquilônia a partir do leste e o céu está coberto de abutres."

Conan praguejou:

– O que é isso além de palavras? O mais vil indigente nas ruas pode profetizar como você que viu tudo isso nessa bola de vidro. Você é um grande mentiroso tanto quanto é um canalha, disso não tenho a menor dúvida! Prospero vai resistir em Tarantia, e os barões irão apoiá-lo. O conde Trocero, de Poitan, comandará o reino em minha ausência, e ele mandará esses cães nemédios uivando de volta aos seus canis. O que são cinquenta mil nemédios? Aquilônia os engolirá. Eles jamais tornarão a ver Belverus. Não foi a Aquilônia a ser conquistada em Valkia, foi apenas Conan.

– O destino de Aquilônia está traçado – respondeu Xaltotun imóvel. – Lanças, machados e tochas vão conquistá-la. Ou, se eles falharem, poderes da era das trevas marcharão contra esse reino. Assim como os rochedos desabaram em Valkia, as cidades muradas e montanhosas também cairão; se for necessário, os rios rugirão para fora de seus canais e afogarão todas as províncias. É melhor que os arcos e aço prevaleçam sem mais ajuda das artes, porque o uso constante de feitiços poderosos, às vezes, coloca em movimento forças que podem abalar o próprio universo.

– De qual inferno você rastejou, seu cão noturno? – praguejou Conan, encarando o homem. Involuntariamente, o cimério tremeu, sentindo algo muito antigo, incrivelmente maldoso.

Xaltotun levantou o rosto, como se escutasse sussurros no vazio, e parecia ter se esquecido do prisioneiro.

Depois de balançar a cabeça, fitou Conan de forma impessoal.

– O quê? Se eu te contasse, você não acreditaria. Mas estou cansado de falar. É menos desgastante destruir uma cidade murada do que estruturar uma série de pensamentos e palavras para fazer um bárbaro sem cérebro, como você, entender o que se passa.

– Se minhas mãos estivessem livres – retrucou Conan –, logo faria de você um cadáver sem cérebro.

– Não tenho dúvida disso, se eu fosse tolo o suficiente para lhe dar essa oportunidade – respondeu Xaltotun, batendo palmas. Seu comportamento tinha mudado; havia um tom de impaciência e certo nervosismo em seus maneirismos. – Considere o que lhe falei, bárbaro. Terá bastante tempo. Ainda não decidi o que farei com você. Dependerá das circunstâncias que estão para surgir. Mas entenda uma coisa: caso eu decida utilizá-lo em meu jogo, será melhor que você se submeta sem resistência do que sofrer a minha ira.

Conan disparou uma maldição no mesmo instante em que quatro negros gigantes entraram na sala, após desfraldarem as tapeçarias que recobriam a porta de entrada. Cada qual estava vestido apenas com uma tanga de seda. Junto aos trapos apoiados por um cinto pendia uma grande chave.

Xaltotun fez um aceno impaciente na direção do rei e voltou-se, dispensando o assunto de sua mente. Seus dedos se contorceram, tirando um pó negro cintilante de uma caixa de jade que lançou em um braseiro apoiado em um tripé de ouro próximo ao seu cotovelo. O globo de cristal, esquecido, caiu repentinamente no chão, como se um suporte invisível tivesse sido removido.

Então, os negros levantaram Conan, tão pesado por causa das correntes, que não conseguia caminhar sozinho para fora da câmara. Uma olhada para trás, antes que a pesada porta dourada feita de teca fosse fechada, mostrou-lhe Xaltotun recostando-se em sua cadeira, os braços dobrados, enquanto um sinuoso fio de fumaça subia do braseiro. Conan sentiu seu cabelo arrepiar. Na Stygia, aquele reino antigo e maléfico que fica longe, ao sul, ele já tinha visto uma névoa tétrica como aquela. Era o pó do lótus negro, que cria um sono como a morte e sonhos monstruosos. Ele sabia que somente os magos mais sombrios do Anel Negro, que é o nadir do mal, buscam voluntariamente os pesadelos escarlates do lótus negro, para reanimar seus poderes necromânticos.

Anel Negro era uma fábula e uma mentira para a maioria dos povos do mundo ocidental, mas Conan sabia de sua medonha realidade e de seus sombrios adeptos, que praticam feitiçarias abomináveis entre as abóbadas negras da Stygia e os domos noturnos da amaldiçoada Sabatea. Ele olhou novamente para a críptica porta dourada, estremecendo com o que ela escondia.

Se era dia ou noite o rei não podia dizer. O palácio do Rei Tarascus era um lugar escuro e sombrio, que carecia de iluminação natural. O espírito das sombras e das trevas pairava sobre ele, e aquele espírito, Conan sentiu, estava incorporado ao estranho Xaltotun. Os negros carregaram o cimério ao longo de um corredor curvilíneo tão pouco iluminado, que se moviam por ele como espectros impressionantes. Desceram por uma escadaria de pedra sem fim que se enrolava em si mesma. A tocha na mão de um deles mostrava grandes sombras deformadas correndo pelas paredes; era como a descida ao inferno de um cadáver nascido de demônios crepusculares.

Enfim, chegaram à base da escada e atravessaram um imenso corredor. De um lado, havia uma parede branca transpassada por portas em arco com uma escada por trás delas. Do lado oposto, outra parede exibia pesadas portas lacradas, em distâncias irregulares.

Parando diante de uma dessas portas, um dos negros pegou a chave pendurada em seu cinto e a girou na fechadura. Puxaram a grade aberta e entraram com o prisioneiro. Estavam em um calabouço pequeno com o chão, o teto e as paredes feitos de pedra. No fundo, outra porta gradeada. O que havia atrás dela, Conan não podia dizer, mas não acreditava que seria apenas mais um corredor. A luz fraca da tocha, cintilando por entre as barras de ferro, insinuava-se pelo espaço sombrio.

Em um canto do corredor, próximo à porta, havia correntes penduradas em um grande anel de ferro preso na pedra. Dessas correntes pendia um esqueleto. Conan o observou curiosamente; os ossos, na maior parte, tinham sido quebrados em pedacinhos, e o crânio, caído das vértebras, esmagado como alvo de uma força tremenda.

Sem demonstrar qualquer sentimento, um dos negros, não o que tinha aberto a porta, removeu as correntes do anel, arrastando a massa de metal enferrujado e os ossos quebrados para o lado. Então, prenderam ali as correntes de Conan. Os gigantes de ébano, com olhos como fendas, ficaram observando o prisioneiro de forma soturna. A tocha destacava o contorno de suas peles brilhantes.

Aquele que segurava a chave da porta fez uma advertência gutural:

– Este é o seu palácio agora, rei cachorro branco. Ninguém além do mestre e de nós sabe disso. Todo o palácio dorme. Nós mantemos segredo. Você viverá e morrerá aqui. Como ele! – e chutou desdenhosamente o crânio despedaçado, fazendo o barulho reverberar no chão de pedra.

Conan não se dignou a responder ao insulto. O negro, talvez irritado por causa do silêncio do cimério, murmurou uma maldição, inclinou-se e cuspiu no rosto do rei. Foi um movimento infeliz para ele. Conan estava sentado no chão, com as correntes sobre sua cintura, os tornozelos e punhos presos ao anel na parede. Ele não podia se levantar nem se mover mais de uma jarda além da parede. Mas havia uma folga nos grilhões que algemavam seu pulso. Antes que o carcereiro pudesse sair de seu alcance, o rei aproveitou a negligência do outro e, com suas mãos, feriu o negro na cabeça. O homem tombou como um cervo abatido, e seus companheiros congelaram ao vê-lo caído com o crânio aberto e sangue gotejando do nariz e ouvidos.

Eles não tentaram qualquer represália, nem aceitaram o convite imediato de Conan de ficarem ao alcance da corrente ensanguentada em suas mãos. Na verdade, grunhindo como feras, ergueram o homem desacordado e levaram-no para fora como um saco de trigo, braços e pernas pendentes. Usaram a chave dele para trancar a porta do calabouço, mas não a removeram da corrente dourada que a mantinha presa em seu cinto. Levaram a tocha embora e, conforme caminhavam em direção à escadaria, deixavam as trevas tomar conta do corredor, junto com o silêncio incontestável.

CAPÍTULO 5

O espírito dos poços

CONAN FICOU QUIETO, SUPORTANDO O PESO DAS correntes e o desespero de sua situação com o mesmo estoicismo dos selvagens que o haviam criado. Não se moveu, porque o barulho das correntes, quando se mexia, soava assustadoramente alto na escuridão e quietude. Também fazia parte de seu instinto, nascido de mil ancestrais selvagens, não trair sua posição indefesa. Isso não resultou de um processo lógico de raciocínio; ele não se manteve imóvel por ter imaginado que as trevas escondiam perigos furtivos que poderiam descobri-lo em seu desamparo. Como Xaltotun assegurou que não seria ferido, Conan acreditou que era interesse do homem preservá-lo, ao menos por um tempo. Mas os instintos estavam lá, os mesmos que em sua infância o fizeram guardar silêncio e se esconder enquanto bestas ferozes rondavam seu esconderijo.

Mesmo seus aguçados olhos não conseguiam penetrar na densa escuridão. Contudo, após um período de tempo, que ele era incapaz de estimar, um fino brilho tornou-se aparente, um tipo de feixe cinza oblíquo, através do qual Conan podia ver, vagamente, as barras da porta na altura do cotovelo, e até mesmo visualizar o esqueleto da outra grade mais ao fundo. Aquilo o intrigou, mas, enfim, percebeu a explicação.

Estava bem abaixo do solo, nos poços sob o palácio. Entretanto, por algum motivo, uma fossa havia sido construída a partir de algum lugar lá em cima. Do lado de fora, a lua erguera-se a um ponto em que sua luz incidia para dentro da cova. Por meio do seu reflexo, ele conseguiria determinar a passagem dos dias e das noites. Talvez, o sol pudesse brilhar para dentro da fossa, mas também é possível que fosse fechada durante o dia. Quem sabe aquilo era um método sutil de tortura, permitindo que um prisioneiro tivesse um vislumbre da luz do dia ou do luar.

Seu olhar caiu sobre os restos do esqueleto no canto mais distante, brilhando levemente. Não sobrecarregou seu cérebro com especulações sem sentido sobre quem havia sido aquele infeliz ou o motivo de ele ter sido condenado, mas se perguntou sobre a condição despedaçada dos ossos. Não tinham sido triturados durante uma tortura. Então, enquanto observava, outro detalhe repugnante ficou evidente. Os ossos do queixo tinham sido separados na longitudinal, e só havia uma explicação: tinham sido quebrados daquela forma para que a medula fosse obtida. Ainda assim, que criatura além do homem pode esmagar ossos por causa da medula? Talvez, aqueles restos fossem a evidência muda de um horrível banquete canibal, de desgraçados levados à loucura por causa da fome. Conan divagou se seus ossos seriam encontrados no futuro, pendurados nas correntes enferrujadas, e lutou contra o pânico irracional como um lobo aprisionado em uma armadilha.

O cimério não praguejou, nem gritou, choramingou ou se enfureceu como um homem civilizado teria feito. Mas a dor e a turbulência em seu peito eram ferozes. Seus membros poderosos estremeceram com a intensidade das emoções. Em algum lugar, longe, a oeste, o exército nemédio abria caminho, retalhando e queimando tudo no coração de seu reino. A pequena tropa dos poitanianos não podia fazer frente à invasão. Prospero talvez fosse capaz de manter Tarantia por semanas ou meses, mas, se não fosse auxiliado, teria que se render ao inimigo, em número muito superior. É certo, Conan pensou, que os barões se juntariam a Prospero contra o exército conquistador. Mas nesse ínterim, ele tinha que permanecer quieto e indefeso em uma cela escura, enquanto outros lideravam as lanças e lutavam por seu reino. O rei pressionou seus dentes com uma ira rubra.

Ele se enrijeceu quando, do lado de fora da porta, escutou passos furtivos. Forçando os olhos, identificou uma figura arqueada na grade de ferro. Após atrito de metal contra metal, ouviu um ruído que parecia o de uma chave entrando na fechadura. O vulto moveu-se silenciosamente para fora do seu campo de visão. Deve ser algum guarda, ele supôs, checando a tranca. Então, o cimério escutou o som se repetir a distância, seguido pela suave abertura de uma porta e por um andar rápido e furtivo de pés calçados, recuando ao longe. Então, o silêncio caiu novamente.

Conan aguçou os ouvidos por um período que pareceu bem longo. Na verdade não foi, pois a lua ainda brilhava na fossa escondida, mas não percebeu nenhum outro som. Mudou de posição e suas correntes retiniram. Então, ouviu outras passadas leves, uma pisada suave do lado de fora da porta mais próxima, pela qual ele entrara na cela. Um instante depois uma figura esguia delineou-se na escassa luz cinzenta.

– Rei Conan! – uma meiga voz entoou com urgência. – Oh, meu senhor, você está aí?

– Onde mais? – ele respondeu cautelosamente, virando sua cabeça para encarar a aparição.

Era uma garota que se apoiava nas barras com seus dedos magros. A pouca claridade atrás dela contornava sua dócil figura através do fio de seda trançado sobre seus ombros e se refletia nas joias de prata que trazia ao peito. Seus olhos escuros cintilavam nas trevas, os membros alvos reluziam como alabastro. Seu cabelo era uma massa de espuma escura, lampejando de forma amena ante a fraca luz.

– As chaves de suas algemas e da porta mais distante – ela sussurrou, passando sua mão delgada no meio das barras, antes de jogar três objetos que tilintaram ao cair perto dele.

– Que jogo é esse? – ele cobrou. – Você fala na língua nemédia, e eu não tenho amigos na Nemédia. Que diabrura seu mestre está tramando agora? Ele a enviou aqui para zombar de mim?

– Não é zombaria! – a garota tremia muito, enquanto seus braceletes e prataria chacoalhavam nas barras. – Eu juro por Mitra! Roubei as chaves dos carcereiros negros. Eles são os guardiões dos poços, e cada qual tem uma chave que abre apenas um conjunto de fechaduras. Eu os embebedei. Aquele cuja cabeça você arrebentou foi levado até um médico, e não pude pegar sua chave. Mas roubei as dos outros. Por favor, não perca tempo! Além desses calabouços estão os poços que são as portas para o inferno.

Ainda impressionado, Conan experimentou as chaves ceticamente, esperando encontrar apenas fracasso e uma afiada gargalhada zombeteira. Mas animou-se ao descobrir que uma das chaves, de fato, o libertou de suas algemas, encaixando não somente na fechadura que o mantinha preso no anel, mas também nos trincos que prendiam seus membros. Alguns segundos depois, levantou-se, exultante com sua relativa liberdade. Num rápido movimento, foi até a grade, fechando seus dedos sobre uma barra e o punho delgado da mulher, aprisionando-a. Ela ergueu a face bravamente diante do olhar feroz dele.

– Quem é você, garota? – ele indagou. – Por que está fazendo isso?

– Eu sou Zenóbia – murmurou, resfolegando depois do susto. – Apenas uma garota do harém do rei.

– A não ser que este seja algum truque amaldiçoado, não consigo ver motivo para você me dar essas chaves – resmungou Conan.

Ela curvou a cabeça e, depois, a ergueu, encarando o cimério e seus olhos cheios de suspeita. Lágrimas brilharam como joias:

– Sou só uma garota do harém do rei – ela disse, com humildade. – Ele nunca olhou para mim, e provavelmente jamais o fará. Para ele, sou menos que um de seus cães que roem os ossos no salão de banquetes. Mas não sou um brinquedo, sou de carne e osso. Eu respiro, odeio, temo, regozijo e amo. E tenho amado você, rei Conan, desde que o vi cavalgando à frente de seus cavaleiros nas ruas de Belverus, quando visitou o rei Nimed, anos atrás. Meu coração pulsava tanto que parecia que saltaria de meu seio e cairia na rua poeirenta sob os cascos do seu cavalo.

Um rubor inundou seu semblante enquanto ela falava, mas seus olhos não vacilaram. Selvagem e indomável que era, Conan não respondeu uma única vez. Ainda assim, até mesmo o mais bruto dos homens tem de ser tocado com maravilha e espanto ao contemplar a alma desnudada de uma mulher.

Ela inclinou a cabeça e pressionou os lábios vermelhos contra os dedos que aprisionavam seu punho magro. Então, jogou a cabeça para cima, lembrando-se repentinamente do perigo que ambos corriam, e seus olhos negros faiscaram de terror.

– Rápido! – ela sussurrou, com urgência. – Já passou da meia-noite. Você precisa ir.

– Mas eles não a esfolarão viva por ter roubado essas chaves?

– Jamais saberão. Mesmo se os negros lembrarem pela manhã quem foi que lhes deu o vinho, não ousarão admitir que as chaves foram roubadas enquanto estavam bêbados. A chave que não pude obter é a que destranca esta porta. Você precisa abrir caminho para sua liberdade através da fossa. Que horríveis perigos espreitam além daquela porta não consigo adivinhar. Mas você corre grande risco se permanecer nessa cela. O rei Tarascus retornou...

– O quê? Tarascus?

– Sim! Ele retornou em segredo. Não faz muito tempo que desceu até essas fossas e voltou pálido, tremendo, como um homem que encarou um enorme perigo. Escutei-o sussurrar para seu escudeiro, Arideus, que você tem de morrer, ao contrário do que Xaltotun pensa.

– E quanto a Xaltotun? – Conan sentiu que ela se arrepiou.

– Não fale dele! – ela sussurrou. – Demônios são convocados com frequência pelo som de seus nomes. Os escravos dizem que ele fica em sua câmara, atrás da porta aferrolhada, inebriado pelos sonhos do lótus negro. Acredito que até mesmo Tarascus o teme em segredo, ou já teria matado você abertamente. Ele esteve aqui esta noite, mas o que fez somente Mitra sabe.

– Pergunto-me se foi Tarascus que tateou minha cela há pouco – murmurou Conan.

– Eis aqui um punhal! – ela disse, passando a arma pelo vão das barras. Os ansiosos dedos de Conan sentiram um objeto familiar ao toque. – Vá rápido por aquela porta, vire à esquerda e siga esse corredor até chegar a uma escadaria de pedra. Por sua vida, não se desvie da linha das celas! Suba os degraus e abra a porta que está no topo; uma das chaves servirá. Se for a vontade de Mitra, eu lá estarei esperando você.

Então ela se foi, com um chiado de pés com chinelos.

Conan encolheu os ombros e virou-se na direção da grade mais distante. Aquilo poderia ser algum ardil diabólico planejado por Tarascus, mas entrar de cabeça em uma armadilha era melhor, para o temperamento de Conan, do que sentar e esperar a morte. Inspecionou a arma que a garota lhe deu e sorriu satisfeito.

Seja como for, ela tinha provado, por meio do punhal que lhe deu, ser uma pessoa de inteligência prática. Não era um objeto de lâmina fina, selecionado por causa de um cabo cravejado ou de uma bainha de ouro, destinado apenas a senhoritas delicadas na hora de cometer assassinato em seus vestiários privativos.

Aquele era um punhal reto, a arma de um guerreiro, com lâmina larga, quinze polegadas de comprimento, além de extremamente afiado.

Ele urrou de contentamento. A sensação do toque no cabo animou-o e lhe conferiu um brilho de confiança. Quaisquer que fossem as teias de conspiração desenhadas sobre ele, quaisquer que fossem os truques e traições enredados, aquela faca era real.

Os grandes músculos de seu braço direito inflaram-se em antecipação aos golpes assassinos. Experimentou a porta distante, mas ela não estava trancada, apesar de se lembrar que tinha visto o negro travá-la. Aquela figura furtiva, então, não era nenhum carcereiro checando se tudo estava correto. Pelo contrário, destrancara a grade, o que era uma sugestão sinistra, mas Conan não hesitou. Abriu a grade e deu um passo para fora do calabouço e para dentro das trevas.

Conforme havia imaginado, não desembocava em outro corredor. O lugar alargava-se aos seus pés, enquanto a sequência de celas estendia-se para a direita e a esquerda. Ele não conseguia perceber os limites do local onde havia entrado. Também não era possível ver o teto e nenhuma outra parede. O luar era filtrado para dentro daquela vastidão através das grades das celas, e perdia-se em meio a tanta escuridão. Olhos menos hábeis que os dele não teriam distinguido as faixas de luz acinzentadas que flutuavam acima da porta de cada cela.

Virando à esquerda, moveu-se com rapidez ao longo da linha de calabouços. Sobre os ladrilhos, seus pés descalços avançavam no mais absoluto silêncio. Olhou para dentro de cada calabouço que passou. Estavam vazios, porém trancados. Em alguns, vislumbrou esqueletos acorrentados e ossos brancos. Aqueles poços eram uma relíquia de uma era sombria, construídos há muito tempo, quando Belverus era mais uma fortaleza do que uma cidade. Mas, recentemente, o uso da prisão se tornara mais extensivo do que o mundo poderia supor.

À sua frente, viu o contorno de uma construção vertical, sabendo que deveria ser a escadaria que procurava. Então, virou-se de repente, agachando nas profundas sombras aos seus pés.

Atrás dele, algo estava se movendo. Era uma criatura volumosa e furtiva que caminhava sobre pés que não eram humanos. O cimério observou o corredor de celas, à frente das quais uma luz mortiça cinza se derramava, na verdade, pouco mais que um trecho de trevas menos densas diante de si. Foi quando viu algo se movendo por esses esquadros. O que era ele não podia dizer, mas parecia pesado e enorme; então, o perdeu quando mergulhou nas sombras que estavam entre cada feixe. Era estranho, mas a coisa aparecia e desaparecia, como fruto de uma vista embaçada.

Conan escutou as barras chacoalharem, uma porta após outra. Agora chegava à cela, da qual acabara de sair, e a grade foi aberta com um puxão. Ele viu uma grande forma ser desenhada sob o umbral cinzento, e desaparecer no interior do calabouço. Suor pingava do rosto e das mãos de Conan. Agora sabia por que Tarascus tinha ido tão sutilmente até sua porta e fugido logo depois. O rei destrancara a sua cela e, em algum lugar nesses poços infernais, abrira a cova que abrigava aquela monstruosidade.

A coisa saiu do calabouço e avançou ao longo do corredor, balançando sua cabeça disforme até perto do chão. Sem dar mais atenção às outras celas trancadas, preocupava-se agora em rastrear a trilha de Conan, que, sob uma luz débil, conseguiu ver mais claramente um corpo antropomórfico, gigantesco, maior em volume e circunferência do que qualquer outro homem. Caminhava sobre duas pernas, era acinzentado e despenteado, com pele grossa e braços longos, pendurados até o chão. A cabeça era uma farsa sinistra de um ser humano.

Enfim, Conan entendeu o significado daqueles ossos quebrados e esmagados no calabouço, e reconheceu quem era o espírito dos poços. Tratava-se de um enorme macaco cinza, um dos horrendos comedores de homens das florestas que ficam nas margens montanhosas do lado oriental do Mar de Vilayet. Meio místicos e completamente horríveis, esses macacos eram os demônios das lendas hiborianas. Na realidade, são ogros do mundo natural, assassinos e canibais das florestas.

Ele sabia que o monstro tinha farejado sua presença, pois vinha rapidamente, impulsionando o corpo com suas poderosas pernas curtas e arqueadas. Lançou um olhar para a escadaria, mas sabia que aquela coisa estaria sobre si antes que pudesse alcançar a porta distante. Optou por ir de encontro à fera, cara a cara.

Conan pulou para fora do quadrado que refletia a luz do luar, buscando alguma vantagem, por saber que a besta podia enxergar melhor do que ele no escuro. Quando o animal o avistou, suas grandes presas amareladas brilharam nas sombras sem emitir som algum. Criaturas da noite e do silêncio, os macacos cinzentos de Vilayet eram desprovidos de cordas vocais. Mas, em suas feições escuras e hediondas, a imagem bestial de um rosto humano, mostravam uma exultação medonha.

Conan estava pronto, observando a aproximação do monstro sem tremor. Teria de apostar a vida em uma punhalada certeira, pois não haveria chance para outra, nem daria tempo de investir e fugir. Seu primeiro golpe tinha que matar instantaneamente, se esperava sobreviver àquelas garras horríveis. Mirou a atarracada garganta, a proeminente barriga, o poderoso peito, inchando em arcos gigantes como escudos gêmeos. Tem de ser no coração, pensou, melhor arriscar que a lâmina seja refletida pelas pesadas costelas do que golpear onde a investida não fosse instantaneamente fatal. Conan aguçou o olhar, cerrou os punhos e, com plena consciência do seu poder muscular contra a ferocidade do comedor de homens, partiu para enfrentar a besta de peito aberto. Ele tinha que dar um golpe fatal, e então confiar na robustez de sua estrutura para sobreviver ao instante do poderoso choque.

Quando o macaco avançou, balançando seus terríveis braços, Conan mergulhou entre eles e, então, acertou o golpe com uma força desesperada. O bárbaro sentiu a lâmina afundar até o cabo no peito peludo. Imediatamente, soltou a arma, abaixou a cabeça e contraiu o corpo, uma massa compacta de músculos entrelaçados. Ao fazer isso, agarrou os braços do macaco e deu-lhe uma violenta joelhada na barriga, escapando do abraço que buscava esmagá-lo.

Por um vertiginoso instante sentiu como se estivesse sendo desmembrado pela força de um terremoto; então, de repente, encontrava-se livre, esparramado no chão. O animal ainda ofegante despedia-se da vida, com os olhos vermelhos virados para cima e o punhal cravado no coração. Sua punhalada desesperada atingira o alvo.

Com os membros trêmulos, Conan arquejava como se tivesse estado em um longo conflito. Juntas e articulações pareciam ter sido deslocadas, o sangue pingava de arranhões e rasgos em sua pele, provocados pelas garras da fera. Músculos e tendões também tinham sido retorcidos e desconjuntados. Se a besta tivesse vivido só mais um segundo, certamente teria conseguido desmembrá-lo. Mas a fantástica força do cimério triunfara, porque o instante fugaz em que ele suportara a derradeira convulsão do macaco teria arrancado os membros de um homem menos capaz.

CAPÍTULO 6

A punhalada de uma faca

CONAN PAROU E ARRANCOU A FACA DO PEITO DO monstro, antes de correr para as escadas. Não poderia dizer que outras formas amedrontadoras as trevas escondiam, mas não tinha vontade de encontrar mais nenhuma. Esse tipo de luta de contato era muito extenuante até mesmo para o gigantesco cimério. A luz da lua desaparecia, as trevas fechavam-se, e ele sentiu alguma coisa parecida com pânico ao subir os degraus. Exalou um suspiro tempestuoso quando chegou ao topo, e confirmou que a terceira chave destravava a fechadura. Abriu a porta e esticou o pescoço para espiar, contendo a expectativa de ser atacado por algum inimigo humano ou bestial.

Ele viu um corredor de pedras polidas, mal iluminado, e uma figura magra parada em frente à porta.

– Majestade! – foi um chamado baixo e vibrante, mistura de alívio e medo. A garota ficou ao seu lado, mas hesitou, como se estivesse envergonhada.

– Você está sangrando – ela disse. – Foi ferido!

Ele descartou aquele comentário com uma mão impaciente.

– Arranhões que feririam um bebê. Seu punhal veio a calhar. Se não fosse por ele, o macaco de Tarascus teria partido os ossos de meu queixo e arrancado minha medula. Mas, e agora?

– Siga-me – ela sussurrou, e Conan resmungou. – Irei levá-lo para fora dos muros da cidade. Tenho um cavalo escondido lá.

Virou-se para mostrar o caminho através do corredor, mas ele pousou uma mão pesada sobre o ombro nu da moça.

– Ande ao meu lado – ele a instruiu gentilmente, passando seu braço maciço ao redor da cintura dela.

– Você foi honesta comigo até aqui, e estou inclinado a acreditar em você, mas só vivi tanto tempo porque nunca confiei demais em ninguém, seja homem ou mulher. Portanto, se me enganar, não viverá para desfrutar da brincadeira.

Ela não hesitou ante a visão do punhal avermelhado ou do contato dos músculos do bárbaro contra seu corpo suave.

– Corte-me sem misericórdia se o enganar – ela respondeu. – A própria sensação de seu braço ao redor de meu corpo, mesmo me ameaçando, é a realização de um sonho.

O corredor sombrio culminava em uma porta, aberta por Zenóbia. Do lado de fora estava outro negro, um gigante com turbante, uma tanga de seda e uma espada curva, encostada nos quadris. Ele não se moveu.

– Eu droguei seu vinho – ela sussurrou desviando-se para evitar a figura reclinada. – Ele é o último guarda dessas fossas. Ninguém jamais escapou daqui antes, e apenas esses homens negros são seus guardiões. Ali embaixo, somente eles, de todos os homens, sabiam que Xaltotun trouxe o rei Conan como prisioneiro em sua carruagem. Estava observando, sem sono, de uma varanda que dá vista para o pátio, enquanto todas as outras meninas dormiam. Sabia que no ocidente acontecia uma batalha, ou havia terminado, e temia por você.

"Vi os negros carregarem-no escadaria acima, e o reconheci sob a luz das tochas. Cheguei até essa ala do palácio a tempo de vê-los carregando-o para as fossas. Não ousei vir até aqui antes do cair da noite. Você deve ter permanecido desacordado na câmara de Xaltotun o dia inteiro.

"Vamos ser cautelosos! Coisas estranhas estão em curso no palácio nesta noite. Os escravos dizem que Xaltotun dorme drogado pelo lótus da Stygia, mas Tarascus encontra-se no palácio. Entrou secretamente pela porta traseira, enrolado em seu manto após uma longa viagem, acompanhado apenas de seu escudeiro, o silencioso Arideus. Não consigo entender, mas tenho medo."

Eles alcançaram o sopé de uma escada apertada e sinuosa, encontrando um painel estreito, que ela deslocou. Quando já tinham atravessado a passagem, a moça o deslizou de volta para o lugar, tornando-se meramente um ornamento. Estavam agora em um corredor mais amplo, com carpetes e tapetes, acima dos quais lâmpadas derramavam um fraco brilho dourado.

Conan aguçou a audição, mas não captou som algum por todo o palácio. Ele não sabia em que parte da construção estava, ou em que direção ficava a câmara de Xaltotun. A garota tremia enquanto o conduzia pelo corredor, até se deter ao lado de uma alcova camuflada por uma tapeçaria de cetim. Puxando-a para o lado, fez um gesto para que ele entrasse no nicho e pediu:

– Espere aqui! Além daquela porta no final do corredor é possível que encontremos escravos ou eunucos a qualquer hora do dia ou da noite. Irei ver se o caminho está livre, antes de passarmos por lá.

Imediatamente, Conan acionou o gatilho da suspeita:

– Você está me levando para uma armadilha?

Ela ajoelhou-se com lágrimas vertendo dos olhos negros e agarrou a mão do cimério:

– Oh, meu rei, não desconfie de mim agora! – sua voz fundia tons de desespero e urgência. – Se você duvidar e hesitar, estaremos perdidos! Por que eu o traria até aqui, para fora das fossas, para traí-lo agora?

– Tudo bem – ele resmungou. – Confiarei em você, mas, por Crom, os hábitos de toda uma vida não são facilmente deixados de lado. Seja como for, eu não a feriria agora nem se jogasse todos os homens da Nemédia sobre mim. Se não fosse por você, estaria desarmado e acorrentado quando o maldito macaco de Tarascus apareceu. Faça como quiser, garota.

Beijando-lhe as mãos, ela saltou com leveza e correu pelo corredor, desaparecendo através de uma porta. Ele se perguntou se tinha sido um tolo por confiar nela. Então, deu de ombros e colocou de volta as cortinas de cetim que mascaravam seu esconderijo. Afinal, não era estranho que uma bela jovem apaixonada arriscasse a própria vida por ele. Coisas assim já tinham acontecido em sua vida. Muitas mulheres já o haviam agraciado com favores nos seus dias de peregrinações e durante seu reinado.

Ainda assim, não ficou parado na alcova esperando pelo retorno dela. Seguindo seus instintos, explorou o lugar, procurando por outra saída, e logo achou uma abertura; era uma estreita passagem, também coberta por tapeçarias, que dava para uma porta incrustada com ornamentos, pouco visível com a luminosidade mínima do corredor. Em algum lugar distante, além daquela porta trabalhada, escutou o som de outra porta sendo aberta e fechada, junto com um leve murmúrio de vozes. O som familiar de uma delas fez que uma expressão sinistra cruzasse sua face. Sem hesitar, deslizou pela passagem e agachou-se ao lado da porta como uma pantera pronta para o bote. Não estava trancada e, manipulando-a delicadamente, abriu uma fresta, desprezando o risco.

Estava oculto por tapeçarias, mas, através de um pequeno rasgo no veludo, olhou para dentro de uma câmara iluminada por uma vela em uma mesa de ébano, onde havia dois homens conversando. De um lado, um rufião, com aparência funesta e o rosto cheio de cicatrizes, trajando calças de couro e capa esfarrapada; do outro, Tarascus, rei da Nemédia.

Tarascus parecia pouco à vontade, ligeiramente pálido, e ficava olhando o tempo todo ao redor, como se estivesse esperando, temendo escutar algum som ou passos.

– Vá rapidamente e de uma vez só – disse. – Ele está profundamente drogado e adormecido, mas não sei quando irá despertar.

– É estranho escutar palavras de medo saindo dos lábios de Tarascus – ruminou o outro, em um tom de voz grave e ríspido.

O rei franziu a testa.

– Não temo nenhum homem comum, como você bem sabe. Mas, quando vi os rochedos despencarem em Valkia, sabia que o demônio que tínhamos ressuscitado não era um charlatão. Temo seus poderes porque não conheço sua total extensão. Mas sei que de alguma maneira estão conectados com essa coisa amaldiçoada que roubei dele. Ela o trouxe de volta à vida, então deve ser a fonte de sua feitiçaria.

"Xaltotun a escondeu bem, mas, seguindo uma ordem secreta minha, um escravo viu quando ele colocou a joia em uma arca dourada e também onde escondeu a arca. Mesmo assim, não ousaria roubá-la se o próprio mago não tivesse mergulhado na dormência do lótus negro.

"Acredito que a joia é o segredo de seus poderes. Com ela, Orastes o trouxe de volta à vida. Ele fará de todos nós escravos, se não formos cautelosos. Então, pegue-a e a atire no mar conforme o instruí. E certifique-se de estar tão longe da terra que nem a maré, nem tempestades poderão trazê-la de volta à praia. Você está sendo pago para isso."

– Sim, estou – grunhiu o rufião. – Eu devo mais do que ouro a você, meu rei; tenho um débito de gratidão. Mesmo ladrões podem ser gratos.

– Qualquer que seja o débito que sinta ter comigo – respondeu Tarascus –, será pago quando tiver arremessado essa coisa no fundo do mar.

– Cavalgarei até Zíngara e tomarei um navio em Kordava – prometeu o outro. – Não ouso mostrar meu rosto em Argos, por causa de um assunto relacionado a um assassinato ou algo parecido...

– Va! Isso não me importa, mas que assim seja. Aqui está ela. Um cavalo o espera no pátio. Vá rápido!

Algo foi passado entre eles, algo que queimava como fogo vivo. Conan teve apenas um breve relance do que era. Então, o rufião puxou seu chapéu sem abas até a altura dos olhos e apressou-se para fora da câmara. Assim que a porta se fechou atrás dele, o cimério moveu-se com a fúria devastadora da vingança. Ele tinha se contido o máximo que pudera. A visão de seu inimigo tão próxima fez que seu sangue fervesse e eliminasse toda cautela e moderação.

Tarascus caminhava para a porta quando Conan rasgou as cortiças e saltou como um felino para dentro do quarto. O rei virou-se, mas antes que pudesse reconhecer seu atacante, o punhal de Conan o rasgou. Porém, o golpe não foi mortal, como o cimério mesmo percebeu no momento do ataque. Seu pé ficara preso em uma prega da tapeçaria e ele tropeçou. Quando a ponta penetrou no ombro de Tarascus e abriu um sulco até suas costelas, o rei da Nemédia gritou.

O impacto do golpe e o empurrão fizeram-no bater as costas contra a mesa, derrubando-a, e a vela se apagou. Ambos estavam no chão. Enquanto Conan esfaqueava às cegas, Tarascus gritava em um frenesi de pânico e terror. Como se o medo lhe emprestasse energia sobre-humana, ele se libertou e fugiu tropeçando nas trevas, sem parar de berrar.

– Socorro! Guardas! Arideus! Orastes! Orastes!

Conan levantou-se, chutando o emaranhado de tapetes e a mesa quebrada, praguejando com o amargor por não ter aplacado sua sede de sangue. Confuso, não sabia em que parte do palácio estava. Os gritos de Tarascus ainda ressoavam a distância, e um alarido irrompeu como resposta.

O nemédio fugiu nas trevas. Como a ação vingativa do cimério falhara, restava-lhe apenas a tarefa de salvar a própria pele, se pudesse.

Praguejando escabrosamente, Conan seguiu de volta para a passagem dentro da alcova, observando o corredor iluminado no mesmo instante em que Zenóbia chegava correndo, com os olhos dilatados pelo terror.

– O que aconteceu? – ela indagou. – O palácio acordou! Juro que não o traí...

– Não, fui eu quem despertou o ninho de vespas – resmungou. – Tentei cobrar uma dívida. Qual é o caminho mais rápido para sair daqui?

Ela agarrou seu punho e ambos se apressaram corredor adentro. Mas, antes que chegassem até a pesada porta na outra extremidade, gritos abafados vieram por detrás dela e os portais do lado oposto começaram a tremer como se estivessem sob ataque. Zenóbia torceu as mãos e gemeu.

– Estamos isolados! Tranquei aquela porta quando voltei. Mas irão arrebentá-la em um minuto. O caminho para o portão dos fundos fica depois dela.

Conan olhou para trás e, em seguida, ouviu um clamor, percebendo que os soldados estavam atrás e à sua frente.

– Rápido! Entre aqui! – gritou desesperadamente a garota, correndo ao longo do corredor, já entrando numa câmara.

Conan a seguiu, fechando a porta dourada atrás de si. No quarto vazio, com rica mobília, ela o levou até uma janela gradeada com barras de ouro, pela qual ele pôde ver árvores e um matagal.

– Você é forte – ela apontou. – Se conseguir arrancar essas barras, ainda poderá escapar. O jardim está cheio de guardas, mas os arbustos são densos e você será capaz de evitá-los. Aquele paredão mais ao sul é também o muro externo da cidade. Uma vez lá, terá chance de fugir. Um cavalo está escondido no matagal, ao lado da estrada que segue para oeste, algumas centenas de passos da fonte de Thrallos. Você sabe onde fica?

– Sim! Mas, e quanto a você? Eu tinha intenção de levá-la comigo.

Uma inundação de alegria iluminou a bela face da moça.

– Meu cálice transborda de felicidade! Mas não atrapalharei sua fuga. Se tiver de me carregar, você falhará. Não, não tema por mim. Eles jamais suspeitarão que fui eu que o ajudei de boa vontade. Vá! O que você acabou de dizer glorificará minha vida durante longos anos.

Depois de puxá-la para seus braços, apertou sua figura delgada e vibrante, beijando-a ferozmente nos olhos, pescoço e lábios, até que ela ficasse ofegante em seu abraço. Explosivo e tempestuoso como um furacão, até mesmo sua forma de demonstrar amor era violenta.

– Eu vou – ele respondeu. – Mas, por Crom, virei buscá-la um dia!

Dando meia-volta, o cimério agarrou as barras, arrancando-as de sua base com um tremendo puxão. Jogou uma perna para fora do parapeito e desceu rapidamente, agarrando-se aos ornamentos nas paredes. Chegou ao chão em um instante e misturou-se à sombra no labirinto de roseiras, arbusto e altas árvores. O único olhar que lançou para trás por cima dos ombros mostrou-lhe Zenóbia debruçada no peitoril da janela, com seus braços estendidos em um silencioso adeus.

Os guardas, homens altos em couraças polidas e capacetes de bronze com cristas, corriam por todo o jardim, convergindo em direção ao palácio, onde o clamor era mais alto. As armaduras reluziam com o reflexo da luz das estrelas entre as árvores, traindo os movimentos que faziam, mas o som da correria chegava muito antes aos ouvidos de Conan. Para o cimério, criado na natureza, a busca dos guardas no meio dos arbustos era como o estouro de uma boiada. Alguns passavam a poucos pés de onde ele estava, agachado em uma moita densa, sem jamais suspeitar de sua presença ali. Com o palácio em mente, estavam cegos para todo o resto ao redor. Quando voltaram gritando para o castelo, ele se levantou e correu pelo jardim tão silencioso quanto um felino teria sido.

Chegou rapidamente ao paredão sul e subiu os degraus que levavam até o parapeito. O muro fora feito para deixar as pessoas do lado de fora, e não dentro. Nenhuma sentinela patrulhando as ameias à vista. Arrastando-se pelas canhoneiras, deu uma olhada para o grande palácio acima dos ciprestes atrás de si. Luzes queimavam de todas as janelas, e era possível ver figuras andando para a frente e para trás, como marionetes em cordas invisíveis. Ele sorriu, balançou seu punho em sinal de adeus e ameaça, e desceu pela borda do parapeito.

Uma árvore, algumas jardas abaixo da murada, amorteceu a queda de Conan. Um instante depois, corria em meio à penumbra, com o passo de homens das montanhas que devora longas extensões rapidamente.

Jardins e casas de prazer cercavam os muros de Belverus. Escravos sonolentos, deitados ao lado de seus vigias, não viram a figura ágil, que escalava as paredes, cruzava as ruelas sob os arcos das árvores e traçava seu caminho silencioso através dos pomares e vinhais. Cães de guarda acordaram e perceberam o vulto que deslizava, meio farejando, meio pressentindo, mas então ele já tinha passado.

Em uma câmara do palácio, Tarascus se contorcia e amaldiçoava em uma cama manchada de sangue, sob os dedos rápidos e ágeis de Orastes. O palácio tornara-se repleto de olhos arregalados, servos tremendo, mas a câmara onde o rei estava permanecia vazia, exceto por ele próprio e seu sacerdote renegado.

– Tem certeza de que ele continua adormecido? – Tarascus perguntou novamente, pressionando os dentes pelo ardor que sentia por causa das ervas medicinais com as quais Orastes enfaixava o corte longo e esgarçado, que ia do ombro às costelas. – Ishtar, Mitra e Set! Isso arde como piche derretido do inferno!

– Que você estaria experimentando agora, não fosse por sua boa sorte – relembrou Orastes. – Quem quer que tenha brandido aquela faca, atacou para matar. Sim, eu já disse que Xaltotun ainda dorme. Por que você está tão preocupado? O que ele tem a ver com isso?

– Você não sabe nada sobre o que aconteceu no palácio esta noite? – Tarascus buscava o semblante do sacerdote.

– Nada. Como você sabe, estou dedicado à tradução de manuscritos para Xaltotun já há alguns meses, descrevendo volumes esotéricos escritos em línguas mais novas. Ele era bem versado na maioria das línguas e escritas de seus dias, mas ainda não aprendeu todas as linguagens novas. Para poupar tempo, pediu-me que traduzisse esses trabalhos, para verificar se algum novo conhecimento foi descoberto. Não sabia que ele havia retornado na noite passada até que me procurou e contou-me sobre a batalha. Então, retornei para meus estudos, assim como não sabia que você tinha voltado, até que o clamor no palácio me arrancou de meu quarto.

– Então, você não sabe que Xaltotun trouxe o rei da Aquilônia como prisioneiro para este palácio?

Orastes balançou a cabeça, sem demonstrar surpresa:

– Xaltotun apenas disse que Conan não se oporia mais a nós. Supus que ele havia caído, mas não perguntei detalhes.

– Xaltotun salvou a vida dele, mas eu o teria matado – rosnou Tarascus. – Vi imediatamente seu propósito. Ele manteria Conan prisioneiro para usá-lo como uma clava contra nós. Contra Amalric, contra Valerius e contra mim mesmo. Enquanto Conan viver, ele é uma ameaça, um fator unificador para a Aquilônia, que pode ser usado para nos compelir em direção a rumos que, de outra maneira, não tomaríamos. Antes, desconfiava desse pythoniano morto-vivo. Depois, comecei a temê-lo.

“Eu o segui, algumas horas após ele ter partido para o leste. Queria ver o que pretendia fazer com Conan. Descobri que o aprisionara nas fossas. Queria me certificar de que o bárbaro morresse, a despeito de Xaltotun. E cumpri minha missão – afirmou, ao ouvir uma batida cautelosa soando na porta. – É Arideus – grunhiu Tarascus.

O melancólico escudeiro entrou, com olhos brilhando em excitação reprimida.

– E então, Arideus? – exclamou Tarascus. – Você encontrou o homem que me atacou?

– Você não o viu, meu senhor? – perguntou Arideus, como alguém que quer se assegurar de um fato que já sabe existir. – Não o reconheceu?

– Não. Aconteceu rápido demais, e a vela apagou. Tudo o que consegui pensar foi que algum demônio havia sido lançado sobre mim pela magia de Xaltotun.

– O pythoniano dorme em seu quarto trancado. Mas eu estive nas fossas – Arideus contraiu seus ombros delgados temerosamente.

– Bem, fale homem! – exclamou Tarascus perdendo a paciência. – O que você encontrou lá?

– Um calabouço vazio – suspirou o escudeiro. – E o cadáver de um grande macaco!

– O quê? – Tarascus endireitou o corpo e sangue jorrou da ferida aberta.

– Sim! O comedor de homens está morto, esfaqueado no coração, e Conan se foi!

O rosto de Tarascus ficou cinza, permitindo que Orastes o forçasse a se prostrar novamente e voltasse a cuidar de sua carne mutilada.

– Conan! – repetiu. – Não é um cadáver esmagado, ele escapou! Mitra! Ele não é um homem, mas o próprio demônio! Pensei que Xaltotun estivesse por trás desta ferida. Percebo agora. Deuses e demônios! Foi Conan quem me esfaqueou! Arideus?

– Sim, sua majestade.

– Procure em cada recanto do palácio. Ele pode estar espreitando nos corredores escuros como um tigre faminto. Não deixe nada escapar de sua varredura, e tenha cuidado. Não é um homem civilizado que você caça, mas um bárbaro sedento de sangue, cuja força e ferocidade são as de uma besta selvagem. Procure pelo palácio e pelas ruas. Cheque os muros. Se você achar que ele fugiu da cidade, como é bem possível, pegue uma tropa de cavaleiros e siga-o. Uma vez que tenha passado pelas muralhas será como caçar um lobo nas colinas. Mas apresse-se, e talvez ainda possa encontrá-lo.

– Este é um assunto que requer mais do que um julgamento humano comum – disse Orastes. – Talvez devêssemos buscar os conselhos de Xaltotun.

– Não! – exclamou Tarascus violentamente. – Deixe as tropas perseguirem Conan e matá-lo. Xaltotun não poderá guardar mágoa contra nós se matarmos um prisioneiro em fuga.

– Bem – disse Orastes. – Não sou nenhum aquerônio, mas sou versado em artes e no controle de certos espíritos que se cobriram de substância material. Talvez possa ajudá-lo neste assunto.

A fonte de Thrallos ficava em um anel de carvalhos, ao lado da estrada, a uma milha de distância dos muros da cidade, e seu tilintar musical chegou aos ouvidos de Conan através do silêncio da noite iluminada. Ele bebeu água de seu veio e contornou um pequeno e denso matagal, onde avistou um belo cavalo branco amarrado junto aos arbustos. Soltando um suspiro tempestuoso, chegou até ele com uma passada, e, então, escutou uma gargalhada zombeteira às suas costas.

Uma figura vestida com uma malha cintilante saiu das sombras para a luz das estrelas mas não se tratava de um dos guardas emplumados do castelo. Era um homem alto, com um capacete de quartzo escuro e uma malha cinza feita de elos, com o emblema de uma famosa classe de guerreiros da Nemédia, batizada de Aventureiros, formada por homens que não tinham conquistado a riqueza nem a patente de cavaleiros, ou tampouco caído dessa posição; eram lutadores que dedicavam suas vidas à guerra e aventuras. Formavam uma divisão própria dentro do exército, às vezes comandando tropas, e não respondiam a ninguém exceto ao rei.

Conan não podia ter sido descoberto por adversário mais perigoso, mas convenceu-se de que o homem estava sozinho. Inflou o peito, cavando a relva com seus dedos, e comprimiu todos os músculos, fitando o guerreiro.

– Estava cavalgando para Belverus a mando de Amalric – disse o Aventureiro, avançando cautelosamente. A luz das estrelas resplandecia na sua espada de dois gumes. – Um cavalo relinchou para o meu do matagal, fui investigar e achei estranho encontrar um cavalo amarrado aqui no mato. Resolvi esperar, e eis que ganhei um grande prêmio! – exclamou o nemédio.

"Eu conheço você – murmurou o nemédio. – É Conan, rei da Aquilônia. Pensei tê-lo visto morrer no vale de Valkia.

Conan saltou como um tigre, com o punhal na mão. Apesar de ser um lutador experiente, o Aventureiro foi pego de surpresa, em meia guarda, e sua pesada espada abaixada. Antes que pudesse se desviar do golpe, sentiu o punhal do rei cravado em sua garganta, acima do gorjal, rasgando para baixo até o coração. Com um sufocante gorgolejo, cambaleou e foi ao chão. Conan arrancou a lâmina da vítima caída, o cavalo branco relinchou e recuou ante o cheiro do sangue no aço.

Olhando para o inimigo sem vida, o punhal gotejante nas mãos, com suor escorrendo no peito largo, Conan parou, como uma estátua, procurando escutar qualquer coisa ao redor. Na mata não havia som algum, a não ser o pio de pássaros que acabavam de despertar. Mas, na cidade, a uma milha de distância, ele escutava o estridente soar de um trompete.

Faltava pouco para o amanhecer quando se curvou sobre o homem morto. Alguns segundos de busca o convenceram de que qualquer que fosse a mensagem que ele estivesse trazendo, ela seria entregue em palavra falada. Alguns minutos depois, o cavalo branco galopava para oeste ao longo da estrada, e o cavaleiro usava a malha cinzenta de um aventureiro nemédio.

CAPÍTULO 7

A ruptura do véu

CONAN SABIA QUE SUA ÚNICA CHANCE DE ESCAPAR estava na velocidade. Nem sequer considerou se esconder em algum lugar próximo a Belverus até que a caçada se acalmasse; tinha certeza de que o estranho aliado de Tarascus seria capaz de encontrá-lo. Fora isso, não era do tipo que se escondia; uma luta aberta ou uma perseguição, ambas satisfaziam melhor seu temperamento. Ele tinha um longo caminho, bem o sabia. E levaria seus perseguidores a uma extenuante corrida até a fronteira.

Zenóbia escolhera bem o animal branco. Sua velocidade, tenacidade e resistência eram incríveis. A garota entendia de armas e cavalos. Conan refletiu, com alguma satisfação, que ela entendia de homens. Ele cavalgou para oeste em uma marcha que devorava as milhas.

Galopou por uma terra adormecida, antigos vilarejos abrigados em bosques e vilas com muros brancos em meio a campos espaçosos e pomares que iam ficando cada vez mais esparsos conforme rumava para oeste. Enquanto as aldeias minguavam, a terra ficou mais acidentada e castelos se elevavam ao longe, carregando séculos de guerras nas fronteiras. Mas ninguém desceu para desafiá-lo ou interpelar-lhe. Os lordes dos castelos estavam seguindo a bandeira de Amalric; os brasões acostumados a esvoaçar nas torres agora flutuavam sobre as planícies aquilonianas.

Quando o último amontoado de casas ficou para trás, Conan saiu da estrada, que começava a fazer uma curva para noroeste, em direção a lugares distantes. Manter-se na estrada significaria passar pelas torres fronteiriças, ainda guardadas por homens armados que não permitiriam sua passagem sem questioná-lo. Ele sabia que não haveria patrulhas cavalgando pela fronteira dos dois lados, mas, tal qual em tempos normais, havia aquelas torres, e com a chegada do amanhecer provavelmente tropas de soldados retornariam trazendo homens feridos em carros de bois.

Aquela estrada para Belverus era a única que cruzava a divisa num raio de cinquenta milhas de norte a sul. Cercando-a por ambos os lados, havia uma grande e desabitada cadeia de montanhas. Ele se manteve na direção oeste, pretendendo cruzar a fronteira no lado agreste das colinas que ficavam ao sul do caminho . Era uma rota mais curta, mais árdua, porém mais segura para um fugitivo perseguido . Um homem a cavalo poderia percorrer pontos considerados intransitáveis para um exército.

Mas ao amanhecer ele ainda não havia alcançado as colinas, uma extensa muralha azul ao longo do horizonte . Aqui não havia fazendas ou vilarejos, nenhuma casa de muros brancos erguida entre aglomerações de árvores. O vento da manhã agitou a grama alta e não havia nada além da longa e ondulada superfície da terra marrom, coberta pela relva seca. Ao longe as desoladas muralhas de uma fortaleza em um outeiro. Muitos cavaleiros aquilonianos haviam cruzado as montanhas em uma época não muito distante, rumando para o interior a fim de colonizá-lo como anteriormente aconteceu no leste.

O amanhecer surgiu como uma pradaria de fogo por toda a terra gramada. Do alto ouviu-se um som próximo, quando uma revoada de patos selvagens passou rumo ao sul. Em uma campina pantanosa, Conan parou e tirou a sela de sua montaria. Os flancos e dorso do animal estavam molhados de suor por ter sido forçado sem piedade durante toda a madrugada.

Enquanto o cavalo pastava no capim frágil e laminado, Conan deitou-se na crista do talude baixo, mirando para o leste. Ao longe, no norte, conseguia ver a estrada de onde tinha saído, sinuosa como um laço branco sobre uma distante ladeira. Nenhum ponto escuro se movia por aquele espaço ensolarado. Ao menos do local em que estava, não havia sinal de que os vigias do castelo tinham reparado no viajante solitário.

Uma hora depois, a terra ainda continuava seca. O único sinal de vida era um brilho de aço sobre as ameias distantes e um corvo no céu, que planava de um lado para outro, mergulhando e subindo à procura de algo. Conan selou o animal e cavalgou para oeste em uma marcha mais vagarosa.

Quando alcançou a aresta mais alta do talude, um grito estridente explodiu acima de sua cabeça e, olhando para o alto, viu o corvo batendo asas sobre sua cabeça, grasnando sem parar. O cimério continuou a viagem, seguido pelo pássaro, que manteve sua posição, tornando a manhã nefasta com seu timbre agudo, ignorando os esforços do bárbaro para espantá-lo.

Aquilo prosseguiu por horas, até que os nervos de Conan chegaram ao limite, e ele imaginou que daria metade de seu reino se pudesse torcer aquele pescoço negro.

– Demônio do inferno! – ele gritou com uma fúria em vão, balançando seu punho para o pássaro frenético. – Por que você me atormenta com seus grasnados? Vá embora cria negra da perdição, vá bicar o trigo nos campos dos fazendeiros!

Conan subia o pé da serra quando pareceu escutar um eco do clamor da ave atrás de si. Voltando-se em sua sela, avistou ao longe outro ponto preto suspenso no céu. Mais abaixo, viu o brilho do sol da tarde refletido em aço. Aquilo só podia significar uma coisa, homens armados estavam no seu encalço. Não cavalgavam pela estrada batida, que ficou fora de seu campo de visão e além do horizonte. Eles o estavam seguindo. O cimério contraiu a face e tremeu levemente ao encarar o corvo que voava em círculos.

– Então é mais do que o capricho de uma besta sem cérebro? – murmurou. – Os cavaleiros não podem vê-lo, cria do inferno; mas aquele corvo consegue, e eles podem acompanhá-lo. Você me segue, o outro segue você, e eles o seguem. Xaltotun o colocou em meu rastro? Você é Xaltotun?

Um grasnado estridente foi a resposta, vibrante, com ar zombeteiro.

Conan não desperdiçou mais fôlego com seu traidor diabólico. Lançou-se pela longa colina escarpada, sem se atrever a exigir demais do cavalo; o descanso que havia lhe permitido não fora suficiente para seu restabelecimento. Ainda se mantinha bem à frente, mas seus perseguidores conseguiriam cortar aquela distância. Suas montarias estavam mais descansadas porque certamente tinham sido trocadas no castelo pelo qual passaram.

O caminho ficou mais difícil, o cenário mais frondoso, encostas relvadas lançando-se até colinas densamente arborizadas. Aqui, Conan sabia, poderia enganar seus caçadores, não fosse por aquele pássaro infernal que gritava incessantemente. Não conseguia mais vê-los naquele campo fendido, mas tinha certeza de que ainda o seguiam, guiados com precisão pelo seu aliado de penas. A forma negra se transformou num um íncubo demoníaco perseguindo-o. As pedras que ele arremessou, praguejando, passaram longe ou caíram inofensivas, apesar de em sua juventude ter acertado falcões em pleno voo.

Como o cavalo se cansava rapidamente, Conan reconheceu a tênue fragilidade de sua posição. Pressentiu um destino inexorável por trás de tudo aquilo, pois não podia escapar. Continuava sendo um prisioneiro, como ocorrera antes, nos poços de Belverus. Mas ele era filho do oriente, e não se renderia passivamente ao que parecia inevitável. Se não podia escapar, ao menos levaria alguns inimigos para a eternidade consigo. Virou-se para um grande matagal de coníferas que mascaravam uma encosta, procurando por um lugar para se proteger.

Então, à sua frente, escutou um berro estrídulo, humano, porém com um timbre bizarro. Um instante depois, já atravessara uma tela de galhos e viu a fonte do lamento sobrenatural. Em uma pequena clareira, quatro soldados trajando malhas nemédias estavam passando um nó em torno do pescoço de uma mulher magra, com roupas de camponês. Um monte de lentilhas no chão, atadas com corda, mostrava o que ela estava fazendo quando fora surpreendida por aqueles retardatários.

Conan sentiu lentamente a fúria inchar seu coração enquanto olhava para baixo, vendo o bando arrastá-la até uma árvore cujos galhos mais baixos iam certamente ser usados como uma forca. Cruzara a fronteira a uma hora e, no solo de seu próprio reino, testemunhava o assassinato de um de seus súditos. A velha lutava com energia surpreendente e, diante de seus olhos, ergueu a cabeça e soltou novamente o estranho grito que ele escutara antes, que foi ecoado como zombaria pelo corvo, batendo asas acima das árvores, e os soldados riram, golpeando-a brutalmente na boca.

Conan saltou de seu corcel e desceu pelas rochas, aterrissando sobre a grama com um som metálico produzido por sua armadura. Os quatro homens viraram-se ao ouvir o barulho e sacaram suas armas, boquiabertos diante do gigante que os desafiava com a espada em punho.

Conan vociferou com crueldade, seus olhos duros como sílex.

– Cães! – disse sem paixão ou misericórdia. – Os chacais nemédios tornaram-se executores e enforcam meus súditos ao seu bel-prazer? Primeiro, vocês precisam tirar a cabeça do rei. Aqui estou, ao seu dispor!

Os soldados o encararam com temor quando ele avançou.

– Quem é esse louco? – gritou um rufião barbado. – Ele veste uma armadura nemédia, mas fala com sotaque aquiloniano.

– Não interessa – respondeu outro soldado. – Esquartejem-no, e depois vamos enforcar essa velha.

Ele correu em direção a Conan, erguendo sua espada. Mas, antes que pudesse atacar, a lâmina do rei rachou seu capacete e cortou seu crânio. O homem caiu a seus pés, enquanto os outros canalhas uivaram como lobos e investiram contra a figura solitária de malha cinza. O clamor e estrondo do aço abafaram os gritos do corvo que voava em círculo.

Os olhos de Conan ardiam em fogo azul, seus lábios sorriam de maneira implacável. Cortou para a direita e esquerda com sua espada de dois gumes, extremamente ágil para seu tamanho, como um gato dando um bote, e permanecia em movimento constante, um alvo que jamais ficava estático, de forma que estocadas e pancadas caíam no vazio. Quando atacava, estava em perfeito equilíbrio, e seus golpes eram devastadores. Três dos quatro homens estavam caídos, morrendo afogados no próprio sangue, e o quarto, com meia dúzia de ferimentos profundos, tropeçou ao bater em retirada. Enquanto tentava escapar, o esporão de Conan ficou preso na túnica de um inimigo prostrado.

O rei também cambaleou e, antes que pudesse se recuperar, o nemédio, em frenesi pelo desespero, investiu selvagemente, e Conan caiu por cima do cadáver. O nemédio grasnou em triunfo, deu um passo à frente e ergueu sua grande espada com ambas as mãos acima do ombro esquerdo, firmando as pernas para desferir o golpe fatal, mas sobre o rei caído algo enorme e peludo saltou como um raio e acertou o peito do soldado. Seu grito de vitória transformou-se em lamento de morte.

Conan, colocando-se em pé, viu o homem com a garganta arrancada sob um enorme lobo cinzento, e sua cabeça afundada no sangue que formava uma piscina na grama.

O rei se virou quando ouviu a voz da velha, que estava em pé atrás dele. Apesar dos trajes maltrapilhos, seus traços fortes, aquilinos, e seus olhos penetrantes não eram os de uma camponesa comum. Ela chamou o lobo, que foi para o seu lado como um cachorro e encostou seu gigantesco ombro no joelho dela, enquanto media Conan com olhos verdes cintilantes. Distraída, ela deitou a mão sobre o largo pescoço do bicho e assim permaneceram diante do rei da Aquilônia, que achou o olhar de ambos inquietante, apesar de não haver manifestação de hostilidade.

– Os homens dizem que o rei Conan morreu soterrado quando os rochedos caíram em Valkia – ela disse com uma voz ressonante.

– É o que dizem – ele respondeu. Não estava com humor para controvérsia, e pensava naqueles cavaleiros armados que se aproximavam a cada instante.

O corvo crocitou estridentemente, e ele lançou um olhar involuntário para o alto, apertando os dentes em novo espasmo de irritação.

Mais acima, no parapeito, o cavalo branco estava com a cabeça baixa de cansaço. A velha olhou para a montaria e, depois, para o corvo, e emitiu um som estranho. Como se reconhecesse o chamado, o corvo deu meia-volta, subitamente mudo, e singrou para o leste. Mas, antes de sumir da vista, a sombra de asas poderosas caiu sobre o mensageiro negro. Uma águia saiu de um emaranhado de árvores e o atacou, levando-o ao solo. O grasnar da traição calou-se para sempre.

– Crom! – resmungou Conan, fitando a velha. – Você é uma feiticeira?

– Sou Zelata – ela respondeu. – Os povos dos vales me chamam de bruxa. Aquele filho da noite estava guiando homens em seu encalço?

– Sim – ela não pareceu achar a resposta fantástica. – Eles não devem estar muito longe.

– Apanhe seu cavalo e venha comigo, rei Conan – ela ordenou.

Sem comentários, ele escalou as rochas e trouxe o cavalo por um caminho sinuoso. Enquanto descia, viu a águia reaparecer no céu, voar preguiçosamente e, após abrir suas grandes asas, descansar no ombro de Zelata.

Sem dizer uma palavra, ela mostrou o caminho, com o grande lobo trotando ao seu lado e a águia planando acima de sua cabeça. Levou-o por matas fechadas e bordas tortuosas, ao longo de ravinas densas, até finalmente chegar a um estreito precipício à beira de um caminho para uma curiosa habitação de pedra, metade cabana, metade caverna, debaixo de um rochedo escondido entre penhascos. A águia voou ao pináculo do desfiladeiro e empoleirou-se como uma sentinela imóvel.

Ainda quieta, Zelata deixou o cavalo em uma caverna próxima, com folhas e grama empilhadas para o pasto e uma minúscula nascente borbulhante vinda dos recantos mais escuros.

Na cabana, pediu que o rei se sentasse em uma cadeira rústica, e ela própria acomodou-se em um banquinho baixo diante de um pequeno fogareiro, atiçando as brasas com pedaços de tamargueiras para preparar uma refeição frugal. O grande lobo dormitava ao seu lado, de frente para o fogo. Sua enorme cabeça descansava sobre as patas, as orelhas contraíam-se com seus sonhos.

– Você não teme sentar-se na cabana de uma bruxa? – ela perguntou, quebrando o silêncio afinal.

Um impaciente dar de ombros cobertos pela malha cinzenta foi sua única resposta. Ela entregou em suas mãos um prato de madeira com frutas secas, queijo e pão de trigo, e um grande caneco de uma inebriante cerveja da montanha, cuja cevada era cultivada nos vales mais altos.

– Tenho achado o melancólico silêncio das ravinas mais agradável do que o balbucio das ruas das cidades – ela disse. – As crianças da natureza são mais gentis que os filhos dos homens – acariciou gentilmente a pelagem do lobo adormecido. – Minhas crianças estavam longe de mim hoje, ou sua espada não seria necessária, meu rei. Eles teriam vindo ao meu chamado.

– O que aqueles cães nemédios tinham contra você? – Conan indagou.

– Batedores do exército invasor extraviam-se por todo o país, da fronteira até Tarantia – ela respondeu. – Os tolos camponeses dos vales disseram-lhes que eu tinha um estoque de ouro escondido, para desviar a atenção de suas vilas. Quando eles me pediram o tesouro, minha resposta os irritou. Mas ninguém achará você aqui. Nem batedores, nem os homens que o perseguem, nem corvo algum.

Ele inclinou-se, comendo vorazmente.

– Estou indo para Tarantia.

Ela fez um sinal de negação.

– Você confia sua cabeça às mandíbulas do dragão. Melhor seria buscar refúgio no exterior. O coração de seu reino se foi.

– O que quer dizer? – ele a intimou. – Batalhas já foram perdidas antes, contudo guerras foram ganhas. Um reino não desaparece por uma simples derrota.

– E você irá para Tarantia?

– Sim. Prospero comandará a resistência contra Amalric.

– Tem certeza?

– Diabos, mulher – ele exclamou irado. – O que mais?

Ela balançou a cabeça:

– Acho que é o contrário. Vamos ver. Não é levianamente que o véu se rompe; ainda assim irei rasgá-lo um pouco e mostrar-lhe a sua capital.

Conan não viu o que ela atirou ao fogo, mas o lobo choramingou em seus sonhos quando uma fumaça verde se acumulou e subiu ao teto da cabana. Diante de seus olhos, as paredes e o telhado pareciam se alargar, crescer e desaparecer, misturando-se com a imensidão do infinito. A fumaça enrolou-se nele, apagando todas as demais coisas, moveu-se e desbotou, até estancar numa claridade absoluta.

Ele observou as ruas e torres de Tarantia, que lhe eram familiares, onde uma multidão fervilhante gritava e, ao mesmo tempo, foi capaz de ver as bandeiras da Nemédia movendo-se inexoravelmente ao leste no meio das chamas e carbonização de uma terra pilhada. Na grande praça de Tarantia a frenética multidão brigava e reclamava, berrando que o rei estava morto, que os barões reuniram-se para dividir as terras entre si e que o governo de um rei, mesmo que fosse Valerius, era melhor que a anarquia. Prospero, reluzente em sua armadura, cavalgava, tentando pacificá-los, pedindo que todos confiassem no conde Trocero, instando-os a guarnecer o muro e auxiliar seus cavaleiros a defender a cidade. A turba se voltou contra Prospero, com raiva e medo irracional, gritando que ele era o açougueiro de Trocero, um inimigo mais maléfico que o próprio Amalric. Restos de comida e pedras foram atirados em seus cavaleiros.

Após um leve borrão na imagem, que decerto denotava uma passagem de tempo, Conan viu Prospero e sua tropa deixando os portões e indo para o sul. Atrás deles, a cidade estava em pleno tumulto.

– Tolos! – resmungou Conan brutalmente. – Tolos! Por que não confiaram em Prospero? Zelata, se você estiver fazendo jogos com algum tipo de truque...

– Tudo isso já aconteceu – respondeu Zelata imperturbável, embora de forma lúgubre. – Foi durante a noite do dia em que Prospero deixou Tarantia, com as tropas de Amalric quase à vista. Das muralhas, os homens avistavam a fumaça de suas pilhagens. Tudo ocorreu conforme li na fumaça. Ao pôr do sol, os nemédios invadiram Tarantia sem resistência. Veja! Mesmo agora, no salão real de Tarantia...

Conan olhava para o grande salão do trono. Valerius estava no palanque régio, com vestes de arminho, e Amalric, ainda trajando sua armadura empoeirada e manchada de sangue, colocava um aro rico e brilhante sobre seus cabelos amarelos, a coroa da Aquilônia! As pessoas ovacionavam, filas de guerreiros nemédios, vestindo armaduras, olhavam taciturnos, e nobres que há muito faziam oposição a Conan exibiam-se com o emblema de Valerius em suas mangas.

– Crom! – foi a explosiva imprecação saída dos lábios de Conan quando se levantou cerrando os punhos como martelos, com as veias saltadas nas têmporas e suas feições em convulsão. – Um nemédio colocando a coroa da Aquilônia naquele renegado no salão real de Tarantia!

Como que dispersada por sua violência, a fumaça se esvaneceu, e ele sentiu os olhos negros de Zelata perscrutando-o.

– Você viu! O povo de sua capital perdeu a liberdade que você havia conquistado para eles com muito sangue e suor. Eles se entregaram aos vendedores de escravos e carniceiros. Mostraram que não acreditam em seu destino. Dá para confiar neles para recuperar seu reino?

– Eles pensaram que eu estava morto – Conan rugiu, recuperando a pose. – Não tenho filhos. Homens não podem ser governados por uma memória. E daí que os nemédios tomaram Tarantia? Ainda restam as províncias, os barões e os povos no interior. Valerius conquistou uma glória provisória.

– Você é teimoso como convém a um lutador. Não posso lhe mostrar o futuro nem todo o passado. Não, eu não revelo coisa alguma. Com meu poder, apenas abro janelas no véu. Você olharia para o passado para saber mais sobre o presente?

– Sim – ele se sentou de maneira brusca.

Novamente a fumaça verde ergueu-se em ondas e as imagens desnudaram-se diante dele, desta vez aparentemente irrelevantes. Viu grandes torres negras, pedestais escondidos com imagens de horríveis deuses semibestiais. Os homens se moviam nas sombras, esquálidos, vestindo tangas de seda vermelha, e carregavam um sarcófago de jade verde ao longo de um corredor gigantesco. Antes de Conan compreender a situação, a cena mudou. Viu uma caverna escura e assombrada por um horror intangível. Em um altar de pedra negra, os homens magros que tinham trazido o ataúde da múmia apanharam um vaso dourado. Quando as sombras circularam ao redor, Conan vislumbrou um lampejo em um redemoinho de escuridão, como uma bola de fogo. Em seguida o breu tornou-se apenas fumaça, causada por pedaços de tamargueira, dissipou-se e sumiu.

– Mas o que significa isso? – perguntou, confuso. – O que vi em Tarantia posso entender. Mas o que significa essa visão de ladrões zamoranos em um templo subterrâneo de Set, na Stygia? E aquela caverna? Nunca soube de nada igual em todas as minhas andanças. Se você pode me mostrar isso, esses fiapos de visão que nada significam, desarticulados, por que não pode me revelar tudo o que irá acontecer?

Zelata mexeu no fogo.

– Essas coisas são governadas por leis imutáveis – ela disse. – Não posso fazer que entenda; eu mesma não compreendo tudo, embora tenha buscado sabedoria no silêncio de lugares altos há mais anos do que consigo lembrar. Não posso salvá-lo, mas, se pudesse, eu o faria. Os homens devem ser responsáveis por sua própria salvação. Talvez a sabedoria venha para mim em sonhos e, pela manhã, eu possa lhe dar uma pista sobre esse enigma.

– Que enigma? – ele perguntou.

– O mistério que o confronta, culpado por você ter perdido um reino – ela respondeu e espalhou um tecido de lã de carneiro no chão em frente ao fogo. – Durma.

Sem dizer uma palavra, deitou-se e caiu num sono profundo, porém turbulento, no qual fantasmas se moviam silenciosamente e sombras disformes e monstruosas rastejavam. A certa altura, no cenário de um horizonte púrpuro sem sol, viu as portentosas muralhas de uma grande cidade de uma coloração tão rosa como em nenhum outro lugar da Terra. Suas torres colossais e mesquitas púrpuras erguiam-se em direção às estrelas e, acima delas, flutuando como miragem gigante, pairava o semblante barbudo de Xaltotun.

Ao amanhacer, Conan levantou-se e encontrou Zelata agachada ao lado do fogareiro. Ele ficou surpreso por não ter acordado nenhuma vez durante a noite, porque o som do grande lobo, entrando e saindo, deveria tê-lo despertado. O lobo estava ao lado da fogueira, com sua pelagem desgrenhada molhada de carvalho, e mais do que isso. Sangue ainda úmido brilhava em seu couro grosso, e havia um corte em seu ombro.

Zelata acenou como se lesse os pensamentos de seu hóspede real.

– Ele saiu antes do alvorecer, e a caçada foi vermelha. Acho que os soldados que procuravam um rei não caçarão mais ninguém, sejam homens ou bestas.

Conan olhou para a enorme fera com fascínio enquanto ia buscar a comida que Zelata oferecia.

– Quando retomar meu trono, não me esquecerei disto – ele disse grato. – Você foi minha amiga. Por Crom, não consigo me lembrar da última vez em que me deitei e dormi à mercê de homem ou mulher como fiz na noite passada. Mas, e aquela charada que você iria me esclarecer pela manhã?

Uma longa pausa amplificou o crepitar das tamargueiras na lareira.

– Encontre o coração do seu reino – ela disse afinal. – Nele está sua derrota e seu poder. Você enfrenta mais do que homens mortais. Não se sentará no trono novamente a menos que encontre o coração do seu reino.

– Você quer dizer a cidade de Tarantia?

Ela meneou a cabeça:

– Sou apenas um oráculo, cujos lábios os deuses usam para falar. Meus lábios foram selados por eles para que não fale demais. Você deve encontrar o coração do seu reino. Não posso dizer nada mais. Meus lábios são abertos e fechados pelos deuses.

A neblina do amanhecer ainda circundava os picos quando Conan seguiu para oeste. Zelata ficou parada na porta da cabana, inescrutável como sempre, com o grande lobo ao seu lado.

Um céu cinzento arqueava-se sobre sua cabeça e um vento frio trazia a promessa do inverno. Folhas marrons flutuavam, caídas de galhos secos, deslizando pelo crivo da armadura em seus ombros. Durante todo o dia cavalgou pelas colinas, evitando estradas e vilas. Ao cair da noite, começou a descer das alturas, camada por camada, até reconhecer as amplas planícies da Aquilônia que se estendiam à sua frente.

Vilas e fazendas ficavam próximas ao sopé das colinas do lado oeste das montanhas. Por meio século, a maioria das incursões através da fronteira havia sido feita pelos aquilonianos, mas agora só restavam cinzas e brasas onde antes existiam cabanas de fazendas e vilas.

Conan avançou lentamente, já cercado pelas trevas, sem medo de ser descoberto por inimigos. Os nemédios haviam se lembrado de antigas rixas em seu caminho para oeste, e Valerius não fez qualquer tentativa para conter seus aliados. Não se preocupou em tentar ganhar o amor do povo. Uma vasta faixa de desolação cortava todo o país desde a base das montanhas na direção oeste. Conan amaldiçoou os terrenos aniquilados que haviam sido campos férteis e contou poucas paredes, finas e empenadas, de casas queimadas ainda de pé. Ele se moveu por uma terra vazia e deserta, como um fantasma de um passado esquecido.

A velocidade com que o exército havia atravessado a terra denotava a pouca resistência encontrada. Se Conan estivesse liderando os aquilonianos, o invasor teria sido forçado a pagar com sangue cada passo dado. A amarga percepção feriu sua alma, ele não representava uma dinastia, era apenas um aventureiro solitário. Até mesmo a gota do sangue dinástico que Valerius ostentava fazia mais parte da memória dos homens do que o poder de Conan e a liberdade que dera ao reino.

Nenhum perseguidor apareceu no caminho. Ele buscou tropas nemédias que estivessem vagando ou retornando, mas não encontrou nada. Desertores abriram-lhe caminho, supondo que era um dos conquistadores por causa de sua armadura. Os bosques e rios eram em maior número no lado oeste das montanhas, e lugares para se esconder não faltavam.

Ele continuou a galope pela terra pilhada, parando apenas para descansar seu cavalo e comer com parcimônia a comida que Zelata lhe havia dado, até que, num amanhecer deitado sobre um banco de areia em um rio onde carvalhos e salgueiros cresciam, avistou ao longe, além da planície pontilhada com bosques ricos, as torres azuis e douradas de Tarantia.

Não estava mais numa terra deserta, mas em uma abundante em formas de vida. Daquele ponto em diante foi lento e cauteloso, cruzando matas e estradas secundárias pouco usadas. Anoitecia quando chegou à plantação de Servius Galannus.

CAPÍTULO 8

Brasas da morte

O INTERIOR DE TARANTIA ESCAPOU DA ASSUSTAdora assolação que atingira as províncias mais ao leste. Havia evidências da marcha de um exército conquistador em cercas quebradas, campos e celeiros saqueados, uma mancha carbonizada sobre a extensão da paisagem; cinzas e pedra enegrecida onde Conan sabia que outrora existira a majestosa vivenda de um de seus maiores defensores.

O rei preferiu não se aproximar imediatamente da fazenda de Galannus, distante poucas milhas da cidade. No crepúsculo, seguiu pela mata fechada até avistar a cabana de um caseiro. Desmontando e amarrando seu cavalo, aproximou-se da grossa porta em formato de arco com a intenção de mandar o caseiro em busca de Servius. Não sabia se haveria inimigos na casa principal. Não tinha visto tropas, mas podiam estar acasteladas por todo o interior. De repente, a porta foi aberta e uma figura robusta, vestindo meias de seda ricamente bordadas, saiu caminhando pela vereda que cortava a floresta.

– Servius!

Diante da voz rouca, o mestre da plantação voltou-se com uma expressão assustada. Sua mão voou para a espada curta na cintura e ele recuou, afastando-se do cavaleiro cinzento que veio da penumbra.

– Quem é você? – perguntou. – Qual é seu... Mitra! – sua respiração sibilou e o rosto corado empalideceu. – Parta daqui! – ele gritou. – Por que voltou das terras cinzentas da morte para me aterrorizar? Sempre fui seu verdadeiro seguidor em vida...

– Como ainda espero que seja – respondeu Conan. – Pare de tremer homem, sou de carne e osso.

Eivado de dúvidas, Servius aproximou-se e encarou o rosto do gigante de armadura e, convencido da realidade do que via, ajoelhou-se e tirou o chapéu de plumas.

– Majestade! Este é um milagre além do que posso acreditar! O grande sino na cidadela entoou seu hino fúnebre dias atrás. Os homens disseram que o senhor havia caído em Valkia, esmagado embaixo de milhares de toneladas de terra e granito.

– Era outro que vestia minha armadura – grunhiu Conan. – Mas vamos conversar depois. Se houver algo como um pedaço de carne à sua mesa...

– Perdoe-me, meu senhor! – implorou Servius, ficando de pé. – O pó da viagem tornou sua malha cinzenta, e eu mantenho o senhor aqui parado sem descanso ou comida! Mitra! Vejo muito bem agora que você está vivo, mas juro que, no escuro, quando me virei e o vi imóvel e soturno, o tutano de meus ossos virou água. É algo doentio encontrar um homem que julgava estar morto no meio do mato à noite.

– Peça que o caseiro cuide de meu cavalo, amarrei-o ao lado do carvalho – pediu Conan. Servius assentiu, conduzindo o rei pelo caminho e recuperando-se do susto sobrenatural, mas ainda nervoso.

– Vou mandar um servo de minha casa – ele disse. – O caseiro está em sua cabana, mas atualmente não ouso confiar nem mesmo em meus empregados. É melhor que apenas eu saiba de sua presença.

No acesso à grande casa que refulgia entre as árvores, ele tomou um atalho sob um conjunto de carvalhos cujo entrelaçamento dos galhos formava uma abóbada, impedindo a passagem da fraca luz do crepúsculo. Servius apertou o passo sem falar nada, denunciando pânico em seus gestos, e guiou Conan para uma pequena porta lateral que desembocava em um corredor estreito. Depois de atravessá-lo rapidamente, ainda em silêncio, levou o rei para uma câmara espaçosa com um teto alto feito de madeira de carvalho e paredes com belos painéis. Toras queimavam na lareira, pois havia uma brisa gelada no ar, e um grande pastel de carne sobre um prato de pedra fumegava em uma placa de mogno. Servius trancou a porta e apagou as velas de um candelabro prateado na ponta da mesa, deixando a câmara iluminada apenas pelo crepitar do fogo.

– Perdão, Majestade – ele se desculpou. – Esses são tempos perigosos; há espiões por todos os lados, e seria melhor ninguém reconhecê-lo caso espiem pela janela. Entretanto, este pastel acabou de sair do forno, pois pretendia jantá-lo quando retornasse de minha conversa com o caseiro. Se sua Majestade se dignar...

– A luz é suficiente – consentiu Conan, sentando-se sem fazer cerimônia e sacando seu punhal para deixá-lo ao lado do prato. Faminto, engoliu o petisco, sorvendo grandes goles de vinho, feito com uvas especiais cultivadas na propriedade de Servius, também famoso por suas vinícolas. O rei parecia não ter consciência de qualquer senso de perigo, mas Servius estava irrequieto em seu assento, remexendo na pesada corrente de ouro pendurada no pescoço. Olhava sem parar para os vidros da janela, que refletiam a claridade da lareira, e esticava a orelha em direção à porta, como se esperasse escutar o barulho de passos furtivos no corredor.

Terminada a refeição, Conan levantou-se e caminhou até perto do fogo.

– Não colocarei sua vida em risco por mais tempo com minha presença aqui, Servius – ele prometeu. – O amanhecer irá me encontrar longe de sua plantação.

– Meu senhor... – Servius levantou sua mão em advertência, mas Conan ignorou o protesto.

– Sei de sua lealdade e coragem. Ambas estão acima de qualquer suapeita. Mas, se Valerius usurpou meu trono, você seria morto por ter me dado abrigo, caso seja descoberto.

– Não sou forte o suficiente para desafiá-lo abertamente – admitiu Servius. – Os cinquenta homens armados que poderia levar para a batalha seriam nada além de um punhado de varetas. O senhor viu as ruínas da plantação de Emilius Scavonus?

Conan assentiu, franzindo a testa.

– Ele era o mais forte patrício das províncias, como o senhor bem sabe. Recusou-se a jurar aliança com Valerius, e morreu queimado nas ruínas de sua própria fazenda, incendiada pelos nemédios. Após isso, o resto de nós viu a futilidade de resistir, especialmente quando o povo de Tarantia desistira de lutar. A submissão poupou nossas vidas, apesar de Valerius aumentar os impostos, que arruinarão muita gente. Mas o que podemos fazer? Acreditamos que o rei estivesse morto. Muitos barões foram massacrados, outros tornaram-se prisioneiros, e o exército foi reduzido a pó. Como o senhor não tem herdeiro para reclamar a coroa, não havia ninguém para nos liderar...

– Não havia o conde Trocero de Poitan? – asseverou Conan.

Servius abriu a palma das mãos, indefeso.

– É verdade que seu general Prospero, em campo com um pequeno exército, convocou o povo para lutar por sua bandeira, mas recuou antes de Amalric invadir a capital. Com sua Majestade morta, os homens lembraram-se de velhas guerras e lutas civis, e da forma como Trocero e seus poitanianos outrora cavalgaram por estas províncias, exatamente como Amalric faz agora, com tochas e espadas. Os barões têm ciúmes de Trocero e alguns, talvez espiões de Valerius, gritaram que o conde de Poitan cobiçava a coroa para si, reacendendo antigos ódios regionais. Se tivéssemos um único homem com o sangue de Conan em suas veias, o teríamos coroado e combatido Nemédia. Mas não havia ninguém.

"Mesmo os barões leais não seguiram o general de sua majestade porque cada um se julgava tão bom ou melhor que o próximo, cada qual temendo a ambição dos outros. Conan era a corda que os mantinha unidos. Quando a liga foi cortada, tudo ruiu. Se o senhor tivesse um filho, os barões lhe teriam jurado lealdade. Mas não havia um ponto onde o patriotismo pudesse se erguer.

"Os mercadores e pessoas comuns, temendo a anarquia e um retorno aos dias feudais quando cada barão fazia sua própria lei, defenderam que qualquer rei era melhor do que nenhum, até mesmo Valerius, que pelo menos tinha o sangue da antiga dinastia. Sem nenhuma oposição, ele liderou sua tropa de cavaleiros de armas em riste, com o dragão escarlate da Nemédia flutuando acima de todos, e abriu com sua lança os portões de Tarantia.

"O povo abriu os portões e se ajoelhou no chão poeirento diante do invasor. Recusaram-se a ajudar Prospero a salvar a cidade, porque preferiam ser governados por Valerius em vez de Trocero. Disseram, o que era verdade, que os barões não confiariam no conde, mas muitos aceitariam Valerius. Repetiram que, ao se juntarem a ele, escapariam da devastação de uma guerra civil e da fúria dos nemédios. Prospero seguiu para o sul com dez mil cavaleiros e, algumas horas depois, as tropas inimigas entraram na cidade, onde permaneceram para ver a coroação de Valerius. Por isso não perseguiram seu general, meu senhor."

– Então a fumaça da velha bruxa mostrou a verdade – murmurou Conan, sentindo um intenso arrepio na espinha.

– Amalric corou Valerius?

– Sim, no salão real, com o sangue da matança ainda úmido em suas mãos.

– E as pessoas prosperaram diante de sua governança benevolente? – perguntou Conan, misturando ironia e cólera.

– Ele vive como um príncipe estrangeiro em uma terra conquistada – respondeu Servius com amargor. – Sua corte está repleta de nemédios, assim como as tropas do palácio, e uma enorme guarnição ocupa a cidadela. Sim, a hora do dragão afinal chegou.

"Nemédios desfilam como donos das ruas. As mulheres são ultrajadas e mercadores pilhados diariamente. Valerius não pode, nem vai tentar reprimi-los, porque nada mais é do que a marionete deles, sua pessoa representativa. Homens de bom-senso sabiam que seria assim, e o povo está começando a descobrir o mesmo.

"Amalric comandou um exército poderoso para subjugar as províncias periféricas onde alguns barões se rebelaram. Mas não existe unidade, porque o ciúme que uns têm dos outros é mais forte que o medo de Amalric. Ele irá esmagá-los um a um. Muitos castelos e cidades, ao perceberem isso, já declararam rendição. Aqueles que resistem padecem miseravelmente. Os nemédios saciam seu antigo ódio, e suas fileiras são encorpadas com aquilonianos que se alistam no exército por medo, desejo de riqueza ou necessidade de trabalho. É uma consequência natural."

Conan acenou com aflição, observando os reflexos vermelhos do fogo nos belos vitrais.

– A Aquilônia tem um rei, em vez da anarquia que temia – disse Servius por fim. – Valerius não protege os súditos contra a ganância de seus aliados. Centenas que não podiam pagar as taxas foram vendidos a mercadores de escravos kothianos.

Conan ergueu a cabeça, e uma chama letal iluminou seus olhos azuis. Ele fez um juramento com fervor, pressionando as duas mãos, ao ponto de se tornarem martelos de ferro.

– Sim, invasores vendem homens e mulheres brancas como se estivéssemos nos dias feudais. Nos palácios de Shem e Turan eles irão viver como escravos por toda a vida. Valerius é o rei, mas a unidade que as pessoas buscam, apesar da espada, não está completa.

"Gunderlândia no norte e Poitan ao sul não foram conquistadas, e ainda há províncias não subjugadas no oeste, onde os barões da fronteira têm o apoio dos arqueiros bossonianos. Contudo, as províncias periféricas não representam ameaça real para Valerius, precisam ficar na defensiva e terão sorte se conseguir manter sua independência. Aqui, Valerius e seus cavaleiros estrangeiros são supremos."

– Que tenha o melhor disso tudo, então – ralhou Conan. – Seu tempo se abrevia. O povo se levantará quando souber que estou vivo. Tomaremos Tarantia de volta antes que Amalric possa retornar com seu exército. Vamos varrer todos esses cães do reino.

Servius ficou quieto, ouvindo os estalos do fogo.

– Bem – exclamou Conan, impaciente. – Por que se sentou com sua cabeça curvada, olhando para a lareira? Duvida do que eu disse?

Servius evitava os olhos do rei.

– O que um homem mortal puder, o senhor fará, Majestade – ele respondeu. – Já cavalguei ao seu lado na batalha e sei que nenhum homem mortal pode enfrentar sua espada.

– Então?

Servius puxou seu saiote de pele e tremeu, apesar do calor das chamas.

– O povo diz que sua queda foi provocada por feitiçaria – ele falou após um período calado.

– E daí?

– O que pobres mortais podem fazer contra feitiçaria? Quem é este homem, coberto por um véu, que comunga no meio da noite com Valerius e seus aliados, como dizem os homens? Que aparece e desaparece tão misteriosamente? Aos sussurros, contam que ele é um grande feiticeiro morto milhares de anos atrás, mas que retornou das terras cinzentas da morte para destronar o rei da Aquilônia e restaurar a dinastia da qual Valerius é o herdeiro.

– E o que me importa isso? – zangou-se Conan. – Eu escapei dos poços assombrados por demônios de Belverus e da bruxaria nas montanhas. Se o povo se erguesse...

Servius meneou a cabeça:

– Seus defensores mais convictos no leste e nas províncias centrais estão mortos, fugiram ou são prisioneiros. A Gunderlândia fica muito ao norte, Poitan muito ao sul. Os bossonianos marcharam para o oeste. Levaria semanas para juntar, concentrar essas forças e, antes que isso pudesse ser feito, cada recrutamento de soldados seria atacado separadamente por Amalric e destruído.

– Mas um levante nas províncias centrais penderia a balança para nosso lado! – exclamou Conan. – Poderíamos nos apoderar de Tarantia e resistir contra Amalric até a chegada dos poitanianos e gunderlenses.

Servius hesitou, entre suspiros.

– Os homens acreditam que o senhor tombou amaldiçoado. Dizem que o estrangeiro vestido com véus lançou um feitiço para matá-lo e destruir seu exército. O grande sino já tocou sua marcha fúnebre. Todos repetem que o senhor está morto. As províncias centrais não se levantarão mesmo se souberem que o senhor ainda vive. Não ousariam. Foi a feitiçaria que o derrotou em Valkia e espalhou a notícia em Tarantia, cujos homens gritavam em desespero pela noite.

"Um sacerdote nemédio soltou a magia negra nas ruas de Tarantia para dar cabo dos homens leais à sua memória. Eu vi com meus próprios olhos homens armados caindo como moscas e agonizando de uma forma que ninguém conseguia entender. E o feiticeiro, às gargalhadas, dizia: 'Eu sou apenas Altaro, não passo de um ajudante de Orastes, que nada mais é do que um acólito daquele que veste o véu; o poder não é meu, apenas atua através de mim'."

– Bem – disse Conan, assertivo. – Não é melhor sucumbir com honra do que viver em infâmia? A morte é pior que a opressão, a escravidão e, em última instância, a destruição?

– Quando o medo da bruxaria está dentro, a racionalidade está fora – replicou Servius. – O medo que as províncias sentem é demasiado para permitir que se levantem por você. A periferia até lutaria, mas seria dizimada pela mesma feitiçaria que destruiu seu exército em Valkia. Os nemédios controlam os maiores e mais ricos setores da Aquilônia, e não podem ser derrotados pelas forças que poderiam estar sob seu comando. O senhor sacrificaria súditos leais sem razão. Digo com tristeza, mas é a pura verdade: Conan, o senhor é um rei sem reino.

Conan mirou o fogo absorto. Um tronco ardente despencou no meio das chamas, provocando uma chuva de faíscas.

Perdido em elucubrações, o cimério sentiu a presença de uma realidade sombria por trás do véu da ilusão material. Pressentiu mais uma vez a direção inexorável de um destino impiedoso. Uma sensação de fúria e pânico puxou sua alma com força, como se estivesse preso em uma armadilha, e um ódio escarlate queimava com ânsia de matar e destruir.

– Onde estão os oficias da minha corte? – ele perguntou afinal.

– Pallantides foi ferido gravemente em Valkia e, resgatado por sua família, agora está em seu castelo, em Attains. Terá sorte se voltar a cavalgar. Publius, o chanceler, fugiu disfarçado do reino, ninguém sabe para onde. O conselho está disperso, alguns aprisionados, outros banidos. Muitos súditos fiéis foram condenados à morte. Nesta noite, aliás, a condessa Albiona será executada pelo machado do carrasco.

Conan olhou para Sérvius com tanta raiva latente em seus olhos azuis, que o patrício se encolheu.

– Por quê?

– Porque ela não quis se tornar amante de Valerius. Confiscaram suas terras, seus lacaios foram vendidos com escravos, e à meia-noite, na Torre de Ferro, sua cabeça vai rolar. Esteja avisado, meu rei – para mim o senhor sempre será meu rei, e fuja antes que seja descoberto. Nos dias de hoje, ninguém está a salvo. Espiões e informantes esgueiram-se por aí, entendendo a menor ação ou palavra de descontentamento como traição e rebelião. Se o senhor aparecer para seus súditos, será capturado e morto.

"Muitos cavalos e todos os homens em que posso confiar estão à sua disposição. Antes do amanhecer podemos estar longe de Tarantia e seguros a caminho da fronteira. Se não posso ajudá-lo a recuperar seu reino, posso ao menos segui-lo para o exílio."

Conan discordou. De soslaio, Servius observou o rei descansando o queixo sobre o poderoso punho. O fogo da lareira avermelhava sua malha de aço, e seus olhos mimetizavam a ferocidade do lobo. Servius estava ciente, agora mais que nunca, de que havia algo original em seu rei. A grande estrutura sob a malha era muito bruta e flexível para um homem civilizado; o fogo elemental dos primitivos era incandescente naqueles olhos. A identidade do bárbaro impregnada no rei estava mais pronunciada, como se aspectos externos de sua civilização tivessem sido despidos para revelar o centro primordial. Conan estava recuperando o espírito primevo. Não agia como um homem civilizado diante das mesmas condições, nem seus pensamentos corriam pelos mesmos canais. Ele era imprevisível. Apenas um passo marcava a distância entre o rei da Aquilônia e o ancestral matador vestido com peles das colinas cimerianas.

– Eu cavalgarei para Poitan, se assim tiver que ser – disse Conan afinal. – Mas o farei sozinho. E tenho ainda mais uma tarefa para desempenhar como rei da Aquilônia.

– O que o senhor quer dizer, majestade? – perguntou Servius, agitado por uma premonição.

– Irei para Tarantia atrás de Albiona esta noite – respondeu o rei. – Parece que falhei com todos os meus súditos leais; se cortarem a cabeça dela, podem ficar com a minha também.

– Isso é loucura – implorou Servius, levantando-se e agarrando a própria garganta, como se já sentisse o nó apertado da forca.

– Há segredos para se chegar à torre que poucos conhecem – disse Conan. – Seja como for, seria um cão se deixasse Albiona morrer por causa da sua lealdade a mim. Posso ser um rei sem reino, mas não sou um homem sem honra.

– Isso acabará com todos nós! – gemeu Servius.

– Não vai acabar com ninguém, só comigo, caso eu falhe. Você já se arriscou o suficiente. Tudo o que quero que faça é o seguinte: arranje-me um tapa-olho, um cajado e vestimentas de viajante.

CAPÍTULO 9

É o rei ou o fantasma dele!

MUITOS HOMENS PASSAVAM PELOS GRANDES PORtões em forma de arco de Tarantia entre o pôr do sol e a meia-noite, viajantes atrasados, mercadores vindos de longe com mulas carregadas, trabalhadores livres das fazendas e vinhedos nos arredores. Agora que Valerius era supremo nas províncias centrais, não havia vigilância rígida dos indivíduos que fluíam naquela correnteza constante da entrada principal. A disciplina fora relaxada. Os soldados nemédios que ficavam de guarda estavam meio bêbados e muito ocupados, observando camponesas bonitas e comerciantes ricos, alvo potencial de achaques, para reparar em obreiros ou peregrinos empoeirados, mesmo alguém alto demais, cuja capa não ocultava as linhas brutas de sua poderosa estrutura corporal.

Esse homem andava com uma postura aprumada e agressiva que era demasiadamente natural para se dar conta disso, quanto mais disfarçá-la. Um tapa-olho e uma touca de couro enfiada até as sobrancelhas escondiam suas feições. Com um cajado longo em sua bronzeada mão musculosa, ele atravessou o arco, passando pelas tochas que ardiam e gotejavam e, ignorado pelos guardas embriagados, ganhou as amplas ruas de Tarantia.

Nessas vias iluminadas, as multidões de sempre cuidavam da própria vida, enquanto lojas e barracas permaneciam abertas, com seus produtos e artesanato à mostra. Soldados nemédios, sozinhos ou em grupos, vagavam no meio da balbúrdia, abrindo caminho à força com arrogância deliberada. Mulheres saíam da frente e homens andavam de lado com fisionomia crispada e punhos cerrados. Os aquilonianos eram uma raça orgulhosa, e aqueles eram seus inimigos hereditários.

As juntas do viajante alto apertaram firme seu bastão, mas, como os demais, ele abriu alas para permitir que os homens de armadura seguissem seu caminho. Em meio à multidão multicolorida e variada, ele não chamava atenção em suas vestimentas empoeiradas e pesadas. Mas preocupou-se diante da barraca de um vendedor de espadas, quando ficou sob a luz forte que vinha de uma porta larga, e sentiu-se intensamente observado. Voltando-se rapidamente, viu um trabalhador de casaco marrom olhando-o fixamente. O homem deu meia-volta com pressa e desapareceu na confusão. Conan dobrou em uma estreita rua lateral e apertou o passo. Poderia ter sido uma mera curiosidade inofensiva, mas não podia se arriscar.

A sinistra Torre de Ferro ficava afastada da cidadela, entre um labirinto de ruelas e casas amontoadas e mal estruturadas, que ocupavam um espaço desprezado pelos mais exigentes na parte abandonada da cidade. A torre era na realidade um castelo, uma antiga e formidável pilha de pesadas rochas e ferro negro, usada como fortaleza em um século passado.

Pouco distante dali, emaranhada entre cortiços e armazéns parcialmente desocupados, existia outra velha torre de vigia, tão antiga e ignorada que não aparecia nos mapas da cidade há mais de cem anos e cujo propósito original havia sido esquecido. Ninguém reparou que o cadeado aparentemente velho, pendurado na porta para evitar que o local fosse usado por mendigos e ladrões como abrigo durante a noite, era na verdade novo e poderoso, porém astuciosamente disfarçado com pó de ferrugem. Nem meia dúzia de homens no reino chegou a conhecer o segredo daquela construção secular.

Não havia fechadura no grosso cadeado. Mas os hábeis dedos de Conan, treinados desde seus tempos de ladrão, pressionaram aqui e lá até que surgissem botões invisíveis a olho nu. A porta se abriu sem ranger, e ele entrou no escuro, fechando-a atrás de si. Uma luz teria mostrado que a torre, um eixo cilíndrico nu de pedra maciça, estava vazia.

Tateando em um canto com familiaridade, encontrou a passagem que procurava em uma laje que compunha o chão. Após erguê-la sem hesitação, abaixou-se para dentro da abertura. Seus pés sentiram degraus de pedra descendo até o que ele sabia ser um túnel ligado diretamente às fundações da Torre de Ferro, três ruas adiante.

O sino da cidadela, que badalava somente à meia-noite ou pela morte de um rei, ressoou repentinamente. Em uma câmara mal iluminada na Torre de Ferro uma porta se abriu e uma figura surgiu no corredor. O interior do lugar era tão desagradável quanto sua face externa, com paredes em rocha bruta sem adornos. As lajes do chão tinham sido usadas por muitas gerações de condenados, com seus pés vacilantes, e a abóbada do teto era tenebrosa, mal iluminada pelas tochas apoiadas em nichos.

A aparência do homem que arrastava seus passos pelo corredor completava o ambiente. Ele era alto, de constituição robusta, e trajava uma malha de seda negra. Sobre sua cabeça um capuz escuro caía até a altura dos ombros, com dois buracos para os olhos. Tinha uma capa preta pendurada no pescoço e, em uma das mãos, carregava um pesado machado, cujo formato oscilava entre simples ferramenta e arma da morte.

Enquanto o carrasco descia o corredor, um velho aproximou-se dele mancando, ranzinza e tenso, curvado sob o peso de sua lança com ponta de aço e de uma lanterna.

– Você não é tão pontual quanto seu predecessor, mestre executor – ele resmungou. – A meia-noite acabou de soar, e homens mascarados que foram até a cela da donzela estão esperando você.

– As badaladas do sino ainda ecoam na cidadela – respondeu o executor. – Se não sou tão rápido para correr atrás de aquilonianos como era o cão que tinha este ofício antes de mim, verão que meu braço não se encontra menos pronto. Volte para seus afazeres, velho vigia, e deixe-me com os meus. Acho que tenho o mais doce ofício, por Mitra, porque você percorre longos corredores frios e espia em portas enferrujadas de calabouços, enquanto eu cortarei a cabeça mais bela de Tarantia esta noite.

O vigia manco foi embora, ainda resmungando, e o executor retomou seu caminho. Em poucos passos, chegou até onde o corredor fazia uma curva e avistou uma porta à sua esquerda parcialmente aberta. Se tivesse pensado, saberia que aquela porta seria trancada após a saída do vigia, mas o raciocínio não era seu forte. Então, antes de perceber que alguma coisa estava errada, encontrou seu fim.

O sinal de alerta veio após escutar um passo suave, como o de um tigre, e o esvoaçar de um manto, porém, nem pôde se virar. Um braço hercúleo enganchou--o pelas costas na altura da garganta, esmagando o grito que não chegou aos seus lábios. No breve instante que lhe foi permitido, percebeu com um surto de pânico a força de seu atacante, contra a qual seus próprios músculos vigorosos eram indefesos. Não conseguiu ver o punhal, mas sentiu uma perfuração no peito e caiu agonizante.

– Cão nemédio! – cochicou uma voz colérica em sua orelha. – Você nunca mais vai cortar uma cabeça aquiloniana!

E foi a última coisa que ouviu.

Em um calabouço úmido, com apenas uma tocha bruxuleante, três homens rodeavam uma jovem mulher que, ajoelhada na laje fria, olhava fixamente para eles. Ela trajava apenas o mínimo; seus cabelos dourados caíam em ondulações sobre o ombro e os punhos estavam atados às costas. Mesmo sob aquela fraca luz sua beleza era arrebatadora, a despeito de sua condição desgrenhada e a palidez por causa do medo. Oprimida e muda, ela desafiava os torturadores com os olhos cheios de ódio. Os homens escondiam o rosto embaixo de máscaras e usavam mantos fechados sobre o corpo. Uma ação como aquela exigia essa indumentária até mesmo em uma terra conquistada. Entretanto, ela já havia reconhecido o trio, embora soubesse que não poderia fazer mal a ninguém após aquela noite.

– Nosso misericordioso soberano oferece mais uma chance, condessa – disse o mais alto dos três, falando na língua aquiloniana, sem sotaque. – Ele ordenou que eu dissesse que, se você diminuir seu orgulho e espírito rebelde, ainda lhe abrirá os braços. Se não... – ele fez um gesto na direção de um bloco de madeira tétrico bem no centro da cela. Tinha manchas enegrecidas e talhos profundos feitos por bordas de aço afiado, usadas para decapitar os condenados.

Albiona estremeceu e, ainda mais pálida, recuou. Cada fibra de seu esbelto corpo tremeu com o desejo de viver. Valerius também era jovem e bonito. Muitas mulheres o amavam, ela disse a si mesma, em luta pela própria vida. Mas não conseguiria falar as palavras que livrariam seu pescoço do bloco de madeira e do machado gotejante. Ela sequer conseguia racionalizar o assunto. Só sabia que sua pele se arrepiava quando pensava em estar nos braços dele, uma aversão maior que o próprio medo da morte. Ela abanou a cabeça, indefesa, compelida por um impulso mais irresistível que o instinto de sobrevivência.

– Então não há mais nada a ser dito! – exclamou um dos homens, impacientemente, com sotaque nemédio. – Onde está o executor?

No eco da convocação, a porta do calabouço abriu-se vagarosamente e apareceu delineada uma grande figura, como uma sombra saída do subterrâneo.

Albiona deixou escapar um choro baixo e involuntário com a visão daquela imagem fúnebre. Os outros ficaram calados por um momento, talvez eles próprios intimidados por um temor supersticioso diante do encapuzado e seu famigerado machado. Debaixo da touca, os olhos queimavam como brasas de fogo azul, fitando demoradamente cada um deles; os homens sentiram um arrepio descer pela espinha.

Então, o aquiloniano alto agarrou a condessa que, arrastada até o bloco, gritou de desespero e lutou contra o patrício, tremendo de terror. Impiedoso, ele a forçou a ficar de joelhos e empurrou sua cabeça sobre o bloco ensanguentado.

– Por que a demora, executor? – ele indagou zangado. – Faça seu trabalho!

A resposta foi uma gargalhada curta e tempestuosa, indescritivelmente ameaçadora. Todos dentro do calabouço congelaram, encarando o carrasco, que se virou para as duas figuras entrelaçadas, o aquiloniano mascarado, inclinado sobre Albiona, e a condessa de joelhos, tentando desvencilhar sua cabeça e olhar para cima.

– O que significa essa alegria indecorosa, cão? – exigiu o aquiloniano.

O homem de preto arrancou o capuz, arremessou-o no chão e barrou a porta de saída, erguendo sua arma mortífera.

– Sabem quem sou, cães? – ele rugiu. – Vocês me conhecem?

Um grito sem fôlego repercutiu na cela.

– O rei! – gritou Albiona, libertando-se de seu captor, cujas garras haviam se afrouxado. – Oh, Mitra, o rei!

Com os três homens paralisados como estátuas, o aquiloniano falou, duvidando dos próprios sentidos.

– Conan! – ele bradou. – É o rei, ou seu fantasma? Que trabalho infernal é este?

– Trabalho do inferno para combater demônios! – zombou Conan, com seus lábios sorrindo e os olhos queimando de rancor. – Venham me enfrentar, meus senhores. Vocês têm suas espadas, eu este cutelo. Acho que esta ferramenta de carniceiro serve muito bem para o trabalho, caros senhores!

– Peguem-no – gritou o aquiloniano, sacando sua espada. – É Conan, e temos de matá-lo ou morrer!

Como despertos de um transe, os nemédios desembainharam suas lâminas e investiram contra o rei. O pesado machado do executor não havia sido feito para aquele tipo de luta, mas Conan empunhou a desajeitada arma tão fácil quanto uma machadinha. A velocidade de seus pés, enquanto mudava constantemente de posição, derrotava o propósito inimigo de envolvê-lo em uma luta de três contra um.

O cimério apanhou a espada do primeiro homem com a cabeça do machado e a forçou contra o peito do oponente, em um contragolpe letal, sem que ele pudesse se afastar ou se defender. O nemédio restante, errando uma pancada violenta, teve o cérebro arrancado antes de recuperar o equilíbrio e, um instante depois, o aquiloniano foi encurralado em um canto, defendendo-se desesperadamente dos sucessivos golpes que não lhe davam oportunidade nem mesmo de gritar por ajuda.

De repente, Conan esticou o braço esquerdo e arrancou a máscara do homem, revelando seus traços pálidos.

– Cão! – ralhou o rei. – Eu achava que o conhecia. Traidor! Maldito renegado! Até mesmo essa borda de aço é honrada demais para a sua cabeça. Morra como morrem os ladrões!

O machado descreveu um arco devastador e o aquiloniano, gritando, caído de joelhos, agarrou o toco de seu braço direito decepado, do qual jorrava sangue. Ele havia sido cortado na altura do cotovelo, e o machado, descrevendo novo corte, rasgou profundamente sua lateral, deixando suas entranhas à mostra.

– Sangre até morrer – rosnou Conan, jogando o machado longe, enojado. – Venha, condessa!

Inclinando-se, ele cortou as cordas que atavam os pulsos dela e, erguendo-a como se fosse uma criança, deixou o calabouço. Ela soluçava histericamente, com os braços enlaçando o pescoço num abraço de agradecimento.

– Calma – ele murmurou. – Não estamos a salvo ainda. Temos de alcançar o calabouço onde a porta secreta se abre para as escadas que levam ao túnel... Maldição, escutaram o tumulto, mesmo através dessas paredes.

No final do corredor o barulho metálico de passos pesados e uma algazarra geral ecoaram sob o teto. Uma figura curvada veio mancando, segurando uma lanterna que iluminou totalmente Conan e a bela jovem. Praguejando, o cimério saltou sobre ele, mas o velho vigia, largando o utensílio e sua lança, saiu correndo pelo corredor, berrando por socorro o mais alto que pôde com sua voz de taquara rachada. Gritos distantes vieram em resposta.

Conan virou-se e correu na direção oposta. Ele tinha sido isolado do calabouço, aquele da porta secreta pela qual havia entrado na torre e por onde esperava sair, contudo, conhecia aquela sinistra construção muito bem, porque, antes de se tornar rei, fora aprisionado lá dentro.

Ele pegou uma passagem lateral e desembocou em outro corredor mais amplo, paralelo àquele por onde viera, que no momento se encontrava deserto. Seguiu adiante por alguns metros, quando novamente dobrou em outro ponto. Isso o levou de volta ao mesmo corredor do qual saíra, mas agora em um ponto estratégico. Ali havia uma porta com uma pesada tranca, guardada por um nemédio barbado, vestindo colete e capacete, com as costas voltadas para Conan, espiando o crescente burburinho e lanternas que se agitavam no ar.

Conan não hesitou. Colocando mansamente a garota no chão, correu feroz, mas em silêncio, com a espada na mão. O guarda virou-se no exato instante em que o rei chegava ao seu lado, gritou de susto e ergueu sua lança, mas, antes que pudesse usar a arma, Conan desferiu um pesado golpe com sua lâmina na cabeça do homem, que teria derrubado até mesmo um boi. Capacete e crânio romperam-se juntos, e o soldado foi ao chão.

Em um instante o bárbaro já tinha removido a enorme tranca de ferro que travava a porta, pesada demais para um homem comum mover sozinho, e chamou Albiona, que veio vacilante até ele. Apanhando-a sem cerimônia com um braço, levou-a para fora da torre.

Desembocaram em uma viela escura como piche. De um lado, o muro da fortaleza e, do outro, as costas de pedra de uma fileira de habitações. Conan, andando o mais rápido que podia, tateou a parede em busca de portas e janelas, mas não encontrou nenhuma.

Atrás do casal, a porta da torre fez um som estridente quando soldados saíram portando archotes, que reluziam suas armaduras e espadas. Eles olharam à sua volta, aos berros, incapazes de ver na escuridão da rua algo além do que eles mesmos. Então, desceram a viela aleatoriamente, indo na direção oposta que Conan e Albiona tinham tomado.

– Não demorarão a perceber que erraram – o rei sussurrou, acelerando o passo. – Se ao menos encontrarmos uma saída desta parede infernal... Maldição! As sentinelas!

À frente deles uma chama mostrou o ponto em que a viela se abria para uma rua mais ampla, e Conan notou figuras suspeitas e agitadas com o brilho do aço. Ele não teve dúvidas de que eram sentinelas, investigando o barulho que ecoava ao longo da viela.

– Quem vem aí? – eles gritaram, e Conan cerrou os dentes com ódio do sotaque nemédio.

– Fique atrás de mim – ele ordenou à garota. – Nós temos de abrir caminho antes que os guardas da prisão retornem e nos encurralem.

Com a espada no alto, avançou na direção dos homens.

Sua vantagem era a surpresa. Podia enxergá-los, delineados na luz distante, mas não conseguiriam vê-lo saindo das trevas da viela. Antes que percebessem, já estava em cima deles, golpeando com a fúria de um leão ferido.

O rei sabia que sua única chance era retalhar o bando antes que qualquer um se desse conta do ocorrido. Mas havia meia dúzia deles, em armaduras completas, veteranos duros das guerras das fronteiras, nos quais o instinto da luta poderia substituir o juízo confuso. Três já haviam caído quando perceberam que se tratava de um guerreiro solitário atacando-os. O clangor do aço ergueu-se de forma ensurdecedora, e faíscas voaram quando a espada de Conan colidiu com bacinetes e cotas de metal. Ele podia ver melhor que os inimigos, que ainda tentavam algum tipo de reação. Na baixa luminosidade, sua figura em rápido movimento era um alvo inatingível. Lâminas giravam no ar, enquanto os golpes do cimério continham a fúria de um furacão.

Logo em seguida ressoaram os gritos dos guardas da prisão, que retornavam pela ruela em uma corrida, mas as figuras armadas diante de Conan ainda impediam seu caminho como uma parede de aço. Em segundos os guardas estariam às suas costas. Em desespero, ele redobrou os ataques, batendo como um ferreiro em uma bigorna. Mas, de repente, vindo do nada, por trás das sentinelas surgiu um grupo de figuras vestidas de preto, e houve uma sequência de talhos certeiros. Aço reluziu e homens gritaram, golpeados mortalmente pelas costas. A viela ficou cheia de formas que se contorciam. Uma pessoa envolta em um manto saltou para o lado de Conan, que reergueu sua espada com a mão direita. Mas o outro estendeu a mão aberta para ele e sussurrou, com urgência:

– Por aqui, Majestade! Rápido!

Com uma jura resmungada e surpresa, Conan agarrou Albiona e seguiu o benfeitor desconhecido. Não estava disposto a vacilar com trinta guardas da prisão fechando o cerco. Acompanhado de gente misteriosa, desceu a viela correndo, carregando a condessa como se ela fosse uma criança.

Não podia dizer coisa alguma de seus salvadores, exceto que usavam capotes e capuzes pretos. Dúvida e suspeita passaram pela sua mente, mas ao menos eles haviam abatido seus inimigos, e o cimério não viu opção melhor do que segui-los.

Como se ouvisse pensamentos, o líder tocou seu braço amigavelmente:

– Não tema, rei Conan; somos súditos leais – ele disse. A voz não era familiar, mas o sotaque era aquiloniano das províncias centrais.

No seu encalço, os guardas ainda gritavam, tropeçavam na carnificina e desciam pela viela, sedentos de vingança. Mas os homens de capote viraram subitamente em direção ao que parecia uma parede vazia, e Conan viu um portão por onde todos entraram. Novamente resmungou uma praga. Havia passado por aquela travessa inúmeras vezes no passado durante o dia, e jamais reparara naquela porta antes.

Com o ruído de uma tranca a porta fechou-se atrás do grupo. O som não foi tranquilizador. Seus guias ainda o apressavam, movendo-se com a precisão de quem conhece onde está e guiando Conan com uma mão em cada um de seus cotovelos. Era como atravessar um túnel. O cimério sentiu o corpo delgado de Albiona tremer em seus braços e, num ponto à frente deles, entrou por uma abertura minúscula, apenas um arco um pouco menos negro no meio daquela escuridão.

Logo após, havia uma desconcertante sucessão de paços escuros, ruelas sombrias e corredores tortuosos, todos transpostos em completo silêncio, até que, afinal, eles chegaram a uma câmara ampla e iluminada, cuja localização Conan jamais poderia imaginar, já que a rota sinuosa havia confundido até mesmo seu primitivo, porém apuradíssimo, senso de direção.

CAPÍTULO 10

Uma moeda de Acheron

NEM TODOS OS GUIAS ENTRARAM NA CÂMARA. Quando a porta se fechou, Conan viu apenas um homem diante de si, uma figura magra, envolta com um manto negro e capuz. O homem retirou a máscara, revelando uma face pálida e oval, com traços calmos e delicadamente cinzelados.

O rei colocou Albiona em pé, mas ela permanecia agarrada a ele, olhando apreensivamente ao redor. A câmara era ampla, com paredes de mármore cobertas com cortinas de veludo negras e, no chão, caros carpetes de mosaicos, banhados pelo suave brilho de lamparinas de bronze.

Conan instintivamente tocou o cabo da arma. Sua mão estava suja de sangue, plasma coagulado sobre a boca da bainha, porque guardara a lâmina sem tê-la limpado.

– Onde estamos? – ele inquiriu.

O estranho respondeu com uma saudação baixa na qual o desconfiado rei não detectou traço algum de ironia.

– No templo de Asura, Majestade.

Albiona soltou um fino grito e grudou-se mais a Conan, encarando temerosamente as portas arqueadas, como se esperasse a entrada de alguma figura macabra.

– Não tema, minha senhora – disse o guia. – Não há nada aqui que possa feri-la, como supõe a superstição vulgar. Se seu monarca foi convencido da inocência de nossa religião a ponto de nos proteger da perseguição dos ignorantes, então certamente um de seus súditos não precisa sentir apreensão.

– Quem é você? – perguntou Conan.

– Eu sou Hadrathus, sacerdote de Asura. Um de meus seguidores o reconheceu quando o senhor chegou à cidade e me trouxe a notícia.

Conan praguejou.

– Não tema que outros descubram sua identidade – garantiu Hadrathus. – Seu disfarce teria enganado qualquer um, exceto um seguidor de Asura, cujo culto busca descobrir o que existe por baixo da superfície da ilusão. O senhor foi seguido até a torre de vigia, e alguns de meu povo entraram no túnel para ajudá-lo caso retornasse por aquela rota. Aqui no templo de Asura o senhor ainda é rei.

– Por que vocês arriscariam suas vidas por mim? – perguntou o rei.

– O senhor foi nosso amigo quando se sentou ao trono – respondeu Hadrathus. – Protegeu-nos quando os sacerdotes de Mitra quiseram nos escorraçar para fora da terra.

Conan olhou para ele com curiosidade. Nunca visitara o templo de Asura antes, nem tinha certeza se de fato existia tal lugar em Tarantia. Os sacerdotes daquela religião tinham o hábito de camuflar seus templos de forma notável. A adoração a Mitra era predominante nas nações hiborianas, mas o culto a Asura persistia, apesar do banimento oficial e do antagonismo popular. Conan escutara histórias sobre templos onde intensa fumaça subia de altares negros nos quais homens raptados eram sacrificados diante de uma grande serpente enrolada, cuja assustadora cabeça oscilava para sempre nas trevas.

As perseguições fizeram com que os seguidores de Asura se escondessem em seus templos e velassem seus rituais na obscuridade. Esta reserva, por sua vez, evocou mais suspeitas monstruosas e histórias maléficas.

Mas Conan tinha a tolerância dos bárbaros, e se recusara a perseguir os partidários de Asura, ou permitir que o povo assim o fizesse, diante das parcas evidências apresentadas contra eles, meros rumores e acusações que não podiam ser provados. "Se eles são feiticeiros de magia negra, por que irão suportar que vocês os atormentem?", o rei dissera. "Se não forem, então não há maldade neles. Demônios de Crom! Deixem que os homens adorem o deus que quiserem."

Ante um respeitoso convite de Hadrathus, ele se sentou em uma cadeira de marfim e sinalizou para que Albiona ocupasse a outra, mas ela preferiu ficar em um banquinho dourado aos pés dele e apertada contra sua coxa, como se buscasse segurança pelo contato. Como a maior parte dos seguidores ortodoxos de Mitra, ela tinha horror do culto de Asura, instilado em sua infância e adolescência por contos selvagens de sacrifícios humanos e deuses antropomórficos que transformavam templos em matadouros.

Hadrathus ficou diante deles, sua cabeça careca descoberta.

– O que o senhor deseja, Majestade?

– Primeiro comida – ele rosnou, e o sacerdote bateu em um gongo de ouro com uma varinha de prata. Mal as notas suaves pararam de ecoar quatro encapuzados levantaram a cortina de uma porta, segurando uma baixela de quatro pés com pratos fumegantes e vasos de cristal.

Colocaram a bandeja diante de Conan, curvando-se, e o rei limpou as mãos em um tecido adamascado, estalando os lábios com indisfarçável prazer.

– Cuidado, Majestade! – sussurrou Albiona. – Esses homens comem carne humana!

– Eu aposto meu reino que isto não é nada além de uma honesta carne assada – respondeu Conan. – Venha, moça, coma! Você deve estar faminta após sua passagem na prisão.

Dito isso, a condessa obedeceu, seguindo o exemplo daquele cuja palavra era a derradeira lei, e comeu voraz embora delicadamente, enquanto seu soberano rasgava as peças de carne e se esbaldava no vinho, com tanto gosto, como se ainda não tivesse comido nada naquela noite.

– Seus sacerdotes são eficientes, Hadrathus – ele disse, de boca cheia, com um grande osso nas mãos. – Seus serviços serão apreciados em minha campanha para reaver meu reino.

Hadrathus discordou, balançando a cabeça lentamente, e Conan esmagou o osso contra a mesa em uma explosão de ira.

– Demônios de Crom! O que aflige os homens da Aquilônia? Primeiro, Servius... Agora você! Não conseguem fazer nada além de acenar suas cabeças imbecis quando falo em acabar com esses cães?

Hadrathus suspirou antes de responder:

– Meu senhor, é difícil explicar, e quisera eu dizer o contrário. Mas a liberdade da Aquilônia está no fim! Não é só isso, a liberdade do planeta pode estar para terminar! Na história do mundo, uma era segue a outra, e agora entramos em uma era de horror e escravidão, como foi há muito tempo atrás.

– O que você quer dizer? – perguntou o rei com implicância.

Hadrathus acomodou-se em uma cadeira, onde descansou os cotovelos, e olhou para o chão.

– Não são apenas os senhores rebeldes da Aquilônia e os exércitos da Nemédia que estão contra o senhor – respondeu. – É a sinistra magia negra que vem da época em que o mundo era jovem. Uma forma horrível surgiu das sombras do passado, e ninguém pode fazer frente à sua força.

– O que você quer dizer? – Conan quis saber.

– Falo de Xaltotun de Acheron, que morreu três mil anos atrás, ainda que hoje caminhe na terra.

Conan ficou em silêncio, enquanto em sua mente flutuava uma imagem: um rosto barbado de uma calma beleza inumana. Novamente, foi assombrado por algo estranhamente familiar. Acheron. O som da palavra trouxe vibrações em seu espírito e associações imemoráveis.

– Acheron – ele repetiu. – Xaltotun de Acheron! Homem, você está louco? Acheron é um mito há mais séculos do que posso dizer. Com frequência me pergunto se ela chegou ao menos a existir.

– Foi uma realidade desgraçada – respondeu Hadrathus. – Um império de feiticeiros negros, embebidos em um mal há muito tempo esquecido, que foi finalmente destruído pelas tribos hiborianas do oeste. Os magos de Acheron praticavam abominável necromancia, taumaturgia do pior tipo e magia tenebrosa ensinada a eles por demônios. De todos os feiticeiros daquele reino amaldiçoado, nenhum era maior que Xaltotun de Python.

– Então, como foi derrotado? – perguntou Conan ceticamente.

– De alguma forma um tipo de poder cósmico, que ele guardava zelosamente, foi roubado e usado contra ele. Essa fonte retornou a suas mãos, e agora o tornou invencível.

Albiona, olhando do sacerdote para o rei, não entendia a conversa. Conan empinou a cabeça, nervoso.

– Você está brincando comigo – ele grunhiu. – Se Xaltotun morreu há três mil anos, como esse homem pode ser ele? Trata-se de algum patife que assumiu o antigo nome.

Hadrathus inclinou-se sobre uma mesa de mármore e abriu uma pequena arca de ouro, retirando uma larga moeda de ouro de cunhagem muito antiga.

– O senhor viu Xaltotun sem o véu? Então dê uma olhada nisto. É uma moeda que foi cunhada na antiga Acheron, antes de sua queda. Aquele império negro era tão permeado de feitiçaria, que até mesmo esta moeda tem uso para criar mágica.

Conan examinou-a, concluindo que não havia engano sobre sua legítima antiguidade. O cimério já tinha lidado com muitas moedas nos seus anos de pilhagens, e tinha um bom conhecimento prático delas. As beiradas estavam desgastadas e a inscrição quase apagada, mas o semblante estampado em um lado, ainda claro e distinto, cortou a respiração de Conan. Não estava frio na câmara, mas ele sentiu seu couro cabeludo se arrepiar, uma contração gelada em sua pele. O semblante era o de um homem barbado, inescrutável, de uma calma beleza inumana.

– Por Crom! É ele! – murmurou Conan. Agora entendia por que desde o início lhe parecia familiar aquela visão do homem barbado. Ele já vira uma moeda como aquela antes, há muito tempo, em uma terra distante.

– A semelhança é apenas uma coincidência. Se ele é astuto para assumir o nome de um mago esquecido, é sagaz o suficiente para assumir sua aparência –, rosnou, dando de ombros. Mas a frase foi dita sem convicção. A visão daquela moeda abalara as profundezas do seu ser. Sentiu que a realidade e o equilíbrio estavam caindo em um abismo de ilusão e feitiçaria. Um mago era aceitável, mas aquilo era bruxaria além da sanidade.

– Não podemos duvidar que de fato se trata de Xaltotun de Python – disse Hadrathus. – Foi ele quem pôs os rochedos abaixo em Valkia, por meio de feitiços que controlam os elementos da terra. Foi ele quem enviou a criatura das trevas à sua tenda antes de amanhecer o dia da batalha em que seu exército foi dizimado.

– Como você sabe disso? – ralhou Conan, de cara feia.

– Os seguidores de Asura têm canais secretos de conhecimento. Isso não interessa. Mas o senhor não percebe a futilidade de sacrificar seus súditos na vã tentativa de recuperar a coroa?

Conan descansou o queixo no punho e olhou para o vazio, enquanto Albiona o observava ansiosamente, sua mente tateando confusa nos labirintos do problema.

– Não há mago no mundo cuja magia pode confrontar a de Xaltotun? – o rei perguntou.

Hadrathus balançou a cabeça:

– Se houvesse, nós de Asura saberíamos. Os homens dizem que nosso culto é remanescente dos antigos adoradores de serpentes da Stygia. Isso é mentira. Nossos ancestrais vieram de Vendhya, do além-mar de Vilayet e das montanhas Himelianas azuis. Somos filhos do leste, não do sul, e temos conhecimento a respeito de todos os magos do leste, que são maiores que os do oeste. E nenhum deles seria nada mais do que um bambu no vento diante da magia negra de Xaltotun.

– Mas ele foi derrotado uma vez – persistiu Conan.

– Sim, sua fonte cósmica foi usada contra ele. Mas, agora que o poder está mais uma vez em suas mãos, cuidará para que ela não seja roubada novamente.

– E o que é essa fonte amaldiçoada? – inquiriu Conan com irritação.

– Ela é chamada de Coração de Ahriman. Quando Acheron foi derrotada, os sacerdotes primitivos que o haviam roubado e se voltado contra Xaltotun esconderam a peça em uma caverna assombrada, que serviu de base para erguer um pequeno templo, reconstruído três vezes, posteriormente. Em cada uma delas de forma maior e mais elaborada do que antes, mas sempre no local do terreno original, apesar de todos terem esquecido o respectivo motivo. A memória do símbolo escondido desapareceu das mentes dos homens comuns e foi preservada apenas em livros dos sacerdotes e volumes esotéricos. De onde ele veio, ninguém sabe. Alguns dizem que é o autêntico coração de um deus. Para outros, é uma estrela que caiu dos céus há muito tempo atrás. Depois de ser roubado, ninguém jamais o tinha visto por três mil anos.

"Quando a mágica dos sacerdotes de Mitra falhou contra a mágica de Altaro, o acólito de Xaltotun, eles se lembraram da antiga lenda do Coração. O alto sacerdote e um de seus discípulos desceram na terrível cripta embaixo do templo, na qual sumidade alguma entrara durante os últimos três milênios. Nos antigos volumes com lacres de ferro, que descreviam o Coração de Ahriman em seus símbolos secretos, fala-se sobre uma criatura das trevas deixada lá para guardá-lo.

"Lá embaixo nas câmaras quadradas, com portas arqueadas, que conduzem à escuridão imensurável, o sacerdote e seu acólito encontraram um altar feito de pedra negra de raro resplendor.

"Sobre o altar havia uma vasilha de ouro no formato de uma concha do mar com duas válvulas que se agarravam à pedra como craca. Mas o recipiente estava aberto e vazio. O Coração de Ahriman não estava lá. Enquanto olhavam com horror, o guardião da cripta, maldita criatura das trevas, caiu sobre eles e mutilou o alto sacerdote, que morreu. Mas o acólito lutou contra a entidade, um pária desprovido de mente ou alma, trazido dos poços para guardar o Coração, e escapou, subindo as escadarias e carregando o corpo inerte do sacerdote, que, antes de morrer, explicou a seus seguidores o que havia acontecido. Também ordenou-lhes que se submetessem a um poder impossível de superar, e exigiu o mais absoluto segredo. Mas o mundo tem sido um sussurro dado pelos sacerdotes, e nós de Asura aprendemos a escutá-lo."

– E Xaltotun extrai seu poder desse símbolo? – perguntou Conan, ainda cético.

– Não. Seus poderes vêm dos golfos negros, mas o Coração de Ahriman veio de algum universo distante. Contra ele os poderes das trevas não conseguem prevalecer, quando está nas mãos de um adepto. É como uma espada que possa feri-lo, mas que ele não consegue usar para ferir. Restaura e pode destruir a vida. O mago o roubou, não para utilizá-lo contra inimigos, mas para garantir que não fosse usado contra ele mesmo.

– Uma vasilha de ouro no formato de concha em um altar negro em uma caverna profunda – murmurou Conan, franzindo a testa enquanto buscava captar a imagem ilusória. – Isso me lembra de algo que escutei ou vi. Mas o que, em nome de Crom, é esse Coração?

– Ele tem a forma de uma grande joia, como um rubi, mas pulsa como uma chama cegante, brilha como flamas vivas...

Conan esperneou e bateu com o punho direito na palma esquerda.

– Crom! – ele rugiu. – Que imbecil eu fui! O Coração de Ahriman! O coração do meu reino! Encontre o coração de seu reino, Zelata disse. Por Ymir, foi a joia que vi na fumaça verde, a fonte que Tarascus roubou de Xaltotun enquanto ele dormia o sono do lótus negro!

Hadrathus também havia se levantado, despindo sua calma como uma peça de vestuário.

– O que está dizendo? O Coração foi roubado de Xaltotun?

– Sim! – Conan reafirmou. – Tarascus temia Xaltotun e queria diminuir seu poder, que ele pensava residir no Coração. Talvez ele pensasse que o feiticeiro morreria se o elo fosse perdido. Por Crom! Ahhh! – Conan socou o ar, com careta de decepção e desgosto. – Eu esqueci. Tarascus a deu para um ladrão, mandando que a atirasse no mar. A essa altura o homem deve estar quase em Kordava. Antes que possa segui-lo ele pegará um navio e enviará o Coração Ahriman para o fundo do oceano.

– O mar não irá guardá-lo! – exclamou Hadrathus, excitado. – O próprio Xaltotun teria lançado a joia maldita dentro das águas há muito tempo se não soubesse que na primeira tempestade seria cuspida para a orla. Mas em qual praia desconhecida a fonte poderia repousar!

– Bem – Conan estava recuperando sua confiança resiliente. – Não há certeza de que o ladrão irá se desfazer do valioso símbolo. Se eu conheço ladrões, e deveria, já que eu mesmo fui um deles em Zamora na minha juventude, ele não o jogará fora. Irá vendê-lo para algum mercador rico. Por Crom! – ele caminhou para a frente e para trás em crescente agitação. – Vale a pena procurá-lo! Zelata ordenou-me que encontrasse o coração do meu reino, e todo o resto que ela me mostrou provou ser verdade. Será que o poder de Xaltotun espreita naquela bugiganga carmesim?

– Sim! Aposto minha cabeça nisso! – gritou Hadrathus, com sua face fervendo, olhos faiscantes e punhos cerrados. – Com o Coração em nossas mãos podemos desafiar os poderes de Xaltotun! Eu juro! Se pudermos recuperá-lo, temos uma chance de também resgatar sua coroa e expulsar os invasores para longe de nossos portais. Não são as espadas da Nemédia que a Aquilônia teme, mas as artes negras de Xaltotun.

Conan olhou para ele por um tempo, impressionado com o fulgor do sacerdote.

– É como uma busca em um pesadelo – disse por fim. – Contudo, suas palavras ecoam o pensamento de Zelata, e tudo o que ela me disse era verdade. Encontrarei essa joia.

– Ela encerra o destino da Aquilônia – disse Hadrathus com convicção. – Enviarei homens para ir com você...

– Não! – exclamou o rei impaciente, temendo ser atrasado pelos sacerdotes em sua jornada, independente do tanto que fossem habilidosos nas artes esotéricas.

– Isso é tarefa para um homem de armas. Irei sozinho. Primeiro, para Poitan, onde deixarei Albiona com Trocero. Depois para Kordava, e para além-mar, se necessário. Mesmo se o ladrão pretender cumprir a ordem de Tarascus, terá alguma dificuldade em encontrar um navio zarpando nesta época do ano.

– E se o senhor encontrar o Coração de Ahriman – bradou Hadrathus –, prepararei o caminho para sua conquista. Antes que retorne à Aquilônia, espalharei a notícia por canais secretos de que o senhor está vivo e retornando com uma mágica mais forte que a de Xaltotun. Terei homens prontos para fazer a revolução logo após seu retorno. Eles vão lutar se tiverem certeza de que estão protegidos das artes negras de Xaltotun. E irei ajudá-lo em sua jornada! – Ele golpeou o gongo. – Um túnel secreto liga este templo ao exterior dos muros da cidade. O senhor deve ir para Poitan no bote de um peregrino. Ninguém ousará molestá-lo.

– Como quiser – com um propósito definido em mente, Conan fervia de impaciência. – Cuide apenas para que tudo seja feito rapidamente.

Enquanto isso, outros eventos estavam em andamento na cidade. Um mensageiro sem fôlego entrara no palácio onde Valerius se divertia com suas dançarinas e, jogado aos seus joelhos, narrou uma história truncada sobre o tumulto na prisão e a fuga da condenada. Também levou a informação de que o Conde Thespius, a quem a execução de Albiona havia sido confiada, estava morrendo e implorando para falar com Valerius antes que sua hora chegasse. Vestindo-se rapidamente, Valerius acompanhou o homem através de várias passagens sinuosas e chegou até a câmara onde Thespius estava agonizando. Não havia dúvida do seu fim. Uma borbulha sangrenta escapava de seus lábios, estremecendo a cada suspiro. Seu braço decepado tinha sido recolocado para impedir o fluir do sangue, mas, mesmo com aquilo, a ferida em sua lateral era mortal.

Sozinho na câmara com o moribundo, Valerius surpreendeu-se.

– Por Mitra, eu juraria que somente um homem que já não está mais vivo seria capaz de desferir um golpe como esse.

– Valerius! – disse o homem entre engasgos. – Ele vive! Conan vive!

– O que está dizendo? – bradou o outro.

– Eu juro por Mitra! – grunhiu Thespius, cuspindo sangue. – Foi ele quem levou Albiona! Ele não está morto. Não é um fantasma de volta do inferno para nos assombrar. Ele é de carne e osso, e mais terrível do que nunca. A viela atrás da torre está cheia de homens mortos. Cuidado, Valerius... Ele retornou... Para nos matar a todos....

Após um estrebuchar o Conde Thespius desfaleceu.

Valerius franziu o rosto diante do homem morto, lançou um olhar ao redor da câmara vazia e, indo até a porta, abriu-a de supetão. O mensageiro e um grupo de guardas nemédios estavam parados no corredor.

– Todos os portões foram fechados? – Valerius perguntou.

– Sim, Majestade.

– Triplique o número de guardas em cada um. Que ninguém entre ou saia da cidade sem sofrer rígida investigação. Posicione homens para revirar as ruas e quarteirões. Uma prisioneira muito valiosa escapou, com a ajuda de um aquiloniano rebelde. Alguém aqui reconheceu o homem?

– Não, Majestade. O velho vigia teve um vislumbre, mas somente foi capaz de dizer que se tratava de um gigante vestindo as roupas negras do executor, cujo corpo nu encontramos em uma cela vazia.

– É um homem perigoso – disse Valerius. – Não facilitem com ele. Todos vocês conhecem a condessa Albiona. Procurem por ela, e, se a encontrarem, matem-na junto com seu companheiro imediatamente. Não tentem pegá-los com vida.

Retornando para seu quarto no palácio, Valerius chamou quatro homens de aspecto bizarro. Altos, magros, de pele amarelada e semblante imóvel, eram bastante parecidos, vestidos com longos mantos negros idênticos sob os quais apenas seus pés calçando sandálias eram visíveis. Seus traços eram ocultados pelos capuzes. Eles ficaram diante de Valerius com suas mãos enfiadas dentro das mangas largas e os braços dobrados.

Valerius encarou-os sem prazer. Em suas longas jornadas conhecera homens de estranhas raças.

– Quando os encontrei famintos nas selvas de Khitai – ele disse abruptamente –, exilados de seu reino, juraram me servir. E o fizeram bem, à sua própria maneira abominável. Preciso de mais um serviço de vocês e, então, os libertarei de seu juramento.

"Conan da Ciméria, rei da Aquilônia, ainda vive, apesar da feitiçaria de Xaltotun, ou talvez por causa dela. Não sei dizer. A mente negra daquele demônio ressuscitado é muito diabólica e sutil para que um mortal a penetre. Mas, enquanto Conan viver, eu não estarei a salvo. O povo me aceitou como o menor dos males, quando acharam que ele estava morto. Se ele reaparecer, o trono ruirá sob meus pés numa revolução antes mesmo que eu possa erguer a mão.

"Talvez meus aliados o usem para me substituir, se decidirem que já servi aos seus propósitos. Não sei. Só tenho certeza de que este planeta é pequeno demais para dois reis da Aquilônia. Procurem o cimério. Usem seu talento singular para investigá-lo onde quer que esteja escondido. Ele tem muitos amigos em Tarantia. Decerto teve ajuda quando fugiu com Albiona. Foi preciso mais de um homem, mesmo sendo alguém como Conan, para deflagrar toda aquela matança na ruela do lado de fora da torre. Mas agora chega. Levem seu pessoal e sigam a trilha dele. Até onde, eu não sei. Mas encontrem-no! E, quando conseguirem, matem-no!"

Os quatro homens de Khitai curvaram-se juntos, viraram e saíram da câmara sem emitir um som.

CAPÍTULO 11

Espadas do Sul

O AMANHECER SURGIDO NAS COLINAS DISTANTES brilhou sobre as velas de uma pequena embarcação descendo o rio, que dobrava uma milha adentro das muralhas da Tarantia e fazia caracóis como uma grande serpente. Esse bote diferia das naus comuns que boiam no amplo Khorotas, barcaças de pescadores ou de mercadores carregadas com bens valiosos. Era longo e esguio, com uma proa alta e curva, negro como ébano, com caveiras brancas pintadas ao longo do costado. No meio erguia-se uma cabine, as janelas rigorosamente mascaradas. Outro barco cedeu um largo ancoradouro ao bote tenebroso, por ser obviamente um daqueles "botes de peregrinos", que sempre carregavam um seguidor de Asura, já sem vida, em sua derradeira viagem em direção ao sul, para onde, muito além das montanhas poitanianas, o rio desembocava no oceano azul. Naquela cabine jazia indubitavelmente o cadáver do adorador que tinha morrido. Todos os homens estavam acostumados com a visão de tal embarcação; e o mais fanático devoto de Mitra não ousaria tocar ou interferir naquela jornada de luto.

Qual era seu destino final, os homens não sabiam. Alguns diziam ser a Stygia. Para outros, seria uma ilha sem nome que ficava além da linha do horizonte, Também havia os que mencionavam a terra cheia de mistérios de Vendhya, onde os mortos chegavam à sua morada. Mas ninguém sabia de fato. Só tinham conhecimento de que quando um seguidor de Asura morria, o cadáver seguia para o sul pelo grande rio, em um barco negro, remado por um escravo gigantesco, e nem o bote, cadáver ou escravo tornavam a ser vistos novamente; a não ser, é claro, que certos contos terríveis fossem verdade e se tratasse sempre do mesmo escravo que remava os botes para o sul.

O homem que impulsionava esse bote em particular era grande e mulato como os outros, mas um exame mais acurado teria revelado o fato de que o matiz era o resultado de pigmentos cuidadosamente aplicados. De tanga de couro e sandálias, ele manejava os remos em longos movimentos circulares com habilidade e força incomuns. Ninguém se aproximou da embarcação, porque era sabido que os seguidores de Asura eram amaldiçoados e que aqueles botes de peregrinos estavam carregados de magia negra. Por isso, os homens tiravam suas catraias da frente e resmungavam um encantamento quando o barco negro cruzava sua rota. Jamais sonhariam, porém, que estavam auxiliando a fuga do rei e da condessa Albiona.

Aquele bote preto e delgado faria uma travessia por quase duzentas milhas até o ponto em que o Khorotas pendia para o leste, contornando as montanhas poitanianas. Como num sonho, o panorama em constante mutação ficou para trás. Durante o dia, Albiona permanecia dentro da pequena cabine, tão silenciosa quanto o cadáver que fingia ser. Somente tarde da noite, após os barcos de recreação, com mercadores descansando em almofadas de seda sob a luz de tochas seguradas por escravos, já terem saído do rio, e antes que o amanhecer trouxesse os apressados botes de pescadores, é que a garota se arriscava a sair. Então, segurava o grande remo, engenhosamente preso por cordas na alavanca para ajudá-la a remar, enquanto Conan tirava algumas horas de sono. O rei precisava de pouco descanso. O ardor de seu desejo guiava-o em sua missão, e todos os seus músculos latejavam, preparados para o teste brutal.

Sem parada nem pausa, eles seguiam para o sul rio abaixo. À noite, a correnteza espelhava as milhares de estrelas do céu e, nos dias em que a luz do sol dourava as águas, deixavam o inverno para trás. Passaram por cidades que pulsavam em vida noturna, diante da miríade de luzes, casas de senhores próximas ao rio e pomares férteis. Até que finalmente as montanhas azuladas de Poitan ergueram-se diante do casal, uma após a outra, como baluartes dos deuses, e o grande rio, desviando daqueles penhascos que pareciam torres, ganhava uma força poderosa por entre os morros, sorvedouros e diversas cataratas espumantes.

Conan esquadrinhava a linha da margem atentamente quando girou a embarcação, seguindo para um ponto da costa onde uma fatia de terra se projetava para dentro da água e abetos cresciam em um anel simétrico, que parecia modelado sobre uma pedra cinzenta.

– Como esses botes descem aquelas quedas que ouço rugir logo à frente de nós vai além do meu conhecimento – ele grunhiu. – Hadrathus disse que não haveria problema, mas não há onde parar, e garantiu que um homem estaria nos esperando com cavalos. Ainda não vi ninguém. Como a notícia de nossa vinda teria nos precedido, também não faço ideia.

Conan atracou e amarrou a proa em uma raiz no formato de arco que havia na parte baixa do banco de areia. Em seguida, mergulhou, lavando a tinta marrom de sua pele na água, e emergiu gotejando, em sua cor natural. Da cabine, apanhou uma vestimenta de malha aquiloniana, que lhe foi entregue por Hadrathus, e sua espada, enquanto Albiona vestia roupas adequadas para uma viagem pelas montanhas. Quando Conan voltou a olhar em direção à costa, ficou estático, e sua mão buscou a arma na bainha, pois, sob as árvores, havia uma figura vestindo um manto negro segurando as rédeas de um palafrém branco e a baia de um cavalo de batalha.

– Quem é você? – perguntou o rei.

O outro se curvou antes de falar.

– Um seguidor de Asura. Uma ordem veio. Eu obedeci.

– Como assim "veio"? – inquiriu Conan, mas o homem apenas se curvou de novo.

– Eu devo guiá-lo pelas montanhas até a primeira fortaleza poitaniana.

– Não preciso de um guia – respondeu Conan. – Conheço bem essas montanhas. Agradeço-lhe pelos cavalos, mas a condessa e eu atrairemos menos atenção, se formos só nós, em vez de acompanhados por um acólito de Asura.

O homem se curvou mais uma vez e, dando as rédeas na mão de Conan, subiu para dentro do bote. Desfazendo o nó, ele deslizou pela correnteza no rumo do estrondo distante das cascatas. Apesar de ainda não conseguir ver a cachoeira, Conan abanou a cabeça e ergueu a condessa, colocando-a na sela do palafrém, montou no cavalo de batalha e avançou em direção às cimeiras que riscavam o céu.

A terra que ficava no sopé das altas montanhas era agora uma zona fronteiriça, em estado de tumulto permanente, onde os barões haviam retomado as práticas feudais, e bandos de fora da lei vagavam sem estorvo. Poitan não havia declarado formalmente sua separação da Aquilônia, mas se tornou, para todos os efeitos, um reino independente, governado por seu conde hereditário, Trocero. O sul já havia se submetido a Valerius, mas ele nem tentou forçar as passagens guardadas por fortalezas, onde a bandeira carmesim do leopardo de Poitan balançava como um desafio ao vento.

O rei e Albiona galoparam pelas longas encostas íngremes antes do fim do dia. Conforme subiam e ganhavam altitude na montanha, o campo se espalhava como um enorme manto púrpura, granulado pelo reflexo de rios e lagos, junto ao brilho amarelado de grandes pradarias e o reluzir das torres distantes. À frente, em um ponto bem mais no alto, eles vislumbraram a primeira fortaleza poitaniana, um sítio poderoso, dominando uma estreita passagem, com a bandeira carmesim tremulando no céu azul.

Antes que chegassem ao atalho que conduzia até perto da muralha, um grupo de cavaleiros em armaduras saiu do meio das árvores. Seu líder mandou que parassem, repreendendo os viajantes. Eram homens altos, com olhos escuros e anéis de cabelos de corvos, usados costumeiramente no sul.

– Pare, senhor, e diga a que veio e por que cavalga em direção a Poitan.

– Poitan está em tamanha revolta que um homem em trajes aquilonianos é parado e interrogado como um estrangeiro? – perguntou Conan, observando o outro cavaleiro.

– Muitos trapaceiros cavalgam da Aquilônia nos dias de hoje – respondeu o líder friamente. – Quanto à revolta, se você quer dizer o repúdio a um usurpador, então Poitan está em rebelião. Preferimos servir à memória de um homem morto do que ao cetro de um cão vivo.

Conan tirou seu capacete e, balançando sua juba negra, encarou o poitaniano, que num piscar de olhos ficou lívido.

– Santos dos céus! – ele gaguejou. – É o rei! Vivo!

Os demais cavaleiros, que também mediam o gigante, explodiram de alegria e dispararam feito um enxame ao redor de Conan, gritando seus hinos de guerra e brandindo suas espadas em emoção extrema. Qualquer homem tímido ficaria aterrorizado com a aclamação dos guerreiros poitanianos.

– Trocero chorará de alegria ao ver o senhor! – disse um deles.

– Sim, e Prospero também! – gritou outro. – O general parece envolto em um manto de melancolia e amaldiçoa a si próprio, dia e noite, por não ter chegado a Valkia a tempo de morrer ao lado do rei!

– Agora lutaremos pelo império! – gritou outro, girando sua enorme espada acima da cabeça. – Salve Conan! Rei de Poitan!

O clamor e os gritos de guerra assustaram os pássaros de tons alegres, que fugiram do arvoredo voando para as nuvens. O sangue quente do sul estava em chamas, e eles só queriam ser guiados para a batalha e pilhagem pelo seu redivivo soberano.

– Qual é seu comando, senhor? – perguntaram em coro antes de um deles fazer um pedido. – Permita que um de nós cavalgue na frente e leve as notícias de sua vinda até Poitan! Bandeiras serão acenadas de todas as torres, rosas forrarão a estrada diante das patas do seu cavalo, toda a beleza e nobreza do sul darão ao senhor a honra que lhe é devida...

Conan rejeitou a proposta.

– Quem pode duvidar de sua lealdade? Mas ventos sopram dessas montanhas para os países onde estão meus inimigos, e eu prefiro que eles ainda não saibam que estou vivo. Levem-me até Trocero e mantenham minha identidade em segredo.

Então, os cavaleiros, que pretendiam fazer uma procissão triunfal até a cidade, empreenderam uma espécie de fuga secreta, viajando com presteza, sem falar com ninguém, exceto por um sussurro ao capitão de plantão em cada passagem. No meio deles, Conan cavalgou com seu visor abaixado.

As montanhas eram desabitadas, e somente bandos de ladrões e tropas de soldados cruzavam a paisagem. Os poitanianos, que amavam o prazer, não tinham desejo ou necessidade de gozar de uma vida escassa e difícil no seio de sua terra. Ao sul as planícies ricas e belas de Poitan estendiam-se até o rio Alimane, mas além do rio estava a terra de Zíngara.

Mesmo agora, quando o inverno começava a ressecar as folhas das árvores, a grama rica e alta ondulava a pradaria onde pastavam os cavalos e as cabeças de gado pelos quais Poitan era famosa. Sob o sol, palmeiras e laranjeiras floresciam ao lado de belíssimas torres que douravam os castelos e as cidades. Era uma terra calorosa e farta, de belos homens e ferozes guerreiros. Não são apenas as terras duras que dão à luz a homens brutos. Poitan era cercada por vizinhos ambiciosos e, assim, seus filhos aprenderam a ser intrépidos por meio de guerras incessantes. Ao norte, a fronteira era protegida pelas cordilheiras, mas ao sul somente o Alimane separava as planícies de Poitan das de Zíngara, e não uma, mas mil vezes aquele rio tornou-se vermelho. Ao leste ficavam Argos e Ophir, reinos orgulhosos e avarentos. Os cavaleiros de Poitan mantinham seus domínios com o peso e a lâmina de suas espadas, e faziam pouco de comodismo e preguiça.

Depois de se apresentar diante do castelo do conde Trocero, Conan acomodou-se em um divã de seda dentro de uma rica câmara cujas cortinas transparentes ondeavam com a brisa morna. Trocero chegou andando como uma pantera, um homem ágil e ativo com cintura fina e ombros de espadachim.

– Permita-nos proclamá-lo rei de Poitan! – saudou o conde. – Que aqueles porcos do norte vistam o laço que armaram em torno de seus pescoços. O sul ainda pertence ao senhor. More aqui e nos governe, entre as flores e as palmeiras.

Mas Conan balançou a cabeça:

– Não há terra mais nobre no mundo do que Poitan. Mas não pode se sustentar sozinha, por mais audazes que sejam seus filhos.

– Ela se sustentou por várias gerações – replicou Trocero, com orgulho de sua raça. – Nem sempre fizemos parte da Aquilônia!

– Eu sei. Mas as condições não são mais como antigamente, quando todos os reinos estavam rachados em principados que guerreavam uns contra os outros. Os dias do domínio de duques e cidades livres passaram, a noite dos impérios está sobre nossas cabeças. Governadores estão sonhando sonhos imperiais, mas a força deles está na unidade.

– Então vamos unir Zíngara a Poitan – argumentou Trocero. – Meia dúzia de príncipes luta entre si, e o país está assolado por guerras civis. Podemos conquistá-la, província por província, e adicioná-la aos seus domínios. Então, com a ajuda dos zíngaros, conquistaremos Argos e Ophir. Construiremos um império...

Novamente Conan balançou a cabeça:

– Deixe que outros imaginem sonhos imperiais. Não quero nada além do que é meu. Não desejo governar um império consolidado com sangue e fogo. Uma coisa é tomar um trono com a ajuda de seus súditos e governá-lo com o consentimento deles. Outra é subjugar um reinado estrangeiro e governá-lo através do medo. Não quero ser outro Valerius. Não, Trocero, serei o rei da Aquilônia e nada mais, ou então não serei senhor de coisa alguma.

– Então nos lidere pelas montanhas, e esmagaremos os nemédios.

Os olhos ferozes de Conan brilharam com apreço:

– Não, Trocero. Seria um sacrifício em vão. Eu disse o que preciso fazer para recuperar meu reino. Preciso encontrar o Coração de Ahriman.

– Mas isso é loucura – protestou Trocero. – As divagações de um padre herético, os murmúrios de uma feiticeira louca.

– Você não estava em minha tenda em Valkia – respondeu Conan, olhando de forma involuntária para seu pulso direito no qual marcas roxas ainda eram levemente visíveis. – Você não viu os rochedos caírem como trovões e esmagarem a nata do meu exército. Não, Trocero, eu fui convencido. Xaltotun não é um homem mortal, e somente com o Coração de Ahriman posso lhe fazer frente. Portanto, vou para Kordava sozinho.

– Mas é perigoso – protestou Trocero.

– A vida é perigosa – retrucou o rei. – Não irei como o rei da Aquilônia, ou como cavaleiro de Poitan, mas como um mercenário errante, tal como cavalguei por Zíngara nos velhos tempos. Tenho inimigos suficientes além do Alimane, nas terras e águas ao sul. Muitos que não me reconhecerão como rei da Aquilônia, lembrar-se-ão de mim como Conan dos piratas barachos, ou Amra dos corsários negros. Mas tenho amigos também, e homens que me ajudarão por seus próprios motivos pessoais – uma reminiscência tocou seus lábios, que se abriram num leve sorriso.

Trocero deixou as mãos caírem em desconsolo e olhou para Albiona, sentada em um divã ao lado do cimério.

– Entendo suas dúvidas, meu senhor – a condessa disse. – Mas também vi a moeda no templo de Asura. Hadrathus disse que ela datava de quinhentos anos antes da queda de Acheron. Então, se Xaltotun é o homem retratado na peça, como nossa Majestade jura que sim, isso significa que ele não é um mago comum, mesmo em sua outra encarnação, pois os anos de sua existência foram numerados por séculos, não como as vidas dos outros homens que não passam de décadas.

Antes que Trocero pudesse responder, uma batida respeitosa foi ouvida na porta e uma voz chamou:

– Meu senhor, capturamos um homem escondendo-se no castelo que diz que deseja falar com seu convidado. Aguardo suas ordens.

– Um espião da Aquilônia! – sibilou Trocero, buscando seu punhal, mas Conan ergueu a voz e ordenou:

– Deixem-me vê-lo.

A porta foi aberta e um homem foi emoldurado pelo batente, seguro em ambas as mãos por homens armados. Era magro, com um manto escuro e um capuz.

– Você é um seguidor de Asura? – perguntou Conan.

O homem fez sinal de positivo com a cabeça, e os guerreiros robustos, que pareceram chocados, olharam hesitantes para Trocero.

– A palavra veio do sul – disse o homem. – Além do Alimane, não podemos ajudá-lo, pois nossa seita não vai além do sul, embora se alastre em direção ao leste com o Khorotas. Mas esta foi a notícia que escutei: o ladrão que pegou o Coração de Ahriman de Tarascus nunca chegou a Kordava. Nas montanhas de Poitan ele foi morto por ladrões. A joia caiu nas mãos do chefe dos malfeitores, que, sem saber de sua verdadeira natureza e tendo sido perseguido após a destruição de seu bando por cavaleiros poitanianos, vendeu-a para Zorathus, um mercador de Koth. – Ah! Conan estava de pé, em regozijo. – E quanto a Zorathus?

– Quatro dias atrás ele cruzou o Alimane, indo para Argos, com um pequeno grupo de servos armados.

– Ele é um tolo de cruzar Zíngara numa época dessas – disse Trocero.

– Sim, os tempos são difíceis além do rio. Zorathus é um homem destemido, mas também muito imprudente. Ele está com pressa de chegar até Messantia, onde espera encontrar um comprador para a joia. Talvez, espere vendê-la finalmente na Stygi ou, quem sabe, tenha adivinhado a verdadeira natureza do Coração de Ahriman. Seja como for, em vez de seguir a grande estrada que margeia as fronteiras de Poitan e desemboca em Argos, longe de Messantia, ele descreveu uma linha reta para o leste através de Zíngara, seguindo uma rota mais curta e direta.

Conan golpeou a mesa com o punho fechado e a grande prancha tremeu.

– Por Crom, a sorte finalmente lançou seus dados para mim! Um cavalo, Trocero, e o chicote de um homem livre! Zorathus tem uma boa vantagem, mas não longa demais para que eu o alcance, nem se for preciso segui-lo até o fim do mundo!

CAPÍTULO 12

A presa do dragão

AO AMANHECER, CONAN ENTROU COM SEU CAVALO nas águas rasas do Alimane e seguiu a trilha da caravana que ia para o sul, e atrás dele, em uma encosta distante, Trocero permanecia montado, encabeçando seus cavaleiros em malhas de aço, com o leopardo de Poitan flutuando suas longas pregas acima de sua cabeça ante a brisa matinal. Todos aqueles homens de cabelos negros, em armaduras deslumbrantes, continuaram em silêncio até que a figura de seu rei desapareceu na neblina que se desfazia com o nascer do sol.

Conan cavalgava um belo garanhão negro, presente de Trocero. Não mais usava a armadura da Aquilônia, trocada por roupas que o identificariam como um veterano das Companhias Livres, uma legião formada por gente de todas as raças. Seu capacete era um simples morrião, amassado e surrado. O couro e a malha da cota estavam desgastados, denunciando seu uso em muitas campanhas, e o manto escarlate jogado sobre os ombros, de tão manchado, mais parecia um farrapo. Ele tinha o aspecto de um guerreiro de aluguel que conhecera todas as vicissitudes da fortuna, pilhagem e riqueza um dia, e uma bolsa vazia e um cinto apertado no seguinte.

Mais do que representar esse papel dramático, ele sentia-se assim, com o despertar de velhas memórias, o ressurgimento da loucura e glória de um tempo selvagem, antes que seus pés tomassem o caminho imperial. Aqueles anos em que ele era um mercenário errante, festejando, brigando, bebendo e aventurando-se, sem pensar no amanhã nem nenhum desejo além de cerveja espumante, lábios vermelhos e uma espada afiada para usar em todos os campos de batalha do mundo.

Inconscientemente ele voltou aos velhos dias; uma nova arrogância tornou-se evidente em seu comportamento, na forma como se sentava na sela do cavalo; juramentos meio esquecidos surgiram em seus lábios e, enquanto cavalgava, murmurava velhas canções cujos refrãos rugiram junto a companheiros desleixados em muitas tavernas e estradas poeirentas e campos ensanguentados.

Conan passava por uma terra inquieta. As tropas de cavalaria que geralmente patrulhavam o rio, alertas para ataques de Poitan, não estavam em lugar algum. As lutas internas haviam deixado as fronteiras sem segurança, uma longa estrada vazia estendia-se de horizonte a horizonte. Nada de comboios de camelos carregados ou carruagens barulhentas nem o gemido de rebanhos a se mover por ela agora; somente grupos ocasionais de homens a cavalo, em couro e aço, com rostos brutos e olhos de falcão, que permaneciam unidos em sua cavalgada cautelosa. Eles examinavam Conan minuciosamente, mas seguiam seu caminho, pois a vestimenta daquele cavaleiro solitário prometia somente golpes brutais e nada de pilhagem.

Vilarejos estavam desertos e em cinzas, com campos e pradarias abandonados. Somente os mais corajosos passariam por tais estradas naqueles dias em que a população nativa tinha sido dizimada na guerra civil e por ataques disparados pelo outro lado do rio. Em épocas mais pacíficas, a estrada ficava lotada de mercadores, indo de Poitan para Messantia, em Argos, ou voltando de lá. Mas, hoje, todos julgavam ser mais sábio seguir a estrada que passava nas cercanias de Poitan e, depois, virar para o sul mais abaixo rumo a Argos. Era um caminho mais longo, porém mais seguro. Somente um homem tremendamente descuidado arriscaria sua vida e bens nesta estrada que ia para Zíngara.

À noite, o horizonte era orlado com chamas e, durante o dia, pilares dispersos de fumaça flutuavam para o alto; nas cidades e planícies ao sul homens eram assassinados, tronos derrubados e castelos incendiados. Conan sentiu a tentação de virar seu cavalo e, como um veterano matador profissional, mergulhar na luta, na pilhagem e nos saques, como nos dias de antigamente. Por que deveria se dar ao trabalho de recuperar o governo de um povo que já o havia esquecido? Por que correr atrás de um talismã obscuro e buscar uma coroa que poderia estar perdida para sempre? Por que não deveria se esquecer de sua missão e se perder nas marés vermelhas da guerra, rapinando da mesma forma como já havia feito tantas e tantas vezes antes? Será que não poderia esculpir outro reino para si mesmo? O mundo estava entrando em uma era de ferro, uma época de guerra e ambição imperialista; alguns homens fortes poderiam se erguer sobre as ruínas de nações como conquistadores supremos. Por que não poderia ser ele? Então o demônio, adormecido em seu peito, sussurrou em seus ouvidos, os fantasmas de seu passado, sangrento e sem lei, se abarrotaram em cima dele. Mas não fez meia-volta. Continuou a galope, prosseguindo uma busca que se tornava cada vez mais incerta, enquanto avançava, até o ponto em que, às vezes, parecia perseguir um sonho que nunca existiu de fato.

Ele forçou o garanhão o máximo que pôde, mirando a longa estrada que se estendia além do horizonte. Zorathus tinha uma boa vantagem, mas Conan permaneceu firme, sabendo que estava viajando mais rápido do que podiam os mercadores cheios de cargas, e chegou ao castelo do conde Valbroso, empoleirado como um ninho de urubu sobre uma colina com vista para a estrada abandonada.

Valbroso desceu com seus guerreiros armados. Magro, soturno, com olhos mortiços e o nariz como bico predatório, ele vestia uma armadura de aço escuro, seguido por trinta lanceiros; falcões de bigode negro das guerras da fronteira, tão avarentos e impiedosos quanto o próprio conde. Ultimamente a arrecadação do pedágio das caravanas tornara-se paupérrima, e Valbroso amaldiçoava as guerras civis, que despiram as estradas de seu tráfego, mesmo quando as abençoava pela ajuda que lhe haviam dado na tensa relação com seus vizinhos.

Ele não esperava muito do cavaleiro solitário avistado de sua torre, mas qualquer coisa viria a calhar. Olhou para a malha escura e desgastada do homem de rosto coberto de cicatrizes, e suas conclusões foram as mesmas dos cavaleiros que cruzaram o caminho do cimério na estrada, uma bolsa vazia e uma lâmina pronta para ser usada.

– Quem é você, patife? – ele perguntou.

– Um mercenário, cavalgando para Argos – respondeu Conan. – De que importa os nomes?

– Você está indo na direção errada para alguém das Companhias Livres – grunhiu Valbroso. – Ao sul a luta é boa e a pilhagem compensa. Junte-se ao meu exército e não passará fome. A estrada está carente de mercadores prontos para ser roubados, mas tenciono levar meus homens mais ao sul para vender a força de nossas espadas para qualquer lado que parecer melhor.

Conan não disse nada, sabendo que se recusasse a proposta poderia ser atacado pelos guerreiros de Valbroso. Antes que pudesse se decidir, o zíngaro falou novamente.

– Vocês, velhacos das Companhias Livres, sempre conhecem truques para fazer os homens falarem. Tenho um prisioneiro, o último mercador que peguei, por Mitra, o único que vi em uma semana inteira. Mas o patife é teimoso. Ele tem uma caixa de ferro, cujo segredo nos desafia, e fui incapaz de persuadi-lo a abri-la. Por Ishtar, pensei que conhecia todos os métodos de tortura existentes, mas talvez você, como um veterano das Companhias Livres, saiba de alguns que eu ainda não sei. Seja como for, venha comigo e veja o que pode fazer.

Imediatamente as palavras de Valbroso fizeram Conan se decidir, havia uma grande chance de ser Zorathus. Conan não conhecia o mercador, mas qualquer homem que fosse teimoso o suficiente para tentar atravessar as estradas de Zíngara numa época como aquela, provavelmente também era obstinado o suficiente para desafiar a tortura.

Ao lado de Valbroso, ele subiu a estrada que levava ao topo da colina onde ficava o sombrio castelo. Como homem de armas, deveria ter cavalgado atrás do conde, mas a força do hábito tornou-o descuidado, e Valbroso não prestou atenção. Anos de vida na fronteira haviam lhe ensinado que ali não era uma corte real. Estava ciente da independência dos mercenários, e sabia que, por trás daquelas espadas, muitos tinham galgado o caminho para um trono.

Havia um fosso em frente à muralha, meio seco e cheio de detritos Passaram tinindo ao longo da ponte levadiça e pelo arco do portão, deixando para trás o pórtico de ferro, que baixou com um som estridente, e chegaram a um pátio vazio, com grama dispersa e um buraco no meio. Choupanas para os guerreiros espalhavam-se perto da parede, e mulheres, desleixadas ou enfeitadas com adereços berrantes, espiavam pelas portas, enquanto guerreiros em armaduras enferrujadas jogavam dados nos pavilhões sobre os arcos. Parecia mais um reduto de bandidos que o castelo de um nobre.

Valbroso desmontou e fez um sinal para que Conan o seguisse. Passaram por uma entrada e um corredor ornamentado, onde foram interpelados por um homem de armadura, com cicatrizes e aparência dura descendo uma escadaria de pedra, evidentemente o capitão da guarda.

– E então Beloso – indagou Valbroso. – Ele falou?

– Ele é teimoso – resmungou Beloso, disparando um olhar de suspeita sobre Conan.

Valbroso soltou uma praga e caminhou furiosamente até uma escada em caracol, seguido por Conan e o capitão. Ao subirem, os grunhidos de um homem em agonia tornaram-se audíveis. A sala de tortura de Valbroso ficava acima do pátio, em vez de enfiada em um calabouço subterrâneo. Naquela câmara estava um homem peludo e esquelético, vestindo meias de couro. Agachado, ele roía vorazmente um pedaço de carne e osso. Ali também havia máquinas e aparelhos de tortura, ganchos e todos os implementos que a mente humana concebeu para dilacerar a carne, quebrar ossos, romper e rasgar veias e ligamentos.

Em um dos aparelhos, um homem nu estava estendido. Bastou um olhar para Conan perceber que ele estava morrendo. O alongamento desumano a que seu corpo e membros haviam sido submetidos resultou em articulações destruídas e rupturas inomináveis. Era um homem moreno, com um rosto aquilino, olhos escuros e ardilosos, vidrados de dor. O orvalho da agonia escorria por sua face e seus lábios, que tinham sido puxados para trás das gengivas enegrecidas.

– Aqui está a caixa – disse Valbroso, chutando um pequeno, porém pesado, baú de ferro largado no chão.. Era esculpido com pequenas caveiras e dragões curiosamente entrelaçados. Conan não viu trinco ou ferrolho para destrancá-lo. As marcas de fogo, de machado, marreta e talhadeira não fizeram nada além de deixar arranhões em sua superfície.

– Esta é a caixa do tesouro do cão – disse Valbroso, zangado. – Todos os homens do sul já ouviram falar de Zorathus e sua caixa de ferro. Só Mitra sabe o que há dentro dela. Mas ele não irá nos entregar seu segredo.

Zorathus! Era verdade, então; o homem que buscava estava à sua frente. O coração de Conan bateu descontrolado quando se inclinou sobre o corpo contorcido, apesar de não demonstrar sua ansiedade com aquele momento.

– Afrouxe esses laços, servente! – Conan ordenou com rispidez ao torturador, deixando Valbroso e seu capitão espantados. No calor do momento, o cimério havia adotado seu tom imperial, e o verdugo, com seus trajes de couro, instintivamente obedeceu ao gume que havia no comando daquela voz, afrouxando-os gradualmente. Soltar as cordas era um tormento tão grande para as articulações quanto estirá-las ainda mais.

Apanhando uma caneca de vinho sobre uma mesa próxima, Conan colocou a borda na boca de Zorathus, que tomou um gole espasmodicamente, derramando a bebida sobre seu peito arfante. Nos seus olhos vermelhos brilhou um vislumbre de reconhecimento, e seus lábios rachados emitiram um murmúrio pranteado na língua kothiana.

– Então isto é a morte? A longa agonia terminou? Pois este é o rei Conan que morreu em Valkia, e estou entre os mortos.

– Você não está morto – disse Conan. – Mas está morrendo. Não será mais torturado. Cuidarei disso. Mas não posso ajudá-lo mais do que isso. Contudo, antes que morra, diga-me como abrir essa caixa de ferro!

– Minha caixa de ferro – sussurrou Zorathus, em meio a frases desconexas e delirantes. – A arca forjada em fogo profano nas chamas da montanha de Khrosha; o metal que nenhum cinzel pode cortar. Quantos tesouros ela portou por toda a extensão e amplitude do mundo! Mas nenhum como o tesouro que guarda agora.

– Diga-me como abri-la – exigiu Conan. – Ela não poderá mais ajudá-lo, mas pode ser de grande valia para mim.

– Sim, você é Conan – murmurou o kothiano. – Eu o vi sentado em seu trono no grande salão público de Tarantia, com a coroa na cabeça e o cetro na mão. Mas você está morto. Morreu em Valkia. Por isso sei que meu fim está chegando.

– O que o cão está dizendo? – perguntou Valbroso impaciente, sem entender a língua kothiana. – Ele vai dizer como abrir a caixa?

Como se a voz tivesse despertado uma faísca de vida em seu peito, Zorathus virou os olhos vermelhos na direção do conde.

– Eu direi somente a Valbroso – ele falou, engasgando, em zíngaro. – A morte está sobre mim. Venha até mim, Valbroso!

O conde caminhou, o rosto aceso, com avareza; atrás dele, seu capitão sinistro, Beloso, também se aproximava.

– Aperte as sete caveiras no rebordo, uma após a outra – disse Zorathus. – Pressione a cabeça do dragão que se contorce sobre a tampa. Então, pressione a esfera que está nas garras do dragão. Isso liberará a trava secreta.

– Rápido, a caixa! – berrou Valbroso, praguejando.

Conan a colocou em um estrado, com Valbroso seguindo ao seu lado.

– Deixe-me abrir! – gritou Beloso, adiantando-se.

Valbroso amaldiçoou-o, dando um passo na frente, com sua ganância queimando nos olhos negros.

– Ninguém além de mim irá abri-la! – ele vociferou.

Conan, cuja mão instintivamente tinha ido até o cabo de sua arma, fitou Zorathus, cujos olhos, vermelhos e vítreos, mantinham-se fixos em Valbroso com intensidade avassaladora. Pensou ter visto a sombra de um sorriso retorcido nos lábios do moribundo, e perguntou a si mesmo: por que só agora, prestes a morrer, decidiu revelar o segredo. Conan voltou-se para observar Valbroso da mesma forma que o homem o fazia.

A borda da tampa continha sete caveiras, esculpidas entre os galhos entrelaçados de estranhas árvores, e um dragão incrustado entre arabescos. Valbroso pressionou as caveiras apressadamente e, quando enfiou o polegar sobre a cabeça do dragão, soltou um palavrão agudo e puxou a mão, balançando-a, cheio de irritação.

– Uma ponta afiada nas esculturas – ele rosnou. – Piquei meu polegar.

Quando pressionou a bola dourada, segura pelas garras do dragão, a tampa voou abruptamente. O conde deslumbrou-se com uma chama dourada. Parecia que a caixa estava incandescente por toda a reborda, escorrendo em flocos pelo ar. Beloso gritou, Valbroso prendeu o fôlego, e Conan perdeu a fala, com seu cérebro enlaçado pelo fogo.

– Mitra, que joia! – Valbroso mergulhou a mão dentro da arca e pegou uma esfera rubra, que pulsava e enchia de brilho a sala de torturas. Seu olhar penetrante parecia com o de um cadáver e, esticado no aparelho, o moribundo riu repentinamente.

– Tolo! – ele gritou. – A joia é sua! Mas lhe dei a morte junto com ela! O arranhão em seu dedo na cabeça do dragão, Valbroso!

Todos eles voltaram-se e observaram que algo pequeno havia se levantado da boca aberta e entalhada do dragão.

– A presa do dragão! – gritou o mercador. – Mergulhada no veneno do escorpião negro da Stygia! Tolo, tolo de abrir a caixa de Zorathus com a mão nua! Morte! Você é um homem morto agora! – e com espuma de sangue nos lábios, ele morreu.

Valbroso cambaleou, choramingando:

– Ah, Mitra, não valho nada! – ele disse. – Nas minhas veias corre um líquido infernal! Minhas juntas estão ardendo como se estivessem sendo separadas! Morte! Morte! – e foi recuando até cair de cabeça no chão, sofrendo horríveis convulsões, nas quais os membros se retorceram em movimentos terríveis. Então o homem congelou na última posição, com os olhos estáticos, virados para cima, os lábios retraídos e as gengivas enegrecidas.

– Morto! – murmurou Conan, abaixando-se para apanhar a joia, que rolara depois de cair da mão rígida de Valbroso. Ela estava na laje como uma piscina de fogo da cor do pôr do sol.

– Morto! – disse Beloso, com loucura estampada na face.

Encantado e deslumbrado com o brilho da grande gema, Conan foi surpreendido com a guarda baixa e não percebeu a intenção de Beloso, até que algo se chocou com força terrível contra seu capacete. O brilho da joia foi salpicado com um pigmento ainda mais vermelho, e ele caiu de joelhos.

Escutou um barulho de pés, um bramido como um boi em agonia. Estava atordoado, mas não completamente desacordado, e percebeu que Beloso apanhara a caixa de ferro e golpeado sua cabeça com ela. Somente o bacinete salvou seu crânio. Ele cambaleou, desembainhando a espada e tentando afastar dos olhos a falta de clareza. A sala nadou diante de seu olhar desequilibrado. Mas a porta estava aberta, e passos em fuga foram ouvidos descendo as escadas. No chão, o brutal torturador arfava por sua vida com uma enorme ferida no peito. E o Coração de Ahriman desaparecera.

Conan saiu da câmara, com a espada em punho e sangue pingando por baixo do elmo, descendo os degraus como um bêbado para chegar até o pátio, onde ouvia gritos e o rufar de tambores. Conseguiu ver um grupo de homens armados lutando na confusão, enquanto as mulheres gritavam. O portão dos fundos estava aberto, um soldado caído sobre sua lança quebrada, e cavalos, ainda com arreios e selas, relinchando ao redor, inclusive o seu garanhão negro.

– Ele enlouqueceu! – uivou uma mulher, torcendo as mãos. – Ele saiu do castelo como um cachorro louco, uivando para todos os lados! Beloso está louco! Onde está o senhor Valbroso?

– Para qual lado ele foi? – rugiu Conan. Todos se viraram e olharam para o forasteiro, com o rosto sujo de sangue e a espada à mostra. – Fugiu pelo portão dos fundos! – gritou uma mulher, apontando para o leste. – Quem é este tratante? – berrou outra, logo em seguida.

– Beloso matou Valbroso! – informou Conan. Com um salto, agarrou seu cavalo pela crina, enquanto guerreiros dispersos corriam na sua direção. Um choro explodiu diante da notícia da morte do dono do castelo, mas a reação deles foi exatamente a que Conan previra. Em vez de fechar os portões para fazê-lo prisioneiro, ou perseguir o assassino em fuga para vingar seu senhor, eles atiraram-se em uma desordem ainda maior por suas palavras. Lobos unidos somente pelo medo de Valbroso, os soldados não deviam aliança ao castelo nem uns aos outros.

Espadas começaram a colidir no pátio, mulheres se esgoelavam e, em meio a tudo, ninguém reparou quando Conan passou velozmente pelo portão dos fundos e desceu a colina. As planícies selvagens se desnudavam diante dele, e além da colina o caminho se dividia, um braço corria para o sul, outro para o leste. Na estrada que levava ao leste, ele viu outro cavaleiro, curvado e esporando firme sua montaria.

Conan sentiu vertigem, enquanto a luz do sol tingia de vermelho uma neblina espessa. Titubeou em sua sela, agarrando a crina esvoaçante com suas mãos. Sangue chovia sobre sua malha, mas ainda assim ele impulsionou o garanhão para seguir em frente.

Atrás dele, lá no alto da colina, fumaça começou a subir no castelo onde o corpo do conde estava esquecido ao lado de seu prisioneiro. O sol estava se pondo, e emolduradas por um céu vermelho lúrido as duas figuras escuras fugiam. O garanhão não descansava, nem o cavalo de Beloso. Mas a grande besta respondia poderosamente, evocando suas reservas profundas de vitalidade.

Por que o zíngaro fugia de um perseguidor? Conan não impôs que seu cérebro ferido adivinhasse a resposta. Talvez pânico irracional conduzisse Beloso, nascido da loucura que espreitava da joia chamejante. O sol desapareceu e a estrada caía na penumbra, desaparecendo na escuridão roxa muito adiante. O garanhão ofegava pelo trabalho árduo. A paisagem mudava no crepúsculo. Planícies nuas cederam lugar a moitas de carvalhos e amieiras. Colinas baixas se pronunciavam a distância. Estrelas começavam a brilhar. O garanhão ofegou e diminuiu o galope. Mais à frente ergueu-se uma densa mata que se estendia até as colinas no horizonte. Conan divisou a forma do fugitivo e imprimiu urgência na esgotada montaria, pois viu que estava alcançando sua presa, jarda após jarda. Acima da copa das árvores surgiu um som estranho, mas nem perseguidor, nem perseguido deram importância.

Ao chegarem sob os ramos que pendiam acima da estrada, estavam quase lado a lado. Um grito feroz saiu dos lábios de Conan quando sua espada subiu; um rosto pálido e oval voltou-se na sua direção, uma lâmina brilhou em uma mão que mal podia ser vista, e Beloso ecoou o grito. Então, o cansado garanhão, após um solavanco, tropeçou nas trevas e caiu virando de ponta-cabeça, arremessando seu montador da sela. A cabeça de Conan bateu numa pedra, e as estrelas se tornaram um borrão na noite densa.

Quanto tempo permaneceu desacordado Conan jamais soube. Sua primeira sensação ao retomar a consciência foi a de estar sendo arrastado por um braço sobre o chão pedregoso, por entre os arbustos densos, e jogado no solo, descuidadamente, e talvez o choque tenha despertado seus sentidos.

Seu capacete desaparecera, a cabeça doía. Ele sentiu uma sensação de enjoo e o sangue coagulara em seus cabelos negros. Mas, com a vitalidade de sua natureza selvagem, ele recuperou totalmente sua capacidade.

Como uma enorme lua vermelha brilhava por entre as árvores, ele sabia que já era bem depois da meia-noite. Permanecera desacordado tempo suficiente para se recuperar daquele golpe terrível, aplicado por Beloso, e também da queda que tirara seus sentidos. Seu cérebro parecia mais claro do que durante a enlouquecida perseguição atrás do fugitivo.

Notou, com surpresa, que não estava deitado no local em que caíra ao lado da estrada, que, por sua vez, não se encontrava à vista. Jazia sobre grama, em uma pequena clareira cercada por um muro negro de ramos e galhos de árvores emaranhados. Seu rosto e mãos estavam arranhados e lacerados como se tivesse sido arrastado por espinheiros. Virando o corpo, olhou ao redor. Então percebeu que algo estava agachado perto dele.

No início, Conan duvidou de sua consciência, pensando que era delírio de sua imaginação. Decerto não podia ser real, aquele estranho ser cinza, imóvel, que se agachava em suas ancas e desafiava-o com olhos sem alma, que não piscavam.

Conan encarou-o, esperando que desaparecesse como a imagem de um sonho, mas um arrepio de reconhecimento crepitou em sua espinha. Memórias esquecidas ressurgiram, de contos sombrios sussurrados sobre as formas que assombravam aquelas florestas desabitadas no sopé das colinas, na fronteira entre

Zíngara e Argos. Vampiros! Era assim que os homens chamavam os comedores de carne humana, crias das trevas, filhos da união profana de uma raça perdida e esquecida com demônios do submundo. Em algum lugar naquelas florestas primitivas estavam as ruínas de uma cidade antiga e amaldiçoada, e entre suas tumbas se esgueiravam sombras cinzentas antropomórficas.

O cimério estremeceu, encarando a cabeça malformada que se erguia vagamente diante dele, e cautelosamente levou a mão em direção à espada. Com um grito horrível que o homem involuntariamente ecoou, o monstro estava sobre sua garganta. Defendeu-se colocando o braço direito na frente de mandíbulas, como de cachorros, que se fecharam e pressionaram os elos da malha para dentro da carne. Ele escapou das mãos disformes, porém ainda humanas, que tentavam enforcá-lo, e rolou, sacando ao mesmo tempo o punhal com a mão esquerda.

Eles tombaram sobre a grama, ferindo-se e rasgando-se. Os músculos debaixo daquela pele cinzenta como a de um cadáver eram duros como cabos de aço, superando a força do homem. Mas os tendões de Conan também eram de ferro, e sua malha o salvou das presas pontiagudas e garras, dando-lhe tempo suficiente para enfiar seu punhal diversas vezes na criatura, cuja vitalidade parecia inexaurível. A pele do rei arrepiou-se no contato com aquela carne úmida e escorregadia. Toda sua repugnância só fortaleceu a sucessão de golpes. O monstro emitiu o último suspiro quando a ponta da lâmina perfurou seu coração cinzento, e então permaneceu imóvel.

Conan levantou-se, tremendo de náusea, com a espada em riste de um lado e o punhal do outro. Não perdera seu senso de direção instintivo no que dizia respeito aos pontos da bússola, porém não sabia para que lado ficava a estrada, pois não tinha como saber em que direção fora arrastado pelo vampiro. O cimério olhou para a lua fria, salpicado por matas que o anelavam e sentiu a umidade cobrir sua carne. Estava sem cavalo, perdido numa floresta assombrada. A coisa deformada aos seus pés era uma evidência muda dos horrores que o espreitavam. Ele segurou o fôlego, esticando as orelhas para qualquer barulho de galho quebrando ou farfalhar na grama.

De repente, ouviu o relinchar de um cavalo aterrorizado. Seu garanhão! Havia panteras nas florestas, ou vampiros comem animais da mesma forma que homens?

Ele atravessou os arbustos em direção ao som, assobiando alto enquanto corria, com o medo afogado pela raiva. A morte de seu cavalo exterminaria sua última chance de seguir Beloso e recuperar a joia. Voltou a escutar o garanhão, com medo e fúria, bem perto. Houve um som de chibatadas e algo que cedeu ao ser golpeado fortemente.

Conan desembocou na ampla estrada branca e viu o garanhão, pulando e recuando sob a luz do luar, com orelhas viradas para trás, olhos piscando e relinchos com dentes à mostra. Ele empinava sobre a traseira diante de uma sombra indefinida, que se abaixava e sacudia. Então, outras criaturas moveram-se ao lado de Conan, cinzentas e sinistras, fechando o cerco. Um cheiro horrível de casa mortuária podia ser sentido no ar noturno.

Com uma maldição o rei golpeou para todos os lados com sua grande espada. Também estocou e rasgou com o punhal. Presas gotejantes brilharam à luz do luar. Patas sórdidas tentaram segurá-lo, mas ele abriu caminho até o garanhão, agarrou a rédea e saltou sobre a sela. Sua lâmina subia e descia, espirrando sangue ao separar cabeças deformadas e furar corpos bamboleantes. O garanhão ergueu-se, mordendo e dando coices. Os dois abriram caminho e fugiram pela estrada. De ambos os lados, durante um curto espaço de tempo, passavam horríveis sombras cinzentas. Tudo ficou para trás quando Conan, superando a crista arborizada, cavalgou por uma vasta extensão de encostas.

CAPÍTULO 13

Um fantasma vindo do passado

LOGO APÓS O NASCER DO SOL, CONAN CRUZOU A fronteira para Argos. Não havia pistas de Beloso. Ou o capitão escapara enquanto o rei estava desacordado, ou tinha caído nas garras dos comedores de homens cinzentos das florestas da Zíngara. Mas o rei não tinha visto sinais que indicassem esta última possibilidade. O fato de não ter sido molestado por tanto tempo parecia indicar que os monstros ficaram ocupados na fútil perseguição ao capitão. Se o homem vivia, Conan tinha certeza de que estaria cavalgando ao longo da estrada em algum ponto à sua frente. A não ser que pretendesse ir para Argos, jamais teria pegado a linha para o leste em primeiro lugar.

Os guardas da fronteira não questionaram o cimério. Um único mercenário, vagando, não precisava de passaporte ou salvo conduto, especialmente quando sua malha sem adornos mostrava que não prestava serviço a senhor algum. Cavalgou pelas colinas baixas e gramadas, onde as correntezas murmuravam e carvalhos salpicavam a relva com luzes e sombras, seguindo a longa estrada que surgia e declinava sobre vales pequenos e elevações sob o céu azul. Era um caminho muito antigo, que ia de Poitan até o mar.

Argos estava em paz. Comboios de carroças de bois ressoavam e mulatos com braços musculosos, sem pelos, trabalhavam em pomares e campos que se desenvolviam abaixo dos braços das árvores à beira da estrada. Velhos parados na frente de pousadas, embaixo de longos galhos de carvalhos, cumprimentavam o viajante.

Dos trabalhadores na campina aos velhos tagarelas nas pousadas, onde saciou sua sede com grandes odres de couro cheios de cerveja espumante, até os mercadores de olhares aguçados vestidos com seda, que encontrou na estrada, Conan buscou notícias sobre Beloso.

As histórias eram divergentes, mas ele descobriu que um zíngaro magro, com perigosos olhos negros e bigodes do povo do oeste estava à sua frente, aparentemente indo para Messantia. Era um destino lógico. Todos os portos de Argos eram cosmopolitas, em contraste com as províncias do interior, e Messantia era o mais poliglota de todos. Navios de todas as nações marítimas atracavam em sua baía; refugiados e fugitivos de diversas terras se reuniam ali onde as normas legais eram frouxas. Messantia prosperou pela lei dos mares, e seus cidadãos acharam ser lucrativo fazer vista grossa em seus tratos com os homens que lá chegavam. Não era apenas escambo legítimo que fluía em Messantia; contrabandistas e bucaneiros também desempenhavam seus papéis.

Conan sabia de tudo isso muito bem. Em seus dias como pirata baracho, viajara durante a noite para a baía de Messantia para descarregar cargas ilegais. A maior parte dos piratas das Ilhas Barachas – pequenas ilhas na costa sul de Zíngara – eram navegadores de Argos e, enquanto eles mantivessem suas atenções voltadas para navios de outras nações, as autoridades da província não eram rígidas na interpretação das leis do mar.

Mas Conan não limitou suas atividades ao esquema dos barachos. Também velejara com bucaneiros zíngaros e até mesmo com os selvagens corsários negros, que singraram das distantes costas ao sul para saquear o litoral norte, e isso colocava-o acima de todas as leis. Se fosse reconhecido em qualquer parte de Argos, isso lhe custaria a cabeça. Mas, sem hesitar, cavalgou para Messantia, parando de dia ou à noite somente para descansar seu corcel e tirar rápidas sonecas.

Entrou na cidade sem ser questionado, misturando-se às massas que vertiam continuamente para dentro e para fora daquele grande centro comercial. Não existiam muros cercando Messantia, apenas o mar e seus navios guardavam a próspera cidade sulista do escambo.

Era noite quando Conan trotou pelas ruas que levavam até o mar. No final delas, podia ver o cais e as velas dos navios. Sentiu o cheiro de água salgada pela primeira vez em muitos anos, escutou o arranhar de cordas e o ranger de mastros na brisa, que trazia a capa branca das ondas além dos promontórios. Novamente, o desejo de vagar deu uma fisgada em seu coração.

Não seguiu para o caís, virou-se e subiu um lance íngreme de degraus desgastados que conduziam a uma rua ampla, onde mansões brancas ornamentadas tinham vista para a praia e o porto abaixo. Ali, moravam os homens que enriqueceram com fartos lucros obtidos nos mares; alguns capitães velhos, que encontraram tesouros distantes, e muitos comerciantes, que jamais trilharam os deques nem conheciam o rugido da tempestade que é a luta no oceano.

Conan virou seu cavalo em um portão dourado todo trabalhado e passou por um pátio onde uma fonte jorrava e pombos voavam de cumeeiras para placas de mármore. Um pajem, vestindo um saiote recortado de seda e uma calça apertada, adiantou-se para falar com ele. Os mercadores de Messantia lidavam com muita gente bruta, a maioria vinda do mar. Era incomum que um cavaleiro mercenário pudesse cavalgar tão livremente pelo pátio de um senhor do comércio.

– O mercador Publio mora aqui? – era mais uma afirmação que uma pergunta. Algo no timbre da voz de Conan fez que o pajem tirasse seu chapéu com penas, enquanto se curvava, e respondesse:

– Sim, ele vive aqui, meu capitão.

Conan desmontou e o pajem chamou um servo, que veio correndo para pegar as rédeas do garanhão.

– Seu mestre está lá dentro? – Conan tirou suas manoplas e bateu o pó da estrada de seu manto e malha.

– Sim, meu capitão. A quem devo anunciar?

– Irei eu mesmo falar com ele – grunhiu Conan. – Conheço muito bem o caminho. Espere aqui.

Em obediência à ordem, o pajem permaneceu parado, observando Conan subir alguns degraus de mármore, perguntando-se qual seria a conexão que seu mestre poderia ter com aquele gigante guerreiro que tinha o aspecto de um bárbaro do norte.

Serviçais pararam de fazer suas tarefas e ficaram de boca aberta quando Conan cruzou uma varanda larga e fresca, com vista para o pátio, e entrou em um grande corredor, onde batia a brisa do mar. Com os sentidos apurados, ele escutou uma pena riscando. Ao entrar em uma sala enorme, com várias janelas, viu Publio sentado a uma mesa de madeira de teca escrevendo em pergaminhos caros com uma pena dourada. Era um homem baixo, com uma cabeça maciça, olhos escuros e ligeiros. Seu roupão azul era da mais cara seda, tecido com fios de ouro e, pendurada na garganta grossa, tinha uma pesada corrente dourada.

Quando o cimério ficou à sua frente, o mercador olhou para cima com um ar de perturbação, mas ficou congelado no meio do gesto. De boca aberta, encarava o rei como se visse um fantasma saído do passado. Descrença e medo brilharam em seu olhar.

– Bem – disse Conan –, não vai me cumprimentar, Publio?

O comerciante umedeceu os lábios.

– Conan! – sussurrou, incrédulo. – Mitra! Conan! Amra!

– Quem mais? – o cimério soltou seu manto e jogou-o junto com as manoplas sobre a mesa. – E então, homem? – exclamou irritadiço. – Não pode ao menos me oferecer uma taça de vinho? Minha garganta está endurecida pelo pó da estrada.

– Sim, vinho! – ecoou Publio. Mecanicamente suas mãos buscaram um gongo e recolheram-se como se tocassem carvão quente. Ele estremeceu.

Enquanto Conan o observava com uma ponta de diversão nos lábios, o mercador levantou-se apressadamente para fechar a porta, não sem antes esticar o pescoço para o corredor e ter certeza de que nenhum escravo estava passando. Apanhou uma larga jarra de vinho de uma mesa próxima e, quando estava prestes a encher uma taça, Conan impacientemente tomou-lhe o recipiente das mãos e erguendo-o com ambas as mãos, bebeu com gosto.

– Sim, de fato é Conan – murmurou Publio. – Homem, você está louco?

– Por Crom, Publio – disse Conan, abaixando a jarra, mas sem largá-la. – Você mora em bairros diferentes que no passado. Só mesmo um mercador argosseano para ficar rico com uma pequena loja à beira-mar que fedia a peixe podre e vinho barato.

– Os velhos dias são passado – resmungou Publio, puxando seu manto com um tremor involuntário. – Despi-me do passado como um manto usado.

– Bem – retorquiu Conan –, você não pode se despir de mim como um velho manto. Não é muito o que exijo de você, mas quero uma coisa. E você não pode recusar. Tivemos muitos negócios nos velhos dias. Acha que sou tão tolo que não sei que esta mansão foi construída em cima do meu suor e sangue? Quantos carregamentos de minhas galeras passaram por sua loja?

– Todos os mercadores de Messantia lidaram com piratas do mar em algum momento ou outro – murmurou Publio, transtornado.

– Mas não com corsários negros – respondeu Conan sibilantemente.

– Pelo amor de Mitra, cale-se! – bradou Publio, com suor escorrendo de sua fronte e os dedos puxando nervosamente a barra dourada do manto.

– Bem, eu só queria lembrar-lhe disso – grunhiu Conan. – Não seja tão medroso. Você assumiu vários riscos no passado, quando lutava pela riqueza e pela vida naquela pequena loja torpe próxima ao cais, e cooperava com todo bucaneiro, ladrão e pirata daqui até as Ilhas Barachas. A prosperidade deve tê-lo amolecido.

– Eu sou respeitável – afirmou Publio.

– O que significa dizer que é rico para diabo – resfolegou Conan. – Por quê? Por que enriqueceu tão mais rapidamente que seus concorrentes? Foi porque fez um grande negócio com marfim e penas de avestruz, cobre, peles e pérolas, enfeites de ouro e outras coisas vindas da costa de Kush? E onde você conseguiu tudo isso tão barato, enquanto outros mercadores pagavam seu peso em prata para os stygios? Direi a você, caso tenha se esquecido. Comprou de mim por um valor muito abaixo do custo. Saqueei as mercadorias das tribos da Costa Negra e dos navios da Stygia. Eu e os corsários negros.

– Em nome de Mitra, pare! – implorou Publio. – Não me esqueci. Mas o que você faz aqui? Sou o único homem em Argos que sabe que o senhor da Aquilônia outrora foi Conan, o bucaneiro. Mas veio do sul a notícia da derrubada da Aquilônia e da morte do rei.

– Meus inimigos já me assassinaram cem vezes com rumores – rosnou Conan. – Ainda assim, cá estou sentado, empanturrando-me de vinho de Kyros – conforme falava, ele virou mais um demorado gole na garganta.

Abaixando a ânfora, agora quase vazia, avisou:

– É apenas uma pequena coisa que peço, Publio. Sei que você sabe de tudo o que ocorre em Messantia. Preciso descobrir se um zíngaro chamado Beloso, ou qualquer outro nome que tenha dado a si mesmo, está na cidade. Ele é alto e magro, como todos de sua raça, e é provável que tente vender uma joia muito rara – Publio balançou a cabeça.

– Não ouvi falar de tal homem. Milhares vêm e vão de Messantia, mas, se ele está aqui, meus agentes vão achá-lo.

– Bom. Peça que procurem. Enquanto isso, cuide de meu cavalo e sirva-me comida aqui nesta sala.

Publio assentiu, e Conan esvaziou a jarra de vinho, jogou-a descuidadamente em um canto e caminhou até uma janela, abrindo o peito para respirar profundamente o ar salgado e observar as ruas sinuosas em frente ao mar. Varreu com um olhar de apreciação os navios na baía, ergueu a cabeça e mirou além dela, para as estrelas do sul, onde as leis não existiam e a vida corria ardente. Alguns odores vagabundos, de temperos ou palmeiras, despertaram suas lembranças, com imagens nítidas de praias e mangues, de tambores que ressoavam, de navios trancados em batalhas, deques vertendo sangue, de fumaça, flamas, e do som da matança. Perdido em seus pensamentos, mal notou quando Publio saiu da câmara.

Pegando seu manto, o mercador voou pelos corredores até chegar a um quarto onde um homem alto e lúgubre, com uma cicatriz na têmpora, fazia apontamentos no papel. Havia algo naquele homem que tornava sua função, contábil e burocrática, parecer incoerente. Publio falou com ele abruptamente.

– Conan retornou!

– Conan? – O homem magro parou e a pena caiu de seus dedos. – O corsário?

– Sim!

O homem ficou lívido:

– Ele enlouqueceu? Se for descoberto aqui estaremos arruinados! Enforcarão um homem que abriga ou negocia com um corsário tão rapidamente quando o próprio corsário! E se o governador souber de nossas antigas conexões com ele?

– Isso não acontecerá – retrucou Publio. – Mande seus homens aos mercados e ao desembarcadouro para checar se um tal de Beloso, um zíngaro, está em Messantia. Conan disse que ele tem uma valiosa gema e quer vendê-la. Os mercadores de joias podem ter ouvido falar dele. E aqui vai outra tarefa para você: reúna uma dúzia de vilões desesperados, que sejam de confiança, para dar cabo de um homem e segurarem a língua depois. Você entendeu?

– Entendi – o outro acenou lentamente.

– Eu não roubei, trapaceei, menti e batalhei meu caminho da sarjeta até o topo para ver tudo ser desfeito agora por um fantasma do meu passado – resmungou Publio, cujas feições, naquele momento, teriam assustado os ricos clientes e as donzelas que compravam peças de seda e colares de pérola em suas diversas tendas. Mas quando reencontrou Conan pouco depois, trazendo nas próprias mãos uma bandeja com frutas e carnes, apresentava um rosto plácido para seu indesejável convidado.

Conan ainda estava na janela, admirando as velas púrpuras, carmesins, escarlates e vermelhas da frota de galeões, naus, caravelas e navios na baía.

– Lá está uma galera stygia, se não estou cego – ele apontou para um barco negro longo, baixo e delgado, separado dos demais e ancorado ao largo da praia que fazia uma curva no distante promontório. – Há paz, então, entre a Stygia e Argos?

– Do mesmo tipo que existia antes – respondeu Publio. – Portos stygios estão abertos temporariamente para nossos navios, assim como os nossos para os deles. Mas que nenhuma de minhas naus encontre suas galeras amaldiçoadas fora da vista da terra! Aquela galera chegou à baía na noite passada. O que seus mestres desejam, eu não sei. Pois eles não compraram nem venderam. Eu não confio naqueles demônios de pele escura. A traição nasceu naquela terra.

– Eu já os fiz gemer – disse Conan, saindo da janela. – Em minha galera, tripulada por corsários negros, arrastei-me na calada da noite até os próprios bastiões dos castelos do mar de Khemi, com seus muros negros, e queimei os galeões ancorados lá. Aliás, falando de traição, meu anfitrião, sugiro que você experimente essas iguarias e beberique um pouco deste vinho, apenas para me mostrar que seu coração está do lado certo.

Publio cumpriu tão prontamente o pedido que as suspeitas de Conan desapareceram e, sem mais hesitação, sentou-se e devorou o suficiente para saciar três homens.

Enquanto comia, homens moviam-se pelos mercados e ao longo do cais, buscando um zíngaro que tivesse uma joia para vender ou que buscasse um navio para levá-lo a portos estrangeiros. Um homem alto e magro, com uma cicatriz em sua têmpora, sentou-se, com os cotovelos sobre uma mesa manchada de vinho, em um porão sujo, com uma lanterna de bronze pendurada em uma haste, esfumaçada acima da cabeça, e conversava com bandidos desesperados cujo sinistro semblante e roupas esfarrapadas denunciavam seu ofício.

Quando surgiram as primeiras estrelas, elas piscaram sobre um estranho bando esporando suas montarias ao longo da estrada que levava de Messantia para o oeste. Eram quatro homens encapuzados, altos e delgados, trajados com mantos negros. Não falavam nada, só forçavam seus corcéis impiedosamente para seguir adiante. Os animais eram magros como eles próprios, manchados de suor e cansados de uma longa viagem e distante peregrinação.

CAPÍTULO 14

A mão negra de Set

CONAN DESPERTOU DE UM CURTÍSSIMO SONO E, tão rápido e arisco como um gato, levantou-se antes que o homem que o havia tocado pudesse sequer se afastar.

– Que notícias me traz, Publio? – perguntou Conan. A lamparina dourada queimava fraca, jogando uma luz branda sobre as grossas tapeçarias e os caros revestimentos do sofá no qual repousava. O mercador, recuperando-se do susto devido à súbita reação de seu hóspede, deu-lhe informações.

– O zíngaro foi localizado. Chegou ontem, ao amanhecer, e poucas horas atrás queria vender a estranha joia para um mercador shemita, que não quis nada com ele. Os homens dizem que o comerciante empalideceu, por trás de sua barba negra, ante a visão do objeto, fechou sua barraca e saiu correndo como se fugisse de algo amaldiçoado.

– Tem que ser Beloso – disse Conan ansioso, sentindo o pulsar em suas têmporas.

– Onde ele está agora?

– Dormindo na pousada de Servio.

– Conheço aquele local dos tempos passados – murmurou Conan. – Melhor me apressar antes que algum ladrão de beira-mar corte a garganta dele para ficar com a joia.

Conan apanhou seu manto, jogou-o sobre os ombros e vestiu um capacete que Publio lhe havia lhe arrumado.

– Peça para aprontarem meu garanhão no pátio – ordenou. – Pode ser que eu volte com pressa. Não esquecerei esta noite de trabalho, Publio.

Logo depois, Publio, parado em frente a uma pequena porta externa, observava a figura alta do rei descer a rua escura.

– Até breve, corsário – sussurrou o mercador. – Essa deve ser uma joia notável para ser procurada por um homem que acabou de perder um reino. Gostaria de ter pedido aos meus lacaios para deixá-lo a salvo até que completasse o trabalho, mas algo poderia dar errado. Que Argos se esqueça de Amra e que meus negócios com ele sejam enterrados no pó do passado. Na viela atrás da casa de Servio é onde Conan deixará de ser um perigo para mim.

A pousada suja e de péssima fama ficava próxima ao cais, de frente para o mar. Era uma construção malfeita de pedras com pesadas hastes de navios, em uma viela estreita. Ao chegar à casa, Conan teve uma sensação de desconforto, sentindo-se observado. Perscrutou as sombras das construções esquálidas, mas nada viu, apesar de ter escutado um som, quase imperceptível, de roupa ou couro raspando contra a carne. Mas não se tratava de algo estranho. Ladrões e mendigos proliferavam naquela parte da cidade durante a noite inteira, mas era improvável que o atacassem após uma olhadela no seu tamanho e vestimenta.

Mas, de repente, uma porta foi aberta na parede à sua frente, e Conan deslizou para baixo de um arco. Uma figura suspeita moveu-se sob o batente, não furtivamente, mas com um silêncio natural, como o dos animais da floresta. Havia luz suficiente para delinear a silhueta do homem que desceu a rua. O estranho era stygio. Mesmo sem o luar, não havia como confundir aquela cabeça raspada e rosto de falcão, nem o manto que usava sobre os ombros largos. Quando passou em direção à praia, Conan supôs que estivesse carregando uma lanterna entre suas bugigangas, pois capturou um brilho suave de luz no momento em que o homem dobrava a viela.

O cimério esqueceu-se do stygio ao notar que a porta da casa ficou aberta. Conan pretendia entrar pela porta principal e forçar Servio a mostrar-lhe em qual quarto Beloso dormia, mas seria muito melhor entrar sem atrair a atenção de ninguém.

Em poucos passos alcançou a porta e, ao tocar na maçaneta, com seus dedos treinados entre os ladrões de Zamora, percebeu que a fechadura fora arrombada. A forte pressão tinha retorcido e entortado os pesados trincos de ferro, separando os próprios soquetes das ombreiras da porta. Como tal ação poderia ter sido praticada tão violentamente sem despertar a vizinhança, Conan não conseguia imaginar, mas tinha certeza de que aquilo acontecera naquela noite. Uma tranca quebrada, se descoberta, não seria deixada sem conserto naqueles arrabaldes cheios de ladrões e assassinos.

Conan entrou, de punhal na mão, perguntando-se como faria para encontrar o quarto do zíngaro. Tateando na penumbra, deteve-se e, como uma fera selvagem, pressentiu a morte naquela sala, não como uma ameaça à sua vida, mas,sim, o cheiro de alguém assassinado, ainda com o sangue quente. Na escuridão seu pé tocou e recolheu-se instintivamente ao sentir alguma coisa pesada e imóvel. Tateou pela parede até encontrar a prateleira que apoiava a lâmpada de bronze, com sua pederneira, aço e combustível logo ao lado. Alguns segundos depois, uma luz trêmula espalhou-se e ele observou atentamente ao seu redor.

Um beliche encostado na parede de pedra, uma mesa lisa e um banquinho completavam a mobília do quarto, que tinha uma portinhola interna trancada. No chão sujo e batido jazia Beloso. Deitado de costas, com a cabeça puxada para trás, parecia olhar para as vigas cheias de fuligem e teias de aranha do teto. Seus lábios estavam escancarados, com os dentes à mostra, num sorriso de agonia. Sua espada caída perto dele, ainda na bainha. A camisa tinha sido aberta e em seu peito musculoso havia a impressão de uma mão negra, o dedão e quatro dedos claramente distintos.

Conan observou em silêncio, sentindo um arrepio na nuca.

– Crom! – ele exclamou. – A mão negra de Set!

Ele tinha visto uma nódoa daquele tipo há muito tempo; era a marca da morte dos sacerdotes negros de Set, o culto sombrio que tinha governado a tenebrosa Stygia. Subitamente lembrou-se do lampejo que vira antes do misterioso stygio desaparecer.

– O Coração de Ahriman! Por Crom! – ele resmungou. – Ele o carregava por baixo do manto depois de roubá-lo. Foi ele quem arrebentou a porta da pousada com magia e matou Beloso. Era um sacerdote de Set!

Uma rápida investigação confirmou suas suspeitas. A joia não estava junto ao corpo do zíngaro. Um sentimento de inquietação de que aquilo não tinha sido acaso, mas, sim, premeditado, brotou em Conan, agora convicto de que a misteriosa galera stygia, atracada no porto, veio a Messantia com uma missão bem determinada. Como os sacerdotes de Set sabiam que o Coração rumara para o sul? Ainda assim, o pensamento não era mais fantástico do que a necromancia que poderia matar um homem armado com o simples toque de uma mão vazia.

Uma pisadela furtiva do lado de fora colocou-o em alerta, como se fosse um felino na hora do bote. Com um movimento apagou a luz da lâmpada e sacou sua espada, enquanto seus ouvidos lhe diziam que homens estavam cercando a entrada da casa. Acostumando seus olhos à escuridão repentina, conseguiu delimitar os contornos de figuras sombrias anelando a entrada. Não poderia adivinhar a identidade deles, mas, como sempre, tomou a iniciativa, e partiu para o ataque.

A arremetida surpreendeu os atacantes e, durante a confusão, Conan percebeu que havia uma figura mascarada delineada pela luz das estrelas. A espada do bárbaro abriu caminho, e ela fugiu pela ruela, antes que a ação vagarosa de seus atacantes pudesse interceptá-lo.

Enquanto corria, escutou um fraco ruído de remos na água e, esquecendo o bando que o perseguia, virou para o lado da praia. Um barco singrava para dentro da baía. Cerrando os dentes e aguçando a audição, escutou o raspar e ranger de cordas, o trabalho árduo e grande movimento sobre o piso de madeira.

Nuvens carregadas vindas do mar apagavam as estrelas. Na treva suprema, Conan apertava os olhos, mirando a agitada água negra. Algo movia-se ao longe, uma forma densa e baixa que avançava na escuridão. Chegou aos seus ouvidos o estalido ritmado de remos compridos. Ele pressionou os dentes numa fúria desamparada, e concluiu que a galera stygia partia para o mar, levando consigo a joia que significava o trono de Aquilônia.

Após rogar uma maldição, deu um passo na direção das ondas, pensando em arrancar sua vestimenta de cavaleiro para nadar até o navio que zarpava. Mas o barulho de passos na areia causou nova mudança de estratégia. Ele se esquecera de seus perseguidores, e foi cercado pelo bando.

O primeiro caiu diante da espada do cimério, mas os outros não vacilaram. Lâminas brandiram nas trevas, passando perto do seu corpo ou raspando sua malha. Sangue e entranhas espirraram depois de um grito lancinante quando o cimério desferiu um golpe fatal de baixo para cima. Uma voz que murmurou estimulando o ataque soou vagamente familiar para Conan. Um facho de luz suave e momentâneo, através das nuvens, mostrou-lhe um homem magro e alto, com uma grande cicatriz na têmpora. A espada de Conan tosquiou o adversário, como se cortasse ao meio um melão maduro.

Então. um machado, brandindo cegamente no escuro, golpeou o elmo do rei, enchendo seus olhos de faíscas. Numa guinada, jogou-se para a frente, sentiu sua espada penetrar fundo e ouviu um grito de agonia. Em seguida, tropeçou sobre um cadáver quando um novo golpe arrancou-lhe o capacete e, no instante seguinte, um cassetete acertou seu crânio desprotegido.

O rei da Aquilônia dobrou-se nas areias úmidas. Sobre si, figuras lupinas eram pintadas na escuridão.

– Corte a cabeça dele – murmurou um.

– Deixe-o – grunhiu outro. – Ajude-me a estancar minhas feridas antes que eu sangre até morrer. A maré irá levá-lo para a baía. Veja, ele caiu na beira da água. Seu crânio foi partido; nenhum homem poderia viver após um golpe como esse.

– Ajude-me a despi-lo – disse outro. – Sua armadura deve valer algumas peças de prata. Tiberio está morto, e escutei homens do mar cantando enquanto passavam o carretel ao longo da costa. Vamos embora daqui.

Seguiu-se o som de passos voltando apressadamente, e a cantaria bêbada dos pescadores ficou mais alta.

Em seu quarto, Publio andava de um lado para o outro, diante das janelas, quando girou sobre os calcanhares, com os nervos formigando. Tinha certeza de que a porta fora fechada por dentro, mas agora estava aberta, com quatro homens entrando no recinto. Diante daquela visão, Publio estremeceu. Já tinha visto muitos seres estranhos em sua vida, mas ninguém como eles. Eram altos e magros, vestindo mantos negros, e seus rostos eram ovais e amarelados sob a sombra das toucas. Não podia dizer muito sobre suas características, e até ficou feliz com isso. Cada um portava um bastão longo e curiosamente moldado.

– Quem são vocês? – ele perguntou, e sua voz soou oca e frágil. – O que querem aqui?

– Onde está Conan, aquele que era o rei da Aquilônia? – exigiu o mais alto dos quatro em um tom de voz monocórdio e sem vida que fez Publio ficar ainda mais assustado. Era como o tom vazio do sino de um templo de Khitai.

– Não sei o que quer dizer – gaguejou o comerciante, abalado pelo aspecto inquietante dos visitantes. – Não conheço tal homem.

– Ele esteve aqui – retornou o outro, sem mudar a inflexão. – Seu cavalo está no pátio. Diga-nos onde ele foi antes que lhe causemos algum mal.

– Gebal! – gritou Publio freneticamente, agachado contra a parede. – Gebal!

Os quatro de Khitai observaram-no sem emoção.

– Se você chamou seu escravo, ele vai morrer – avisou um deles, o que serviu para definitivamente aterrorizar Publio.

– Gebal! – ele gritou. – Onde está você, maldito? Ladrões vão matar seu mestre!

Passos rápidos no corredor, e Gebal pulou para dentro do quarto. Era um shemita de estatura média e constituição poderosa, uma barba negra eriçada, e a espada curta, porém larga e afiada, na mão.

Com um deslumbramento estúpido, olhou para os quatro invasores, incapaz de entender a presença deles. Lembrou-se de que dormira inexplicavelmente na escada que vigiava e pela qual eles deveriam ter passado. Ele jamais tinha dormido em serviço antes. Após mais gritos histéricos do seu mestre, o shemita investiu como um touro contra o quarteto, mas seu braço musculoso preparou um golpe que jamais foi dado.

Sob mangas negras, um dos estranhos apenas estendeu o braço, tocando o longo bastão no peito do shemita. O golpe foi horrível como o bote de uma serpente.

Gebal congelou no ar, como se tivesse encontrado uma sólida barreira. Sua cabeça de touro caiu na frente do peito, a espada escorregou dos dedos e, então, ele deslizou para o chão. Parecia que todos os ossos de sua estrutura subitamente tinham se tornado flácidos. Publio empalideceu.

– Não grite novamente – avisou o mais alto. – Seus servos dormem um bom sonho, mas se os acordar, morrerão, e você com eles. Onde está Conan?

– Ele partiu para a casa de Servio, próximo ao cais, para buscar o zíngaro Beloso – ofegou Publio, sem nenhum poder de resistência. O mercador não carecia de coragem, mas os visitantes transformaram seu tutano em água. Ele parou ante um ruído de passos correndo pela escada de sua casa.

– Seu servo? – perguntou o khitaniano.

Publio balançou a cabeça, mudo. Com a língua grudada no palato, não conseguia falar.

Um dos homens apanhou uma capa dourada sobre o sofá e cobriu o cadáver, antes de todos se esconderem atrás das tapeçarias, e lançou uma advertência:

– Fale com esse homem que vem aí e o dispense rapidamente. Se tentar alguma traição, nem ele nem você viverão para chegar até aquela porta. Não lhe diga que não está sozinho – depois de erguer sugestivamente sua lança, o homem amarelo desapareceu atrás das cortinas.

Morrendo de medo, Publio suprimiu um desejo de vomitar. Podia ser um truque da luz, mas parecia-lhe que aqueles bastões se moviam por vontade própria, como possuídos por uma vida inominável que lhes pertencia.

Ele se recompôs, com muito esforço, e apresentou um aspecto composto ao rufião esfarrapado que chegava ao quarto.

– Fizemos conforme ordenou, meu senhor – exclamou o homem. – O bárbaro está morto nas areias à beira da água.

Publio sentiu um movimento no pano atrás de si, e quase explodiu de pavor antes de o homem prosseguir.

– Seu secretário, Tiberio, está morto. O bárbaro o matou e quatro de meus companheiros. Entregamos seus corpos para as ondas. Não havia nada de valor com o bárbaro, exceto algumas moedas de prata. Há outras ordens?

– Nenhuma! – ofegou Publio, com os lábios esbranquiçados. – Pode ir!

O esfarrapado curvou-se e saiu apressadamente, pensando que Publio era tanto um homem de poucas palavras quanto de estômago fraco.

Os quatro khitanianos saíram de trás das tapeçarias.

– De quem esse homem falava? – perguntou o mais alto.

– De um vagabundo estrangeiro que me prejudicou – respondeu Publio.

– Você mente – disse o estranho calmamente. – Ele falava do rei da Aquilônia. Eu li em sua expressão. Sente-se naquele divã, não se mova nem fale. Permanecerei contigo enquanto meus três companheiros irão procurar o corpo.

Publio obedeceu e tremeu com terror da figura silenciosa e inescrutável que o vigiava. Quando os três khitanianos retornaram à casa com a notícia de que o corpo de Conan não estava na praia, Publio não sabia se deveria sentir pesar ou alegria.

– Encontramos o local da luta – eles disseram. – Havia sangue na areia. Mas o rei desapareceu.

Sob a luz da lamparina, o quarto khitaniano desenhou símbolos no carpete com sua lança.

– Vocês não leram nada nas areias? – perguntou.

– Sim – eles responderam. – O rei está vivo e partiu para o sul em um navio.

O khitaniano alto levantou a cabeça e olhou para Publio, fazendo o mercador começar a suar em profusão.

– O que querem de mim? – ele gaguejou.

– Um navio – respondeu o homem. – Um navio bem equipado para uma longa viagem.

– Quão longa? – perguntou Publio, sem pensar em recusar.

– Até o fim do mundo, talvez – respondeu o khitaniano. – Ou até os mares fundidos do inferno que ficam além da linha do horizonte.

CAPÍTULO 15

O retorno do corsário

A PRIMEIRA SENSAÇÃO DE CONAN AO RECOBRAR parcialmente os sentidos foi a de oscilações. Embaixo dele não havia solidez, mas um incessante subir e descer. Então, escutou ventos zumbindo através de cordas e mastros, e soube que estava a bordo de um navio mesmo antes de sua vista enevoada clarear. Ouviu o murmúrio de vozes e um balde de água inundou suas narinas, trazendo-o à plena consciência. Levantou-se com uma maldição sulfurosa, apoiou-se sobre as pernas e olhou ao redor, ouvindo uma explosão de gargalhadas grosseiras e sentindo o fedor de corpos sujos.

Estava na popa de uma grande galera navegando no açoite do vento norte. A vela listrada formava uma barriga pelo tecido esticado, e o sol levantava-se num deslumbrante espetáculo dourado, azul e verde. À esquerda o litoral era uma sombra púrpura escura. À direita, o mar aberto. Tudo isso Conan viu numa olhadela, incluindo o próprio navio.

Era longo e estreito, um típico barco de comércio das costas do sul, com tombadilho e popa altos, e cabines em cada extremidade. Conan identificou o odor nauseante, abominável, que ele conhecia desde tempos remotos. Era o cheiro de remadores, acorrentados aos seus bancos no porão que ficava no centro um nível abaixo. Todos negros, quarenta homens de cada lado, confinados por uma corrente trancada na altura da cintura, com a outra extremidade ligada a um pesado anel preso na viga sólida, que corria entre as bancadas de mastro a mastro.

A vida de um escravo, a bordo de uma galera argoseana, era um inferno incomensurável. A maioria era kushita, mas cerca de trinta negros, que agora descansavam em seus remos ociosos e encaravam o estranho com parva curiosidade, eram das distantes ilhas do sul, o lar dos corsários. Conan os reconheceu pelos seus traços retos e, claro, pela constituição esguia de seus membros. Também viu no amontoado de gente homens que o seguiram em tempos passados.

Tudo o que viu em um piscar de olhos enquanto se levantava ocorreu antes de voltar sua atenção para as figuras que o cercavam. Retrocedendo um pouco ao ficar de pé e cerrar os punhos, fitou as figuras aglomeradas no convés. Ao seu lado, o navegador que o acordara ainda sorria, segurando o balde vazio. Conan amaldiçoou-o venenosamente, buscando por instinto o cabo de sua espada, mas descobriu que estava desarmado e nu, exceto por sua tanga de couro.

– Que porcaria de banheira é esta? – ele rugiu. – Como vim parar a bordo?

Os marujos, homens barbados de Argos, riram zombeteiramente. Um deles, cujas vestes ricas e ar de comando proclamavam-no como sendo o capitão, cruzou os braços e respondeu:

– Encontramos você caído na areia. Alguém golpeou sua cabeça e roubou suas roupas. Decidi trazê-lo para cá porque precisamos de um homem extra.

– Que navio é este? – perguntou Conan.

– O Venturer, vindo de Messantia, com uma carga de espelhos, mantos de seda escarlates, escudos, capacetes dourados e espadas para trocar com os shemitas por cobre e ouro bruto. Eu sou Demétrio, capitão desta nau e seu senhor daqui por diante.

– Então, no final das contas, estou indo na direção que queria – murmurou Conan, sem se importar com o último comentário do capitão.

Eles seguiam para o sul, contornando a longa curva da costa argossiana. Aqueles navios de comércio jamais se aventuravam longe da linha costeira. Em algum lugar adiante, Conan sabia que um navio da Stygia, de corpo baixo, estava acelerando no mesmo rumo.

– Você viu uma galera stygia... – Conan arriscou, mas a barba do corpulento capitão de rosto brutal se arrepiou. Ele não tinha o menor interesse em qualquer pergunta que seu prisioneiro pudesse fazer, e achou que já era hora de colocar aquele vagabundo no seu devido lugar.

– Em frente! – ele rosnou. – Já perdemos tempo demais com você! Fiz o favor de trazer-lhe até a popa para ser revivido e já respondi o suficiente de suas perguntas infernais. Saia daqui agora! Você irá trabalhar a bordo desta galera.

– Comprarei seu navio... – insistiu Conan, antes de se dar conta de que era um viajante sem um centavo, e novamente ser alvo de zombaria da tripulação. O capitão, porém, ficou corado, pensando no ridículo daquela situação.

– Porco rebelde! – ele berrou, dando um passo ameaçador à frente, enquanto pegava a faca em seu cinto. – Saia daqui antes que eu lasque o chicote! Mantenha sua boca fechada, ou, por Mitra, farei que seja acorrentado entre os negros para remar!

O temperamento vulcânico de Conan, nunca submisso, entrou em erupção. Fazia anos, mesmo antes de se tornar rei, que um homem tinha falado com ele daquela forma e continuado vivo.

– Não erga a voz para mim, cão do mar! – ele ordenou numa voz tão tempestuosa quanto o vento náutico, enquanto os marinheiros olhavam estupefatos, com a boca aberta. – Saque este brinquedo para mim e você vai virar comida para os peixes!

– Quem você pensa que é? – ofegou o capitão.

– Vou mostrar-lhe! – urrou o cimério enlouquecido, dando meia-volta e indo em direção à grade onde armas estavam penduradas em suportes. O capitão sacou a faca e investiu, mas antes que pudesse golpear, Conan agarrou seu punho e, com um simples golpe, entortou-lhe o braço, arrancando-o do encaixe. O capitão gritou como boi em agonia e rolou pelo convés, arremessado com desprezo por seu atacante. Conan pegou um machado da bancada e virou-se como um felino, pronto para a luta. Os marujos choveram sobre ele, latindo como cães, desajeitados e inábeis em comparação ao cimério, que se movia como uma pantera e se esquivava dos golpes de faca, girando sua arma para a direita e a esquerda com tamanha rapidez, que os olhos não conseguiam seguir. Sangue e miolos borrifaram na madeira quando tombaram os dois primeiros corpos.

Lâminas se agitaram no ar, sem nunca acertar o alvo, e Conan irrompia no meio dos homens ofegantes, que tropeçavam uns nos outros, alcançando a estreita ponte entre a popa e a proa, que ficava em cima dos escravos presos. A marujada, intimidada com a morte de seus companheiros, hesitou, mas, atrás dele, surgiu o resto da tripulação, em torno de trinta homens, que veio correndo pela ponte de armas nas mãos. Conan parou sobre a plataforma, firme e inabalável, logo acima das cabeças dos negros acorrentados, com o machado erguido e a juba negra soprada pelo vento.

– Quem sou eu? – ele vociferou. – Olhem, cães! Olhem, Ajonga, Yasunga, Laranga! Quem sou eu?

Do porão, veio um grito que foi se repetindo até se tornar um rugido sem fim.

– Amra! É Amra! O leão retornou!

Os marinheiros, que entenderam o peso e o terrível significado daquele berreiro, empalideceram e recuaram, observando com temor a selvagem figura que dominava a ponte. Seria verdade que aquele era o pirata mais cruel e sanguinário dos mares do sul? Que desaparecera misteriosamente anos atrás, mas ainda vivia em gloriosas lendas? Os negros agora espumavam de loucura, agitando suas correntes e gritando o nome de Amra sem parar, como uma invocação. Kushitas que jamais tinham visto Conan também entraram no coro. Todos os escravos na pocilga, sob a cabina do capitão, começaram a sovar as paredes, esgoelando-se como amaldiçoados.

Demetrio, apoiando-se ao longo do convés em uma só mão e nos joelhos, lívido de agonia com seu braço deslocado, grunhiu:

– Vão e matem-no cães, antes que os escravos se soltem!

Levados ao desespero por aquelas palavras, que trouxeram à tona o maior pavor de todos os marinheiros, eles tentaram subir na ponte por todos os lados. Como um leão acuado, Conan saltou, pousando com a leveza de um pássaro no piso inferior, entre os bancos dos prisioneiros.

– Morte aos mestres! – ele urrou. O machado ergueu-se e desceu, golpeando os grilhões da manilha, triturando-os como se fossem gravetos. Num instante um escravo ficou livre e, aos gritos, quebrou seu remo para usá-lo como porrete contra os tripulantes que corriam freneticamente na cobertura superior. O Venturer virou o inferno; o machado de Conan subia e descia sem pausa. A cada golpe, um gigante negro, gritando e espumando, libertava-se, louco de ódio e com a fúria da vingança.

Marinheiros pularam para baixo, tentando conter o gigante branco seminu, que, possuído, talhava as manilhas. Foram sufocados pelas mãos dos escravos, que ainda não tinham sido soltos, e por outros que já usavam correntes partidas como açoite. Numa torrente cega, os negros atacaram, gritando demoniacamente, esmagando os inimigos com remos quebrados e pedaços de ferro, rasgando-os e os despedaçando com unhas e dentes. No meio da batalha, os escravos na pocilga sob a cabina quebraram as paredes e ganharam o convés. Com cinquenta negros libertados de seus bancos, Conan abandonou a tarefa de cortar ferro e retornou à ponte para somar seu machado entalhado aos porretes de seus companheiros.

Foi um massacre. Os argoseanos eram fortes, robustos, destemidos como todos de sua raça, treinados na escola brutal do mar. Mas não podiam fazer frente ao grupo de gigantes ensandecidos liderados pelo bárbaro selvagem. Maus-tratos, abusos e sofrimento infernal foram vingados. Uma avalanche de fúria vermelha assolou como um tufão o navio de uma ponta a outra. Terminado o tumulto, somente um homem branco estava vivo a bordo do Venturer. Era Conan, todo pintado de sangue a quem os negros, cantando, cercavam no convés escarlate. A multidão dançava e batia a cabeça contra a madeira em êxtase de adoração ao seu herói.

Conan, com o peito arfando e brilhando de suor, o machado vermelho apertado na mão, olhou em volta, como o primeiro dos homens deve tê-lo feito em algum amanhecer primordial, e sacudiu sua juba negra. Naquele momento, ele não era rei da Aquilônia, mas o senhor dos corsários negros, que abrira seu caminho para o domínio através de chamas e sangue.

– Amra! Amra! – cantavam os negros que sobreviveram à carnificina, em ritmo delirante. – O Leão retornou! Agora os stygios uivarão como cães na noite! Os cães negros de Kush gemerão! Agora as vilas queimarão em chamas e navios vão naufragar! Sim, haverá o pranto das mulheres e o trovão das lanças!

– Parem com este falatório, cães! – Conan ordenou com uma voz que afogou o estrondo das velas ao vento. – Dez de vocês desçam e libertem os remadores que ainda estão acorrentados. O resto guarneça a área, e preparem os remos. Demônios de Crom, não viram que ficamos à deriva durante a luta? Vocês querem encalhar na costa e ser recapturados pelos argoseanos? Joguem ao mar essas carcaças. Vamos com isso, patifes, ou entalharei seus couros!

Com gritos e risadas, mas ainda em cantoria selvagem, eles obedeceram o chefe. Os cadáveres, brancos e negros, foram rolados para fora, onde barbatanas triangulares já estavam cortando as águas.

Conan ficou na popa, testa franzida para os negros que o observavam em expectativa. Seus braços bronzeados estavam cruzados, o cabelo negro, crescido ao longo de suas andanças, secava ao vento. Uma figura mais bárbara e selvagem jamais trilhara a ponte de comando daquele navio. Em sua ferocidade de corsário, poucos de seus conterrâneos da Aquilônia teriam reconhecido seu rei.

– Há comida na dispensa – ele rosnou. – Existem armas suficientes para todos, pois este navio levava lâminas e armaduras para os shemitas, que vivem ao longo da costa. Há o bastante de nós para trabalhar no navio, sim, e para lutar! Vocês remaram acorrentados para os cães de Argos! Remarão agora como homens livres por Amra?

– Sim! – eles bradaram. – Somos seus filhos! Lidere-nos para onde quiser!

– Já para baixo, e limpem esta galera – ele ordenou. – Homens livres não trabalham nessa imundice. Três de vocês venham comigo e peguem a comida que há na cabina do comandante. Por Crom, vou engordar suas costelas antes que este cruzeiro termine!

Outro brado de aprovação antecedeu a correria dos negros, famintos e loucos para cumprir a ordem. Com força renovada, a vela foi esticada no mastro quando o vento varreu as ondas, e as cristas esbranquiçadas dançavam no rastro da galera. Conan plantou os pés na plataforma do convés, respirou profundamente e abriu os braços. Podia não ser mais o senhor da Aquilônia, mas ainda era rei dos oceanos.

CAPÍTULO 16

As muralhas negras de Khemi

O VENTURER VELEJOU PARA O SUL, COM OS REMOS agora em mãos livres. Tinha sido transformado de pacífico navio mercante em galera de guerra, na medida do possível. Homens sentavam-se nos bancos com espadas ao lado e capacetes dourados na cabeça. Escudos foram pendurados nos corrimãos, feixes de lanças, arcos e flechas adornavam o mastro. Até mesmo os elementos da natureza trabalhavam a favor de Conan; a larga vela púrpura fazia barriga ao ser soprada por uma brisa contínua, um dia após o outro, precisando de pouca ajuda dos remadores.

Embora Conan mantivesse um homem de vigia no mastro diuturnamente, ninguém avistou uma galera longa e baixa fugindo para o sul à frente do Venturer. Dia após dia as águas azuis ondulavam vazias, cortadas apenas por barcos de pescadores, que fugiam como bichos assustados ao ver tantos escudos e armas brilhando no navio. Como a estação de trocas estava praticamente encerrada naquele ano, havia poucas galeras cruzando o mar.

Quando o sentinela viu uma vela, era ao norte, não ao sul. Na linha do horizonte, atrás deles, apareceu uma galera de corrida, com sua lona púrpura plenamente estirada. Os negros pediram que Conan fizesse meia-volta para saqueá-la, mas ele negou. Em algum lugar ao sul, uma embarcação negra e delgada viajava em direção aos portos da Stygia. Antes de cair o crepúsculo, um último lampejo mostrou ao vigia a galera de corrida e, ao amanhecer, ela ainda estava pendurada em seus rabos, distante, minúscula ao longe. Conan perguntou-se se estava sendo seguido, apesar de não conseguir pensar em nenhum motivo lógico para tal suposição, e deu pouca atenção para o fato.

A impaciência enchia o cimério a cada dia. Dúvidas nunca o assaltavam. Assim como acreditava no nascer e no pôr do sol, acreditava que um sacerdote de Set roubara o Coração de Ahriman. E para onde um sacerdote de Set o levaria senão para a Stygia? Os negros sentiam a irritação de Conan, e labutaram como jamais o fizeram, mesmo sob a chibata, apesar de ignorarem os motivos de sua busca. Os corsários só esperavam uma sucessão de pilhagens para ficar mais contentes. Os homens das ilhas do sul não conheciam outro modo de vida, e os kushitas da tripulação juntaram-se de coração aberto, e com a peculiar insensibilidade de sua raça, ao projeto de saquear seu próprio povo. Laços de sangue tinham pouco significado; um chefe de salteadores vitorioso e fortuna pessoal tinha muito.

Logo o cenário da linha costeira mudou, trocando os rochedos íngremes, com colinas e escarpas, por uma margem contornada de amplas campinas, que mal se levantavam acima do nível do mar e desapareciam na distância nebulosa. Havia poucos ancoradouros e portos, mas a planície verde era pontilhada pelas povoações shemitas. Mar azul, dobrando na borda das planícies verdes, e os zigurates das cidades brilhando alvos sob o sol, além de alguns templos pequenos ao longe.

Pelos campos de pasto moviam-se rebanhos de gado e cavaleiros atarracados, de ombros largos, com capacetes cilíndricos e barbas azuis encaracoladas, trazendo arcos em suas mãos. Essa era a margem das terras de Shem, onde não havia lei, já que cada cidade-estado podia impor sua própria norma. Muito ao leste, Conan sabia que as pradarias davam lugar a um deserto, onde não existiam cidades e as tribos nômades vagavam sem oposição.

Depois, já não velejavam mais diante de um panorama pontilhado de povoados, o quadro finalmente voltava a mudar. Moitas de tamarindo surgiram, as palmeiras ficaram mais densas. A costa tornou-se mais fragmentada, com uma muralha de folhagem verde e árvores e, atrás delas, erguiam-se lisas colinas de areia. Córregos desaguavam no mar, e ao longo de suas margens vegetação úmida crescia grossa e em grande variedade.

Então, finalmente eles passaram pela boca de um largo rio, que despejava seu fluxo no oceano, e viram as grandes paredes e torres negras de Khemi levantarem-se na linha sul do horizonte.

O rio era o Styx, a verdadeira fronteira da Stygia, onde Khemi despontava como seu maior porto e, na época, sua cidade mais importante. O rei já tinha vivido em Luxur, que era mais antiga, e sabia que em Khemi reinava o sacerdócio, embora muitos dissessem que o centro de sua religião negra ficava mais ao interior, em uma misteriosa e deserta cidade próxima às margens do Styx. Aquele rio, nascendo de alguma fonte obscura nas desconhecidas terras ao sul da Stygia, corria para o norte por mil milhas antes de fazer uma curva e fluir em direção oeste por mais algumas centenas de milhas, até finalmente acabar no mar.

O Venturer, com as luzes apagadas, passou pelo porto durante a noite e, antes da alvorada, ancorou em uma pequena baía, poucas milhas ao sul da cidade. Estava cercado por brejo, um emaranhado verde de manguezais, palmeiras e lianas, repleto de crocodilos e serpentes. Era extremamente improvável que fosse descoberto. Conan conhecia o local porque já se escondera lá antes, em seus dias de corsário.

Quando deslizaram silenciosamente pelo porto de Khemi, cujos grandes bastiões negros erguiam-se sobre os dentes salientes da terra, que bloqueavam o ancoradouro, tochas brilharam luridamente, e aos seus ouvidos chegou o ruído grave de tambores. O porto não estava cheio de navios, como ocorria em Argos. Os stygios não baseavam seu poder e glória em frota. Na verdade, tinham barcos de escambo e galeras de guerra, porém, não proporcionalmente à sua força terrestre. Muitas das embarcações dobravam o grande rio para cima e para baixo, em vez de seguirem pela costa marítima.

Os stygios eram uma raça antiga, um povo sombrio e inescrutável, poderoso e impiedoso. Tempos atrás, sua governança alastrara-se muito ao norte do Styx, além das campinas de Shem, e para dentro das férteis terras altas agora habitadas pelos povos de Koth, Ophir e Argos. Suas fronteiras expandiram-se junto com aquelas da antiga Acheron. Mas Acheron caiu, e os ancestrais bárbaros dos hiborianos vieram do sul, vestindo peles de lobo e capacetes caseiros, e varreram os antigos governantes do lugar. Os stygios nunca se esqueceram disso.

O Venturer ficou o dia inteiro ancorado na pequena baía, escondido por galhos verdejantes e cipós emaranhados por onde voavam pássaros com plumas de cores vivas e voz alta e deslizavam répteis silenciosos e repugnantes. Perto do pôr do sol, um pequeno barco fluiu para fora da nau e desceu a costa, buscando e encontrando o que Conan desejava: um pescador stygio em seu bote raso e de proa plana.

Foi levado ao deque do Venturer, um homem alto, escuro e bem constituído, pálido de medo de seus captores, que eram considerados verdadeiros ogros naquela região costeira. Ele usava roupas de seda, pois, assim como os hirkanianos, até mesmo as pessoas comuns e escravos vestem seda na Stygia; e em seu bote havia um manto largo, que os pescadores atiram sobre os ombros para se proteger do frio da noite.

Ele caiu de joelhos diante de Conan, esperando tortura e morte.

– Fique de pé, homem, e pare de tremer – disse o cimério impaciente, pois achava difícil entender tal abjeto terror. – Você não será ferido. Apenas me diga se uma galera de corrida negra, retornando de Argos, aportou em Khemi nos últimos dias.

– Sim, meu senhor – respondeu o pescador. – Somente ontem ao amanhecer o sacerdote Thutothmes voltou de uma distante viagem ao norte. Dizem que ele esteve em Messantia.

– O que ele trouxe de lá?

– Ai de mim, senhor, eu não sei.

– Por que ele foi a Messantia? – inquiriu Conan.

– Não, meu senhor, não sou nada além de um humilde pescador. Quem sou eu para saber dos assuntos dos sacerdotes de Set? Só posso falar sobre aquilo que vi e o que escutei sussurrarem ao longo do cais. Os homens dizem que notícias de grande importância vieram do sul, ainda que ninguém saiba quais são elas; e é de conhecimento público que o senhor Thutothmes desceu de sua galera negra com grande pressa. Agora ele está de volta, mas o que fez em Argos, ou que carregamento trouxe consigo, ninguém sabe, nem mesmo os marinheiros que conduziram sua galera. Dizem que Thutothmes se opôs a Thoth-Amon, que é o mestre de todos os sacerdotes de Set e reside em Luxur, e que ele busca poderes diabólicos para destroná-lo. Mas quem sou eu para dizer? Quando sacerdotes guerreiam uns com os outros, um homem comum só pode deitar de bruços e esperar que nada recaia sobre si.

Conan rosnou em exasperação nervosa ante a filosofia servil e voltou-se para sua tripulação:

– Vou para Khemi sozinho para encontrar este ladrão Thutothmes. Mantenham este homem prisioneiro, mas não o machuquem. Demônios de Crom, parem com esses latidos. Vocês acham que podemos navegar até o ancoradouro e tomar a cidade de assalto? Tenho que ir sozinho.

Silenciado o clamor dos protestos, Conan trocou suas roupas com o prisioneiro, calçou as sandálias, vestiu os calções de seda e a faixa de cabelo do prisioneiro, mas desprezou a faca do pescador. Os homens comuns da Stygia não podiam portar espadas, e o manto não era grande o bastante para esconder uma espada, mas o cimério afivelou à cintura uma faca de Ghanta, arma criada pelos ferozes guerreiros do deserto que habitavam ao sul dos stygios, uma lâmina larga, pesada e levemente curvilínea feita do mais fino aço, afiada como uma navalha e longa o suficiente para decepar os membros de um homem.

Deixando o stygio sob a vigilância dos corsários, Conan aproximou-se do bote do pescador.

– Esperem-me até o amanhecer – ele disse. – Se não voltar até então, jamais retornarei, portanto, rumem para o sul em direção aos seus lares.

Quando subiu na amurada, todos lamentaram sua partida, até que ele virou a cabeça para trás, praguejando em silêncio. Então, pulou no bote, apanhou os remos e conduziu a pequena embarcação por sobre as ondas mais rapidamente do que seu próprio dono jamais o fizera.

CAPÍTULO 17

Ele matou o filho sagrado de Set

O ANCORADOURO DE KHEMI FICAVA ENTRE DOIS grandes pontos salientes de terra no oceano. Conan circulou a extremidade ao sul, onde os grandes castelos negros levantavam-se como colinas feitas pelo homem, e entrou na baía em pleno ocaso, quando ainda havia claridade para os vigias reconhecerem o barco e o manto do pescador, mas não o bastante para ver detalhes que poderiam traí-lo. Sem contratempos, singrou no meio das galeras e escolheu um local sem luzes no porto. Foi até um lance de degraus de pedra, que saíam da beirada da água, e amarrou seu barco a um anel de ferro na pedra, assim como numerosas embarcações similares. Não havia nada de estranho deixar seu barco ali. Ninguém além de um pescador poderia encontrar alguma utilidade para tal bote, e eles não roubavam uns dos outros.

Nenhuma pessoa lançou mais do que uma olhadela casual sobre ele enquanto subia os longos degraus, discretamente evitando a fileira de tochas que iluminavam a água escura. Parecia um modesto pescador, voltando de mãos vazias, após um dia infrutífero ao longo da costa. Se alguém o tivesse observado atentamente, perceberia que seu andar era de algum modo demasiado ágil e seguro, sua postura muito ereta e confiante para um homem comum.

Mas ele passou rapidamente, mantendo-se nas sombras, e o povo da Stygia não era mais dado a análises do que as pessoas de raças menos exóticas. Por sua constituição, o cimério não era tão diferente das castas guerreiras dos stygios, que eram altos e musculosos. Bronzeado pelo sol, era quase tão escuro quanto qualquer homem dali. Seu cabelo negro, aparado e amarrado por uma bandana cor de cobre, aumentava a semelhança. As características que o diferenciavam deles eram movimentos sutis na sua forma de andar, seus traços distintos e os olhos azuis.

O manto era um bom disfarce, e Conan mantinha-se o máximo possível nas sombras e virava a cabeça cada vez que um nativo passava próximo demais. Era um jogo desesperado, e ele sabia que não podia manter a discrição por muito mais tempo. Khemi não era como os portos navais dos hiborianos, onde tipos de todas as raças se misturavam. Os únicos estrangeiros ali eram escravos negros e shemitas; e ele se parecia tanto com estes quanto com os próprios stygios. Estranhos não eram bem-vindos nas cidades da Stygia; eram tolerados tão somente quando vinham como embaixadores. Mesmo os mercadores licenciados não podiam permanecer em terra após o anoitecer. E agora não havia sequer navios hiborianos no ancoradouro.

Uma inquietação corria pela cidade, movida por ambições antigas, um murmúrio que ninguém conseguia entender, a não ser aqueles que sussurraram. Isso era algo que Conan sentia muito mais do que sabia, seus afiados instintos primitivos percebendo o desassossego ao seu redor.

Se ele fosse descoberto, seu destino seria pavoroso. Eles o matariam meramente por ser um estrangeiro. Seria melhor nem pensar no que aconteceria se fosse reconhecido como Amra, o chefe dos corsários que tinha varrido suas costas com aço e chamas. Um tremor involuntário contraiu a musculatura dos seus ombros. Não temia inimigos humanos, nem qualquer morte vinda do aço ou fogo, mas aquela era uma terra negra de feitiçaria e horrores inomináveis. Set, a Velha Serpente, como diziam, banida muito tempo atrás pelas raças hiborianas, ainda espreitava nas trevas dos templos crípticos, e horríveis eram as ações realizadas nos santuários ao cair da noite.

Conan havia se afastado das ruas em frente às águas, com seus largos degraus, e adentrara as longas vias escuras da parte principal da cidade. Não havia semelhança alguma com as cidades hiborianas, nada da iluminação de lamparinas e fogaréus, com pessoas vestindo roupas alegres, rindo e passeando pelos pavimentos, lojas e barracas abertas com seus produtos em exposição.

Aqui, as barracas fechavam ao anoitecer. As únicas luzes ao longo das ruas vinham de tochas, brilhando fumacentas em longos intervalos de distância. As pessoas caminhando eram poucas em comparação com uma grande cidade; elas passavam apressadamente, em silêncio, e seu número diminuía na medida em que a hora avançava. Conan achou a cena triste, observando o povo calado, sua pressa furtiva, as enormes paredes pretas de pedra que se levantavam de cada lado da rua. Havia um presságio de mau agouro na arquitetura Stygia, que era opressiva e avassaladora.

Poucas luzes apareciam, exceto nas partes mais altas dos prédios. Conan sabia que muitas pessoas ficavam nos telhados planos, entre as palmeiras de jardins artificiais sob a luz das estrelas. Escutou o sonido de uma estranha música vinda de algum lugar, interrompido por uma carruagem de bronze, que rugiu entre os pavilhões e, em um lampejo, mostrou um nobre alto, rosto de falcão, com manto de seda enrolado, uma bandana dourada e o emblema da cabeça da serpente. Ébano e nu, o cocheiro pressionava sua pernas nodosas contra a tensão dos ferozes cavalos stygios.

Naquele horário, quem ainda andava pelas ruas a pé era gente comum, como mercadores, prostitutas e trabalhadores, mas o movimento caía conforme ele seguia em direção ao templo de Set, onde esperava encontrar o sacerdote que procurava. Acreditava que reconheceria Thutothmes, apesar de tê-lo visto num único vislumbre na escuridão da ruela em Messantia. Não tinha dúvida de que o indivíduo, flagrado ao fugir da pousada de Servio, era o sacerdote que roubara o Coração de Ahriman. Somente ocultistas que haviam subido ao alto dos labirintos do Anel Negro possuíam o poder da mão negra, que causa morte por meio de um simples toque, e apenas um homem assim ousaria desafiar Thoth-Amon, cujo mundo ocidental conhecia unicamente como um mito aterrorizante.

A rua ficou mais larga. Conan sabia que estava entrando na parte da cidade em que ficavam os templos. As grandes estruturas elevavam suas granulações negras contra as estrelas turvas, sombrias, sob o clarão crepitante de poucas tochas. De repente, escutou a voz aguda e apavorada de uma mulher, vinda do outro lado da rua. Uma cortesã nua, vestindo só plumas na cabeça, como as que suas colegas de ofício costumam usar, encolhia-se contra a parede, encarando algo que o cimério não conseguia ver. Imediatamente após o grito da mulher, as poucas pessoas na rua pararam, parecendo petrificadas. No mesmo instante, Conan percebeu algo sinistro, escorregando no canto escuro de uma construção. Primeiro, apareceu uma cabeça hedionda em forma de cunha e, em seguida, espiral após espiral ondulando em um tronco reluzente.

Conan recuou, lembrando-se de histórias que escutara sobre as serpentes sagradas de Set, deus da Stygia, que os homens diziam ser ele próprio uma cobra. Monstros como aquele eram guardados nos templos de Set e, quando tinham fome, vagavam pelas ruas para capturar qualquer presa que desejassem. Seus banquetes medonhos eram considerados um sacrifício ao deus escamoso.

Ali naquela rua os stygios caíram de joelhos, homens e mulheres, e passivamente esperavam por seu destino. Um deles a grande serpente selecionaria, envolveria numa espiral escamosa, esmagaria até tornar uma polpa vermelha, e engoliria como uma jiboia engole um rato. Os demais viveriam. Este era o desígnio dos deuses.

Mas não era a vontade de Conan. O píton deslizou em sua direção, provavelmente atraído pelo fato de ser o único humano ainda ereto. Apanhando seu punhal sob o manto, ele ainda esperava que aquele bruto viscoso passasse reto. Contudo, parou diante dele e recuou, armando o bote sob a trêmula luz da tocha. Sua língua bifurcada ondulando para dentro e para fora, os olhos caliginosos brilhando com a ancestral crueldade do povo das serpentes. Mas, antes da mordida fatal, Conan sacou sua arma e golpeou como um relâmpago. A larga lâmina rasgou aquela cabeça em forma de cunha e perfurou fundo no pescoço grosso.

Conan soltou sua arma e deu um pulo, enquanto a enorme serpente se atava, enrolava e chicoteava terrivelmente em espasmos mortais. No momento em que encarou o monstro com fascinação mórbida, o único som foi o baque e o açoite do seu rabo contra as pedras.

Chocados, os devotos expodiram em clamor.

– Blasfemador! Ele matou o filho sagrado de Set! Matem-no! Matem! Matem!

Pedras zumbiram acima dele. Os enlouquecidos stygios foram em sua direção, gritando, histéricos, e de todos os lados outros surgiam, saindo de suas casas e juntando-se ao protesto. Proferindo maldições, Conan deu meia-volta e mergulhou na boca escura da viela, correndo mais por instinto do que por visão. As paredes ecoavam os gritos vingativos de seus perseguidores.

Na penumbra, sua mão esquerda encontrou uma brecha e ele virou para dentro de outra rua estreita. De ambos os lados havia grandes paredes negras de pedra, como linhas divisórias de templos. Ele podia ver uma fina linha de estrelas no alto e, atrás de si, escutou o bando passar direto pela viela. Os berros foram ficando distantes até minguarem. Ele também se manteve em frente, apesar de estremecer com o pensamento de encontrar outro dos "filhos de Set" nas trevas.

De repente, o cimério captou um brilho que se movia como um vaga-lume. Enconstou-se na parede, apanhou a faca e percebeu a aproximação de alguém com uma tocha. Estava tão perto, que ele podia enxergar a mão negra e o rosto ovalado. Mais alguns passos, o homem certamente o veria. Então, uma porta, delineada pelo brilho, foi aberta para a entrada do portador da tocha. A figura alta desapareceu dentro dela, e novamente a escuridão tomou conta da ruela. Havia uma sinistra sugestão na furtividade daquela figura entrando pela porta da ruela nas trevas, talvez retornando de alguma errança tenebrosa.

Mas Conan andou em direção à porta, pensando que, se o homem da tocha viera por ali, outros também poderiam surgir a qualquer instante. Recuar por onde já caminhara traria o risco de topar com a multidão da qual estava fugindo. Sentiu-se sufocado por aquelas paredes impossíveis de escalar, desejoso de escapar, mesmo se a fuga significasse invadir algum prédio desconhecido.

Logo adiante, notou que a pesada porta de bronze não estava trancada, abriu-a e espiou pela fresta. Era uma grande câmara quadrada e vazia, feita de pedra negra maciça, com uma tocha que ardia sem chama em um nicho na parede. Ele passou pela porta laqueada e a fechou atrás de si.

Sem fazer som algum, cruzou o chão de mármore preto até encontrar uma porta de teca parcialmente aberta. Com a faca na mão, chegou a um obscuro local de paredes negras e teto majestoso. De ambos os lados, entradas arqueadas davam para um salão ainda maior, iluminado por lamparinas de bronze. Do outro lado, uma ampla escadaria de mármore, sem corrimão, perdia-se nas trevas, e acima de Conan, por todos os lados, galerias pardas penduravam-se como parapeitos de pedra negra.

O rei estremeceu. Estava em um templo de um deus stygio; se não do próprio Set, então de alguém tão cruel quanto. No meio do grande salão, um altar de pedra negra, maciço, sombrio, sem esculturas ou ornamentos, e sobre ele uma grande serpente enrolada, com anéis iridescentes, difusos, sob a luz das lâmpadas. Ela não se moveu, e Conan lembrou-se de histórias que diziam que os sacerdotes mantinham essas criaturas drogadas a maior parte do tempo. O cimério recuou repentinamente para trás de um recesso, coberto por uma cortina de veludo, por ter ouvido um passo suave em algum lugar próximo.

Embaixo de um dos arcos escuros surgiu uma figura alta e vigorosa, de sandálias e uma tanga de seda, com um largo manto preso nos ombros. Mas o rosto e a cabeça estavam ocultos por uma máscara monstruosa, um semblante meio humano, meio bestial, com plumas de avestruz na crista.

Em Stygia, os sacerdotes frequentavam determinadas cerimônias mascarados. Conan esperava que o homem não o descobrisse, mas, por instinto, desviou-se do caminho que levava à escadaria e foi direto para o recesso. Quando o stygio puxou o veludo pendurado, foi agarrado por uma mão de ferro, que esmagou o grito em sua garganta e o arrastou para a alcova. Morreu empalado pela faca do cimério.

A ação seguinte de Conan era óbvia. Apanhou a máscara, cobrindo sua cabeça, jogou o manto do pescador sobre o corpo do sacerdote, que ocultou atrás das cortinas, e colocou o traje do stygio. O destino lhe havia entregue um disfarce. Toda a Khemi poderia agora estar procurando um blasfemador, que ousou se defender do ataque de uma cobra sagrada. Mas quem sonharia em procurá-lo por debaixo da máscara de um sacerdote?

Ele caminhou para fora da alcova e, ao acaso, tomou a direção das portas sob os arcos. Não havia dado sequer uma dúzia de passos quando girou, em meia-volta novamente, com todos seus sentidos percebendo o perigo.

Um séquito de pessoas mascaradas chegou ao alto da escadaria, vestidas exatamente como Conan, que hesitou, surpreendido em campo aberto. Mas confiou em seu disfarce, apesar do suor gelado se acumular em sua testa e nas costas das mãos.

Nenhuma palavra foi dita. Como fantasmas, eles desceram para o grande salão e passaram pelo cimério. O líder levava um bastão escuro que sustentava uma caveira branca. Conan sabia que as procissões ritualísticas, tão inexplicáveis aos estrangeiros, desempenhavam um papel forte e geralmente assustador na religião da Stygia. A última figura virou-se para o cimério, imóvel, em um convite mudo para segui-lo. Não fazer o esperado teria levantado suspeitas. Conan entrou na fila atrás do homem e adequou sua marcha ao passo do cortejo.

Passaram por um corredor longo, debaixo de uma cúpula escura, no qual Conan inquietou-se com a fosforescência da caveira na ponta do bastão. Sentiu uma onda irracional, um pânico animal, que o incitava a sacar o punhal e massacrar todos aqueles seres bizarros para fugir daquele templo tenebroso. Estava em choque, combatendo as intuições monstruosas, que latejavam no fundo de sua mente e povoavam a obscuridade com formas sombrias de horror. Mal foi capaz de abafar um suspiro de alívio quando todos passaram por uma grande porta dupla, três vezes mais alta que um homem, e saíram sob a luz das estrelas.

Conan perguntou-se se ousaria desaparecer em alguma ruela escura, mas titubeou, e acompanhou a comitiva que descia a rua em silêncio. As pessoas encontradas no caminho viravam as cabeças e fugiam. A procissão passava longe das paredes, e fazer uma curva e correr para qualquer uma das vielas laterais daria o alerta, por isso ele praguejava mentalmente, colérico. Chegaram a um portão baixo na parede sul e, após atravessá-lo, ele viu diversas casas de barro baixas, com teto reto, e palmeiras sombreadas sob a luz das estrelas. Agora, mais do que nunca, meditou Conan, era hora de escapar.

Mas, no instante em que o portão foi deixado para trás, a romaria desfez o silêncio. Todos começaram a murmurar excitadamente e abandonaram a cadência da marcha ritualística. O bastão, com a caveira fosforescente, foi colocado sem cerimônia sob o braço do líder, enquanto o grupo inteiro rompeu com a fileira e se apressou adiante. Conan foi com eles, agora entusiasmado, porque entre os murmúrios que escutou, uma palavra o reanimou:

– Thutothmes!

CAPÍTULO 18

Eu sou a mulher que nunca morreu

CONAN VIA OS COMPANHEIROS MASCARADOS COM interesse crescente. Um deles era Thutothmes, ou, no mínimo, haveria um encontro com o sacerdote tão procurado. Ele soube qual era o destino do bando quando, além das palmeiras, viu o contorno de um templo triangular suntuoso.

Passaram pela zona de cabanas escuras, atravessando o arvoredo. Atrás delas as torres negras de Khemi apontavam para as estrelas, espelhadas nas águas da baía, e logo à frente o deserto alongava-se na noite fria; em algum lugar um solitário chacal ganiu. Como o passo rápido das sandálias não produzia ruídos na areia, Conan pensou que eles poderiam ser fantasmas, movendo-se em direção àquela pirâmide colossal erguida no deserto. Também não havia barulho algum por toda aquela terra adormecida.

O coração de Conan bateu acelerado quando se aproximou da sombria cunha negra apontada para o infinito, e sua ânsia de encarar Thutothmes aumentou. Esse encontro não estava dissociado do medo do desconhecido, pois nenhum homem entraria sem apreensão naquela construção lúgubre. Era um verdadeiro símbolo de horror para as nações do norte. Lendas diziam que não fora construída pelos stygios, e que estava na terra desde o primórdio, muito antes da chegada do povo de pele escura à terra do grande rio.

Na base retangular da pirâmide vislumbrou uma passagem, com leões de pedra com cabeças de mulher em ambos os lados, pesadelos crípticos e inescrutáveis cristalizados em rocha. O líder do bando foi até a passagem, na qual Conan viu uma figura sombria.

O líder parou por um instante ao lado dela e desapareceu no interior negro, seguido pelos demais. Conforme cada mascarado passava pelo sorumbático portal, era inspecionado pelo misterioso guardião, que exigia uma espécie de senha, alguma palavra ou gesto que Conan não conseguia perceber. O cimério propositadamente ficou para trás e, inclinando-se, fingiu estar arrumando as tiras de sua sandália. Só depois que o último sacerdote entrou, endireitou-se e seguiu adiante.

Com inquietação, imaginou se o vigia do templo era humano, lembrando-se de antigas fábulas que tinha ouvido. Mas suas dúvidas foram postas de lado por um facho de bronze dentro da porta, iluminando uma galeria estreita, que desaparecia na escuridão, e por um homem em pé à sua frente, enrolado em um manto escuro. Não havia mais ninguém à vista. Obviamente os sacerdotes mascarados tinham descido pelo corredor. Os olhos agudos do stygio examinaram Conan minuciosamente e, com sua mão esquerda, fez um gesto curioso. Conan o imitou, porém, era evidente que outro gesto era esperado. A mão direita do guardião moveu-se por baixo de seu manto com um lampejo de aço. A punhalada assassina teria penetrado o coração de um homem comum, mas ele lidava com alguém cujos músculos se equiparavam em velocidade aos de um gato selvagem. No momento em que o punhal brilhou sob a fraca luz, Conan imobilizou o adversário, retorcendo seu punho direito, e esmagou sua mandíbula com um soco. A cabeça do homem bateu na parede de pedra com um ruído surdo que denunciava um crânio fraturado. Fitando-o por um instante, Conan aguçou os sentidos. O fogo jogava sombras na porta, e nada se movia nas trevas, embora, longe e abaixo dele, agora soava a nota abafada de um gongo.

O cimério abaixou-se e arrastou o corpo para trás da grande porta de bronze, e desceu o corredor com cautela rumo a um destino que nem tentava adivinhar. Não tinha ido longe quando parou, perplexo, porque o corredor se abria em duas direções. Sem saber por onde a fila havia seguido, escolheu ao acaso o lado esquerdo. O chão inclinava-se ligeiramente, desgastado por muitos pés que visitaram o lugar durante várias gerações. Aqui e ali um fogaréu lançava uma luz fraca e pungente. Conan perguntou-se sobre qual o propósito daquelas pirâmides colossais e em que época esquecida tinham sido construídas. Aquela era uma terra muito, muito antiga. Nenhum homem sabia quantas eras os templos negros de Stygia tinham visto passar.

Ocasionalmente, estreitos arcos abriam passagens laterais, mas ele se manteve no corredor principal, embora uma convicção de que estava no caminho errado começasse a assaltá-lo, porque já deveria ter alcançado os sacerdotes. Foi ficando nervoso com a sensação de que não estava sozinho. Mais de uma vez sentiu-se observado por olhos ocultos. Fez uma pausa, decidido a retornar para o corredor onde encontrara a bifurcação. Virou-se abruptamente, com o punhal erguido, cada nervo formigando, e viu uma garota na boca do túnel menor. Sua pele de marfim indicava que descendia de alguma antiga família nobre da Stygia. Era alta, de formas voluptuosas e cabelos negros, onde reluzia um rubi. Exceto pelas suas sandálias de veludo e um largo cinturão incrustado com joias, estava nua.

– O que faz aqui? – ela inquiriu.

Responder significaria entregar sua verdadeira origem. Conan permaneceu quieto e alerta. Seu olhar vasculhou as sombras atrás dela e não encontrou nada. Mas poderia haver hordas de guerreiros ao alcance do chamado da moça, que avançou em sua direção, aparentemente sem apreensão ou suspeita.

– Você não é um sacerdote – ela disse. – É um guerreiro. Mesmo com essa máscara isto é óbvio. Há tanta diferença entre você e um sacerdote, quanto há entre um homem e uma mulher. Por Set! – exclamou, com seus olhos fulminantes. – Não acredito que você seja sequer stygio!

Com um movimento rápido, as mãos do cimério fecharam-se em torno da garganta dela levemente como um carinho.

– Nem mais um pio – Conan avisou.

Sua pele macia era gelada como mármore, contudo, não havia medo em seus maravilhosos olhos escuros.

– Não tema – ela respondeu calmamente. – Não vou traí-lo. Mas é louco de vir aqui, um estrangeiro no templo proibido de Set?

– Procuro o sacerdote Thutothmes – ele respondeu. – Ele está neste templo?

– Por que você o procura? – ela se esquivou.

– Ele roubou algo que é meu.

– Irei levá-lo até ele – ela aceitou tão prontamente que despertou mais suspeitas em Conan.

– Não brinque comigo, garota – grunhiu.

– Não o faço. Não tenho amor por Thutothmes.

Conan hesitou, mas reconheceu que tanto ele quanto ela estavam à mercê um do outro.

– Ande ao meu lado – ordenou, tirando a mão da garganta da mulher para segurá-la pelo punho. – Mas caminhe com cuidado. Se fizer um movimento...

Sempre descendo, foi conduzido por uma galeria oblíqua até não haver mais fogaréu algum. Conan tateou o caminho nas trevas atrás da mulher, que, ao virar cabeça, assustou-o com seus olhos brilhando como fogo dourado na escuridão. Dúvidas e suspeitas monstruosas assombraram-no, mas a seguiu através de um labirinto de corredores negros que atordoaram seu primitivo senso de direção. Mentalmente proferiu imprecações por ser levado como um tolo para dentro da misteriosa abadia negra, mas era tarde demais para voltar. Novamente pressentiu perigo e movimento nas trevas que o cercavam. A menos que seus ouvidos o enganassem, captou um fraco ruído de algo deslizando, que cessou e recuou após um comando murmurado pela garota.

Afinal, ela entrou em uma câmara iluminada por sete candelabros, com longas ramificações, nos quais queimavam velas negras. O cimério sabia que estavam bem abaixo da terra. O espaço era quadrado, com paredes e teto feitos de mármore negro polido e mobiliado à maneira dos antigos stygios. Havia um sofá de ébano, coberto com veludo escuro, e em um estrado de pedra preta jazia um sarcófago de múmia.

Em expectativa, Conan aguardou o próximo passo, mas a garota demonstrou que não seguiria além. Estirando-se no sofá com maleabilidade felina, ela cruzou os dedos das duas mãos atrás da cabeça e ficou observando o estrangeiro.

– Bem – ele exigiu impaciente. – O que está fazendo? Onde está Thutothmes?

– Não há pressa – ela respondeu preguiçosamente, piscando os longos cílios. – O que é uma hora, um dia, um ano, ou um século para este assunto? Remova sua máscara. Deixe-me ver seu rosto.

Transtornado, Conan arrancou a cobertura de sua cabeça, e a garota acenou como se aprovasse, enquanto esquadrinhava o rosto coberto de cicatrizes e seus olhos azuis.

– Há força em você, uma grande força; você poderia estrangular um boi.

Ele se moveu inquieto, suas suspeitas crescendo. Com a mão na arma, espiou os arcos funestos que davam para a câmara.

– Se você me trouxe para uma armadilha, não viverá para gozar de sua artimanha. Vai sair desse sofá e fazer conforme prometeu, ou eu terei que...

Conan emudeceu diante do sarcófago da múmia, ao examinar as feições esculpidas em marfim com a deslumbrante vivacidade de uma arte esquecida. Em choque, percebeu que havia uma familiaridade inquietante na máscara esculpida, uma semelhança desconcertante entre a imagem e a face da garota refestelada no sofá. Ela poderia ter servido como modelo, entretanto, Conan sabia que a escultura era de muitos séculos atrás. Para decifrar os hieróglifos rabiscados na tampa laqueada, ele puxou da memória ensinamentos e comentários, aprendidos aqui e ali como incidentes de uma vida de aventuras, soletrou e disse em voz alta:

– Akivasha!

– Você escutou falar da princesa Akivasha? – perguntou a garota ainda deitada.

– Quem nunca ouviu? – ele rosnou. O nome da bela, maléfica e antiga princesa ainda corre o mundo através de canções e lendas, apesar de dez mil anos terem encerrado seu ciclo desde que a filha de Tuthamon se revelou em banquetes púrpuras em meio aos salões negros da antiga Luxur.

– O único pecado dela foi amar demais a vida e todos os seus significados – disse a stygia. – Por isso cortejou a morte. Não podia suportar a ideia de envelhecer, ficar desgastada, murcha e morrer enfim, como findam as feias. Ela saudou a escuridão como um amante, e seu presente foi a vida, não aquela que é conhecida por um simples mortal, que pode envelhecer e desvanecer. Ela foi para as sombras para enganar o tempo e a morte...

O olhar de Conan tornou-se uma ranhura em chamas. Arrancou a tampa do sarcófago, completamente vazio, e sentiu o sangue congelar nas veias ao ouvir a risada da garota atrás de si. Voltou-se para ela, com os pelos da nuca eriçados.

– Você é Akivasha! – rangeu os dentes.

Ela gargalhou, jogou para trás seus cachos brilhantes e abriu os braços sensualmente.

– Eu sou Akivasha! A mulher que nunca morreu, que nunca envelheceu! Que os tolos dizem ter sido levada da terra pelos deuses, em pleno florescer de sua juventude e beleza, para reinar eterna em algum lugar celestial! Não, é nas sombras que os mortais encontram a imortalidade! Dez mil anos atrás morri para viver para sempre! Dê-me seus lábios homem forte!

Na ponta dos pés, levantou-se e saltou agilmente, arremessando os braços para enlaçar o pescoço do gigante. Olhando carrancudo para suas belas feições, ele experimentou uma fascinação de temor e medo.

– Ame-me! – ela sussurrou, cabeça atirada para trás, olhos fechados e lábios separados. – Dê-me seu sangue para eternizar minha juventude e perpetuar minha vida! Farei de você imortal também! Ensinarei a sabedoria de todas as épocas, todos os segredos que duraram pela eternidade na escuridão além deste templo negro. Farei de você o rei de uma horda assombrosa, que se revela entre as tumbas quando a noite vela o deserto e morcegos voam em direção à lua. Estou cansada de sacerdotes, magos e meninas, capturadas na flor da idade e arrastadas aos gritos através dos mortíferos portais. Desejo um homem. Ame-me, bárbaro!

Ela pressionou a cabeça contra o peito de Conan, que sentiu uma aflição aguda na base do pescoço. Com uma praga, afastou-a com forte empurrão e a atirou sobre o sofá.

– Vampira amaldiçoada! – sangue escorria de uma pequenina ferida em sua garganta. Ela ficou em pé sobre o sofá, como uma serpente pronta para atacar e o inferno queimando em seus olhos arregalados. Repuxou os lábios, revelando dentes brancos pontiagudos.

– Tolo! – ela gritou. – Acha que pode escapar de mim? Você viverá e morrerá nas trevas! Eu o trouxe para o subterrâneo do templo. Sozinho, nunca mais encontrará a direção para voltar. Jamais poderá abrir caminho através daqueles que guardam os túneis. Se não fosse por minha proteção os filhos de Set já o teriam engolido há muito tempo. Tolo, ainda beberei seu sangue!

– Afaste-se de mim, ou vou cortá-la em pedaços – ele bradou, com a pele arrepiada de repulsa. – Você pode ser imortal, mas ainda assim a desmembrarei.

Ao recuar para perto do arco pelo qual havia entrado, a luz desapareceu. Todas as velas foram apagadas de uma só vez, embora ele não soubesse como, pois Akivasha não as tocara e, zombeteiramente, a risada da vampira irrompeu nas trevas como as violas do inferno. Conan suava enquanto arrastava as mãos pela parede, quase em pânico. Seus dedos encontraram um vão, e ele passou pela abertura. Não sabia se aquele era o arco pelo qual havia entrado, mas também não importava. Seu único pensamento era sair da câmara assombrada que tinha sido o lar daquela linda e hedionda morta-viva por tantos séculos.

O pesadelo prosseguiu durante sua caminhada por túneis escuros. Escutou resvalos, deslizamentos fracos e, uma vez mais, o eco da gargalhada infernal que testemunhara na câmara de Akivasha. Com sua lâmina, ele golpeava ferozmente sons e movimentos que ouvia ou imaginava, chegando a cortar alguma tênue substância não identificada. Tinha a impressão de ser alvo de uma brincadeira, atraído para a noite derradeira, antes de ser levado por garras e presas demoníacas.

E movido pelo medo, recordou sua nauseante e repulsiva descoberta. A lenda de Akivasha era muito antiga, uma história de beleza e idealismo sobre a juventude eterna. Para sonhadores, poetas e amantes, ela não era apenas a princesa má das lendas stygias, mas o símbolo da eterna juventude, brilhando para sempre em algum reino distante dos deuses. Porém, a realidade era horripilante, uma perversão nauseabunda sobre a perpetuação da vida eterna. Sentia até repulsão física por aquele sonho despedaçado da idolatria do homem, seu ouro brilhante provando ser apenas lodo e sujeira cósmica. Afogou-se em uma onda de futilidade, um medo de serem falsos todos os sonhos e idolatrias dos homens.

Uma certeza cortou seus pensamentos, e agora ele sabia que seus ouvidos não estavam lhe pregando peças. Estava sendo seguido, cada vez mais de perto. No breu ressoavam evasões e deslizamentos, que não podiam ser de pés humanos; não, nem pelos de qualquer animal normal. O submundo tinha suas formas de vida bestial, talvez. Conan voltou-se para encará-las, mas os sons sossegaram, e ele viu no fundo do corredor um lampejo de luz.

CAPÍTULO 19

No salão da morte

CONAN ANDOU CAUTELOSAMENTE NA DIREÇÃO da luz. Seus ouvidos não captavam mais nenhum som de perseguição, ainda que tivesse deixado a escuridão transbordante de vida senciente, mas avistou a fonte do brilho, que se movia como um grotesco pêndulo. Atravessou o túnel que cruzava outro corredor largo e, um pouco mais à frente, viu uma bizarra procissão de quatro homens altos, encapuzados, vestindo mantos negros, apoiando-se em bastões. O líder trazia uma tocha acima de sua cabeça que queimava com uma curiosa chama constante. Como espectros, passaram e desapareceram, deixando somente um brilho evanescente no ar. A aparência deles era sobrenatural. Não eram stygios, nem coisa alguma que Conan já tivesse visto. Duvidou se eram humanos. Pareciam fantasmas negros à espreita nos túneis assombrados.

A situação não poderia ficar pior. Antes que os passos inumanos pudessem voltar, Conan já corria pelo corredor e desembocava em outro túnel, de onde ficou observando o cortejo fantasmagórico movimentando-se no círculo brilhante. O bárbaro rumou silenciosamente atrás dele, mas encolheu-se contra a parede quando o quarteto parou para conferir algum assunto. A seguir retornaram, como se refizessem seus passos, e ele escorregou para dentro do arco mais próximo. Tateando nas trevas, às quais seus olhos já estavam se acostumando, descobriu que o túnel não seguia reto, mas em meandros, e voltou para trás da primeira curva, de forma que a luz dos estranhos não o denunciasse quando eles passassem.

Em seguida, escutou um zumbido vindo de outro ponto, como o murmúrio de vozes humanas. Movendo-se pelo corredor na direção do som, abandonou a intenção original de seguir os espectros para qualquer que fosse o destino deles, e optou por seguir aquelas vozes.

Assim, avistou um fio de luz na virada do corredor, preenchido por um brilho ofuscante na outra extremidade. À sua esquerda, uma escada de pedra. Os sons afastavam-se de Conan à medida que ele subia. Enfim, passou por uma porta baixa e arqueada que dava para um espaço aberto, brilhando com uma irradiação estranha. Dali era possível divisar uma sala de proporções colossais. Era um salão dos mortos, que poucos além dos sacerdotes silenciosos da Stygia tinham visto. Cravadas nas paredes negras erguiam-se incontáveis camadas de sarcófagos esculpidos. Cada qual ficava em um nicho na pedra poeirenta, e as fileiras amontoavam-se para o alto, perdendo-se na obscuridade. Milhares de máscaras esculpidas cercavam o grupo que estava no centro do salão, tornados fúteis e insignificantes por aquela vastidão de mortos.

Deste grupo, dez eram sacerdotes. Apesar de terem descartado suas máscaras, Conan sabia que se tratava do mesmo pessoal que acompanhara até a entrada da pirâmide. Estavam de frente para um homem alto, com rosto de falcão, ao lado de um altar negro, no qual jazia uma múmia com ataduras podres que pulsava um poderoso clarão chamejante, disseminando fagulhas douradas na pedra negra. Aquele brilho deslumbrante emanava de uma grande joia vermelha, cujo reflexo deixava os rostos dos sacerdotes cinzentos e com aparência de cadáveres.

Enquanto observava, Conan sentiu o peso da fadiga, causada por todas as exaustivas léguas e cansativos dias e noites de sua longa busca. Tremeu com a louca urgência de se embrenhar entre aqueles sacerdotes, abrir caminho com golpes de aço e apanhar a gema vermelha. Mas se conteve. Agachou sob a sombra de um balaustrado rochoso. Um relance mostrou-lhe uma escadaria que levava para o piso do salão abaixo. Ele vasculhou o vasto local, buscando outros sacerdotes ou devotos; entretanto, só vislumbrou o grupo no altar.

Naquele enorme salão, a voz do homem que regia a cerimônia ecoou pavorosa:

– E então a palavra veio do sul. O vento da noite a sussurrou, os corvos a grasnaram enquanto voavam, e os sombrios morcegos contaram para as corujas e serpentes que espreitam nas antigas ruínas. Homens-lobo e vampiros sabiam, e também os demônios de corpos sujos que perambulam pela noite. A noite do mundo adormecida mexeu-se e sacudiu sua pesada cabeleira, e lá começou o rufar de tambores na escuridão profunda. Os ecos de distantes gritos estranhos amedrontaram os homens que caminham no crepúsculo. Pois o Coração de Ahriman voltou ao mundo para cumprir seu destino críptico. Não me pergunto como eu, Thutothmes de Khemi, e a noite escutamos a palavra antes de Thoth-Amon, que chama a si próprio de príncipe de todos os magos. Há segredos que não são encontrados por ouvidos como os dele. Thoth-Amon não é o único senhor do Anel Negro.

"Eu soube, e fui encontrar o Coração de Ahriman que veio do sul. Era como um ímã que me atraía infalivelmente. Ele migrou, morte após morte, velejando em um rio de sangue humano, que o alimenta, que o atrai. Seu poder é ainda maior quando há sangue nas mãos que o seguram, quando é banhado pela matança de seu portador. Onde quer que ele brilhe, sangue é derramado, reinos caem e as forças da natureza são colocadas em turbilhão.

"Eis que estou aqui, o mestre do Coração de Ahriman, e chamei vocês, que são fieis a mim, a esta reunião secreta, para partilhar o reinado negro que se erguerá. Esta noite vocês testemunharão o rompimento com os grilhões de Thoth-Amon que nos escravizam e o nascimento do império. Quem sou eu, Thutothmes, para saber quais poderes espreitam e sonham nestas profundezas vermelhas? O Coração de Ahriman encerra segredos esquecidos há três mil anos. Vou aprendê-los, porque se desvelarão para mim! – ele acenou a mão, dirigindo-se aos sacerdotes reunidos no salão.

"Vejam como eles dormem, encarando-nos por detrás de suas máscaras esculpidas! Reis, rainhas, generais, sacerdotes, magos, as dinastias e nobreza da Stygia por dez mil anos! O toque do Coração irá despertá-los de seu longo torpor. Faz muito, muito tempo que a maior de todas as joias pulsava na antiga Stygia. Aqui era seu lar tantos séculos antes de viajar para Acheron. Os antigos conheciam seu pleno poder, e eles irão me contar quando lhes restaurar a vida para trabalharem em meu nome.

"Eu irei acordá-los, aprenderei sua sabedoria esquecida, o conhecimento trancafiado naqueles crânios brancos. Pela erudição dos mortos iremos escravizar os vivos! Sim, reis, generais e magos dos tempos idos serão nossos ajudantes e escravos. Quem irá se opor a nós?

"Olhem! Esta coisa seca e murcha no altar foi outrora Thoth-Mekri, um alto sacerdote de Set, que morreu três mil anos atrás. Ele era um adepto do Anel Negro, conhecia o Coração de Ahriman, e vai nos revelar seus poderes."

Erguendo a grande joia, Thutothmes depositou-a sobre o peito da múmia e levantou a mão, ao mesmo tempo em que iniciava um encantamento. Mas não terminou o feitiço. Com as mãos no alto e os lábios separados, ele congelou, olhando, atrás de seus acólitos, que se viraram para o arco negro da porta, por onde entravam quatro figuras esqueléticas, vestindo mantos negros. Seus rostos eram amarelos e ovalados sob a sombra de seus capuzes.

– Quem são vocês? – proferiu Thutothmes em tom ameaçador como o silvo de uma cobra. – Vocês enlouqueceram para invadir o santuário sagrado de Set?

O mais alto dos estranhos falou, e sua voz era atonal como o sino do templo de Khitai.

– Nós seguimos Conan da Aquilônia.

– Ele não está aqui – respondeu Thutothmes, sacudindo o manto de sua mão direita com um gesto curiosamente ameaçador, como uma pantera mostrando as garras.

– Você mente. Ele está no templo. Prova disso é o cadáver atrás da porta de bronze na entrada da pirâmide. Nós o rastreamos através desses corredores sinuosos. Seguíamos sua trilha tortuosa quando nos tornamos cientes de seu conclave. Vamos agora retomar nossa busca. Mas, primeiro, entregue-nos o Coração de Ahriman.

– A morte é o quinhão dos loucos – murmurou Thutothmes, movendo-se para perto do quarteto. Os sacerdotes também fechavam um cerco, com passadas leves, mas os estranhos pareciam não ter medo.

– Quem pode olhar para tamanha joia sem desejo? – disse o estrangeiro. – Em Khitai ouvimos falar dela. Nos dará poderes sobre os povos que nos expulsaram. Glória e maravilha espreitam em suas profundezas escarlates. Entregue-a para nós, antes que matemos a todos.

Um grito feroz ecoou quando um sacerdote saltou com o aço resplandescente na mão. Ele caiu morto, atingido no peito pelo toque de um bastão incrustado. Em um instante, o grande salão das múmias virou palco de cenas sangrentas. Punhais curvos reluziam em todas direções. Bastões traiçoeiros batiam para dentro e para fora, e sempre que tocavam um homem, ele gritava e morria.

Logo depois do primeiro golpe, Conan correu escadaria abaixo, captando apenas vislumbres daquela breve luta demoníaca. Viu homens trôpegos, vertendo sangue, além de um khitaniano, todo cortado, permanecer em pé e só cair morto quando Thutothmes o feriu no peito com sua mão vazia e aberta.

No momento em que Conan deixou a escadaria, a luta estava quase acabada. Três dos khitanianos estavam caídos, lacerados, cortados em tiras e desentranhados. Entre os stygios somente Thutothmes permanecia em pé, e ele investiu contra o único remanescente. Sua mão vazia, erguida como uma arma, estava escura como se pertencesse a um homem negro. O bastão do khitaniano mais alto estocou o oponente, que pareceu se alongar ao golpe do homem amarelo. A ponta tocou o peito de Thutothmes, que ficou paralisado. Ao ser atingido mais uma vez, o sacerdote stygio caiu para trás e morreu. Seus traços maculados em uma onda de escuridão, que fez que toda sua cor ficasse igual à da mão encantada.

O khitaniano voltou-se em direção à joia que queimava no peito da múmia no altar, mas Conan estava diante dele.

Em plena tensão e quietude, os dois encararam um ao outro, com as múmias esculpidas assistindo a tudo de cima para baixo.

– Desde longe eu o sigo, rei da Aquilônia – disse calmamente o khitaniano. – Descendo o grande rio e sobre as montanhas, por entre Poitan e Zíngara, através das colinas de Argos e até a costa. Não foi fácil rastrear sua trilha desde Tarantia, pois os sacerdotes de Asura são astutos. Nós o perdemos na Zíngara, mas encontramos seu capacete na floresta abaixo das colinas fronteiriças, onde você enfrentou os vampiros das florestas. Quase perdemos novamente a trilha entre os labirintos desta pirâmide.

Conan refletiu que tinha sido abençoado ao retornar da câmara da vampira por outra rota em vez daquela pela qual fora levado. De outro modo teria ido de encontro a esses demônios amarelos, em vez de tê-los avistado de longe enquanto o rastreavam como cães de caça, com qualquer que fosse o dom bizarro de que dispunham.

O khitaniano balançou a cabeça, como se lesse sua mente.

– Isso não importa. A longa caçada acaba aqui.

– Por que você me perseguiu? – perguntou Conan.

– Era um débito a ser pago – respondeu o khitaniano. – Para você que está prestes a morrer, não negarei conhecimento. Nós éramos vassalos de Valerius, o rei da Aquilônia. Foi muito tempo de servidão, mas após este serviço estamos livres. Meus homens pela morte, e eu pelo cumprimento da obrigação. Devo retornar à Aquilônia com dois corações. Para mim mesmo, o Coração de Ahriman; para Valerius, o de Conan. É só um beijo do bastão que foi cortado da árvore viva da morte...

O bastão investiu como um ferrão de vespa, mas a faca de Conan foi mais rápida, cortando-o em duas metades, uma caída no chão. Houve outra cintilação do aço afiado como um jato de luz, e a cabeça do khitaniano rolou no ar.

Conan virou-se para pegar a joia, mas arrepiou-se ao perceber que não era mais uma coisa murcha e marrom que jazia no altar. A gema brilhava sobre o peito de um homem vivo, ainda envolto em bandagens que lhe moldavam o corpo. Vivo? Conan não conseguia se decidir. Os olhos eram como vidro opaco e escuro.

Lentamente o homem levantou-se, e apanhou a joia. Ficou em pé ao lado do altar, como uma imagem esculpida. Mudo, estendeu a mão em direção a Conan, com o Coração de Ahriman latejando chamas. O bárbaro apanhou a grande gema com uma sensação lúgubre por receber presente da mão de um morto. De algum modo, percebeu que os encantamentos não deram certo porque a conjuração não fora completada. A vida não estava plenamente restaurada no cadáver.

– Quem é você? – perguntou o cimério.

A resposta veio numa frase sem tom de inflexão, como o pingo de água de estalactites de cavernas subterrâneas.

– Eu era Thoth-Mekri. Eu estou morto.

– Você poderia me levar para fora deste templo amaldiçoado? – Conan pediu com a pele crepitando.

Com passos mecânicos, o morto-vivo moveu-se na direção do arco negro, seguido por Conan. Uma olhadela para trás mostrou uma vez mais o grande salão com suas camadas de sarcófagos, os mortos espalhados perto do altar, a cabeça do khitaniano que tinha matado virada para o alto.

A joia iluminava os túneis negros como uma lâmpada enfeitiçada pingando fogo dourado. Conan notou movimento nas sombras, e acreditou ter visto a vampira que foi Akivasha encolhendo-se do brilho em sua mão. Com ela, outras formas menos humanas vigiavam ou se esquivavam para a escuridão.

Thoth-Mekri seguiu em frente, sem olhar para a direita ou esquerda, um passo tão imutável quanto a marcha do destino. Suor frio acumulava-se na pele de Conan. Dúvidas assolavam-no. Como poderia saber se aquela figura terrível do passado o estava guiando para a liberdade? Mas sabia que, por conta própria, nunca desvendaria aquele labirinto enfeitiçado de corredores e túneis. Ele acompanhava seu guia pelo caminho repleto de formas ocultas de horror e insanidade, que só se afastavam diante do brilho do Coração de Ahriman.

Então, a porta de bronze mostrou-se diante dele. Conan sentiu o vento da noite soprar pelo deserto, viu as estrelas e o tapete de areia sobre o qual a sombra da pirâmide incidia. A múmia renascida apontou silenciosamente para o deserto, voltou-se e retornou às trevas. Conan observou aquela figura muda cujos pés inexoráveis se moviam para um destino inevitável.

Com uma blasfêmia, o cimério saiu pela porta e correu para o deserto como se fosse perseguido por demônios. Não olhou para trás, nem para a pirâmide, nem para as torres negras de Khemi reluzindo turvamente ao longo das areias. Rumou direto para a costa ao sul, correndo como só homens em pânico fazem. A violenta exerção libertou seu cérebro das teias de aranha enegrecidas; o vento limpo do deserto soprou os pesadelos de sua alma, e uma maré de exultação, que começou no deserto e subiu no emaranhado de alagados, transbordou diante da visão do Venturer ancorado.

Conan mergulhou no pântano, sem se preocupar com serpentes nem e crocodilos, e nadou para a galera. Após escalar o costado e pular no convés, antes que o vigia o visse, retomou o comando do barco.

– Despertem, cães! – rugiu Conan, espalmando para o lado a lança que o zonzo vigia agora apontava para seu peito. – Levantem âncora! Aos seus postos! Deem um capacete cheio de ouro para o pescador e deixem-no na margem! Logo o amanhecer chegará e, antes disso, precisamos estar singrando para o porto mais próximo de Zíngara!

Ele rodou a grande joia acima de sua cabeça, arremessando borrifos de luz que salpicavam o deque com fogo dourado.

CAPÍTULO 20

Do pó Acheron deve se levantar

O INVERNO FINDARA NA AQUILÔNIA. FOLHAS brotavam nos galhos das árvores e a grama fresca sorria ao toque da brisa quente do sul. Muitos campos, porém, permaneciam inativos e vazios, muitas pilhas de cinzas e material carbonizado marcavam o ponto onde os vilarejos orgulhosos e as prósperas cidades outrora existiram. Lobos perambulavam abertamente ao longo das estradas por onde o mato havia crescido, e bandos de homens magros e sem senhores vagavam pelas florestas. Somente em Tarantia havia banquetes, riqueza e ostentação.

Valerius governava tocado pela loucura. Mesmo diversos barões que haviam recebido bem seu retorno agora protestavam. Os coletores de impostos esmagavam os ricos e os pobres sem distinção; a riqueza de um reino saqueado derramava-se em Tarantia, que se tornou menos a capital de um reino e mais uma terra tomada por tropas de conquistadores. Seus mercadores enriqueceram, mas era uma prosperidade precária, pois ninguém sabia quando poderia sofrer uma acusação forjada de traição e ter toda sua prosperidade confiscada, ser jogado na prisão ou levado ao bloco ensanguentado do carrasco.

Valerius não fazia tentativa de agradar seus súditos. Mantinha-se no poder com a força do exército nemédio e por mercenários desesperados. Sabia que não passava de uma marionete de Amalric, que governava somente pela tolerância do nemédio. Jamais poderia ter esperança de unir a Aquilônia sob sua governança e renunciar ao jugo de seus senhores, pois as províncias mais distantes resistiriam até a última gota de sangue. E os nemédios o arrancariam do trono diante da menor tentativa de consolidar o reino. Estava preso em sua própria viseira. O amargor do orgulho derrotado corroía sua alma, e ele se atirou em um reinado de devassidão, como alguém que vive um dia após o outro sem nenhum pensamento ou cuidados em relação ao amanhã.

Contudo, havia uma sutileza em sua loucura, tão camuflada que nem mesmo Amalric poderia adivinhar. Talvez os anos selvagens e caóticos de andanças como um exilado tivessem despertado nele uma amargura desmedida. Quem sabe a repugnância de seu atual *status* aumentasse ainda mais essa angústia até levá-lo à loucura. De qualquer forma, ele vivia com um desejo fixo: levar a ruína para todos com quem havia se associado.

Sabia que seu reinado estaria acabado no instante em que tivesse servido aos propósitos de Amalric. Também admitia que, enquanto continuasse a oprimir seu reino nativo, o nemédio suportaria seu governo, porque Amalric desejava esmagar a Aquilônia até a derradeira submissão, destruir seu último fiapo de independência e, por fim, confiscá-la para si próprio, reconstruí-la de acordo com seus próprios padrões, usando sua vasta riqueza, e utilizar seus homens e recursos naturais para despir a coroa da Nemédia de Tarascus. A ambição final de Amalric era o trono de imperador, e Valerius tinha ciência disto. Não tinha certeza se Tarascus também suspeitava, mas estava certo de que o rei da Nemédia aprovava aquele curso implacável. Tarascus odiava a Aquilônia com um rancor oriundo das antigas guerras. Ele desejava nada mais que a destruição do reino ocidental.

Valerius pretendia arruinar o país tão completamente, que nem mesmo a riqueza de Amalric poderia reconstruí-lo. Ele odiava os barões tanto quanto os aquilonianos, e esperava viver para ver o dia em que Aquilônia cairia em sua ruína final, com Tarascus e Amalric trancados em uma guerra civil que também destruiria por completo a Nemédia.

Acreditava que a conquista das províncias de Gunderlândia e Poitan e as marchas bossonianas marcariam o fim de seu reinado. Então, teria servido ao propósito de Amalric e poderia ser descartado. Portanto, atrasava a conquista desses redutos, restringindo suas atividades a invasões e saques sem propósito, só para cumprir as demandas de Amalric por ação, com todos os tipos de objeções e adiamentos plausíveis.

Sua vida era uma série de banquetes e deboches selvagens. Ele encheu o palácio com as garotas mais belas do reino, por vontade própria ou não. Blasfemava diante dos deuses e caía bêbado no chão do salão de refeições, manchando a coroa dourada e os mantos púrpuros reais com vinho derramado. Em rompantes de sede de sangue, enfeitou as forcas na praça do mercado com cadáveres pendurados, fartou os machados dos executores e enviou seus cavaleiros nemédios, trovejando pela terra, através de pilhagem e ardor. Levada à loucura, a terra encontrava-se em constante agitação e frenética de revolta. Valerius saqueava, violentava, pilhava e destruía tanto, que até mesmo Amalric protestou, avisando-o do risco de empobrecer o reino até um ponto em que não haveria mais reparação, sem saber que aquele era justamente o objetivo fixo do homem.

Enquanto na Aquilônia os homens comentavam a loucura do rei, na Nemédia também falavam muito sobre Xaltotun, o mascarado. Contudo, poucos o tinham visto nas ruas de Belverus. Diziam que ele ficava muito tempo nas colinas, em conclaves com remanescentes de uma antiga raça, um povo negro e silencioso, que afirmava descender de um reino antigo. Sussurravam sobre tambores que soavam distantes nos topos das colinas, sobre chamas brilhando nas trevas, cânticos nascidos nos ventos e rituais esquecidos há séculos, a não ser por fórmulas sem sentido, murmuradas ao lado de lareiras em vilas montanhosas, cujos habitantes diferiam estranhamente dos povos dos vilarejos.

O motivo para esses conclaves ninguém sabia, a não ser que era Orastes quem frequentemente acompanhava o pythoniano, em cujo rosto crescia uma sombra desfigurada.

Com a chegada da primavera, uma novidade passou sobre o reino que afundava, e despertou a terra para a vida ardente. Veio com um vento murmurante, soprando do sul, acordando os homens mergulhados na apatia e desespero. Entretanto, como chegou da primeira vez, ninguém saberia dizer. Alguns falavam de uma estranha senhora que desceu das montanhas, com seu cabelo soprado pelo vento e um enorme lobo cinzento seguindo-a como um cachorro ensinado. Outros cochichavam sobre os sacerdotes de Asura, que vagavam como fantasmas furtivos da Gunderlândia até as marchas de Poitan e para os vilarejos florestais dos bossonianos.

De qualquer modo que tenha vindo a boa nova, a revolta disparou como um incêndio incontrolável por toda a fronteira. Guarnições nemédias distantes foram invadidas e colocadas sob o fio da espada, deram cabo de festas de pilhagem, o oeste pegou em armas. Havia uma atmosfera diferente nos insurgentes, uma resolução feroz que inspirava ira em vez do frenético desespero de revoltas anteriores. Não se tratava apenas do povo comum; os barões, fortificando seus castelos, lançavam desafios para os governadores das províncias. Bandos de bossonianos marchavam pelas beiradas, homens resolutos e atarracados trajando couraças e elmos de aço, com arcos longos nas mãos. Saído da estagnação inerte, da dissolução e da ruína, o reino estava repentinamente vivo, vibrante e perigoso. Então, Amalric mandou chamar Tarascus às pressas, que atendeu ao chamado vindo com um exército.

No palácio real de Tarantia, os dois reis e Amalric discutiam o levante. Não mandaram buscar Xaltotun, imerso em seus estudos crípticos nas colinas da Nemédia. Não haviam requisitado o auxílio de sua mágica desde aquele dia sangrento no vale de Valkia, e ele, por sua vez, tinha se colocado à parte, interagindo pouco com eles, aparentemente indiferente às suas intrigas.

Também não chamaram Orastes, mas ele veio mesmo assim, e estava branco como espuma soprada por uma tempestade. Ficou estático na câmara dourada, sob uma abóbada, onde os reis travavam seu conclave. Eles contemplaram com estupor seu olhar desfigurado, o medo que jamais supuseram que a mente de Orastes poderia abrigar.

– Você está desgastado, Orastes – disse Amalric. – Sente-se neste divã e farei que um escravo lhe traga vinho. Sua cavalgada foi difícil...

Orastes declinou o convite, acenando para o lado:

– Eu matei três cavalos para vir de Belverus até aqui. Não posso beber vinho, não posso descansar, até que diga o que tenho de dizer.

Ele andou em círculos, como se algum fogo interior não o deixasse ficar imóvel, então parou diante de seus surpresos companheiros.

– Quando usamos o Coração de Ahriman para trazer o morto de volta à vida – Orastes disse abruptamente – não pesamos as consequências de adulterar as areias negras do passado. A culpa é minha, e também o pecado. Pensamos apenas em nossas quatro ambições, esquecendo-nos quais aspirações este homem teria para si próprio. E libertamos um demônio sobre a terra, um diabo inexplicável para os seres humanos comuns.

"Eu mergulhei profundamente no mal, porém, há um limite, em direção ao qual eu ou qualquer homem de minha raça e idade pode ir. Meus ancestrais eram homens limpos, sem qualquer mácula demoníaca; fui somente eu que afundei nos poços, e só posso pecar na extensão de minha individualidade pessoal e intransferível. Por trás de Xaltotun jazem milhares de séculos de magia negra e diabolismo, uma antiga tradição de maldade. Está além de nossos conhecimentos, não só porque ele próprio é um feiticeiro, mas também por ser filho de uma raça de magos.

"Eu vi coisas que amaldiçoaram minha alma. No coração das colinas adormecidas assisti a Xaltotun comungar com as almas dos amaldiçoados, e invocar os demônios anciões da esquecida Acheron. Vi os descendentes blasfemos daquele maldito império adorá-lo como seu alto sacerdote. Vi o que ele planeja. E lhes digo que não é menos do que a restauração do antigo reinado negro de Acheron!"

– O que você quer dizer? – perguntou Amalric. – Acheron virou pó. Não há sobreviventes suficientes para constituir um império. Nem mesmo Xaltotun pode dar forma ao pó de três mil anos.

– Você sabe pouco sobre os poderes negros dele – respondeu Orastes severamente. – Eu vi essas mesmas colinas assumirem um aspecto antigo e alienígena sob seus feitiços e encantamentos. Entrevi, como sombras por trás da realidade, as formas sinistras e contornos dos vales, florestas, montanhas e lagos, que não são mais como na atualidade, mas, sim, como eram naquele passado lúgubre. Eu inclusive senti, não apenas vislumbrei, as torres púrpuras da esquecida Python reluzindo como vultos de névoas no crepúsculo.

"E no último conclave em que o acompanhei, entendimento sobre sua feitiçaria afinal veio até mim, enquanto os tambores batiam e os adoradores com forma de bestas uivavam no pó. Digo-lhes que ele restauraria Acheron através de sua mágica, pela feitiçaria de um gigantesco sacrifício de sangue como o mundo jamais viu antes. Ele escravizaria todo o mundo e, com um dilúvio de sangue, lavaria o presente e traria de volta o passado!"

– Você enlouqueceu! – exclamou Tarascus.

– Louco? – Orastes lançou um olhar desvairado sobre ele. – Pode qualquer homem ter visto o que vi e permanecer são? Contudo, falo a verdade. Xaltotun planeja o retorno de Acheron, com suas torres e magos, reis e horrores, tal qual era muito tempo atrás. Os descendentes de Acheron irão servi-lo como um núcleo sobre o qual ele erigirá, mas serão o sangue e os corpos do mundo de hoje que fornecerão a argamassa e as pedras para a reconstrução. Não posso lhes dizer como. Meu próprio cérebro cambaleia quando tento entender. Mas eu vi! Acheron será Acheron novamente, e até mesmo as florestas, colinas e rios retornarão ao seu antigo aspecto. Por que não? Se eu, com meu pequeno conhecimento armazenado, pude devolver vida a um homem morto há três mil anos, por que o maior mago do mundo não pode trazer de volta à vida um reino desaparecido há três mil anos? Do pó Acheron irá se levantar ao comando dele.

– Como podemos impedi-lo? – perguntou Tarascus, impressionado.

– Só há uma maneira – respondeu Orastes. – Temos que roubar o Coração de Ahriman!

– Mas eu... – começou Tarascus involuntariamente, então fechou a boca. Ninguém reparou nele, e Orastes prosseguiu.

– É um poder que pode ser usado contra ele. Com o Coração em minhas mãos posso desafiá-lo. Mas, como o roubaremos? Ele o escondeu em algum local secreto, do qual nem mesmo ladrões zamoranos poderiam furtá-lo. Eu não conheço o local onde o camuflou. Se ao menos Xaltotun adormecesse novamente o sono do lótus negro, mas da última vez que dormiu foi após a batalha de Valkia, cansado por causa da grande mágica que havia feito e...

A porta, fechada e trancada com o trinco, abriu-se silenciosamente, e Xaltotun ficou diante deles, aparentemente sereno e tranquilo, acariciando sua barba patriarcal, mas as luzes cintilantes do inferno brilhavam em seus olhos.

– Ensinei-lhe coisas demais – ele disse calmamente, apontando um dedo como um indicador de desgraça para Orastes. E antes que qualquer um pudesse se mover, tinha arremessado um punhado de pó no chão próximo aos pés do sacerdote, que ficou estático como um homem transformado em mármore. E incendiou-se, num ardor sem chamas. Uma serpentina azul ergueu-se e oscilou para o alto ao redor de Orastes em uma espiral delgada. E quando havia passado acima dos ombros, envolveu seu pescoço com uma súbita chicotada, como o bote de uma cobra. O grito de Orastes foi esganado em sua garganta até um gorgolejo. Suas mãos voaram para o pescoço, os olhos distendidos, a língua projetada. A fumaça era como uma corda azulada em volta de seu pescoço; então, esvaneceu-se e desapareceu, e Orastes caiu morto no chão.

Xaltotun bateu palmas e dois homens entraram. Frequentemente vistos em sua companhia, eram pequenos, escuros, com olhos vermelhos e oblíquos, dentes pontiagudos como ratos. Eles não falaram. Erguendo o cadáver, levaram-no embora.

Xaltotun sentou-se à mesa de marfim na qual os pálidos reis estavam.

– Por que se reuniram? – ele perguntou.

– Os aquilonianos insurgiram-se no oeste – respondeu Amalric, recuperando-se do baque terrível da morte de Orastes. – Os tolos acreditam que Conan está vivo, vindo de Poitan e encabeçando um exército para reclamar o reino. Se ele tivesse reaparecido imediatamente após Valkia, ou se um rumor tivesse circulado de que ainda estava vivo, as províncias centrais não teriam se levantado sob o comando dele, pois elas temem seus poderes também. Contudo, ficaram tão desesperadas diante do desgoverno de Valerius, que estão dispostas a seguir qualquer homem que possa uni-las contra nós, e preferem a morte súbita à tortura e miséria contínuas.

"É claro que a história de que Conan não foi morto em Valkia permaneceu teimosamente sobre a terra, mas só agora as massas a aceitaram. Pallantides está de volta de seu exílio em Ophir, jurando que o rei estava em sua tenda, doente, naquele dia, e que um guerreiro vestiu sua armadura. Um escudeiro que se recuperou recentemente de um golpe de clava recebido em Valkia confirma sua história, ou finge confirmá-la.

"Uma velha com um lobo como mascote tem vagado por todos os lados na terra, proclamando que o rei Conan ainda vive, e retornará um dia para reclamar sua coroa. E, por último, os amaldiçoados sacerdotes de Asura cantam a mesma canção. Eles afirmam que a novidade lhes chegou por meios misteriosos, que Conan está retornando para reconquistar seus domínios. Eu não consigo pegar a bruxa nem eles. Isto é, certamente, um truque de Trocero. Meus espiões me dizem que há evidências irrevogáveis de que os poitanianos se juntam para invadir a Aquilônia. Acredito que Trocero irá trazer algum enganador que clamará ser o rei Conan."

Tarascus riu, sem convicção. Sentiu latejar uma cicatriz sob sua malha e lembrou-se de corvos que crocitaram na trilha do fugitivo, e também do corpo de seu escudeiro, Arideus, trazido das fronteiras das montanhas horrivelmente dilacerado por um grande lobo cinzento, de acordo com seus aterrorizados soldados. Mas também recordou-se da história de uma joia vermelha roubada de um cofre dourado, enquanto um mago dormia, mas nada disse.

E Valerius ainda se lembrou de um nobre moribundo que cuspiu uma história de medo, e de quatro khitanianos que desapareceram nos labirintos do sul e jamais retornaram. Mas conteve sua língua, pois medo e suspeita de seus aliados o devoravam por dentro como vermes, e ele não desejava nada além de ver rebeldes e nemédios caírem, trancafiados pelo abraço da morte.

– É absurdo sonhar que Conan vive! – Amalric exclamou.

Em resposta, Xaltotun colocou um rolo de pergaminho sobre a mesa.

Amalric o apanhou, examinando-o. De seus lábios explodiu um grito furioso e incoerente. Ele leu o que estava escrito:

Para Xaltotun, grande faquir da nemédia:
Cão de Acheron, estou retornando ao meu reino, e minha intenção é pendurar sua pele em um espinheiro.
CONAN

– Uma falsificação! – exclamou Amalric.

Xaltotun balançou a cabeça.

– É genuíno. Comparei essa assinatura com a de documentos reais nas bibliotecas da corte. Ninguém poderia imitar esse rabisco grosseiro.

– Então, se Conan vive – murmurou Amalric –, esta revolta não será como as outras, pois ele é o único homem vivo que pode unificar os aquilonianos. Mas isso não é do feitio de Conan. Por que ele nos deixou alerta com todo esse alarde? O correto seria nos atacar sem aviso, ao estilo dos bárbaros.

– Fomos avisados – pontuou Xaltotun. – Nossos espiões nos falaram dos preparativos de guerra em Poitan. Ele não poderia cruzar as montanhas sem que soubéssemos, então, nos envia um desafio público.

– Por que a você? – perguntou Valerius. – Por que não a mim ou a Tarascus?

Xaltotun lançou seu olhar inescrutável:

– Conan é mais sábio que você – disse afinal. – Ele já sabe o que vocês, reis, ainda precisam aprender. Que não é Tarascus, nem Valerius ou Amalric, mas Xaltotun o verdadeiro mestre das nações do oeste.

Eles não responderam; ficaram sentados olhando para ele, entorpecidos com a percepção da grande verdade que havia naquela asserção.

– Não há estrada para mim além do caminho imperial – disse Xaltotun. – Mas, primeiro, temos que esmagar Conan. Não sei como ele escapou de mim em Belverus, porque o conhecimento daquilo que aconteceu enquanto eu jazia adormecido pelo lótus negro me é negado. Mas ele está no sul, reunindo seu exército. É seu último e desesperado golpe, tornado possível somente pela desesperança do povo, que sofreu nas mãos de Valerius. Deixe-os se rebelar. Eu tenho todos na palma de minhas mãos. Esperaremos até que ele se mova em nossa direção, e então o destruiremos de uma vez por todas.

"Esmagaremos Poitan, Gunderlândia e os estúpidos bossonianos. Depois deles, Ophir, Argos, Zíngara, Koth. Vamos fundir todas as nações do mundo em um vasto império. Vocês governarão como meus sátrapas e, como meus capitães, serão reis maiores do que são hoje. Eu não posso ser derrotado, pois o Coração de Ahriman está escondido onde nenhum homem jamais poderá usá-lo contra mim novamente."

Tarascus virou o olhar, temendo que Xaltotun lesse seus pensamentos. Ele sabia que o mago não tinha olhado o cofre dourado, com suas serpentes esculpidas que pareciam adormecidas, desde que deitara a joia em seu interior. Por mais estranho que parecesse, Xaltotun não sabia que o Coração fora roubado; a estranha gema estava fora do alcance de sua sabedoria negra, e seus talentos singulares não lhe avisaram que o cofre estava vazio.

Tarascus não acreditava que Xaltotun conhecesse a extensão completa das revelações de Orastes, pois o pythoniano não havia mencionado a restauração de Acheron, mas tão somente a construção de um novo império terreno. Também não acreditava que Xaltotun estivesse ciente de seu poder; se eles precisavam de seu auxílio para suas ambições, ele também necessitava deles. Afinal, mágica dependia, até certo ponto, de golpes de espadas e perfurações de lanças. O rei lia a verdade em um olhar furtivo de Amalric; tomara o mago usasse suas artes para ajudá-los a derrotar um inimigo mais perigoso. Era tempo o suficiente para que se voltassem contra ele. Podia existir ainda uma forma de enganar aqueles poderes negros que haviam despertado.

CAPÍTULO 21

Tambores do perigo

A CONFIRMAÇÃO DA GUERRA CHEGOU QUANDO O exército de Poitan, dez mil homens armados, marchou pelas passagens ao sul com bandeiras oscilando e o brilho do aço. À sua frente, os espiões juravam, cavalgava uma figura gigante em armadura negra, com o leão real da Aquilônia desenhado em ouro sobre o peito de sua rica túnica de seda. Conan estava vivo! O rei vivia! Não havia mais nenhuma dúvida disso nas mentes dos homens, fossem amigos ou inimigos.

Com as notícias sobre a invasão do sul também chegou a notícia, trazida por mensageiros após dura cavalgada, de que uma tropa da Gunderlândia movia-se do lado sul, reforçada pelos barões do nordeste e pelos bossonianos ao norte. Tarascus marchava com trinta mil homens para Galparan, no rio Shirki, que os gunderlenses precisavam cruzar para atacar as cidades ainda mantidas pelos nemédios.

Shirki era um rio turbulento, de corredeiras rápidas, que seguia para sudoeste por gargantas rochosas e desfiladeiros, e havia poucos lugares onde um exército pudesse cruzá-lo naquela época do ano, quando a correnteza quase transbordava as margens por causa do derretimento da neve. Todo o país ao leste desse rio estava nas mãos dos nemédios, e era lógico prever que os gunderlenses tentariam cruzar em Galparan, ou em Tanasul, localizada ao sul de Galparan. Reforços eram esperados diariamente, vindos da Nemédia, até que chegou a informação de que o rei de Ophir enfrentava manifestações hostis na fronteira ao sul da Nemédia, e dispensar mais tropas significaria expor sua cidade ao risco de uma invasão pelo sul.

Amalric e Valerius saíram de Tarantia com vinte e cinco mil homens, deixando para trás uma guarnição tão grande quanto ousaram para desencorajar as revoltas nas cidades durante sua ausência. Eles queriam encontrar e esmagar Conan antes que pudesse se juntar às forças rebeldes do reino.

O rei e seus poitanianos tinham cruzado as montanhas, mas não houve de fato conflito armado, nenhum ataque a cidades ou fortalezas. Conan tinha aparecido e desaparecido. Aparentemente fizera uma curva para oeste, pela região montanhosa pouco colonizada, e entrou nas marchas bossonianas, reunindo recrutas em seu caminho. Amalric e Valerius, com suas tropas de nemédios, aquilonianos renegados e mercenários ferozes, avançaram ao longo da terra em perplexa ira, buscando por um inimigo que não apareceu.

Amalric julgava impossível obter mais do que notícias vagas sobre os movimentos de Conan. Batedores pardos galopavam para jamais retornar e não era raro encontrar um espião crucificado em algum carvalho. O interior do país estava desperto e em combate, camponeses e outras pessoas atacavam selvagem, fatalmente, e em segredo. Tudo que Amalric sabia com certeza era que uma enorme força de gunderlenses e bossonianos do norte estava em algum lugar ao norte partindo de sua referência, além do Shirki, e que Conan com uma força menor de poitanianos e bossonianos do sul estava em algum lugar ao sudeste.

Começou a ficar temeroso de que, se avançasse junto com Valerius mais para dentro do selvagem país, Conan poderia iludi-los completamente, manobrando ao seu redor, e invadir as províncias centrais. Amalric ficou atrás do vale do Shirki e acampou em uma planície, a um dia de distância de Tanasul. Lá, ele esperou. Tarascus manteve sua posição em Galparan, pois temia que as tramas de Conan tivessem intenção de atraí-lo para o sul, permitindo assim que os gunderlenses adentrassem o reino pela passagem norte.

Xaltotun chegou ao acampamento de Amalric em sua carruagem puxada pelos estranhos cavalos que nunca se cansavam, e entrou na tenda, onde o barão conferenciava com Valerius sobre um mapa aberto em cima de uma mesa de marfim.

Xaltotun amassou o mapa e o jogou para o lado.

– O que seus batedores não conseguem descobrir para você – disse ele –, meus espiões me contaram, apesar de suas informações serem estranhamente borradas e imperfeitas, como se forças invisíveis trabalhassem contra mim.

"Conan está avançando para o rio Shirki, com dez mil homens poitanianos e três mil bossonianos do sul, enquanto os barões do oeste e do sul, com seus partidários, somam cinco mil. Um exército de trinta mil gunderlenses e bossonianos do norte está indo para o sul juntar-se a ele. Eles travaram contato por meios secretos de comunicação usados pelos sacerdotes amaldiçoados de Asura, que parecem estar se opondo a mim. Vou usá-los para alimentar a serpente quando a batalha tiver terminado. Juro por Set!

"Ambos os exércitos vão em direção a Tanasul, entretanto, não acredito que os gunderlenses cruzem o rio. Acho que Conan é quem fará isso e se juntará a eles."

– Por que Conan cruzaria o rio?

– Porque é do seu interesse adiar a batalha. Quanto mais tempo esperar, mais forte se tornará e mais precária será nossa posição. As colinas do outro lado do rio estão repletas de pessoas leais e apaixonadas por sua causa, homens quebrados, refugiados, fugitivos da crueldade de Valerius. De todo o reino as pessoas se apressam para se juntar ao seu exército, sozinhos e com companheiros. Diariamente, pelotões de nossas forças são emboscadas e dizimadas pelos interioranos. A revolta cresce nas províncias centrais, e logo irá explodir em uma rebelião aberta. As guarnições que deixamos lá não serão suficientes para evitá-las, e não podemos esperar reforços da Nemédia por enquanto. Vejo a mão de Pallantides neste confronto com a fronteira de Ophir, onde ele tem parentes.

"Se não apanharmos e esmagarmos Conan rapidamente, as províncias se incendiarão em revolta contra nós. Teremos que retornar a Tarantia para defender o que já tomamos. Também é possível que sejamos obrigados a abrir caminho por um país em insurreição, com a força inteira de Conan em nossos calcanhares, e então suportar um cerco na cidade, com inimigos dentro e fora. Não, não podemos esperar. Temos que liquidar Conan antes que seu exército cresça demais, antes que as províncias centrais se insurjam. Com a cabeça dele pendurada acima do portão de Tarantia, vocês verão a velocidade com que a rebelião se fragmentará."

– Por que não jogar um feitiço sobre seu exército para que se matem uns aos outros? – perguntou Valerius, com escárnio. Xaltotun encarou o aquiloniano como se lesse toda a extensão da loucura zombeteira que espreitava naqueles olhos desobedientes.

– Não se preocupe – disse afinal. – Minhas artes esmagarão Conan como um lagarto sob os cascos do cavalo. Mas até mesmo a feitiçaria precisa da ajuda de lanças e espadas.

– Se ele cruzar o rio e assumir sua posição nas Colinas Goralianas pode ser difícil desalojá-lo – disse Amalric. – Mas se o apanharmos no vale deste lado do rio, poderemos aniquilá-lo. A que distância Conan está de Tanasul?

– Na velocidade de sua marcha deve alcançar o ponto do cruzamento amanhã à noite. Seus homens são valentes, ele lhes está exigindo bastante, e deve chegar lá pelo menos um dia antes dos gunderlenses.

– Bom! – Amalric bateu na mesa com seu punho cerrado. – Posso chegar a Tanasul antes dele. Enviarei um cavaleiro até Tarascus, pedindo-lhe que me siga até lá. Na hora em que chegar, cortarei o caminho de Conan e o destruirei. Então, nossas forças combinadas podem atravessar o rio e lidar com os gunderlenses.

Xaltotun balançou a cabeça impacientemente.

– É um plano bastante bom, se você não estivesse lidando com alguém como Conan. Mas vinte e cinco mil homens não são suficientes para destruir seus dezoito mil antes que os gunderlenses cheguem. Eles lutarão com o desespero de panteras feridas. E suponha que os gunderlenses apareçam com suas tropas bem no momento em que estivermos trancados na batalha? Você seria pego entre duas frentes, e destruído antes que Tarascus possa vir. Ele chegará a Tanasul tarde demais para ajudá-lo.

– E então? – exigiu Amalric.

– Mova-se com suas forças inteiras em direção a Conan – respondeu o homem de Acheron. – Envie um cavaleiro mandando que Tarascus se junte a nós aqui. Esperaremos a chegada dele. Então marcharemos juntos para Tanasul.

– Mas, enquanto esperamos, Conan cruzará o rio e se juntará aos gunderlenses – protestou Amalric.

– Conan não cruzará o rio – respondeu Xaltotun.

A cabeça de Amalric ergueu-se, encarando os escuros olhos crípticos.

– O que quer dizer?

– Suponha que ocorram chuvas torrenciais, vindas do norte, na nascente do Shirki. Suponha que o rio sofra tamanha inundação que torne intransitável o cruzamento de Tanasul. Não poderíamos trazer todas as nossas forças, apanhar Conan deste lado do rio e esmagá-lo, e então, quando a inundação baixasse, no dia seguinte, não poderíamos cruzar o rio e destruir os gunderlenses? Assim usaríamos nossa força completa contra essas duas forças menores, uma por vez.

Valerius riu como sempre fazia ante a perspectiva da ruína, fosse de amigo ou inimigo, e jogou sua mão inquieta sobre os rebeldes cachos amarelos. Amalric olhou para o homem de Acheron com um misto de medo e admiração.

– Se apanharmos Conan no vale do Shirki, com as cristas das colinas à sua direita e o rio inundado à sua esquerda, sem sombra de dúvida poderíamos aniquilá-lo – ele admitiu. – Você tem certeza, ou acredita que tais chuvas vão cair?

– Irei para a minha tenda – respondeu Xaltotun, levantando-se. – Necromancia não é alcançada com um aceno de mão. Envie um mensageiro para Tarascus. E não deixe ninguém se aproximar da minha tenda.

Aquela última ordem era desnecessária. Homem algum naquela tropa poderia ser comprado para se aproximar do misterioso pavilhão de seda negra, cujas portas ocultavam misteriosos acontecimentos. Ninguém além de Xaltotun já havia entrado ali, contudo, vozes eram frequentemente ouvidas, vindas de dentro; suas paredes às vezes ondulavam, mesmo sem vento, e uma estranha música era tocada em seu interior. Em certas ocasiões, na calada da noite, as paredes de seda ficavam vermelhas pelo ardor de chamas, delineando silhuetas amorfas que passavam para cá e para lá.

Deitado em sua própria barraca naquela noite, Amalric escutou o rufar constante de um tambor na tenda de Xaltotun; através das trevas ele tocou firmemente, e o nemédio podia jurar que uma voz profunda e grasnante se misturava ao pulso do tambor. Estremeceu, pois sabia que aquela voz não era de Xaltotun. O tambor ribombava e murmurava como um trovão, escutado ao longe, e antes do amanhecer, Amalric, olhando de seus aposentos, viu o brilho vermelho na extensão do horizonte ao norte. Em todas as outras partes do céu, as estrelas brilhavam brancas. Porém, o relampejo distante cintilava incessantemente, como o esplendor vermelho da luz do fogo em uma pequena lâmina que girava.

Ao nascer do sol do dia seguinte, Tarascus chegou com suas tropas, empoeiradas e cansadas pela marcha brutal. Na retaguarda, homens a pé vinham bem afastados dos cavaleiros. Eles acamparam na planície próxima ao acampamento de Amalric e, ao amanhecer, o exército moveu-se em direção oeste.

À sua frente vagueava um grupo de batedores, e Amalric esperava impacientemente pelo retorno deles e das notícias dos poitanianos aprisionados por uma furiosa inundação. Mas, quando o pelotão encontrou a coluna, veio a informação de que Conan cruzara o rio!

– O quê? – exclamou Amalric. – Ele cruzou antes da inundação?

– Não houve inundação – responderam os batedores, intrigados. – Tarde da noite ele chegou a Tanasul e levou seu exército através do rio.

– Nenhuma inundação? – rugiu Xaltotun, surpreso pela primeira vez aos olhos de Amalric. – Impossível! Houve chuvas torrenciais sobre as nascentes do Shirki na noite passada e também na anterior!

– Isso pode ser, senhor – respondeu o batedor. – É verdade que a água estava barrenta, e o povo de Tanasul disse que, ontem, o rio subiu talvez um pé, mas não foi o suficiente para impedir que Conan o atravessasse.

A feitiçaria de Xaltotun falhara! O pensamento martelou o cérebro de Amalric. O horror que tinha daquele estranho homem, vindo do passado, cresceu muito desde aquela noite em Belverus, quando viu uma múmia marrom e enrugada inchar-se e tornar-se um homem vivo. E a morte de Orastes transformou um horror à espreita em medo ativo. Em seu coração havia uma convicção macabra de que aquele homem, ou demônio, era invencível. Entretanto, agora ele recebia provas irrefutáveis do seu fracasso.

Contudo, até mesmo o maior de todos os feiticeiros pode falhar ocasionalmente, pensou o barão. De qualquer modo, ele não ousaria se opor ao homem de Acheron, não ainda. Orastes estava morto, contorcendo-se em algum inferno que somente Mitra conhecia, e Amalric sabia que sua espada não prevaleceria onde a sabedoria negra do sacerdote falhara. Que abominação medonha Xaltotun planejara ficaria para o imprevisível futuro. Conan e suas tropas eram uma ameaça atual contra a qual a feitiçaria de Xaltotun poderia muito bem ser necessária antes que o jogo acabasse.

Eles chegaram a Tanasul, um pequeno vilarejo fortificado, onde o rio é sempre transponível, em um ponto com uma camada de rochas que formava uma ponte natural, exceto em épocas de grandes enchentes. Batedores trouxeram as notícias de que Conan tinha assumido sua posição nas Colinas Goralianas, que começavam a poucas milhas além do rio. E logo antes do alvorecer os gunderlenses também tinham chegado ao seu acampamento.

Amalric olhou para Xaltotun, inescrutável e repugnante sob a luz das tochas em chamas. A noite tinha caído.

– E agora? Sua mágica falhou. Conan vai nos confrontar com um exército quase tão forte quanto o nosso, e ainda tem a vantagem da posição. Temos uma escolha de dois males: acampar aqui e esperar por seu ataque, ou retornar a Tarantia e esperar reforços.

– Estaremos arruinados se esperarmos – respondeu Xaltotun. – Cruze o rio e acampe na planície. Atacaremos ao amanhecer.

– Mas a posição de Conan é forte demais! – exclamou Amalric.

– Tolo! – uma rajada de irritação desfez o verniz de calma do mago. – Você se esqueceu de Valkia? Só porque alguns princípios elementais obscuros evitaram a inundação, você me julga indefeso? Eu pretendia que suas lanças exterminassem nossos inimigos, mas não tema, pois minhas artes esmagarão as tropas inimigas. Conan está em uma armadilha, e jamais verá outro pôr do sol. Cruze o rio!

A travessia foi feita à luz de tochas. Os cascos dos cavalos retiniam contra a ponte rochosa, salpicada por água rasa. O brilho das tochas nos escudos e couraças refletia na água negra. A passagem de pedra era larga, mas somente depois da meia-noite as tropas conseguiram acampar na planície. Acima deles, podiam ver fogueiras vermelhas acesas ao longe. Conan conhecia uma baía nas Colinas Goralianas, que outrora tinha servido mais de uma vez como último ponto de resistência para um rei aquiloniano. Amalric deixou seu pavilhão e caminhou incansavelmente pelo acampamento.

Um estranho brilho vinha da tenda de Xaltotun. De tempos em tempos, um grito demoníaco cortava o silêncio, e também havia um murmúrio baixo e sinistro de tambores, que sussurravam, em vez de ribombar.

Amalric, com instintos afiados pela noite e pelas circunstâncias, sentiu que Xaltotun encontrava uma oposição que ia além da força física. Dúvidas sobre o poder do mago lhe assaltavam. Olhou para as fogueiras distantes com preocupação crescente. Estava bem no centro de um país hostil junto com seu exército. Lá no alto, entre aquelas colinas, havia milhares de figuras lupinas, cujas almas e corações tinham sido despidos de toda esperança e emoção, exceto o ódio violento por seus conquistadores, um louco desejo de vingança. Derrota significava aniquilação, retirada por uma terra infestada de inimigos sedentos de sangue. E, ao amanhecer, ele deveria arremessar suas tropas contra o mais terrível combatente das nações ocidentais e sua horda desesperada. Se Xaltotun falhasse com eles agora...

Meia dúzia de guerreiros saiu das sombras diante das labaredas das fogueiras, que reluziam em suas couraças e na crista de seus capacetes. Eles traziam uma figura esquelética trajando trapos. Curvando-se, um soldado disse.

– Meu senhor, este homem veio aos postos de vigia e disse que precisa falar com o rei Valerius. Ele é aquiloniano.

Parecia-se mais com um lobo, um lobo cujas armadilhas haviam deixado cicatrizes. Antigas chagas, que somente grilhões causam, eram vistas em seus punhos e tornozelos, além de uma grande marca, feita com ferro quente, que desfigurara sua face. Seus olhos brilharam por detrás dos cabelos emaranhados quando ele rastejou até o barão.

– Quem é você, cão imundo? – perguntou o nemédio.

– Chamo-me Tiberias – respondeu o homem, e seus dentes trincaram em espasmo involuntário. – Eu vim lhes dizer como agarrar Conan.

– Um traidor, hã? – reverberou o barão.

– Os homens dizem que você tem ouro – falou o homem, tremendo sob seus trapos. – Dê-me um pouco! Dê-me ouro e lhe mostrarei como derrotar o rei! – seus olhos arregalados, as mãos estendidas e arrebitadas, tremendo como garras.

Amalric encolheu os ombros de desgosto. Mas ajuda alguma era demasiada vil para seu uso.

– Se você diz a verdade, terá mais ouro do que será capaz de carregar – ele disse. – Se for um espião mentiroso, farei que seja crucificado de cabeça para baixo. Tragam-no.

Na tenda de Valerius, o barão apontou para o homem que se arrastava, tremendo diante deles, amontoando seus trapos sobre si.

– Ele diz que conhece uma maneira de nos ajudar amanhã. Precisaremos de auxílio se o plano de Xaltotun não for melhor do que tem se mostrado até o momento. Fale, cão!

O corpo do homem contorceu-se em convulsões estranhas. As palavras vieram aos tropeços:

– Conan acampa na cabeça do Vale dos Leões, que tem a forma de uma presa, com colinas íngremes de ambos os lados. Se você atacá-lo amanhã, terá que marchar direto ao longo do vale. Não é possível escalar as colinas em nenhum ponto.

Mas se o rei Valerius estiver disposto a aceitar meu serviço, irei guiá-lo através dos montes e mostrar como chegar ao rei Conan pelas costas. Mas, pra isso, temos que partir imediatamente. São muitas horas de cavalgada, pois é preciso seguir milhas para o oeste, depois milhas para o norte, então fazer uma curva ao leste e chegar ao Vale dos Leões por trás, pelo trajeto que os gunderlenses fizeram.

Amalric hesitou, coçando o queixo. Naqueles tempos caóticos não era raro encontrar homens dispostos a vender suas almas por algumas peças de ouro.

– Se você me desnortear, morrerá – disse Valerius. – Está ciente disso, não?

O homem estremeceu, mas seus olhos não vacilaram.

– Se eu cometer alguma traição, mate-me!

– Conan não irá dividir sua força – ponderou Amalric. – Precisará de seus homens para repelir nosso ataque. Ele não pode dispor de ninguém para prevenir emboscadas nas colinas. Fora isso, este companheiro sabe que sua pele depende de nos entregar o que prometeu. Um cão como ele se sacrificaria? Não faz sentido! Não, Valerius, acredito que o homem seja honesto.

– Ou o maior de todos os ladrões, pois ele venderá seu libertador – riu Valerius. – Muito bem. Seguirei o cão. Quantos homens você pode me ceder?

– Cinco mil devem bastar – respondeu Amalric. – Um ataque surpresa na retaguarda vai deixá-los tontos e provocar confusão. Isso será o bastante. Aguardarei sua ação por volta do meio-dia.

– Você saberá quando eu investir – respondeu Valerius.

Quando Amalric retornou ao seu pavilhão, notou, satisfeito, que Xaltotun ainda estava em sua tenda, a julgar pelos gritos de gelar o sangue que estremeciam no ar da noite. Quando escutou o tilintar do aço e o agito de arreios, sorriu inclemente. Valerius serviria ao seu propósito. O barão sabia que Conan era como um leão ferido, que rasga e despedaça mesmo diante de golpes mortais. Quando Valerius atacar sua retaguarda, o contragolpe desesperado do cimério pode muito bem aniquilá-lo da existência antes que ele próprio sucumba. O que seria ainda melhor. Amalric sentia que podia dispensar Valerius uma vez que já tivesse pavimentado o caminho para a vitória da Nemédia.

Os cinco mil cavaleiros que acompanhavam Valerius eram em sua maior parte aquilonianos renegados, difíceis de ser abatidos. À luz das estrelas, deixaram o acampamento adormecido, seguindo para o oeste em direção às grandes massas negras, que se erguiam adiante. Valerius cavalgou na frente, tendo ao lado um guerreiro que conduzia Tiberias, com um laço de couro prendendo-lhe os punhos. Os outros mantinham-se bem próximos, com espadas desembainhadas.

– Engane-nos e você morrerá instantaneamente – Valerius ameaçou. – Eu não conheço todas as trilhas de ovelhas nessas colinas, mas sei o suficiente sobre a configuração geral do país para saber as direções que temos que tomar para sairmos atrás do Vale dos Leões. Certifique-se de que não nos deixe perdido em um desvio.

O homem assentiu com a cabeça e seus dentes batiam, enquanto assegurava loquazmente lealdade ao seu captor, olhando estupidamente para a bandeira que flutuava acima dele, com a serpente dourada da antiga dinastia.

Contornaram as extremidades das colinas que trancavam o Vale dos Leões, e, após uma hora de galope, viraram para o norte, atravessando morros íngremes por trilhas e caminhos tortuosos. O amanhecer os encontrou algumas milhas a noroeste do acampamento de Conan, e ali o guia girou para sudeste, levando-os por um labirinto de penhascos. Valerius consentiu, julgando a posição em que estavam por diversos picos elevados acima dos demais. Ele mantinha sua paciência e sabia que estava indo na direção certa.

Mas, sem aviso, uma massa cinzenta lanosa veio do norte, crescendo sobre as encostas, espalhando-se pelos vales, até bloquear o sol e praticamente cegar todo mundo, porque a visibilidade limitava-se a poucos metros. O avanço tornou-se uma confusão de tropeços e tatear no escuro. Valerius praguejou por não conseguir mais ver os picos que o orientavam, e agora dependia totalmente do traidor. A serpente dourada caiu diante do ar sem vento.

Logo Tiberias parecia estar ele mesmo confuso. Fez uma pausa e olhou em volta incerto.

– Você está perdido, cão? – inquiriu Valerius brutalmente.

– Ouça!

Em algum lugar à frente começou uma fraca vibração, o rufar rítmico de um tambor.

– Os tambores de Conan! – exclamou o aquiloniano.

– Se estamos próximos bastante para escutar os tambores, por que não escutamos os gritos e o clangor dos exércitos? – questionou Valerius. – Certamente a batalha começou.

– Os desfiladeiros e ventos nos pregam peças – respondeu Tiberias, batendo os dentes, característica típica de gente que passou tempo demais em calabouços úmidos subterrâneos. – Escute! Eles estão combatendo lá embaixo no vale! – gritou Tiberias. – Os tambores tocam nas alturas. Temos que nos apressar!

Ele cavalgou em direção ao som do distante tambor como quem afinal reconhece onde se encontra. Valerius seguiu-o, amaldiçoando a neblina. Então ocorreu-lhe que aquele mesmo nevoeiro poderia mascarar seu avanço, impedindo Conan de vê-lo, chegando por suas costas antes que o calor do meio-dia dispersasse as brumas.

Naquele instante, era incapaz de dizer o que havia adiante, fossem rochedos, moitas ou penhascos. Os tambores soavam incessantemente, cada vez mais altos, porém nada escutavam da batalha, nem sabiam para onde iam. Valerius parou ao se ver cercado por paredes de escarpas cinzentas assomando-se aos rochedos esfumaçados, e percebeu que todos seguiam por uma garganta estreita. O guia não mostrava qualquer sinal de nervosismo. Valerius só ficou aliviado quando, após as paredes se alargarem e sumirem na neblina, atravessou a garganta; se uma emboscada tivesse sido planejada, teria ocorrido naquela passagem.

Tiberias fez mais uma pausa. Os tambores soavam alto, e Valerius não conseguia determinar de qual direção vinha o som. Uma hora pareciam estar à sua frente, em outra, atrás, depois de um lado, ou do outro. Olhou ao redor, montado em seu cavalo de guerra, com tufos de névoa no caminho e o orvalho em sua armadura, perdendo a paciência.

– Por que parou, cão? – perguntou.

O homem parecia estar escutando os tambores fantasmagóricos. Lentamente, endireitou-se na sela, virou a cabeça e encarou Valerius com um sorriso terrível nos lábios.

– A neblina está se enfraquecendo, Valerius – ele disse com uma voz renovada, apontando seu dedo ossudo. – Veja!

O tambor estava silencioso. A neblina desaparecia. Primeiro, as cristas dos rochedos ficaram à vista, acima das nuvens cinzentas. As brumas baixaram cada vez mais, encolhendo-se e evanescendo. Valerius parou sobre seus estribos com um grito, ecoado pela tropa de cavaleiros. Por todos os lados estavam cercados por rochedos. Eles não se encontravam em um vale aberto e amplo conforme supunham, mas em um desfiladeiro cego, murado por penhascos com centenas de pés de altura. A única entrada ou saída era a estreita garganta por onde haviam cavalgado.

– Cão! – Valerius golpeou Tiberias direto na boca com o punho cerrado e coberto pela luva de aço. – Que truque infernal é este?

Tiberias cuspiu um punhado de sangue e cambaleou, com uma gargalhada amedrontadora.

– Um truque que livrará o mundo de uma besta!

– Veja, cão! – novamente Valerius gritou, mais de fúria que de medo. O desfiladeiro estava bloqueado por um bando de homens de ar feroz, que permaneciam silenciosos, abalados e em farrapos, com lanças em suas mãos, centenas deles. E no topo dos rochedos apareceram outros rostos, milhares deles, bravios, magros e ferozes, marcados por fogo, aço e fome.

– Um truque de Conan! – irou-se Valerius.

– Conan nada sabe disso! – riu Tiberias. – Foi a trama de homens alquebrados, arruinados, e transformados em animais. Amalric estava certo ao dizer que Conan não dividiria seu exército. Nós somos a plebe que o segue, os lobos que se escondem nestas colinas, homens sem lares, sem esperança. Este plano foi nosso, e os sacerdotes de Asura ajudaram-nos com sua neblina. Olhe para eles, Valerius! Cada qual ostenta a marca de sua mão, no corpo ou no coração!

"Olhe para mim! Você não me reconhece por causa desta cicatriz que seu executor me infringiu? Mas outrora me conheceu. Eu já fui o senhor de Amilius, o homem cujos filhos você assassinou, cuja filha seus mercenários estupraram e mataram. Você diz que eu não me sacrificaria para atraiçoá-lo? Deuses tão poderosos, se eu tivesse mil vidas, daria todas para comprar a sua desgraça!

"E consegui acabar com você, desgraçado! Olhe para os homens que você esmagou, que no passado eram como reis! A hora deles chegou! Este desfiladeiro é a sua tumba. Tente escalar os rochedos; eles são lisos e altos. Tente lutar de volta para a garganta. Lanças bloquearão seu caminho, as pedras virão do alto para esmagá-lo. Cão! Estarei esperando por você no inferno!"

Jogando a cabeça para trás, ele gargalhou, até que as pedras começaram a rolar. Valerius inclinou-se na sela e atacou-o com sua grande espada, retalhando o osso do ombro e o peito. Tiberias caiu no chão, ainda rindo, engasgado e com um gorgolejo de sangue jorrando.

Os tambores retomaram o ritmo, cercando o desfiladeiro com um trovão, e as pedras vieram abaixo. Gritos guturais de homens morrendo subiram às nuvens dos penhascos.

CAPÍTULO 22

A estrada para Acheron

A ALVORADA ESBRANQUIÇAVA O LESTE QUANDO Amalric conduziu suas tropas para a boca do Vale dos Leões, ladeado por colinas baixas, roliças, porém íngremes, e no solo uma série de terraços irregulares. Na parte mais alta do terreno, o exército de Conan mantinha sua formação, esperando pelo ataque. As tropas que haviam se juntado a ele, marchando desde a Gunderlândia, não eram compostas exclusivamente por lanceiros. Vieram milhares de arqueiros bossonianos, quatro mil barões e seus homens do norte, inchando as alas da cavalaria.

Os lanceiros agruparam-se em disposição compacta, em cunha, na estreita cabeça do vale. Havia dezenove mil deles, a maioria gunderlenses, incluindo quatro mil aquilonianos de outras províncias. De ambos os lados, cinco mil arqueiros bossonianos. Atrás, aprumados em seus corcéis e com lanças erguidas, dez mil cavaleiros de Poitan, nove mil aquilonianos, barões e seus partidários.

Era uma posição forte. Os flancos não podiam ser invadidos, pois isso significaria escalar as íngremes colinas, sob as garras das flechas e espadas dos bossonianos. O acampamento ficara para trás, em um terreno estreito e escarpado, que nada mais era que um prolongamento do Vale dos Leões em um espaço um pouco mais elevado. Conan não temia ser surpreendido pela retaguarda, porque as colinas atrás de si estavam repletas de refugiados e homens alquebrado, cuja lealdade era inquestionável.

Mas, se sua posição era difícil de ser abalada, também não seria fácil abandoná-la. Era tanto uma armadilha quanto uma fortaleza para os defensores de Conan, uma última e desesperada resistência de homens que não esperavam sobreviver, a não ser em caso de vitória. A única linha possível de retirada passava pelo estreito vale atrás deles.

Xaltotun subiu em uma colina do lado esquerdo do vale, próxima à larga entrada. Era mais alta que as demais, conhecida como Altar dos Reis, por motivos há muito esquecidos. Somente o homem de Acheron o conhecia, e sua memória datava de mais de três mil anos atrás.

O mago não estava só. Seus dois companheiros, furtivos e sinistros, estavam lá, e traziam uma garota aquiloniana com as mãos e os pés amarrados. Deitaram--na sobre uma antiga pedra, que se parecia curiosamente com um altar e coroava o topo da colina. Por longos séculos havia estado lá, desgastada pelos elementos, até que muitos duvidavam que não passasse de uma interessante formação natural de rochas. Mas o que realmente era e por que ali estava Xaltotun lembrava-se desde antigamente. Os ajudantes afastaram-se, com as costas curvadas como gnomos silenciosos, e Xaltotun ficou ao lado do altar de pedra, com a barba negra soprada pelo vento, olhando o vale do alto.

Ele podia ver claramente as costas do sinuoso Shirki, e, por cima, dos morros, a entrada do vale. Podia ver a cunha de aço reluzente nos terraços, as vestes dos arqueiros refletindo a luz do sol entre rochas e arbustos, os altivos guerreiros em seus corcéis, com penas flutuando no capacete, lanças erguidas como moitas eriçadas.

Do outro lado, eram visíveis as longas linhas serrilhadas dos nemédios movendo-se em alas de aço brilhante para a boca do vale. Atrás deles, os pavilhões coloridos dos lordes e cavaleiros, e as tendas dos soldados comuns, que se espalhavam até peto do rio.

Como uma torrente de metais fundidos, as tropas nemédias fluíram para o vale, o grande dragão escarlate era um turbilhão à sua frente. Primeiro, marcharam os arqueiros em alas pares, bestas semilevantadas, flechas nos arcos, dedos nos gatilhos. Depois, vinham os lanceiros e, atrás deles, a verdadeira força do exército:

os cavaleiros, com bandeiras desfraldadas ao vento, lanças erguidas, levando à frente seus grandes corcéis, como se rumassem para um banquete de sangue.

E lá no alto dos rochedos, a tropa aquiloniana, que era bem menor, permanecia em silêncio. Eram trinta mil cavaleiros nemédios e, tal como na maior parte das nações hiborianas, a cavalaria era a espada do exército. Os homens a pé, vinte e um mil lanceiros e arqueiros, eram usados para abrir caminho para o assalto dos cavaleiros de armadura.

Ao comando de avançar, os arqueiros começaram a abrir espaços, sem quebrar as alas, lançando suas setas com zunido e ardor. Mas as flechas não chegaram aos alvos ou atingiram inofensivamente os escudos sobrepostos dos gunderlenses. Antes mesmo que as bestas pudessem entrar na linha de alcance assassino, os longos arcos dos bossonianos estavam fazendo estragos em suas fileiras.

Bastou pouco tempo, e uma tentativa fútil de trocar fogo, e os arqueiros nemédios começaram a recuar em desordem. Suas armaduras eram leves e as armas não eram páreo para os arcos longos dos bossonianos, abrigados por rochas e arbustos. Além disso, os homens a pé careciam da moral dos cavaleiros, sabendo que eram usados meramente como ferramenta para limpar o caminho.

Os besteiros recuaram e, entre suas linhas abertas, os lanceiros avançaram. Como eram em sua maior parte mercenários, os mestres não tinham remorso em sacrificá-los com a intenção de mascarar o ataque dos cavaleiros até que estivessem na distância de combate corporal. De ambos os flancos, os arqueiros lançavam suas setas a longa distância, os homens de lança marchavam enfileirados e, atrás deles, vinham os cavaleiros.

Quando os lanceiros começaram a fraquejar diante da selvagem saudação de morte que zunia e assobiava dos rochedos, uma trombeta soou, dividindo os grupos, um para a direita e outro para a esquerda. No meio deles, os cavaleiros trovejaram em suas couraças.

Correram diretamente contra uma nuvem de morte pungente. As setas encontravam cada brecha em suas armaduras e feriam os corcéis, que se atropelavam nos terraços gramados, retrocedendo, empinando e caindo para trás, arrastando seus cavaleiros. Homens de armadura espalharam-se pelos rochedos. O ataque vacilou, e recuou.

Tarascus estava sedento para lutar, mas foi o Barão de Tor quem de fato comandou naquele dia. De volta ao vale, Amalric reagrupou suas tropas e praguejou ao olhar para a floresta de lanças, com pontas visíveis acima dos capacetes dos gunderlenses. Esperava que sua retirada atraísse os cavaleiros para fora da área de proteção, com um ataque rochedo abaixo em sua perseguição, onde seriam cercados por seus arqueiros e trucidados por sua cavalaria. Porém, os rebeldes não se mexeram. Servos trouxeram água do acampamento para os cavaleiros, que tiravam seus capacetes e mergulhavam de cabeça nas tinas. Os feridos nos rochedos gritavam em vão, morrendo de sede. Na parte superior do vale, fontes refrescavam os insurgentes. Eles não passaram sede naquele dia longo e quente de primavera.

No Altar dos Reis, ao lado da milenar pedra esculpida, Xaltotun assistiu à maré de aço declinar e escoar. Os cavaleiros nemédios, com plumas e lanças, foram arrasados por uma nuvem sibilante de flechas, empurrados contra a parede por armas e escudos. Machados ergueram-se e estraçalharam seus capacetes, trazendo abaixo cavalos e cavaleiros. O orgulho dos gunderlenses não era menos feroz que o dos cavaleiros. Eles não eram dispensáveis para ser sacrificados para a glória de homens melhores. Aquela era a melhor infantaria do mundo, com uma tradição que tornava sua moral inabalável. Os reis da Aquilônia há muito haviam aprendido o valor de uma cavalaria inflexível, mantendo sua formação inalterável e a grande bandeira do leão tremulando ao vento. Na ponta da cunha, uma grande figura em uma armadura negra rugia e golpeava como um furacão, com um machado gotejante que separava ossos e aço de igual forma.

Os nemédios lutaram tão galantemente quanto suas tradições de alta coragem exigiam. Mas não conseguiam romper a formação em cunha de Conan. Do cume dos montes, o ataque era impiedoso. Seus próprios arqueiros eram inúteis, os lanceiros incapazes de escalar as alturas e enfrentar os bossonianos. Taciturnos, os cavaleiros recuaram, contando suas selas vazias. Os gunderlenses não deram gritos de triunfo, só fecharam suas fileiras, escondendo as lacunas deixadas pelo ataque, enquanto o suor corria para dentro de seus olhos nos capacetes de aço. Apertaram as lanças e aguardaram, com os corações ferozes inchados de orgulho por um rei ter lutado a pé ao lado deles. Atrás, os cavaleiros aquilonianos não tinham se movido. Permaneciam sentados em seus corcéis, estáticos.

Um mensageiro esporeou seu cavalo suado até o topo da colina chamada Altar dos Reis e olhou amargamente para Xaltotun.

– Amalric enviou-me para dizer que é hora de você usar sua magia, feiticeiro – ele disse. – Estamos morrendo como moscas lá no vale. Não conseguimos romper a posição dos revoltosos.

Xaltotun pareceu expandir-se, ficar mais alto, fantástico e terrível.

– Retorne a Amalric – ele falou. – Diga-lhe que reagrupe as alas para um novo ataque, mas que espere por meu sinal. Antes disso, ele verá algo de que se lembrará até o dia de sua morte!

O cavaleiro saudou o mago, compelido contra sua vontade, e desceu a colina a toda velocidade.

Xaltotun ficou ao lado do horrível altar de pedra e olhou para os mortos e feridos nos terraços, para o bando sorridente e manchado de sangue no topo das colinas, para as alas derrotadas logo abaixo do vale. Vislumbrou o céu, a menina magra sobre a pedra negra, e entoou uma invocação imemorial, erguendo seu punhal ornado com hieróglifos arcaicos.

– Set, deus das trevas, senhor escamoso das sombras, pelo sangue de uma virgem e pelo símbolo sétuplo, eu chamo seus filhos de baixo da terra negra! Crianças das profundezas, sob a terra vermelha, sob a terra negra, despertem e sacudam suas horríveis jubas! Que as montanhas de pedras e colinas caiam sobre meus inimigos! Que o céu escureça acima deles, e a terra se rompa sob seus pés! Que um vento das profundezas escuras se enrole ao redor de seus pés e os enegreça e murche...

Ele fez uma pausa, com o punhal erguido. No tenso silêncio, o rugido das tropas cresceu, trazido pelo vento.

Do outro lado do altar estava um homem vestindo um manto negro, cujo capuz escondia traços pálidos e delicados, olhos escuros, serenos e meditativos.

– Cão de Asura! – sussurrou Xaltotun, como o sibilar de uma serpente irada. – Você enlouqueceu a ponto de procurar sua desgraça? Ho, Baal! Chiron!

– Chame novamente, cão de Acheron! – disse o outro, e sorriu. – Chame-os mais alto. Eles não escutarão a não ser que seus gritos reverberem no inferno.

De um matagal à beira da crista saiu uma velha trajando vestes de camponesa, seus cabelos flutuando sobre os ombros, um grande lobo cinzento seguindo seus calcanhares.

– Bruxa, sacerdote e lobo – murmurou Xaltotun seriamente, e gargalhou. – Tolos! Querem lançar suas palhaçadas charlatãs contra minhas artes? Com um aceno de minha mão irei varrê-los de meu caminho!

– Suas mágicas são bambus ao vento, cão de Python – respondeu o asuriano. – Você se perguntou por que o Shirki não encheu e aprisionou Conan na margem oposta? Quando vi os relâmpagos na noite, adivinhei seu plano e meus feitiços dispersaram as nuvens, reunidas por você, antes que pudessem esvaziar suas torrentes. Você nem soube que sua feitiçaria para fazer chover falhara.

– Você mente! – berrou Xaltotun, abalado e sem confiança na voz. – Eu senti o impacto de uma poderosa feitiçaria contra a minha, mas nenhum homem na terra poderia desfazer a mágica das chuvas após ser elaborada, a não ser que fosse possuidor do próprio coração da feitiçaria.

– Mas a enchente que planejou não ocorreu – respondeu o sacerdote. – Olhe para seus aliados no vale, pythoniano! Você os levou para a matança! Foram pegos nas presas de uma armadilha, e você não pode ajudá-los. Olhe!

Ele apontou para um cavaleiro a galope, saído do desfiladeiro do vale superior, atrás dos poitanianos, girando algo acima da sua cabeça. Desceu pelo meio das alas de gunderlenses, que deram um profundo rugido, bateram suas lanças e escudos como trovões nas colinas. Nos terraços, as tropas ensopadas de suor recuaram. O mensageiro gritou como um demente, balançando os restos rasgados de uma bandeira vermelha. O sol cintilou sobre as escamas douradas da serpente que neles se contorcia.

– Valerius está morto! – berrou Hadrathus, vibrando. – Uma névoa e um tambor levaram-no ao seu destino! Eu reuni aquela bruma, cão de Python, e eu a dispersei! Eu, com minha magia, que supera a sua!

– De que isso importa? – urrou Xaltotun, com seus olhos ardendo, os traços convulsionados. – Valerius era um tolo. Não preciso dele. Posso esmagar Conan sem auxílio humano!

– Por que então a demora? – zombou Hadrathus. – Por que permitiu que tantos de seus aliados caíssem picados pelas flechas e espetados pelas lanças?

– Porque o sangue ajuda uma grande magia! – trovejou Xaltotun, fazendo eco nas rochas. – Porque nenhum mago desperdiça suas forças impensadamente. Porque eu preferi conservar meus poderes para os grandes dias que virão, em vez de empregá-los nesta luta nas colinas. Mas agora, por Set, eu irei liberá-los ao máximo! Observe, cão de Asura, falso sacerdote de um deus falido, e veja algo que abalará sua sanidade para sempre!

Hadrathus meneou a cabeça e gargalhou; o inferno jazia em sua risada.

– Olhe, demônio negro de Python!

Sua mão saiu de dentro do manto, segurando algo que ardia e queimava como um sol, mudando a luz para um brilho dourado, pulsante, que deixou a pele de Xaltotun semelhante à de um cadáver.

Xaltotun berrou, como se tivesse sido esfaqueado.

– O Coração! O Coração de Ahriman!

– Sim! O único poder que é maior que o seu!

Xaltotun pareceu estremecer, envelhecer. Repentinamente, sua barba estava granulada como neve, os cachos salpicados com cinza.

– O Coração! – ele murmurou. – Você o roubou! Cachorro! Ladrão!

– Não fui eu! Foi uma longa jornada para o sul. Mas agora ele está em minhas mãos, e suas artes negras não podem superá-lo. Tal qual o ressuscitou, ele o enviará de volta para a noite para a qual o havia arrastado. Você irá tomar a estrada negra de volta a Acheron, que é a estrada do silêncio e das trevas. O império negro, não renascido, permanecerá uma lenda e uma memória sombria. Conan reinará novamente. E o Coração de Ahriman voltará para a caverna abaixo do templo de Mitra, para queimar como um símbolo do poder da Aquilônia por milhares de anos!

Xaltotun bramiu e correu para o altar, de punhal erguido, mas de algum lugar, talvez saído dos céus, ou da grande joia que brilhava na mão de Hadrathus, foi disparado um feixe cegante de luz azul. Acertando em cheio o peito de Xaltotun, ele refulgiu, e as colinas ecoaram o choque. O mago de Acheron caiu como se tivesse sido atingido por um relâmpago e, antes que tocasse o chão, já estava terrivelmente alterado. Ao lado do altar de pedra não havia um cadáver de carne e osso, mas uma múmia enrugada, pardacenta, seca, uma carcaça irreconhecível coberta de pó. A velha Zelata olhou para baixo sombriamente.

– Ele não era um homem vivo. O Coração de Ahriman emprestou-lhe um aspecto falso de vida, que enganava até a si próprio. Eu sempre o vi como uma múmia.

Hadrathus inclinou-se para libertar a garota no altar quando, dentre as árvores, surgiu uma singular aparição: a carruagem de Xaltotun puxada por estranhos cavalos. Silenciosamente, avançaram até o altar e pararam, com as rodas quase tocando a coisa marrom seca sobre a grama. Hadrathus ergueu o corpo do mago e o colocou no carro. Sem hesitação, os bizarros corcéis fizeram meia-volta e seguiram em direção sul, colina abaixo, observados por Hadrathus, Zelata e o lobo cinzento, até desaparecer na longa estrada para Acheron, que fica além do alcance da vista dos homens.

Lá embaixo, Amalric enrijeceu-se em sua sela ao ver aquele cavaleiro descendo os rochedos, brandindo a bandeira da serpente manchada de sangue. Por algum instinto, virou a cabeça para o Altar dos Reis e ficou de boca aberta. Todos os homens no vale viram um eixo de luz ofuscante, que se ergueu do topo da colina, formando uma chuva de fogo dourado. Bem acima das tropas, chamas cegantes momentaneamente empalideceram o sol.

– Aquele não é o sinal de Xaltotun! – gritou o barão.

– Não! – respondeu Tarascus. – É um sinal para os aquilonianos! Veja! – no alto, as alas começaram a se mover rapidamente, em altos brados ecoando por todo o vale.

– Xaltotun falhou conosco! – rosnou Amalric furiosamente. – Valerius falhou conosco! Caímos em uma armadilha! Que Mitra amaldiçoe Xaltotun que nos trouxe até aqui! Soem a retirada!

– Tarde demais! – gritou Tarascus. – Olhe!

Do topo dos rochedos, a floresta de lanças despencou, implacável. As alas de gunderlenses abriram para a esquerda e a direita, como uma cortina, dando passagem para os cavaleiros da Aquilônia que, como furacão, desceram a colina trovejando e rugindo.

Não havia como resistir ao ímpeto daquele ataque. Setas atiradas pelos besteiros, já desmoralizados, ricocheteavam nos escudos e capacetes fechados. Com suas lanças abaixadas, os rebeldes varreram as fileiras de lanceiros como um maremoto.

Amalric deu nova ordem de ataque, e os nemédios, com a coragem dos desesperados e ainda em maior número que os atacantes, esporaram seus cavalos para os rochedos. Mas eram homens desgastados sobre animais cansados. Os cavaleiros da Aquilônia, que não haviam dado sequer um golpe naquele dia, e suas montarias estavam em pleno vigor. Vinham colina abaixo, como o impacto de um meteorito. E foi com fragmentos de rocha e metal que se engancharam, lutando contra as fileiras de nemédios, ferindo-os, fazendo-os em pedaços e empurrando os remanescentes contra os penhascos. A pé surgiram os gunderlenses, sedentos de sangue, e os bossonianos que corriam atrás de qualquer inimigo que ainda se movesse.

Pelas encostas, a maré da batalha tragou os confusos arqueiros nemédios, que fugiram em ondas dispersas, jogando as bestas fora. Os lanceiros que sobreviveram ao ataque explosivo dos cavaleiros foram retalhados pelos brutais gunderlenses. Em confusão louca, a batalha passou pela ampla boca do vale e chegou à planície infestada de guerreiros, que os perseguiam em combates individuais e em grupos, enquanto seus corcéis empinavam e davam coices. Os nemédios foram esmagados e, incapazes de se reagrupar ou formar uma resistência, saíram em debandada, correndo para o rio. Muitos alcançaram-no, escapando para a estrada a sudeste, com todo o interior do país atrás deles. O povo os caçava como lobos. Poucos chegariam a Tarantia.

A rendição final não ocorreu até a queda de Amalric. O barão, lutando em vão para reunir seus homens, enfrentou o grupo de cavaleiros que seguia o gigante de armadura negra, cuja couraça ostentava o leão real, tendo ao lado a bandeira do leão dourado com o leopardo escarlate de Poitan. Um guerreiro alto, com túnica reluzente, ocultou sua lança e investiu contra o senhor de Tor. Com grande estrondo, a lança do nemédio golpeou o capacete do inimigo, rompendo parafusos e rebites, e o arrancou, revelando as feições de Pallantides. Mas a lança do aquiloniano atravessou o escudo e a armadura para transfixar o coração do barão.

Um bramido soou alto quando Amalric foi arrancado de sua sela, quebrando a lança que o empalara, e os nemédios cederam, aniquilados pelas hostes do reino da Aquilônia. A hora do dragão tinha terminado.

Amalric estava morto, como o feiticeiro, e a bandeira real da Nemédia pisoteada, com sangue e pó. Os cavaleiros sobreviventes ainda tentavam escapar, mas Tarascus não fugiu. Sabia que tudo estava perdido, mas, com um punhado de seguidores fiéis, investiu pelo meio da peleja, consciente de um único desejo: encontrar Conan, o cimério. E, afinal, ficou de frente com ele.

As formações tinham sido desbaratadas, os bandos divididos e varridos. As plumas de Trocero brilhavam em uma parte da planície, as de Prospero e Pallantides nas outras. Conan estava sozinho. As tropas protetoras de Tarascus foram caindo, uma a uma, até que os dois reis se encontraram e partiram para um acerto de contas de homem para homem.

No confronto, o cavalo de Tarascus tropeçou e caiu. Conan desmontou de seu corcel, enquanto o rei da Nemédia desvencilhava-se dos arreios para se levantar. Com os dois frente a frente e de armas em riste, o aço piscou cegamente sob o sol, colidindo entre faíscas azuis. Então, um barulho retiniu na armadura e Tarascus foi ao chão depois de sofrer um poderoso golpe da espada de Conan.

O cimério colocou seu pé sobre o peito do inimigo e apontou-lhe o gume. Sem capacete, ele balançou a juba negra e seus olhos azuis trincavam com seu antigo fogo.

– Você se rende?

– Você me poupará? – perguntou o nemédio.

– Sim. Mais do que fez por mim, seu cão. Vida para você e todos seus homens que jogarem fora suas armas. Ainda que eu deseje partir sua cabeça seu ladrão infernal – o cimério resmungou.

Tarascus virou o pescoço e olhou para a planície. Os restos das tropas nemédias estavam fugindo pela ponte de pedra com hordas de aquilonianos vitoriosos no encalço com a fúria da vingança. Bossonianos e gunderlenses infestavam os campos de seus inimigos, rasgando suas tendas em pedaços em busca de pilhagens, fazendo prisioneiros, vasculhando a bagagem e virando os vagões.

Tarascus praguejou fervorosamente, mas só encolheu os ombros, que era o que podia fazer diante das circunstâncias.

– Muito bem. Eu não tenho escolha. Quais são suas exigências?

– Renda-se e me entregue todas as suas tropas que ainda resistem na Aquilônia. Ordene que suas guarnições marchem para fora dos castelos e cidades, sem suas armas, e tire seus exércitos infernais da Aquilônia o mais rápido possível. Você também deverá devolver todos os aquilonianos vendidos como escravos e pagar uma indenização que será determinada posteriormente, quando o dano que sua ocupação causou ao país puder ser determinado. Você permanecerá refém até que todos esses termos sejam cumpridos.

– Muito bem – rendeu-se Tarascus. – Eu renderei todos os castelos e cidades mantidas por minhas guarnições, sem resistência, e todas as outras coisas serão cumpridas. Qual o resgate por meu corpo?

Conan riu, tirou o pé do peito do nemédio, agarrou seu ombro e o levantou. Mas, antes de começar a falar, percebeu que Hadrathus se aproximava. O sacerdote estava mais calmo e tranquilo do que nunca, passando por corredores de homens e cavalos mortos.

O cimério limpou o pó besuntado de suor de seu rosto com a mão manchada de vermelho. Havia lutado o dia inteiro, primeiro, a pé com os lanceiros e, depois, na sela, liderando o ataque. Sua túnica estava despedaçada, a armadura ensanguentada e amassada por golpes de espadas, machados e clavas. Como mito, ele assomava contra um fundo de sangue e matança, como um sombrio herói pagão.

– Muito bom, Hadrathus! – ele disse com fervor. – Por Crom, fiquei feliz ao ver seu sinal! Meus cavaleiros estavam enlouquecidos de impaciência e devorando-se por dentro para tomar parte na batalha. Não poderia tê-los contido por muito mais tempo. E quanto ao mago?

– Ele tomou a estrada sombria para Acheron – respondeu Hadrathus. – E eu irei para Tarantia. Meu trabalho aqui acabou, mas tenho uma tarefa a ser realizada no templo de Mitra. Nesses campos, salvamos a Aquilônia, e mais do que esse reino. Sua cavalgada para a capital será uma procissão triunfal com um povo louco de alegria. Toda a Aquilônia saúda o retorno do seu rei. E então, até que nos encontremos no grande salão real, até breve!

Conan ficou em silêncio, observando o sacerdote partir. De várias partes do vale, cavaleiros vinham em sua direção. Ele viu Pallantides, Trocero, Prospero, Servius Gallanus com suas armaduras borrifadas de escarlate.

O trovão da batalha dava lugar ao clamor de triunfo. Todos os olhos, brilhando de exultação, estavam voltados para a grande figura negra do rei, braços brandiam para o alto suas espadas tingidas de vermelho. Uma torrente confusa de sons cresceu, profunda e retumbante como a arrebentação do mar:

– Salve Conan, rei da Aquilônia!

Tarascus falou:

– Você ainda não disse qual será o preço do meu resgate.

Conan riu e embainhou sua espada. Flexionou os braços e correu os dedos ensanguentados pelos grossos cachos negros, como se sentisse naquele momento a recuperação da coroa.

– Há uma garota em seu harém chamada Zenóbia.

– Sim, de fato há.

– Pois bem – o rei sorriu ante uma memória extremamente agradável. – Ela será seu resgate, e nada mais. Eu voltarei a Belverus por ela, conforme prometi. Era uma escrava na Nemédia, porém, farei dela a rainha da Aquilônia!

Contos inéditos

"Além do Rio Negro"

"As negras noites de Zamboula"

"Os profetas do Círculo Negro"

Além do Rio Negro

1
Conan perde seu machado

A QUIETUDE DA TRILHA DA FLORESTA ERA TÃO PRIMITIVA QUE a suave pegada de um pé calçado causava um enorme distúrbio. Ao menos é o que parecia aos ouvidos do viajante, apesar de ele se mover ao longo do caminho com a precaução que deve ser praticada por qualquer homem que se aventurava além do Rio do Trovão. Ele era um jovem de altura mediana, com um semblante aberto e um tufo de cabelo desgrenhado escapando de seu elmo, ou capacete. Suas vestes eram comuns o suficiente para aquele país – uma túnica grosseira, com uma fivela na cintura, calções de couro até os joelhos e suaves botas de camurça que chegavam até a altura dos joelhos. O cabo de uma faca se projetava do topo de uma das botas. O largo cinto de couro apoiava uma espada curta e pesada e uma bolsa de camurça.

Não havia perturbação nos olhos largos que esquadrinhavam as paredes verdes que franjavam a trilha. Apesar de não ser alto, era bem constituído, e os braços que as mangas curtas da túnica deixavam à mostra eram grossos e musculosos.

Vagou impassível, apesar de a última cabana de colonizadores estar milhas atrás de si, e cada passo o levava mais próximo do sombrio perigo que espreitava como um bando de sombras sobre a antiga floresta.

Ele não estava fazendo tanto barulho quanto lhe parecia, apesar de saber muito bem que a fraca pegada de seus pés calçados seria como um toque de alarme para os ferozes ouvidos que poderiam estar espreitando na traiçoeira vastidão verde. Sua atitude negligente não era genuína; seus olhos e ouvidos estavam em pleno alerta, sobretudo os ouvidos, porque nenhum olhar conseguiria penetrar o emaranhado de galhos mais do que alguns pés em qualquer direção que fosse.

Mas foi instinto mais do que qualquer aviso de seus sentidos externos que o alertou de repente e o fez levar a mão sobre a empunhadura. Ele permaneceu estático no centro da trilha, prendeu a respiração, perguntou-se sobre o que tinha escutado e se de fato havia escutado algo. O silêncio parecia absoluto. Nem um esquilo murmurava ou um pássaro chilreava. Então, seu olhar fixou-se em uma massa de arbustos ao lado da trilha algumas jardas à sua frente. Não havia brisa, ainda assim ele tinha visto um galho tremer. Seus pelos se eriçaram e por um instante permaneceu indeciso, certo de que um movimento em qualquer direção traria a morte saída dos arbustos.

Um pesado som de trituração soou atrás das folhas. Os arbustos foram sacudidos com força, e, junto com o barulho, uma flecha curvada de forma irregular surgiu de dentro deles e desapareceu entre as árvores do lado oposto. O viajante vislumbrou sua trajetória enquanto saltava freneticamente para se proteger.

Sua espada tremia nos dedos, e, ao agachar-se atrás de um caule grosso, viu os arbustos se abrirem e uma figura alta pisar devagar na trilha. O viajante encarou-a surpreso. O estranho estava vestido como ele com botas e calções, apesar de estes serem de seda, e não de couro. Mas trajava uma cota de malha tecida, sem mangas, ao invés da túnica, e um capacete empoleirado sobre sua juba escura. Aquele capacete apreendeu o olhar do outro; não tinha crista, porém, era adornado por pequenos chifres de búfalo. Nenhuma mão civilizada jamais criara uma peça como aquela. Nem era a face abaixo dele a de um homem civilizado: parda, com cicatrizes, olhos azuis ardentes. Era uma face tão imaculada quanto a floresta primitiva que constituía o pano de fundo. O homem trazia uma espada larga na mão direita, e a ponta estava manchada de vermelho.

– Pode sair – ele chamou, com um sotaque que não era familiar ao viajante. – Você está seguro agora. Só havia um desses cães. Pode sair.

O outro emergiu hesitante e o encarou. Sentiu-se indefeso e fútil quando percebeu as proporções do homem da floresta, o peito de ferro maciço, e o braço que portava a espada vermelha, bronzeado pelo sol, estriado e marcado de músculos. Ele se movia com a facilidade fatal de uma pantera; também era ferozmente flexível para ser produto da civilização, até mesmo para aquele arremedo de civilização que compunha as distantes fronteiras.

Virando-se, ele pisou de volta nos arbustos e os separou. Ainda incerto sobre o que acabara de acontecer, o viajante do leste avançou e olhou para baixo, em direção ao meio da moita. Um homem estava deitado. Era baixo, escuro e tinha músculos grossos. Estava nu, exceto por um trapo que lhe cobria o lombo, um colar de dentes humanos e um bracelete de latão. Uma espada curta estava enfiada no cinturão da tanga, e a outra mão ainda apertava um pesado arco negro. O homem tinha cabelos longos e escuros; era tudo o que o viajante podia dizer sobre sua cabeça, pois suas feições eram uma máscara de sangue e cérebro. Seu crânio tinha sido aberto ao meio.

– Pelos deuses, um picto! – exclamou o viajante.

Os intensos olhos azuis voltaram-se para ele.

– Você está surpreso?

– Disseram-me em Velitrium, e também nas cabanas dos colonos ao longo da estrada, que esses demônios às vezes se esgueiravam pela fronteira, mas eu não esperava encontrar um deles aqui tão longe, no interior.

– Você só está a quatro milhas ao leste do Rio Negro – informou-lhe o estranho. – Eles têm sido vistos milhas adentro de Velitrium. Nenhum colonizador entre o Rio do Trovão e o Forte Tuscelan está de fato a salvo. Eu rastreei este cão três milhas ao sul do forte esta manhã, e o tenho seguido desde então. Vim por trás dele no exato momento em que estava atirando uma flecha em você. Um instante mais tarde e haveria outro estranho no Inferno. Mas eu atrapalhei a mira dele.

O viajante estava observando o homem com os olhos arregalados, emudecido pela percepção de que ele tinha realmente rastreado um dos demônios da floresta e o matado sem suspeitas. Aquilo implicava uma qualidade de conhecimento das selvas impensada, até mesmo para a região de Conajohara.

– Você faz parte das guarnições do forte? – ele perguntou.

– Não sou soldado. Recebo o pagamento e as rações de um oficial de linha, mas faço meu trabalho nas matas. Valannus sabe que sou mais útil vagando ao longo do rio do que entocado no forte.

De maneira casual, o matador, com o pé, empurrou o corpo mais para o fundo dos arbustos, ajuntou-os e começou a descer a trilha. O outro o seguiu.

– Meu nome é Balthus – ele se apresentou. – Estava em Velitrium na noite passada. Ainda não decidi se vou apanhar uma porção de terra ou entrar para o serviço militar.

– As melhores terras próximas ao Rio do Trovão já estão ocupadas – grunhiu o outro. – Há muitas terras boas entre a Enseada do Escalpo, você a cruzou algumas milhas atrás, e o forte, mas está ficando muito infernal próximo ao rio. Os pictos vêm para queimar e matar, como aquele ali. Nem sempre estão sozinhos.

Algum dia tentarão expulsar os colonizadores de Conajohara. E eles podem conseguir; isso é bem provável. Esse negócio de colonização é uma loucura de qualquer modo. Há muitas terras boas ao leste das marchas bossonianas. Se os aquilonianos cortassem um pouco dos grandes estados de seus barões e plantações sem trigo onde agora há somente caça a veados, não precisariam cruzar a fronteira e tomar as terras dos pictos.

– Essa conversa é estranha para um homem a serviço do governador de Conajohara – objetou Balthus.

– Isso não representa nada para mim – devolveu o outro. – Sou um mercenário. Vendo minha lâmina pelo preço mais alto. Nunca plantei trigo, e jamais o farei, enquanto existirem outras colheitas que possam ser feitas com a espada. Mas vocês, hiborianos, expandiram o máximo que puderam. Cruzaram as marchas, queimaram algumas vilas, exterminaram uns poucos clãs e levaram as fronteiras até o Rio Negro; porém, duvido que serão capazes sequer de manter o que conquistaram, e jamais conseguirão empurrar as fronteiras para mais além do oeste. Seu rei idiota não entende as condições aqui. Ele não lhes enviará reforços suficientes, e não há colonizadores o bastante para suportar o choque de um ataque combinado vindo do outro lado do rio.

– Mas os pictos estão divididos em pequenos clãs – persistiu Balthus. – Jamais se unirão. Podemos aniquilar cada clã de forma isolada.

– Ou quaisquer três ou quatro clãs – admitiu o matador. – Entretanto, um dia um homem surgirá e unirá trinta ou quarenta clãs, assim como foi feito entre os cimérios, quando os gunderlenses tentaram empurrar nossa fronteira para o norte, anos atrás. Eles tentaram colonizar as marchas cimerianas do sul. Destruíram alguns pequenos clãs, construíram um forte, Venarium; você já deve ter ouvido a história.

– De fato – replicou Balthus, crispando as mãos nervosamente. A memória daquele desastre vermelho era um borrão negro nas crônicas de um povo orgulhoso e guerreiro. – Meu tio estava em Venarium quando os cimérios subiram pelas muralhas. Ele foi um dos poucos que escapou àquela matança. Escutei-o contar a história diversas vezes. Os bárbaros desceram pelas colinas em uma horda devoradora, sem aviso, e trovejaram sobre Venarium com tamanha fúria que não houve o que fazer diante deles. Homens, mulheres e crianças foram massacrados. Venarium foi reduzida a uma massa de ruínas carbonizadas, e assim permanece até hoje. Os aquilonianos foram levados de volta pelas marchas, e desde então nunca mais tentaram colonizar o país dos cimérios. Mas você fala de Venarium com familiaridade. Esteve por lá?

– Estive – grunhiu o outro. – Fazia parte da horda que se amontoava sobre as muralhas. Não tinha visto quinze invernos ainda, no entanto, meu nome já era repetido nos conselhos de fogo.

Balthus involuntariamente recuou, encarando-o. Parecia incrível que o homem que andava com tranquilidade ao seu lado tivesse sido um daqueles demônios ensandecidos que polvilharam sobre as muralhas de Venarium naquele dia, que fez as ruas ficarem carmesins.

– Então você também é um bárbaro! – exclamou sem querer.

O outro acenou com a cabeça sem se ofender.

– Sou Conan, da Ciméria.

– Já ouvi falar de você – um interesse renovado correu no olhar de Balthus. Não era de admirar que o picto fora vitimado por seu próprio tipo de artimanha! Os cimérios eram bárbaros tão ferozes quanto os pictos, e muito mais inteligentes. Era óbvio que Conan tinha passado bastante tempo entre os homens civilizados, ainda que aquele contato não tivesse amolecido ou enfraquecido qualquer um de seus instintos primitivos.

A apreensão de Balthus transformou-se em admiração enquanto observava as passadas felinas e o silêncio sem esforço com que o cimério se movia ao longo da trilha. Os elos lubrificados de sua armadura não tilintavam, e Balthus soube que Conan poderia passar pelo mais denso arbusto ou pelo bosque mais emaranhado tão silenciosamente quanto qualquer picto nu que já tivesse vivido.

– Você não é um gunderlense? – foi mais uma assertiva que uma questão.

Balthus balançou a cabeça e respondeu:

– Sou de Tauran.

– Eu vi bons mateiros vindos de Tauran. Mas os bossonianos abrigaram vocês aquilonianos da natureza selvagem por séculos demais. Vocês precisam endurecer.

Aquilo era verdade; as marchas bossonianas, com suas vilas fortificadas lotadas de arqueiros determinados, serviam a Aquilônia há bastante tempo como um amortecedor contra os bárbaros da periferia. Agora, entre os colonizadores que viviam além do Rio do Trovão, estava crescendo uma raça de homens da floresta capaz de enfrentar os bárbaros em seu próprio jogo, porém, seus números ainda eram escassos. A maior parte dos homens das fronteiras era como Balthus, mais do tipo colonizador do que mateiro.

O sol ainda não se tinha posto, no entanto, não estava mais à vista, escondido atrás da densa parede da floresta. As sombras estendiam-se, aprofundando-se nas matas às suas costas à medida que os companheiros desciam a trilha.

– Estará escuro antes de chegarmos ao forte – comentou Conan casualmente e, então – Ouça!

Ele fez uma pausa e agachou-se rápido; espada pronta, transformado em uma figura selvagem de suspeita e ameaça, preparado para lutar e dilacerar. Balthus também havia escutado um grito bravio que irrompeu em sua nota mais aguda. Era o berro de um homem presa de terrível medo e agonia.

Num instante, Conan estava correndo trilha abaixo, cada passo ampliando a distância entre ele e seu esforçado companheiro. Balthus esbaforiu uma maldição. Entre os colonizadores de Tauran, ele era tido como um bom corredor, mas Conan o estava deixando para trás com uma facilidade enlouquecedora. Então, Balthus esqueceu-se de sua exasperação quando seus ouvidos foram ultrajados pelo mais assustador grito que jamais escutara. Este não era humano, mas um miado demoníaco de triunfo hediondo que parecia exultar sobre a humanidade caída e ecoar nos golfos negros além do alcance da vista humana.

As passadas de Balthus vacilaram, e um suor pegajoso ensopou sua pele. Entretanto, Conan não hesitou; disparou em torno de uma curva na trilha e desapareceu, e Balthus entrou em pânico ao se ver sozinho com aquele grito horrível estremecendo pela floresta em ecos sombrios. E, imprimindo uma explosão extra de velocidade, mergulhou atrás dele.

O aquiloniano deslizou tropeçando até uma paragem, quase colidindo com o cimério que estava parado na trilha sobre um corpo amassado. Mas Conan não estava olhando para o cadáver que jazia na poeira ensopada de vermelho. Observava as matas profundas de ambos os lados da trilha.

Balthus murmurou uma horrível blasfêmia. Era o corpo de um homem que estava lá na trilha. Era baixo, gordo e vestia botas com camadas de ouro trabalhadas e, apesar do calor, uma túnica de arminho aparado de um rico mercador. Seu rosto gordo e pálido estava paralisado pelo horror; sua grossa garganta tinha sido cortada, como se por uma lâmina afiada igual a uma navalha, de orelha a orelha. A espada curta ainda na bainha parecia indicar que ele fora atacado sem ter chance de lutar por sua vida.

– Um picto? – Balthus suspirou, enquanto se virava para espreitar as sombras compactas da floresta.

Conan balançou a cabeça e endireitou-se para examinar o homem morto.

– Um demônio da floresta. Este é o quinto, por Crom!

– O que quer dizer?

– Já escutou falar de um mago picto chamado Zogar Sag?

Balthus negou com a cabeça, irrequieto.

– Ele vive em Gwawela, a vila mais próxima depois do rio. Há três meses ele se escondeu ao lado desta estrada e roubou um grupo de mulas de um comboio destinado ao forte. De alguma forma drogou os condutores. As mulas pertenciam a este homem – Conan indicou o cadáver com seu pé. – Tiberias, um mercador de Velitrium. Elas estavam carregadas com barris de ale, e o velho Zogar parou para se embebedar antes de cruzar o rio. Um mateiro chamado Soractus o rastreou, e conduziu Valannus e três soldados até onde ele estava deitado, bêbado em uma moita. Por causa das importunações de Tiberias, Valannus jogou Zogar Sag em uma cela. Esse é o pior insulto que se pode cometer contra um picto. Ele deu um jeito de matar o guarda e fugiu, e enviou a notícia de que pretendia matar Tiberias e os cinco homens que o capturaram de uma forma que faria os aquilonianos estremecer pelos próximos séculos.

"Bem, Soractus e os soldados estão mortos. Soractus foi assassinado no rio, os soldados nas próprias sombras do forte. E agora Tiberias está morto. Nenhum picto os matou. Cada vítima, exceto Tiberias, como pode ver, tinha perdido a cabeça. Sem dúvida agora estão enfeitando o altar do deus particular de Zogar Sag."

– Como você sabe que eles não foram mortos pelos pictos? – perguntou Balthus.

Conan apontou para o cadáver do mercador.

– Você acha que isso foi feito com uma faca ou espada? Olhe mais de perto e verá que somente uma garra poderia fazer um ferimento assim. A carne está rasgada, não cortada.

– Talvez uma pantera... – começou Balthus, sem convicção.

Conan balançou a cabeça, sem paciência.

– Um homem de Tauran não pode confundir a marca das garras de uma pantera. Não. É um demônio da floresta convocado por Zogar Sag para perpetrar sua vingança. Tiberias foi um tolo de ir a Velitrium sozinho, e tão perto do ocaso. Mas cada uma das vítimas parecia ser acometida pela loucura pouco antes de a desgraça se abater. Olhe aqui, os sinais são claros o bastante. Tiberias veio cavalgando ao longo da trilha em sua mula, talvez com um feixe de peles de lontras para vender em Velitrium, e a coisa saltou sobre ele de trás daquele arbusto. Veja onde os galhos estão amassados.

"Tiberias deu um grito e, então, sua garganta foi rasgada. Agora, está vendendo suas outras peles no Inferno. A mula fugiu para as matas. Escute! Mesmo agora dá para escutá-la debatendo-se sob as árvores. O demônio não teve tempo de pegar a cabeça de Tiberias; ele fugiu à nossa chegada."

– À sua chegada – consertou Balthus. – Não deve ser uma criatura muito terrível se fugiu de um homem armado. Mas como você sabe se não era algum picto com algum tipo de gancho que rasga ao invés de cortar? Você o viu?

– Tiberias era um homem que andava armado – grunhiu Conan. – Se Zogar Sag pode trazer demônios para auxiliá-lo, ele pode lhes dizer qual homem devem matar e qual devem deixar em paz. Não, eu não o vi. Apenas arbustos balançarem à esquerda da trilha. Porém, se precisa de mais provas, olhe aqui!

O matador havia pisado em uma piscina de sangue na qual o morto estava esparramado. Sob os ramos na beirada do caminho havia uma pegada, feita em sangue no barro duro.

– Um homem fez isso? – perguntou Conan.

Balthus sentiu seu escalpo arrepiar. Nenhum homem ou qualquer besta que ele conhecesse poderia ter deixado aquela estranha e monstruosa pegada com três dedos. Esta era curiosamente a combinação de pássaro e réptil, contudo, ao mesmo tempo nem um tipo nem outro. Balthus espalhou os dedos ao longo da impressão, com cuidado para não tocá-la, e soltou um grunhido explosivo. Não conseguia alcançar a marca.

– O que é isto? – sussurrou. – Nunca vi uma besta que deixasse uma pista como esta.

– Nem qualquer tipo de homem são – respondeu Conan com um ar sinistro. – É um demônio dos pântanos, eles são compactos como os morcegos dos pântanos além do Rio Negro. É possível escutá-los uivando como almas condenadas quando o vento sopra forte do sul nas noites quentes.

– O que faremos? – perguntou o aquiloniano, espiando com desconforto para dentro das profundas sombras azuladas. O medo congelado nas feições do morto o assustou. Ele se perguntou que imagem hedionda o infeliz tinha visto saltar sorrindo de dentro das árvores e que fez gelar seu sangue com tamanho terror.

– Não adianta tentar seguir um demônio – grunhiu Conan, apanhando uma pequena machadinha do cinturão do morto. – Tentei rastreá-lo após a morte de Soractus. Perdi seu rastro em doze passos. Ele pode ter criado asas e voado, ou afundado nas profundezas do Inferno. Não sei. Também não vou atrás da mula. Voltarei para o forte ou para alguma cabana dos colonizadores.

Enquanto falava, Conan se ocupava na beirada da trilha com seu machado. Com alguns poucos golpes, cortou um par de mudas com nove ou dez pés de comprimento, e desnudou-as de seus ramos. Depois, cortou uma quantidade de vinhas parecidas com serpentes que rastejavam entre os arbustos próximos, e atando uma extremidade a um dos polos, a poucos pés do final, batendo uma vinha sobre a outra, entrelaçou-as para a frente e para trás. Em poucos instantes ele tinha uma maca bruta, porém forte.

– O demônio não vai pegar a cabeça de Tiberias se eu puder evitar – rosnou. – Vamos carregar seu corpo até o forte. Não são mais que três milhas. Nunca gostei do tolo, mas não podemos ter demônios pictos fazendo maldições com a cabeça de homens brancos livremente.

Os pictos eram uma raça branca, embora fossem morenos, mas os homens das fronteiras nunca se referiam a eles dessa forma. Balthus apanhou a traseira da maca, sobre a qual Conan depositou sem cerimônia o desafortunado mercador, e seguiram pela trilha o mais rápido possível. Conan não fez mais barulho carregando seu sinistro fardo do que tinha feito quando não estava sobrecarregado. Fez um laço com o cinto do mercador no final dos polos, e estava carregando a sua parte da carga com uma mão, enquanto a outra empunhava a espada nua. Seu olhar incansável examinava as sinistras matas ao redor deles. As sombras estavam ficando mais densas. Uma bruma azul-escuro borrava os contornos da folhagem. A floresta parecia mais profunda no crepúsculo, tornando-se um assombro azul de mistério, abrigando coisas insuspeitas.

Eles tinham coberto mais de uma milha, e os músculos dos braços de Balthus estavam começando a doer um pouco, quando um grito soou estridente das matas cujas sombras azuis começavam a mudar para púrpura.

Conan parou convulsivamente, e Balthus quase soltou a maca.

– Uma mulher! – berrou o jovem. – Sagrado Mitra, uma mulher gritando lá fora!

– A esposa de um colono perdida nas selvas – rosnou Conan, colocando sua extremidade da maca no chão. – Talvez procurando por uma vaca. Fique aqui!

Ele mergulhou como um lobo caçando dentro da parede de folhas. Os cabelos de Balthus se eriçaram.

– Ficar aqui junto com este cadáver e um demônio escondido nas matas? – ele ganiu. – Eu vou com você!

E, transformando as palavras em ações, seguiu atrás do cimério. Conan deu uma olhadela para trás, mas não fez objeções, embora não tenha moderado suas passadas para se acomodar às pernas curtas do companheiro. Balthus desperdiçava fôlego xingando, enquanto o cimério afastava-se dele outra vez como um fantasma entre as árvores. Conan irrompeu em uma clareira escura e estancou, agachando-se, lábios rosnando, a espada erguida.

– Por que estamos parando? – indagou Balthus, limpando o suor dos olhos e apertando sua espada curta.

– O grito veio desta clareia ou próximo daqui – respondeu Conan. – Nunca erro a localização de sons, mesmo nas matas. Mas onde...

Atrás deles, na direção da trilha que tinham acabado de deixar, o súbito som eclodiu de novo. Cresceu penetrante e agudo. O grito de uma mulher em terror frenético. E, então, chocante, modificou-se para o som de uma gargalhada zombeteira que poderia ter irrompido dos lábios de um demônio inferior do Inferno.

– O que em nome de Mitra... – o rosto de Balthus era um borrão pálido nas trevas.

Com uma praga abrasadora, Conan deu meia-volta e correu por onde viera, e o aquiloniano tropeçou, perplexo, atrás dele. Ás cegas, ele andou atrás do cimério até que este parou. Ricocheteou em seus ombros musculosos como se fossem uma estátua de ferro. Ofegante do impacto, escutou a respiração de Conan sibilar por seus dentes. O cimério parecia congelado no lugar.

Balthus arrepiou-se ao olhar por cima dos ombros. Algo estava se movendo através dos profundos arbustos que franjavam a trilha; algo que nem andava nem voava, mas parecia deslizar como uma serpente. Porém, não era. Os contornos eram indistintos, mais alto que um homem, e não muito volumoso. Liberava um brilho de estranha luz, como uma fraca flama azul. De fato, o fogo lúgubre era a única coisa tangível naquilo tudo. Poderia ser uma flama encarnada movendo-se com razão e propósito pelas matas escuras.

Conan rosnou uma maldição selvagem e arremessou o machado com uma feroz vontade. No entanto, a coisa deslizou para a frente sem alterar o curso. Na verdade, foram apenas alguns instantes de vislumbre que tiveram dela, uma coisa alta e sombria de flamas místicas, flutuando através das moitas. Então, ela se foi, e a floresta caiu em uma quietude sem fôlego.

Conan praguejou, mergulhando pela folhagem que se interpunha entre a trilha. Suas blasfêmias, quando Balthus chafurdou atrás dele, eram lúridas e exaltadas. O cimério estava de pé ao lado da maca na qual jazia o corpo de Tiberias. E este já não tinha mais a cabeça.

– Ele nos enganou com aquele miado amaldiçoado! – tresvariou Conan, brandindo com fúria sua espada acima da cabeça. – Eu devia ter percebido! Devia ter adivinhado o truque! Agora haverá cinco cabeças decorando o altar de Zogar.

– Mas o que é essa coisa que pode chorar como uma mulher e rir como um demônio, e brilha como fogo de bruxa enquanto desliza sob as árvores? – resfolegou Balthus, enxugando o suor do rosto pálido.

– Um demônio do pântano – respondeu Conan, devagar. – Apanhe aqueles polos. Vamos levar o corpo de qualquer maneira. Pelo menos nossa carga está um pouco mais leve.

Com aquela sinistra filosofia, ele apanhou o laço de couro e seguiu trilha abaixo.

2
O mago de Gwawela

O FORTE TUSCELANO FICAVA NA ORLA, AO LESTE DO RIO NEGRO, cujas correntes lavavam os pés da paliçada. Esta era feita de cepos, assim como todos os edifícios lá dentro, incluindo o mirante (para dignificar-lhe o nome), no qual ficavam os alojamentos do governador, com vista para a paliçada e o rio sombrio. Além do rio, existia uma enorme floresta, com uma selva bastante densa próxima às margens porosas.

Os homens andavam pelas rampas ao longo do parapeito dia e noite, observando a densa parede verdejante. Poucas vezes uma figura ameaçadora aparecia, mas as sentinelas sabiam que elas próprias também eram vigiadas, feroz e vorazmente, com a impiedade do ódio antigo. A floresta além do rio podia parecer desolada e carente de vida ao olhar do ignorante, porém, a vida fervilhava ali, não apenas de pássaros, bestas e répteis, mas também de homens, o mais perigoso de todos os predadores.

Ali, no forte, a civilização acabava. Ele era o último posto do mundo civilizado; representava o impulso mais ocidental das raças hiborianas dominantes.

Além do rio, o primitivo ainda reinava em florestas sombrias, cabanas feitas de sapé nas quais os crânios sorridentes de homens eram pendurados, e recintos com paredes de lama onde fogueiras brilhavam e tambores ressoavam, e lanças eram estímulos nas mãos de homens escuros e silenciosos com cabelos negros emaranhados e olhos de serpente. Olhos que, com frequência, brilhavam nos arbustos de frente para o forte do outro lado do rio.

Outrora homens de pele morena haviam construído suas cabanas onde o forte estava, sim, e estas tinham subido até onde agora estavam os campos e cabanas dos colonos louros, muito além de Velitrium, aquela cidade da fronteira crua e turbulenta nas margens do Rio do Trovão, até as daquele outro rio que delimita as marchas bossonianas. Mercadores vinham, assim como sacerdotes de Mitra que andavam com os pés descalços e mãos vazias. A maioria deles morria de forma horrenda; mas em seguida vieram os soldados, homens com machados em riste, e mulheres e crianças em vagões puxados por bois. De volta ao Rio do Trovão, e mais ainda além do Rio Negro, os aborígenes foram empurrados, por meio de matança e massacre. Mas o povo de pele negra não se esqueceu de que certa vez Conajohara lhes pertenceu.

O guarda, dentro do portão leste, berrou um desafio. Através de uma abertura em forma de barra, as luzes de tochas tremulavam e cintilavam no capacete de aço e nos olhos suspeitos logo abaixo dele.

– Abre o portão – rosnou Conan. – Você vê que sou eu, não vê?

A disciplina militar o deixava num estado irritadiço.

O portão abriu-se para dentro e Conan e seu companheiro passaram através dele. Balthus notou que o portão era flanqueado por uma torre de cada lado, cujos topos erguiam-se acima da paliçada. Ele viu espaços para flechas.

O guarda grunhiu ao ver o fardo trazido entre os homens. Suas lanças altercaram umas contra as outras quando eles deram impulso para fechar o portão; queixo sobre o ombro, Conan perguntou de mau humor:

– Nunca viu um corpo sem cabeça antes?

Os rostos dos soldados estavam pálidos na luz das tochas.

– É Tiberias – proferiu um deles de repente. – Reconheço essa túnica de pele. Valerius aqui me deve cinco lunas. Eu disse a ele que Tiberias tinha ouvido o grito do velhaco quando cavalgou pelo portão em sua mula, com seu olhar vítreo. Apostei que ele voltaria sem a cabeça.

Conan grunhiu de um jeito enigmático, fez sinal para Balthus colocar a maca no chão e, em seguida, foi em direção aos aposentos do governador, com o aquiloniano nos seus calcanhares. O jovem despenteado olhava ao redor com avidez e curiosidade, reparava as filas de cabanas ao longo das muralhas, os estábulos, as pequenas barracas de mercadores, a fortificação imponente e outros prédios, com o pátio quadrado no centro onde os soldados treinavam e, agora, labaredas dançavam e homens de folga descansavam. Estes agora se apressavam em juntar-se à mórbida multidão que se reunia em torno da maca no portão. As figuras esguias dos lanceiros aquilonianos e desbravadores da floresta se misturavam com as formas baixas e troncudas dos arqueiros bossonianos.

Conan não se surpreendeu de o governador em pessoa recebê-los. A sociedade autocrática, com suas rígidas leis de castas, ficava muitas marchas ao leste. Valannus ainda era um homem jovem, bem-vestido, com um semblante cinzelado esculpido em um molde sóbrio devido ao trabalho e à responsabilidade.

– Você deixou o forte antes do nascer do sol, me disseram – falou para Conan. – Comecei a temer, afinal, que os pictos o tivessem apanhado.

– Quando eles defumarem minha cabeça, o rio inteiro saberá – grunhiu Conan. – E as mulheres pictas serão ouvidas velando seus mortos até Velitrium. Empreendi uma missão solitária. Não conseguia dormir. Ficava escutando tambores falando do outro lado do rio.

– Eles falam todas as noites – lembrou-se o governador, seus olhos finos enegrecendo, enquanto olhava atentamente para Conan. Ele aprendera a estupidez que era desmerecer os instintos de homens selvagens.

– A noite passada foi diferente – afirmou Conan. – Tem sido assim desde o retorno de Zogar Sag através do rio...

– Nós deveríamos lhe ter dado presentes e o enviado para casa, ou então o enforcado – suspirou o governador. – Você avisou, mas...

– Mas é difícil para vocês hiborianos aprenderem o modo de ser das fronteiras – disse Conan. – Bem, não adianta reclamar agora, mas não haverá paz na fronteira enquanto Zogar viver e se lembrar da cela na qual suou. Eu estava seguindo um guerreiro disposto a colocar mais alguns entalhes em seu arco. Depois de abrir sua cabeça, encontrei este garoto chamado Balthus, que veio de Tauran para ajudar a assegurar a fronteira.

O olhar de Valannus aprovou a estrutura forte e as feições francas do jovem.

– É um prazer recebê-lo, jovem senhor. Gostaria que mais gente de seu povo viesse. Precisamos de homens habituados à vida na floresta. Muitos de nossos soldados e alguns dos colonos vêm das províncias do leste e nada sabem sobre as matas, ou mesmo sobre a vida de agricultor.

– Não há muitos desse tipo deste lado de Velitrium – disse Conan. – Contudo, aquela cidade está cheia deles. Mas, escute, Valannus, encontramos Tiberias morto na trilha.

E, em poucas palavras, relatou o sombrio ocorrido.

Valannus empalideceu.

– Não sabia que ele tinha deixado o forte. Devia estar louco!

– Estava sim – respondeu Conan. – Como os outros quatro; todos, quando sua hora chegou, ficaram malucos e correram para as matas de encontro à morte, como uma lebre que vai para dentro da goela de um píton. Algo chamou por eles das profundezas da floresta, algo que os homens chamam de velhaco, na falta de nome melhor, mas apenas os amaldiçoados conseguiam escutar. Zogar Sag criou uma mágica que a civilização aquiloniana não consegue superar.

Valannus não respondeu àquela insinuação, e limpou a testa com a mão trêmula.

– Os soldados sabem disso?

– Nós deixamos seu corpo no portão leste.

– Você deveria ter ocultado o fato, escondido o cadáver em algum lugar na floresta. Os soldados já estão bastante nervosos.

– Eles o encontrariam algum dia. Se eu tivesse escondido o corpo, ele teria sido devolvido ao forte como foi o cadáver de Soractus, amarrado do lado de fora do portão para ser encontrado pela manhã.

Valannus estremeceu. Voltando-se, caminhou até uma janela e observou em silêncio para além do rio, negro e reluzente sob o brilho das estrelas. Atrás, a selva se levantava como uma muralha sinistra. O rugido distante de uma pantera rompeu a quietude. A noite avançava, borrando os sons dos soldados fora da torre, escurecendo as fogueiras. Um vento sussurrou por entre os ramos opacos, ondulando a água escura. Em suas asas veio um pulso grave e ritmado, tenebroso como os passos de um leopardo.

– No final das contas, o que nós sabemos, o que qualquer um sabe, sobre as coisas que a selva pode esconder? – disse Valannus como se estivesse expressando seus pensamentos em voz alta. – Temos rumores obscuros sobre grandes pântanos e rios, e uma floresta que se alonga continuamente sobre infinitas planícies e colinas, para culminar, enfim, nas margens do oceano a oeste. Mas que coisas estão entre este rio e o oceano, nós sequer ousamos adivinhar. Nenhum homem branco jamais mergulhou fundo na densidade e retornou vivo para nos contar o que encontrou. Somos sábios em nosso conhecimento civilizado, mas esse conhecimento chega só até certo ponto da orla ocidental daquele antigo rio! Quem sabe que formas terrenas ou não podem espreitar além do turvo círculo de luz que nosso conhecimento moldou? Quem sabe quais deuses são adorados entre as sombras daquela floresta pagã, ou que demônios rastejam para fora do lodo preto dos pântanos? Quem pode estar certo de que todos os habitantes daquele país negro são naturais? Zogar Sag... Um sábio das cidades do leste zombaria de suas magias primitivas como uma múmia de um faquir; ainda assim, ele tem levado os homens à loucura, e matou cinco dos nossos de uma forma que ninguém pode explicar. Pergunto-me se ele próprio é inteiramente humano.

– Se eu pudesse chegar a uma distância para atirar meu machado, encerraria a questão – rosnou Conan, servindo-se do vinho do governador e empurrando um copo em direção a Balthus, que o apanhou hesitante e com um olhar incerto voltado para Valannus.

O governador dirigiu-se a Conan e o encarou pensativo.

– Os soldados, que não acreditam em fantasmas ou demônios – disse –, estão quase em pânico. Você, que acredita em fantasmas, espíritos, duendes, e toda sorte de coisas estranhas, não parece temer qualquer uma delas.

– Não há nada no universo que o aço gelado não cortaria – respondeu Conan. – Atirei meu machado no demônio e ele não se feriu, mas posso tê-lo errado no crepúsculo ou um galho defletido seu voo. Não me desvio do meu caminho procurando por demônios; no entanto, não sairia do meu caminho para deixar um passar.

Valannus ergueu a cabeça e encontrou o olhar de Conan de frente.

– Conan, depende mais de você do que percebe. Você conhece a fraqueza desta província, um calço pequeno empurrado para o deserto selvagem. Sabe que a vida de todos os povos a oeste das marchas depende deste forte. Se ele cair, machados vermelhos estarão fragmentando os portões de Velitrium antes de um cavaleiro conseguir cruzar as marchas. Sua Majestade, ou seus conselheiros, ignoraram meu pedido de mais tropas para guardarem a fronteira. Nada sabem sobre as condições aqui e têm aversão de gastar mais dinheiro nesta direção. O destino da fronteira depende dos homens que cá estão.

"Você sabe que a maior parte do exército que conquistou Conajohara já se retirou. Sabe que a força deixada é inadequada, sobretudo desde que o demônio Zogar Sag conseguiu envenenar nosso suprimento de água e quarenta homens morreram em um dia. Muitos dos outros estão doentes, ou foram picados por serpentes ou atacados por bestas selvagens que parecem vagar em números cada vez maiores nos arredores do forte. Os soldados acreditam no ensejo de Zolgar de que ele poderia reunir todas as feras da floresta para acabar com seus inimigos.

"Tenho trezentos lanceiros, quatrocentos arqueiros bossonianos, e talvez cinquenta homens que, como você, são habilidosos na selva. Eles valem dez vezes mais que os soldados, mas são tão poucos. Francamente, Conan, minha situação está se tornando precária. Soldados falam em deserção; estão abatidos, acreditam que Zogar Sag libertou demônios sobre nós. Temem a peste negra que ele usou para nos ameaçar, a terrível morte negra dos pântanos. Quando vejo um soldado doente, suo de temor de vê-lo enegrecer, tremer e morrer diante de meus olhos.

"Conan, se a peste for liberada sobre nós, os soldados irão todos desertar. A fronteira permanecerá desguarnecida e nada impedirá o movimento das hordas de pele negra aos portões de Velitrium, talvez até além. Se nós não pudermos manter o forte, como eles manterão a cidade?

"Conan, Zogar Sag tem de morrer, se quisermos assegurar Conajohara. Você já penetrou no desconhecido mais fundo do que todos os homens do forte; sabe onde Gwawela fica, e conhece algo das trilhas da floresta ao longo do rio. Você levaria um grupo de homens esta noite e faria um esforço para matá-lo ou capturá-lo? Oh, sei que é loucura. Não há uma chance maior que mil de que qualquer um de vocês retorne com vida. Mas se não o apanharmos, será a morte para todos. Pode levar quantos homens quiser."

– Doze homens são melhores para um trabalho assim do que um regimento – respondeu Conan. – Quinhentos homens não conseguiriam abrir caminho até Gwawela e voltar, mas uma dúzia pode deslizar para dentro e sair. Deixe-me escolher meus homens. Não quero nenhum soldado.

– Deixe-me ir – exclamou ansiosamente Balthus. – Cacei cervos minha vida inteira em Tauran.

– Tudo bem. Balthus. Comeremos na tenda em que os caçadores se reúnem, e escolherei meus homens. Sairemos em uma hora, desceremos o rio em um bote até um ponto abaixo da vila e, então, penetraremos a mata. Se vivermos, devemos estar de volta ao raiar do dia.

3

Os rastejadores da escuridão

O RIO ERA UM TRAÇO VAGO ENTRE PAREDES DE ÉBANO. OS REmos que impulsionavam o extenso bote rastejavam ao longo da sombra densa da orla leste, mergulhavam suave na água e faziam tanto barulho quanto o bico de uma garça. Os ombros largos do homem na frente de Balthus estavam azulados na densa escuridão. Ele sabia que nem mesmo os olhos ágeis do bárbaro que estava ajoelhado na proa podiam discernir mais do que alguns pés à sua frente. Conan estava sentindo a rota por instinto e por uma intensa familiaridade que tinha com o rio.

Ninguém falava. Balthus havia dado uma boa olhadela em seus companheiros no forte antes de eles deslizarem pelas paliçadas até o banco e para dentro da canoa que os aguardava. Eles eram de uma nova casta que crescia no mundo naquela beirada bruta de fronteira; homens cuja necessidade impiedosa ensinara o modo de ser das selvas. Tinham muitos pontos em comum com os aquilonianos das províncias do oeste, vestiam-se da mesma forma: botas e camisas de camurça, calções de couro, com cinturões largos que seguravam machados e espadas curtas. Eram todos magros, cheios de cicatrizes e de olhares duros, musculosos e taciturnos.

De certa forma, eram homens selvagens, contudo, ainda havia uma enorme distância entre eles e o cimério. Eram filhos da civilização revertidos a um semibarbarismo. Ele era um bárbaro que vinha de mil gerações de bárbaros. Eles haviam adquirido discrição e astúcia, mas Conan nascera a partir dessas coisas, superava-os até mesmo na ágil economia de movimentos. Eles eram lobos, Conan, um tigre.

Balthus os admirava e ao seu líder, e sentiu um ímpeto de orgulho por ter sido admitido naquela companhia. Estava orgulhoso por seu remo não fazer mais ruído que os deles. Ao menos naquele tocante, era igual a eles, embora a experiência nas matas adquirida em Tauran jamais pudesse se equiparar àquela base nas almas dos homens que viviam na selvagem fronteira.

Abaixo do forte, o rio fazia uma ampla curva. As luzes do posto se perderam rápido, mas a canoa seguiu seu caminho por cerca de uma milha, evitando raízes e troncos flutuantes com incrível precisão.

Diante de um grunhido grave do líder, eles viraram e deslizaram em direção à margem oposta. Mergulharam nas sombras negras dos arbustos que margeavam a orla e saíram na abertura da corrente do rio, o que criava uma ilusão peculiar de exposição. Mas as estrelas iluminavam pouco, e Balthus sabia que, a não ser que alguém os estivesse vigiando, seria quase impossível, até mesmo ao olho mais hábil, divisar a forma envolta em sombras da canoa cruzando o rio.

Eles oscilaram sob os arbustos da margem ocidental, e Balthus tateou até encontrar uma raiz se projetando, que agarrou. Nenhuma palavra foi dita. Todas as instruções haviam sido dadas anteriormente, antes de os batedores deixarem o forte. Tão silencioso quanto uma grande pantera, Conan deslizou lateralmente e desapareceu nos arbustos. Silenciosos da mesma forma, nove homens o seguiram. Para Balthus, prendendo a raiz com seu remo em torno do joelho, parecia incrível dez homens conseguirem se desvanecer no emaranhado da floresta sem emitirem um som.

Ele se estabeleceu para esperar. Nenhuma palavra foi dita entre ele e o outro homem que ficara consigo. Em algum lugar, uma milha a nordeste ou algo assim, ficava a vila de Zogar Sag, anelada por selvas densas. Balthus entendeu suas ordens; ele e o companheiro deveriam esperar pelo retorno dos invasores. Se Conan e os homens não voltassem até a primeira matiz do alvorecer, eles deveriam retornar depressa pelo rio e reportar que mais uma vez a floresta cobrara seu pedágio imemorial da raça invasora.

O silêncio era opressivo. Nenhum som vinha das matas escuras, invisíveis além das massas negras, que eram os arbustos emaranhados. Balthus não escutava mais os tambores. Estavam silenciosos há horas. Ele ficou piscando, tentando, de forma inconsciente, ver através das trevas profundas. O frio e úmido odor noturno do rio e a floresta nebulosa o oprimiam. Em algum lugar próximo, escutou um som como se um grande peixe tivesse saltado e respingado água. Balthus pensou que deveria ter saltado tão próximo da canoa que tinha acertado a lateral, pois um leve tremor vibrou a embarcação. A popa do barco começou a virar, distanciando-se da margem bem devagar. O homem atrás dele devia ter soltado a raiz que estava agarrando. Balthus girou a cabeça para sibilar um aviso, e mal podia divisar a figura do companheiro, apenas um volume ligeiramente mais negro na escuridão.

O homem não respondeu. Perguntando-se se ele tinha adormecido, Balthus se esticou e tocou seu ombro. Para seu assombro, o homem se desequilibrou ao toque e caiu na canoa. Virando o corpo pela metade, Balthus o apalpou, seu coração querendo sair pela boca. Os dedos desajeitados deslizaram até a garganta do homem; somente o aperto convulsivo das mandíbulas do jovem sufocou o grito que emergiu de seus lábios. Os dedos de Balthus encontraram uma ferida escancarada, escorrendo sangue. A garganta de seu companheiro tinha sido cortada de orelha a orelha.

Naquele instante de horror e pânico, Balthus congelou e, então, um musculoso braço saído das trevas trancou-se com violência em torno de seu pescoço, estrangulando o grito. A canoa balançou selvagemente. A faca de Balthus estava em suas mãos, embora não se lembrasse de tê-la sacado da bota, e então estocou furioso e às cegas. Sentiu a lâmina penetrar fundo, e um berro infernal tocou seus ouvidos, um berro que foi horrivelmente respondido. As trevas pareceram ganhar vida ao seu redor. Um clamor bestial surgiu de todos os lados, e outros braços o agarraram. Estremecida pela massa de corpos em choque, a canoa rolou para o lado, mas, antes que ele fosse parar debaixo dela, algo acertou-lhe a cabeça e a noite foi, em poucos instantes, iluminada por uma explosão cegante de fogo, e então deu lugar às trevas nas quais nem mesmo as estrelas brilhavam.

4

As bestas de Zogar Sag

FOGUEIRAS OFUSCARAM BALTHUS NOVAMENTE QUANDO ELE recobrou aos poucos os sentidos. Piscou e sacudiu a cabeça. O brilho delas feria seus olhos. Um misto de confusos sons cresceu ao redor, tornando-se mais distintos conforme os sentidos clareavam. Ele ergueu a cabeça e olhou ao redor ainda sem compreender. Figuras negras o acossavam, recortadas contra labaredas de fogo vermelho.

Memória e entendimento vieram-lhe num instante. Ele estava em pé, amarrado a um poste em um espaço aberto, cercado por figuras ferozes e terríveis. Além do anel, fogueiras queimavam, guardadas por mulheres de pele escura. Ele viu cabanas de lodo e vime, e coberturas de palha. Atrás delas havia uma paliçada com um portão largo. Mas essas coisas ele viu somente de forma incidental. Até mesmo as mulheres ocultas com seus curiosos penteados foram notadas sem muito interesse. Sua atenção completa estava fixada no fascínio terrível dos homens que estavam na sua frente, olhando-o.

Homens baixos de ombros largos, peito profundo e cintura magra. Estavam nus, exceto por panos escassos no lombo. A luz do fogo mostrava seus músculos inchados em realce. Suas faces escuras estavam imóveis, mas os olhos estreitos ardiam com o mesmo fogo que queima nos olhos de um tigre à espreita. As cabeleiras embaraçadas eram presas com fitas cor de cobre. Portavam espadas e machados. Ataduras brutas enfaixavam os membros de alguns e manchas de sangue estavam secas nas peles escuras. Eles tinham lutado há pouco, e até a morte.

Seus olhos se afastaram do brilho constante de seus captores e reprimiram um grito de horror. A alguns pés de distância erguia-se uma pirâmide pequena e hedionda, constituída de cabeças humanas ensanguentadas. Olhos mortos e vítreos fitavam o céu negro. Entorpecido, Balthus reconheceu as feições dos que estavam voltados na sua direção. Eram as cabeças dos homens que tinham seguido Conan pela floresta. Ele não podia dizer se o cimério estava entre eles. Apenas algumas faces lhe eram visíveis. Parecia-lhe haver dez ou onze cabeças, pelo menos. Uma náusea mortal o assolou. Lutou contra o desejo de vomitar. Além das cabeças, jaziam os corpos de meia dúzia de pictos, e ele sentiu uma feroz exultação àquela visão. Ao menos os caçadores da floresta haviam cobrado sua taxa.

Desviando a cabeça daquele pavoroso espetáculo, percebeu outro poste próximo, uma estaca pintada de preto como aquela na qual ele se encontrava amarrado. Lá estava um homem vergado em seus laços, nu exceto pelos calções de couro, a quem Balthus reconheceu como um dos homens de Conan. Sangue pingava de sua boca, escorrendo devagar de um corte na lateral. Erguendo a cabeça enquanto lambia os lábios lívidos, ele murmurou, fazendo-se escutar com dificuldade acima do clamor feroz dos pictos:

– Então eles o pegaram também!

– Esgueiraram-se pela água e cortaram a garganta do outro homem – rosnou Balthus. – Nós não os escutamos até estarem sobre nós. Mitra, como algo pode se mover tão silenciosamente?

– Eles são demônios – resmungou o homem da fronteira. – Deviam estar nos vigiando desde o momento em que saímos da correnteza principal. Fomos direto para uma armadilha. Flechas de todos os lados estavam caindo sobre nós antes de nos darmos conta. A maioria caiu no primeiro ataque. Três ou quatro fugiram para os arbustos e tentaram lutar corpo a corpo. Mas eles eram em muitos. Conan deve ter escapado. Não vi sua cabeça. Teria sido melhor para nós se tivessem nos matado de imediato. Não posso culpar Conan. O normal seria termos chegado até a vila sem ser descobertos. Eles não mantêm espiões nas margens do rio num ponto tão distante como onde atracamos. Há alguma diabrura aqui. Pictos demais. Esses não são todos Gwaweli; há homens das tribos do oeste aqui e de outras partes do rio.

Balthus fitou as formas selvagens. Do pouco que sabia sobre o comportamento dos pictos, estava ciente de que o número de homens agrupado ao redor deles estava fora de proporção para o tamanho da vila. Não havia cabanas suficientes para acomodar todos ali. Então, reparou na diferença entre os desenhos tribais bárbaros pintados nos rostos e peitos.

– Algum tipo de artimanha – murmurou o caçador da floresta. – Devem ter se reunido aqui para assistir a Zogar fazer sua mágica. Ele irá elaborar alguma feitiçaria bizarra com nossas carcaças. Bem, um homem da fronteira não espera morrer na cama. Mas gostaria que tivéssemos partido junto com os demais.

O uivo lupino dos pictos aumentou em volume e exultação, e de um movimento em suas fileiras, uma afluência ansiosa e apinhada, Balthus deduziu que alguém importante estava vindo. Virando a cabeça ao redor, viu as estacas posicionadas diante de um grande prédio, maior do que as demais cabanas, decorado com cabeças humanas penduradas no beiral. Através da porta daquela estrutura agora dançava uma fantástica figura.

– Zogar! – murmurou Balthus, sua expressão sedenta de sangue emoldurada em linhas ferozes enquanto tencionava as cordas sem perceber. Ele viu uma figura delgada de altura mediana, quase escondida em plumas de avestruz, vestida em trajes de couro e cobre. Do meio das plumas espiava uma face medonha e malévola. As plumas intrigaram Balthus. Ele sabia que o lugar de onde vinham ficava à metade da largura de um mundo ao sul. Elas flutuavam e sussurravam perversamente enquanto o xamã saltava e pinoteava.

Com galopes e ressaltos fantásticos ele adentrou o anel e rodopiou diante de seus cativos silenciosos. Com outro homem aquilo teria parecido ridículo, um selvagem tolo dando saltos sem sentido em um turbilhão de penas. Mas o rosto feroz olhando por detrás daquela massa ondeante deu à cena um significado terrível. Nenhum homem com uma face como aquela poderia se parecer ridículo ou qualquer outra coisa além do demônio que era.

De repente, ele congelou na quietude de uma estátua; as plumas rodaram uma vez e afundaram em volta dele. Os guerreiros pararam de uivar. Zogar Sag jazia ereto e estático, e parecia aumentar de tamanho, crescer e se expandir. Balthus experimentou a ilusão de que o picto estava se avolumando diante de si, olhando para baixo com desprezo de uma enorme altura, embora soubesse que o xamã não era mais alto do que ele próprio. Desvencilhou-se da ilusão com dificuldade.

O feiticeiro estava falando agora, uma entonação bruta e gutural, que carregava em si o sibilo de uma cobra. Estocou a cabeça na direção do homem ferido na estaca; seus olhos brilharam vermelhos como sangue à luz das fogueiras. O homem da fronteira cuspiu em seu rosto.

Com um uivo feroz, Zogar curvou-se convulso no ar, e os guerreiros soltaram um brado que estremeceu até as estrelas. Foram na direção do homem na estaca, mas o xamã os fez voltar. Um comando ríspido enviou alguns homens até o portão. Eles o abriram, deram meia-volta e correram para o círculo. O anel de homens se dividiu numa pressa desesperada para a direita e a esquerda. Balthus viu as mulheres e crianças nuas debandarem para as cabanas. Ficaram espiando pelas portas e janelas. Uma ampla raia foi deixada aberta pelo portão, além da qual estava a floresta negra, apinhada taciturnamente por trás das luzes incertas das fogueiras.

Um silêncio tenso reinou enquanto Zogar Sag virou-se para a floresta, ficou na ponta dos pés e enviou um chamado inumano que sacudiu a noite. Em algum lugar na densa floresta, um rugido mais profundo lhe respondeu. Balthus tremeu. Pelo timbre do som sabia que jamais poderia ter vindo de uma garganta humana. Lembrou-se do que Valannus dissera, que Zogar afirmava poder reunir as bestas sob seus comandos. O caçador estava lívido por trás de sua máscara de sangue. Lambia os lábios como se fosse um espasmo.

A vila prendeu o fôlego. Zogar Sag permaneceu parado como uma estátua, suas plumas tremendo devagar em torno de si. Súbito, o portão não estava mais vazio.

Um suspiro de medo varreu toda a vila, e os homens se amontoaram apressadamente, comprimindo uns aos outros contra as cabanas. Balthus sentiu os pelos eriçarem no couro cabeludo. A criatura que estava no portão era como a corporificação do pesadelo de uma lenda. Sua cor era um pálido curioso que lhe dava um aspecto fantasmagórico e irreal sob a fraca luz. Mas não havia nada de irreal naquela cabeça selvagem que pendia para baixo e suas grandes presas curvas que brilhavam refletindo as chamas.

Com passadas silenciosas ele se aproximou do homem como um fantasma saído do passado. Era um sobrevivente de uma era mais antiga e tenebrosa, um ogro de muitas lendas anciãs, um tigre-dentes-de-sabre. Há séculos nenhum caçador hiboriano punha os olhos em uma dessas criaturas primordiais. Mitos imemoriais emprestavam-lhes uma qualidade sobrenatural, induzida pela cor espectral e ferocidade diabólica.

A besta que deslizou até os homens nas estacas era maior e mais pesada que um tigre listrado comum, e quase tão volumosa quanto um urso. Os ombros e as pernas dianteiras eram tão maciços e poderosamente musculosos a ponto de lhe darem um aspecto curioso de que o tronco era mais pesado, apesar de os quadris serem mais fortes que os de um leão. As mandíbulas eram compactas, mas a cabeça moldada de forma bruta. Sua capacidade cerebral era pequena. Não tinha espaço para instintos que não fossem os de destruição. Era uma aberração do desenvolvimento carnívoro, evolução executada em um horror de presas e garras.

Essa era a monstruosidade que Zogar Sag convocara da floresta. Balthus não mais duvidava da verdade por trás da mágica do xamã. Apenas as artes negras poderiam estabelecer domínio sobre aquele poderoso monstro de cérebro pequeno. Como um suspiro no verso de sua consciência, surgiu uma vaga memória do nome de um antigo deus das trevas e do medo primordial, a quem outrora homens e bestas se curvavam e cujos filhos, diziam os homens, ainda espreitavam em esquinas escuras do mundo. Um novo horror tingiu o olhar que ele fixou em Zogar Sag.

O monstro passou pela multidão de corpos e pela pilha de cabeças coaguladas sem demonstrar ter reparado em nada. Ele não era um varredor. Caçava apenas os vivos, numa vida dedicada tão somente à matança. Uma fome terrível queimava em seus olhos verdes, largos, que jamais piscavam; não só a fome de uma barriga vazia, mas a luxúria de lidar com a morte. Suas mandíbulas escancaradas babaram. O xamã deu um passo para trás e sua mão acenou em direção ao caçador.

O grande gato abaixou-se para dar o bote, e Balthus lembrou-se, trôpego, de histórias de sua ferocidade inacreditável, de como ele saltava sobre um elefante e enfiava as presas no crânio do titã como espadas, de forma que jamais pudessem ser retiradas, mas se manteriam pregadas na vítima até a morte. O xamã soltou um gritou estridente e, com um rugido estremecedor, o monstro atacou.

Balthus jamais sonhara em ver um salto como aqueles, um coque de destruição encarnado naquele gigante maciço de afiadas garras de ferro. Acertou em cheio o peito do homem, e a estaca curvou-se e se partiu na base, batendo no chão sob aquele impacto. Então, o dentes-de-sabre estava deixando o portão, meio arrastando, meio carregando um horrível brutamontes carmesim que só vagamente se parecia com um homem. Balthus observou quase paralisado, seu cérebro se recusava a dar crédito ao que vira.

Naquele salto, a grande besta não só quebrara a estaca, como tinha também rasgado o corpo desfigurado de sua vítima do poste ao qual estava atada. As enormes garras tinham desentranhado e parcialmente desmembrado o homem naquele instante, e as presas arrancaram todo o topo da cabeça, podando o crânio com tanta facilidade quanto fizera com a carne. Tiras de couro cru haviam cedido como se fossem de papel; onde as tiras tinham aguentado, carne e ossos não o fizeram. Balthus vomitou de repente. Ele já caçara ursos e panteras, no entanto, jamais sonhou que uma besta viva pudesse criar tamanha ruína no corpo de um homem em um piscar de olhos.

O dentes-de-sabre sumiu pelo portão, e alguns momentos depois um profundo rugido ecoou na floresta e desapareceu ao longe. Mas os pictos ainda se espremiam contra as cabanas, e o xamã continuava olhando para o portão, que era como um portal soturno que permitia a entrada da noite.

Suor frio explodiu subitamente na pele de Balthus. Que nova forma de horror viria através do portão para transformar seu corpo em carne moída? Um pânico doentio o assaltou e, sem sucesso, lutou contra suas amarras. A noite oprimia negra e horrível do lado de fora, longe das fogueiras. As próprias chamas em si queimavam lúridas como labaredas do Inferno. Ele sentiu os olhares dos pictos sobre si. Centenas de olhos cruéis e famintos refletiam a lascívia de almas desprovidas de humanidade, como Balthus o sabia. Eles não se pareciam mais com homens; eram demônios daquela selva escura, tão inumanos quanto as criaturas para as quais o diabo de plumas flutuantes gritava através das trevas.

Zogar enviou outro chamado estremecedor pela noite, tão singular quanto o anterior. Havia um sinistro sibilo nele, e Balthus gelou com a implicação. Se uma serpente pudesse sibilar naquela altura, aquele seria com certeza o som que produziria.

Dessa vez não houve resposta, apenas um período de silêncio de tirar o fôlego, no qual as batidas do coração de Balthus estrangulavam; e, em seguida, um açoite pôde ser ouvido do lado de fora do portão, um ruído seco que enviou calafrios pela espinha do homem. Mais uma vez a fresta do portão tinha um medonho ocupante.

Balthus também reconheceu o monstro das antigas lendas. Viu, e conhecia a antiga e maléfica serpente que rastejava ali, a cabeça em forma de cunha, grande como a de um cavalo, tão alta quanto a cabeça de um homem, e seu corpo de tambor reluzindo pálido, propagado atrás de si. Uma língua bifurcada apontava para dentro e para fora, e a luz das fogueiras brilhava nas presas nuas.

O aquiloniano tornou-se incapaz de sentir emoções. O horror de seu destino o paralisou. Aquele era o réptil que os antigos chamavam de Serpente Fantasma, o terror descorado e abominável que, desde antigamente, invadia as cabanas durante a noite para devorar famílias inteiras. Como o píton, ela esmagava suas vítimas, porém, diferente de outros constritores, suas presas continham veneno que levava à loucura e à morte. Ela também fora considerada extinta há muito. Mas Valannus dissera a verdade. Nenhum homem branco sabia quais formas assombravam as grandes florestas além do Rio Negro.

Ela veio em silêncio, rastejando pelo chão, a cabeça terrível no mesmo nível, o pescoço um pouco curvado para trás para dar o bote. Balthus encarou com um olhar hipnotizado aquele esôfago repugnante para o qual logo seria engolfado, e não tinha qualquer sensação que não fosse náusea.

E, então, algo que brilhou sob a luz das fogueiras se precipitou das sombras das cabanas, e o grande réptil começou a chicotear e entrou em convulsões instantâneas. Como em um sonho, Balthus viu uma lança curta ser atirada e transfixar aquele poderoso pescoço, logo abaixo das mandíbulas escancaradas; o eixo projetava-se de um lado, a ponta de aço do outro.

Atando-se e dando voltas medonhas, o réptil ensandecido rolou para dentro do círculo de homens que fugiam de sua presença. A lança não tinha despedaçado sua espinha, mas apenas atravessado os músculos do pescoço. O rabo, furioso, deu uma chicotada que ceifou uma dúzia de homens, e as mandíbulas mordiam de maneira descontrolada, espirrando veneno que queimava os demais como fogo líquido.

Uivando, amaldiçoando, gritando, em frenesi, eles se dispersaram, derrubaram uns aos outros durante a fuga, pisotearam os caídos e irromperam por entre as barracas. A cobra gigante rolou para dentro de uma fogueira, arremessando fagulhas e brasas, e a dor a conduziu a mais esforços frenéticos. A parede de uma cabana ruiu ante o impacto de sua cauda, que parecia um aríete, expelindo as pessoas que gritavam.

Os homens correram pelas fogueiras, espalhando as toras por todos os lados. As chamas saltitaram, e então esmoreceram. Um fraco brilho vermelho era tudo que iluminava aquele pesadelo de cena onde o réptil gigante chicoteava em espasmos, e os homens se arranhavam e tremiam numa evasão frenética.

Balthus sentiu algo sacudir-lhe os punhos e, então, como um milagre, ele estava livre, e uma mão forte arrastou-o para trás do poste. Ainda desorientado, viu Conan e sentiu a pegada de ferro do homem da floresta em seu braço. Havia sangue na malha do cimério, sangue coagulado na espada que portava na mão direita; ele parecia opaco e gigantesco naquela luz turva.

– Vamos! Antes que eles superem o pânico!

Balthus sentiu o punho de um machado em sua mão. Zogar Sag tinha desaparecido. Conan arrastou Balthus atrás de si até que o cérebro narcotizado do jovem despertasse e as pernas começassem a se mover em conformidade. Então, o bárbaro o soltou e correu para dentro do prédio em que os crânios estavam pendurados. Balthus o seguiu. Ele teve um vislumbre de um altar de pedra sombrio, pouco iluminado pelo brilho que vinha de fora; cinco cabeças humanas sorriam sobre o altar, e havia uma familiaridade sinistra nos traços da mais recente; era a cabeça do mercador Tiberias.

Atrás do altar havia um ídolo, obscuro, indistinto, bestial, embora tivesse vagamente os contornos de um homem. Então, um novo horror sacudiu Balthus quando a silhueta de repente se moveu com um som estridente de correntes, erguendo seus longos braços deformados na penumbra.

A espada de Conan se agitou para baixo, triturando carne e ossos. O cimério, em seguida, arrastou Balthus em torno do altar, passando pelo amontoado corpulento e peludo no chão, até uma porta na parte de trás da cabana. Os dois passaram por ela, e saíram ao ar livre. Mas a paliçada estava apenas a algumas jardas de distância.

Estava escuro atrás da cabana do altar. O estampido enlouquecido dos pictos não os levara naquela direção. No muro, Conan parou, agarrou Balthus e o levantou no ar na altura do braço estendido como o teria feito com uma criança. O jovem alcançou as pontas das toras eretas assentadas na lama seca pelo sol e subiu por sobre elas, ignorando os danos que causavam a sua pele. Abaixou a mão para o cimério quando, do canto da cabana, surgiu um picto correndo. Ele parou no lugar, fitando o homem na paliçada sob a luminosidade turva que ainda havia. Conan arremessou seu machado com uma mira mortal, mas a boca do guerreiro já estava aberta para soar o alarme, e este ecoou alto acima do barulho, só sendo abreviado quando ele caiu com o crânio partido.

O terror cego não havia submergido todos os instintos arraigados. Quando aquele berro selvagem ergueu-se acima do clamor, houve um instante de intervalo, e centenas de gargantas ladraram respostas ferozes, e os guerreiros vieram saltando para repelir o ataque pressagiado pelo alarme.

Conan deu um pulo alto, agarrou-se, não na mão de Balthus, mas em seu braço próximo ao ombro, e subiu a paliçada. O aquiloniano cerrou os dentes por causa da tensão, e então o cimério estava no muro ao seu lado, e os fugitivos desceram pela face oposta.

5
Os filhos de Jebbal Sag

– PARA QUAL LADO FICA O RIO? – BALTHUS ESTAVA CONFUSO.

– Não vamos nos arriscar a tentar o rio agora – grunhiu Conan. – As matas entre a vila e o rio estão infestadas de guerreiros. Venha! Seguiremos na direção que eles menos esperam. Oeste!

Olhando para trás enquanto adentrava a mata densa, Balthus contemplou a paliçada pontilhada com cabeças negras que os espreitavam. Os pictos estavam desnorteados. Eles não tinham chegado ao muro a tempo de ver os fugitivos se abrigarem. Correram para a parede esperando repelir uma força de ataque. Tinham visto o corpo do guerreiro morto. Mas não havia inimigo à vista.

Balthus percebeu que eles ainda não sabiam que seu prisioneiro escapara. Por causa de outros sons, acreditava que os guerreiros, dirigidos pela voz aguda de Zogar Sag, estavam acabando com a serpente ferida com suas flechas. O monstro estava fora do controle do xamã. Um instante depois, a qualidade dos gritos mudou. Rugidos de raiva se elevaram na noite.

Conan sorriu com ironia, enquanto conduzia Balthus por uma trilha estreita que ia para oeste coberta por ramos negros. Pisava de maneira tão suave e segura como se atravessasse uma via pública bem iluminada. O jovem tropeçava atrás dele, guiando-se por instinto ao longo da densa muralha que se erguia de ambos os lados.

– Eles estão atrás de nós agora. Zogar descobriu que você se foi, e sabe que minha cabeça não estava na pilha diante da cabana do altar. Aquele cão! Se eu tivesse outra lança teria arremessado nele antes de acertar a cobra. Mantenha-se na trilha. Eles não podem nos rastrear com a luz de tochas, e há vários caminhos que partem da vila. Eles tomarão aqueles que levam ao rio primeiro; farão um cordão de guerreiros por milhas ao longo da orla, esperando que apareçamos. Não tomaremos as matas até sermos obrigados. Ganharemos tempo nesta trilha. Agora, atenha-se a ela e corra, como jamais correu antes.

– Eles superaram seu pânico amaldiçoado rapidamente! – ofegou Balthus, imprimindo uma nova explosão de velocidade.

– Não temem coisa alguma há muito tempo – grunhiu Conan.

Por um tempo nada foi dito entre os dois. Os fugitivos devotaram toda a atenção para cobrir a distância. Mergulhavam cada vez mais fundo na mata selvagem, distanciando-se da civilização a cada passo, mas Balthus não questionava a sabedoria de Conan. O cimério, enfim, disse:

– Quando estivermos longe o bastante da aldeia, voltaremos ao rio fazendo uma grande curva. Não há nenhuma outra vila a milhas de Gwawela. Todos os pictos se reúnem naqueles arredores. Daremos uma volta ampla em torno deles. Não conseguirão nos rastrear até o dia nascer. Aí eles encontrarão nosso rastro, porém, antes do amanhecer, deixaremos a trilha e seguiremos pela selva.

Eles foram em frente. Os gritos atrás deles morreram. A respiração de Balthus estava ofegante por entre os dentes. Sentiu uma dor na lateral, e correr tornou-se uma tortura. Andava às cegas por entre os arbustos de ambos os lados da trilha. Conan parou de repente, voltou-se e olhou o escuro caminho atrás deles.

Em algum lugar a lua surgia, um brilho fraco entre o emaranhado de arbustos.

– Devemos entrar na floresta? – indagou Balthus.

– Dê-me seu machado – murmurou Conan. – Algo está bem próximo atrás de nós.

– Então, é melhor sairmos da trilha! – exclamou Balthus. Conan balançou a cabeça e arrastou o companheiro até uma moita densa. A lua subiu mais alta, derramando sua débil luz sobre a trilha.

– Não podemos enfrentar a tribo inteira! – sussurrou Balthus.

– Nenhum ser humano poderia ter encontrado tão rápido nossa trilha – resmungou Conan. – Fique quieto.

Seguiu-se, então, um silêncio tenso no qual Balthus sentiu como se seu coração pudesse ser escutado a milhas de distância. Logo, abruptamente, sem qualquer som para anunciar sua vinda, uma cabeça selvagem apareceu no caminho escuro. O coração de Balthus pulou até a garganta; numa primeira olhadela temeu estar encarando a terrível cabeça do dentes-de-sabre. Mas esta era menor, mais estreita; era um leopardo que estava ali, rosnando e olhando trilha abaixo. O vento soprava na direção dos homens amoitados, escondendo seu odor. Um calafrio percorreu a espinha de Balthus. A fera estava sem dúvida rastreando-os.

E ela estava desconfiada. Ergueu a cabeça, os olhos brilhavam como bolas de fogo, e um rugido grave saía de sua garganta. E, naquele instante, Conan arremessou o machado.

Todo o peso do braço e do ombro estava por trás daquele arremesso, e a arma tornou-se um risco prateado na escuridão. Antes de perceber o que tinha acontecido, Balthus viu o leopardo rolar no chão em espasmos mortais e o cabo do machado postado reto em sua cabeça. A arma partira seu crânio ao meio.

Conan saiu de trás dos arbustos, libertou o machado e arrastou o cadáver flácido para o meio das árvores, ocultando-o de uma olhadela casual.

– Agora vamos, e depressa! – grunhiu, mostrando o caminho para o sul, longe da trilha. – Haverá guerreiros vindo atrás deste felino. Assim que recuperou o juízo, Zogar o enviou atrás de nós. Os pictos deveriam tê-lo seguido, mas ele os deixou para trás. Circulou a vila até apanhar nossa trilha e nos perseguiu como a uma presa. Eles não puderam acompanhá-lo, entretanto, terão uma ideia de nossa posição original. Tentarão segui-lo por seus rugidos. Bem, isso não mais escutarão, mas podem encontrar o sangue na trilha e o cadáver escondido no arbusto. Se puderem, apanharão nosso rastro ali. Caminhe com cuidado.

Ele evitava sem esforço galhos baixos e sarças justas, passando por entre as árvores sem tocar no caule e sempre plantando os pés em lugares calculados para mostrar o mínimo da evidência de sua passagem; mas com Balthus era um trabalho mais lento e laborioso.

Nenhum som vinha de trás deles. Tinham coberto mais de uma milha quando Balthus disse:

– Zogar Sag apanha filhotes de leopardo e os treina para serem cães de caça?

Conan balançou a cabeça.

– Aquele era um leopardo que ele chamou das matas.

– Mas – Balthus persistiu –, se ele pode ordenar as bestas a cumprirem seus comandos, por que não as reúne todas para virem atrás de nós? A floresta está repleta de leopardos; por que enviar apenas um?

Conan não respondeu por algum tempo, mas quando o fez foi com uma curiosa reticência.

– Ele não pode comandar todos os animais. Somente aqueles que se lembram de Jhebbal Sag.

– Jhebbal Sag? – Balthus repetiu o nome ancião de forma hesitante; nunca ouvira ele ser dito mais do que três ou quatro vezes em sua vida.

– No passado, todas as criaturas vivas o adoravam. Isso foi há muito tempo, quando bestas e homens falavam a mesma língua. Os homens esqueceram-se dele; e até mesmo as bestas. Apenas algumas se recordam. Os homens e as bestas que se lembram de Jhebbal Sag são irmãos e falam a mesma língua.

Balthus não respondeu; ele tinha sido amarrado a uma estaca picta e visto a selva noturna entregar seus horrores mortais ao chamado do xamã.

– Os homens civilizados dão risadas – disse Conan. – Porém, nenhum sabe responder como Zogar Sag consegue chamar pítons, tigres e leopardos de dentro da selva e fazer com que o obedeçam. Eles diriam que tudo não passa de uma grande mentira, se ousassem. É assim que a civilização é. Quando não podem explicar algo por meio de sua ciência imatura, recusam-se a acreditar.

O povo de Tauran era mais próximo dos primitivos em relação à maioria dos aquilonianos; superstições persistiam, cujas fontes encontravam-se perdidas na antiguidade. E Balthus tinha visto episódios que ainda formigavam sua pele. Não podia refutar a coisa monstruosa que as palavras de Conan implicavam.

– Ouvi falar que existe um antigo arvoredo sagrado para Jhebbal Sag em algum lugar desta floresta – disse Conan. – Não sei. Nunca o vi. Mas sei que há mais bestas que se recordam dele neste país do que em qualquer outro lugar.

– Então haverá outras em nosso encalço?

– Elas já estão – foi a resposta inquietante de Conan. – Zogar não deixaria nossa trilha para uma única fera.

– O que vamos fazer, então? – perguntou Balthus ansioso, apertando o machado enquanto olhava para os arcos sombrios acima de si. Sua pele formigava com a expectativa momentânea de garras e presas pulando das trevas.

– Espere!

Conan virou-se, agachou-se e, com sua faca, começou a desenhar um símbolo estranho no chão. Inclinando-se para olhar por cima dos ombros dele, Balthus estremeceu sem saber o motivo. Não havia vento contra seu rosto, mas um farfalhar de folhas acima deles, e um estranho gemido varria espectralmente pelos galhos. Conan olhou inescrutável para o alto e, em seguida, levantou-se e ficou encarando com um olhar sombrio o símbolo que desenhara.

– O que é isto? – sussurrou Balthus. Parecia arcaico e sem sentido aos seus olhos. Supôs que fosse sua ignorância sobre arte que o impedia de identificar aquele como um dos desenhos convencionais de alguma cultura dominante. Porém, mesmo que fosse o mais erudito artista do mundo, sequer chegaria perto da solução.

– Eu vi isso esculpido na pedra de uma caverna que nenhum homem tinha visitado por um milhão de anos – murmurou Conan –, nas montanhas desabitadas do Mar de Vilayet, a meio mundo de distância de onde estamos. Depois, vi um caçador negro de bruxas desenhá-lo na areia de um rio sem nome. Ele me contou parte de seu significado. É sagrado para Jhebbal Sag e as criaturas que o adoram. Observe!

Os dois voltaram para a densa folhagem a algumas jardas de distância e esperaram em tenso silêncio. Ao leste, tambores falavam e, em algum ponto ao norte, outros respondiam. Balthus estremeceu, embora soubesse que longas milhas de floresta o separavam dos medonhos tocadores de tambores cujo pulsar bruto era a sinistra introdução ao palco tenebroso para um drama sangrento.

Balthus surpreendeu-se prendendo a respiração. Então, com um leve balançar de folhas, os ramos se abriram e uma magnífica pantera ficou à vista. A luz da lua salpicando por entre as folhas brilhou em sua penugem grossa delineando os grandes músculos que estavam sob ela.

Com a cabeça baixa, ela chegou até eles. Estava rastreando a trilha. Fez uma pausa como se congelasse, seu focinho quase tocando o símbolo talhado no solo. Por um longo tempo permaneceu agachada e imóvel; estendeu o longo corpo e deitou a cabeça no chão diante da marca. Balthus teve calafrios; pois a atitude do grande carnívoro era de temor e adoração.

A pantera se levantou e, com cautela, retrocedeu, a barriga quase tocando o chão. Com seus quadris largos entre os arbustos, deu meia-volta como se estivesse em súbito pânico, e desapareceu tal qual um relâmpago.

Balthus limpou a testa com a mão tremendo e olhou para Conan.

Os olhos do bárbaro estavam com um fogo latente que jamais se acendeu nos olhos da raça de homens civilizados. Naquele instante ele era inteiramente selvagem, se esquecera do homem ao seu lado. Em seu olhar ardente, Balthus vislumbrou e reconheceu imagens imaculadas e memórias meio encarnadas, sombras do alvorecer da vida, esquecidas e repudiadas pelas raças sofisticadas, fantasmas antigos e primitivos, inomináveis.

Então, as chamas profundas foram mascaradas e Conan, em silêncio, estava mostrando o caminho mata adentro.

– Não temos mais nada a temer dessas feras – disse após um período. – Mas deixamos um sinal para os homens lerem. Não será fácil seguir nossa trilha, e até que encontrem aquele símbolo, não saberão ao certo que viramos ao sul. Mesmo então não será fácil nos farejar sem o auxílio das bestas. Porém, a selva ao sul da trilha estará infestada de guerreiros nos procurando. Se continuarmos nos movendo após o nascer do sol, talvez encontremos alguns deles. Assim que acharmos um bom lugar iremos nos esconder e esperar até que outra noite caia para chegarmos ao rio. Temos de avisar Valannus, mas não será de utilidade alguma para ele se formos mortos.

– Avisar Valannus?

– Inferno, as matas ao longo do rio estão infestadas de pictos. Foi por isso que nos pegaram. Zogar está preparando uma guerra com sua magia; não é um mero ataque desta vez. Ele fez algo que não me recordo de picto algum ter feito antes. Uniu mais de cinquenta ou sessenta clãs. Sua feitiçaria fez isso; eles seguirão um mago além do que o fariam com um chefe de guerra. Você viu a massa na vila; e havia centenas escondendo-se nas margens do rio, que você não viu. Outros estão vindo das vilas mais afastadas. Ele terá pelo menos três mil guerreiros.

“Deitei-me nos arbustos e os escutei conversando enquanto passavam. A intenção deles é atacar o forte; quando, eu não sei, mas Zogar não se atreverá a adiar demais. Ele os reuniu e os conduziu a um estado de frenesi. Se não os levar à batalha logo, começarão a lutar uns contra os outros. São como tigres loucos por sangue.

“Não sei se podem tomar o forte ou não. Seja como for, temos de voltar pelo rio e dar o aviso. Os colonos na estrada para Velitrium precisam ou ir para lá, ou para o forte. Enquanto os pictos estiverem sitiando o forte, grupos de guerra tomarão a estrada para o leste; talvez até cruzem o Rio do Trovão e ataquem os colonizadores que ficam antes de Velitrium."

Enquanto falava, Conan mostrava o caminho que se aprofundava mais e mais dentro da selva. Logo, deu um grunhido de satisfação. Haviam atingido um ponto onde os ramos eram mais alastrados, e um afloramento de rochas que rumava para o sul fez-se visível. Balthus sentiu-se mais seguro quando seguiram por ele. Nem mesmo um picto poderia rastreá-los por sobre rocha nua.

– Como você escapou? – questionou.

Conan bateu em sua malha e capacete.

– Se mais pessoas na fronteira usassem armaduras, haveria menos crânios pendurados nos altares das cabanas. Mas a maior parte dos homens é barulhenta quando veste armadura. Eles estavam esperando de ambos os lados do caminho, inertes. E quando um picto fica imóvel, as próprias bestas da floresta passam por ele sem vê-lo. Eles nos viram cruzar o rio e assumiram seus lugares. Se tivessem armado uma emboscada logo quando saímos da embarcação, eu poderia ter percebido. No entanto, estavam esperando, e nem sequer uma folha tremia. O próprio diabo não teria suspeitado de nada. Minha primeira suspeita foi quando escutei uma flecha sendo raspada em um arco ao ser estirada. Abaixei-me e gritei para os homens fazerem o mesmo, mas eles foram muito lentos, surpreendidos daquela forma.

"A maioria caiu no primeiro voleio que nos atingiu de ambos os lados. Algumas das setas cruzaram a trilha e acertaram pictos do lado oposto. Escutei-os uivarem – sorriu de satisfação. – Alguns de nós ficamos mergulhados nas matas e próximos deles. Quando vi que os outros tinham sido abatidos ou pegos, fugi e despistei os demônios pintados na escuridão. Eles estavam todos ao meu redor. Corri, rastejei, esgueirei-me e cheguei a me deitar de barriga sob os arbustos enquanto passavam de ambos os lados.

"Tentei chegar até a margem, porém a encontrei com uma ala de homens, justamente esperando por isso. Mas eu teria aberto caminho e arriscado nadar se não tivesse escutado os tambores rufando na aldeia e se soubesse que eles tinham apanhado alguém com vida.

"Estavam todos tão embasbacados com a mágica de Zogar que fui capaz de escalar o muro atrás da cabana do altar. Um guerreiro deveria estar vigiando aquele ponto, mas ele estava de cócoras atrás da cabana espiando a cerimônia de um canto. Fui por detrás dele e quebrei seu pescoço com minhas mãos antes que percebesse o que estava acontecendo. Foi sua a lança que eu atirei na cobra, e é o machado dele que você está carregando."

– Mas o que era aquela... Aquela coisa que você matou no altar? – perguntou Balthus, com um tremor ante a memória do horror que tinha visto.

– Um dos deuses de Zogar. Um dos filhos de Jhebbal que não se lembrava dele e tinha de ser mantido acorrentado no altar. Um macaco touro. Os pictos acreditam que ele era sagrado para o Peludo que vive na lua, o deus gorila Gullah. Está ficando mais claro. Aqui é um bom lugar para se esconder até vermos o quanto eles nos seguiram pela trilha. Talvez tenhamos que esperar até o cair da noite antes de tentarmos chegar ao rio.

Uma pequena colina apontava para o alto, anelada e coberta com árvores e moitas. Próximo ao topo, Conan deitou-se em um emaranhado de pedras salientes, coroado por densos arbustos. Deitados ali, eles conseguiam ver a selva abaixo sem serem vistos. Era um bom lugar para se esconder e se defender. Balthus não acreditava que até mesmo um picto conseguiria rastreá-los por aquelas quatro ou cinco milhas de solo rochoso, porém temia as bestas que obedeciam Zogar Sag. Sua fé naquele curioso símbolo vacilava um pouco agora. Mas Conan dispensara a possibilidade de as bestas os terem rastreado.

Uma testemunha espectral se espalhava por sobre os galhos densos; os trechos de céu visíveis alteravam seu matiz, de rosa para azul. Balthus sentiu a fome corroê-lo, apesar de ter abrandado a sede em um riacho que haviam contornado. O silêncio era completo, exceto pelo canto ocasional de um pássaro. Os tambores não podiam mais ser ouvidos. Os pensamentos de Balthus voltaram-se para a terrível cena diante da cabana do altar.

– Aquelas eram plumas de avestruz que Zogar Sag usava – ele disse. – Eu as vi em capacetes de cavaleiros que cavalgaram do Oriente para visitar os barões nas marchas. Não há avestruzes nesta floresta, há?

– Elas vieram de Kush – respondeu Conan. – A oeste daqui, muitas marchas ao longe, estão as margens do mar. Navios de Zíngara de vez em quando vêm e comercializam armas, vinhos e ornamentos com as tribos da costa em troca de peles, cobre e ouro. Às vezes trocam plumas de avestruzes obtidas dos stygios, que por sua vez as conseguem com as tribos negras de Kush, que ficam ao sul da Stygia. Os pictos são muito propensos a tentar apreender um navio. E a costa é perigosa para navios. Eu velejei ao longo dela quando fui um pirata das Ilhas Barachas, que ficam a oeste de Zíngara.

Balthus olhou com admiração para o companheiro.

– Sabia que você não tinha passado a vida nesta fronteia. Você mencionou diversos lugares distantes. Viajou muito?

– Eu fui longe; muito mais do que qualquer outro homem de minha raça já vagou. Vi todas as grandes cidades dos hiborianos, shemitas, stygios e hirkanianos. Atravessei países desconhecidos ao sul dos reinos negros de Kush, e ao leste do Mar de Vilayet. Fui mercenário, capitão, corsário, um kozar, um vagabundo sem um centavo, general... Inferno, já fui de tudo, exceto rei de um país civilizado, mas ainda o serei antes de morrer – a fantasia o agradou e ele deu um sorriso largo. Então, encolheu os ombros e esticou sua poderosa figura por sobre as rochas. – Esta é uma vida tão boa quanto qualquer outra. Não sei quanto tempo ficarei na fronteira; uma semana, um mês, um ano. Tenho um pé errante. Mas é tão bom na fronteira quanto em qualquer outro lugar.

Balthus se posicionou para observar a floresta abaixo deles. Por um momento, esperou ver ferozes rostos pintados apontando para fora das folhas. Mas, conforme as horas passavam, nenhuma pegada furtiva perturbava a quietude. Ele acreditava que os pictos tivessem perdido o rastro deles e desistido da caçada. Conan ficava impaciente.

– Deveríamos ter avistado grupos vasculhando as matas atrás de nós. Se eles desistiram da caçada, é porque estão atrás de algo maior. Pode ser que estejam se reunindo para cruzar o rio e acossar o forte.

– Eles viriam tão longe a este ponto no sul, caso tivessem perdido nossa trilha?

– Eles perderam a trilha, tudo bem; de outro modo já estariam sobre nossos pescoços. Em circunstâncias comuns, limpariam as matas por milhas em todas as direções. Alguns deles deveriam ter passado por esta colina. Devem estar se preparando para cruzar o rio. Vamos ter de nos arriscar e tentar chegar até lá.

Ao descer as rochas, Balthus sentiu um arrepio entre os ombros ao esperar por um instante uma explosão fulminante de flechas saídas das massas verdes sobre eles. Temia que os pictos os tivessem descoberto e preparado uma emboscada. Mas Conan estava convencido de que não havia inimigos por perto, e estava certo.

– Estamos milhas ao sul da vila – grunhiu Conan. – Temos que seguir direto até o rio. Não sei o quanto estão espalhados rio abaixo. Só podemos esperar chegar até o rio, acima deles.

Com uma pressa que parecia ser negligência para Balthus, eles foram para o leste. As matas pareciam vazias de vida. Conan acreditava que todos os pictos se reuniriam nas cercanias de Gwawela se, de fato, ainda não tivessem cruzado o rio. Contudo, não acreditava que o fariam durante o dia.

– É certeza que algum caçador os veria e daria o alarme. Eles vão cruzar abaixo e acima do forte, fora da vista das sentinelas. Então, outros entrarão em canoas e seguirão direto para a parede do rio. Assim que atacarem, os que estiverem escondidos nas matas na orla leste assaltarão o forte de ambos os lados. Eles já tentaram isso antes, e tiveram as tripas arrancadas. Mas desta vez têm homens o suficiente para fazer um verdadeiro estrago.

Seguiram em frente sem parar, embora Balthus olhasse para os esquilos passando ao longe e rápido pelos galhos, que ele poderia ter levado abaixo com um movimento de seu machado. Com um suspiro, deixou-o em seu cinturão. O silêncio eterno e a penumbra da primitiva floresta estavam começando a oprimi-lo. Pensou nos pomares abertos e prados ensolarados de Tauran, da alegria franca da casa de seu pai, que era de telhado de palha e de vidros diamantinos, das vacas gordas vagando pela grama alta e suculenta, e a irmandade verdadeira dos lavradores e pastores musculosos e desarmados.

Apesar da companhia, sentiu-se solitário. Conan era tanto uma parte daquela imensidão quanto Balthus era um estranho a ela. O cimério podia ter passado anos entre as grandes cidades do mundo, podia ter caminhado com os governadores da civilização; podia até mesmo atingir seu capricho selvagem, algum dia de reinar sobre uma nação civilizada; coisas mais estranhas já tinham acontecido. Mas não era menos bárbaro por causa disso. Sua preocupação era apenas com os fundamentos desnudos da vida. As intimidades aconchegantes de pequenas coisas, os sentimentos e deliciosas trivialidades que compõem uma parte tão grande da vida dos homens civilizados não tinham sentido para ele. Um lobo não era menos lobo porque um capricho circunstancial o fizera correr entre um grupo de cães de caça. Derramamento de sangue, violência e selvageria eram os elementos naturais da vida que Conan conhecia; ele não podia, e jamais entenderia as coisas pequenas que são caras aos homens e mulheres civilizados.

As sombras estavam se estendendo quando os dois chegaram ao rio e espiaram por detrás de arbustos que os mascaravam. Podiam ver uma milha acima e abaixo do rio. A soturna correnteza jazia nua e vazia. Conan esquadrinhou a margem oposta.

– Vamos ter de nos arriscar aqui. Temos de atravessar o rio nadando. Não sabemos se eles o cruzaram ou não. As matas do outro lado podem estar vivas com eles. Temos que tentar. Estamos a cerca de seis milhas de Gwawela.

Ele voltou-se e se abaixou quando a corda de um arco vibrou. Algo como um raio branco de luz riscou por entre os arbustos. Balthus sabia que era uma flecha. Então, com a ferocidade de um tigre, Conan investiu contra os arbustos. Balthus viu de relance o brilho do aço enquanto ele brandia sua espada, e escutou um grito agonizante. No instante seguinte, irrompeu para dentro da mata atrás do cimério.

Um picto com o crânio partido estava caído de cara no chão, seus dedos, com espasmos, apertavam a grama. Meia dúzia de outros estavam avançando contra Conan, machados e espadas erguidas. Eles tinham largado seus arcos, inúteis naquela distância mortal. Suas arcadas inferiores estavam pintadas de branco, contrastando vividamente com os rostos escuros, e os desenhos dos peitos musculosos diferiam de qualquer um que Balthus já tinha visto.

Um deles arremessou o machado em Balthus e investiu contra ele com uma faca erguida. Balthus esquivou-se e apanhou o punho que conduzia a faca lambendo sua garganta. Caíram juntos no chão, rolando várias vezes. O picto era uma fera selvagem, sua musculatura rígida como cordas de aço.

Balthus lutava para manter sua pegada no punho do homem e trazer o próprio machado para o jogo, mas a luta foi tão rápida e furiosa que cada tentativa de atacar foi bloqueada. O picto debatia-se com fúria para libertar a mão da faca, tentava apanhar o machado de Balthus e dava joelhadas na virilha do rapaz. Súbito, ele fez uma tentativa de mudar a faca para a mão livre, e num instante Balthus, libertando-se com uma joelhada, partiu a cabeça pintada com um golpe desesperado de seu machado.

Ele se levantou e olhou ao redor procurando por seu companheiro, esperando vê-lo superado pelos números. Foi quando percebeu a força e ferocidade plenas do cimério. Conan transpôs dois de seus atacantes, cortando-os ao meio com a terrível espada. Balthus viu o bárbaro defender a estocada de uma lâmina, evitar o golpe de um machado com um movimento lateral com a agilidade de um felino que colocou um selvagem, que se inclinava para se esquivar dentro da linha de alcance de seus braços. Antes de o picto poder se endireitar, a espada vermelha agitou-se para baixo e cravou o ombro no externo medial, onde a lâmina emperrou.

Os guerreiros remanescentes investiram contra ele, um de cada lado. Balthus arremessou seu machado com uma precisão que reduziu os atacantes a um, e Conan, abandonando os esforços de soltar a espada, virou-se para encarar o picto que restara com as mãos limpas.

O atarracado guerreiro, uma cabeça mais baixa que seu inimigo, saltou, golpeando com o machado, ao mesmo tempo dando uma punhalada fatal com sua faca. A lâmina quebrou-se contra a malha do cimério, e o machado foi interrompido em pleno voo quando os dedos de Conan fecharam-se como ferro no braço que descia. Um osso estalou alto, e Balthus viu o picto estremecer e vacilar. No instante seguinte ele foi arrancado do chão e erguido acima da cabeça do cimério, contorceu-se no ar por um instante, chutando e debatendo. E, em seguida, foi arremessado de cabeça no chão com tamanha força, que repicou antes de permanecer inerte, sua postura flácida dizendo que os membros haviam se partido e a espinha quebrada.

– Vamos! – Conan liberou sua espada e apanhou um machado. – Pegue um arco e um punhado de flechas, e se apresse! Temos de confiar em nossos calcanhares de novo. Aquele berro foi ouvido. Estarão aqui em pouco tempo. Se tentássemos nadar agora, eles nos atravessariam com suas flechas antes de chegarmos ao meio da correnteza!

6

Machados vermelhos da fronteira

CONAN NÃO SE APROFUNDOU MUITO NA FLORESTA. A ALGUMAS centenas de metros do rio, mudou seu curso enviesado e correu paralelo a ele. Balthus reconheceu uma determinação severa para não se afastarem demais do rio que teriam de cruzar se quisessem avisar os homens no forte. Atrás deles escutaram os gritos de seus perseguidores. O aquiloniano acreditava que os pictos haviam atingido a clareira onde os corpos jaziam mutilados. Então, outros rugidos pareciam indicar que os selvagens estavam se embrenhando nas matas em perseguição. A dupla tinha deixado uma trilha que qualquer picto seguiria.

Conan aumentou a velocidade, e Balthus apertou firme os dentes e manteve-se nos calcanhares dele, apesar de sentir que a cada instante poderia colapsar. Parecia fazer séculos desde a última vez que tinha comido. Manteve-se em movimento mais por força de vontade do que por qualquer outra coisa. Seu sangue estava correndo com tanta fúria em seus tímpanos que sequer ficou ciente quando os gritos morreram atrás de si.

Conan deteve-se de repente. Balthus inclinou-se contra uma árvore e ofegou.

– Eles desistiram – grunhiu Conan, carrancudo.

– Estão nos espreitando! – falou Balthus sem fôlego.

Conan balançou a cabeça.

– Numa caçada curta como essa, eles gritariam a cada passo do caminho. Não. Voltaram atrás. Pensei ter escutado alguém gritando atrás deles alguns segundos antes de o barulho começar a diminuir. Eles foram reconvocados. E isso é bom para nós, mas muito ruim para os homens no forte. Significa que os guerreiros estão sendo reunidos na selva para o ataque. Aqueles homens com quem topamos eram guerreiros de uma tribo abaixo do rio. Estavam sem dúvida indo para Gwawela para se juntarem ao assalto contra o forte. Maldição, estamos mais longe do que nunca agora. Temos de cruzar esse rio.

Virando para o leste ele passou com pressa pela mata, sem qualquer tentativa de se ocultar. Balthus o seguiu, pela primeira vez sentindo pontadas de laceração em seu peito e ombro onde os dentes selvagens do picto o feriram. Ele estava atravessando os arbustos grossos que se articulavam à margem quando Conan o puxou para trás. Então, escutou um borrifo de água ritmado e, espiando pelas folhagens, viu uma canoa descendo o rio, seu único ocupante remando firme contra a correnteza. Era um picto fortemente constituído com uma pena branca de garça real enfiada em uma bandana cor de cobre que prendia sua juba quadrada.

– Este é um homem de Gwawela – murmurou Conan. – Emissário de Zogar. A pluma branca mostra isso. Ele carregou um aviso de paz às tribos por todo o rio, e agora está retornando para ocupar seu posto na matança.

O embaixador solitário estava agora quase paralelo ao lugar em que eles se escondiam, e, de repente, Balthus quase pulou para fora da própria pele. Os guturais gritos ásperos de um picto soaram em seus ouvidos. Então, percebeu que Conan era quem havia chamado o remador na própria língua dele. O homem parou, esquadrinhou os arbustos e disse algo de volta. Lançou um olhar assustado por sobre o rio, curvou-se e enviou a canoa direto para a margem ocidental. Sem entender, Balthus viu Conan tirar de sua mão o arco que ele apanhara na clareira e encaixar uma flecha.

O picto havia trazido a canoa até próximo da margem. E, olhando para os arbustos, disse alguma coisa. Sua resposta veio na vibração da corda do arco e no voo reto da flecha que afundou até as penas em sua testa larga. Com um ofego sufocado, ele caiu para o lado e rolou para a água rasa. Num instante Conan desceu da margem e pulou na água para agarrar a canoa à deriva. Balthus o seguiu, e um pouco atordoado arrastou-se para dentro da canoa. Conan pulou para dentro, pegou o remo e, rápido, impulsionou a embarcação em direção à margem oriental. Balthus notou com admiração invejosa o movimento da musculatura poderosa sob a pele queimada de sol. O cimério parecia um homem feito de ferro, que não sabia o que era fadiga.

– O que você disse ao picto? – perguntou Balthus.

– Disse para encostar; que, na margem, havia um batedor branco da floresta que estava querendo atirar nele.

– Isso não me parece justo – objetou Balthus. – Ele pensou que fosse um amigo falando consigo. Você imitou um picto com perfeição...

– Precisamos deste bote – grunhiu Conan, sem pausar seus esforços. – Era a única forma de atraí-lo à margem. O que é pior: trair um picto que adoraria nos depenar vivos, ou trair os homens do outro lado do rio cujas vidas dependem de nossa chegada?

Balthus ponderou sobre aquela delicada questão ética por um momento, depois deu de ombros e perguntou:

– A que distância estamos do forte?

Conan apontou para um afluente que corria do leste para o Rio Negro, algumas centenas de metros abaixo deles.

– Aquele é o Afluente do Sul; sua boca fica a dez milhas do forte. É a fronteira sul de Conajohara. Milhas de largos pântanos ao sul daqui. Não há perigo de uma invasão vinda deste ponto. Nove milhas acima do forte, o Afluente do Norte constitui a outra fronteira. Pântanos além daquele ponto, também. Por isso um ataque terá que vir do oeste, através do Rio Negro. Conajohara é como uma lança, com uma ponta de dezenove milhas de largura, enfiada dentro da imensidão picta.

– Por que não mantemos a canoa e vamos pela água?

– Porque, considerando a correnteza que teremos de enfrentar e as curvas do rio, iremos mais rápido a pé. Fora isso, lembre-se de que Gwawela fica ao sul do forte; se os pictos estiverem cruzando o rio, daremos de cara com eles.

O crepúsculo estava chegando quando pisaram na orla oriental. Sem pausar, Conan rumou para o norte, num ritmo que fez as pernas tenazes de Balthus doerem.

– Valannus queria um forte construído nas bocas dos afluentes norte e sul – grunhiu o cimério. – Assim, o rio poderia ser patrulhado constantemente. Mas o governador não faria isso. – Aqueles imbecis de barriga flácida sentados em almofadas de veludo com garotas peladas de joelhos oferecendo-lhes vinho gelado; conheço essa raça. Eles não conseguem ver além das paredes de seu palácio. Diplomacia. Inferno! Eles lutariam contra os pictos com teorias de expansão territorial. Valannus e homens como ele têm de obedecer às ordens de um grupo de tolos amaldiçoados. Jamais obterão mais terras pictas, não mais do que puderam reconstruir Venarium. Vai chegar a hora em que verão os bárbaros infestando as muralhas das cidades ao leste!

Uma semana antes, Balthus teria dado risada diante daquela disparatada sugestão. Agora, nem sequer respondeu. Tinha visto a ferocidade inconquistável dos homens que viviam além das fronteiras.

Ele estremeceu, jogando olhares para o taciturno rio, só visível através dos arbustos, nos arcos das árvores que se amontoavam próximas às margens. Continuava imaginando que os pictos poderiam ter cruzado o rio e estar preparando uma emboscada entre eles e o forte. Escurecia rápido.

Um leve som à frente deles disparou seu coração, e a espada de Conan reluziu no ar. Ele a abaixou quando um cão, uma grande besta, magra e com cicatrizes, saiu dos arbustos e ficou encarando a dupla.

– Este cão pertencia a um colono que tentou construir sua cabana na margem do rio, algumas milhas ao sul do forte – rosnou Conan. – Os pictos se esgueiraram e o mataram, claro, e queimaram a cabana. Encontramos seu corpo entre as brasas, e o cão deitado desmaiado entre três pictos que tinha matado. Ele quase foi cortado em pedaços; o levamos ao forte e cuidamos de suas feridas, mas, após ter se recuperado, retornou às matas e tornou-se selvagem. Como é, Matador, está caçando os homens que acabaram com seu dono?

A cabeça grossa pendeu de um lado para o outro e os olhos brilharam verdejantes. Ele não rosnou ou latiu. Silencioso como um fantasma, deslizou para detrás deles.

– Deixe-o vir – murmurou Conan. – Ele pode cheirar os demônios antes que os vejamos.

Balthus sorriu e estendeu a mão para acariciar a cabeça do animal. Os lábios se retraíram de forma involuntária para exibir as presas reluzentes; então, a grande besta inclinou a cabeça com timidez e o rabo moveu-se com incerteza irregular, como se seu dono quase tivesse se esquecido das emoções de amizade. Balthus mentalmente comparou aquele grande corpo magro com os cães gordos e elegantes caindo com voracidade uns sobre os outros no canil do jardim de seu pai. Ele suspirou. A fronteira não era menos cruel para bestas do que era para homens. Aquele cão quase esquecera o significado de gentileza e afabilidade.

Matador deslizou para a frente e Conan deixou que ele tomasse a liderança. A última tintura do crepúsculo havia desaparecido nas trevas. As milhas ficavam para trás ante seus firmes pés. Matador parecia não ter voz. De repente, ele parou, tenso, as orelhas erguidas. Um instante depois, os homens escutaram um grito demoníaco rio acima, à frente deles, débil como um suspiro.

Conan praguejou como louco.

– Eles atacaram o forte! Chegamos tarde demais! Vamos!

Ele aumentou a velocidade, confiando no cão para rastrear emboscadas à frente. Em uma enchente de tensa excitação. Balthus esqueceu-se de sua fome e exaustão. Os gritos ficavam mais altos à medida que avançavam, e acima da gritaria infernal podiam escutar as vozes profundas dos soldados. Tal como Balthus temia, eles investiriam contra os selvagens que pareciam estar uivando na frente deles.

Conan afastou-se do rio em um amplo semicírculo que os levou até uma baixa colina da qual podiam olhar por cima da floresta. Viram o forte, iluminado com tochas enfiadas nos parapeitos das longas estacas. Elas lançavam uma luminosidade incerta sobre a clareira. E, naquela luz, viram multidões de figuras nuas e pintadas ao longo da franja da clareira. O rio estava repleto de canoas. Os pictos haviam cercado o forte por completo.

Uma chuva incessante de flechas caía contra a paliçada vinda da floresta e do rio. A forte vibração das cordas dos arcos era mais alta que os uivos. Como lobos, várias centenas de guerreiros nus com machados nas mãos saíram de baixo das árvores e investiram contra o portão leste. Estavam a cento e cinquenta jardas de seu objetivo quando uma intimidante explosão de flechas vinda do forte espalhou cadáveres pelo chão e enviou os sobreviventes correndo de volta para o arvoredo.

Os homens nas canoas conduziram suas embarcações até a parede do rio, e foram recebidos por outra chuva de setas e uma saraivada de pequenas balistas que ficavam nas torres daquele lado da paliçada. Pedras e toras giraram pelo ar e estilhaçaram e afundaram meia dúzia de canoas, matando os ocupantes, e os outros botes afastaram-se do alcance. Um grande clamor de triunfo elevou-se de dentro do forte, respondido por uivos bestiais de todos os lados.

– Devemos tentar passar? – perguntou Balthus, tremendo de ansiedade.

Conan balançou a cabeça. Permaneceu com os braços cruzados, a cabeça um pouco inclinada, uma figura sombria e meditativa.

– O forte está condenado. Os pictos estão sedentos de sangue, e não pararão até todos morrerem. E estão num número muito grande para os homens do forte matarem todos. Não conseguiríamos passar pela linha e, se conseguíssemos, não poderíamos fazer nada além de morrer junto com Valannus.

– Então, não há nada que possamos fazer para salvar nossas próprias peles?

– Sim. Temos de avisar os colonos. Você sabe por que motivo os pictos não estão tentando queimar o forte com flechas incendiárias? Porque não querem que as chamas avisem as pessoas que estão ao leste. Eles planejam acabar com o forte e depois ir para o leste antes que qualquer um saiba de sua queda. Podem inclusive cruzar o Rio do Trovão e tomar Velitrium antes de as pessoas perceberem o que está acontecendo. No mínimo destruirão todas as coisas vivas entre o forte e o Rio do Trovão.

"Falhamos em avisar o forte, e percebo agora que não teria adiantado nada se tivéssemos sido bem-sucedidos. O forte não tem tropas suficientes. Alguns ataques a mais e os pictos estarão nas paredes e rompendo os portões. Mas nós podemos avisar os colonos. Vamos! Estamos fora do círculo que os pictos demarcaram em torno do forte. Vamos nos manter assim."

Eles imprimiram um largo arco, escutando os aumentos e diminuições do volume dos gritos, marcando cada ataque e repulsa. Os homens no forte estavam mantendo sua posição; mas a selvageria nos gritos dos pictos não diminuía. Eles vibravam com um timbre que assegurava a garantia da vitória final.

Antes de Balthus perceber que eles estavam prestes a conseguir seu intento, o trio desembocou em uma estrada que levava para o leste.

– Agora corra! – grunhiu Conan. Balthus cerrou os dentes. Eram dezenove milhas até Velitrium, umas boas cinco até a Enseada do Escalpo, além da qual começavam as colônias. Parecia ao aquiloniano que tinham estado lutando e correndo há séculos. Mas a excitação nervosa que revoltava seu sangue o estimulava a esforços hercúleos.

Matador corria na frente deles, com a cabeça próxima ao chão, rosnando grave. O primeiro som que os dois escutavam dele.

– Pictos na nossa frente! – afirmou Conan, abaixando-se em um joelho e examinando o chão à luz das estrelas. Balançou a cabeça, confuso. – Não posso dizer quantos. Talvez só um pequeno grupo. Alguns que não conseguiram esperar a tomada do forte. Vieram na frente para assassinar os colonos em suas camas! Venha!

Logo avistaram à frente uma pequena chama por entre as árvores, e escutaram um feroz e selvagem cântico. A trilha fazia uma curva ali, e, deixando-a, eles cortaram por entre os arbustos. Poucos momentos depois, estavam olhando para uma visão hedionda. Uma carroça de bois na estrada carregava uma pilha de parcos utensílios domésticos, e ardia em chamas, os bois estavam próximos com a garganta cortada. Um homem e uma mulher jaziam na estrada, nus e mutilados. Cinco pictos dançavam ao redor deles com saltos e pulos fantásticos, erguiam machados ensanguentados; um deles balançava o vestido manchado de vermelho da mulher.

Diante da visão, uma névoa escarlate envolveu Balthus. Erguendo seu arco, ele alinhou a figura que fazia cabriolas, um vulto negro contra o fogo, e disparou. Alvoroçado, o assassino saltou e caiu morto com uma flecha atravessada no coração. Então, os dois homens brancos e o cão estavam sobre os assustados sobreviventes. Conan era animado meramente por seu espírito de luta e um antigo, muito antigo ódio racial, mas Balthus estava incendiado pela ira.

Ele encontrou o primeiro picto que se opôs com uma violenta pancada, dividindo o crânio pintado, e saltou por cima do seu corpo caído para pelejar com os demais. Mas Conan já tinha matado um dos dois homens que escolhera, e o pulo do aquiloniano foi um segundo atrasado. O guerreiro havia caído com a longa espada atravessando-o no instante em que o machado de Balthus era erguido. Voltando-se para o picto remanescente, Balthus viu Matador sobre sua vítima, as grandes mandíbulas gotejando sangue.

Ele nada disse ao olhar para as formas deploráveis na estrada ao lado da carroça em chamas. Ambas eram jovens, a mulher pouco mais que uma garota. Por algum capricho do destino, os pictos tinham deixado seu rosto incólume, e, mesmo na agonia de uma morte horrível, ela era bela. Mas seu corpo macio e jovem tinha sido lacerado de forma terrível com muitas facadas. Uma bruma enevoou os olhos de Balthus e ele engoliu em seco. A tragédia o superou por um momento. Sentiu vontade de cair no chão, chorar e penetrar na terra.

– Um casal jovem vindo da cidade – Conan disse enquanto limpava a espada sem emoção. – Estavam indo para o forte quando os pictos os encontraram. Talvez o garoto fosse entrar para o serviço militar; talvez fossem buscar terras à beira-rio. Bem, isso é o que acontecerá com todos os homens, mulheres e crianças deste lado do Rio do Trovão se não chegarmos rápido até Velitrium.

Os joelhos de Balthus tremiam enquanto seguia Conan. Porém, não havia sinal de fraqueza nas longas passadas do cimério. Existia uma afinidade entre ele e o grande bruto que corria ao seu lado. Matador não estava mais rosnando com a cabeça apontada para a trilha. O caminho diante deles estava limpo. A gritaria no rio chegava debilmente até eles, mas Balthus acreditava que o forte ainda estava aguentando. Conan parou de repente, soltando uma praga.

Mostrou a Balthus uma trilha que seguia ao norte da estrada. Era antiga, tomada, em parte, por jovens gramíneas, que há pouco tinham sido quebradas. Balthus percebeu o fato mais por instinto do que por visão, embora Conan parecesse ver no escuro como um gato. O cimério mostrou onde rastros largos de vagões se desligavam da trilha principal, profundamente recortados nos moldes da floresta.

– Colonos indo para as salinas – disse. – Elas ficam na beirada da marcha, a nove milhas daqui. Maldição! Eles serão cortados e massacrados até o último homem! Ouça! Um de nós pode ir avisar as pessoas na estrada. Vá em frente, acorde-os e os leve para Velitrium. Eu vou até os homens nas salinas. Estarão acampados próximos aos pântanos. Não retornaremos pela estrada. Seguiremos reto através das matas.

Sem mais nenhum comentário, Conan saiu da trilha e seguiu pelo escuro caminho, e Balthus, após observá-lo por alguns momentos, continuou ao longo da estrada. O cão ficara com ele, e planava ameno aos seus calcanhares. Quando Balthus já tinha atravessado alguns vilarejos, escutou o animal rosnar. Voltando-se, examinou o caminho por onde tinha vindo e assustou-se ao ver um brilho vil e espectral desaparecer dentro da floresta na direção tomada por Conan.

Matador retumbou forte em sua garganta, o corpo rígido e os olhos duas bolas de fogo verde. Balthus lembrou-se da sombria aparição que arrancara a cabeça do mercador Tiberias não muito longe dali, e hesitou. A coisa devia estar seguindo Conan. Mas o gigantesco cimério já demonstrara várias vezes habilidade em tomar conta de si mesmo, e Balthus sentiu que seu dever era para com os colonos indefesos que dormiam no caminho do furacão vermelho. O horror do fantasma reluzente foi eclipsado pelo daqueles corpos moles e violados, deitados ao lado da carroça em chamas.

Ele correu pela estrada, cruzou a Enseada dos Escalpos e avistou a primeira cabana dos colonizadores, uma estrutura baixa e longa de toras lavradas. Em um instante, estava espancando a porta. Uma voz sonolenta perguntou o que ele queria.

– Levante-se! Os pictos estão sobre o rio!

Aquilo alavancou uma resposta imediata. Um grito baixo ecoou suas palavras e então a porta foi aberta por uma mulher vestindo poucas roupas. Seus cabelos pendiam desordenados sobre os ombros nus; ela segurava uma vela em uma mão e um machado na outra. O rosto estava sem cor, os olhos arregalados de terror.

– Entre! – ela implorou. – Vamos assegurar a cabana.

– Não. Temos de ir para Velitrium. O forte não os segurará. Ele já deve ter caído. Não há tempo para se vestir. Pegue suas crianças e vamos.

– Mas meu homem foi buscar sal com os outros! – a mulher implorou, abrindo as mãos. Atrás dela três jovens despenteados espiavam, piscando desnorteados.

– Conan foi atrás deles. Ele os levará em segurança. Temos de nos apressar pela estrada para avisar as outras cabanas.

Um alívio correu pelos traços dela.

– Mitra seja abençoado! – bradou. – Se o cimério foi atrás deles, eles estarão a salvo se puderem ser protegidos por algum homem mortal!

Em um turbilhão de atividade, ela apanhou a criança menor e arrebanhou os outros pela porta à sua frente. Balthus pegou a vela e a colocou no chão sob seu calcanhar. Escutou por um instante. Nenhum som vinha da estrada escura.

– Você tem um cavalo?

– No estábulo – ela grunhiu. – Oh, rápido!

Ele a empurrou de lado enquanto ela tateava com as mãos trêmulas as trancas. Balthus tirou o cavalo e colocou as crianças em suas costas, dizendo para segurarem em sua crina e umas nas outras. Sérias, elas o encararam sem choros. A mulher apanhou o cabresto do cavalo e seguiu para a estrada. Ainda segurava apertado o machado, e Balthus sabia que se fosse encurralada, lutaria com a coragem desesperada de uma pantera.

Ele ficou para trás, escutando. Sentia-se oprimido pela crença de que o forte tinha sido revolto e tomado, e que as hordas de pele escura já estavam subindo a estrada em direção a Velitrium, ébrios pela matança e sedentos de sangue. Eles viriam com a velocidade de lobos famintos.

Logo eles viram outra cabana brilhando à frente. A mulher começou a gritar um aviso, mas Balthus a impediu. Correu até a porta e bateu. Uma voz feminina respondeu. Ele repetiu o aviso, e em instantes a cabana expeliu seus ocupantes, uma idosa, duas jovens mulheres e quatro crianças. Assim como o marido da outra mulher, seus homens tinham ido para as salinas no dia anterior, sem suspeitar de perigo algum. Uma das jovens parecia atordoada, a outra à beira da histeria. Mas a senhora, uma antiga e severa veterana da fronteira, calou-as abruptamente e ajudou Balthus a tirar os dois cavalos que estavam na estrebaria atrás da cabana e a colocar as crianças neles.

Balthus queria que ela própria montasse em um deles, porém a velha balançou a cabeça e fez que uma das jovens moças cavalgasse.

– Ela está grávida – grunhiu a anciã. – Eu posso andar e também lutar, se chegar a tanto.

Conforme saiam, uma das moças disse:

– Um casal de jovens passou pela estrada ao pôr do sol; avisamos para passarem a noite em nossa cabana, mas estavam muito ansiosos para chegarem ainda esta noite ao forte. Eles...

– Eles encontraram com os pictos – Balthus respondeu logo, e a mulher soluçou horrorizada.

Todos estavam quase fora da vista da cabana quando, em algum ponto atrás deles, reverberou um longo e agudo grito.

– Um lobo! – exclamou uma das mulheres.

– Um lobo pintado e um machado na mão – murmurou Balthus. – Vão! Acordem os outros colonos e levem-nos com vocês. Eu protegerei a retaguarda.

Sem mais nenhuma palavra, a velha reuniu sua carga diante de si. Enquanto desapareciam na escuridão, Balthus podia ver os ovos pálidos que eram os rostos das crianças olhando por cima dos ombros em sua direção. Lembrou-se de seu próprio povo em Tauran, e um momento de vertiginosa náusea se abateu sobre ele. Com uma fraqueza momentânea, grunhiu e ajoelhou-se na estrada, o braço musculoso caído sobre o pescoço maciço de Matador, e sentiu a língua quente e úmida tocar seu rosto.

Ergueu a cabeça e sorriu com um esforço doloroso.

– Vamos, garoto – murmurou, levantando-se. – Temos trabalho a fazer.

Súbito, um brilho vermelho tornou-se evidente por entre as árvores. Os pictos tinham incendiado a última cabana. Ele sorriu. Como Zogar Sag espumaria quando soubesse que sua natureza destrutiva tinha levado a pior. O fogo avisaria as pessoas estrada acima. Elas estariam despertas e alertas quando as moças chegassem lá. Porém, seu rosto ficou sombrio. As mulheres estavam viajando devagar, a pé e com cavalos sobrecarregados. Os pictos eram rápidos e as alcançariam dentro de uma milha. Balthus assumiu sua posição atrás de uma pilha de toras caídas ao lado da trilha. A estrada a oeste dele estava iluminada pela cabana em chamas. E, quando os pictos chegaram, ele os viu primeiro. Eram figuras negras e furtivas delineadas contra o brilho distante.

Levando uma seta até a altura da cabeça, ele a liberou, e uma das figuras caiu. As demais se misturaram às matas de ambos os lados da estrada. Matador choramingou pelo desejo de matança próximo. De repente, uma figura surgiu na beira da trilha, sob as árvores, e deslizou pela vegetação. A corda do arco de Balthus reverberou e o picto gritou, cambaleou e caiu nas sombras com a flecha atravessada na coxa. Matador deixou a pilha de madeiras e saltou para dentro dos arbustos, que sacudiram violentamente. Então, o cão retornou para o lado de Balthus, suas mandíbulas vermelhas.

Mais nenhum apareceu na trilha; Balthus começou a temer que estivessem passando por ele através das matas, e quando escutou um som fraco à sua esquerda disparou às cegas. Praguejou ao escutar a flecha se partir contra uma árvore, porém, Matador esgueirou-se tão silencioso quanto um fantasma, e logo Balthus escutou um choque e um gorgolejar; e depois o cão retornou por entre os arbustos, aconchegando sua grande cabeça manchada no braço de Balthus. Sangue escorria de uma ferida em seu ombro, mas os sons na mata, tinham cessado para sempre.

Os homens, espreitando na beirada da estrada sentiam o evidente o destino de seus companheiros, e decidiram que um ataque aberto era preferível a serem dragados para o escuro por um demônio bestial que não podia ser visto ou ouvido. Talvez tivessem percebido que só havia um homem atrás das toras. Vieram com um súbito ímpeto, surgindo de ambos os lados da trilha. Três caíram com flechas que os atravessaram, e o par restante hesitou. Um deles fez meia-volta e correu estrada abaixo, mas o outro saltou por sobre a proteção de toras, seus olhos e dentes brilhando, o machado erguido. O pé de Balthus escorregou quando ia saltar, e isso salvou sua vida. O golpe do machado cortou alguns cachos de seu cabelo, e o picto rolou por sobre as toras por causa da força de seu golpe desperdiçado. Antes que pudesse se recuperar, Matador rasgou sua garganta.

Seguiu-se um período tenso de espera, no qual Balthus se perguntou se o homem que fugira era o único sobrevivente da contenda. Obviamente aquele era um grupo pequeno que, ou tinha deixado a luta no forte, ou vinha como batedores à frente do corpo principal. Cada momento que passava aumentava as chances de segurança das mulheres e crianças que iam para Velitrium.

Então, sem aviso, uma chuva de flechas assobiou em sua retaguarda. Um uivo selvagem surgiu das matas ao longo da trilha. Ou o sobrevivente tinha ido buscar ajuda, ou outro bando juntara-se ao primeiro. A cabana em chamas ainda queimava, emprestando um pouco de luz. Então, eles estavam sobre ele, planando através das árvores na lateral da trilha. Ele disparou três flechas e jogou o arco longe. Como se pressentindo seu apuro, eles investiram, sem gritar agora, mas num silêncio mortífero, exceto pelo movimento das passadas de vários pés.

Balthus abraçou com ferocidade a grande cabeça do cachorro rosnando ao seu lado, e murmurou:

– Tudo bem, garoto, vamos dar-lhes o inferno! – e ficou sobre seus pés, sacando o machado. Então, as figuras negras inundaram por sobre as pilhas de toras e caíram sobre eles em uma avalanche de machados sanguinários, facas pontiagudas e dentes ferozes.

7
O demônio no fogo

QUANDO CONAN SAIU DA ESTRADA DE VELITRIUM, ESPERAVA uma corrida em torno de nove milhas, e se preparou para a tarefa. Porém, não havia coberto quatro ainda quando escutou um grupo de homens à sua frente. Pelo barulho que estavam fazendo em seu progresso, ele sabia que não eram pictos. Conan os saudou.

– Quem está ai? – inquiriu um dos homens com uma voz áspera. – Fique onde está até que possamos vê-lo ou atirarei uma flecha em você.

– Você não conseguiria acertar um elefante nas trevas – respondeu Conan impaciente. – Vamos, tolos. Sou eu, Conan. Os pictos atravessaram o rio.

– Nós suspeitávamos – respondeu o líder dos homens, à medida que avançavam. Homens altos e esguios, de rostos severos, com arcos nas mãos. – Um de nós feriu um antílope e o rastreou até perto do Rio Negro. Ele escutou a gritaria no forte e retornou ao acampamento. Deixamos o sal e os vagões, libertamos os bois, e viemos o mais rápido possível. Se os pictos estão acossando o forte, grupos de guerra irão em direção às nossas cabanas.

– Suas famílias estão a salvo – grunhiu Conan. – Meu companheiro foi na frente para levá-las a Velitrium. Se voltarmos pela estrada principal podemos encontrar a horda inteira. Vamos para o sul, pelos bosques. Vão na frente. Eu protegerei a retaguarda.

Alguns momentos depois o bando inteiro rumava com pressa para o sul. Conan os seguia mais devagar, mantendo-os ao alcance dos ouvidos. Ele amaldiçoava o barulho que estavam fazendo, pois muitos pictos ou cimérios teriam se movido pela floresta sem fazer mais barulho que o vento ao soprar por entre os ramos negros. Conan acabara de cruzar uma pequena clareira quando virou, respondendo às convicções de seus instintos primitivos de que estava sendo seguido. Permanecendo quieto atrás dos arbustos, escutou os sons de retirada dos colonos minguarem. Então, uma voz chamou fraca ao longo do caminho por onde ele tinha vindo:

– Conan! Conan! Espere por mim, Conan!

– Balthus! – ele praguejou perplexo. Com precaução, disse: – Estou aqui!

– Espere por mim, Conan! – a voz se tornou mais distinta.

Conan saiu das sombras com cara feia.

– Que diabos está fazendo aqui? Crom!

Ele arqueou o corpo, sentindo calafrios na espinha. Não era Balthus quem emergia do outro lado da clareira. Um brilho estranho queimava por entre as árvores. E foi em direção a ele, tremulando misteriosamente, um fogo verde enfeitiçador que se movia com propósito e intenção.

Ele parou a alguns pés de distância, e Conan o examinou, tentando discernir seus contornos de fogo enevoado. As chamas tremulantes tinham um centro sólido; eram uma vestimenta que mascarava algum animal ou entidade do mal. Mas o cimério era incapaz de divisar suas formas ou aparência. Então, sem que esperasse, uma voz falou com ele de dentro da coluna de fogo.

– Por que você fica como uma ovelha esperando pelo açougueiro, Conan?

A voz era humana, no entanto carregava estranhas vibrações que não eram.

– Ovelha? – a ira de Conan superou sua admiração momentânea. – Você acha que tenho medo de um maldito demônio picto dos pântanos? Um amigo me chamou.

– Eu o chamei em sua voz – respondeu o outro. – Os homens que você segue pertencem ao meu irmão; eu não roubaria o sangue deles de suas facas. Mas você é meu. Tolo, saiu das colinas cinzentas da Ciméria para encontrar o destino nas florestas de Conajohara.

– Você já teve uma chance comigo antes – rosnou Conan. – Por que não me matou então, se podia?

– Meu irmão não tinha pintado uma caveira negra para você e a atirado no fogo que queima para sempre no altar negro de Gullah. Ele não tinha sussurrado seu nome aos fantasmas negros que assombram os montes das Terras Sombrias. Mas um morcego voou sobre as Montanhas dos Mortos e gravou sua imagem em sangue nos pelos dos tigres brancos que povoam a longa cabana onde dormem os Quatro Irmãos das Trevas. A grande serpente se enrola aos seus pés e as estrelas queimam como vaga-lumes em seus cabelos.

– Por que os deuses das trevas me escolheram para morrer? – rosnou Conan.

Algo, uma mão, pé ou garra, ele não podia dizer o que, saiu de dentro do fogo e marcou rápido a terra. Um símbolo queimou ali, gravado com fogo, e se apagou, mas não antes que ele o reconhecesse.

– Você se atreveu a fazer o sinal que apenas um sacerdote de Jhebbal Sag poderia. O trovão estrondou na obscura Montanha dos Mortos e a cabana do altar de Gullah foi derrubada por um vento do Golfo dos Fantasmas. O mergulhão que é o mensageiro dos Quatro Irmãos da Noite voou rápido e suspirou seu nome em meus ouvidos. Sua hora chegou. Você já é um homem morto. Sua cabeça será pendurada no altar de meu irmão. Seu corpo será comido pelas Crianças de Jhil, de asas negras e bicos afiados.

– Quem diabos é seu irmão? – perguntou Conan. Sua espada estava em riste, e de maneira sutil ele soltava o machado do cinto.

– Zogar Sag. Um filho de Jhebbal Sag que ainda visita sua floresta de tempos em tempos. Uma mulher de Gwawela dormiu em um arvoredo sagrado de Jhebbal Sag. O filho dela Zogar Sag. Eu também sou um filho dele, saído do fogo de um reino distante. Zogar Sag me convocou da Terra da Neblina. Com encantos e feitiçaria e seu próprio sangue ele me materializou em carne em seu próprio planeta. Nós somos um, unidos por mãos invisíveis. Seus pensamentos são meus pensamentos; se ele é golpeado, eu sou ferido. Se eu sou cortado, ele sangra. Mas já falei o bastante. Em breve seu fantasma irá conversar com os fantasmas das Terras Sombrias, e eles lhe contarão sobre os antigos deuses que não estão mortos, porém adormecidos nos abismos externos, e que, de tempos em tempos, despertam.

– Eu gostaria de ver como você se parece – murmurou Conan, trabalhando em seu machado livre. – Você que deixa um rastro como o de um pássaro, que queima como uma chama e, no entanto, fala com voz humana.

– Você verá – respondeu a voz nas flamas. – Verá e levará o conhecimento consigo para as Terras Sombrias.

As chamas saltaram e afundaram, diminuindo e escurecendo. Um rosto começou a tomar uma forma sombria. A princípio Conan pensou que fosse o próprio Zogar Sag que estava envolto pelo fogo verde. Mas o rosto era maior, e tinha um aspecto demoníaco com relação a ele. Conan tinha reparado em diversas anormalidades nas feições de Zogar Sag, uma obliquidade dos olhos, uma agudeza das orelhas, uma magreza de lobo nos lábios. Essas peculiaridades estavam exageradas na aparição que oscilava diante dele. Os olhos eram vermelhos como brasas de fogo vivo.

Mais detalhes tornaram-se visíveis. Um dorso magro, coberto com escamas de cobra que, entretanto, tinha a forma de um homem, com braços humanos, da cintura para cima; para baixo, pernas longas como gruas terminavam em pés largos e chatos com três dedos como os de um grande pássaro. Ao longo dos membros monstruosos, o fogo azulado palpitava e corria. Ele o viu como se fosse através de uma neblina brilhante.

Então, de repente, estava se elevando sobre ele, apesar de Conan não o ter visto mover-se em sua direção. Um braço longo, que pela primeira vez ele reparou estar armado com garras curvas como foices, agitou-se no alto e atacou seu pescoço. Com um grito feroz Conan quebrou o feitiço e saltou para o lado, brandindo o machado. O demônio evitou o golpe com um movimento inacreditavelmente rápido de sua estreita cabeça, e estava sobre ele de novo, com uma arremetida veloz de flamas saltitantes.

Mas o medo lutava ao seu favor quando ele matou as demais vítimas, e Conan não estava com medo. Sabia que qualquer ser vivo revestido de carne material poderia ser morto por armas materiais, por mais sinistra que sua forma pudesse ser.

Uma garra armada nocauteou o elmo de sua cabeça. Um pouco mais baixo e ela o teria decapitado. Mas uma alegria feroz emergiu dele quando sua espada dirigida de maneira selvagem afundou na virilha do monstro. O cimério se esquivou de um golpe fatal, libertando a espada enquanto saltava. As garras alisaram seu peito, rasgando os elos de sua malha como se fossem feitos de tecido. Mas o contragolpe que deu foi como o de um lobo faminto. Ele estava dentro da linha dos braços, enfiando a espada na barriga do monstro. Sentiu os braços o envolverem e as garras rasgarem a malha nas suas costas buscando-lhe os pontos vitais. Estava envolto e desnorteado pela luz azul que queimava como gelo. Então, libertou-se brutalmente do abraço que lhe roubava as forças e sua espada cortou o ar em um tremendo golpe.

O demônio cambaleou e caiu de lado, sua cabeça pendurada apenas por uma fina tira de pele. Os fogos que o velavam faiscaram para o alto, agora vermelhos como sangue jorrando, escondendo a figura da vista. Um odor de carne queimada preencheu as narinas de Conan. Limpando o sangue e o suor dos olhos, deu meia-volta e correu titubeante pelas matas. Sangue pingava de seus braços. Em algum lugar, milhas ao sul, viu o brilho débil de chamas que talvez marcassem uma cabana queimada. Atrás de si, na direção da estrada, erguia-se um distante uivo que o impulsionava a se esforçar ainda mais.

8

O fim de Conajohara

HOUVE UM COMBATE NO RIO DO TROVÃO; UMA LUTA FEROZ diante das muralhas de Velitrium; machados e tochas encheram as orlas e muitas cabanas de colonos estavam em cinzas antes que a horda pintada recuasse.

Uma estranha quietude seguiu a tempestade, na qual o povo se reuniu e conversava em vozes baixas, e homens com bandagens manchadas de vermelho bebiam ale silenciosamente em tavernas ao longo da margem do rio.

Lá, foi até Conan, o cimério, em silêncio, bebendo com grandes goles um copo de vinho, um mateiro magro com uma atadura na cabeça e o braço em uma tala. Ele era um sobrevivente do Forte Tuscelano.

– Você foi com os soldados até as ruínas do forte?

Conan fez sinal negativo.

– Não pude – murmurou o outro. – Não houve luta?

– Os pictos recuaram pelo Rio Negro. Algo deve ter abalado seus nervos, mas só o diabo que os criou sabe o que foi – o caçador olhou para o braço machucado dele e suspirou. – Dizem que não havia corpos para eliminar.

Conan balançou a cabeça.

– Cinzas. Os pictos os empilharam no forte e atearam fogo antes de cruzar o rio. Seus próprios mortos e os homens de Valannus.

– Valannus foi um dos últimos a ser morto, no combate corpo a corpo, quando eles quebraram as barreiras. Tentaram levá-lo vivo, mas ele fez que o matassem. Levaram dez de nós como prisioneiros quando estávamos tão enfraquecidos do combate, que não conseguíamos mais nos defender. Mataram nove, aqui e ali. Foi quando Zogar Sag morreu que tive minha chance de me libertar e fugir.

– Zogar Sag está morto? – indagou Conan.

– Sim. Eu o vi morrer. Foi por isso que os pictos não pressionaram a luta contra Velitrium de forma tão brutal quanto o fizeram contra o forte. Foi estranho. Ele não foi ferido em batalha. Estava dançando entre os mortos, agitando um machado com o qual acabara de abrir a cabeça do último de meus companheiros. Veio em minha direção, uivando como um lobo. E então parou, derrubou a arma e começou a cambalear em círculos, gritava como jamais escutei homem ou fera gritar antes. Caiu entre mim e a fogueira que haviam feito para me assar. Engasgava e espumava pela boca. E de uma só vez enrijeceu, e os pictos gritaram que ele estava morto. Foi durante a confusão que escapei de minhas amarras e corri para a mata. Eu o vi deitado à luz do fogo. Nenhuma arma o tocara. Contudo, havia marcas vermelhas como feridas de uma espada em sua virilha, barriga e pescoço. A última foi como se a cabeça dele tivesse quase sido decepada do corpo. O que você acha disso?

Conan não respondeu, e o caçador, ciente da reticência dos bárbaros sobre certos assuntos, prosseguiu:

– Ele vivia pela mágica e, de algum modo, por ela morreu. Foi o mistério de sua morte que tirou a paixão dos pictos. Nenhum homem que viu isso acontecer estava na luta em Velitrium. Eles voltaram para o Rio Negro. Os que atacaram o Rio do Trovão eram guerreiros que tinham vindo antes da morte de Zogar Sag. Não eram em número suficiente para tomar sozinhos a cidade. Eu segui a estrada, atrás da força principal deles, e sei que ninguém me seguiu do forte. Esgueirei-me pelas linhas deles e entrei na cidade. Você trouxe os colonos em segurança, mas as mulheres e crianças chegaram a Velitrium um pouco antes daqueles demônios pintados. Se o jovem Balthus e o velho Matador não os tivessem segurado, teriam massacrado todas as mulheres e crianças de Conajohara. Eu passei pelo local onde Balthus e o cachorro fizeram sua resistência. Eles estavam deitados entre uma pilha de pictos mortos. Eu contei sete decepados por seu machado ou desentranhados pelas presas do cão, e havia outros na estrada com flechas enfiadas. Deuses, que luta deve ter sido aquela!

– Ele era um homem – disse Conan. – Bebo em sua memória e à do cachorro, que não conhecia o medo – deu um gole em parte do vinho, esvaziou o resto no chão, com um gesto pagão curioso, e então quebrou a taça. – As cabeças de dez pictos irão pagar pela dele, e sete pelo cachorro, que era melhor guerreiro que muitos homens.

E o caçador, encarando aqueles olhos ardentes e mal-humorados, sabia que o juramento do bárbaro seria cumprido.

– Eles não reconstruirão o forte?

– Não, Conajohara está perdida para a Aquilônia. A fronteira foi empurrada para trás. O Rio do Trovão será a nova fronteira.

O homem suspirou e olhou para as mãos calejadas dele, desgastadas pelo contato com os cabos de machados e espadas. Conan estendeu o longo braço para alcançar o jarro de vinho. O caçador o observou, comparando-o com os homens que estavam ao seu redor, com os que haviam morrido ao longo do rio perdido, comparando com aqueles outros homens selvagens do outro lado do rio. Conan parecia não estar ciente do olhar dele.

– O barbarismo é o estado natural da humanidade – o caçador disse, ainda olhando sombriamente para o cimério. – A civilização não é natural. Apenas um capricho circunstancial. E, no final, o barbarismo deverá sempre triunfar.

As negras noites de Zamboula

1

Um tambor começa

– O PERIGO SE ESCONDE NA CASA DE ARAM BAKSH!

A voz do interlocutor tremia de ansiedade, e os dedos magros com unhas negras cravaram-se no poderoso braço massudo de Conan quando grasnou sua advertência. Era um homem magro, bronzeado pelo sol, com uma enorme barba negra, e suas roupas esfarrapadas denunciavam ser um nômade. Parecia menor e mais delgado do que nunca em comparação ao gigantesco cimério de sobrancelhas escuras, peito largo e membros fortes. Eles estavam em uma esquina do Mercado de Forjadores de Espadas e, por ambos os lados, passava uma multidão de indivíduos de múltiplas raças e dialetos das ruas zamboulanas, que são exóticas, híbridas, gritantes e glamorosas.

Conan afastou o olhar que seguia uma garota de Ghanara, de olhos escuros e lábios vermelhos, cuja saia curta deixava à mostra sua coxa marrom a cada novo passo que dava, e olhou com a testa franzida para o companheiro que o importunava.

– O que quer dizer com perigo? – perguntou o cimério.

O homem do deserto olhou com discrição por cima do ombro antes de responder, e baixou o tom de voz.

– Quem pode dizer? Mas homens do deserto e viajantes têm dormido na casa de Aram Baksh e nunca mais são vistos de novo. O que houve com eles? Aram jurou que eles acordaram e seguiram seus caminhos. E é verdade que nenhum habitante da cidade jamais desapareceu em sua casa. Mas ninguém tornou a ver esses viajantes, e os homens dizem que seus bens e equipamento foram vistos depois no mercado. Se Aram não os vendeu, após ter dado um fim em seus proprietários, como chegaram até ali?

– Eu não tenho bens – rosnou o cimério, tocando o cabo marroquim da enorme espada que trazia pendurada no quadril. – Até tive de vender meu cavalo.

– Mas não são apenas estrangeiros ricos que desapareceram na noite na casa de Aram Baksh! – acrescentou o zuagir. – Não, homens pobres do deserto também dormiram ali, porque seu preço é menor que o de outras tavernas, e jamais voltaram a ser vistos. Uma vez um chefe dos Zuagires, cujo filho também havia desaparecido, queixou-se para o sátrapa Jungir Khan, que ordenou que seus soldados fizessem uma busca pela casa.

– E eles encontraram um sótão cheio de cadáveres? – perguntou Conan com ironia.

– Não! Não encontraram nada! E o chefe foi expulso da cidade com ameaças e maldições! Mas... – ele se aproximou de Conan e estremeceu. – Algo mais foi encontrado! No limite do deserto, além das casas, há um oásis com palmeiras,e dentro dele há uma fossa. E nela foram encontrados ossos humanos, chamuscados e escurecidos. Não uma vez, mas muitas!

– E isso prova o quê? – grunhiu o cimério.

– Aram Baksh é um demônio! Nesta cidade amaldiçoada construída pelos stygios e mais tarde governada pelos hirkanianos, onde gente branca, marrom e negra se mistura para produzir híbridos de todos os matizes e raças profanas, quem pode distinguir quem é homem e quem é um demônio disfarçado? Aram Baksh é um demônio em forma de homem! À noite, ele assume sua verdadeira forma e leva os hóspedes para o deserto, onde seus companheiros demônios se reúnem em um conclave.

– Por que ele leva sempre estrangeiros? – perguntou Conan, com ceticismo.

– O povo da cidade não toleraria que assassinassem seus conterrâneos, mas não se importa com os estrangeiros que caem nas mãos dele. Conan, você é do Ocidente, e não conhece os segredos desta terra antiga. Mas, desde o começo dos tempos, os demônios do deserto têm adorado Yog, Senhor das Casas Vazias, com fogo. Fogo que devora vítimas humanas. Esteja avisado. Você morou durante muitas luas nas tendas dos zuagires e é nosso irmão! Não vá à casa de Aram Baksh!

– Suma daqui! – disse Conan de repente. – Daquela direção está vindo um pelotão de guardas da cidade. Se o virem podem se lembrar de um cavalo que foi roubado do estábulo do sátrapa.

O zuagir arfou e afastou-se logo. Conseguiu se esconder entre uma tenda e um cavalo de pedra, detendo-se somente pelo tempo suficiente para acrescentar:

– Tenha cuidado, irmão! Há demônios na casa de Aram Baksh! – e em seguida desapareceu correndo por uma ruela estreita.

Conan ajustou ao seu gosto o largo cinto que sustentava a espada e olhou com calma, devolvendo as encaradas desferidas pelo grupo de guardas que passava ao seu lado. Eles o olhavam com curiosidade e suspeita, pois era um homem que se destacava na multidão, mesmo nas ruas abarrotadas e sinuosas de Zamboula. Seus olhos azuis e estranhas feições o distinguiam dos grupos de orientais, e a espada reta que trazia à cintura também acentuava a diferença racial.

Os vigias não pararam, continuaram descendo a rua, enquanto a multidão lhes abria caminho. Eram pelishtianos, baixos, com nariz em forma de gancho e barbas negras que caíam sobre os peitos cobertos com malhas; mercenários contratados pelos governantes turanianos em benefício próprio, e não eram menos odiados pelo povo mulato por causa disso.

Conan olhou em direção ao sol, que começava a se esconder atrás das casas de tetos planos no lado ocidental do mercado. E, prendendo outra vez seu cinto, dirigiu-se à taberna de Aram Baksh.

Com passadas de montanhês, avançou pelas ruas multicoloridas, onde as túnicas esfarrapadas dos mendigos misturavam-se às luxuosas khalats de arminho dos mercadores e os vestidos de seda, adornados com pérolas, das ricas cortesãs. Gigantescos escravos negros, vagabundos de barba escura das cidades shemitas, nômades do deserto cobertos de farrapos empoeirados, comerciantes e aventureiros de todas as terras do Oriente.

A população nativa não era menos heterogênea. Aqui, séculos atrás, os exércitos da Stygia vieram para erigir um império no deserto oriental. Zamboula era uma pequena cidade de comerciantes naquela época, circundada por um anel de oásis e habitada pelos descendentes dos nômades. Os stygios a transformaram em uma cidade e a povoaram com sua própria raça e escravos shemitas e kushitas. As caravanas sem-fim que cruzavam o deserto de leste a oeste, e vice-versa, trouxeram riquezas e mais misturas de raças. Então, do Oriente, vieram os conquistadores turanianos para reduzir as fronteiras da Stygia, e já há uma geração Zamboula se transformara no posto fronteiriço mais a oeste de Turan, governada por um sátrapa turaniano.

A babel de uma miríade de línguas chegava aos ouvidos do cimério, assim como o padrão incansável de suas ruas agitadas, nas quais de vez em quando aparecia um grupo de cavaleiros destemidos, os guerreiros altos e esbeltos de Turan, com rostos escuros de falcão, metal tilintante e espadas curvas. A massa se afastava ao escutar os cascos de seus cavalos, pois eles eram os lordes de Zamboula. Porém, stygios altos e taciturnos os observavam furiosos das sombras, recordando-se de suas antigas glórias.

A população híbrida pouco se importava se o rei que controlava seus destinos vivia na escura Khemi ou na brilhante Aghrapur. Jungir Khan governava Zamboula, e o povo sussurrava que Nafertari, a amante do sátrapa, governava Jungir Khan; mas o povo seguia em frente, exibia sua miríade de cores na rua, comercializando, disputando, jogando, bebendo e amando, conforme o povo de Zamboula vem fazendo há séculos, desde que suas torres e mesquitas foram erguidas sobre as areias do Kharamun.

As lanternas de bronze com dragões esculpidos tinham sido acesas nas ruas antes de Conan chegar à casa de Aram Baksh. A taberna era a última casa habitada da rua, que descia para o oeste. Um extenso jardim cercado por um muro, onde grandes palmeiras cresciam, separava-a das casas que ficavam ao seu redor. A oeste havia outro pequeno bosque de palmeiras, pelo qual a rua transformava-se em estrada e seguia para o deserto. Do outro lado da estrada, uma fileira de cabanas desertas, cobertas pela sombra de algumas palmeiras, habitadas somente por morcegos e chacais.

Enquanto Conan descia a estrada, perguntou-se por que os mendigos, tão numerosos em Zamboula, não tinham ocupado aquelas casas vazias para passar a noite. As luzes tinham terminado ao longe atrás de si. Ali não havia lanternas, exceto por aquela que pendia na entrada do portão da taberna; apenas as estrelas, a fina poeira da estrada sob os pés e o farfalhar das folhas das palmeiras na brisa do deserto.

O portão de Aram não abria de frente para a estrada, mas sim para uma estreita ruela situada entre a taberna e o jardim cheio de palmeiras. Conan puxou com força a grossa corda, que pendia do sino ao lado da lanterna, intensificando seu clamor ao bater à porta de madeira com o cabo de sua espada. Uma fresta se abriu e um rosto negro espiou por ela.

– Abra, condenado! – exigiu Conan. – Sou um hóspede. Eu paguei por um quarto a Aram e por Crom, e um quarto eu terei!

O negro alongou um pouco o pescoço para observar a estrada atrás de Conan, mas em seguida abriu todo o portão sem fazer o menor comentário, e o fechou atrás do cimério, trancando-o e passando um ferrolho. O muro era alto, algo pouco comum, mas havia muitos ladrões em Zamboula, e uma casa situada nos limites do deserto tinha de ser defendida contra ataques noturnos dos nômades. Conan atravessou um jardim, no qual as flores brancas balançavam à luz das estrelas, e entrou na sala de estar, onde estava um stygio com a cabeça raspada como um aprendiz sentado à mesa, conjecturando sobre mistérios insondáveis, e mais além, em um canto, alguns indivíduos de aspecto sinistro jogavam dados.

Aram Baksh veio em sua direção, caminhando devagar; um homem corpulento, com uma barba negra que lhe cobria o peito, nariz proeminente e pequenos olhos negros que jamais ficavam parados.

– Você deseja comer? – perguntou. – Beber?

– Eu comi um pedaço de carne e outro de pão no suk – grunhiu Conan. – Traga-me uma jarra de vinho de Ghazan. Sobrou-me o suficiente para pagá-la – ele jogou uma moeda de cobre sobre a mesa manchada de vinho.

– Você não ganhou nas cartas?

– Como poderia, com apenas algumas poucas moedas de prata para começar? Eu lhe paguei pelo quarto esta manhã porque sabia que talvez perderia. Queria estar seguro de ter um teto sobre minha cabeça esta noite. Notei que ninguém dorme nas ruas de Zamboula. Os próprios mendigos buscam um esconderijo para se trancafiar antes do escurecer. A cidade deve estar infestada de algum grupo de ladrões sedento de sangue.

O cimério bebeu o vinho barato de um gole só, e então seguiu Aram para fora da sala. Atrás dele, os jogadores de dados interromperam a partida para fitá-lo com uma especulação críptica nos olhos. Não disseram nada, mas o stygio riu, uma gargalhada zombeteira de cinismo inumano. Os demais baixaram o olhar, evitando fitar uns aos outros. As artes estudadas por um stygio escolástico não são calculadas para que ele compreenda os sentimentos de um ser humano normal.

Conan seguiu Aram por um corredor iluminado por lâmpadas de cobre, e não lhe agradou nada reparar que seu anfitrião caminhava sem fazer o menor barulho. Os pés de Aram estavam calçados com chinelos macios, e o corredor era coberto por tapetes turanianos, mas havia uma desagradável sugestão secretista no zamboulano.

No final do sinuoso corredor, Aram parou diante de uma porta na qual uma pesada barra de ferro descansava sobre fortes suportes de metal. Ele a levantou e mostrou para o cimério um quarto de aspecto agradável, cujas janelas, Conan de imediato notou, eram pequenas e tinham grades de ferro forjadas com pinturas artísticas de bom gosto. Havia tapetes no chão, um sofá de estilo oriental e bancos de madeira entalhada. Era um quarto muito mais elaborado do que Conan tinha visto pelo mesmo preço próximo ao centro da cidade; um fato que o atraíra bastante quando, naquela manhã, descobrira o quão escassa sua bolsa estava por conta das farras nos últimos dias. Ele chegara a Zamboula, vindo do deserto, apenas há uma semana.

Aram tinha acendido uma lâmpada de bronze, e agora chamava a atenção de Conan para as duas portas. Ambas tinham fortes ferrolhos de ferro.

– Esta noite você pode dormir seguro, cimério – disse Aram, piscando de trás de sua cheia barba, sob o umbral.

Conan grunhiu e arremessou a espada sobre o sofá.

– Seus ferrolhos e barras de ferro são fortes. Mas eu sempre durmo com aço ao meu lado.

Aram não respondeu. Permaneceu em pé, imóvel, acariciando a barba por um momento e observando a perigosa arma. Então, em silêncio, retirou-se e fechou a porta atrás de si. Conan colocou a tranca no local, cruzou o quarto, abriu a porta do fundo e olhou para fora. O quarto ficava na lateral da casa, de frente para a estrada a oeste da cidade, e a porta dava para um pequeno pátio cercado por um muro. Era alto e sem entradas, mas a parede que ladeava a estrada era baixa e não havia fechaduras no portão de entrada.

Conan permaneceu na porta por um momento, o brilho das lâmpadas de cobre atrás de si, observando a estrada até onde ela se perdia entre as palmeiras. As folhas sussurravam sob a brisa suave; além delas, jazia o deserto. Na parte alta da rua, em direção contrária, as luzes brilhavam e os ruídos da cidade chegavam debilmente até ele. Porém, ali havia apenas a luz das estrelas, o sussurro das folhas das palmeiras, e mais adiante daquela parede baixa, a estrada poeirenta e as cabanas desertas refletindo em seus tetos baixos a luz das estrelas. Em algum lugar, além dos bosques de palmeiras, um tambor começou a tocar.

As advertências do zuagir voltaram-lhe à mente, parecendo de alguma maneira menos fantasiosas do que nas ruas lotadas e iluminadas. Tornou a se perguntar que significado teriam aquelas cabanas vazias. Por que os mendigos as evitavam? Voltou a entrar no quarto, fechou a porta e verificou o trinco.

A luz começou a tremeluzir e ele investigou o motivo, praguejando quando percebeu que o óleo de palmeira que alimentava a lâmpada tinha quase terminado. Chegou a chamar por Aram, mas então encolheu os ombros e apagou a luz com um forte sopro. Na suave escuridão, o cimério deitou-se confortável sobre o sofá, sua mão instintivamente buscando e apoiando no cabo da grande espada. Olhando com preguiça as estrelas enquadradas através das janelas gradeadas, com o murmúrio da brisa nas folhas das palmeiras em seus ouvidos, mergulhou num sono profundo, com uma vaga consciência do rufar dos tambores lá fora, no deserto, o grave soar de um tambor feito de peles, tocado com ataques suaves e ritmados por uma mão negra espalmada...

2

Os fantasmas noturnos

FOI O FURTIVO ABRIR DE UMA PORTA QUE DESPERTOU O CIMÉRIO. Ele não costumava despertar como os homens civilizados, aturdidos, drogados e estúpidos. Acordou de imediato, com uma mente clara, reconhecendo o som que interrompera seu sono. Permanecendo imóvel e tenso na escuridão, divisou a porta exterior se abrir devagar. Por uma fenda larga de céu estrelado, viu uma enorme silhueta negra, de ombros largos e cabeça disforme, delineada contra a luz das estrelas.

Conan sentiu a pele se arrepiar entre os ombros. Ele tinha passado o ferrolho na porta. Como era possível que se abrisse agora, senão por meio de poderes sobrenaturais? E como era possível que um ser humano tivesse uma cabeça como aquela delineada pelas estrelas? Todas as histórias que ouvira nas tendas dos zuagires sobre demônios e fantasmas voltaram para efervescer sua pele com um suor pegajoso. Então, o monstro deslizou em silêncio para o interior do quarto, com uma postura agachada, arrastando os pés, e um odor familiar assaltou as narinas do cimério, mas não o tranquilizou, já que as lendas zuagires representavam os demônios como fedorentos daquela maneira.

Sem o menor ruído, Conan encolheu as longas pernas sob o corpo; trazia a espada na mão direita e, quando ele atacou, foi tão repentino e mortal quanto um tigre saltando para fora da escuridão. Nem mesmo um demônio poderia ter evitado aquele ataque feroz. A espada foi de encontro e cravou-se em carne e osso, e algo caiu pesadamente ao chão com um estranho grito. Conan se agachou na escuridão sobre ele, a espada gotejando em sua mão. Fosse demônio, animal ou homem, a coisa estava morta no chão. Ele sentiu o cheiro de morte como qualquer coisa selvagem sente. Lançou um olhar pela porta entreaberta, em direção ao pátio iluminado pela luz das estrelas. O portão estava destrancado, mas o pátio estava vazio.

Conan fechou a porta, mas não passou a tranca. Tateando na escuridão, encontrou a lâmpada e a acendeu. Havia óleo suficiente para queimar por mais um ou dois minutos. No instante seguinte, ele estava se inclinando sobre o corpo esparramado no chão em uma piscina de sangue.

Era um negro gigantesco, estava nu por inteiro, exceto por uma pequena tanga. Em uma das mãos, ainda segurava uma grossa clava entrelaçada. Seus crespos cabelos estavam armados no formato de chifres, com espetos, ramos e lama seca. Aquela cabeleira primitiva tinha dado à cabeça seu aspecto monstruoso à luz das estrelas. Tendo recebido uma pista para resolver a charada, Conan abriu os grossos lábios vermelhos do homem e grunhiu ao contemplar dentes pontiagudos.

Agora ele entendia o mistério dos forasteiros desaparecidos da casa de Aram Baksh; o mistério dos tambores negros que soavam lá fora além das palmeiras, e da fossa cheia de ossos chamuscados, aquela fossa onde uma carne estranha talvez fosse assada sob as estrelas, enquanto feras negras sentavam-se ao seu redor para saciar a fome monstruosa. O homem que estava estendido no chão era um escravo canibal de Darfar.

Havia muitos como ele na cidade. O canibalismo não era abertamente tolerado em Zamboula. Mas Conan agora sabia o motivo pelo qual as pessoas se trancavam em suas casas à noite e por que até os mendigos evitavam as ruelas abertas e as cabanas em ruínas. Ele grunhiu com repúdio ao visualizar sombras negras selvagens perambulando à noite pelas ruas em busca de presas humanas, e homens como Aram Baksh para lhes abrir as portas. O estalajadeiro não era um demônio, mas algo pior. Os escravos de Darfar eram ladrões conhecidos; não havia dúvida de que parte de suas pilhagens ia parar nas mãos de Aram Baksh. E, em troca, ele lhes vendia carne humana.

Conan voltou a apagar a luz, caminhou até porta, abriu-a, e correu a mão por sobre os ornamentos do lado exterior. Um deles era móvel e punha em funcionamento o ferrolho do lado de dentro. O quarto era uma arapuca para apanhar seres humanos como se fossem coelhos. Porém, desta vez, em vez de um coelho, haviam pegado um tigre com dentes de sabre.

Conan retornou até a outra porta, levantou o ferrolho e fez pressão sobre ele, mas permaneceu imóvel, o que fez o cimério lembrar-se de que havia um trinco do outro lado. Aram não corria riscos nem com suas vítimas, nem com os homens com os quais lidava. Afivelando o cinto da espada, o bárbaro saiu para o pátio e fechou a porta atrás de si. Não tinha intenção de atrasar mais seu acerto de contas com Aram Baksh. Perguntou-se quantos pobres-diabos tinham sido assassinados durante o sono e arrastados para fora daquele quarto e estrada abaixo através do jardim de palmeiras até chegarem à fossa.

Ele se deteve no pátio. Os tambores ainda estavam tocando, e percebeu o reflexo de um brilho avermelhado através das palmeiras. Canibalismo era mais do que um apetite perverso para os negros de Darfar, era parte integral de seu terrível culto. Os abutres negros já estavam reunidos em um conclave. Mas, independente de qual fosse a carne que encheria suas barrigas naquela noite, não seria a sua.

Para chegar até Aram Baksh, tinha de escalar um dos muros que separavam o pátio do resto da casa. Eles eram altos, destinados a manter os canibais do lado de fora, mas Conan não era da raça negra criada nos pântanos, seus músculos tinham sido forjados durante a infância, nas colinas acidentadas de sua terra natal. Estava ao pé do muro mais próximo quando ouviu um grito ecoar atrás das árvores.

Em um instante Conan já estava escondido junto ao portão de entrada, espreitando a estrada. O som tinha vindo das cabanas sombrias, do outro lado da rua. Ele ouviu um barulho abafado, como o que poderia resultar de uma tentativa desesperada de gritar sob a pressão de uma mão negra apertando a boca. Uma aglomeração de figuras surgiu das sombras que havia além das cabanas, e começaram a avançar através da estrada três negros enormes, que carregavam um corpo delgado que se debatia entre eles. Conan distinguiu a palidez dos membros retorcendo-se sob a luz das estrelas, quando o prisioneiro, fazendo um esforço convulsivo, escapou da pressão dos dedos brutais de seus captores e começou a subir a estrada correndo, uma bela mulher branca, nua como no dia em que nasceu.

Conan a viu com nitidez, antes que ela corresse para fora da estrada, em direção às sombras das cabanas. Os negros a perseguiram, mergulhando de volta às sombras, e um grito insuportável de angústia e horror foi ouvido.

Vermelho de raiva pela monstruosidade do episódio, o bárbaro atravessou correndo a estrada.

Nem a vítima nem os sequestradores estavam cientes de sua presença, até que o suave ruído de seus passos sobre a poeira do caminho os alertou; mas, então, ele já estava quase sobre eles, vindo com a tempestuosa fúria de um vendaval. Dois dos negros viraram-se para ir ao encontro dele erguendo suas maças. Mas falharam ao estimar a velocidade do ataque. Um deles caiu, estripado, antes que pudesse se mover, e, com a agilidade de um felino, Conan evitou o golpe da clava do outro e o dilacerou com um contragolpe que assobiou no ar. A cabeça do negro voou pelos ares; o corpo sem cabeça deu três passos cambaleantes, jorrando sangue e agarrando o ar com as mãos, e então caiu sobre a poeira.

O canibal restante recuou soltando um grito abafado, e deixou a prisioneira escapar. A mulher tropeçou e caiu ao chão, e o negro correu em pânico para a cidade. Conan saiu em seu encalço. O medo dava asas aos pés do negro, mas, antes de chegar à cabana situada mais a leste, ele sentiu a morte em suas costas e gritou como um boi indo para o abate.

– Cão negro do Inferno! – Conan dirigiu a espada entre os ombros escuros com tamanha fúria vingativa que metade da larga lâmina saiu do outro lado pelo peito escuro. Com um grito surdo, o negro caiu de cabeça, e Conan apoiou ambos os pés no solo e tirou a espada da vítima caída.

Apenas a brisa perturbava as folhas das árvores. O bárbaro sacudiu a cabeça como um leão que agita a juba, e grunhiu ante sua sede de sangue ainda não satisfeita. Mas não surgiram mais sombras das árvores. E, diante das cabanas, a estrada iluminada pelas estrelas jazia vazia por completo. Ele se voltou ao ouvir o ruído de passos às suas costas, mas tratava-se apenas da garota, correndo para se atirar sobre seus braços, abraçando-lhe o pescoço com ambas as mãos, e chorando ainda desesperada, aterrorizada pelo destino do qual acabara de escapar.

– Calma, garota – ele murmurou. – Você já está bem. Como foi que a pegaram?

A jovem resmungou algo ininteligível. Conan esqueceu-se de Aram Baksh enquanto a examinava à luz das estrelas. Ela era clara, embora com cabelos definitivamente negros; óbvio, uma das muitas misturas de raças de Zamboula. Era alta, com uma forma delgada e esbelta, e ele estava numa posição perfeita para observá-la. A admiração queimou nos olhos ferozes do cimério quando olhou para os esplêndidos seios e as pernas torneadas, que ainda tremiam de medo e esforço. Conan passou o braço em volta do quadril dela e disse, reafirmando:

– Pare de tremer, garota. Você está a salvo.

Aquele toque pareceu tranquilizá-la. Jogou para trás os espessos e sedosos cachos, e lançou um olhar temeroso por cima do ombro, enquanto apertava mais seu corpo ao do cimério, como quem busca segurança por meio do contato.

– Eles me pegaram na rua – murmurou com a voz trêmula. – Homens negros, como grandes macacos nojentos aguardando-me, escondidos sob um arco escuro! Set tenha piedade de mim! Creio que sonharei com isso!

– O que você estava fazendo na rua a esta hora da noite? – inquiriu Conan, fascinado pela sensação acetinada da suave pele sob seus dedos que a acariciavam.

Ela jogou os cabelos para trás e olhou para o rosto dele de forma inexpressiva. Parecia não estar ciente das carícias que recebia.

– Meu amante – ela disse. – Meu amante levou-me às ruas. Ele ficou louco, e tentou me matar. Quando fugi dele, fui agarrada por essas feras.

– Uma beleza como a sua pode enlouquecer qualquer homem – disse Conan, correndo os dedos através das madeixas brilhantes.

Ela balançou a cabeça, como se despertasse de um torpor. Já não tremia, e sua voz era mais firme.

– Foi a maldição de um sacerdote; de Totrasmek, o alto sacerdote de Hanuman, que me desejava para si próprio. Cachorro!

– Não precisa insultá-lo por isso – sorriu Conan. – A velha hiena tem gosto melhor do que eu pensava.

Ela ignorou o elogio. Estava recuperando o equilíbrio bem rápido.

– Meu amante é um jovem soldado turaniano. Para me mortificar, Totrasmek lhe deu uma droga que o deixou louco. Esta noite ele desembainhou sua espada e veio atrás de mim para me matar em sua loucura, mas eu fugi para as ruas. Os negros me pegaram e me trouxeram para este... O que foi isto?

Conan já tinha se virado. Silencioso como uma sombra, ele arrastou a jovem para trás da cabana mais próxima, além da linha de palmeiras. Permaneceram em tensa imobilidade, enquanto o murmúrio que ambos tinham ouvido foi ficando cada vez mais alto, até se transformar em vozes distinguíveis. Um grupo de negros, nove ou dez, avançava pela estrada, vindo da cidade. A garota apertou o braço de Conan, e ele sentiu o corpo dela tremer aterrorizado.

Agora já podiam ouvir com clareza as vozes dos negros:

– Nossos irmãos já estão reunidos junto à fossa – disse um. – Não tivemos sorte. Espero que eles tenham tido o suficiente por nós.

– Aram nos prometeu um homem – murmurou outro, enquanto Conan prometia mentalmente outra coisa a Aram.

– Aram mantém sua palavra – grunhiu mais um. – Muitos foram os que conseguimos em sua taberna. Mas lhe pagamos bem. Eu mesmo lhe entreguei dez fardos de seda que roubei do meu mestre. Por Set, era uma boa seda!

Os negros não demoraram por ali, os pés descalços arrastavam a poeira, e suas vozes desapareceram estrada abaixo.

– Bom para nós que esses cadáveres estão atrás das cabanas – murmurou Conan. – Se olharem o quarto da morte de Aram Baksh, encontrarão outro morto. Vamos sair daqui.

– Sim, vamos nos apressar! – suplicou a garota, quase histérica novamente. – Meu amante está em algum lugar vagabundeando sozinho pelas ruas. Os negros podem pegá-lo.

– Um costume infernal é esse! – exclamou Conan, enquanto liderava o caminho em direção à cidade, seguindo em paralelo à estrada, mas escondido pelas cabanas e palmeiras. – Por que os cidadãos não acabam com esses cães negros?

– Eles são escravos valiosos – murmurou a jovem. – São tantos que poderiam se rebelar caso fosse negada a carne que tanto desejam. O povo de Zamboula sabe que vagam à noite pelas ruas, e todos são cuidadosos em permanecer atrás de portas trancadas, exceto quando um imprevisto acontece, como foi comigo. Os negros atacam qualquer coisa que possam pegar, porém raras vezes pegam não estrangeiros. O povo de Zamboula não se preocupa com os forasteiros que estão de passagem pela cidade. Homens como Aram Baksh vendem-nos aos negros. Ele não se atreveria a fazer tal coisa com um cidadão.

Conan cuspiu enojado e, logo depois, conduziu a acompanhante à estrada que já se transformava em uma rua, ainda com casas escuras em ambos os lados. Esconder-se nas sombras não combinava com sua natureza.

– Aonde quer ir? – ele perguntou. A jovem não parecia objetar ao fato de Conan abraçá-la pela cintura.

– À minha casa, despertar meus criados – respondeu. – Para fazer que procurem pelo meu amante. Não quero que a cidade, os sacerdotes e nem ninguém saiba de sua loucura. Ele é um jovem oficial com um futuro promissor. Talvez possamos afastar sua loucura se pudermos achá-lo.

– Se pudermos? – estrondou Conan. – O que a faz achar que estou disposto a passar a noite procurando por um lunático pelas ruas?

Ela deu uma olhadela para seu rosto e, no mesmo instante, interpretou o brilho naqueles olhos azuis. Qualquer mulher teria compreendido que o cimério a seguiria aonde quer que fosse, ao menos por um tempo. Mas, sendo mulher, ocultou seu conhecimento do fato.

– Por favor – ela suplicou com um começo de choro na voz. – Não tenho mais ninguém a quem pedir ajuda. Você foi gentil comigo.

– Está bem! – ele grunhiu. – Está bem! Qual o nome desse jovem condenado?

– Alafdhal. Eu sou Zabibi, uma dançarina. Dancei muitas vezes para o sátrapa, Jungir Khan, e sua amante Nafertari, e diante de todos os nobres e damas da corte. Totrasmek me desejava e, como o recusei, ele me transformou na ferramenta inocente de sua vingança contra Alafdhal. Pedi uma poção de amor a Totrasmek, sem suspeitar a profundidade de seu ódio e astúcia. Ele me deu uma droga para misturar junto ao vinho de meu amante e jurou que, quando Alafdhal a bebesse, me amaria mais apaixonadamente que nunca e satisfaria todos os meus desejos. Eu misturei a droga com o vinho dele. Mas, ao bebê-lo, meu amante enlouqueceu, e as coisas ocorreram conforme relatei. Maldito Totrasmek, aquela cobra híbrida!

Ela apertou o braço dele de forma descontrolada, e ambos se detiveram logo a seguir. Tinham chegado ao distrito das barracas, que estava deserto e escuro, pois já era bem tarde. Estavam passando por uma ruela, e na boca dela havia um homem de pé, imóvel e silencioso. Sua cabeça estava abaixada, no entanto Conan percebeu o estranho brilho de seus olhos, que o encaravam sem piscar. Sua pele se arrepiou, não por medo da espada que o homem segurava, mas por causa da incomum sugestão de sua postura e silêncio. Elas sugeriam loucura. Conan afastou a garota e desembainhou sua espada.

– Não o mate! – ela suplicou. – Em nome de Set, não o mate! Você é forte, subjugue-o!

– Veremos – ele resmungou, com a espada na mão direita e cerrando o punho da esquerda.

Deu um passo cauteloso até a ruela. E, com uma terrível gargalhada lamuriosa, o turaniano atacou. Ao vir, brandiu a espada e ficou na ponta dos pés, enquanto depositava todas as forças de seu corpo nos golpes. Faíscas azuis saltaram quando Conan bloqueou a lâmina, e no instante seguinte o louco estava estendido no chão, inconsciente devido a um trovejante soco que Conan acabara de lhe dar com a mão esquerda.

A garota correu até ele.

– Oh, ele não está... não está...

Conan se agachou, virou o corpo do homem de lado e o examinou com os dedos.

– Não está muito machucado – ele rosnou. – Sangra pelo nariz, mas isso aconteceria com qualquer um depois de levar um golpe desses na mandíbula. Ele voltará a si logo mais, e é até possível que recupere a razão. Enquanto isso, vou amarrar seus pulsos com o cinto da espada, assim. E agora, onde quer que o leve?

– Espere! – ela se ajoelhou ao lado da figura desacordada, tomou suas mãos amarradas e as examinou minuciosamente. Então, balançando a cabeça em desapontamento, levantou-se. Aproximou-se do gigantesco cimério e apoiou as mãos magras sobre seu enorme peito. Seus olhos escuros, como duas joias úmidas refletindo o luar, o encararam.

– Você é um homem de verdade! Ajude-me! Totrasmek deve morrer. Mate-o por mim!

– E meter meu pescoço em uma forca turaniana? – ele grunhiu.

– Não! – os braços delgados, fortes como aço flexível, envolveram o pescoço musculoso dele. Seu corpo maleável pulsava contra o dele. – Os hirkanianos não amam Totrasmek. Os sacerdotes de Set o temem. É um mestiço, que governa os homens por meio do medo e da superstição. Eu adoro Set e os turanianos se curvam a Erlik, mas Totrasmek realiza sacrifícios diante de Hanuman, o maldito. Os lordes turanianos temem suas artes negras e o poder que ele tem junto à população mestiça, e por isso o odeiam. Até mesmo Jungir Khan, e sua amante Nafertari, o temem e o odeiam. Se ele fosse assassinado em seu templo durante a noite, ninguém buscaria com muito afinco seu assassino...

– E quanto à sua magia? – reverberou Conan.

– Você é um guerreiro – ela respondeu. – Arriscar a vida faz parte de sua profissão.

– Por um preço – admitiu.

– Haverá um preço! – ela exalou, ficando nas pontas dos pés para olhá-lo nos olhos.

A proximidade daquele corpo vibrante fez que suas veias pegassem fogo. O perfume de seu hálito lhe subiu à cabeça. Mas quando seus braços fecharam em torno daquele corpo esbelto, ela os evitou com um movimento rápido e disse:

– Espere! Primeiro sirva-me neste assunto.

– Dê nome ao preço – ele falou com alguma dificuldade.

– Pegue meu amante – ela ordenou, e o cimério abaixou-se e colocou o corpo do homem sobre o ombro. Naquele momento ele sentiu como se pudesse derrubar o palácio de Jungir Khan com a mesma facilidade. A garota murmurou algumas carícias ao ouvido do homem inconsciente, e não houve qualquer hipocrisia em sua atitude. Ela, óbvio, amava Alafdhal com sinceridade. Qualquer que fosse o trato que fizesse com Conan, não influenciaria em nada suas relações com Alafdhal. Nessas coisas, as mulheres são mais práticas que os homens.

– Siga-me! – ela o apressou ao longo da rua, e o cimério a seguiu com facilidade, de forma alguma sentindo-se desconfortável por causa da carga extra que levava. Ele manteve o olho vivo para sombras negras espreitando sob os arcos, mas não viu nada suspeito. Talvez os homens de Darfar estivessem todos reunidos juntos à fossa. A garota virou em uma rua estreita e bateu, com cautela, a uma porta em forma de arco.

Quase no mesmo instante, um postigo abriu no painel superior e uma face negra olhou para fora. Ela se inclinou até próximo da abertura e murmurou algo de um jeito suave. Os trincos soaram em seus soquetes e a porta foi aberta. Um gigantesco negro foi delineado contra a débil luz de uma lâmpada de cobre. Uma rápida examinada mostrou a Conan que o homem não era de Darfar. Seus dentes eram tortos e os cabelos crespos cortados próximo ao crânio. Ele era de Wadai.

Zabibi disse algo, e Conan depositou o corpo do homem nos braços do negro e viu o jovem oficial ser deitado em um divã de veludo. Ele não dava sinais de que recobraria a consciência. O golpe que lhe havia tirado os sentidos poderia ter derrubado um boi. Zabibi inclinou-se sobre ele por um instante, seus dedos se retorcendo e esfregando nervosamente. Então, endireitou-se e chamou o cimério.

A porta se fechou devagar, os trincos clicaram atrás deles e a portinhola cerrada fez sumir o brilho das lâmpadas. Sob o céu estrelado na rua, Zabibi tomou a mão de Conan. Sua própria mão tremia um pouco.

– Você não irá falhar comigo?

Ele balançou a juba negra contra as estrelas.

– Então, siga-me até o santuário de Hanuman, e que os deuses tenham piedade de nossas almas.

Ao longo das ruas silenciosas, eles avançaram como dois fantasmas. Seguiram em silêncio. Talvez a garota estivesse pensando no amante, deitado desacordado no divã, sob as lâmpadas de cobre; ou talvez estivesse tremendo de medo pelo que lhes esperava no demoníaco templo de Hanuman. O bárbaro só pensava na mulher movendo-se formosamente ao seu lado. O perfume dos seus cabelos chegava até suas narinas, a brisa sensual de sua presença enchia-lhe o cérebro e não deixava espaço para quaisquer outros pensamentos.

Em dado momento eles ouviram o ruído de passos pisando a grama, e esconderam-se sob as sombras de uma escura arcada, enquanto um esquadrão de guardas pelishtianos passava. Havia quinze deles; marchavam em formação cerrada, lanças nas mãos, e os homens na retaguarda traziam seus largos escudos de latão às costas para protegê-los de punhaladas vindas por trás. Os canibais negros eram uma terrível ameaça até mesmo para homens armados.

Assim que o som estridente das sandálias deles se perdeu no final da rua, Conan e a garota emergiram do esconderijo e apressaram o passo. Um pouco depois, viram o edifício quadrado e de teto baixo que surgia diante deles.

O templo de Hanuman encontrava-se solitário no meio de uma grande praça, deserto e silencioso sob as estrelas. Um muro de mármore cercava o santuário, com uma larga abertura bem de frente para o pórtico. Essa abertura não tinha portas ou qualquer tipo de barreiras.

– Por que os negros não buscam suas presas aqui? – murmurou Conan. – Não há nada que os mantenha fora do templo.

Ele podia sentir o corpo de Zabibi tremendo ao que ela se apertava contra ele.

– Eles temem Totrasmek, assim como todos em Zamboula, inclusive Jungir Khan e Nafertari. Venha! Venha rápido, antes que minha coragem escoe como água para fora de mim!

O medo da garota era evidente, mas mesmo assim não hesitou. Conan desembainhou a espada e ficou à frente da garota quando atravessaram o umbral do templo. Ele conhecia os terríveis hábitos dos sacerdotes orientais, e estava ciente de que um invasor do templo de Hanuman podia esperar encontrar quase qualquer tipo de pesadelo horrível. Sabia que havia uma boa chance de tanto ele quanto a garota jamais saírem vivos do templo, mas Conan já arriscara sua vida muitas vezes antes para pensar demais nessa possibilidade.

Entraram em um pátio com chão de mármore, que emanava um brilho branco sob as estrelas. Um pequeno trecho de largos degraus levava à entrada principal, cercada por colunas. As grandes portas de bronze estavam abertas, como haviam ficado durante séculos. Porém, nenhum fiel queimava incensos lá dentro. Durante o dia, homens e mulheres podiam ir timidamente ao templo e deixar suas oferendas para o deus macaco ao pé do altar negro. À noite, o povo evitava o templo de Hanuman, como a lebre evita o rastro de uma serpente.

Incensários queimando banhavam o interior com uma luz suave e estranha, que criava uma sensação de irrealidade. Próximo à parede do fundo, atrás do negro altar de pedra, sentava-se o deus com o olhar sempre fixo na porta aberta, através da qual, por séculos, suas vítimas tinham entrado, arrastadas por correntes de rosas. Um pequeno canal corria da soleira até o peitoril do altar e, quando os pés de Conan o sentiram, ele os afastou logo, como se tivesse pisado em uma serpente. Aquele sulco fora desgastado pelos pés vacilantes dos inúmeros que morreram gritando sobre o terrível altar.

Bestial sob a luz incerta, ali estava Hanuman, que olhava através de sua máscara entalhada. Ele se sentava, não como um macaco o faria, mas com as pernas cruzadas feito um homem. Seu aspecto não era menos símio por causa disso. Ele estava esculpido em mármore negro, porém seus olhos eram rubis que brilhavam com um resplendor vermelho e luxurioso, como as brasas das mais profundas fossas infernais. As mãos enormes estavam apoiadas sobre o colo, com as palmas para cima, e tinham os dedos separados como garras. Na ênfase exagerada de seus atributos, no olhar de sátiro que seu semblante tinha, estava refletido o abominável cinismo do culto degenerado que o deificava.

A jovem movia-se ao redor da imagem, indo em direção à parede traseira. E, quando um de seus quadris roçou um dos joelhos esculpidos do macaco, ela se encolheu para o lado e estremeceu, como se um réptil a tivesse tocado. Havia um espaço de vários pés entre as costas largas do ídolo e a parede de mármore, com seu friso folheado a ouro. De ambos os lados, flanqueando o ídolo, estava uma porta de marfim sob um arco dourado.

– Estas portas dão para um corredor no formato de ferradura – ela disse com pressa. – Uma vez estive no interior do templo. Só uma vez! – estremeceu e contraiu os ombros diante da lembrança ao mesmo tempo horrível e obscena. – O corredor se dobra como uma ferradura, com cada extremidade culminando neste quarto. Os aposentos de Totrasmek se encontram na curva do corredor, e se abrem para ele. Mas há uma porta secreta nesta parede que liga diretamente a uma câmara interior.

Ela começou a passar as mãos pela superfície lisa onde não se via rachaduras ou aberturas. Conan estava ao seu lado com a espada na mão, olhando com cuidado ao redor. O silêncio, o vazio do santuário, e a sua imaginação visualizando o que poderia haver atrás da parede, fizeram que ele se sentisse como uma fera selvagem farejando uma armadilha.

– Ah! – a garota afinal encontrou uma mola oculta; uma abertura quadrada largueou-se na parede. Então, gritou:

– Set!

Conan saltou sobre ela ao ver uma enorme mão deformada agarrá-la pelos cabelos. Ela foi arrancada do chão e puxada através da abertura, a cabeça primeiro. O bárbaro, segurando-a de forma ineficaz, sentiu seus dedos escorregarem pela perna nua, e em um instante ela desapareceu e a parede mostrou-se lisa como antes. Do outro lado, além dela, ouviam-se os ruídos abafados de uma luta, um grito que esmoreceu, e uma gargalhada grave que fez o sangue de Conan congelar nas veias.

3
O aperto das mãos negras

PRAGUEJANDO, O CIMÉRIO DEU UM GOLPE TERRÍVEL CONTRA a parede com o cabo de sua espada, e o mármore rachou em pedaços. Mas a porta secreta não cedeu, e a razão lhe disse que, sem dúvida, ela tinha sido trancada pelo outro lado. Virando-se, ele correu ao longo da câmara para uma das portas de marfim.

Ergueu a espada para quebrar as placas; no entanto, por capricho, primeiro empurrou a porta com a mão esquerda. Abriu-se com facilidade, e ele desembocou em um longo corredor que fazia uma curva sob a estranha luz de incensários, semelhantes àqueles que iluminavam o altar. Um pesado ferrolho de ouro aparecia no umbral da porta, e o cimério o tocou com as pontas dos dedos. O levíssimo calor do metal só podia ser detectado por um homem cujas faculdades se equiparavam às de um lobo. Aquele ferrolho tinha sido tocado, e somente há alguns segundos. O caso estava ficando, cada vez mais, parecido com uma armadilha. Ele deveria ter suspeitado que Totrasmek saberia se alguém entrasse no templo.

Entrar no corredor seria indubitavelmente caminhar para qualquer que fosse a armadilha que o sacerdote lhe preparara. Mas Conan não vacilou. Em algum lugar daquele interior mal iluminado Zabibi era uma prisioneira e, pelo que ele sabia sobre as características dos sacerdotes de Hanuman, tinha certeza de que ela precisava urgente de ajuda. O cimério entrou no corredor com uma postura de pantera, preparado para atacar em ambos os lados.

À sua esquerda, portas arqueadas de marfim davam para o corredor, e ele tentou abrir uma por vez. Estavam todas fechadas. Já avançara por volta de setenta e cinco pés quando o corredor dobrou abrupto para a esquerda, descrevendo a curva que a garota mencionara. Havia uma porta nesta curva, e ela cedeu sob sua mão.

Ele desembocou em um enorme cômodo quadrado, um pouco mais iluminado que o corredor. As paredes eram feitas de mármore branco, o chão de marfim e o teto de prata talhada. Ele viu ricos divãs de seda, banquetas de marfim trabalhadas em ouro para apoiar os pés e uma mesa redonda e maciça, feita de alguma substância parecida com metal. Sobre um dos divãs um homem se reclinava, olhando em direção à porta. Ele riu ao ver o brilho ameaçador nos olhos do cimério.

O homem estava nu, exceto pela tanga que lhe cobria o lombo e pelas sandálias com amarras altas. Tinha a pele morena, curtos cabelos negros e inquietos olhos escuros, que caracterizavam aquela face larga e arrogante. Em perímetro e largura ele era enorme, e com membros poderosos nos quais os músculos se inchavam ao menor movimento. As mãos eram as maiores que Conan tinha visto em toda sua vida. A segurança que lhe conferia sua força titânica coloria cada uma de suas ações e inflexões.

– Por que não entra, bárbaro? – ele chamou em tom de zombaria, com um exagerado gesto de convite.

Os olhos de Conan começaram a arder de forma ameaçadora, mas ele entrou com cautela na câmara, com a espada pronta.

– Quem diabos é você? – ele grunhiu.

– Sou Baal-Pteor – respondeu o homem. – Uma vez, há muito tempo e em outras terras, eu tinha outro nome. Mas este é um bom nome, e por que Totrasmek o deu para mim, qualquer garota do templo poderia lhe explicar.

– Então você é o cão dele! – exclamou Conan. – Bem, pois maldita seja sua pele marrom, Baal-Pteor. Onde está a mulher que você agarrou através da parede?

– Meu mestre a está entretendo! – riu Baal-Pteor. – Escute!

Do outro lado da porta oposta àquela pela qual Conan acabara de entrar ouviu-se o grito de uma mulher, débil e apagado pela distância.

– Maldita seja sua alma! – Conan deu um passo em direção à porta, então girou sobre seus calcanhares com a pele formigando; Baal-Pteor ria dele, e aquela risada estava coberta por uma ameaça que fez os pelos do cimério se arrepiarem atrás do pescoço, e enviou uma onda vermelha sedenta de sangue para seu campo de visão.

Ele avançou em direção a Baal-Pteor, os nós dos dedos na mão que segurava a espada estavam brancos de tanto que a apertava. Com um movimento rápido, o homem lançou-lhe algo, uma esfera de cristal brilhante que reluzia sob a estranha luz das lâmpadas.

Conan defletiu-a instintivamente, mas, como um milagre, a esfera parou no ar, a alguns passos de seu rosto. Ela ficou como que suspensa por fios invisíveis, a algo como cinco pés acima do chão. Ao que ele a observava atônito, a esfera começou a girar em velocidade crescente. E ao fazê-lo, cresceu, aumentou de tamanho e se transformou numa nebulosa que preenchia a sala. A esfera o envolveu. Ela apagou a mobília, as paredes e o sorridente semblante de Baal-Pteor. Conan estava perdido no meio de um borrão, cegante girando em alta velocidade. Ventos terríveis açoitaram-no, puxando-o e o forçando a quase perder o equilíbrio, e arrastá-lo para o vórtice que girava frenético diante de si.

Com um grito sufocado, Conan recuou cambaleando, e sentiu a sólida parede que havia às suas costas. Ao contato com ela, a ilusão desapareceu. A titânica esfera, girando, foi varrida como uma bolha que estoura. Conan cambaleou no quarto de teto prateado com uma bruma cinza rodeando seus pés, e viu Baal-Pteor estendido no divã, com o corpo balançando por causa de gargalhadas silenciosas.

– Filho de uma cadela! – Conan avançou sobre ele. Mas a bruma se elevou do chão, fazendo que a gigantesca figura morena desaparecesse. Tateando na espessa nuvem que o cegara, Conan experimentou uma estranha sensação de deslocamento. E então a sala, a bruma e o homem do divã desapareceram juntos. Ele encontrava-se sozinho, entre os juncos altos de um pântano, onde um búfalo o atacava com a cabeça baixa. Pulou para o lado, evitando os chifres no formato de cimitarras curvas do furioso animal, e afundou a espada atrás de uma de suas patas dianteiras, atravessando-lhe as costelas e o coração. E não era o búfalo morrendo ali na lama, mas Baal-Pteor. Praguejando em voz alta, Conan decepou-lhe a cabeça; e a cabeça disparou do solo e exibiu presas afiadas e bestiais que tentaram rasgar-lhe a garganta. Apesar de toda sua tremenda força física, ele não conseguia se libertar, estava sufocando, estrangulando. Em seguida, ouviu-se um rugido através do espaço, o choque deslocado de um impacto imensurável, e ele se encontrava de volta à câmara, com Baal-Pteor, cuja cabeça estava mais uma vez apoiada sobre seus ombros e que, estendido no divã, riu silenciosamente dele.

– Hipnotismo – grunhiu Conan, agachando-se e cravando com firmeza os dedos no chão de mármore.

Seus olhos queimavam. Aquele cão negro estava brincando com ele, fazendo dele sua diversão! Porém, aquela estupidez, aquele truque infantil de brumas e sombras não podia causar-lhe dano algum! Bastava que ele saltasse e atacasse, e o acólito negro seria um cadáver desfigurado sob seus pés. Desta vez, ele não se deixaria enganar pelas sombras da ilusão. Contudo, assim foi.

Um grunhido sangrento e aterrador soou às suas costas, e ele girou e fulminou como um raio a pantera agachada que se preparava para atacá-lo na mesa de metal colorida. Quando Conan golpeou, a aparição desvaneceu-se e a lâmina chocou-se com um ruído ensurdecedor contra a duríssima superfície metálica. No mesmo instante, percebeu algo anormal. A lâmina ficou grudada à mesa! Ele a puxou com selvageria, mas ela não cedia. Aquilo não era um truque de hipnotismo. A mesa era um gigantesco ímã. O bárbaro agarrou o cabo com ambas as mãos, quando o instinto o fez dar meia-volta e encontrar-se frente a frente com o homem moreno, que afinal se levantara do divã.

Um pouco mais alto que Conan e muito mais corpulento, Baal-Pteor estava diante dele como uma massa dantesca de desenvolvimento muscular. Os poderosos braços eram exageradamente longos, e as grandes mãos abriam-se e se fechavam o tempo todo. Conan soltou a empunhadura da espada grudada à mesa e caiu em silêncio, observando seu inimigo através das pálpebras entreabertas.

– Sua cabeça, cimério! – falou Baal-Pteor com sarcasmo. – Eu a arrancarei com minhas mãos nuas, torcendo-a de seus ombros como se fosse a de um frango! É assim que os filhos de Kosala oferecem sacrifícios a Yajur. Bárbaro, você está olhando para um estrangulador de Yota-Pong. Fui escolhido pelos sacerdotes de Yajur quando era criança e, durante toda minha infância e adolescência, fui treinado na arte de matar com as mãos, pois só assim os verdadeiros sacrifícios são encenados. Yajur ama o sangue, e nós não desperdiçamos nem uma gota das veias das vítimas. Quando eu era menino, eles me entregavam bebês para praticar; na adolescência, estrangulava garotas e, na juventude, o fazia com mulheres, velhos e jovens garotos. Somente quando alcancei plena maturidade me entregaram um homem forte para sacrificar no altar de Yota-Pong. Durante anos ofereci sacrifícios a Yajur. Centenas de pescoços foram partidos por estes dedos – ele os agitou diante dos olhos furiosos do cimério. – O motivo pelo qual deixei Yota-Pong para me tornar criado de Totrasmek não é da sua conta. Em um instante você estará além da curiosidade. Os sacerdotes de Kosala, os estranguladores de

Yajur, são mais fortes do que qualquer homem possa imaginar. E eu era o mais forte de todos. Com minhas mãos, bárbaro, quebrarei seu pescoço!

E como num ataque de cobras gêmeas, as enormes mãos se fecharam na garganta de Conan. O cimério não fez o menor esforço para desviá-las ou afastá-las, mas suas mãos também agarraram o pescoço taurino do kosalano. Os olhos negros de Baal-Pteor se abriram quando ele sentiu os poderosos feixes de músculos que protegiam a garganta do bárbaro. Com um grunhido, exerceu toda sua força sobre-humana, e os nós, nódulos e tendões de seus músculos se delinearam nos poderosos braços. E, então, deu um explosivo suspiro de asfixia quando os dedos de Conan trancaram-se em sua garganta. Por um instante, eles permaneceram imóveis como estátuas, os rostos eram máscaras de esforço, veias azuladas começando a se destacar nas têmporas. Os lábios finos de Conan recuaram ante um sorriso, e ele grunhiu. Os olhos de Baal-Pteor estavam arregalados e, dentro deles, cresceu uma expressão terrível de surpresa e medo. Ambos os homens continuaram imóveis como pinturas, com exceção das contrações dos músculos de seus rígidos braços e o apoio das pernas, porém, uma força além da concepção comum se desenrolava ali. Forças que poderiam ter arrancado árvores ou esmagado crânios de bois.

O ar sibilou de repente por entre os dentes entreabertos de Baal-Pteor. Seu rosto estava ficando azul. Medo inundou seus olhos. Os músculos pareciam prestes a explodir dos braços, mas o poderoso pescoço do cimério não cedia; ele parecia uma massa de cabos de ferro sob os dedos desesperados do gigante. Contudo, sua própria carne abria caminho sob a pressão dos dedos de ferro do cimério, que afundavam mais e mais nos músculos da garganta, esmagando-os na jugular e na traqueia.

A imobilidade estatuária dos homens cedeu lugar a um súbito e veloz movimento, ao que o kosalano começou a puxar e se retorcer, e tentou ir para trás para escapar da pegada. Ele soltou a garganta de Conan e agarrou seus punhos, tentando afastar aqueles dedos inexoráveis.

Com uma súbita investida, Conan forçou-o para trás, até que a lombar do gigante desse de encontro à mesa. E ainda sobre sua beirada, o cimério continuou dobrando-o para trás e para trás, até que sua coluna vertebral estivesse a ponto de partir.

A gargalhada grave de Conan foi impiedosa como o ruído metálico de duas espadas.

– Seu tolo! – exclamou o cimério. – Acho que você nunca tinha visto um homem do oeste antes. Você se achava forte porque era capaz de torcer o pescoço de homens civilizados, pobres diabos com músculos feito cordas apodrecidas? Maldição! Quebre o pescoço de um touro selvagem da Ciméria antes de chamar a si mesmo de forte. Foi o que fiz antes de me tornar um homem adulto assim!

E, com um movimento selvagem, retorceu a cabeça de Baal-Pteor até que seu rosto medonho ficou mirando o ombro esquerdo e suas vértebras estalaram como um ramo podre.

Conan lançou o corpo inerte ao chão, voltou-se para a espada outra vez e agarrou o cabo com ambas as mãos, apoiando firme os pés no chão. Sangue escorria de seu peito largo, por causa das feridas que as unhas do gigante causaram ao redor do pescoço. Seus cabelos negros estavam úmidos, suor lhe escorria pelo rosto e seu tronco arfava. Apesar de toda zombaria sobre a força de Baal-Pteor, ele quase fora batido pelo inumano kosalano. Mas, sem parar para recuperar o fôlego, imprimiu toda a força em um poderoso puxão que arrancou a espada do ímã ao qual estava grudada.

Um instante depois, ele já abria a porta, atrás da qual o grito tinha soado, e estava olhando para um corredor longo e retilíneo, forrado de portas de marfim. A outra extremidade estava escondida por uma cortina de veludo e, além dela, projetava-se uma melodia musical tão demoníaca como Conan jamais ouvira nem mesmo em seus piores pesadelos. Ela o fez ter calafrios em volta do pescoço e arrepiou seus pelos. Misturados a ela, estavam ofegos e soluços históricos de mulher. Agarrando com firmeza a espada, veloz, desceu pelo corredor.

4

Dance, garota, dance!

QUANDO ZABIBI FOI PUXADA PELA ABERTURA QUE APARECEU na parede atrás do ídolo, seu primeiro pensamento, confuso e desconecto, foi que sua hora chegara. Ela fechou os olhos instintivamente e esperou pelo golpe fatal. Mas, em vez disso, foi arremessada sem cerimônia contra o chão duro e polido de mármore, machucando os joelhos e o quadril.

Ao abrir os olhos, olhou assustada ao redor, no mesmo instante em que um impacto abafado podia ser escutado do outro lado da parede. Viu um gigante de pele escura e tanga diante de si e, do outro lado da câmara onde estava, um homem sentado em um divã, com as costas voltadas para uma cortina de veludo; um homem corpulento, com mãos gordas e brancas, e olhos de víbora. A garota estremeceu, porque esse homem era Totrasmek, o sacerdote de Hanuman, que durante anos estendera suas teias viscosas de poder pela cidade de Zamboula.

– O bárbaro busca forçar seu caminho através da parede – disse Totrasmek com ironia. – Mas a tranca aguentará.

A garota viu que uma pesada tranca de ouro tinha sido passada na porta secreta, daquele lado da parede podia ser vista por inteiro. O ferrolho e seus suportes resistiriam até mesmo ao ataque de um elefante.

– Vá abrir uma das portas para ele, Baal-Pteor – ordenou Totrasmek. – Mate-o na sala quadrada, do outro lado do corredor.

O kosalano saudou e saiu por uma porta que havia na parede lateral da câmara. Zabibi se levantou, encarando, temerosa, o sacerdote, cujos olhos corriam com avidez por sua esplêndida silhueta. Ela se mostrou indiferente àquilo. Uma dançarina de Zamboula estava habituada à nudez. Mas a crueldade daqueles olhos fez que seus membros estremecessem.

– Mais uma vez, você vem até mim em meu retiro, minha bela – disse com hipocrisia cínica. – É uma honra inesperada. Você parecia ter desfrutado tão pouco de sua visita anterior, que eu não esperava fosse repeti-la. No entanto, fiz tudo que estava ao meu alcance para lhe proporcionar uma experiência interessante.

Que uma dançarina de Zamboula corasse era impossível, mas um ardor de raiva se misturava ao medo nos olhos arregalados de Zabibi.

– Seu porco gordo! Você sabe que não vim até aqui por amor a você.

– Não – riu Totrasmek. – Você veio como uma tola, rastejando-se à noite na companhia de um bárbaro estúpido para cortar-me a garganta. Por que quer tomar a minha vida?

– Você sabe por quê! – ela gritou, sabendo da futilidade que seria dissimular.

– Você está pensando em seu amante – gargalhou. – O fato de estar aqui querendo me matar indica que ele tomou a droga que lhe dei. Bem, não foi você quem a pediu para mim? E eu não mandei o que me pediu, sem solicitar nada em troca, meu amor?

– Eu lhe pedi uma droga inofensiva que o fizesse dormir por algumas horas – respondeu a jovem com amargura. – E você enviou seu criado com uma droga que o enlouqueceu! Fui uma imbecil por confiar em você. Devia ter percebido que suas alegações de amizade eram mentiras para disfarçar seu ódio e desprezo.

– Por que queria que seu amante dormisse? – perguntou. – Para poder roubar a única coisa que ele jamais lhe daria, o anel com a joia que os homens chamam a Estrela de Khorala, a estrela roubada da rainha de Ophir, que pagaria um quarto cheio de ouro para tê-la de volta? Ele não a daria para você de boa vontade porque sabia que ela encerra em si poderes mágicos que, controlados de forma correta, podem escravizar o coração de qualquer ser humano do sexo oposto. Você queria roubá-la por medo de que seus magos descobrissem a chave dessa magia e ele se esquecesse de você quando tentasse conquistar as rainhas do mundo. E ainda a venderia de volta para a rainha de Ophir, que conhece seu poder e a utilizaria para escravizar a mim, como ela já fez antes de a joia ser roubada.

– E pra que você a quer? – perguntou de mau humor.

– Eu entendo os poderes dela. Ela aumentaria minhas forças.

– Bem – ela retrucou. – Você a tem agora!

– Tenho a Estrela de Khorala? Não, você se engana.

– Por que se incomodar em mentir? – respondeu, amarga. – Ele a tinha nos dedos, quando me fez sair correndo pelas ruas. Mas não a tinha quando o reencontrei. Seu servo devia estar vigiando a casa, e tomou-a dele, depois que eu tive de fugir. Para o diabo com ela! Quero meu amante de volta, são e salvo. Você tem o anel; puniu a nós dois. Por que não lhe restaura a mente? Pode fazê-lo?

– Eu poderia – ele lhe assegurou, desfrutando do sofrimento dela. Tirou um pequeno frasco de sua túnica e acrescentou: – Isto contém o suco do lótus dourado. Se seu amante bebê-lo, recuperará a sanidade. Sim, terei piedade dele. Vocês dois me frustraram e enganaram, não uma, mas muitas vezes; ele tem se oposto sempre aos meus interesses. No entanto, serei misericordioso. Venha e tome o frasco da minha mão.

A garota olhou Totrasmek, tremendo de ansiedade para apanhar o frasco, mas ao mesmo tempo esperando tratar-se de uma brincadeira cruel. Tímida, avançou, com uma mão estendida, e ele gargalhou como se não tivesse coração, afastando o frasco para fora de seu alcance. No instante em que ela abriu os lábios para amaldiçoá-lo, seu instinto a fez erguer os olhos. Do teto dourado, quatro vasos de jade estavam caindo. Ela se desviou, de forma que não a acertaram. Despedaçaram-se no chão ao seu redor, formando os quatro pontos de um quadrado. A jovem gritou, e gritou mais uma vez. Porque, de dentro de cada fragmento quebrado, surgiu a cabeça de uma cobra, e uma delas atacou-lhe a perna nua. O rápido movimento que ela fez para escapar a colocou dentro do alcance da serpente do lado oposto, e outra vez ela teve de fugir com a rapidez de um raio para evitar a terrível picada.

Ela estava presa em uma armadilha mortal. Todas as quatro serpentes estavam se contorcendo e investindo contra os pés, tornozelos, panturrilhas, joelhos, coxas, quadris, qualquer parte de seu voluptuoso corpo que estivesse próxima a elas, e Zabibi não conseguia saltar, nem passar por entre elas para se salvar. Só o que podia fazer era dar voltas e pular em todas as direções, retorcendo o corpo para evitar os ataques. E, cada vez que se movia para desviar de uma serpente, o movimento a colocava dentro do alcance de outra, de forma que tinha de continuar se movendo na velocidade da luz; as apavorantes cabeças significavam uma ameaça mortal. Só uma dançarina de Zamboula poderia ter sobrevivido naquele quadrilátero mortal.

Ela própria se tornou um borrão de movimentos desconcertantes. As cabeças erravam por fios de cabelo, mas erravam, enquanto ela contrapunha seus pés cintilantes e o olho perfeito contra a alucinante velocidade dos demônios escamosos que seu inimigo havia conjurado do nada.

Em algum lugar oculto, uma estranha música se misturava com o terrível silvo das serpentes, como um malévolo vento noturno, soprando através dos orifícios ocos de um crânio. Mesmo na alta velocidade de seus movimentos, ela percebeu com clareza que as investidas das serpentes não eram aleatórias. Atacavam-na com um ritmo horrível, e desempenhavam seu contorcer, balançar e girar do corpo em conformidade com esse ritmo. Os frenéticos movimentos se fundiam nos passos de um balé, que fazia que as danças mais obscenas de Zamora parecessem normais e sãs. Abalada, com vergonha e horror, Zabibi ouviu a odiosa risada implacável do impiedoso torturador.

– A Dança das Cobras, minha amada! – riu Totrasmek. – Assim as donzelas dançavam nos sacrifícios para Hanuman, séculos atrás, mas nunca com tamanha beleza e suavidade. Dance, garota, dance! Por quanto tempo conseguirá evitar as presas do Povo Venenoso? Minutos? Horas? No final, você se cansará. Seus pés rápidos e seguros irão tropeçar, as pernas lhe falharão, a rotação de seus quadris diminuirá devagar. Então, as presas começarão a se afundar em sua pele de marfim.

Atrás dele, a cortina se agitou como se movida por uma lufada de vento, e Totrasmek gritou. Os olhos se dilataram, e as mãos, desesperadas, agarraram a lâmina de aço polido que se projetou, de repente, de dentro do seu peito.

A música parou. A garota cambaleou vertiginosamente em meio à sua dança, gritando em terrível antecipação diante da ameaça das presas cintilantes. E então, apenas quatro inofensivas colunas curvas de fumaça azulada estavam diante de si no chão, enquanto Totrasmek caía de bruços sobre o divã.

Conan saiu de trás da cortina, limpando a lâmina larga da espada. Olhando pelas cortinas, ele tinha visto a garota dançar com desespero entre os quatro espirais de fumaça, mas percebeu que para ela a aparência delas devia ser algo bem diferente. Conan sabia que matara Totrasmek.

Zabibi afundou-se no chão ofegante; porém, quando Conan foi em sua direção, ela se colocou de pé, apesar de as pernas ainda estarem tremendo de exaustão.

– O frasco! – ela exclamou. – O frasco!

Totrasmek ainda o segurava em suas mãos rijas. Com violência, ela o arrancou de seus dedos fechados e começou a revistar, num frenesi, as roupas.

– Que diabos está procurando? – perguntou Conan.

– Um anel. Ele o roubou de Alafdhal. Deve tê-lo feito enquanto meu amante caminhava enlouquecido pelas ruas. Pelos demônios de Set!

Ela logo se convenceu de que a joia não estava com Totrasmek. Começou a revirar toda a câmara, rasgando a tapeçaria do divã e as cortinas, e virando vários vasos.

Enfim, fez uma pausa e afastou uma mecha que lhe tapava os olhos.

– Esqueci-me de Baal-Pteor.

– Ele está no inferno, com o pescoço quebrado – assegurou-lhe Conan.

A garota expressou uma alegria vingativa diante da notícia, mas um segundo depois praguejou muito nervosa.

– Não podemos ficar aqui. Falta pouco para o amanhecer. Os sacerdotes menores costumam visitar o templo a qualquer hora da noite e, se formos descobertos aqui com este cadáver, o povo nos fará em pedaços. Os turanianos não poderão nos salvar.

Ela levantou a tranca da porta secreta e, poucos momentos depois, eles estavam nas ruas, afastando-se rápido da praça silenciosa onde ficava o antigo santuário de Hanuman.

Em uma rua silenciosa próxima dali, Conan se deteve e segurou com a pesada mão o ombro nu de sua acompanhante.

– Não se esqueça de que havia um preço...

– Não me esqueci! – ela disse, libertando-se. – Mas nós temos que ir... Ir até Alafdhal primeiro!

Pouco depois, o escravo negro os deixou passar pela porta dos fundos. O jovem turaniano estava deitado sobre o divã, com os braços e as pernas amarrados com grossas cordas de veludo. Seus olhos estavam abertos, mas como os de um cachorro louco, e uma espuma grossa escorria por seus lábios. Zabibi se encolheu.

– Abra suas mandíbulas à força! – ela ordenou, e os dedos de ferro de Conan cumpriram a tarefa.

Zabibi esvaziou o frasco na goela do louco. O efeito foi como mágica. De imediato, ele ficou quieto. O fulgor desapareceu de seus olhos; ele olhou para a garota de uma forma intrigada, mas com reconhecimento e inteligência. Então, caiu em um sono normal.

– Quando despertar, estará são – sussurrou, fazendo um sinal para o escravo negro.

Com uma reverência profunda, o escravo depositou nas mãos dela uma pequena bolsa de couro, e colocou-lhe um manto de seda sobre os ombros. Seu comportamento tinha mudado sutilmente quando fez um gesto para Conan segui-la para fora do quarto.

Numa arcada que levava à rua, ela se virou para ele, vestindo-se com uma nova realeza.

– Devo dizer-lhe a verdade – exclamou. – Não sou Zabibi. Sou Nafertari. E ele não é Alafdhal, um pobre capitão da guarda. É Jungir Khan, o sátrapa de Zamboula.

Conan não fez nenhum comentário; seu rosto moreno coberto de cicatrizes não moveu um músculo sequer.

– Eu menti a você porque não ouso contar a verdade para ninguém – disse. – Estávamos sós, quando Jungir Khan ficou louco. Ninguém sabia além de mim. Se viesse a público que o sátrapa de Zamboula enlouquecera, teria havido uma revolta imediata, conforme queria Totrasmek, que planejou nossa destruição. Vê agora por que é impossível que eu lhe dê a recompensa esperada? A amante do sátrapa não é... não pode ser para você. Mas você receberá uma recompensa. Aqui está uma bolsa de ouro.

Ela entregou-lhe a bolsa que havia recebido do escravo.

– Agora vá, e, quando o sol nascer, venha ao palácio. Farei com que Jungir Khan lhe nomeie capitão da guarda. Mas receberá ordens minhas em segredo.

Sua primeira missão será levar um pelotão de homens até o templo de Hanuman, aparentemente para buscar pistas sobre o assassinato do sacerdote, mas, na verdade, deverá procurar a Estrela de Khorala. Deve estar escondida em algum lugar ali. Quando encontrá-la, traga-a para mim. Tem minha permissão para partir agora.

Conan assentiu e, ainda silencioso, afastou-se. A jovem, ao vê-lo ir embora balançando os ombros largos, achou estranho o fato de não haver nada em seu semblante que mostrasse que se sentia, de alguma maneira, contrariado ou enganado.

Quando Conan dobrou a esquina, deu uma olhada para trás e logo mudou de direção, apressando o passo. Pouco depois, estava no distrito da cidade onde ficava o Mercado de Cavalos. Lá, bateu numa porta até que, da janela sobre ela, um rosto barbudo apareceu para perguntar o motivo daquela algazarra.

– Um cavalo – disse Conan. – O mais rápido que tiver.

– Eu não abro meus portões a esta hora da noite – respondeu com um grunhido o mercador de cavalos. Conan fez suas moedas tilintarem.

– Filho de uma cadela! Não vê que sou branco e estou só? Abra a porta antes que eu a coloque abaixo!

Pouco depois, Conan cavalgava um corcel baio em direção à casa de Aram Baksh.

Adentrou a pequena ruela que havia entre a taberna e o jardim de palmeiras, mas não se deteve no portão. Continuou avançando para a esquina nordeste do muro, então fez uma curva e cavalgou paralelo a ela, até que, por fim, se deteve a alguns passos do ângulo nordeste. Nenhuma árvore crescia próxima à parede, mas havia alguns pequenos arbustos. Amarrou o cavalo a um deles, e estava prestes a subir na sela de novo quando ouviu um murmúrio de vozes além da esquina que o muro fazia.

Tirando o pé do estribo, aproximou-se da esquina e espiou do outro lado. Três homens avançando pela estrada, em direção ao pequeno bosque de palmeiras e, a julgar pelo modo como caminhavam, ele sabia que eram negros. Pararam quando o bárbaro os chamou baixinho, acotovelando-se, receosos quando caminhou em direção a eles com a espada na mão. Os olhos dos homens brilhavam sob a luz das estrelas. Seus rostos de ébano refletiam uma luxúria brutal, mas tinham ciência de que seus três porretes de madeira não podiam prevalecer contra a espada, assim como Conan também o sabia.

– Aonde vocês vão? – ele os desafiou.

– Avisar nossos irmãos que apaguem o fogo no poço além das palmeiras – foi a resposta áspera e gutural. – Aram Baksh nos prometeu um homem, porém mentiu. Encontramos um de nossos irmãos mortos, na câmara da armadilha. Esta noite passaremos fome.

– Não creio – respondeu Conan com um sorriso. – Aram Baksh lhes entregará um homem. Veem esta porta?

Apontou para uma pequena porta de ferro localizada no centro da parede oeste.

– Esperem ali. Aram Baksh lhes entregará um homem.

Recuando com cautela até ficar fora do alcance de um possível golpe de porrete, Conan deu meia-volta e dobrou pelo ângulo noroeste do muro. Ao chegar a seu cavalo, deteve-se por um momento para se assegurar de que os negros não o haviam seguido, e então subiu na sela, permanecendo ereto em pé e tranquilizando o corcel com algumas palavras graves. Estendeu as mãos e, ao alcançar a beirada do muro, escalou-o e passou para o outro lado. Lá dentro, estudou o terreno por um instante. A taberna estava construída no ângulo sudoeste, e o que restava do terreno era ocupado por hortos e jardins. Não viu ninguém ao redor. A taberna estava escura e silenciosa, e ele sabia que todas as portas e janelas estavam fechadas e trancadas por dentro.

Conan também sabia que Aram Baksh dormia em um quarto que dava para um caminho rodeado por ciprestes, e que conduzia ao acesso do lado oeste de muro. Como uma sombra, deslizou entre as árvores e, logo depois, bateu de leve na porta do quarto.

– Quem é? – perguntou uma voz estrondosa e sonolenta, vinda de dentro.

– Aram Baksh! – sibilou Conan. – Os negros estão pulando o muro!

Quase que no mesmo instante a porta se abriu, emoldurando o taberneiro, que vestia apenas uma camisa e trazia uma adaga na mão. Ele esticou o pescoço para olhar o rosto do cimério.

– Que história é esta? Você!

Os dedos vingativos de Conan estrangularam o grito em sua garganta. Os dois homens caíram juntos ao chão, e o cimério arrancou a adaga das mãos do inimigo. A lâmina brilhou sob a luz das estrelas e sangue jorrou. Aram Baksh fez barulhos horríveis, ofegando e engasgando com a boca cheia de sangue. Conan o colocou em pé e de novo a adaga cortou, e a maior parte da barba crespa do homem caiu ao chão.

Agarrando a garganta de seu cativo, porque um homem pode gritar incoerentemente até mesmo com a língua cortada, Conan o arrastou do quarto escuro e por todo o caminho de ciprestes, até a porta de ferro do muro exterior. Com uma mão levantou o ferrolho e abriu a porta, revelando as três figuras sombrias que esperavam do lado de fora como abutres negros. Em seus braços ansiosos, Conan lançou o estalajadeiro.

Um horrível grito afogado em sangue surgiu da garganta de Aram Baksh, mas não houve resposta alguma da taberna silenciosa. O povo estava acostumado a gritos próximos aos muros. Aram Baksh lutou como um selvagem, seus olhos dilatados encarando, de maneira frenética, o rosto do cimério. Mas não encontrou misericórdia nele. Conan estava pensando na quantidade de desgraçados que deviam seu destino sangrento à ganância daquele homem.

Em euforia, os negros arrastaram-no pela estrada, zombando de seus lamentos incoerentes. Como poderiam reconhecer Aram Baksh naquela figura seminua, coberta de sangue, com a barba grotescamente raspada, que pronunciava balbucios ininteligíveis? Os ruídos da luta chegaram até Conan, que estava ao lado do portão, mesmo após as silhuetas desapareceram entre as palmeiras.

Fechando a porta atrás de si, Conan retornou ao seu cavalo, montou-o, e foi para o oeste, em direção ao deserto, fazendo um longo desvio para evitar o sinistro bosque de palmeiras. Enquanto cavalgava, tirou do cinto um anel no qual brilhava uma joia, que refletia a luz das estrelas com iridescência cintilante. Ele a segurou no alto para admirá-la, virando-a de um lado para outro. A compacta bolsa de moedas de ouro tilintava bem suave no arco em sua sela, como uma promessa de grandes riquezas vindouras.

"Pergunto-me o que ela diria, se soubesse que a reconheci como Nafertari e ele como Jungir Khan desde o primeiro momento em que a vi", ele pensou. "Eu também sabia sobre a Estrela de Khorala. Será uma bela cena se ela adivinhar que a tirei do dedo dele enquanto o amarrava com o cinto de sua espada. Mas eles jamais me pegarão, com essa vantagem que estou tendo."

Olhou para trás, para as palmeiras sombrias, por entre as quais surgia um clarão vermelho. Um canto cresceu em meio à noite, vibrando com júbilo selvagem. E outro som se misturou a este, um grito enlouquecido e incoerente, uma frenética inarticulação da qual nenhuma palavra podia ser entendia. O barulho seguiu Conan enquanto cavalgou para oeste, sob a luz pálida das estrelas.

Os profetas do Círculo Negro

1
A morte ataca um Rei

O REI DE VENDHYA ESTAVA MORRENDO. DURANTE A NOITE quente e sufocante, o gongo do templo soou e as conchas rugiram. Seu clamor era um eco débil na câmara dourada abobada onde Bhunda Chand lutava no estrado forrado de veludo. Gotas de suor pingavam de sua pele escura, seus dedos retorciam o tecido dourado sob si. Ele era jovem, nenhuma lança o havia tocado, nenhum veneno oculto em seu vinho. Porém, suas veias se destacavam como cordões azuis nas têmporas, e os olhos se dilatavam com a proximidade da morte. Escravas ajoelhavam-se tremendo aos pés do estrado. E, inclinada sobre ele e observando-o com paixão intensa, estava sua irmã, a Divina Yasmina. Ao lado dele estava o wazam, nobre ancião da corte real.

Ela jogou a cabeça para cima num gesto tempestuoso de ira e desespero quando distantes tambores chegaram aos seus ouvidos.

– Os sacerdotes e seu clamor! – ela exclamou. – Eles não são mais sábios que as sanguessugas, que são inúteis! Não, ele morre, e ninguém é capaz de dizer o motivo. Ele está morrendo agora... E fico aqui impotente, eu que queimaria a cidade inteira e derramaria o sangue de milhares para salvá-lo.

– Não sou um homem de Ayodhya, mas morreria em seu lugar se fosse possível, Divina – respondeu o wazam. – Este veneno...

– Digo que não é veneno! – ela gritou. – Desde o nascimento, ele tem sido protegido tão atentamente que os mais inteligentes envenenadores do Oriente não foram capazes de alcançá-lo. Cinco crânios branqueados na Torre dos Papagaios podem atestar as tentativas que foram feitas, e falharam. Como você bem sabe, há dez homens e dez mulheres cujo único dever é provar sua comida e vinho, e cinquenta guerreiros armados guardando sua câmara, como estão fazendo agora. Não, isto não é veneno. É feitiçaria... Magia negra e sinistra.

Ele se calou quando o rei falou; seus lábios lívidos não se moveram, e não havia reconhecimento nos olhos vítreos. Mas a voz surgiu num chamado lúgubre, indistinto e distante, como se a tivesse chamado de além dos vastos golfos soprados pelos ventos:

– Yasmina! Yasmina! Minha irmã, onde está você? Não consigo encontrá-la. Tudo é trevas, e o rugido de grandes ventos!

– Irmão! – ela falou, segurando sua mão mole num aperto convulsivo. – Estou aqui! Não me reconhece...

Sua voz morreu diante do total vazio no rosto dele. Um murmúrio baixo e confuso saiu de sua boca. As escravas choramingaram de medo, e Yasmina sentiu o peito pulsar de angústia.

Em outra parte da cidade, um homem estava em pé ao lado de uma varanda de treliça olhando para uma longa rua mal iluminada por tochas, que revelavam, com pouca nitidez, faces escuras e o branco de olhos brilhando. Um prolongado pranto partiu da multidão. O homem encolheu os ombros e voltou para dentro da câmara *arabesque*. Ele era alto, compactamente constituído, e trajava vestes caras.

– O rei não está morto, mas o hino fúnebre foi soado – disse para outro indivíduo que se sentava com as pernas cruzadas em um tapete no canto. Este homem estava vestido com um manto marrom de pele de carneiro e sandálias, e usava um turbante verde sobre a cabeça. Sua expressão era tranquila, o olhar impessoal.

– O povo sabe que ele jamais verá outro amanhecer – respondeu o homem.

O primeiro interlocutor o favoreceu com um olhar longo e pesquisador.

– O que não consigo entender – disse – é por que precisei esperar tanto tempo para seus mestres atacarem. Se eles puderam matar o rei agora, por que não o fizeram meses atrás?

– Mesmo as artes que você chama de feitiçaria são governadas por leis cósmicas – respondeu o homem de turbante verde. – As estrelas dirigem essas ações, assim como outros assuntos. Nem mesmo meus mestres podem mudar as estrelas. Só após os céus estarem na ordem correta que puderam desempenhar sua necromancia – com uma longa unha pontiaguda ele mapeou as constelações no chão de azulejos de mármore. – A inclinação da lua pressagiou o mal para o rei de Vendhya; as estrelas estão em tumulto, a Serpente na Casa do Elefante. Durante tal justaposição, os guardiões invisíveis foram removidos do espírito de Bhunda Chand. Um caminho é aberto para os reinos que não podem ser vistos, e uma vez que um ponto de contato foi estabelecido, intensos poderes foram colocados em funcionamento ao longo daquele caminho.

– Ponto de contato? – perguntou o outro. – Você quer dizer aquele cacho de cabelos de Bhunda Chand?

– Sim. Todas as porções descartadas do corpo humano ainda fazem parte deste, anexadas por conexões intangíveis. Os sacerdotes de Asura têm uma fraca noção dessa verdade, e, assim, todas as unhas cortadas, cabelos e outros resíduos das pessoas da família real são, com muito cuidado, reduzidos a cinzas, e as cinzas escondidas. Mas, ante a súplica urgente da princesa de Khosala, que presumidamente amava Bhunda Chand, ele lhe deu um cacho de seus longos cabelos negros como lembrança. Quando meus mestres decidiram o destino dele, o cacho, em sua caixa dourada incrustada de joias, foi roubado debaixo do travesseiro dela enquanto dormia, e outra foi substituída, tão parecida com a primeira que ela jamais saberia a diferença. Então, o cacho genuíno viajou por uma caravana de camelos pela longa, longa estrada para Peshkhauri, dali até a Passagem Zhaibar, até chegar às mãos daqueles a quem se destinava.

– Somente um cacho de cabelos – murmurou o nobre.

– Pelo qual uma alma é arrancada de seu corpo e além de golfos de espaços ecoantes – retornou o homem no tapete.

O nobre o estudou curiosamente.

– Eu não sei se você é um homem ou demônio, Khemsa – ele disse afinal. – Poucos de nós somos o que aparentamos. Eu, cujos kshatriyas conhecem como Kerim Shah, um príncipe do Iranistão, não sou um mascarado melhor do que a maioria dos homens. Todos são traidores de uma forma ou de outra, e metade deles não sabe a quem serve. Quanto a isso pelo menos não tenho dúvidas, pois eu sirvo o Rei Yezdigerd, de Turan.

– E eu os Profetas Negros de Yimsha – disse Khemsa. – E meus mestres são maiores que o seu, pois alcançaram pelas artes o que Yezdigerd não pôde com cem mil espadas.

Lá fora, o gemido de milhares de torturados estremeceu até as estrelas que incrustavam a noite quente vendhyana, e as conchas berravam como bois com dor. Nos jardins do palácio as tochas reluziam nos capacetes polidos, espadas curvas e espartilhos entalhados com ouro. Todos os nobres nascidos guerreiros de Ayodhya estavam reunidos no grande palácio ou ao redor dele. E, em cada largo portão e porta arqueados, cinquenta arqueiros montavam guarda, com os arcos em mãos. Mas a morte espreitava no palácio real, e ninguém podia fazer frente à sua ameaça espectral.

Nos estrados sob a abóbada dourada o rei gritou mais uma vez, atormentado por terríveis paroxismos. Outra vez sua voz veio débil e distante, e Divina curvou-se de novo sobre ele, tremendo, com um medo que era mais nefasto que o terror da morte.

– Yasmina! – mais uma vez aquele distante chamado estranho e insuportável dos reinos imensuráveis. – Ajude-me! Estou longe de minha casa mortal! Magos arrastaram minha alma através dos ventos soprados pelas trevas. Eles buscam romper a corda prateada que me mantém atado ao meu corpo moribundo, aglomeram-se à minha volta, suas mãos têm garras, os olhos são vermelhos como chamas queimando na escuridão. Ajude-me, irmã! Seus dedos me cauterizam como brasas! Eles matarão meu corpo e condenarão minha alma! O que é isso que trazem diante de mim? Aie!

Por causa do terror daquele grito desesperançado, Yasmina berrou de maneira incontrolável e deixou o corpo cair sobre ele, abandonando-se em angústia. O irmão era assolado por terríveis convulsões, baba escorria de seus lábios contorcidos e os dedos retorcidos deixaram marcas nos ombros da garota. Mas o vazio vítreo de seus olhos passou como fumaça soprada de uma fogueira, e ele olhou para a irmã com reconhecimento.

– Irmão! – ela soluçou. – Irmão...

– Rápido! – ele disse ofegante, e sua voz fraca estava racional. – Agora sei o que me leva até a pira. Tenho estado em uma jornada distante, e a entendo. Fui enfeitiçado por magos himelianos. Eles atraíram minha alma para fora do corpo e ao longe, para uma sala de pedra. Lá lutam para quebrar a corda prateada da vida e colocar minha alma no corpo abominável de uma criatura da noite, que seus feitiços trouxeram do inferno. Ai! Eu os sinto me arrastando agora! Seu grito e o aperto de seus dedos me trouxeram de volta, irmã, mas estou indo rápido. Minha alma se agarra ao corpo, porém sua força se esvai. Rápido. Mate-me antes que eles possam aprisionar minha alma para sempre!

– Não posso! – ela gemeu, ferindo os seios nus.

– Rápido, eu ordeno! – havia a velha nota imperial em seu suspiro frágil. – Você jamais me desobedeceu... Obedeça este último comando! Envia minha alma incólume para Asura! Rápido, ou me condenará a passar a eternidade como um maldito espectro das trevas. Golpeie, eu ordeno! Ataque!

Soluçando selvagemente, Yasmina sacou uma adaga cravejada de seu cinturão e a mergulhou até o cabo no peito dele. Ele enrijeceu, e depois ficou flácido, um sorriso sinistro curvava-se em seus lábios mortos. Yasmina arremessou-se, com a face para baixo, no piso recoberto, esmurrando-o com as mãos crispadas. Lá fora, os gongos e conchas zurravam e trovejavam, e os sacerdotes se apunhalavam com facas de cobre.

2
O bárbaro das colinas

CHUNDER SHAN, GOVERNADOR DE PESHKHAURI, LARGOU A pena dourada e olhou com cuidado para o que escrevera no pergaminho que portava seu selo oficial. Ele era governante de Peshkhauri há tanto tempo apenas porque pesava cada palavra, falada ou escrita. Perigo requer cautela, e somente um homem desconfiado vive o bastante naquele país selvagem onde as quentes planícies vendhyanas encontram os penhascos himelianos. Uma hora de cavalgada para oeste ou norte, e qualquer pessoa cruzaria a fronteira e estaria entre as colinas onde os homens viviam pela lei da lâmina.

O governador estava sozinho no quarto, sentado à sua mesa de ébano esculpida e incrustada com ornamentos. Pela larga janela, aberta para refrescar, ele podia ver um quadrado da noite himeliana azulada, pontilhado por grandes estrelas brancas. Um parapeito adjacente formava uma linha escura e ameias e canhoneiras mais distantes eram vagamente divisadas à luminosidade fraca das estrelas. A fortaleza do governador era robusta, situada fora das paredes da cidade que ela guardava. A brisa que balançava as tapeçarias na parede trazia barulhos esvaídos das ruas de Peshkhauri, trechos ocasionais de tristes canções ou o toque de uma cítara.

Ele leu o que tinha escrito bem devagar, com a mão aberta fazendo sombra aos olhos diante das lamparinas de bronze, os lábios movendo-se. Distraído enquanto lia, escutou o barulho de cascos de cavalos fora do barbacã, o afiado *stacatto* dos guardas intimando quem vinha. O governador não prestou atenção, concentrado na carta. Esta era endereçada ao wazam de Vendhya, à corte real de Ayodhya, e dizia o seguinte, após as tradicionais saudações:

Que Vossa Excelência saiba que cumpri fielmente as vossas exigências. Os sete criminosos montanheses estão bem guardados em suas celas, e eu, várias vezes, enviei a notícia para as colinas pedindo que seu chefe venha pessoalmente para barganhar a soltura deles. Mas ele não se manifestou, exceto enviando palavras que diziam que, a não ser que eles sejam soltos, irá queimar Peshkhauri e cobrir sua sela com minha pele, pedindo pela indulgência de Vossa Excelência. Isto ele é bem capaz de tentar, e eu tripliquei o número de guardas lanceiros. O homem não é nativo do Ghulistão. Não posso prever com certeza seu próximo movimento. Mas uma vez que é o desejo da Divina...

De repente, ele estava fora da cadeira de marfim e com os pés voltados para a porta arqueada, tudo em um instante. Buscou a espada curva que estava enfiada em sua bainha ornada sobre a mesa, e só então checou a movimentação que ocorria diante de si.

Era uma mulher, que havia entrado sem ser anunciada, cujo manto fino não escondia as ricas vestes sob ele, não mais do que estas escondiam a beleza e maleabilidade de sua figura alta e delgada. Um véu transparente caía sobre seus seios, apoiado por um vestido flutuante que partia da cabeça, atado por uma trança tripla de ouro, adornada com um crescente dourado. Seus olhos escuros consideraram o atordoado governador por debaixo do véu. E, com um gesto imperial de sua mão alva, ela descobriu a face.

– Divina! – o governador caiu de joelhos diante dela, surpreso e confuso, de algum modo estragando a imponência de sua reverência. Com um gesto, ela indicou que se levantasse, e ele apressou-se em conduzi-la até a cadeira de marfim, todo o tempo curvando-se até a altura do cinturão. Mas suas primeiras palavras foram de reprovação.

– Majestade! Isso não foi prudente! A fronteira é instável. Os ataques das colinas são incessantes. A senhora veio com uma grande escolta?

– Uma ampla comitiva me seguiu desde Peshkhauri – respondeu. – Alojei meu pessoal lá em uma estalagem e vim até o forte com minha criada, Gitara.

Chunder Shan grunhiu de horror.

– Divina! A senhora não entende o perigo. A uma hora de cavalgada deste ponto as colinas estão infestadas de bárbaros que fazem do assassinato e da rapina uma profissão. Mulheres foram roubadas e homens apunhalados entre o forte e a cidade. Peshkhauri não é como as províncias do sul...

– Mas eu estou aqui, e ilesa – ela o interrompeu com um traço de impaciência. – Mostrei meu anel real para o guarda no portão e para aquele que fica do lado de fora de sua porta, e eles, sem me reconhecer, permitiram que eu não fosse anunciada; supuseram que eu fosse uma mensageira secreta de Ayodhya. No entanto, não percamos tempo. Você não recebeu resposta do chefe dos bárbaros?

– Nenhuma, salvo ameaças e maldições, Divina. Ele é prudente e desconfiado. Acha que é uma arapuca, e talvez não devêssemos culpá-lo por isso. Os kshatriyas nem sempre mantiveram suas palavras para com o povo das colinas.

– Ele precisa ser convencido – interrompeu Yasmina, e as juntas de suas mãos apertadas estavam ficando esbranquiçadas.

– Eu não entendo – o governador balançou a cabeça. – Quando tive a chance de capturar esses sete homens, reportei como de costume a prisão para o wazam. E então, antes que pudesse enforcá-los, veio uma ordem para mantê-los vivos e me comunicar com seu chefe. Isto eu fiz, porém o homem permanece distante, como já disse. Esses homens são da tribo de Afghulis, mas ele é um estrangeiro do oeste, e se chama Conan. Ameacei enforcá-los amanhã ao raiar do sol se ele não aparecer.

– Bom! – exclamou Divina. – Você fez bem. Vou lhe dizer por que dei tais ordens. Meu irmão... – ela vacilou, engasgando, e o governador curvou a cabeça, com o costumeiro gesto de respeito por um soberano que partiu.

– O rei de Vendhya foi destruído por magia – disse enfim. – Devotarei minha vida à destruição dos assassinos dele. Antes de morrer, ele me deu uma pista, e a segui. Li o Livro de Skelos, e conversei com eremitas inomináveis nas cavernas abaixo de Jhelai. Descobri como e por quem ele foi destruído. Seus inimigos eram os Profetas Negros do Monte Yimsha.

– Asura! – sussurrou Chunder Shan, empalidecendo.

Os olhos dela o atravessaram como uma faca.

– Você os teme?

– Quem não os teme, Majestade? – suplicou. – Eles são demônios negros, que assombram as colinas inabitadas além de Zhaibar. Mas os sábios dizem que eles raramente interferem na vida dos mortais.

– Por que mataram meu irmão, eu não sei – ela respondeu. – Mas jurei no altar de Asura que os destruirei! E preciso do auxílio de um homem de além-fronteira. Um exército kshatriya jamais chegaria até Yimsha.

– Sim – murmurou Chunder Shan. – Você fala a verdade. Seria luta a cada passo do caminho, com homens peludos das fronteiras arremessando pedras de todas as alturas e nos emboscando com suas longas facas a cada vale. Os turanianos certa vez abriram caminho até os himelianos, mas quantos retornaram para Khurusun? Poucos dos que escaparam das espadas dos kshatriyas, após o rei, seu irmão, derrotar as tropas deles no Rio Jhumda, voltaram a ver Secunderam novamente.

– E, ainda assim, tenho de controlar homens além da fronteira – disse ela. – Homens que conhecem o caminho até o Monte Yimsha...

– Mas as tribos temem os Profetas Negros e fogem da montanha profana – emendou o governador.

– O chefe Conan os teme? – ela perguntou.

– Bem, quanto a isso – murmurou o governador –, duvido que exista algo que aquele demônio tema.

– Foi o que me disseram. Portanto, Conan é o homem com quem preciso lidar. Ele deseja a libertação de seus sete homens. Muito bem, o resgate deles serão as cabeças dos Profetas Negros! – a voz dela arranhou de ódio conforme finalizou as últimas palavras, e as mãos apertaram suas laterais. Ela parecia uma imagem de paixão encarnada enquanto permanecia com a cabeça alta e seu peito arfante.

Outra vez o governador ajoelhou-se, pois parte de sua sabedoria era o conhecimento de que uma mulher, em um estado emocional tempestuoso como aquele, é tão perigosa quanto uma cobra cega a todos que estão ao seu redor.

– Seu desejo será cumprido, Majestade – então, conforme ela foi apresentando um aspecto mais calmo, ele se levantou e se aventurou a lançar uma palavra de aviso: – Eu não posso prever qual será a atitude do chefe Conan. Os homens das tribos sempre são turbulentos, e tenho motivos para acreditar que emissários turanianos os estão instigando para invadirem nossas fronteiras. Como Sua Majestade sabe, os turanianos estabeleceram-se em Secunderam e em outras cidades do norte, embora as tribos das colinas permaneçam inconquistadas. O Rei Yezdigerd olha para o sul com ganância há bastante tempo, e talvez busque ganhar por meio da traição o que não conseguiria pela força das armas. Já me ocorreu que Conan poderia muito bem ser um de seus espiões.

– Veremos – ela respondeu. – Se ele amar seus seguidores, estará ao amanhecer nos portões para negociar. Passarei a noite na fortaleza. Vim disfarçada para Peshkhauri, e levei minha comitiva para uma pousada em vez do palácio. Além do meu pessoal, apenas você sabe de minha presença aqui.

– Irei levá-la até seus aposentos, Majestade – disse o governador e, quando saíram do lado de fora, ele fez um gesto para o guerreiro que montava guarda ali, e o homem os seguiu, com lança erguida em saudação.

A criada aguardava do lado de fora, velada como sua ama, e o grupo atravessou um amplo e arejado corredor, iluminado por tochas fumacentas, e chegou aos aposentos reservados para visitantes notáveis, generais e vice-reis em sua maior parte. Ninguém da família real jamais honrara a fortaleza antes. Chunder Shan tinha uma sensação perturbadora de que o quarto não era adequado para uma personagem tão elevada como Divina, e pensou que ela procurava fazer que ele se sentisse à vontade em sua presença. Ficou feliz quando ela o dispensou, e ele curvou-se antes de sair.

Todos os servos do forte tinham sido convocados para servir a hóspede real – apesar de a identidade dela não ter sido divulgada, e ele deslocou um esquadrão de lanceiros para guardar as portas do quarto; entre eles, o guerreiro que guardava a sua própria câmara. Em sua preocupação, esqueceu-se de substituir o homem.

O governador não tinha se afastado muito quando Yasmina, de repente, se lembrou de mais uma coisa que gostaria de discutir com ele, mas esquecera até então. Tinha a ver com as ações passadas de Kerim Shah, um nobre do Iranistão, que residira em Peshkhauri por um período antes de ir para a corte de Ayodhya. Uma vaga suspeita em relação ao homem havia sido despertada por um vislumbre dele em Peshkhauri naquela noite. Ela se perguntou se ele a seguira desde Ayodhya. Sendo uma Divina verdadeiramente notável, ela não mandou chamar o governador de novo, mas saiu sozinha pelo corredor, com pressa, em direção à câmara.

Chunder Shan, entrando em seu quarto, fechou a porta e voltou à mesa. Lá ele apanhou a carta que tinha escrito e a rasgou em pedaços. Mal tinha terminado quando escutou algo cair de leve sobre o parapeito adjacente da janela. Virou-se e viu uma figura agigantar-se brevemente contra as estrelas, e então um homem saltou com leveza para dentro do cômodo. A luz reluziu em um longo feixe de aço em suas mãos.

– Shhhh! – ele avisou. – Não faça barulho, ou enviarei um bajulador ao diabo!

O homem impediu seu movimento que ia em direção à espada sobre a mesa. Ele estava dentro do alcance da longa faca de Zhaibar que brilhava no punho do intruso, e sabia da velocidade desesperada de um homem das colinas.

O invasor era alto, forte e flexível. Estava vestido como um montanhês, mas suas feições sombrias e os olhos azuis não combinavam com as vestes. Chunder Shan nunca tinha visto um homem como aquele antes; não era vindo do Oriente, mas algum bárbaro do Ocidente. No entanto, seu aspecto era tão indomável e formidável quanto qualquer um das tribos que assombravam as colinas do Ghulistão.

– Você vem como um ladrão na noite – comentou o governador, recuperando parte de sua compostura, embora lembrasse que não havia guarda ao alcance de seu chamado. Ainda assim, o invasor não tinha como saber disso.

– Eu escalei um bastião – rosnou o outro. – Um guarda meteu a cabeça por sobre a muralha a tempo de eu golpeá-lo com o cabo de minha faca.

– Você é Conan?

– Quem mais? Você enviou mensagens para as colinas dizendo que desejava que eu viesse e conversasse. Bem, por Crom, aqui estou! Afaste-se daquela mesa, ou arrancarei suas tripas.

– Eu desejo apenas me sentar – respondeu o governador, afundando com cuidado na cadeira de marfim, que ele afastou da mesa. Conan movia-se irrequieto diante dele e olhava desconfiado para a porta, manuseando o fio da navalha de sua faca de três pés. Ele não caminhava como um afghuli, e era abruptamente direto, quando o oriente costuma ser sutil.

– Você tem sete dos meus homens – disse de repente. – Recusou o resgate que ofereci. Que diabos você quer?

– Vamos discutir os termos – respondeu Chunder Shan com cautela.

– Termos? – havia um timbre de perigo na voz raivosa dele. – O que quer dizer? Não lhe ofereci ouro?

Chunder Shan riu.

– Ouro? Há mais ouro em Peshkhauri do que você jamais viu.

– Você é um mentiroso – retorquiu Conan. – Eu vi o *suk* dos ourives em Khurusun.

– Bem, mais ouro do que um afghuli jamais viu – emendou Chunder Shan. – E não passa de uma gota de todo o tesouro de Vendhya. Por que nós desejaríamos ouro? Seria mais vantajoso se enforcássemos esses sete ladrões.

Conan soltou uma praga sulfurosa, e a longa lâmina estremeceu ante o aperto quando seus músculos surgiram como cordilheiras em seus braços.

– Vou partir sua cabeça como um melão maduro!

Uma chama azul selvagem brilhou nos olhos do montanhês, mas Chunder Shan deu de ombros, apesar de manter um olho no aço afiado.

– Você poderia me matar facilmente, e escapar pela parede depois. Mas isso não salvaria os sete membros da tribo. Meus guardas os enforcariam, com certeza. E aqueles homens são alguns dos chefes entre os afghulis.

– Eu sei – rosnou Conan. – As tribos estão latindo como lobos em meus calcanhares porque não consegui a soltura deles. Diga-me com clareza o que você quer, porque, por Crom!, se não tiver outra maneira, levantarei uma horda e a liderarei até os portões de Peshkhauri!

Olhando para o homem enquanto ele permanecia esquadrinhado, faca na mão e olhos queimando, Chunder Shan não duvidou de sua capacidade de fazê-lo. O governador não acreditava que qualquer horda de homens das colinas pudesse tomar Peshkhauri, mas não desejava um país devastado.

– Há uma missão que você deve cumprir – disse, escolhendo as palavras com tanto cuidado quanto se elas fossem navalhas. – Existe...

Conan se voltara, virando para encarar a porta naquele mesmo instante, e os lábios rosnando. Seus ouvidos bárbaros tinham captado a rápida passada de chinelos suaves do lado de fora. No instante seguinte, a porta estava aberta e uma forma magra vestida com um manto de seda entrou apressada, fechando a porta, e então congelou perante a visão do homem das colinas.

Chunder Shan deu um salto para cima, seu coração pulando para fora da boca.

– Divina! – ele gritou sem perceber, perdendo a cabeça por um momento por causa do susto.

– Divina – foi quase como um eco explosivo que saiu dos lábios do cimério. Chunder Shan percebeu que houve reconhecimento, e uma chama intensa invadiu os ferozes olhos azuis.

O governador berrou em desespero e apanhou sua espada, mas o montanhês moveu-se com a velocidade devastadora de um furacão. Ele pulou, nocauteou o governador, estatelando-o com um golpe selvagem com o punho da faca. Agarrou a espantada Divina com seu braço musculoso e saltou para a janela. Chunder Shan, lutando de maneira frenética para se colocar em pé, viu o homem posar um instante no peitoril em meio à flutuação de saias de seda e membros brancos que era sua prisioneira real, e escutou um rosnado feroz e exultante:

– Agora ouse enforcar meus homens! – e em seguida Conan saltou do parapeito e desapareceu. Um grito selvagem flutuou até os ouvidos do governador.

– Guardas! Guardas! – desesperava-se, colocando-se de pé e correndo cambaleante até a porta. Ele a abriu e seguiu até o salão. Seus gritos ecoaram ao longo dos corredores, e guerreiros vieram correndo, boquiabertos ao verem-no segurando sua cabeça partida, jorrando sangue.

– Chamem os lanceiros! – rugiu. – Houve um sequestro! – mesmo em seu frenesi, ele teve bom-senso o suficiente para esconder toda a verdade. Parou no lugar ao escutar o súbito tamborilar de cascos do lado de fora, um grito enérgico e um brado selvagem de exultação bárbara. Seguido pelos guardas desnorteados, o governador correu para as escadas. No pátio do forte, uma força de lanceiros aguardava com seus cavalos selados, prontos para cavalgar.

Chunder Shan guiou seu esquadrão em perseguição atrás do fugitivo, embora sua cabeça rodasse tanto que ele tinha de segurar a sela com ambas as mãos. Não divulgou a identidade da vítima, mas disse aos nobres que aquela que portava o anel real tinha sido levada pelo chefe dos afghulis. O sequestrador estava fora de vista e audição, porém conheciam o caminho que ele tomaria para a estrada que leva direto à boca de Zhaibar. Não havia lua, cabanas de camponeses apareciam turvas sob a luz das estrelas. Atrás deles desparecia o bastião austero do forte e as torres de Peshkhauri. À sua frente delineavam-se as paredes negras himelianas.

3

Khemsa usa a magia

NA CONFUSÃO QUE REINOU NA FORTALEZA ENQUANTO OS guardas saíam, ninguém reparou que a garota que acompanhava Divina atravessou, sorrateira, o grande portão arqueado e desapareceu nas trevas. Ela correu direto para a cidade, segurando para o alto as pregas de suas vestes. Não tomou a estrada aberta, mas cortou reto pelos campos e por sobre as colinas, evitando cercas e pulando por sobre valas de irrigação com tanta confiança como se fosse dia, e tão facilmente como se fosse um corredor treinado.

O barulho dos cascos dos guardas desaparecera rochedo acima antes de ela chegar à muralha da cidade. Não seguiu para o portão principal, sob o qual homens se apoiavam em suas lanças e erguiam o pescoço para as trevas, discutindo a incomum atividade no forte. Ao invés disso, contornou a parede até chegar a um ponto no qual a espiral da torre era visível acima das ameias. Depois, colocou a mão na boca e produziu um chamado estranho e quase inaudível.

Quase de imediato uma cabeça apareceu em uma canhoneira e uma corda desceu contorcendo-se pela parede. Ela a agarrou, colocou um pé no laço que havia na extremidade e acenou com o braço. Então, de forma rápida e macia, foi içada pela cortina de pedra pura. Um instante depois a garota estava sobre os merlões e postou-se em um telhado reto que cobria a casa construída encostada na muralha. Havia um alçapão ali, e um homem vestido com um manto de camelo que recolhia, em silêncio, a corda, sem demonstrar de modo algum o esforço de transportar uma mulher adulta por sobre uma muralha de quarenta pés.

– Onde está Kerim Shah? – ela perguntou, ofegante após a longa corrida.

– Dormindo na casa abaixo. Você traz novidades?

– Conan sequestrou Divina da fortaleza e a levou para as colinas! – vomitou as notícias de uma vez, as palavras tropeçando umas nas outras.

Khemsa não demonstrou emoção alguma, mas mexeu sua cabeça com o turbante.

– Kerim Shah ficará feliz em escutar isso – ele disse.

– Espere! – a moça jogou os braços magros sobre o pescoço dele. Ela estava bastante ofegante, mas não apenas por causa do esforço. Seus olhos eram duas gemas negras sob a luz das estrelas. O rosto virado para cima estava próximo ao de Khemsa, mas, embora ele tenha se submetido ao abraço dela, não o devolveu.

– Não conte ao hirkaniano! – disse. – Vamos usar esse conhecimento para nós mesmos! O governador foi para as colinas com seus cavaleiros, mas, é bem provável que persiga um fantasma. Ele não contou a ninguém que a sequestrada é Divina. Ninguém em Peshkhauri ou no forte sabe, exceto nós!

– Mas que bem isso fará por nós? – o homem protestou. – Meus mestres me enviaram para ajudar Kerim Shah de todos os modos que...

– Ajude a si mesmo! – disse ferozmente. – Livre-se deste jugo!

– Você quer dizer... Desobedecer meus mestres? – ele engasgou, e a moça sentiu o corpo inteiro do homem ficar frio sob seus braços.

– Sim! – ela o chacoalhou na fúria da emoção. – Você também é um feiticeiro! Por que deve ser um escravo, usando suas capacidades apenas para elevar os outros? Use suas artes em proveito próprio!

– Isso é proibido! – ele estava tremendo como se estivesse febril. – Eu não faço parte do Círculo Negro. Somente pelo comando de meus mestres atrevo-me a usar o conhecimento que eles me ensinaram.

– Mas você pode usá-la! – ela argumentou com fervor. – Faça como lhe imploro. Claro que Conan levou Divina para mantê-la como refém por conta dos sete montanheses que estão na prisão do governador. Destrua-os para Chunder Shan não poder usá-los para comprar Divina de volta. Então, vamos para as montanhas arrancá-la dos afghulis. Eles não podem fazer frente à sua feitiçaria com facas. O tesouro de reis vendhianos será nosso como resgate... E então, quando ele estiver em nossas mãos, podemos enganá-los e vendê-la ao rei de Turan. Teremos riquezas além de nossos maiores sonhos. Com elas podemos comprar guerreiros. Tomaremos Khorbhul, expulsaremos os turanianos das colinas e enviaremos nossas tropas para o sul; seremos rei e rainha de um império!

Khemsa também estava ofegante, tremendo como uma folha diante da energia dela; sua face parecia cinzenta à luz das estrelas, molhada com grandes gotas de perspiração.

– Eu amo você! – ela gritou com violência, esfregando seu corpo contra o dele, quase o estrangulando com o selvagem abraço, sacudindo-o em seu abandono. – Farei de você um rei! Por amor a você eu traí minha senhora; por amor a mim traia seus mestres! Por que temer os Profetas Negros? Por seu amor a mim já quebrou uma das leis deles! Quebre as demais! Você é tão poderoso quanto eles!

Um homem de gelo não poderia ter suportado o calor escaldante de sua paixão e fúria. Com um som inarticulado ele a esmagou contra seu corpo, pendendo a cabeça dela para trás e despejando beijos enlouquecidos em seus olhos, rosto e lábios.

– Eu o farei! – disse com a voz carregada de emoções laboriosas, gaguejando como um bêbado. – As artes que eles me ensinaram trabalharão ao meu favor, não para meus mestres. Seremos governantes do mundo... Do mundo!

– Venha, então! – torcendo-se de leve para fora do abraço dele, ela apanhou sua mão e o conduziu em direção ao alçapão. – Primeiro temos que nos certificar de que o governador não troque os sete prisioneiros por Divina.

Ele se movia como em uma hipnose, até que desceram as escadas e ela parou na câmara abaixo. Kerim Shah estava deitado imóvel no sofá, com um braço sobre o rosto, como se quisesse proteger os olhos adormecidos da luz da lamparina de latão. Ela apertou o braço de Khemsa e fez um gesto rápido cortando sua própria garganta. Khemsa ergueu a mão; então sua expressão mudou e ele se afastou.

– Não, ele tem sido bom para mim – murmurou. – Além disso, não pode interferir.

Ele conduziu a garota por uma porta que dava para uma escada sinuosa. Depois que os passos macios da dupla haviam desaparecido no silêncio, o homem no sofá sentou-se. Kerim Shah limpou o suor de sua fronte. Da estocada de uma faca ele não tinha medo, mas temia Khemsa tanto quanto um homem teme um réptil venenoso.

– Pessoas que traçam ardis em telhados deveriam se lembrar de abaixar a voz – murmurou. – Mas como Khemsa voltou-se contra seus mestres, e como ele era meu único contato com eles, não posso mais contar com a ajuda deles. De agora em diante, jogarei à minha maneira.

Ficando em pé ele foi depressa até uma mesa, tirou uma pena e um pergaminho de seu cinto e escreveu algumas linhas sucintas:

> Para Khosru Khan, governador de Secunderam:
>
> O cimério Conan levou a Divina Yasmina para as vilas dos afghulis. É uma oportunidade para colocar a Divina em suas mãos, como há tanto tempo tem sido nosso desejo. Envie três mil cavaleiros de uma só vez. Irei encontrá-los no vale de Gurashah com guias nativos.

E assinou com um nome que era completamente diferente de Kerim Shah.

Então, de uma gaiola dourada, tirou um pombo-correio, na perna do qual prendeu o pergaminho, enrolado em um pequeno cilindro e atado com um fio dourado. Seguiu apressado para uma janela e libertou o pássaro na noite, que hesitou em um ruflar de asas, equilibrou-se, e se foi como uma sombra esvoaçando. Apanhando seu capacete, espada e capa, Kerim Shah saiu logo da câmara e desceu as escadas.

As celas de Peshkauri eram separadas do resto da cidade por uma parede maciça, cuja única passagem era uma porta de ferro sob um arco. Acima desta, queimava um fogaréu lúrido e vermelho, e ao lado agachava-se um guerreiro com lança e escudo.

Este guerreiro, recostado em sua lança e bocejando de tempos em tempos, colocou-se de pé de repente. Ele não pensou que tivesse cochilado, mas um homem estava diante de si, cuja aproximação não tinha escutado. O homem usava um manto de camelo e um turbante verde. Sob a luz turva do fogaréu, seus traços estavam encobertos pelas sombras, no entanto, um par de olhos cintilantes reluzia surpreendentemente no fulgor lúgubre.

– Quem vem aí? – exigiu o guerreiro, apresentando sua lança. – Quem é você?

O estranho não pareceu se perturbar, apesar de a ponta da lança tocar seu peito. Seus olhos contemplavam o guerreiro com uma intensidade estranha.

– O que você é obrigado a fazer? – ele perguntou estranhamente.

– Guardar o portão! – o guerreiro respondeu de forma áspera e mecânica. Permanecia rígido como uma estátua, seus olhos enevoando devagar.

– Você mente! Sua obrigação é me obedecer! Você olhou nos meus olhos e sua alma não lhe pertence mais. Abra a porta!

Rigidamente, com as feições de madeira de uma imagem, o guarda virou-se, tirou uma grande chave do cinturão, enfiou-a na fechadura maciça e abriu a porta. Então, ele ficou de prontidão, seu olhar que nada via encarando direto para a frente.

Uma mulher saiu das sombras e pousou uma mão ávida sobre o braço do hipnotizador.

– Peça que ele nos apanhe cavalos, Khemsa – ela sussurrou.

– Não há necessidade disso – foi a resposta. Erguendo um pouco a voz, ele disse ao guarda: – Você não tem mais utilidade para mim. Mate-se!

Como um homem em transe, o guerreiro enfiou o cabo da lança contra a base da parede e colocou a ponta contra seu corpo, logo abaixo das costelas. Então, bem devagar e tranquilo, inclinou-se sobre ela soltando o peso, de forma que ela transfixou seu corpo e saiu entre os ombros. Deslizando pela ponta, ele ficou imóvel, a lança projetando acima dele em toda sua extensão, como um horrível caule crescendo de suas costas.

A garota olhou para ele com fascinação mórbida, até que Khemsa pegou seu braço e a levou pelo portão. Tochas iluminavam o estreito espaço entre a parede exterior e outra interna, menor, na qual havia portas arqueadas em intervalos regulares. Um guerreiro patrulhava esse recinto, e quando o portão se abriu ele veio deambulando em sua direção, tão seguro de seu conhecimento na força da prisão que não suspeitou de nada até que Khemsa e a garota surgiram de dentro do arco. Mas já era tarde demais.

O feiticeiro não perdeu tempo com hipnotismo, embora qualquer ação sua tivesse sabor de mágica para a garota. A sentinela abaixou a lança ameaçadoramente, abrindo a boca para dar o alarme que traria um enxame de lanceiros saídos dos dormitórios da guarda de ambos os lados da viela. Khemsa despedaçou a lança com a mão esquerda, como um homem o faria com um graveto, e sua mão direita investiu como um raio para a frente e retornou, parecendo ter acariciado, de maneira gentil, o pescoço do guerreiro em sua passagem. E o rosto do guarda escureceu sem um som, sua cabeça pendurada em um pescoço quebrado.

Khemsa não olhou para ele, mas seguiu reto para uma das portas arqueadas e colocou a mão aberta sobre a pesada tranca de bronze. Com um arrepio dilacerador, o portal dobrou-se para dentro. Observando atenta, a garota viu a grossa teca estourar em lascas, os trincos de bronze serem dobrados e retorcidos de seus soquetes, e as grandes dobradiças se partirem e desarticularem. Um aríete de mil libras com quarenta homens manuseando-o não poderia ter destroçado a barreira tão completamente. Khemsa estava embebido em sua liberdade e, com o exercício do poder, glorificado em potência e lançando sua força, como um gigante jovem exercita os músculos com vigor desnecessário, num orgulho exultante de suas proezas.

A porta quebrada os levou a um pequeno pátio iluminado por uma lamparina. De frente para a porta havia uma larga grade com barras de ferro. Uma mão peluda estava visível, agarrada às barras e, nas trevas atrás delas, olhos chispavam.

Khemsa permaneceu quieto por um tempo, fitando as sombras através das quais aqueles olhos lhe devolviam o olhar com intenso ardor. Então sua mão mergulhou no manto e emergiu, e de seus dedos abertos um punhado de pó brilhante foi derramado no pavilhão. No mesmo instante, uma flama verdejante iluminou o recinto. Em um breve vislumbre, as formas dos sete homens, permanecendo imóveis atrás das barras, foram retratadas com vívidos detalhes. Homens altos e peludos em vestes de montanheses rasgadas. Eles não falaram, mas em seu rosto estava estampado o medo da morte, e os dedos apertaram-se contra as grades.

O fogo morreu, porém o brilho permaneceu, uma bola trêmula de um verde suave que pulsava e emitia uma luz difusa no pavilhão diante dos pés de Khemsa. O olhar espantado dos prisioneiros estava fixo nela. Ela vacilou e diluiu-se, virando uma fumaça jade num espiral ascendente que se retorceu como uma serpente feita de sombra, então alargou-se e subiu, em dobras e giros brilhantes. Tornou-se uma nuvem movendo-se em silêncio por sobre o pátio, direto na direção das grades.

Os homens assistiram à sua vinda com os olhos dilatados; as barras tremiam com o aperto dos dedos desesperados. Lábios barbados se abriram, mas nenhum com foi emitido. A nuvem verde rolou pelas barras e bloqueou a visão deles; como uma bruma ela se derramou pela cela e escondeu os homens dentro de si. Dos invólucros cercados partiu um engasgo estrangulado, como um homem repentinamente mergulhado sob as águas. Isso foi tudo.

Khemsa tocou os braços da garota enquanto ela permanecia boquiaberta e com os olhos dilatados. Sem pestanejar, ela fez meia-volta e o seguiu, olhando por cima dos ombros. A névoa já estava se dissipando; próximo às barras, a garota viu um par de pés calçados, os dedos virados para cima, e entreviu os contornos indistintos de sete formas prostradas inertes.

– E agora vamos para uma montaria mais veloz do que o mais rápido cavalo que já respirou em um estábulo mortal – Khemsa disse. – Estaremos no Afghulistão antes do amanhecer.

4

Um encontro na passagem

A DIVINA YASMINA JAMAIS PODERIA SE LEMBRAR COM CLAREZA dos detalhes de sua abdução. A violência e o inesperado a aturdiram; ela tinha apenas uma impressão confusa de um turbilhão de acontecimentos. O aperto aterrorizante de um braço poderoso, os olhos ardentes de seu sequestrador, e seu hálito quente sobre sua pele. O salto da janela pelo parapeito, a corrida insana sobre ameias e telhados quando o medo de cair a congelou, a descida imprudente por uma corda atada a um merlão, ele a desceu quase de uma só vez, sua cativa dobrada flacidamente sobre seu ombro musculoso. Tudo isso era um emaranhado confuso na mente dela. Yasmina retinha uma memória mais vívida dele correndo em fuga sob as sombras das árvores, carregando-a como uma criança, e montando na sela de um feroz garanhão bhalkhano, que empinou e bufou. Então, a sensação de voar, e os cascos a galope estavam tirando faíscas da estrada pedregosa quando o animal subiu as colinas.

À medida que a mente da mulher clareava, suas primeiras sensações foram de ira furiosa e vergonha. Estava horrorizada. Os governadores dos reinos dourados ao sul dos himelianos eram considerados pouco abaixo do Divino, e ela era a Divina de Vendhya! O medo foi substituído por ódio régio. Ela gritou com fúria e começou a se debater. Ela, Yasmina, carregada no arco da sela de um chefe das colinas como uma vagabunda comum do mercado. Conan apertou um pouco seus músculos maciços contra as contorções, e pela primeira vez na vida ela experimentou a coerção de uma força física superior. Os braços dele em volta de si davam uma sensação de ferro apertando. O montanhês deu uma olhadela para

Yasmina e sorriu largo. Os dentes brilharam brancos sob as estrelas. As rédeas estavam soltas no fluir do garanhão, e cada fibra e músculo da grande besta se contraíam ao que ela se arremessava pela trilha pedregosa. Mas Conan sentava--se na sela com facilidade, quase sem preocupação alguma, como um centauro.

– Seu cão das colinas! – ela resfolegou, tremendo com o impacto da vergonha, raiva, e com a percepção do quanto estava indefesa. – Você se atreve... Você se atreve! Pagará por isso com a vida! Aonde está me levando?

Atrás deles, além das colinas que tinham atravessado, tochas estavam sendo agitadas nas paredes da fortaleza, e ele viu um alargamento de luz que indicava que o grande portão tinha sido aberto. E gargalhou, uma explosão vinda do fundo da garganta, tempestuosa como o vento da colina.

– O governador enviou seus cavaleiros atrás de nós – divertiu-se. – Por Crom, iremos levá-lo a uma alegre caçada! O que você acha, Divina... Eles pagarão sete vidas pela de uma princesa kshatriya?

– Eles enviarão um exército para enforcá-lo e a sua corja de demônios – prometeu com convicção.

Ele riu e a mudou para uma posição mais confortável em seus braços. Mas ela tomou isso como um novo ultraje, e renovou sua vã batalha, até perceber que aqueles esforços o estavam divertindo. Fora isso, suas vestes leves de seda, flutuando ao vento, estavam sendo ultrajadamente desarrumadas por seus movimentos. Ela concluiu que uma submissão que não lhe trazia prazer era o melhor da dignidade que poderia ter, e colapsou em uma aquiescência abrasante.

Até mesmo sua raiva ela sentiu submergir para temor quando eles entraram pela boca da Passagem, que surgia como uma boca negra nas paredes escuras que se erguiam como colossais baluartes para barrar seu caminho. Era como se uma faca gigante tivesse cortado as paredes de Zhaibar direto da rocha sólida. De ambos os lados, rochedos íngremes se lançavam em mil pés, e a boca da Passagem era escura como ódio. Até Conan não conseguia enxergar com precisão, mas conhecia o caminho, mesmo à noite. E, sabendo que homens armados estavam galopando atrás deles, não diminuiu a velocidade do garanhão. O grande bruto ainda não demonstrava fadiga.

Conan trovejou ao longo da estrada que seguia o leito do vale, subiu por uma inclinação, passou ao longo de uma crista baixa, onde, de ambos os lados, argila traiçoeira aguardava pelos desavisados, e desembocou na trilha que acompanhava a curva do lado esquerdo da parede.

Nem mesmo Conan poderia perceber uma emboscada naquela escuridão armada pelos homens da tribo Zhaibar. Quando passaram pela boca negra para uma garganta que se abria dentro da Passagem, uma lança açoitou o ar e atingiu o alvo atrás do ombro tenso do garanhão. A grande besta abandonou a vida em um estremecedor soluço e tombou, caindo de cabeça no meio do galope. Mas Conan reconhecera o voo e o ataque da lança, e agiu com a rapidez de uma mola de aço.

Quando o cavalo caiu, ele saltou da sela, segurando a garota no alto para protegê-la do choque com os pedregulhos. Colocou-se de pé como um gato, apoiou-a em uma fissura na pedra, e virou-se em direção às trevas exteriores, sacando sua faca.

Yasmina, confusa pela velocidade dos eventos, incerta sobre o que tinha acabado de acontecer, viu uma vaga forma sair da escuridão, pés descalços pisando suave sobre as rochas, roupas esfarrapadas açoitando no vento criado por sua pressa. Ela vislumbrou o brilho do aço, escutou o estalido veloz de um golpe, defesa e contragolpe, e o ruído de ossos quando a longa faca de Conan partiu o crânio do outro.

O bruto recuou, agachando-se abrigado pelas rochas. Lá fora, na noite, homens moviam-se e uma voz forte ao extremo rugiu:

– E então, cães! Vocês recuam? Amaldiçoados sejam todos. Peguem todos!

Conan parou, espiou das trevas e levantou a voz.

– Yar Afzal! É você?

Houve um momento de pausa repentina e, por precaução, a voz chamou:

– Conan? É você, bárbaro?

– Sim! – o cimério riu. – Venha para cá, seu velho cão de guerra. Acabo de matar um de seus homens.

Houve movimento entre as rochas, uma luz brilhou debilmente, e então uma flama apareceu e veio sacudindo na direção dele, e conforme ela se aproximava, um feroz rosto barbado se avolumou nas trevas. O homem que a carregava a segurava no alto, apontada para cima, e esticou o pescoço para enxergar entre as pedras que ela iluminava; a outra mão apertava uma grande tulwar curva. Conan deu um passo à frente, embainhando a faca, e o outro rugiu uma saudação.

– Sim, é Conan! Saiam das rochas, cães. É Conan!

Outros se juntaram ao vacilante círculo de luz, homens selvagens, barbados, esfarrapados, com olhos como lobos e lâminas compridas em seus punhos. Eles não viram Yasmina, escondida atrás do corpo maciço de Conan. Mas, espiando detrás de sua cobertura, sentiu um medo congelante pela primeira vez na vida. Esses homens eram mais lupinos que os próprios lobos.

– O que você está caçando no Zhaibar à noite, Yar Afzal? – perguntou Conan ao chefe corpulento, que sorriu por detrás de sua barba assustadora.

– Quem sabe o que pode atravessar a Passagem após a escuridão chegar? Nós wazulis somos falcões da noite. Mas, e quanto a você, Conan?

– Tenho uma prisioneira – respondeu o cimério. E, movendo-se para o lado, revelou a garota. Esticando o braço comprido para dentro da fissura, ele a trouxe para fora.

Sua postura imperial desaparecera. Yasmina, tímida, olhou para o anel de rostos barbados que a orlavam e sentiu-se grata pelo braço forte que a segurava firme. A tocha foi aproximada dela, e houve uma ingestão de sucção do ar em torno do círculo.

– Ela é minha prisioneira – Conan avisou, dirigindo um olhar penetrante para o homem que acabara de matar, visível dentro do círculo de luz. – Eu a estava levando ao Afghulistão, mas agora vocês mataram meu cavalo e os kshatriyas estão próximos, me perseguindo.

– Venha conosco para a vila – sugeriu Yar Afzal. – Temos cavalos escondidos na garganta. Eles jamais poderão nos seguir à noite. Estão bem próximos, você diz?

– Tão próximos que consigo escutar agora o tilintar de seus cascos contra as pedras – respondeu Conan severamente.

No mesmo instante houve movimento; a tocha foi apagada e as formas esfarrapadas se misturaram às trevas como fantasmas. Conan trouxe Divina para sob seus braços com um movimento circular, e ela não resistiu. Chão pedregoso machucava seus pés magros vestidos com aqueles chinelos macios, e ela se sentia pequena e indefesa na negritude bruta e primordial entre aqueles penhascos colossais.

Sentindo-a tremer por causa do vento que soprava pelos desfiladeiros, Conan arrancou um manto dos ombros de seu proprietário e o enrolou em torno dela. Também sibilou um aviso em seus ouvidos, ordenando-lhe que não fizesse som algum. Yasmina não escutava o distante tinir dos cascos ferrados na rocha que alertou os montanheses de ouvidos afiados; entretanto, estava de qualquer maneira assustada demais para desobedecer.

Ela não conseguia ver nada além de algumas estrelas débeis acima, mas percebeu pela profundidade das trevas quando entraram pela boca da garganta. Havia um rebuliço em torno deles, o movimento intranquilo de cavalos. Algumas palavras murmuradas, e Conan montou no cavalo do homem que matara, erguendo a garota e postando-a na sua frente. Como fantasmas, exceto pelo barulho dos cascos, o bando deixou a garganta sombria. Atrás deles, na trilha, deixaram o homem e o cavalo mortos, que foram encontrados menos de meia hora depois pelos cavaleiros da fortaleza, que reconheceram o homem como um wazuli, e tiraram suas próprias conclusões de acordo com o que viram.

Yasmina aconchegou-se calorosamente nos braços de seu captor, ficando sonolenta apesar de tudo. O movimento do cavalo, embora fosse assimétrico, colina acima e abaixo, ainda possuía certo ritmo que, combinado com o desgaste e a exaustão emocional, forçavam o sono sobre si. Ela tinha perdido todo senso de tempo e direção. Eles se moviam nas trevas densas, nas quais a garota às vezes vislumbrava sem muita precisão gigantescas paredes apontadas para o alto como muralhas negras, ou enormes rochedos segurando as estrelas em seus ombros. Ela sentia profundidades ecoando abaixo deles, ou o vento frio das alturas vertiginosas ao seu redor. Aos poucos, essas coisas evanesceram num estado de torpor no qual o barulho dos cascos e o ranger das selas eram como os sons irrelevantes de um sonho.

Divina estava vagamente consciente quando o movimento cessou e seu corpo foi descido e carregado por algumas passadas. Depois, foi deitada em algo macio e embolorado, e alguma coisa, um casaco dobrado, talvez, foi colocado sob sua cabeça, e o manto no qual havia sido enrolada foi usado para cobri-la com cuidado. Ela escutou Yar Afzal rir.

– Um prêmio raro, Conan; feita na medida para um chefe dos afghulis.

– Não para mim – foi a resposta trovejante de Conan. – Esta donzela irá comprar a vida dos meus sete homens, salvar suas almas.

Foi a última coisa que escutou antes de afundar em um sono sem sonhos.

Ela dormiu, enquanto homens armados cavalgavam pelas colinas escuras e o destino dos reinos estava na balança. Pelas gargantas e desfiladeiros sombrios naquela noite ouviu-se os cascos de cavalos a galope, e a luz das estrelas reluzia nos capacetes e em suas lâminas curvas, até que as formas macabras que assombram os penhascos olharam por entre as trevas a partir das ravinas e pedregulhos, e se perguntaram quais eventos estavam em andamento.

Um bando desses parou seus cavalos magros na boca negra de uma garganta, enquanto por eles passavam os cascos apressados. Seu líder, um homem de estrutura forte, usando capacete e um manto dourado trançado, ergueu a mão em aviso, até que os cavaleiros tivessem passado. Então, deu um sorriso suave.

– Eles devem ter perdido a trilha! Ou então descobriram que Conan já chegou às vilas afghulis. Será preciso muitos cavaleiros para esfumaçar aquela colmeia. Haverá esquadrões cavalgando até Zhaibar ao amanhecer.

– Se houver luta nas colinas, haverá pilhagem – murmurou uma voz atrás dele, no dialeto dos irakzai.

– Haverá pilhagem – respondeu o homem de capacete. – Mas primeiro é nossa tarefa chegar ao vale de Gurashah e esperar pelos cavaleiros que virão galopando de Secunderam antes da luz do dia.

Ele ergueu as rédeas e cavalgou pelo desfiladeiro, seus homens seguindo-o de perto, trinta fantasmas grosseiros na calada da noite.

5
O garanhão negro

O SOL JÁ ESTAVA ALTO QUANDO YASMINA ACORDOU. ELA NÃO ficou atônita olhando para o vazio, perguntando-se onde estava. Despertou com plenas lembranças de tudo que tinha ocorrido. Seus membros flexíveis estavam duros por causa da longa cavalgada, e sua pele firme parecia sentir o contato do braço musculoso que a carregara para tão longe.

Ela estava deitada em uma pele de cordeiro sobre uma palheta de folhas no chão sujo e de terra batida. Um casaco dobrado estava sob sua cabeça, tinha sido enrolada num manto esgarçado. A sala onde estava era ampla, as paredes rudes, porém fortes, feitas de rocha sem cortes, engessadas por lama cozida pelo sol. Toras pesadas apoiavam o teto do mesmo tipo, no qual havia um alçapão que levava a uma escada. Não existiam janelas nas paredes grossas, apenas fendas. Havia uma porta, robusta, feita de bronze, que devia ter sido pilhada de alguma torre na fronteira de Vendhya. Em frente existia uma grande abertura na parede, sem portas, mas com várias barras de madeira posicionadas. Além delas, Yasmina viu o magnífico garanhão negro mastigando uma pilha de grama seca. O prédio era um forte, moradia e estábulo, tudo em um só.

Na outra extremidade da sala, uma garota, agachada ao lado de um pequeno fogaréu, com colete e calças folgadas de montanhesa, assava tiras de carne em uma grade de ferro depositada sobre blocos de pedra. Havia uma fissura coberta de fuligem na parede a alguns pés do chão, e parte da fumaça saía por ali. O resto flutuava em tufos azuis pela sala.

A garota olhou para Yasmina por cima do ombro, exibindo uma face bonita e audaz, e então continuou cozinhando. Vozes soaram do lado de fora; em seguida, a porta foi aberta e Conan entrou. Ele parecia maior do que nunca com a luz do sol matutina atrás de si, e Yasmina reparou em alguns detalhes que lhe escaparam na noite anterior. Suas vestes eram limpas, não esfarrapadas. O largo cinturão de Bakhariot que suportava sua faca e a bainha ornamentada se equiparavam aos mantos de um príncipe, e havia o cintilar de uma fina malha turaniana sob sua camisa.

– Sua prisioneira está acordada, Conan – disse a garota wazuli, e ele grunhiu, foi até o fogo e varreu as tiras de carneiro, jogando-as em um prato de pedra. A garota, de cócoras, riu dele, com algum gesto apimentado, e o bárbaro sorriu como um lobo. E, enganchando a biqueira da bota sob suas ancas, derrubou-a no chão. Ela pareceu se divertir muito com aquela brincadeira bruta, mas ele não prestou mais atenção. Pegando um grande pedaço de pão de algum lugar, com um caneco de cobre de vinho, levou o quinhão até Yasmina, que se levantara de sua palheta e o estava examinando duvidosamente.

– Vulgar para a Divina, garota, mas é o melhor que temos – ele grunhiu. – Vai encher sua barriga pelo menos.

Ele colocou o prato no solo e ela de repente ficou ciente de uma fome avassaladora. Sem dizer coisa alguma, sentou-se no chão com as pernas cruzadas e, colocando o prato no colo, começou a comer, usando os dedos, que eram tudo o que tinha como utensílio de mesa. Afinal, adaptabilidade é um dos testes da verdadeira aristocracia. Conan permaneceu olhando-a, seus dedões enganchados no cinturão. Ele nunca sentava com as pernas cruzadas, à maneira oriental.

– Onde estou? – ela perguntou com aspereza.

– Na vila de Yar Afzal, o chefe dos wazulis de Khurum – respondeu. – O Afghulistão está a algumas boas milhas longe a oeste. Iremos nos esconder aqui por enquanto. Os kshatriyas estão fazendo batidas nas colinas atrás de você... Vários dos esquadrões deles já foram expulsos pelas tribos.

– O que você vai fazer?

– Ficar com você até que Chunder Shan esteja disposto a trocá-la por meus sete ladrões – ele explicou. – As mulheres dos wazuli estão fazendo tinta a partir de folhas de shoki, e daqui a pouco você poderá escrever uma carta para o governador.

Um toque de sua ira imperial a sacudiu ao pensar no tão insanamente errado seus planos haviam saído, deixando-a cativa do próprio homem que ela planejava ter em seu poder. Jogou o prato no chão com os restos de sua refeição e ficou em pé, tensa de raiva.

– Eu não escreverei carta alguma! Se você não me levar de volta, eles enforcarão seus sete homens e milhares depois deles!

Zombeteira, a garota wazuli riu. Conan fez cara feia, e então a porta se abriu e Yar Afzal entrou pavoneando-se. O chefe dos wazuli era tão alto quanto Conan, com uma circunferência maior, mas ele parecia gordo e lento ao lado da bruta compacidade do cimério. Ele puxou sua barba manchada de vermelho e olhou significativamente para a garota wazuli, o que fez que ela se levantasse e debandasse do recinto sem demora. Então, Yar Afzal voltou-se para seu convidado.

– O povo amaldiçoado murmura, Conan – disse ele. – Eles querem que eu o mate e pegue a garota para pedir um resgate. Dizem que qualquer um pode perceber, pelas vestes dela, que se trata de uma nobre. Perguntam por qual motivo eu deveria deixar os cães do Afghulistão lucrar com ela, quando somos nós quem nos arriscamos sendo seus guardiões.

– Empreste-me seu cavalo – respondeu Conan. – Eu a pegarei e partirei.

– Recuso-me! – explodiu Yar Afzal. – Você acha que não sei lidar com meu próprio povo? Eu os farei dançar só de camiseta se me desrespeitarem! Eles não gostam de você, nem de qualquer outro estrangeiro, mas você salvou minha vida certa vez, e não me esquecerei disso. Contudo, vamos sair, Conan. Um batedor retornou.

Conan segurou em seu cinturão e seguiu o homem até o lado de fora. Fecharam a porta atrás deles, e Yasmina espiou por um buraco na parede. Ela olhava para fora, um espaço nivelado à cabana. No ponto mais distante havia um aglomerado de choupanas de lama e pedra, e ela viu crianças nuas brincando entre os pedregulhos e mulheres magras e eretas das colinas desempenhando suas tarefas diárias.

Diretamente na frente dos chefes havia um círculo de homens peludos e esfarrapados, de frente para a porta. Conan e Yar Afzal ficaram a alguns passos dela, e entre eles e o anel de guerreiros, outro homem estava sentado com as pernas cruzadas. Ele se dirigia ao seu chefe com o sotaque áspero dos wazuli, que Yasmina podia entender muito pouco, embora parte de sua educação real tivesse sido o ensino das línguas do Iranistão e das linguagens parentes de Ghulistão.

– Conversei com Dagozai, que viu os cavaleiros na noite passada – disse o batedor. – Ele estava espreitando quando vieram ao ponto onde emboscamos lorde Conan. Dagozai escutou o discurso deles. Chunder Shan estava com eles.

Encontraram o cavalo morto, e um dos homens o reconheceu como de Conan. Acharam o homem que foi morto e viram que era um wazuli. Pareceu a eles que Conan tinha sido morto e a garota levada pela tribo; então desistiram de seu propósito de ir para o Afghulistão. Mas eles não sabem de qual vila o morto veio, e nós não deixamos trilha para seguirem.

"Então eles cavalgaram para a vila wazuli mais próxima, que é a vila de Jugra, e a queimaram e mataram diversas pessoas. Mas os homens de Khojur os interceptaram na escuridão, assassinaram alguns deles, e feriram o governador. Assim os sobreviventes voltaram para Zhaibar antes de o dia raiar, mas retornaram com reforços na alvorada, e tem havido pelejas e combates por toda a manhã nas colinas. Foi dito que um grande exército está sendo levantado para varrer toda a região em volta de Zhaibar. As tribos estão afiando suas lâminas e preparando emboscadas em todas as passagens daqui até o vale Gurashah. Além disso, Kerim Shah voltou das colinas."

Um grunhido passou ao redor do círculo, e Yasmina se inclinou mais próxima da abertura ao escutar o nome de quem estava começando a desconfiar.

– Para onde ele foi? – perguntou Yar Afzal.

– O dagozai não sabia; trinta irakzai das vilas mais baixas o acompanhavam. Eles cavalgaram para dentro das colinas e desapareceram.

– Esses irakzai são chacais que seguem um leão por causa das migalhas – rugiu Yar Afzal. – Eles devem estar lambendo as moedas que Kerim Shah espalha entre as tribos da fronteira para comprar homens como se fossem cavalos. Não gosto dele, apesar de ele ser um irmão do Iranistão.

– Ele nem sequer é isso – disse Conan. – Eu o conheço de antigamente. É um hirkaniano, espião de Yezdigerd. Se o apanhar, pendurarei sua pele em uma tamargueira.

– Mas, e os kshatriyas – clamaram os homens no semicírculo. – Devemos ficar de quatro até que eles nos defumem? Logo irão descobrir em qual vila wazuli a donzela está cativa. Nós não somos amados pelos zhaibari; eles ajudarão os kshatriyas a acabarem conosco.

– Que venham – grunhiu Yar Afzal. – Nós podemos defender o desfiladeiro contra uma tropa.

Um dos homens saltou e balançou seu punho para Conan.

– Devemos nos arriscar enquanto ele fica com todas as recompensas? – uivou. – Lutaremos suas batalhas no lugar dele?

Com um passo Conan o alcançou e se curvou um pouco para encarar bem de frente o rosto peludo dele. O cimério não havia sacado sua longa faca, mas a mão esquerda segurava a bainha, apontando o cabo sugestivamente para a frente.

– Não peço que homem algum lute minhas batalhas – disse com suavidade. – Saque sua lâmina se ousar, cão lamuriento!

O wazuli recuou, rosnando como um gato.

– Se ousar me tocar, cinquenta homens irão fazê-lo em pedaços – guinchou.

– O quê? – rugiu Yar Afzal, com a face vermelha de raiva. Os bigodes eriçados, a barriga inchada por causa de sua fúria. – Você é o chefe de Khurum? Os wazulis recebem ordens de Yar Afzal, ou de um vira-lata inferior?

O homem encolheu-se de medo de seu invencível chefe, e Yar Afzal, indo até ele, apanhou-o pela garganta e o esganou até que seu rosto ficasse roxo. Em seguida, arremessou o homem, de maneira selvagem, contra o chão e ficou sobre ele, com a faca na mão.

– Há mais alguém que questione minha autoridade? – ele berrou, e os guerreiros olharam para baixo rabugentos, enquanto seu olhar belicoso varria o semicírculo. Yar Afzal grunhiu carrancudo e embainhou sua arma com um gesto que era o ápice do insulto. Então, chutou o agitador caído com uma vendeta concentrada, que arrancou gritos da vítima.

– Desçam o vale até os vigias e tragam notícias se eles avistaram algo – mandou o líder, e o homem obedeceu, tremendo de medo e pressionando os dentes com fúria.

Yar Afzal sentou-se em uma pedra, ponderando, resmungando por trás de sua barba. Conan ficou próximo a ele, com as pernas separadas e os dedões enganchados no cinturão, olhando com atenção os guerreiros agregados. Eles o encaravam com expressões pouco cordiais, sem ousar enfurecer de novo a ira de Yar Afzal, mas odiando o estrangeiro como só um homem das colinas é capaz.

– Agora me escutem, seus filhos de cães sem-nome, enquanto lhes contarei o que lorde Conan e eu planejamos para enganar os kshatriyas.

A estrondosa voz taurina de Yar Afzal seguia o atordoado guerreiro à medida que ele se afastava da assembleia. O homem passou pelo aglomerado de cabanas, onde mulheres que tinham visto sua humilhação riram e fizeram comentários mordazes, e desceu, com pressa, ao longo da trilha que cortava picos e rochas em direção ao vale à frente.

No momento em que contornava a primeira curva que o tirava por completo da vista do vilarejo, ele parou, estupefato, gaguejando estupidamente. Não acreditava na possibilidade de um estrangeiro entrar no vale de Khurum sem ser detectado pelo olhar de falcão dos vigias em cima dos picos; contudo, ainda assim um homem sentava-se com as pernas cruzadas em uma baixa saliência ao lado do caminho, um homem com um turbante verde e um manto de pele de camelo.

A boca do wazuli abriu-se para gritar, e sua mão correu para o cabo da faca. Mas, no instante em que seus olhos se encontraram com os do estranho, o grito morreu na garganta e os dedos ficaram flácidos. Ele ficou como uma estátua, com os próprios olhos vidrados e vazios.

Por minutos a cena manteve-se inerte; o homem na saliência desenhou um símbolo críptico no pó sobre a rocha com o dedo indicador. O wazuli não o viu colocar coisa alguma dentro do círculo daquele emblema, mas logo algo brilhou lá, uma esfera negra que reluzia mais do que jade polido. O homem do turbante verde a segurou e jogou para o wazuli, que a apanhou.

– Leve isto para Yar Afzal – ele disse, e o homem virou-se como um autômato e voltou pelo caminho, segurando a esfera em sua palma aberta. Ele sequer virou a cabeça para as novas zombarias das mulheres quando passou em frente às cabanas. Era como se não as escutasse.

O homem na saliência observou-o desaparecer com um sorriso sinistro. A cabeça de uma garota surgiu detrás do rebordo da saliência olhando para ele com admiração, e uma pitada de medo que não existia antes da noite anterior.

– Por que você fez isso? – ela indagou.

Ele correu os dedos pelos cachos escuros dela, acariciando-os.

– Você ainda está atordoada por causa de seu voo no cavalo para duvidar de minha sabedoria? – ele riu. – Enquanto Yar Afzal viver, Conan residirá em segurança junto com os guerreiros wazuli. Suas facas são afiadas, e há muitos deles. Meu plano será mais seguro, até mesmo para mim, do que tentar destruí-los e arrancá-la das mãos dele. Não precisa ser mago para prever o que os wazuli farão, e o que Conan fará quando minha vítima entregar o globo de Yezud para o chefe de Khurum.

De volta à frente da cabana, Yar Afzal parou no meio de seu discurso, surpreso e descontente ao ver o homem que enviara para o vale abrir caminho em meio à multidão.

– Eu mandei você falar com os vigias! – o chefe retumbou. – Não deu tempo ainda de ter ido até eles.

O outro não respondeu. Permaneceu estático com o olhar vidrado para o rosto do chefe e com a palma estendida segurando a esfera de jade. Conan olhou por cima do ombro de Yar Afzal, murmurou algo e estendeu o braço para tocar o ombro do chefe, mas assim que o fez, num paroxismo de raiva, Yar Afzal acertou o mensageiro com seu punho cerrado e o abateu como um boi.

Quando ele caiu, a esfera rolou até o pé de Yar Afzal, e o chefe, parecendo vê-la pela primeira vez, abaixou-se e a apanhou. Os homens olharam perplexos para seu compatriota desacordado e viram o chefe curvar-se, mas não o que ele pegou do chão.

Yar Afzal endireitou-se, olhou para o jade, e fez um movimento para enfiá-lo no cinturão.

– Levem este tolo até sua cabana – grunhiu. – Ele está com o olhar de um viciado em lótus; devolveu-me um olhar em branco. Eu... Aie!

Em sua mão direita, movendo-se em direção à cintura, ele sentiu um repentino movimento onde não deveria existir. Sua voz morreu, e ele ficou olhando para o nada; e dentro de sua mão direita crispada sentiu a palpitação de mudança, de moção, de vida. Yar Afzal não segurava mais uma esfera brilhante e macia entre os dedos. E não ousava olhar; sua língua cravou-se no céu da boca, e não conseguia abrir a mão.

Os guerreiros, pasmos, viram os olhos de Yar Afzal se distenderem, a cor vazar de seu rosto. De súbito, um grito de agonia explodiu daqueles lábios barbados. Ele titubeou e caiu como se tivesse sido acertado por um raio, com o braço direito debatendo-se à sua frente. Permaneceu com o rosto virado para baixo, e de dentro de seus dedos abertos uma aranha rastejou para fora. Um monstro hediondo, preto, de pernas peludas, cujo corpo brilhava como jade negro. Os homens gritaram e recuaram amedrontados, e a criatura entrou em uma fissura entre as rochas e desapareceu.

Os guerreiros estancaram, olhando enlouquecidos, e uma voz ergueu-se acima de seu clamor. Uma voz de comando transportada de longe, vinda ninguém sabe ao certo de onde. Afinal, todos os homens ali, que ainda viviam, negaram ter gritado, ainda que todos a tenham escutado.

– Yar Afzal está morto! Matem o forasteiro!

Aquele grito focou a mente turbulenta deles em uma só. Dúvida, perplexidade e medo desapareceram no impulso desordenado de sede de sangue. Os guerreiros responderam instantaneamente à sugestão com um grito furioso que dilacerou os céus. Eles vieram de cabeça erguida, cruzando o espaço vazio, mantos esvoaçando, olhos queimando e facas erguidas.

A atitude de Conan foi tão rápida quanto a deles. Assim que a voz gritou, ele correu para a porta da cabana. Mas eles estavam mais próximos dele, do que ele dela. E, com um pé na soleira, foi obrigado a virar e bloquear o ataque de uma longa lâmina. Partiu a cabeça do homem em duas, livrou-se de outra faca rasgando o ar e desentranhou o atacante, nocauteou um homem com o punho esquerdo e apunhalou outro na barriga, e bateu poderosamente na porta usando os ombros.

Lâminas afiadas arrancaram lascas pontiagudas das ombreiras próximas de seus ouvidos, mas a porta abriu com a colisão, e ele entrou na sala cambaleando. Um homem barbado, estocando com toda a fúria no instante em que Conan recuava, alcançou a porta e saltou de cabeça para dentro. O bárbaro parou, puxou suas vestes folgadas e arrancou-o da frente, para bater a porta na cara dos homens que surgiam diante dela. Ossos trituraram sob o impacto e, no instante seguinte, Conan colocou os trincos no lugar e virou-se com inacreditável velocidade para encarar o que havia sido atirado no chão, e agora partia para a ação como se estivesse enlouquecido.

Yasmina encolheu-se em um canto, assistindo horrorizada aos dois homens lutarem para a frente e para trás ao longo da sala, quase pisoteando-a algumas vezes. O clarão e o clangor de suas lâminas preenchia o recinto e, lá fora, a massa gritava como uma matilha de lobos, arranhando ensurdecedoramente a porta de bronze com suas lâminas e arremessando pedras enormes contra ela. Alguém agarrou o tronco de uma árvore e a porta começou a tremer ante o ataque trovejante. Yasmina tapou os ouvidos, olhando amedrontada. Violência e fúria do lado de dentro, loucura cataclísmica fora.

O garanhão em seu estábulo relinchava e empinava, batendo nas paredes com as patas. Ele deu meia-volta e arremessou seus cascos contra as barras de madeira ao mesmo tempo em que o montanhês, recuando dos golpes assassinos do cimério, encostou nelas. Sua espinha quebrou-se em três pontos como um galho podre, e ele foi arremessado de cabeça contra o bárbaro, fazendo-o recuar de forma que ambos caíram no chão de terra batida.

Yasmina gritou e correu para a frente. Aos seus olhos atordoados, parecia que ambos tinham sido mortos. Ela os alcançou no instante em que Conan jogava o cadáver para o lado e se levantava. Ela agarrou o braço dele, tremendo da cabeça aos pés.

– Oh, você está vivo! Eu pensei... Pensei que tivesse morrido!

Ele olhou rápido para aquele rosto pálido voltado para o alto e para os olhos escuros arregalados dela encarando-o.

– Por que está tremendo? – ele perguntou. – Por que você se importa se eu vivo ou morro?

Um vestígio de sua pose retornou, e Yasmina se afastou, fazendo uma tentativa fútil de bancar a Divina.

– Você é preferível a esses lobos uivando lá fora – respondeu, apontando para a porta, cujos batentes de pedra começavam a se partir.

– Isso não vai aguentar muito tempo – ele resmungou, então, virou e foi logo até o estábulo do garanhão.

Yasmina apertou os punhos e prendeu o fôlego quando o viu arrancar as barras quebradas e entrar no estábulo com a besta enfurecida. O garanhão empinou diante dele, relinchando de maneira assustadora, com os cascos erguidos, olhos e dentes à mostra e as orelhas viradas para trás, mas Conan saltou e segurou em sua juba com uma amostra de pura força que parecia impossível, e trouxe o animal para baixo, apoiando-o nas pernas dianteiras. O garanhão roncou e estremeceu, porém permaneceu quieto enquanto o homem lhe colocava os arreios e uma sela de enfeites dourados com estribos de prata.

Virando o cavalo dentro do estábulo, Conan chamou Yasmina, que veio nervosa andando de lado ao passar pela besta. O bárbaro estava mexendo na parede de pedra, falando acelerado enquanto trabalhava.

– Há uma porta secreta na parede aqui, que nem mesmo os wazulis conhecem. Yar Afzal mostrou-a certa vez enquanto estava bêbado. Ela se abre para a boca da ravina, atrás da cabana. Ah!

Ao tocar em uma projeção que parecia casual, uma seção inteira da parede deslizou para o lado em trilhos de ferro lubrificados. Olhando por ela, a garota viu um estreito desfiladeiro abrindo para um rochedo de pedra lisa alguns pés adentro da parede traseira da cabana. Conan montou na sela e puxou-a para cima, colocando-a diante dele. Atrás deles, a grande porta grunhiu como se fosse algo vivo e arrebentou para dentro, e um brado preencheu toda a sala quando a entrada foi no mesmo instante inundada por rostos barbados e facas pontiagudas. E, então, o esplêndido garanhão passou pela parede como uma lança em uma catapulta, e trovejou pelo desfiladeiro, a galope; espuma voou dos anéis em sua boca.

Aquele movimento veio como uma surpresa absoluta para os wazuli. Também foi surpreendente para aqueles que espreitavam na ravina. Aconteceu tão rápido o assalto do grande cavalo, que se pareceu com um furacão, um homem vestindo um turbante verde foi incapaz de sair do caminho. Ele caiu sob os cascos frenéticos, e uma garota gritou. Conan obteve um vislumbre dela enquanto passavam, uma moça magra e negra trajando calças de seda e uma bandagem cravejada que cobria os seios, apertando-se contra a parede da ravina. O corcel negro e seus ocupantes desapareceram na garganta como uma nuvem de poeira soprada por uma tempestade, e os homens que vieram aos atropelos pelas paredes atrás deles, ao longo do desfiladeiro, chegaram lá com uma mudança de seus berros de sede de sangue para estridentes gritos de medo e morte.

6

A montanha dos Profetas Negros

– PARA ONDE AGORA? – YASMINA ESTAVA TENTANDO SENTAR-se ereta no arco da sela, aninhando-se ao seu captor. Ela experimentava um reconhecimento de vergonha por não achar desagradável a sensação da pele firme dele sob seus dedos.

– Para o Afghulistão – ele respondeu. – É uma estrada perigosa, mas o garanhão nos levará facilmente, a não ser que encontremos alguns dos seus amigos, ou meus inimigos tribais. Agora que Yar Afzal está morto, aqueles malditos wazuli estarão em nosso encalço. Estou surpreso que ainda não os avistemos atrás de nós.

– Quem era aquele homem que você atropelou? – perguntou.

– Não sei. Nunca o tinha visto antes. Com certeza não é ghuli. Que diabos estava fazendo ali é mais do que posso dizer. Havia uma garota com ele também.

– Sim – o olhar dela estava sombrio. – Não consigo entender isso. A garota é minha criada, Gitara. Você acredita que ela estava vindo em meu auxílio? Que o homem era seu amigo? Se assim for, os wazuli capturaram ambos.

– Bem – ele respondeu –, não há nada que possamos fazer. Se voltarmos, eles despelarão ambos. Não consigo entender como uma garota daquelas poderia chegar tão longe nessas montanhas com apenas um homem, e ele sendo um escolástico paramentado, ou ao menos é o que parecia. Há algo bizarro e infernal nisso tudo. Aquele homem, que Yar Afzal bateu e mandou embora, movia-se como quem caminha dormindo. Já vi os sacerdotes de Zamora fazerem seus rituais abomináveis nos templos proibidos, e suas vítimas tinham um olhar como o daquele homem. Os sacerdotes fitavam dentro de seus olhos e murmuravam encantos, e então as pessoas se tornavam mortos-vivos, com olhos vidrados, fazendo aquilo que lhes era ordenado.

"Também vi o que o homem trazia em sua mão, Yar Afzal apanhou do chão. Era como uma pérola de jade negro, parecida com as que as garotas do templo de Yezud usam quando dançam diante do altar negro da aranha, que é seu deus. Yar Afzal a segurou na mão, e ele não pegou mais coisa alguma. Ainda assim, ao cair morto, uma aranha como o deus de Yezud, só que menor, saiu por entre os dedos dele.

"E então, enquanto os wazuli permaneciam ali incertos, uma voz gritou mandando-os me matar, e sei que ela não veio de nenhum dos guerreiros, nem das mulheres que assistiam a tudo das cabanas. Parecia ter vindo de cima."

Yasmina não respondeu, olhou para os contornos afiados das montanhas que os cercavam e estremeceu. Sua alma encolhida diante daquela desolada brutalidade. Aquela era uma terra nua e sombria na qual qualquer coisa poderia acontecer. Antigas tradições investiam um horror arrepiante a qualquer um que tivesse nascido nas planícies quentes e luxuriantes do sul.

O sol estava alto, assolando com um calor feroz, entretanto, o vento que soprava em rajadas intermitentes parecia vir das colinas de gelo. Ela chegou a escutar um estranho ruído acima deles que não era o sopro do vento. E, pela forma como Conan olhou para cima, ela soube que aquele não era um som comum para ele também. A moça pensou que uma faixa do céu azul ficara borrada por alguns instantes, como se algum objeto invisível tivesse se colocado entre ele e sua visão, mas não podia dizer com certeza. Nem fez qualquer comentário, entretanto, Conan afrouxou a faca em sua bainha.

Os dois seguiam por um caminho pouco delineado, mergulhando nas ravinas de um jeito tão profundo que o sol parecia nunca chegar ao fundo, passando por encostas íngremes onde xisto solto ameaçava deslizar sob seus pés, e seguindo por cumes que eram como o fio de uma lâmina, com uma profunda névoa azul de ambos os lados.

O sol havia passado seu zênite quando atravessaram uma trilha estreita entre as encostas. Conan virou o cavalo para o lado e seguiu na direção sul, indo quase perpendicular ao seu curso anterior.

– Uma vila Galzai fica em uma extremidade desta trilha – ele explicou. – As mulheres daqui seguem-na até um poço para pegar água. Você precisa de novas vestes.

Olhando para seu traje transparente, Yasmina concordou com ele. Os chinelos dourados que usava estavam em farrapos, os mantos de seda e as vestes de baixo rasgados em tiras que mal se mantinham atadas decentemente. Roupas destinadas a ser usadas nas ruas de Peshkhauri não eram apropriadas para as colinas himelianas.

Chegando a uma curva na trilha, Conan desmontou, ajudou Yasmina a descer e esperou. Logo fez um sinal com a cabeça, apesar de ela nada ter escutado.

– Uma mulher subindo a trilha – ele mostrou. Em pânico repentino, ela agarrou o braço dele.

– Você não irá... Não irá matá-la?

– Eu não costumo matar mulheres – grunhiu ele –, embora algumas das mulheres das colinas sejam lobas. Não... – e sorriu como numa grande brincadeira. – Por Crom, vou pagar pelas roupas dela! Que tal isso? – ele mostrou um punhado de moedas de ouro e guardou todas, menos a maior. Yasmina suspirou, aliviada. Talvez fosse natural aos homens matar e morrer, mas sua pele se arrepiou ao pensamento de assistir à carnificina de uma mulher.

Pouco depois, uma mulher apareceu pela trilha, uma garota galzai alta e magra, reta como um jovem rapaz, carregando uma grande cabaça vazia. Ela parou e a cabaça caiu de suas mãos quando os viu; ameaçou correr, e então percebeu que Conan estava próximo demais para lhe permitir escapar, portanto permaneceu quieta, de frente para eles, com uma expressão que era um misto de medo e curiosidade.

Conan mostrou a moeda de ouro.

– Se você der suas vestes a esta mulher – disse –, receberá este dinheiro.

A resposta foi imediata. A garota deu um amplo sorriso de surpresa e encanto e, com o desdém que só uma montanhesa tem por convenções hipócritas, de imediato arrancou o colete sem mangas bordado, abaixou as calças largas e pisou para fora delas, tirou a camisa com mangas e chutou as sandálias para longe.

Juntando tudo em uma trouxa, ela a estendeu para Conan, que a entregou para a abismada Divina.

– Vá para trás daquelas pedras e vista isso – ordenou ele, provando que não era nenhum nativo das colinas.

– Junte todos seus mantos e os traga para mim assim que sair.

– O dinheiro! – clamou a montanhesa, esticando as mãos com avidez. – O ouro que me prometeu!

Conan jogou a moeda e ela a pegou no ar, mordeu-a e a meteu no meio dos cabelos, abaixou e apanhou a cabaça, e seguiu seu caminho, tão despida de autoconsciência quanto de vestes. Conan aguardou com alguma impaciência enquanto Divina, pela primeira vez em sua vida mimada, vestia-se a si mesma. Quando ela saiu de trás das rochas, o bárbaro praguejou surpreso, e Yasmina foi tomada por uma curiosa torrente de emoções diante da admiração não refreada dos ardentes olhos azuis do bárbaro. Ela sentiu vergonha, embaraço, contudo, uma estimulação de vaidade que jamais havia vivenciado, e um formigamento quando deu de encontro com o impacto dos olhos dele. Conan pousou uma mão pesada sobre o ombro dela e a girou observando-a avidamente por todos os ângulos.

– Por Crom! – disse. – Naqueles mantos místicos e esfumados você parecia gelada, indiferente e distante como uma estrela! Agora é uma mulher quente de carne e sangue! Você foi para trás daquelas rochas como Divina de Vendhya e saiu como uma montanhesa, embora mil vezes mais bela do que qualquer donzela de Zhaibar! Você era uma deusa, agora é de verdade!

Ele deu uma palmada ressonante nela, e ela, reconhecendo que se tratava apenas de outra expressão de admiração, não se sentiu ofendida. Foi de fato como se a mudança de suas vestimentas tivesse imprimido uma mudança em sua personalidade. Os sentimentos e sensações que ela reprimira surgiram para dominá-la agora, como se os mantos de rainha que havia tirado fossem grilhões e inibições materiais.

Porém, Conan, em sua admiração renovada, não se esqueceu do perigo que espreitava sobre eles. Quanto mais se afastassem da região de Zhaibar, menos provável era encontrarem tropas de Kshatriya. Por outro lado, ele tinha tentado escutar por todo o caminho sons que lhe dissessem se os vingativos wazuli de Khurum estavam em seus calcanhares.

Colocou Divina sobre a sela e subiu a seguir, e outra vez conduziu o garanhão para oeste. O fardo de vestes que ela lhe entregara, ele jogou do topo de um penhasco, para cair nas profundezas de uma garganta de mil pés.

– Por que fez isso? – ela perguntou. – Por que não as deu para a garota?

– Os cavaleiros de Peshkhauri estão passando um pente-fino nestas colinas – ele disse. – Eles serão emboscados e atacados a cada curva. E, como forma de represália, destruirão todas as vilas que puderem. Pode ser que venham para oeste a qualquer momento. Se encontrassem uma garota usando suas vestimentas, iriam torturá-la para que falasse, e ela poderia colocá-los na minha trilha.

– O que ela fará? – perguntou Yasmina.

– Voltará à sua vila e dirá ao povo que um estranho a atacou – respondeu. – Ela os colocará atrás de nós, tudo bem. Mas primeiro irá pegar água; se ousar voltar sem ela, vão arrancar sua pele. Isso nos dá uma longa vantagem. Jamais irão nos apanhar. Ao anoitecer, cruzaremos a fronteira para o Afghulistão.

– Não há caminhos ou sinais de habitações humanas nessas partes – ela comentou. – Até mesmo para os himelianos, o lugar parece singularmente deserto. Não vimos uma trilha desde que deixamos aquela em que encontramos a mulher galzai.

Em resposta, Conan apontou para o nordeste, onde ela viu um pico em um entalhe nos rochedos.

– Yimsha – grunhiu Conan –, as tribos constroem suas vilas o mais distante destas montanhas que podem.

De imediato ela ficou rígida pela atenção.

– Yimsha! – sussurrou. – A montanha dos Profetas Negros!

– É o que dizem – respondeu ele. – Este é o mais próximo que já cheguei. Fiz uma volta para o norte para evitar tropas de Kshatriya que podem estar patrulhando estas colinas. A estrada regular de Khurum para Afghulistão fica mais ao sul. Esta é uma rota mais antiga e usada com pouca frequência.

Ela encarava os distantes picos com atenção. Suas unhas apertaram as palmas rosadas.

– Quanto tempo levaria para chegar até Yimsha deste ponto?

– Todo o resto do dia e também a noite inteira – ele respondeu e sorriu. – Você quer ir até lá? Por Crom, não é lugar para um ser humano comum, pelo que diz o povo da colina.

– Por que eles não se unem e destroem os demônios que a habitam? – indagou Yasmina.

– Aniquilar magos com espadas? Seja como for, eles jamais interferem na vida das pessoas, a não ser que elas interfiram na deles. Eu nunca os vi, mas já conversei com homens que juravam ter visto, e disseram que vislumbraram pessoas das torres de vigília no amanhecer ou pôr do sol. Homens altos e silenciosos em vestes escuras.

– Você teria medo de atacá-los?

– Eu? – a ideia parecia uma novidade para ele. – Se me provocassem seria minha vida pela deles. Mas não tenho nada a ver com eles. Vim até estas montanhas para formar um grupo de salteadores, não para guerrear contra bruxos.

Yasmina não respondeu. Olhou para o pico como se fosse um inimigo humano, sentindo toda sua raiva e ódio remexer em seu seio. E outro sentimento começou a tomar uma forma obscura. Ela planejara lançar em um golpe violento contra os mestres de Yimsha o homem em cujos braços agora era carregada. Talvez houvesse outra maneira de cumprir seu propósito, além dos métodos que planejara. Yasmina não se enganava quanto ao olhar que estava começando a florescer no semblante selvagem daquele homem. Reinos caíram quando as mãos alvas e delgadas de uma mulher puxaram as cordas do destino. De súbito, ela se enrijeceu, apontando.

– Veja!

No distante cume da montanha surgiu uma nuvem de aspecto peculiar. Era de uma cor vermelha gelada, raiada com dourado brilhante. A nuvem estava em movimento; rodava e, enquanto o fazia, contraía-se. Ela descreveu movimentos rotatórios até ganhar a forma de um filamento que reluzia aos raios do sol. E, de repente, destacou-se do cume coberto pela neve, flutuou por sobre o vácuo como uma pena colorida e alegre, e tornou-se invisível contra o céu cerúleo.

– O que pode ter sido isso? – perguntou, ansiosa, no momento em que um rebordo de rochas cobriu a distante montanha da vista. O fenômeno tinha sido perturbador, mesmo em sua beleza.

– Os montanheses chamam de Carpete de Yimsha, seja lá o que quer que isso signifique – respondeu Conan. – Já vi quinhentos deles correndo como se o diabo estivesse em seu encalço porque viram essa nuvem carmesim flutuar deste pico. O quê...

Eles tinham avançado por uma fenda estreita entre paredes altas como torres e saíram em uma borda larga, flanqueada por uma série de encostas escarpadas de um lado, e um enorme precipício do outro. A trilha seguia esta saliência, inclinava-se sobre um rebordo e reaparecia em intervalos ao longe, abaixo deles, delineando um caminho tedioso. E, emergindo da fissura que se abria sobre a saliência, o garanhão negro parou, bufando. Sem paciência, Conan o forçou a seguir em frente, mas o cavalo relinchava e jogava a cabeça para cima e para baixo, tremendo e torcendo, como se existisse uma barreira invisível.

Conan praguejou e desmontou, descendo Yasmina consigo. Foi na frente, com uma mão estendida diante de si, como se esperasse encontrar alguma resistência que não pudesse ser vista. No entanto, não havia nada para entravá-lo, embora, quando tentara conduzir o cavalo, ele deu um relincho estridente e se afastou. Então Yasmina gritou, e Conan virou-se, com a mão sobre o cabo da faca.

Nenhum dos dois o tinha visto chegar, mas ali estava ele, com os braços dobrados, um homem vestindo um manto de camelo e turbante verde. Conan grunhiu surpreso ao reconhecer o homem que tinha sido pisoteado pelo garanhão na ravina fora da vila wazuli.

– Quem diabos é você? – ele questionou.

O homem não respondeu. Conan reparou que seus olhos estavam fixos e arregalados, e tinham uma qualidade luminosa peculiar. E aqueles olhos seguraram os dele como um ímã.

A base da feitiçaria de Khemsa era hipnotismo, como é a da maioria dos magos orientais. O caminho para o hipnotismo tinha sido preparado por incontáveis séculos de gerações que viveram e morreram com a firme convicção de sua realidade e poder, edificando, pelo pensamento coletivo e pela prática, uma atmosfera colossal, ainda que intangível, contra a qual os indivíduos, mergulhados nas tradições da terra, encontravam-se indefesos.

Mas Conan não era filho do leste. Suas tradições eram indiferentes a isso, que era produto de um ambiente completamente diferente. Hipnotismo não era sequer um mito na Ciméria. A herança que preparou um nativo do leste para a submissão ao mesmerismo não era a dele.

Conan estava ciente do que Khemsa tentava fazer consigo; porém, sentiu o impacto do misterioso poder do homem apenas como um vago impulso, um puxar e empurrar do qual ele podia se desvencilhar tal qual um homem remove teias de aranha de suas vestimentas.

Percebendo a hostilidade e a magia negra, ele sacou sua longa faca e precipitou-se com passos tão rápidos quanto um leão da montanha.

Porém, hipnotismo não era toda a mágica de Khemsa. Yasmina, assistindo a tudo, não viu com qual movimento ou ilusão o homem de turbante verde evitou o terrível golpe destinado a arrancar-lhe as tripas. Mas a lâmina afiada singrou por entre a lateral e o braço erguido, e para Yasmina parecia que Khemsa tinha apenas tocado sua palma aberta levemente contra o grosso pescoço de Conan. O cimério foi atirado no solo como um touro abatido.

Contudo, Conan não estava morto; parando a queda com a mão esquerda, ele cortou as pernas de Khemsa mesmo caindo, e o Rakhsha evitou o ataque ao estilo de foice apenas por um pulo para trás, que nada tinha de feitiçaria. Yasmina deu um gritou agudo ao ver uma mulher que ela reconheceu como sendo Gitara sair de trás das rochas e ir até o homem. O cumprimento morreu no grito de Divina quando ela percebeu a malevolência na bela face da moça.

Conan levantava-se bem devagar, abalado e atordoado pela cruel artimanha daquele golpe que, desempenhado por uma arte esquecida pelos homens antes que os atlantes afundassem, teria quebrado o pescoço de um homem menos capaz como um galho podre. Khemsa olhou para Conan com cautela e incerteza frívola. O Rakhsha aprendera a plena extensão de seus poderes quando encarou de frente as facas dos ensandecidos wazuli na ravina atrás da vila de Khurum; mas a resistência do cimério talvez estivesse abalando um pouco sua recém-descoberta confiança. Feitiçaria prospera no sucesso, não no fracasso.

Ele deu um passo à frente, erguendo a mão. Estancou, como se congelado, a cabeça inclinada para trás, olhos arregalados, mãos erguidas. Conan seguiu o olhar dele, assim como as mulheres. A garota encolhendo-se atrás do garanhão assustado e a moça ao lado de Khemsa.

Descendo as colinas rochosas, como um furacão de pó reluzente soprado pelo vento, uma nuvem vermelho-acinzentada veio dançando. A face escura de Khemsa ficou pálida; sua mão começou a tremer, então caiu para a lateral. A garota ao seu lado, sentindo a mudança, olhou-o de maneira inquisitiva.

A forma carmesim deixou o topo da montanha e desceu em um longo arco. Pousou na saliência entre Conan e Khemsa, e o Rakhsha deixou escapar um grito sufocado. Ele recuou, empurrando Gitara para trás com as mãos tateando, agonizando.

A nuvem vermelha balançou como um pião por um instante, girando com uma luminosidade cintilante em sua ponta. E, sem aviso, ela se foi, desapareceu como uma bolha quando estourada. Lá, na saliência, estavam quatro homens. Era milagroso, incrível, impossível, contudo, verdade. Eles não eram fantasmas ou espíritos. Eram quatro homens altos, com cabeças raspadas como abutres, e mantos negros que escondiam seus pés. Suas mãos estavam ocultas pelas mangas largas. Permaneceram em silêncio, as cabeças nuas acenando devagar em uníssono.

Estavam de frente para Khemsa; mas, atrás deles, Conan sentiu o próprio sangue gelar nas veias. Levantando-se, afastou-se furtivamente, até conseguir sentir o ombro trêmulo do garanhão às suas costas, e Divina arrastou-se para a proteção de seus braços. Nenhuma palavra foi dita. O silêncio reinava como uma sufocante mortalha.

Todos os quatro encararam Khemsa. Seus rostos de abutre estavam imóveis, os olhos introspectivos e contemplativos. Mas Khemsa tremia como um homem febril. Seus pés estavam envoltos na pedra, as panturrilhas contraídas como num combate físico. Suor escorria aos jorros por seu rosto escuro. A mão direita trancava-se em algo sob seu manto marrom de forma tão aflita, que o sangue vazou daquela mão e a deixou branca. A mão esquerda caiu sobre o ombro de Gitara e o apertou em agonia, como o aperto de um homem que se afoga. Ela não recuou ou chorou, ainda que os dedos dele escavassem sua carne firme como garras.

Conan já testemunhara centenas de batalhas em sua vida, mas nunca uma como aquela, na qual quatro vontades diabólicas buscavam abater uma vontade menor, porém igualmente diabólica que se opunha a elas. Mas ele mal sentia a qualidade monstruosa daquela luta hedionda. Com as costas para a parede, mantendo distância de seus antigos mestres, Khemsa estava lutando pela vida com todos seus poderes negros, todo o assustador conhecimento que eles o haviam ensinado ao longo de anos sombrios de neofismo e vassalagem.

Estava mais forte do que ele próprio sabia, e o livre exercício de seus poderes, por conta própria, abrira reservatórios insuspeitos de suas forças. E ele estava prostrado a uma superenergia pelo frenesi do medo e desespero. Recuou diante da impiedade daqueles olhos hipnóticos, mas defendeu seu terreno. Suas feições se distorceram em um sorriso bestial de agonia, e os membros torcidos como num aparelho de tortura. Era uma guerra de almas, de cérebros aterrorizantes mergulhados em tradições proibidas aos homens há milhares de anos, de mentalidades que haviam descido aos abismos e explorado as estrelas negras onde nasciam as sombras.

Yasmina entendia tudo melhor do que Conan. E ela compreendeu vagamente por que Khemsa conseguia suportar o impacto concentrado daquelas quatro vontades demoníacas que poderiam ter reduzido a átomos a própria rocha onde ele estava. O motivo era a garota, que ele agarrava com a força do desespero. Ela era como uma âncora para sua alma abalada, espancada pelas ondas daquelas emanações psíquicas. Sua fraqueza era agora sua força. O amor que ele tinha por ela, por mais violento e cruel que pudesse ser, era, contudo, um vínculo que o mantinha atado ao resto da humanidade, fornecendo uma alavanca terrena para sua vontade, uma corrente que seus inimigos inumanos não podiam quebrar; ao menos não através de Khemsa.

Eles perceberam isso antes dele. E um dos quatro voltou o olhar do Rakhsha para Gitara. Não houve batalha ali. A garota se encolheu e murchou como uma folha na seca. Impulsionada e sem outra opção, ela se libertou dos braços de seu amante antes de ele perceber o que estava ocorrendo. Então, algo horrível aconteceu.

Ela começou a caminhar em direção ao precipício, olhando para seus atormentadores, com os olhos arregalados e vazios como vidro escuro reluzente por trás do qual uma lâmpada havia sido apagada. Khemsa gemeu e cambaleou atrás dela, caindo na armadilha que fora armada para si. Uma mente dividida não pode manter uma batalha desigual. Ele foi abatido, um ramo nas mãos deles. A garota andou para trás, caminhando como um autômato, e Khemsa tropeçou como um bêbado atrás dela, as mãos estendidas em vão, ganindo, babando em sua dor, os pés pesados movendo-se como coisas mortas.

Ela fez uma pausa na beirada, ficou rígida, os calcanhares na borda, e ele caiu de joelhos e se arrastou chorando na sua direção, tentando alcançá-la, arrastá-la para longe da destruição. E, um pouco antes de seus dedos desajeitados tocarem-na, um dos magos gargalhou, como uma nota súbita de um sino de bronze tocado no inferno. A garota recuou de uma vez, e o clímax da requintada crueldade foi consumado quando razão e entendimento retornaram aos olhos dela, que brilharam com medo terrível. Ela gritou; em desespero, tentou agarrar a mão estendida de seu amante. Porém, incapaz de se salvar, caiu de cabeça com um grito de horror.

Khemsa se debruçou na beirada e olhou para baixo, desfigurado, seus lábios se movendo como se falasse consigo próprio. Então, ele se virou e fitou seus torturadores por um longo minuto com olhos que não carregavam nenhuma luz humana. E, com um grito que quase explodiu as rochas, levantou-se e investiu na direção deles, com uma faca erguida nas mãos.

Um dos Rakhshas deu um passo à frente e bateu o pé, e, no instante em que fez isso, surgiu um tremor que cresceu rápido para tornar-se um retumbante estrondo. Onde seu pé tocou, uma fenda se abriu na rocha sólida, que se alargou no mesmo instante. Então, com um barulho ensurdecedor, uma seção inteira do penhasco desabou. Houve um último vislumbre de Khemsa, os braços se debatendo selvagemente no ar antes de ser varrido por entre a avalanche que trovejou abismo abaixo.

Os quatro olharam contemplativos para a borda irregular da rocha que formava o novo rebordo do precipício, e se viraram de repente. Conan, derrubado pelo tremor da montanha, estava se levantando, segurando Yasmina. Ele parecia se mover tão devagar quanto seu cérebro estava funcionando. Estava apalermado e nublado. Percebeu que havia uma necessidade desesperada de colocar Divina no garanhão negro e cavalgar como o vento, mas uma inexplicável lentidão pesava sobre seus pensamentos e ações.

Agora, os magos estavam de frente para ele; ergueram os braços, e os olhos horrorizados do bárbaro viram seus contornos enfraquecer, turvar, tornarem-se indistintos e nebulosos, ao mesmo tempo em que uma fumaça escarlate crescia como uma onda em torno de seus pés. Eles foram borrados por uma nuvem giratória repentina, e então Conan se percebeu também envelopado por uma névoa vermelha, escutou Yasmina gritar, e o garanhão chorou como uma mulher sentindo dores. A Divina foi arrancada de seus braços, e, ao que ele golpeou às cegas com sua faca, um golpe terrível como uma rajada de um furacão o derrubou por sobre as pedras. Atordoado, viu uma nuvem vermelha girando para o alto e por sobre os picos das montanhas. Yasmina desaparecera, assim como os quatro homens de preto. Apenas o assustado cavalo dividia o penhasco com ele.

7

Para Yimsha

CONFORME AS NÉVOAS DESAPARECIAM SOPRADAS POR UM FORte vento, as teias de aranha deixavam o cérebro de Conan. Com uma maldição ressequida, subiu na sela do garanhão, que relinchava ao seu lado. Ele olhou para as colinas, hesitou, e então voltou pela trilha na direção que estava seguindo quando foi parado pelos truques de Khemsa. Mas agora Conan não cavalgava a uma marcha média. Soltou as rédeas e o cavalo seguiu como um cometa, como se estivesse afoito para libertar sua histeria em um violento esforço físico.

Do outro lado da borda e ao redor do rochedo, a trilha estreita seguia as grandes escarpas nas quais eles mergulharam em velocidade vertiginosa. O caminho seguia uma ondulação de rochas interminavelmente sinuosas para baixo, camada por camada de ladeira estriada, até que, lá embaixo, Conan obteve um relance de uma ruína que havia caído, uma colossal pilha de rochas quebradas e pedregulhos aos pés de um gigantesco desfiladeiro.

O leito do vale estava ainda bem abaixo dele quando chegou a um cume longo e elevado que levava para fora dos rochedos como um pavimento natural. O bárbaro cavalgou por ele com desfiladeiros quase absolutos de ambos os lados. Conseguia traçar a trilha à sua frente, e fez uma grande ferradura de volta ao leito à esquerda. Praguejou contra a necessidade de viajar aquelas milhas, mas era a única maneira. Descer pela volta mais curta da trilha naquele ponto seria tentar o impossível. Apenas um pássaro chegaria embaixo com o pescoço inteiro.

Então, ele apressou o exausto garanhão, até um barulho de cascos chegar aos seus ouvidos, vindo de baixo. Encostando e indo até a borda dos rochedos, ele olhou para o leito seco que cortava a base da cordilheira. Ao longo daquela garganta vinha a galope uma multidão multicolorida. Homens barbados e cavalos quase selvagens, quinhentos homens fortes, com suas armas eriçadas. E Conan gritou de repente, inclinando-se na beirada do rochedo, trezentos metros acima deles.

Ao seu grito eles pararam, e quinhentos rostos olharam para o alto em sua direção; um rugido profundo e clamoroso preencheu o cânion. Conan não desperdiçou palavras.

– Eu estava indo para Ghor! – ele gritou. – Não esperava encontrar vocês, cães, na trilha. Sigam-me o mais rápido que seus cavalos puderem! Estou indo para Yimsha e...

– Traidor! – o uivo foi como um borrifo de água gelada em seu rosto.

– O quê? – Conan olhou para eles, sem saber o que dizer. Viu olhos selvagens queimando contra ele, rostos contorcidos de fúria, punhos brandindo lâminas.

– Traidor! – gritaram de volta, com toda força. – Onde estão os sete chefes capturados em Peshkhauri?

– Na prisão do governador, suponho – ele respondeu.

Um grito sanguinário de centenas de gargantas lhe respondeu, com tal aceno de armas e tamanho clamor que ele não conseguia entender o que estavam dizendo. Acabou com o estrondo com um rugido como o de um touro, e berrou:

– Que brincadeira infernal é esta? Fale somente um de vocês, não consigo entender o que dizem!

Um velho chefe esquelético, que havia se autonomeado para esta posição, sacudiu seu tulwar para Conan como um preâmbulo, e gritou, acusando-o:

– Você não nos deixou cavalgar para Peshkhauri para resgatar nossos irmãos!

– Não, seus tolos! – rugiu o exasperado cimério. – Mesmo se atravessassem a muralha, o que é improvável, eles enforcariam os prisioneiros antes que os alcançassem.

– E você foi sozinho negociar com o governador! – gritou o afghuli, contorcendo-se em frenesi espumante.

– E?

– Onde estão os sete chefes? – indagou o velho chefe, transformando sua lâmina em uma roda de aço brilhando acima da cabeça. – Onde estão eles? Mortos!

– O quê! – Conan quase caiu do cavalo, de surpresa.

– Sim, mortos! – quinhentas vozes sedentas de sangue o asseguraram.

O velho chefe sacudiu os braços e tomou a dianteira outra vez.

– Eles não foram enforcados! – ele esganiçou. – Um wazuli em outra cela os viu morrer! O governador enviou um mago para matá-los com feitiçaria!

– Isso tem que ser uma mentira – Conan bradou. – O governador não ousaria. Na noite passada eu falei com ele...

A frase foi mal recebida. Um brado de ódio e acusação partiu os céus.

– Sim! Você foi vê-lo sozinho! Para nos trair! Não é mentira. O wazuli escapou pelas portas que o mago explodiu em sua entrada, e contou a história para nossos batedores que encontramos em Zhaibar. Eles tinham sido enviados para procurar por você, quando não retornou. Quando escutaram o que o wazuli tinha a dizer, voltaram para Ghor a toda velocidade e nós selamos nossos cavalos e apanhamos nossas espadas!

– E o que vocês tolos querem fazer? – perguntou o cimério.

– Vingar nossos irmãos! – eles uivaram. – Morte aos kshatriyas! Matem-no irmãos, ele é um traidor!

Flechas começaram a assobiar na direção dele. Conan ficou em pé em seus estribos, lutando para se fazer escutar acima do tumulto, e então, com um rugido misto de ódio, desafio e nojo, ele deu meia-volta e galopou de volta na trilha.

Atrás e abaixo de si, os afghuli vieram a galope, expressando seu ódio, furiosos demais até mesmo para se lembrarem de que a única maneira de chegar à altura na qual ele estava era atravessando o leito na outra direção, fazer aquela curva ampla e seguir pela trilha sinuosa por sobre a cordilheira. Quando se deram conta disso e começaram a fazer a volta, seu chefe repudiado tinha quase chegado ao ponto em que a cordilheira se juntava às escarpas.

No desfiladeiro ele não tornou pela trilha pela qual havia descido, mas fez uma curva em outra, um mero risco por entre as fendas das rochas, onde o garanhão lutava para seguir em frente. Ele não tinha ido longe quando o cavalo relinchou e empinou para trás, afastando-se de algo deitado no chão. Conan observou a caricatura de homem, um amontoado quebrado, sangrento e retalhado que fazia sons inarticulados e rangia os dentes estilhaçados.

Impelido por alguma razão obscura, o cimério desmontou e ficou olhando para baixo, sabendo que testemunhava algo miraculoso e oposto à natureza. O Rakhsha levantou sua cabeça destroçada e seus estranhos olhos, com o brilho da agonia e da aproximação da morte, pousaram em Conan com reconhecimento.

– Onde estão eles? – era um coaxar atroz que nem de longe lembrava uma voz humana.

– Retornaram ao seu castelo amaldiçoado em Yimsha – grunhiu Conan. – Levaram Divina com eles.

– Eu irei – murmurou o homem –, os seguirei! Eles mataram Gitara. Acabarei com todos... os acólitos, os Quatro do Círculo Negro. O próprio Mestre? Mate-os... Mate-os todos! – ele lutou pata arrastar sua estrutura mutilada por sobre a rocha, mas nem mesmo sua vontade indomável podia animar aquela massa coagulada por mais tempo, na qual os ossos partidos mantinham-se juntos só por tecido rasgado e fibras rompidas.

– Siga-os! – delirou Khemsa, derramando uma baba ensanguentada. – Siga-os!

– Eu irei – respondeu Conan. – Fui buscar meus afghulis, mas eles se voltaram contra mim. Irei sozinho para Yimsha. Trarei Divina de volta nem que precise arrasar aquela montanha maldita com minhas mãos vazias. Ela não tem mais utilidade para mim como refém, mas...

– Que a maldição de Yizil caia sobre eles! – resfolegou Khemsa. – Vá! Eu estou morrendo. Espere... Pegue meu cinturão.

Ele tentou apalpar com sua mão mutilada seus farrapos, e Conan, entendendo o que ele buscava transmitir, abaixou-se e tirou de sua cintura um cinturão de aspecto curioso.

– Siga o veio de ouro através do abismo – murmurou Khemsa. – Use o cinturão. Eu o tomei de um sacerdote stygio. Irá ajudá-lo, apesar de ter falhado comigo da última vez. Quebre o globo de cristal com as quatro víboras douradas. Cuidado com as transmutações do Mestre. Eu estou indo para Gitara, ela me espera no inferno. Aie, sim Skelos... – e ele morreu.

Conan olhou para o cinturão. A crina usada para trançá-lo não era de cavalo. Ele estava convencido de que era lã feita das grossas tranças de uma mulher. Acomodadas na malha espessa estavam pequenas joias de um tipo que ele jamais vira antes. A fivela era estranhamente constituída na forma da cabeça dourada de uma serpente, plana e com escamas. Um forte arrepio sacudiu Conan enquanto o segurava, e virou-se para arremessá-lo no precipício; então, hesitou, e por fim afivelou-o na cintura sob o seu cinturão Bakhariot. Montou e seguiu em frente.

O sol afundara atrás das colinas. Conan subiu a trilha sob a vasta sombra dos rochedos que eram jogadas como um manto azul-escuro sobre os vales e escarpas abaixo. Não estava longe do cume quando, contornando o rebordo de um rochedo saliente, escutou o barulho de cascos à sua frente. Não fez meia-volta. Na verdade, o caminho era tão estreito que o garanhão não poderia ter virado seu grande corpo sobre ele. Contornou a saliência da rocha e saiu sobre uma porção do caminho que se alargava um pouco. Um coro de vozes ameaçadoras irrompeu nos ouvidos dele, mas seu garanhão prensou um cavalo aterrorizado contra as rochas e Conan apanhou o braço de um cavaleiro com uma pegada de ferro, travando a espada erguida em pleno ar.

– Kerim Sha! – resmungou Conan, fagulhas vermelhas ardendo luridamente em seus olhos. O turaniano não lutou; eles posicionaram os cavalos quase peito a peito, os dedos de Conan travando o braço armado do outro. Atrás de Kerim Sha vinha um grupo de irakzai esguios em cavalos magros. Eles o fitaram como lobos, segurando arcos e facas, mas apresentavam-se incertos por conta da estreiteza do caminho e da periculosidade da proximidade do abismo que bocejava ao seu lado.

– Onde está Divina? – perguntou Kerim Sha.

– O que isso tem a ver com você, espião hirkaniano? – rosnou Conan.

– Eu sei que você a tem – respondeu Kerim Sha. – Estava a caminho do norte com alguns homens das tribos quando fomos emboscados por inimigos na Passagem Shalizah. Muitos de meus homens foram mortos, e o resto correu para as colinas como chacais. Quando despistamos nossos perseguidores, viramos para oeste, em direção à Passagem Amir Jehun, e nesta manhã encontramos um wazuli vagando pelas colinas.

"Ele estava enlouquecido, mas descobri muitas coisas de seus balbucios incoerentes antes de ele morrer. Descobri que era o único sobrevivente de um bando que seguia um chefe dos afghuli e uma prisioneira kshatriya para uma garganta atrás da vila de Khurum. Ele balbuciou muito sobre um homem de turbante verde a quem o afghuli atropelou; porém, quando atacado pelos wazuli que o perseguiam, enfrentou-os com uma destruição inominável que os aniquilou, tal qual uma rajada de vento feita de fogo aniquila um enxame de gafanhotos.

"Como aquele homem escapou, eu não sei, e nem ele o sabia; mas soube por suas divagações que Conan de Ghor havia estado em Khurum com uma prisioneira real. E, conforme passávamos pelas colinas, encontramos uma garota galzai nua carregando uma cabaça de água. Ela nos contou a história de ter sido despida e violentada por um gigante estrangeiro nas vestes de um chefe afghuli, e que deu suas vestes para uma mulher vendhiana que o acompanhava. Disse também que você veio para oeste."

Kerim Shah não considerou ser necessário explicar que ele próprio estava a caminho de seu encontro com as tropas que esperava de Secunderam quando seu caminho foi bloqueado pelos montanheses hostis. A estrada para o vale Gurashah através da Passagem Shalizah era mais comprida que aquela que cortava pela Passagem Amir Jehun, mas esta última passava por parte do Afghulistão, que Kerim Shah queria evitar ansiosamente até estar junto do exército. Contudo, ao ser barrado na estrada Shalizah, voltou-se para a rota proibida até que as notícias de que Conan ainda não havia chegado ao seu destino com a cativa o fizeram virar para o sul e correr sem prudência alguma, na esperança de alcançar o cimério nas colinas.

– Então é melhor você me dizer onde Divina está – sugeriu Kerim Shah. – Nós o excedemos em número...

– Que um de seus cães toque em uma seta e eu jogo você deste penhasco – prometeu o bárbaro. – De qualquer modo, não o ajudaria em nada me matar. Quinhentos afghulis estão em meu encalço, e se acharem que você lhes tirou esse prazer, irão esfolá-lo vivo. Seja como for, eu não tenho Divina. Ela está nas mãos dos quatro Profetas de Yimsha.

– Tarim! – murmurou de forma suave Kerim Shah, abalado de sua pose pela primeira vez. – Khemsa...

– Khemsa está morto – rosnou Conan. – Seus mestres o enviaram para o inferno em um terremoto. Agora saia do meu caminho. Ficaria feliz em matá-lo se tivesse tempo, mas estou a caminho de Yimsha.

– Irei com você – disse o turaniano com um jeito abrupto.

Conan gargalhou.

– Acha que eu confiaria em você, cão hirkaniano?

– Não peço isso – Kerim Shah devolveu. – Ambos queremos Divina. Você conhece meus motivos; o Rei Yezdigerd quer anexar o reino dela ao seu império, e ela própria em seu harém. E conheço você dos tempos em que era um comandante militar dos kozaks nas estepes; portanto, sei que sua ambição é a pilhagem indiscriminada. Você quer saquear Vendhya, e arrancar um resgate enorme por Yasmina. Bem, vamos nos permitir por enquanto unir forças, sem termos quaisquer ilusões um do outro, e tentar resgatar a Divina dos Profetas. Se formos bem-sucedidos e vivermos, podemos lutar para ver quem fica com ela.

Conan examinou de perto o outro por um momento, e então consentiu, soltando o braço do turaniano.

– De acordo. E quanto aos seus homens?

Kerim Sha virou-se para os silenciosos irakzai e, de pronto, falou:

– O chefe e eu iremos para Yimsha lutar contra os magos. Vocês irão conosco, ou ficarão aqui para ser massacrados pelos afghulis que seguem este homem?

Eles o encararam com olhos sinistros e fatalistas. Estavam condenados, e sabiam disso. Sabiam desde que as flechas cantantes da emboscada dos Dagozai os conduziram de volta da Passagem Shalizah. Os homens da baixa Zhaibar tinham muitas rixas de sangue com os moradores das colinas. Eles eram um bando muito pequeno para abrir caminho até as vilas na fronteira sem a liderança do astuto turaniano. Como já se consideravam mortos, responderam da forma que só um morto o faria:

– Iremos com vocês e morreremos em Yimsha.

– Então, em nome de Crom, vamos logo – grunhiu Conan, remexendo-se de impaciência ao olhar para os golfos azuis do crepúsculo que se aproximava. – Meus lobos estão horas atrás de mim, mas perdemos um tempo infernal.

Kerim Sha recuou seu cavalo entre o garanhão negro e o desfiladeiro, embainhou a espada e, com muita cautela, virou o animal. Logo o bando estava descendo a picada o mais rápido que ousava. Chegaram a um cume uma milha ao leste do ponto onde Khemsa tinha se interposto entre Conan e Divina. A vereda que travessavam era perigosa, até mesmo para montanheses. E, por este motivo, Conan a evitara naquele dia quando carregava Yasmina, embora Kerim Shah, na frente, a tivesse tomado, supondo que o cimério teria feito o mesmo. Até Conan suspirou de alívio quando os cavalos superaram a última beirada do abismo.

Eles se moviam como fantasmas passando por um reino encantado de sombras. O suave raspar de couro e o tilintar do aço marcavam a passagem deles, e mais uma vez os rochedos da montanha escura se tornaram nus e silenciosos sob a luz das estrelas.

8
Yasmina conhece o terror resoluto

YASMINA TEVE TEMPO PARA APENAS UM GRITO QUANDO SE VIU envolvida por aquele furacão vermelho e foi arrancada de seu protetor com uma força apavorante. Ela gritou uma vez, e não teve mais fôlego. Estava cega, surda, emudecida e desacordada pela terrível agitação de ar em torno de si. Existia uma consciência atordoante da altura vertiginosa e da velocidade paralisante, uma impressão confusa de sensações naturais enlouquecendo, e então tontura e esquecimento.

Um vestígio dessas sensações segurava-se a ela enquanto recuperava a consciência; Yasmina gritou e se agarrou loucamente, como se estivesse de cabeça para baixo naquele voo involuntário. Seus dedos tocaram um tecido macio e um senso revelador de estabilidade a impregnou. Ela reconheceu as cercanias.

Estava deitada em um estrado coberto com veludo negro, em uma grande sala escura cujas paredes tinham tapeçarias negras penduradas com dragões rastejantes reproduzidos com repelente realismo. Sombras flutuantes mal indicavam o teto, e trevas que se emprestavam à ilusão espreitavam nos cantos. Não parecia haver janelas ou portas nas paredes, a não ser que estivessem ocultas pelas tapeçarias escuras. De onde a fraca luz surgia, Yasmina não conseguia determinar. A grande sala era um reino de mistérios e sombras, e figuras furtivas, nas quais ela não poderia jurar ter observado movimento, ainda assim invadiam sua mente com terror turvo e sem forma.

Mas seu olhar se fixou em um objeto tangível. Sobre outro estrado menor de âmbar-negro, a alguns pés de distância, um homem sentado com as pernas cruzadas olhava contemplativo para ela. Seu longo manto negro de veludo, bordado com fios de ouro, caía folgado sobre si, mascarando seu vulto. As mãos estavam enfiadas nas mangas. Havia um capuz de veludo sobre a cabeça. O rosto era calmo, plácido, não era bonito, os olhos um pouco oblíquos e cintilantes. Ele não moveu um músculo enquanto se sentava ali de frente para ela, nem sua expressão mudou quando viu que ela estava consciente.

Yasmina sentiu o calafrio do medo como um filete de água gelada descendo por sua espinha. Ela ergueu o tronco sobre os cotovelos e olhou apreensiva para o estranho.

– Quem é você? – perguntou. Sua voz soou frágil e inadequada.

– Eu sou o Mestre de Yimsha – o tom era rico e ressonante, como os tons melodiosos do sino de um templo.

– Por que me trouxe aqui?

– Você não procurava por mim?

– Se você for um dos Profetas Negros, sim! – respondeu sem cautela, acreditando que ele poderia ler seus pensamentos de qualquer maneira.

Ele riu suavemente, e arrepios outra vez a assolaram.

– Você voltaria as crianças selvagens das colinas contra os Profetas de Yimsha! – ele sorriu. – Eu vi isso em sua mente, princesa. Sua fraca mente humana, cheia de sonhos bonitos de ódio e vingança.

– Vocês mataram meu irmão! – uma crescente maré de raiva estava combatendo seu medo; as mãos fecharam-se, o pequeno corpo rígido por inteiro. – Por que você o perseguiu? Ele nunca fez mal a vocês. Os sacerdotes dizem que os Profetas estão acima da intromissão em assuntos humanos. Por que destruíram o rei de Vendhya?

– Como um ser humano comum pode entender as motivações dos Profetas? – devolveu o Mestre com calma. – Meus acólitos no templo de Turam, que são os sacerdotes por trás dos de Tarim, me pediram que intercedesse em favor do Rei Yezdigerd. Por motivos próprios, consenti. Como posso explicar meus motivos místicos para um intelecto tão insignificante? Você não entenderia.

– Eu entendo isso: que meu irmão morreu! – lágrimas de dor e ódio sacudiam suas palavras. Ela ficou de joelhos e o encarou com olhos chamejantes, tão ameaçadora e perigosa naquele instante quanto uma pantera.

– Conforme queria Yezdigerd – concordou com tranquilidade o Mestre. – Por um tempo foi meu capricho cumprir suas ambições.

– Yezdigerd era seu vassalo? – Yasmina tentava manter o timbre de sua voz inalterado. Sentira o joelho pressionar algo duro e simétrico sob a capa de veludo. De maneira sutil, mudou de posição levando a mão para baixo da capa.

– O cão que lambe os restos de comida no quintal do templo é vassalo de deus? – devolveu o Mestre. Ele não parecia notar as ações que ela pretendia desenvolver. Oculto pelo veludo, seus dedos se fecharam no que ela sabia ser o cabo dourado de um punhal. A moça curvou a cabeça para esconder a luz de triunfo em seus olhos.

– Estou cansado de Yezdigerd – disse o Mestre. – Voltei-me para outros entretenimentos... Ah!

Com um grito feroz, Yasmina saltou como um gato selvagem, estocando mortalmente. Então, tropeçou e caiu no chão, onde se encolheu, olhando para cima, para o homem no estrado. Ele não se movera; seu sorriso críptico estava inalterado. Tremendo, ela ergueu a mão e o encarou com olhos dilatados. Não havia punhal em seus dedos, que agora seguravam um lótus dourado, com os botões amassados caindo do caule murcho. Yasmina o derrubou como se fosse uma víbora, e se afastou da proximidade do atormentador. Voltou para o estrado, porque ao menos este era mais digno para uma rainha do que rastejar no chão aos pés de um bruxo, e fitou-o com apreensão, esperando represálias.

Mas o Mestre não se moveu.

– Toda substância é a mesma para aquele que conhece os segredos do cosmo – ele disse de um modo soturno. – Para um adepto nada é imutável. Pela vontade, botões de aço florescem em jardins inomináveis, ou flores de espadas brilham ao luar.

– Você é um demônio – ela gaguejou.

– Não eu! – ele riu. – Nasci neste planeta há muito tempo. Outrora fui um homem comum, e também não perdi todos os atributos humanos nesses incontáveis anos de devoção. Um homem que mergulha nas artes negras é maior que um demônio. Minha origem é humana, mas governo demônios. Você viu os Senhores do Círculo Negro. Murcharia, iria murchar sua alma escutar de que reinado distante eu os reuni e de qual castigo os guardei com cristais enfeitiçados e serpentes douradas.

“Mas apenas eu posso governá-los. Meu tolo Khemsa pensou em tornar a si próprio grande... Pobre tolo, explodindo portas materiais e lançando a si e sua amante no ar de colina a colina! Contudo, se ele não tivesse sido destruído, seu poder poderia ter crescido ao ponto de rivalizar com o meu.”

Ele riu mais uma vez.

– E você, pobre coisinha tola! Planejando enviar um chefe montanhês peludo para assolar Yimsha! Foi uma brincadeira que eu mesmo poderia ter projetado, se tivesse me ocorrido, de fazer que você caísse nas mãos dele. E li em sua mente infantil uma intenção de seduzi-lo com suas artimanhas femininas para cumprir seu propósito a todo custo.

“Mas, apesar de toda sua estupidez, é uma bela mulher para se colocar os olhos. E meu desejo é mantê-la como minha escrava.”

A filha de milhares de orgulhosos imperadores arfou de vergonha e fúria ante aquela palavra.

– Você não ousaria!

Sua gargalhada zombeteira cortou-a como um chicote nos ombros nus.

– O rei não ousa pisotear um verme na estrada? Pequena tola, não percebe que seu orgulho real não é mais do que um bambu soprado pelo vento? Eu, que conheci os beijos das rainhas do inferno! Verá como lido com uma rebelde!

Intimidada e aterrorizada, a garota se encolheu sobre o estrado coberto de veludo. A luz ficou mais turva e fantasmagórica. As feições do Mestre foram encobertas pelas sombras. A voz dele assumira uma nova tonalidade de comando.

– Jamais me curvarei a você! – a voz dela tremia de medo, mas carregava uma pitada de resolução.

– Você o fará – ele respondeu com uma horrível convicção. – O medo e a dor irão ensiná-la. Irei flagelá-la com horror e agonia até sua última gota trêmula de resistência, até que você se torne cera derretida para ser moldada em minhas mãos de acordo com meus desejos. Conhecerá a disciplina como mulher mortal alguma jamais conheceu, até meu mais leve comando ser para você como a inalterável vontade dos deuses. E, primeiro, para apaziguar seu orgulho, você viajará para as eras perdidas e verá todas as formas que já foi. Aie, yil La khosa!

Àquelas palavras, a câmara sombria inchou diante do olhar assustado de Yasmina. As raízes de seus cabelos se eriçaram e a língua cravou no palato. Em algum lugar, um gongo soou uma nota profunda e agourenta. Os dragões das tapeçarias brilharam como fogo azul, e então desapareceram. O Mestre no estrado não era nada além de uma sombra amorfa. A luz turva cedeu lugar à densa escuridão, quase tangível, que pulsava com estranhas irradiações. Ela não conseguia mais vê-lo. Não conseguia ver coisa alguma. Tinha a estranha sensação de que as paredes e o teto haviam se afastado muito dela.

Então, em algum lugar nas trevas, surgiu um brilho, como um vaga-lume que, de maneira ritmada, esmaecia e vivificava. Ele cresceu para uma esfera dourada. E, à medida que se expandia, sua luz se tornava mais intensa, com um brilho branco. E explodiu de repente, cobrindo as trevas com faíscas brancas que não iluminavam as sombras. Mas, como uma impressão deixada na escuridão, uma fraca luminosidade persistia, e revelou um poço escuro e delgado surgindo no chão sombrio, que se espalhou diante dos olhos dilatados da garota, e tomou forma. Caules e folhas largas apareceram, e grandes botões venenosos se erguiam a sua volta enquanto ela se aninhava contra o veludo. Um perfume sutil cobria a atmosfera. Era a figura pavorosa do lótus negro que ela assistira crescer, tal qual ele nascia nas selvas assombradas de Khitai.

As folhas largas murmuravam com vida terrível. Os botões se curvaram sobre elas como coisas sencientes, assentindo como serpentes em hastes flexíveis. Gravados contra as trevas impenetráveis, eles se agigantaram sobre ela, enormes, negros, visíveis de alguma forma insana. Seu cérebro titubeou com o odor entorpecente, e ela pensou em rastejar para fora do estrado. Mas agarrou-se a ele quando este pareceu se lançar em uma inclinação impossível. A princesa gritou desesperada, segurando no veludo; no entanto, sentiu os dedos serem arrancados sem piedade.

A sensação era de que toda sanidade e estabilidade tivessem desaparecido. Ela era um átomo trêmulo de senciência conduzida por um vácuo negro e gelado por um vento trovejante que ameaçava extinguir seu brilho fraco como uma vela soprada por uma tempestade.

Então, veio um período de impulso e movimento cego, em que o átomo com o qual ela havia sido misturado fundiu-se com uma miríade de outros átomos de vida desovados no pântano fermentado da existência, moldados por forças formadoras, até que ela emergiu de novo à consciência individual, girando para baixo em uma infinita espiral de vidas.

Num misto de terror, Yasmina reviveu todas as suas existências anteriores, reconheceu e foi mais uma vez todos os corpos que carregaram seu ego ao longo das eras. Ela colocou os pés novamente sobre a longa estrada desgastada que se estendia atrás de si para o passado imemorial. Retornou para além dos mais obscuros alvoreceres do tempo, agachou-se tremendo em selvas primordiais, caçada por animais de rapina salivando. Vestida com peles, ela caminhava até a cintura afundada em campos de arroz, lutando pelos preciosos grãos contra aves aquáticas grasnando. Trabalhou com os bois para arrastar o pau pontiagudo por entre o solo teimoso, e se abaixou, sem limite algum, sobre os teares de cabanas de camponeses.

Viu cidades muradas queimarem, e fugiu aos gritos de matadores. Arrastou-se nua e sangrando por areias escaldantes, levada pelo estribo do escravagista, e conheceu o aperto de mãos quentes e ferozes em sua carne contorcida, a vergonha e agonia da luxúria brutal. Gritou ante a mordida do chicote e lamentou-se sobre a cremalheira. Louca de terror, lutou contra as mãos que forçavam, implacáveis, sua cabeça para baixo em um bloco sujo de sangue.

Conheceu as agonias do nascimento, e o amargor de um amor traído. Sofreu todos os infortúnios, erros e brutalidades que os homens infligiram às mulheres ao longo das eras; e manteve todo o rancor e malícia de mulher para mulher. E como o movimento de uma chibata ígnea, restava-lhe a consciência de que mantivera sua condição Divina. A moça foi todas as mulheres que já havia sido; contudo, em seu conhecimento, continuava sendo Yasmina. Essa conscientização não se perdeu nos espasmos da reencarnação. Ao mesmo tempo e de uma só vez, ela foi uma escrava nua rastejando-se sob um chicote, e a orgulhosa Divina de Vendhya. E sofreu não apenas como a garota escrava, mas também como Yasmina, cujo orgulho fazia do chicote uma marca escaldante.

Vida misturada a vida no caos voador, cada qual com sua carga de dor, vergonha e agonia, até ela escutar debilmente sua própria voz gritando de um jeito insuportável, como um grande grito de sofrimento ecoando por todas as eras.

Então, despertou no estrado coberto de veludo, na sala mística.

Sob uma luz cinzenta e fantasmagórica, mais uma vez vislumbrou o estrado e a figura tenebrosa que estava sentada sobre ele. O capuz da cabeça estava dobrado, os ombros um pouco esboçados contra a escuridão incerta. Ela não podia divisar detalhes com clareza, mas o capuz, onde a capa de veludo estava, provocou-lhe um mal-estar. Enquanto o observava, abateu-se sobre ela um medo inominável que a congelou por completo, um sentimento de que não era o Mestre que se sentava tão em silêncio naquela plataforma negra.

A figura moveu-se e se levantou, elevando-se sobre ela. Parou próximo e os longos braços com suas mangas negras curvaram acima dela. A princesa lutou contra eles com um pavor que arrancou sua voz, surpresa por sua dureza magra. O encapuzado se inclinou para baixo, na direção do rosto da moça que o evitava. E ela gritou, e gritou de novo, com medo e repugnância pungentes. Braços feitos de ossos agarravam seu corpo macio, e do capuz olhava para fora uma feição de morte e decadência, o aspecto como o de um pergaminho podre em um crânio em decomposição.

Ela gritou de novo, e mais uma vez, ao que aquelas mandíbulas sorridentes que mordiam o ar se inclinavam sobre seus lábios, e perdeu a consciência...

9

O castelo do mago

O SOL HAVIA SE LEVANTADO SOBRE OS PICOS HIMELIANOS. AO pé de uma longa colina, um grupo de cavaleiros parou e olhou para o alto. Bem acima deles, uma torre de pedra equilibrava-se na lateral da montanha. Além e acima dela brilhavam as paredes de um grande castelo, próximo à linha em que a neve começava a cobrir aquele pináculo de Yimsha. Havia um toque de irrealidade em toda aquela encosta purpúrea lançando-se até o fantástico castelo que, a distância, parecia de brinquedo, e acima do qual o cume branco sustentava o frio céu azul.

– Bem, vamos deixar os cavalos aqui – grunhiu Conan. – Aqueles picos traiçoeiros são mais seguros para um homem a pé. Além disso, eles não aguentam mais.

O bárbaro desceu do grande garanhão negro que estava com as pernas afastadas e a cabeça baixa. Eles tinham sido forçados durante toda a noite, roendo restos dos alforjes e parando apenas para dar aos cavalos o descanso de que precisavam.

– Aquela primeira torre é guardada pelos acólitos dos Profetas Negros – disse Conan. – Ou é o que dizem os homens, cães de guarda para seus mestres, feiticeiros menores. Eles não ficarão sentados chupando os dedos enquanto subimos essas encostas.

Kerim Shah olhou para a montanha e, depois, para o caminho por onde tinham vindo. Eles já estavam bem acima do lado de Yimsha, e uma vasta expansão de picos menores e rochedos se espalhava abaixo deles. E, óbvio, os afhgulis que perseguiam seu chefe, tinham perdido o rastro durante a noite.

– Vamos então – eles prenderam os cavalos cansados em um aglomerado de tamargueiras, e sem mais comentários começaram a subir a encosta. Não havia cobertura. Era uma inclinação nua, coberta de pedras, não grande o bastante para esconder um homem. Mas escondia algo mais.

O grupo não andara cinquenta passos ainda quando uma forma rosnando explodiu por detrás de uma rocha. Era um dos cachorros selvagens magros que infestava os vilarejos das colinas, e seus olhos brilharam vermelhos, as mandíbulas espumando. Conan estava na frente, porém, o animal não o atacou. Ele passou direto, e pulou sobre Kerim Shah. O turaniano se esquivou, e o enorme cachorro se arremessou contra o irakzai que estava logo atrás. O homem gritou e jogou o braço na frente, que foi dilacerado pelas presas da fera conforme o puxava para trás, e no instante seguinte meia dúzia de tulwars estava golpeando a besta. Contudo, até não estar literalmente desmembrada a horrível criatura cessou os esforços para agarrar e rasgar seus atacantes.

Kerim Sha passou uma atadura no braço talhado do guerreiro, olhou para ele com preocupação e depois deu as costas, sem dizer uma palavra. Reuniu-se com Conan, e continuaram a subir em silêncio.

Enfim, disse:

– Estranho encontrar um cão de aldeia neste lugar.

– Não há carne por aqui – resmungou Conan.

Ambos viraram a cabeça para olhar o guerreiro ferido fadigado, atrás deles, entre os companheiros. Suor escorria do seu rosto escuro e os lábios estavam apertados numa expressão de dor. Ambos olharam de novo para a torre de pedra acima de suas cabeças.

Um silêncio sonolento caía sobre as terras altas. A torre não mostrava sinais de vida, assim como a estranha estrutura piramidal além dela. Mas os homens subiam com a tensão de quem anda na beirada de uma cratera. Kerim Shah tinha apanhado seu poderoso arco turaniano, que matava a quinhentos passos, e os irakzai olharam para os próprios arcos mais leves e menos letais.

Não estavam ainda dentro do alcance de arcos quando uma coisa disparou pelos céus sem aviso. Passou tão próxima a Conan, que ele sentiu o vento de suas asas, mas foi um irakzai quem cambaleou e caiu, sangue escorrendo de sua jugular rasgada. Um falcão com asas como aço polido subiu para as alturas outra vez, o bico, tal qual uma cimitarra, sujo de sangue, para despencar dos céus quando a corda do arco de Kerim Shah vibrou. Ele caiu como um prumo, no entanto, nenhum homem viu onde tocou o solo.

Conan curvou-se sobre a vítima do ataque, mas o homem já estava morto. Ninguém falou. Era inútil comentar sobre o fato de que jamais antes se soubera de um falcão que arrebatasse um homem. Um ódio escarlate começou a rivalizar com a letargia fatalista nas almas selvagens dos irakzai. Dedos peludos colocaram flechas nos arcos, e os homens destilaram um olhar vingativo para a torre, cujo silêncio zombava deles.

Mas o ataque seguinte veio rápido. Todos o viram. Uma bola de fumaça branca, que tombou do cume da torre, veio à deriva, rolando colina abaixo na direção do grupo. Outras a seguiram. Elas pareciam inofensivas, meros globos lanosos de nuvens espumosas, porém, Conan se desviou para evitar contato com a primeira. Atrás dele, um dos irakzai se aproximou e enfiou a espada dentro da massa instável.

De imediato, uma aguda resposta sacudiu a montanha. Houve uma explosão de flamas cegantes, e então a bola havia desaparecido, e do descuidado guerreiro restava apenas um monte de ossos queimados e enegrecidos. A mão crispada ainda apertava o cabo de marfim da arma, mas a lâmina desaparecera, derretida e destruída pelo calor avassalador. Ainda assim, homens que estavam em pé quase ao alcance da vítima nada sofreram, exceto pelo atordoamento e a semicegueira pela chama repentina.

– O aço faz a coisa explodir – gritou Conan. – Cuidado... Lá vem mais!

A encosta acima deles estava quase coberta pelas esferas ondeantes. Kerim Shah curvou seu arco e enviou uma seta para dentro de uma massa, que, tocada pela flecha, explodiu como bolhas jorrando em flamas. Os homens seguiram seu exemplo, e nos minutos seguintes foi como se uma tempestade de raios assolasse o topo da montanha, com setas acertando e explodindo em chuveiros de fogo. Quando a tempestade cessou, as flechas dos arqueiros estavam reduzidas a algumas poucas.

Seguiram em frente soturnamente, sobre solo carbonizado e enegrecido, onde as rochas tinham sido transformadas em lavas pelas explosões das diabólicas bombas.

Agora, estavam quase dentro do alcance do voo de flechas da torre silenciosa, e espalharam sua linha, nervos tensos, prontos para qualquer horror que pudesse cair sobre eles.

Na torre apareceu uma única figura, levantando uma trompa de bronze de dez pés. Seu toque estridente soou por todos os rochedos ecoantes, como o retumbar das trombetas no Dia do Julgamento Final, e começou a ser respondido de maneira aterradora. O chão tremeu sob os pés dos invasores, e estrondos e tremores brotaram das profundezas subterrâneas.

Os irakzai gritaram, cambaleando como bêbados no rochedo que se partia, e Conan, com os olhos reluzindo, investiu sem prudência para o alto do declive, com a faca em punho, direto para a porta que aparecia na parede da torre. Acima dele, a grande trompa rugia e berrava numa brutal zombaria. O som cessou de repente, e um grito alto e agudo o substituiu. A figura de manto verde na torre parou, agarrando o cabo da longa flecha que estremecia em seu peito, e então despencou por sobre o parapeito. A enorme trompa caiu sobre a ameia e ficou fragilmente pendurada, e outra figura vestindo mantos correu para agarrá-la, gritando de horror. O arco do turaniano vibrou de novo e, mais uma vez, foi respondido com um uivo de morte. O segundo discípulo, ao cair, acertou a trompa com o cotovelo e a derrubou ruidosamente pelo parapeito para se despedaçar nas rochas abaixo.

Conan cobriu a distância com tamanha velocidade que, antes de os ecos barulhentos do discípulo caído sumirem ao longe, ele já estava golpeando a porta. Avisado por seu instinto primitivo, recuou rápido no instante em que um jorro de chumbo derretido foi lançado do topo. Mas, em seguida, ele continuou a atacar as vigas com fúria redobrada. Estava galvanizado com o fato de seus inimigos terem recorrido a armas terrenas. A feitiçaria dos acólitos era limitada. Seus recursos necromânticos poderiam muito bem estar exauridos.

Kerim Shah corria colina acima, seus homens atrás de si dispersando-se cada vez mais. Conforme corriam, separavam-se, suas flechas lascando as paredes ou passando por cima do parapeito.

O pesado portal de teca cedeu diante do assalto do cimério, e ele espiou lá dentro com cautela, pronto para qualquer coisa. Olhava para uma câmara circular com uma escada que levava para o alto. No lado oposto, uma porta entreaberta revelava o lado de fora da montanha e as costas de meia dúzia de figuras vestindo mantos verdes em plena retirada.

Conan gritou, deu um passo para dentro da torre, e então sua precaução natural o fez voltar atrás, no momento em que um grande bloco de pedra caía, despedaçando-se no chão no local onde seu pé estava um instante atrás. Gritando para seus seguidores, ele correu ao redor da torre.

Os acólitos tinham evacuado sua primeira linha de defesa. Conforme rodeava a construção, Conan viu os mantos verdes piscando ao longo da montanha. Ele iniciou a perseguição, pulsando em renovada sede de sangue, e atrás dele Kerim Shah e os irakzai subiam rápido, os últimos uivando como lobos diante da fuga de seus inimigos, seu fatalismo submergido por um triunfo temporário.

A torre ficava na beirada mais baixa de um estreito platô cuja inclinação para o alto-mar era perceptível. Algumas centenas de jardas acima, este platô terminava abrupto em um abismo que não podia ser visto do pé da montanha. Os acólitos, aparentemente, saltaram para dentro dele sem diminuir a velocidade. Os perseguidores viram os mantos verdes flutuarem e desaparecer pela beirada.

Alguns momentos depois, eles próprios estavam à beira do poderoso fosso que os separava do castelo dos Profetas Negros. Era uma ravina de paredes lisas que se estendia em ambas as direções até onde conseguiam enxergar, parecendo circundar a montanha, em torno de quatrocentas jardas de comprimento e quinhentos pés de profundidade. E lá dentro, de orla a orla, uma estranha névoa translúcida brilhava e reluzia.

Conan, olhando para baixo, grunhiu. Lá no fundo, movendo-se pelo chão reluzente que brilhava como prata polida, ele viu as formas dos discípulos vestidos com os mantos verdes. Seus contornos eram vagos e indistintos, como figuras vistas através da água. Caminhavam em fila única, indo em direção à parede oposta.

Kerim Shah apanhou uma flecha e a enviou para baixo cantando. Mas, quando ela tocou a névoa que preenchia o abismo, pareceu perder *momentum* e direção, desviando-se amplamente do curso.

– Se eles desceram, nós também podemos! – disse Conan, enquanto Kerim Shah observava estupefato sua flecha. – Este foi o ponto em que os vi pela última vez...

Olhando com discrição para baixo, ele viu algo brilhando como um filamento dourado que seguia até o chão do cânion. Os acólitos pareciam ter seguido por aquele fio e, de repente, lembrou-se das palavras crípticas de Khemsa:

– Siga o veio de ouro!

Na beirada, sob sua própria mão, quando ele se agachou, encontrou um fino veio dourado brilhante correndo de um afloramento de minério na beirada e para baixo, sobre o chão prateado. E encontrou algo mais, que antes lhe estava invisível por causa da refração peculiar da luz. O veio dourado seguia uma rampa estreita que se inclinava para baixo na ravina, coberta de nichos para as mãos e os pés segurarem.

– Foi aqui onde eles desceram – e apontou para Kerim Shah. – Eles não são adeptos para conseguir flutuar pelo ar! Vamos segui-los...

Foi no instante em que o homem, mordido pelo cachorro louco, soltou um gritou horrendo pulou sobre Kerim Shah, espumando e arreganhando os dentes. O turaniano, com pés velozes como os de um gato, saltou para o lado e o homem enlouquecido caiu de cabeça no abismo. Os outros correram para a beirada e olharam com temor. O maníaco não caiu como um prumo, flutuou bem devagar para baixo através da névoa rosada, como um homem afundando em águas profundas. Seus membros se moviam como se tentassem nadar, e seus traços estavam roxos e convulsionados muito além das contorções de sua loucura. Afinal, ao chegar ao chão, seu corpo se acomodou e permaneceu estático.

– Há morte neste abismo – murmurou Kerim Shah, afastando-se da névoa rosada que tremulava quase aos seus pés. – E agora, Conan?

– Em frente! – respondeu o cimério de modo sombrio. – Aqueles acólitos eram humanos; se a névoa não os matou, também não me matará.

Ele puxou o cinto e suas mãos tocaram o cinturão que Khemsa lhe havia dado, fez uma careta e sorriu com frieza. Esquecera-se dele; ainda assim, três vezes a morte passara reto por ele para atacar outra vítima.

Os acólitos tinham chegado à parede oposta e moviam-se para cima como grandes moscas varejeiras. Inclinando-se sobre a rampa, Conan começou a descer com cautela. A névoa rosada circundou seus tornozelos, ascendendo à medida que descia. Atingiu coxas, cintura, axilas. Era como uma densa neblina em uma noite úmida. Quando já rodeava seu queixo, Conan hesitou, e desceu de uma vez. De imediato sua respiração cessou. Todo o ar lhe foi tirado e ele sentiu as costelas se cravarem em seus pulmões. Com um esforço frenético, o bárbaro ergueu-se, lutando pela vida. Sua cabeça levantou-se acima da superfície, e ele bebeu o ar em grandes goles.

Kerim Shah se inclinou em sua direção e lhe falou, mas Conan nem escutou nem prestou atenção. Teimoso, com a cabeça fixa naquilo que Khemsa lhe havia dito, o cimério procurou pelo veio de ouro, e percebeu que se movera para fora dele durante a descida. Havia diversas séries de apoios para as mãos espalhados pela rampa. Colocando-se diretamente sobre o filete, começou a descer mais uma vez. A bruma rosa ergueu-se sobre ele, engolfando-o. Agora sua cabeça estava submersa, mas ele ainda respirava ar puro. Acima, viu os companheiros encarando-o, com as feições borradas pelo nevoeiro que tremulava acima de sua cabeça. Conan fez um gesto para que o seguissem, e desceu rápido, sem esperar para ver se obedeciam ou não.

Kerim Shah embainhou sua espada sem comentário e seguiu, e os irakzai, com mais medo de ser deixados sozinhos do que dos terrores que poderiam espreitar abaixo, foram na sequência. Cada homem se agarrou ao filão dourado, como viram o cimério fazer.

Descendo a rampa inclinada, eles foram para o chão da ravina e se moveram pelo nível reluzente, seguindo o veio de ouro como se caminhassem sobre uma corda. Sentiam-se passando por um túnel invisível pelo qual o ar circulava livre. Percebiam a morte pressionando-os acima e de ambos os lados, mas ela não os tocava.

O veio subiu por uma rampa similar na parede oposta por onde os acólitos tinham desaparecido, e por ela seguiram com os nervos à flor da pele, sem saber o que poderia estar esperando por eles nas saliências de pedra que eram como presas na boca do precipício.

Eram os acólitos vestidos de verde que os esperavam no cume, com facas nas mãos. Talvez tivessem atingido os limites até onde podiam se retirar. Talvez o cinturão stygio na cintura de Conan pudesse dizer por que seus feitiços necromânticos se provaram tão fracos e tão logo dissipados. Talvez fosse o conhecimento da morte decretado pelo fracasso que os enviou saltitando por sobre as rochas, olhos brilhando e facas reluzindo, recorrendo, em seu desespero às armas materiais.

Lá, entre as presas rochosas nos lábios do precipício, não era uma guerra de feitiçaria. Era um turbilhão de lâminas, onde aço de verdade mordeu e sangue de verdade jorrou, onde braços musculosos aplicaram golpes diretos que rasgaram a carne trêmula, e homens caíram para ser pisoteados por pés à medida que a batalha prosseguia por cima deles.

Um dos irakzai sangrou até a morte entre as rochas, mas os acólitos foram abatidos, lacerados e cortados ou arremessados por sobre a borda para flutuar bem devagar até o chão de prata que brilhava lá embaixo.

Então, os conquistadores limparam o sangue e o suor de suas vistas e se entreolharam. Conan e Kerim Shah ainda estavam de pé, assim como quatro irakzais.

Ficaram entre os dentes rochosos que cerravam a borda do precipício, e daquele ponto um caminho cortava a suave colina até uma larga escadaria, constituída de meia dúzia de degraus, uma centena de metros de diâmetro, talhados em uma substância verde parecida com jade. Conduziam a uma ampla arena, ou galeria sem teto, feita da mesma pedra polida, e acima dela erguia-se, um andar após o outro, o castelo dos Profetas Negros. Ele parecia ter sido esculpido na pedra lisa da montanha. A arquitetura era impecável, mas sem adornos. As diversas janelas estavam barricadas e mascaradas com cortinas do lado de dentro. Não havia sinal de vida, amigável ou hostil.

Eles subiram em silêncio pelo caminho, ressabiados como homens trilhando o covil de uma serpente. Os irakzais estavam mudos, homens trilhando para sua destruição. Até mesmo Kerim Shah estava silencioso. Apenas Conan parecia não perceber o monstruoso desarranjo e o desenraizar dos pensamentos e ações que o grupo tinha do que aquela invasão constituía, uma violação sem precedentes da tradição. Ele não era do oriente, vinha de uma raça que lutava contra demônios e magos tão pronta e factualmente quanto enfrentavam inimigos humanos.

Ele parou no topo das escadarias reluzentes, transversalmente à ampla galeria verde e direto na direção da grande porta de teca dourada que dava para ela. Lançou um único olhar para o alto nas camadas mais altas da estrutura piramidal acima dele. Estendeu a mão para o grande dente de bronze que estava pendurado como uma alça da porta e parou, abrindo um sorriso duro. A alça era feita na forma de uma serpente, cabeça erguida em um pescoço arqueado; e Conan suspeitava que aquele metal ganharia vida sob seu toque.

Ele a arrancou da porta com um golpe, e o tilintar do bronze no chão vítreo não diminuiu sua cautela. Conan virou-a para o lado com a ponta da faca e de novo voltou-se para a porta. Silêncio absoluto reinava nas torres. Bem abaixo deles, as encostas da montanha desapareciam em uma névoa púrpura ao longe. O sol brilhava nos picos cobertos de neve de ambos os lados. No alto, um abutre planava como um ponto negro no céu azul. Não fosse por ele, os homens diante da porta dourada seriam a única evidência de vida, pequenas figuras em uma galeria verde de jade localizada nas alturas desconcertantes, com a fantástica pilha de pedras edificando-se acima.

Um vento cortante das neves os golpeou, chicoteando seus farrapos. A longa faca de Conan estilhaçando os painéis de teca levantava ecos alarmantes. Várias vezes ele golpeou, cortando madeira polida e placas de ferro da mesma forma. Pelas ruínas quebradas, olhou para o interior, alerta e desconfiado como um lobo. Viu uma câmara ampla, paredes de pedra polida sem tapeçarias, o chão de mosaicos sem carpetes. Bancos quadrados de ébano e plataformas de pedra eram as únicas mobílias. A sala estava vazia de vida humana. Outra porta aparecia na parede oposta.

– Deixe um homem de guarda do lado de fora – disse Conan. – Eu vou entrar.

Kerim Shah designou um guerreiro para a tarefa, e o homem retornou para o meio da galeria, com o arco nas mãos. Conan adentrou o castelo, seguido pelo turaniano e os três irakzais remanescentes. O que ficou lá fora cuspiu, queixou-se por trás de sua barba e parou de repente quando uma gargalhada grave e zombeteira chegou aos seus ouvidos.

Ele ergueu a cabeça e viu, no andar acima de onde estava, uma figura alta vestindo um manto negro, de cabeça nua, assentindo levemente conforme olhava para baixo. Toda sua atitude sugeria zombaria e malignidade. Rápido como um raio, o irakzai curvou o arco e disparou, e a flecha viajou reta para o alto para acertar em cheio no peito da figura vestida de negro. O sorriso de escárnio não se alterou. O Profeta arrancou o míssil e o atirou de volta no arqueiro, não como uma arma é disparada, mas com um gesto desdenhoso. O instinto do irakzai o fez bloqueá-lo levantando o braço. Seus dedos se fecharam na seta giratória.

Então, ele gritou. Em suas mãos, a madeira da flecha se contorceu de repente. Seu contorno rígido tornou-se maleável, derretendo-se em suas mãos. Ele tentou jogá-la, mas já era tarde demais. Segurava uma serpente na mão nua, e ela já tinha se enrolado em seu punho e a cabeça horrível em forma de cunha ferroou seu braço musculoso. O irakzai berrou outra vez, e seus olhos tornaram-se distendidos, as feições roxas. Caiu de joelhos, tremendo em uma terrível convulsão, e em seguida ficou inerte.

Os homens lá dentro voltaram ao seu primeiro grito. Conan correu apressado até a porta e parou, perplexo. Para os homens atrás parecia que ele se chocara contra o ar vazio. Mas, embora não pudesse ver coisa alguma, havia uma superfície dura e lisa sob suas mãos, e ele sabia que uma folha de cristal descera na entrada da porta. Através dela, viu o irakzai deitado e imóvel na galeria vítrea, e uma flecha comum enfiada em seu braço.

Conan ergueu a faca e golpeou, e os que observavam ficaram pasmos ao ver seu golpe ser impedido aparentemente no meio do ar, com o barulho alto que o aço faz quando encontra uma substância dura. Ele não desperdiçou mais esforços. Sabia que nem mesmo a legendária tulwar de Amir Khurum poderia destruir aquela couraça invisível.

Em poucas palavras explicou o assunto para Kerim Shah, e o turaniano ergueu os ombros:

– Bem, se nossa saída está barrada, teremos de encontrar outra. Enquanto isso, nosso caminho é seguir em frente, não?

Com um grunhido, o cimério se virou e cruzou a câmara até a porta oposta, com um sentimento de estar pisando na soleira da destruição. Quando ergueu a faca para destroçar a porta, ela se abriu sem fazer barulho algum, como se tivesse vontade própria. Ele entrou em um grande salão flanqueado com altas colunas de vidro. A cem passos da porta se iniciavam os largos degraus verdes de jade de uma escadaria afunilada em direção ao topo como a lateral de uma pirâmide. O que havia além da escada, ele não podia dizer. Mas entre ele e os degraus cintilantes havia um curioso altar de jade negro. Quatro grandes serpentes douradas enrolavam os rabos em torno do altar e erigiam a cabeça no ar, olhando para os quatro cantos da bússola como os guardiões encantados de um tesouro místico. No altar, entre os pescoços arqueados, apenas um globo de cristal preenchido com uma substância que parecia uma fumaça nebulosa, na qual flutuavam quatro romãs douradas.

A visão atiçou um turvo reconhecimento em sua mente. Então, Conan não deu mais atenção ao altar, pois nos degraus mais baixos da escadaria estavam quatro figuras vestidas com mantos negros. Ele não as vira chegar. Elas simplesmente estavam ali, as cabeças de abutre assentindo em uníssono, pés e mãos escondidos pelas vestes largas.

Um deles ergueu o braço, e a manga caiu revelando sua mão. E não era de forma alguma uma mão. Conan foi detido no meio do ataque, compelido contra sua vontade. Ele agora encontrava uma força que diferia muito pouco da hipnose de Khemsa, e não conseguia avançar, apesar de se sentir capaz de retroceder caso desejasse. Seus companheiros haviam sido parados da mesma forma, e pareciam até mais indefesos do que ele, incapazes de se mover em qualquer direção.

O Profeta, com o braço erguido, fez um gesto para um dos irakzai e o homem foi em sua direção como se estivesse em transe, com os olhos fixos encarando-o, lâmina pendurada em dedos frouxos. Conforme ele passou por Conan, o cimério jogou um braço sobre seu peito para detê-lo. Conan era tão mais forte que o irakzai que, em circunstâncias normais, poderia ter quebrado a espinha entre suas mãos. Mas, agora, o braço musculoso foi empurrado para o lado como uma vareta, e o guerreiro moveu-se rumo à escadaria, pisando trôpego e de forma mecânica. Ele chegou aos degraus e, rígido, ajoelhou-se, oferecendo sua lâmina e inclinando a cabeça. O Profeta tomou a espada, que reluziu ao ser movida para cima e para baixo. A cabeça do irakzai tombou de seus ombros e fez um baque pesado no chão. Um arco de sangue espirrou das artérias decepadas e o corpo despencou, caindo com os braços abertos.

De novo uma mão malformada ergueu-se e chamou outro irakzai, que cambaleou rigidamente para seu destino. O horrífico drama foi reencenado, e outra forma sem cabeça jazia ao lado da primeira.

Quando o terceiro montanhês passou por Conan rumo à morte, o cimério, com as veias inchadas nas têmporas por causa dos esforços para quebrar a barreira invisível que o continha, de repente teve ciência de forças aliadas, não vistas, mas que o despertavam para a vida dentro de si. Essa percepção veio sem aviso, porém, tão poderosa, que ele não pôde duvidar de seu instinto. Sem tomar consciência, sua mão esquerda deslizou sob o cinto Bakhariot e fechou-se no cinturão stygio. E no instante em que o agarrou, sentiu uma nova força inundar seus membros dopados; a vontade de viver era um fogo quente e branco, igualado pela intensidade de seu ódio ardente.

O terceiro irakzai era um cadáver decapitado, e o dedo hediondo estava mais uma vez erguendo-se quando Conan sentiu o rompimento da barreira invisível. Um grito feroz e involuntário explodiu de seus lábios quando ele saltou numa súbita hecatombe reprimida de ferocidade. Sua mão esquerda agarrou o cinturão do feiticeiro como um homem afogando-se agarra uma tora flutuante, e a longa faca era uma luz resplandecente na direita. Os homens nos degraus não se moveram. Assistiram calma e cinicamente; e, se ficaram surpresos, não demonstraram.

Conan não se permitiu pensar nas suas chances quando eles entrassem na linha do alcance de sua faca. O sangue fervia nas veias, uma névoa carmesim nadava diante dos seus olhos. O bárbaro estava incendiado com a urgência de matar, enfiar a faca bem fundo na carne e nos ossos, e girar a lâmina em sangue e entranhas.

Outras doze passadas o levariam até os degraus onde estavam os demônios zombeteiros. Conan puxou fôlego fundo, a fúria avermelhando à medida que o ataque se aproximava do momento. Ele estava passando pelo altar com suas serpentes douradas quando um clarão disparado contra sua mente de novo, tão vívido como se estivesse sendo falado em seu ouvido externo, trouxe as palavras de Khemsa: "Quebre o globo de cristal".

Sua reação foi quase isenta de volição. A execução seguiu o impulso de modo tão espontâneo, que o maior feiticeiro daquela era não teria tido tempo de ler sua mente e evitar a ação. Virando como um felino em seu ataque frontal, o bárbaro levou a faca acertando direto sobre o cristal. No mesmo instante, o ar vibrou com um estrondo de terror, e se vinha das escadas, do altar, ou do próprio cristal, ele não poderia dizer. Sibilos encheram seus ouvidos quando as serpentes douradas, de repente vibrantes com vida hedionda, contorceram-se e o atacaram. Mas Conan estava incendiado com a velocidade de um tigre enlouquecido. Um turbilhão de aço cortou através dos troncos horríveis que acenavam em sua direção, e ele acertou a esfera de cristal de novo, e de novo. E o globo explodiu com um barulho igual ao de um trovão, chovendo cacos de fogo no mármore preto, e as romãs douradas, como que libertas de seu cativeiro, dispararam para o alto em direção ao teto e desapareceram.

Uma gritaria louca, bestial, medonha, ecoava por todo o grande salão. Nos degraus, quatro figuras de vestes negras se retorciam em convulsões, e espuma escorria de suas bocas lívidas. Então, com um frenesi crescente de ululação inumana, eles se enrijeceram e ficaram imóveis, e Conan soube que estavam mortos. Ele olhou para o altar e para os cacos de cristal. Quatro serpentes indefesas ainda se enrolavam nele, mas nenhuma vida alienígena animava agora o metal reluzente.

Kerim Sha estava se levantando devagar sobre os joelhos, como se tivesse sido arrasado por alguma força invisível. Ele balançou a cabeça para limpar o zunido nos ouvidos.

– Você ouviu o estrondo quando golpeou? Foi como se mil painéis de cristal tivessem sido despedaçados por todo o castelo quando o globo explodiu. A alma dos magos estavam aprisionadas nessa bola de cristal! Ah!

Conan virou-se quando Kerim Shah sacou a espada e a apontou.

Havia outra figura parada na cabeça da escadaria. Seu manto também era preto, mas de um veludo ricamente bordado, e trazia um capuz de veludo na cabeça. Tinha o rosto calmo, e não era feio.

– Quem diabos é você? – inquiriu Conan, encarando-o com a faca nas mãos.

– Sou o Mestre de Yimsha! – aquela voz era como o badalar do sino de um templo, mas uma nota de júbilo cruel corria por ela.

– Onde está Yasmina? – perguntou Kerim Shah.

O Mestre riu dele.

– O que você tem com isso, homem morto? Esqueceu-se tão rápido de minha força, outrora emprestada para você, que vem armado contra mim, pobre tolo? Acho que tomarei seu coração, Kerim Shah!

Ele abriu a mão como se fosse receber algo, e o turaniano soltou um grito agudo como um homem em agonia mortal. Titubeou e, então, com um triturar de ossos, um despedaçar de carne e músculos e um estalido de elos da malha, seu peito explodiu de dentro para fora em um chuveiro de sangue, e da pavorosa abertura algo vermelho e gotejante foi atirado no ar direto para a mão aberta do Mestre, tal qual uma farpa de aço é puxada para um ímã. O turaniano despencou no chão e permaneceu imóvel, e o Mestre riu, e jogou o objeto aos pés de Conan, um coração humano ainda pulsando.

Com um rugido e uma blasfêmia, Conan correu para a escadaria. Do cinturão de Khemsa ele sentia força, e um ódio imortal corria nele para combater a terrível emanação de poder, que o encontrou nos degraus. O ar se encheu com uma neblina brilhante de aço, que ele atravessou como se fosse um nadador, com a cabeça abaixada, braço esquerdo curvado sobre a face, faca apertada na mão direita. Seus olhos meio cegos, olhando sobre a curva do cotovelo, divisaram a forma odiosa do Profeta diante e acima dele, os contornos ondeando como um reflexo ondula em águas turbulentas.

Ele foi torturado e dilacerado por forças além de sua compreensão, mas sentia um poder condutor fora e além de si erguendo-o de maneira inexorável e adiante, apesar da força do mago e de sua própria agonia.

Agora chegava à cabeça da escadaria, o rosto do Mestre flutuava na névoa de aço diante dele, e um estranho medo sombreava aqueles olhos inescrutáveis. Conan caminhou pela névoa com dificuldade, e sua faca saltou para cima como uma coisa viva. A ponta afiada rasgou o manto do Mestre, que recuou com um grito grave. Então, diante dos olhos de Conan, o feiticeiro desapareceu. Simplesmente desapareceu, como uma bolha que estoura, e algo longo e ondulante surgiu seguindo para as escadas menores que levavam para a esquerda ou a direita a partir do chão.

Conan foi atrás dela, subindo pela escada da esquerda, incerto sobre o que tinha visto passar por aqueles degraus, mas num humor furioso que afogou a náusea e o horror que suspiravam no fundo de sua consciência.

Ele mergulhou em um corredor amplo à sua frente, cujo chão sem carpetes e paredes sem tapeçarias eram de jade polido, e algo longo e rápido moveu-se no fim do corredor, e passou por uma passagem fechada por uma cortina. De dentro da câmara veio um grito de terror absoluto. O som emprestou asas aos pés de Conan, e ele atravessou as cortinas e adentrou de peito aberto a câmara.

Uma cena assustadora encontrou seu olhar. Yasmina encurralada na extremidade oposta de um estrado coberto de veludo, gritando de repugnância e terror, um braço erguido como que para repelir o ataque, enquanto diante dela oscilava a cabeça horrível de uma serpente gigantesca, o pescoço lustroso arqueando das espirais escuras e brilhantes. Com um grito surdo, Conan atirou sua faca.

No mesmo instante, o monstro virou-se e estava sobre ele como uma rajada de vento sobre a grama alta. A longa faca cravou-se em seu pescoço, a ponta e um palmo de lâmina aparecendo de um lado, e o cabo e um palmo de aço do outro; porém, aquilo só pareceu enlouquecer o réptil gigante. A enorme cabeça levantou-se acima do homem que a encarava e, então, deu o bote para baixo, as mandíbulas escancaradas gotejando veneno. Mas Conan tinha retirado um punhal do cinturão e estocou de baixo para cima no instante em que a cabeça mergulhava. A ponta atravessou a mandíbula inferior e transfixou a superior, fixando-as juntas. Em seguida, o grande tronco se enlaçou no cimério quando a cobra, incapaz de usar suas presas, empregou a forma de ataque que lhe restara.

O braço esquerdo de Conan foi envolvido pelo abraço esmagador, mas o direito estava livre. Firmando os pés para permanecer ereto, ele esticou a mão, agarrou o cabo da longa faca cravada no pescoço da serpente, e a arrancou em uma chuva de sangue. Como se percebesse seu propósito com mais do que inteligência bestial, a serpente se contorceu e apertou, buscando envolver com suas curvas o braço direito. Porém, com a velocidade da luz, a longa faca subiu e desceu, cortando até a metade do gigantesco tronco do réptil.

Antes que pudesse golpear outra vez, as grandes voltas enroladas o soltaram e o monstro se arrastou pelo chão, com sangue escorrendo de suas terríveis feridas. Conan foi até ele, com a faca erguida, mas seu golpe fatal cortou o ar vazio ao que a serpente escapou para longe e enfiou a brusca cabeça contra uma tela com painéis de madeira de sândalo. Um deles cedeu e o longo barril ensanguentado chicoteou por ele e desapareceu.

Conan atacou a tela instantaneamente. Alguns golpes a despedaçaram, e ele se viu de frente para uma alcova mal iluminada. Nenhuma forma horrível se enrolava ali; havia sangue no chão de mármore, e uma trilha levava a uma sinistra porta arqueada. Os rastros eram dos pés descalços de um homem...

– Conan! – ele olhou de volta para a câmara bem a tempo de segurar a Divina de Vendhya em seus braços quando ela cruzou a sala correndo e se jogou sobre ele, agarrando-o pelo pescoço com um abraço frenético, meio histérico, de terror, gratidão e alívio.

O sangue selvagem do bárbaro tinha sido levado ao extremo por tudo o que passara. Ele a agarrou num abraço que a teria ofendido em outros tempos e apertou os lábios contra os dela. Ela não resistiu; a Divina estava afogada na mulher elemental, fechou os olhos e se embebedou nos beijos ardentes, ferozes e sem lei com todo o abandono da sede da paixão. Yasmina estava ofegante com sua violência quando ele parou para tomar fôlego, e olhou para ela deitada, mole, em seus braços poderosos.

– Sabia que você viria por mim – ela murmurou. – Você não me deixaria neste covil de demônios.

Às palavras dela, um reconhecimento de onde estavam chegou a ele de repente. Conan ergueu a cabeça e ficou ouvindo por um momento. O silêncio reinava em todo o castelo de Yimsha, mas era impregnado de ameaça. Perigo se arrastava em cada canto, espreitava invisível de cada cercania.

– É melhor irmos enquanto podemos – ele resmungou. – Aqueles cortes são o suficiente para matar qualquer homem comum ou besta... Mas um mago tem doze vidas. Mate uma, e ele foge como uma cobra aleijada para sugar veneno fresco de alguma outra fonte de feitiçaria.

Ele apanhou a garota e, carregando-a em seus braços como uma criança, passou pelo corredor brilhante de jade e escadas abaixo, nervos totalmente alertas para qualquer som ou sinal.

– Eu encontrei o Mestre – ela sussurrou, aninhando-se a ele e estremecendo. – Ele lançou seus feitiços sobre mim para quebrar minha vontade. A coisa mais horrível foi um cadáver putrefato que me agarrou em seus braços... Eu desmaiei e fiquei como morta. Não sei por quanto tempo. Logo depois que recobrei a consciência escutei sons de luta abaixo, e gritos, e então aquela cobra veio deslizando por entre as cortinas... Ah! – Yasmina estremeceu ante a memória daquele horror. – Eu sabia de alguma forma que não era uma ilusão, mas uma serpente verdadeira que queria minha vida.

– Pelo menos não era uma sombra – respondeu Conan, sério. – Ele sabia que tinha sido vencido, e optou por matá-la em vez de deixar que fosse resgatada.

– O que quer dizer com ele? – ela perguntou irrequieta, e então se encolheu contra seu corpo, gritando e esquecendo a pergunta. Tinha visto os cadáveres no pé das escadas. Aqueles dos Profetas não eram agradáveis de ser vistos; retorcidos como estavam, suas mãos e pés jaziam expostos à vista, e Yasmina ficou lívida com a visão, e escondeu o rosto no ombro poderoso de Conan.

10
Yasmina e Conan

CONAN PASSOU APRESSADO PELO SALÃO, ATRAVESSOU A CÂMARA exterior e se aproximou da porta que conduzia à galeria. Viu o chão salpicado com pequenos cacos brilhantes. A folha de cristal que havia recoberto a porta de entrada tinha sido estilhaçada, e ele se lembrou do estrondo que acompanhara o globo de cristal ao ser despedaçado. Conan acreditava que cada pedaço de cristal no castelo se quebrara naquele instante, e algum instinto débil ou memória de erudição esotérica sugeria vagamente a verdade por trás da conexão monstruosa entre os Senhores do Círculo Negro e as romãs douradas. Sentiu calafrios no pescoço, e decidiu, rápido, parar de pensar no assunto.

Deu um grande suspiro de alívio ao pisar sobre a grande galeria de jade verde. Ainda era preciso cruzar a garganta, mas ao menos ele podia ver os picos brancos brilhando sob o sol, e as longas encostas se esvaindo na distante névoa azulada.

O irakzai jazia onde tinha caído, uma mancha feia na lisura vítrea. Conforme Conan seguia pelo sinuoso caminho, ficou surpreso ao notar a posição do sol. Ele ainda não passara seu zênite; contudo, parecia-lhe que horas tinham transcorrido desde que entrara no castelo dos Profetas Negros.

Sentiu uma urgência para se apressar, não um mero pânico cego, mas um instinto de perigo crescendo atrás de si. Nada disse a Yasmina, e ela parecia contente em aconchegar a cabeça contra seu peito taurino e encontrar segurança no aperto de seus braços de ferro. Ele parou um instante na beira do abismo, olhando carrancudo para baixo. A neblina que dançava na garganta não era mais rosada e brilhante, mas fumacenta, turva e fantasmagórica, como o fluxo de vida que brilha debilmente em um homem ferido. Veio-lhe, vagamente, o pensamento de que os feitiços dos magos estavam mais ligados aos seus entes pessoais do que às ações de um homem comum.

Porém, lá embaixo, o chão brilhava como prata embaçada, e o filão dourado ainda reluzia. Conan jogou Yasmina sobre o ombro, onde ela permaneceu dócil, e começou a descida. Passou apressado pela rampa, e atravessou o caminho dourado. Ele tinha convicção de que estavam correndo contra o tempo, que suas chances de sobrevivência dependiam de cruzarem a garganta dos horrores antes de o ferido Mestre do castelo poder recuperar poder suficiente para liberar alguma outra desgraça sobre eles.

Quando subiu a rampa oposta e chegou ao cume, suspirou aliviado e colocou Yasmina sobre seus próprios pés.

– Você anda a partir daqui – disse-lhe. – É descida o caminho inteiro.

Ela lançou um olhar para a pirâmide reluzente do outro lado do abismo, que se empinava contra a colina nevada como uma silenciosa cidadela de maldade imemorial.

– Você é um feiticeiro por ter conquistado os Profetas Negros de Yimsha, Conan de Ghor? – ela perguntou, enquanto desciam pela trilha, e o pesado braço dele estava enrolado na cintura delgada da moça.

– Foi um cinturão que Khemsa me deu antes de morrer – Conan respondeu. – Sim, eu o encontrei no caminho. É bastante curioso, vou mostrar-lhe quando tivermos tempo. Contra alguns feitiços ele era fraco, mas contra outros era forte, e uma boa faca sempre é um encanto caloroso.

– Mas se o cinturão o ajudou a conquistar o Mestre – ela argumentou –, por que não ajudou Khemsa?

Ele balançou a cabeça.

– Quem sabe? Mas Khemsa tinha sido escravo do Mestre; talvez isso tenha enfraquecido sua magia. Ele não tinha poder sobre mim como sobre Khemsa. Entretanto, não posso dizer que o conquistei. Ele se retirou, no entanto tenho a sensação de que ainda o veremos. Quero colocar o máximo de milhas que pudermos entre nós e seu covil.

Ele ficou ainda mais aliviado ao encontrar os cavalos amarrados entre as tamargueiras como os tinha deixado. Soltou-os rápido e montou no garanhão negro, colocando a garota à sua frente. Os outros o seguiram, revigorados pelo descanso.

– E agora – ela perguntou –, para o Afghulistão?

– Ainda não – ele sorriu duramente. – Alguém, talvez o governador, matou meus sete chefes, e meus seguidores imbecis pensam que tenho algo a ver com isso. A não ser que consiga convencê-los de que não fui eu, irão me caçar como um chacal ferido.

– E quanto a mim? Se os chefes estão mortos, não tenho mais utilidade para você como refém. Você me mataria para vingá-los?

Ele olhou-a, com olhos ferozmente inflamados, e riu da sugestão.

– Então, vamos cavalgar até a fronteira – ela disse –, lá você estará a salvo dos afghulis.

– Sim, em uma forca vendhyana.

– Eu sou a Rainha de Vendhya – ela disse com um toque de seu velho imperialismo –, você salvou minha vida e será recompensado.

Ela não pretendia que soasse como soou, mas ele soltou um grunhido, pouco satisfeito.

– Guarde a sua recompensa para a sua raça de cães da cidade, princesa! Se você é uma rainha das planícies, eu sou um chefe das colinas, e não a levarei nem um pé em direção à fronteira!

– Mas você estaria seguro... – ela implorou, perplexa.

– E você seria Divina novamente – ele a interrompeu. – Não, menina, prefiro você como está agora, uma mulher de carne e osso, cavalgando no arco da minha sela.

– Mas você não pode me manter – ela gritou. – Não pode...

– Observe! – ele a aconselhou com severidade.

– Mas lhe pagarei um bom resgate...

– Divina teve seu resgate! – ele respondeu de maneira brusca, com os braços apertando a figura magra. – O reino de Vendhya não poderia me dar nada que eu deseje tanto quanto desejo você. Coloquei meu pescoço em risco para apanhá-la, e se seus bajuladores a quiserem de volta, que venham a Zhaibar lutar por você.

– Mas agora você não tem seguidores – ela protestou –, está sendo caçado! Não conseguirá preservar nem a própria vida, quanto mais a minha!

– Ainda tenho amigos nas colinas – respondeu. – Há um chefe dos Khurakzai que a mantera a salvo enquanto eu me entendo com os afghulis. Por Crom, se estiverem cansados de mim cavalgarei com você para o norte, para as estepes dos kozaki. Fui um chefe entre os Companheiros Livres antes de vir para o sul e farei de você uma rainha no Rio Zaporoska!

– Mas eu não posso, você não pode me segurar...

– Se a ideia lhe é tão repulsiva – ele inquiriu –, por que grudou seus lábios nos meus com tanta disposição?

– Reis também são humanos – ela respondeu, enrubescendo –, mas justamente por ser rainha tenho de pensar antes em meu reino. Não me carregue para algum país distante, volte comigo para Vendhya!

– Você me tornaria seu rei? – ele perguntou com sarcasmo.

– Bem, há tradições... – ela gaguejou, e Conan a interrompeu com uma sonora gargalhada.

– Sim, costumes civilizados que não lhe permitem fazer o que quiser. Você se casará com um rei velho e murcho das planícies, enquanto eu seguirei meu caminho apenas com a lembrança de alguns beijos roubados de seus lábios. Ah!

– Mas devo retornar ao meu reino – ela repetiu desamparada.

– Por quê? – exigiu ele zangado. – Para apertar o traseiro em tronos de ouro e escutar os aplausos de tolos sorridentes em saias de veludo? O que você ganha com isso? Ouça, eu nasci nas colinas da Ciméria, onde as pessoas são todas bárbaras. Fui mercenário, soldado, corsário, kozak e centenas de outras coisas. Que rei vagou pelos países, lutou as batalhas, amou as mulheres e ganhou os saques que eu já tive?

"Eu vim ao Afghulistão para levantar uma horda e saquear os reinos ao sul, entre eles, o seu. Ser chefe dos afghulis é apenas o começo. Se puder conciliar todos os reinos, no prazo de um ano terei uma dúzia de tribos me seguindo, mas, se não puder, voltarei para as estepes e pilharei as fronteiras turanianas com os kozaki, e você irá comigo. Para o diabo o seu reino; eles sabem como se defender desde antes de você nascer."

Yasmina ficou em seus braços, encarando-o, e se sentiu tocada. Assim como ele, ela também tinha uma urgência negligente e sem lei que ele próprio chamara à existência, mas tinha de reconhecer que milhares de gerações de soberania pesavam sobre seus ombros.

– Não posso! Não posso! – repetiu indefesa.

– Você não tem escolha – ele a assegurou. – Você... Que diabos!

Yimsha já ficara algumas milhas para trás e, agora, cavalgavam por uma cordilheira alta que separava dois vales profundos. Tinham acabado de chegar ao cume, de onde olharam para o vale, à direita, e viram uma luta em progresso. Um forte vento soprava ao longe, carregando o som de seus ouvidos, mas, mesmo assim, o choque do aço e o trovejar dos cascos brotava lá de baixo.

Eles viram o reluzir do sol nas pontas das lanças e dos capacetes espiralados. Três mil cavaleiros encouraçados perseguiam um bando de cavaleiros de turbante, que fugiam rosnando e golpeando como coiotes em retirada.

– Turanianos – murmurou Conan –, esquadrões de Secunderam. Que diabos estão fazendo aqui?

– A quem eles perseguem? – perguntou Yasmina. – E por que recuam tão teimosamente? Não podem fazer frente aos demais?

– Quinhentos dos meus afghulis malucos – ele rosnou, olhando para o vale com cara feia. – Eles caíram em uma armadilha e sabem disso.

De fato, naquela extremidade, o vale era um beco sem saída que se estreitava para uma garganta de paredes altas, as quais se abriam como uma tigela redonda, totalmente margeada por paredões impossíveis de serem escalados.

Os cavaleiros de turbante estavam sendo empurrados para a garganta, pois não havia mais para onde ir, e, relutantes, entravam sob um chuveiro de flechas e um turbilhão de espadas. Os cavaleiros de capacete os feriam, mas sem se exceder, pois conheciam a fúria desesperada das tribos das colinas tanto quanto sabiam que sua presa estava em uma armadilha sem escapatória. Reconheceram os montanheses como afghulis e queriam cercá-los para forçar uma rendição, pois precisavam de reféns para o propósito que tinham em mente.

Seu emir era um homem de decisão e iniciativa. Quando chegou ao Vale Gurashah e não encontrou guias ou emissários à sua espera, seguiu adiante, confiante no conhecimento que tinha do país. Durante o caminho inteiro, desde Secunderam, encontrou combates e homens das tribos lambendo suas feridas em vilarejos empoleirados nos rochedos. Ele sabia que havia uma boa chance de que nem ele nem qualquer um de seus homens voltasse a cavalgar pelos portões de Secunderam, porque todas as tribos agora estavam atrás deles, mas estava determinado a cumprir as ordens que recebera: apanhar a Divina Yasmina dos afghulis e levá-la prisioneira para Secunderam, ou, em caso de confronto, de arrancar fora a cabeça dela antes que perdesse a sua.

Claro que os vigias nas colinas não sabiam disso, mas Conan remexia-se com impaciência.

– Por que diabos se deixaram cair numa armadilha? – perguntou, como se questionasse o universo. – Sei o que os cães faziam por estes lados, estavam me caçando! Remexeram cada vale e, sem perceber, acabaram encurralados. Pobres tolos! Estão fazendo um foco de resistência na garganta, mas não aguentarão por muito tempo; quando os turanianos os empurrarem até aquela bacia, os matarão com a maior facilidade.

O estrondo que vinha lá de baixo cresceu em volume e intensidade. Os afghulis, no estreito da entrada, lutavam desesperados, resistindo aos cavaleiros encouraçados que não conseguiam lançar todo seu poderio contra eles.

Conan franziu o cenho, dedilhou o cabo de sua faca, e enfim falou abruptamente:

– Divina, preciso descer até lá. Encontrarei um lugar para que se esconda até eu voltar. Você falou do seu reino... Pois bem, eu não diria que encaro aqueles demônios peludos como meus filhos, mas, seja como for, são meus comparsas. Um chefe nunca pode deserdar de seus seguidores, mesmo que estes tenham deserdado dele. Eles acham que estão com a razão por terem me chutado... Inferno, não serei rejeitado! Ainda sou o chefe dos afghulis e provarei isso! Posso descer até a garganta a pé.

– E eu? – ela questionou. – Você me toma de meu povo à força e, agora, me abandona aqui para morrer, sozinha, nas colinas, enquanto desce e se sacrifica em vão?

Suas veias se incharam com o conflito de emoções.

– Está certo – resmungou Conan, impotente. – Crom sabe o que posso fazer...

Ela virou a cabeça devagar, e uma expressão curiosa foi surgindo em seu belo rosto. Então:

– Ouça! – ela gritou. – Ouça!

Uma distante fanfarra de trombetas chegou aos seus ouvidos. Eles olharam à esquerda do vale profundo e viram o brilho do aço vindo do lado oposto. Uma longa linha de lanças e capacetes polidos movia-se ao longe.

– Os cavaleiros de Vendhya – ela gritou exultante.

– Há milhares deles! – murmurou Conan. – Muito tempo já passou desde que uma tropa de Kshatriya veio tão longe nas colinas.

– Estão me procurando! – ela exclamou. – Dê-me seu cavalo, irei até meus guerreiros! A descida não é tão íngreme à esquerda e poderei chegar ao leito do vale. Então, conduzirei meus cavaleiros para a extremidade superior do vale e cairemos sobre os turanianos. Nós os esmagaremos por trás! Rápido, Conan! Sacrificará seus homens por um capricho da sua vontade?

A fome ardente das estepes e das florestas invernais brilhou nos olhos de Conan, mas ele balançou a cabeça e desceu do garanhão, entregando as rédeas nas mãos dela.

– Você venceu! – ele grunhiu. – Cavalgue como o demônio!

Ele virou-se, descendo a cordilheira pelo lado esquerdo, e correu apressado pela trilha até chegar a uma longa fenda escarpada, que era o desfiladeiro no qual a luta irrompia. Desceu como um macaco pela parede acidentada, escalando projeções e fendas, para, afinal, cair dentro da peleja que assolava a entrada da garganta. Lâminas batiam e retiniam sobre ele, cavalos relinchavam, empinando-se, plumas de capacetes acenavam entre turbantes manchados de vermelho.

Assim que desceu, Conan uivou como um lobo, apanhou uma rédea trabalhada a ouro e, desviando-se do golpe de uma cimitarra, fez sua longa faca atravessar as tripas do cavaleiro. No instante seguinte já estava sobre a sela, gritando com ferocidade ordens aos afghulis, que, por um momento, o encararam com rebeldia. Mas ao verem o estrago que o aço de Conan fazia entre os inimigos, os afghulis voltaram a trabalhar e aceitaram-no sem comentários. Naquele inferno de lâminas cortando e de sangue espirrando não havia tempo para perguntas ou respostas.

Os cavaleiros de capacetes espiralados e cotas de malha tecida em ouro infestavam a entrada da garganta, estocando e retalhando, e o estreito desfiladeiro ficou apinhado de homens e cavalos, de guerreiros que colidiam peito contra peito, apunhalando com lâminas curtas e lacerando mortalmente quando o espaço permitia o brandir da espada. E quando um homem caía, não se levantava mais por causa das pisadas e da agitação dos cascos. Peso e força bruta contavam muito ali, e o chefe dos afghulis trabalhou por dez. Em ocasiões como aquela, os homens sentem o peso de seus hábitos, e os guerreiros, acostumados a ver Conan em sua vanguarda, foram poderosamente fortalecidos, apesar de terem desconfiado dele.

Mas não era só isso. A pressão dos homens por trás forçava os cavaleiros de Turan a irem cada vez mais fundo na garganta, sob as garras das fulgurantes tulwars. Pé ante pé, os afghulis foram recuados, deixando o chão do desfiladeiro coberto com um carpete de mortos, sobre os quais os cavaleiros pisoteavam. Enquanto cortava e golpeava como um homem possuído, Conan teve tempo para algumas dúvidas arrepiantes. Yasmina manteria sua palavra? Ela poderia juntar-se aos seus guerreiros, virar para o sul e deixá-lo, junto com seu bando, à própria sorte.

Enfim, após o que pareceram séculos de batalha desesperada, do lado de fora do vale outro som se sobrepôs à colisão do aço e aos gritos de matança. E com uma explosão de trombetas que sacudiu as paredes e o trovejar dos cascos, cinco mil cavaleiros de Vendhya assolaram as tropas de Secunderam.

Aquele ataque dividiu os esquadrões turanianos, quebrando, rasgando e despedaçando, e espalhando seus fragmentos por todo o vale. Em um instante, a onda vazara para fora do desfiladeiro, um furacão confuso e caótico de espadachins e cavaleiros virando-se e combatendo sozinhos ou em grupos. Então, o emir caiu com uma lança de Kshatriya cravada no peito, e os cavaleiros de capacetes espiralados direcionaram seus cavalos vale abaixo, esporando-os de maneira enlouquecida e buscando abrir caminho à força pelo enxame que os atacara por trás.

Enquanto os vencidos se espalhavam em fuga, os conquistadores o faziam em perseguição, e por todo o leito do vale, pelas colinas próximas à entrada da garganta e sobre os picos fluíam fugitivos e algozes. Os afghulis, aqueles que ainda podiam cavalgar, saíram garganta afora e se juntaram na caçada aos inimigos, aceitando a inesperada aliança de modo tão inquestionável quanto tinham aceitado o retorno do chefe repudiado.

O sol descia atrás dos rochedos distantes quando Conan, com as vestes em farrapos e a malha coberta de sangue, a faca gotejando e com crostas até o cabo, caminhou sobre os cadáveres e foi até o topo da cordilheira, onde Divina Yasmina se encontrava, entre os nobres, sentada em seu cavalo, próximo a um imponente precipício.

– Você manteve sua palavra, Divina!– ele rugiu. – Por Crom, mas tive alguns maus momentos naquela garganta... – e, sem concluir a frase, Conan bradou: – Cuidado!

Dos céus descerrou um abutre imenso, com asas trovejantes, capazes de nocautear homens sobre seus cavalos. O bico, como uma cimitarra, veio lacerando em busca do pescoço macio de Divina, mas Conan foi mais rápido. Uma corrida curta, um salto de tigre, uma punhalada selvagem e uma faca ensanguentada. O abutre soltou um terrível grito humano, pendeu para o lado e desmoronou pelas falésias em direção às rochas e ao rio, mil pés abaixo. Conforme caía, com suas asas negras feito refugos no ar, ele foi assumindo a forma, não de um pássaro, mas de um homem com um manto negro e os braços, em mangas largas, voltados para o alto.

Conan virou-se para Yasmina, a faca vermelha em sua mão, os olhos azuis faiscando e o sangue escorrendo das feridas em seus braços e coxas:

– Você é a Divina outra vez – disse, sorrindo ferozmente ao olhar o manto de fios de ouro entrelaçados que ela jogara por cima de suas vestes montanhesas, e nem um pouco espantado com o imponente conjunto de cavalaria que a cercava. – Preciso agradecê-la pela vida de quase trezentos e cinquenta homens, meus comparsas, que, afinal, estão convencidos de que não os traí. Você colocou as rédeas da conquista nas minhas mãos outra vez.

– Ainda lhe devo um resgate – ela disse, com os olhos negros brilhando enquanto o esquadrinhavam. – Pagarei a você dez mil peças de ouro...

Ele fez um gesto selvagem e impaciente. Limpou o sangue da faca, enfiou-a de novo na bainha, e limpou as mãos na malha.

– Vou receber o resgate à minha maneira, na hora devida – ele disse. – Vou retirá-lo em seu palácio, em Ayodhya, e irei com cinquenta mil homens para me certificar de que as taxas serão justas.

Ela riu, juntando as rédeas nas mãos.

– E eu irei encontrá-lo nas margens do Rio Jhumda com cem mil homens!

Os olhos de Conan brilharam em ardente admiração. E, dando um passo para trás, ele ergueu a mão, com um gesto típico da realeza, indicando a ela que a estrada estava livre à sua frente.

Este livro foi impresso em papel Offset 70g pela gráfica Edições Loyola.